译文名著精选

YIWEN CLASSICS

乱世佳人（上）

[美] 玛格丽特·米切尔 著　陈良廷 等译

Margaret Mitchell

Gone with the Wind

上海译文出版社

图书在版编目(CIP)数据

乱世佳人(上、下)/(美)米切尔(Mitchell, M.)著;陈良廷等译. —上海:上海译文出版社,2010.8(2023.4 重印)
(译文名著精选)
书名原文:Gone With the Wind
ISBN 978-7-5327-5127-3

I.①乱… II.①米… ②陈… III.①长篇小说-美国-现代 IV.①I712.45

中国版本图书馆 CIP 数据核字(2010)第 118671 号

Margaret Mitchell
GONE WITH THE WIND

乱世佳人
〔美〕玛格丽特·米切尔 著 陈良廷 等译

上海译文出版社有限公司出版、发行
网址:www.yiwen.com.cn
201101 上海市闵行区号景路 159 弄B座
浙江新华数码印务有限公司印刷

开本 890×1240 1/32 印张 35 插页 4 字数 837,000
2010 年 8 月第 1 版 2023 年 4 月第 15 次印刷
印数:49,201-52,200 册

ISBN 978-7-5327-5127-3/I·2917
定价(上下册):89.00 元

译者

陈良廷(1—5 章)

刘文澜(6—10 章)

舒　心(11—19 章)

鄂以迪(20—30 章)

吴信强(31—38 章)

于　默(39—47 章)

张增健(48—52 章)

任建国(53—57 章)

翟象俊(58—63 章)

译本序

《乱世佳人》(*Gone With the Wind*, 1936)之所以被众多读者熟悉，更大程度上得益于那部同名银幕旷世之作。甚至，也有许多人说电影超越了文学作品。究其根本，除了银幕的影画、音响魅力和导演演员的精湛演绎之外，还因为电影截取了作品最精华紧凑的情节，没有把生活的琐碎杂沓一一铺陈。然而，对小说《乱世佳人》的阅读，则常常会让读者不时激动澎湃的心情不断地平复下来，让他们静静地等着、观察着、体会着人物经年累月的变化和水到渠成的生命领悟。直到今天，依然有很多人在困顿失意的时刻，不断引用斯佳丽激励自己的那句话，“不管怎么说，明天就是另外一天了”，从中汲取那桀骜不驯的任性和偏执，从而继续固执地追寻目标，哪怕头破血流。

据说，在美国的大众文化领域，内战是最具吸引力的主题，而《乱世佳人》则是其中最具影响力的一部作品，虽然批评界一般将它归为“通俗小说”，在文学史上提及不多。而且，小说中鲜明的人物，曲折的情节，还有瑰丽的银幕制作等，都把这部小说的作者抛到了聚光灯之外，使我们在感动和欣赏中，几乎忘却了作品的创作者——玛格丽特·米切尔(Margaret Mitchell, 1900—1949)，忘却了重要的一点，即她才是故事的源头，是这部有史以来最受欢迎的畅销小说的母亲。

米切尔生于佐治亚州的亚特兰大，一个在美国内战(1861—1865)中遭受重创的南方城市。米切尔的长辈们大多对内战有着切身体会，常常对她诉说那段封存的记忆。在经历了一场失败的婚姻生活后，米切尔开始靠写作为生，自一九二二至一九二六年，她一直担任《亚特兰大报》(*Atlanta Journal*)的专栏作家和记者工作，由此积累了大量丰富的历史和现实生活素材，从而开始了《乱世佳人》长达十年的创作。十年后，这部厚实的作品一经问世，就立即荣登畅销书榜首，创下了一日销售五万册的记录，并获得了一九三七年的普利策奖。一九三九年，同名电影问世，赢得了八项奥斯卡电影大奖。此后，狂热的读者和观众渴望知道斯佳丽在小说结尾之后的故事，可是，米切尔断然拒绝续写小说，而这部作品也成了作家一生唯一一部小说，从此她再无文学作品问世。

在美国，《乱世佳人》为重新理解内战提供了重要的文本依据，甚至，它也从价值和伦理观点上颠覆了斯陀夫人的作品《汤姆叔叔的小屋》。小说以美国的南北战争和战后重建中的佐治亚州为背景，从南方人的视角出发，叙述了以斯佳丽为核心的人物情感和生活经历，反映了在美国旧南方向新南方转折的历史过程中，人们在情感选择、生活态度、思想观念上的变迁。斯佳丽是爱尔兰移民杰拉尔德·奥哈拉的女儿，她从小生活在父亲所拥有的塔拉庄园，一个富饶美丽的农庄里。十六岁那年，任性而漂亮的斯佳丽爱上了邻居阿希礼，而当时正值南北战争爆发之际。令斯佳丽伤心欲绝的是，阿希礼却打算娶表妹玫兰妮为妻。一气之下，斯佳丽冲动地嫁给了玫兰妮的哥哥查尔斯。此后，亚特兰大落入北方联军的手中，查尔斯不幸死于战场。不久，斯佳丽的母亲也因为伤寒病逝，父亲因此神志不清，丧失了劳动力。斯佳丽只得挑起了全家的生活重担。在此期间，她与妹妹原来的未婚夫弗兰克达成了权益婚姻，用丈夫的资金保住了塔拉庄园，并在亚特兰大开了一家木材场，还把阿希礼和玫兰妮夫妇留在了身边。一次，斯佳丽遭黑人袭击，弗兰克为她复仇而被枪杀。很快，斯佳丽又和在内战中发家的瑞特结了婚。玩世不恭的瑞特从很久以前就深爱着斯佳丽，一直希望以自己的真情赢得斯佳丽的真爱。可是，婚后的斯佳丽依然自以为是地幻想着要得到阿希礼的爱情。直到玫兰妮逝世，斯佳丽才终于明白自己深爱的人就是丈夫瑞特。但是，在一系列的变故中，瑞特对斯佳丽的感情已经渐渐枯竭，最后他只能黯然离去。

其实，在小说的所有女性人物中，最令人钦佩的应该是玫兰妮，她弱小纤细，却能在最需要勇气的时候，表现出惊人的强悍。哪怕玫兰妮的生命像游丝一般细弱，她也能为大家呈现绵延无尽的坚韧。正是在玫兰妮绵绵若存的性格衬托中，斯佳丽的个性才得到了不断的张扬。或许，我们喜欢斯佳丽的原因之一在于，她几乎帮所有女人说出了心底里的话，甚至是潜意识中的丑陋想法。她对玫兰妮的态度，其实也是许多女性面对优秀、卓越的对手时，那种半是嫉妒、半是自以为是、自我慰藉的态度。如果说玫兰妮的苍白生命映衬了斯佳丽的绚烂个性，那么，她的存在也让斯佳丽明白了：阿希礼只能给予她友谊，而非爱情。

斯佳丽颠覆了我们对魅力女人的期待，她果敢、算计、狡猾、顽强，甚至具有强烈的征服欲。但是，瑞特对她的着迷却每每让我们在阅读中深叹：按说情感的发生是没有理由可言的，可是瑞特却在小说的许多片断中，不断地剖析他的情感，袒露他醉心于斯佳丽的原因。当然，原因是作家给的，如果人物能自主思考的话，他们两人的相像或许不应该是瑞特坠入爱情的主要原因。南方女性少有斯佳丽这种强悍的生命力，和为了目的不择手段的执拗，更重要的是，我们始终有理由相信，瑞特的爱来源于一份男性的征服欲：从第一次见面开始，他始终知道斯佳丽不可救药地爱着阿希礼，而他此后的所有努力，就是要将这份感情夷为平地，虽然他最终颓然放弃。

因此，阅读《乱世佳人》，我们的心会始终纠结在那份征服与被征服之中，斯佳丽要征服爱情、征服贫穷的境遇，征服要达到目的的一切人和事，却忘了倾听内心；瑞特要征服斯佳丽，要征服她的芳心，挑衅制度和伦理规则，可是他最终承认了失败。阅读着这样的故事，从长卷式的岁月中，看到沧海桑田的变迁，从十几岁的豆蔻年华，直看到人物铅华殆尽，渐渐老去。难怪，很多人面对《乱世佳人》，有阅读《红楼梦》的相似感慨，南方神话和战争荣光的破灭，在我们心中引发的是更为沧桑的生命领悟。

美国内战已然遥远，但是，我们依然爱看电影和小说的《乱世佳人》，爱那种不问对错、不扪良心的第一反应——或许,因为我们仍然死心眼地偏爱真实，偏爱不加虚饰的真话，哪怕它们粗糙丑陋。我们喜欢斯佳丽，喜欢那份拒绝打磨、粗糙直接的强悍，更喜欢斯佳丽在粗糙之下又有着美丽剔透形象的矛盾错愕。

阅读小说《乱世佳人》，我们还发现，米切尔写得很琐碎，琐碎到我们常常找不到主线，迷失在大堆的细节中。难怪人们一致认为电影版本比小说精彩，因为那里的主线被精炼了，情节走向也清晰化了。但是，读书的乐趣或许就在于从琐碎平淡的细节中，从历史的深重和广漠中，建构出一个个丰满生动的、仿若生活在我们四周的人物。瑞特对女儿美蓝的痴爱似乎是他对斯佳丽无望的爱情的转移，他因为女儿怕黑，坚持在房间里全夜点灯，在女儿恐慌哭泣时，紧紧地搂住女儿……这一切，都琐碎得令人感动。作为机会主义者，瑞特比谁都敏锐地看清局势，把握时机，甚至，在斯佳丽的丈夫弗兰克刚死去时，他就不失时机地求婚了，因为他害怕失去斯佳丽，这个同样是机会主义者的狡黠女人。阅读的痛快或许还在于我们一次次的期待最终落空：每次当我们以为，敏感现实如瑞特，他不会有真情了，可是偏偏他对斯佳丽，还有他们的女儿如此透彻心脾地爱着，甚至不惜绝望地盼着。每次当我们觉得斯佳丽应该对阿希礼死心了，觉得她应该意识到瑞特的真爱时，她却偏偏执拗地坚持少女时期就有的最初的爱恋。现实自私如斯佳丽，可是她却始终不放弃心中那份纯真的情愫。读到这里，掩卷长叹，人啊，每每有着不可捉摸的地方，参不透的那个灵魂黑洞。玫兰妮虽然是个几乎完美的人物，可聪明的她偏偏坚定地把斯佳丽的一切表现崇高化，以天真的信任来以一当十地维护自己的爱情。

或许，很多读者会醉心于瑞特近乎鲁莽仓促的求爱，感动于他在黑夜里抚慰妻女的那对温暖坚强的臂膀。欲言又止的他，看似轻狂的他，举重若轻的他，只有面对纯真善良的人，如玫兰妮、黑妈妈、继子韦德时，才会抛却他的浪荡形骸，露出严肃、真诚、文雅的一面，可是，天知道，哪一面更加真实呢？瑞特在斯佳丽小产后的病重时分，曾哭着对玫兰妮说，他一直认为斯佳丽看不上他，从来心中没有他，他为之付出了尊严，可是依然换不回她的情感。酒醉后的瑞特撕开了那道玩世不恭的面具，赤裸裸地暴露了自己的脆弱。可是，瑞特和斯佳丽从来都是一对战斗的敌人。瑞特违背常理的付出，和他常常言不由衷的挖苦，让那个不懂爱情的斯佳丽陷入了困惑。其实，在某种程度上，我们都是斯佳丽，因为我们不惧跌落摔伤的危险，执意要摘那个遥不可及的月亮，要求得到那份其实不合适的爱情，却漠视了身边最好的、最适宜的爱人。

很多人不厌其烦地一遍遍地看了电影《乱世佳人》，也有很多人在小说中继续追寻。电影已经对这段爱情进行了诠释，我们却还要继续探询着新的意义。我们发现，和斯佳丽一样，一个再现实自私的人，也会在心中留一个虚幻的高贵的影子当作期盼的目标，人生就是如此矛盾，人人都要找一个平衡点。其实，玫兰妮在无意中成了最睿智的人：不论事实如何，坚持自己的信念，让善良和纯真来捍卫尊严，也让自尊和信任使威胁自己、羞辱自己的人汗颜。有时候，固执己见并非弱点，善良也并不是软弱。人身体最坚硬的部分总是最早衰竭，而最顽强的，能坚持到最后的，总是那柔软娇嫩的部分。

我们发现：战争在摧毁自然和人文的同时，也把人性剥得赤裸裸的，让不同的人在战争的非常态下，显现出真实的自己。斯佳丽常以为"当我经历过最坏的事情后，什么都不再可怕了"，可是，生活给她的答案却是：我们从来都敬畏生命，因为我们的自以为是常常落空。每一次不期而遇的遭遇，都仿佛是天大的事，而这，或许就是生命的神秘。小说中，方丹奶奶的一句话很有道理："我们这些人要是有条座右铭的话，那就是：'别抱怨——面带微笑，等待时机'。我们就是这样熬过了不少事情，面带微笑，等待我们的时机，我们终于成为熬过来的专家。"阅读小说，我们不断感叹：美国南方真是片蕴藏着无数故事的土地，在文明进程中，它不断地分崩离析，而这个过程，却如此绚烂美丽。

一次次从故事里阅读自己的人生，把它当镜子照出自己的内心。《乱世佳人》最精彩的，或许不是细腻详实的背景描述，而是那注定会不断上演的悲喜轮回。斯佳丽之所以占据着无数读者、观众的心，也是因为她真实地让人们恍惚中以为是自己，或是自己所爱的那个人。她让人们更多地记住了她那些基本可归为缺点的个性：贪婪、自私、固执、好嫉妒、虚荣……，可是却因为这些缺点而成为了大伙念叨不已的精灵。

张　琼

二〇〇六年十二月二十日

1

第 1 章

斯佳丽·奥哈拉长得并不美，但是男人一旦像塔尔顿家孪生兄弟那样给她的魅力迷住，往往就不大理会这点。她脸蛋上极其明显地融合了父母的容貌特征，既有母亲那种沿海地区法国贵族后裔的优雅，也有父亲那种肤色红润的爱尔兰人的粗野。不过这张脸还是挺引人注目，尖尖的下巴颏儿，方方的牙床骨儿。眼睛纯粹是淡绿色的，不带一点儿淡褐色，眼眶缀着浓密乌黑的睫毛，稍稍有点吊眼梢。上面是两道又浓又黑的剑眉，在木兰花似的洁白皮肤上勾画出两条触目惊心的斜线。那种皮肤深受南方妇女珍视，而且她们总是戴上帽子、面纱和手套，小心翼翼地保护好，免得给佐治亚的烈日晒黑。

1861 年 4 月，有一天下午阳光明媚，她在父亲的塔拉[①]庄园宅前门廊的荫处，同塔尔顿家两兄弟斯图特和布伦特坐在一起，那模样真宛若画中人。她穿着那件绿花布的新衣，裙箍把用料十二码的波浪形裙幅铺展开来，跟她父亲刚从亚特兰大给她捎来的平跟摩洛哥羊皮绿舞鞋正好相配。她的腰围只有十七英寸，三个县里就数她腰身最细，那身衣服把她腰肢衬托得更见纤细。虽说年方十六，乳房却长得非常成熟，熨帖的紧身上衣把她乳房裹得格外显眼。尽管她长裙舒展，显得仪态端庄，一头乌丝光溜溜地用发网拢成一个发髻，显得风度娴雅，一双雪白的纤手交叉搁在膝上，显得举止文静，但真正的本性却难以掩饰。精心故作娇憨的脸上那对绿眼睛爱动、任性、生气勃勃，和她那份端庄的态度截然不同。原来她一贯受到母亲的谆谆告诫和黑妈妈的严格管教才勉强养成这副礼貌；她那双眼睛才显出她的本色呢。

那对孪生兄弟神态悠闲，懒懒靠在她两边的椅子上，眯细眼睛看着从明净熠亮的长窗里照进来的阳光，两双长腿裹着齐膝长靴，腿肚子鼓鼓的，潇洒地架着，有说有笑。他们今年十九岁，身高六英尺二，骨骼高大，肌肉结实，脸庞晒得黝黑，头发呈深枣红色，眼睛神采飞扬，傲气十足；身穿一模一样的蓝上衣，一模一样的芥末色马裤，哥儿俩活像两个一模一样的棉桃。

屋外，夕阳斜照着院子，在一片新绿背景衬托下，开着一簇簇饱满的白花的山茱萸给照得闪闪发亮。哥儿俩的坐骑拴在马车道上，都是高头大马，毛色像主人的头发一般红；马腿跟前围着一群精瘦、不安、专猎负鼠[②]的猎狗在吵闹，斯图特和布伦特走到哪儿，这群猎狗就跟到哪儿。不远处，躺着一条跟随马车的黑花狗[③]，当上贵族似的神气活现，口鼻全搁在爪子上，耐着性子等着哥儿俩回去吃晚饭。

在猎狗、马和哥儿俩之间有一层亲属似的密切关系，比他们那种持久的伙伴关系更深。主子家畜都是身体健壮、没有心事的幼仔，都是油光溜滑，优雅得体，精神饱满，哥儿俩就像两匹马那样精力充沛，不仅精力充沛，而且一副凶相，不过，对于懂得如何驾驭他们的人却显得脾气温驯。

门廊里坐着的这三个人虽然生来过惯舒适的庄园生活，一出世就有人悉心侍候，但他们的脸倒并非毫无血色，也不是细皮嫩肉。他们就像一辈子在野外生活，很少在枯燥的书本上用心的乡下佬那样生龙活虎，行动机灵。佐治亚州北部克莱顿县的生活还是新奇的，而根据奥古斯塔[④]、萨凡纳[⑤]和查尔斯顿[⑥]等地的标准来看，却未免有点粗气。比较严肃和古板的南部地区对内地的佐治亚人很瞧不起，可是在这儿佐治亚

---

①塔拉是爱尔兰米斯郡一个村子，公元六世纪前，塔拉山一直是古代爱尔兰国王的驻跸地。斯佳丽的父亲是爱尔兰人，所以把庄园取名塔拉，以志不忘故土。

②负鼠是一种能够爬树的北美小袋鼠，母鼠往往将幼仔放在袋中，一旦被抓住后就装死。

③产于南斯拉夫的一种狗，瘦削，短毛，白色带黑斑，一般训练来跟随马车。

④奥古斯塔，美国佐治亚州东部城市，在萨凡纳河畔。

⑤萨凡纳，美国佐治亚州东部港口城市，在萨凡纳河口。

⑥查尔斯顿，美国南卡罗来纳州港口城市。

北部，只要精通几件紧要的事就行了，不通文墨算不上丢脸。就说吧，棉花种得好，骑马功夫精湛，射击本领高强，跳舞姿态轻松，陪伴女士风度潇洒，酒量豪爽，毫无醉意，都算紧要事。

这些能耐哥儿俩件件都精通，而他们对书本里的东西学来学去就是学不进去，其无能之闻名也是同样出众的。他们家钱多、马多、奴隶多，县里谁都比不过，可是他们俩腹中文墨还不如邻近大部分穷苦白人呢。

正因为这个缘故，所以四月里这天下午，斯图特和布伦特两人才在塔拉庄园宅前门廊里闲坐。他们刚被佐治亚大学开除，两年内，这是第四家开除他们的大学了；他们两个哥哥，汤姆和博伊德也都跟他们一起回家，因为他们不愿留在不欢迎这两个弟弟的学校里。斯图特和布伦特把最近这次被开除当做个绝妙笑话，斯佳丽自从上一年离开费耶特维尔女子学院[①]以来就不愿打开书本，对这件事自然跟哥儿俩一样觉得可乐。

“我知道你们俩不在乎被开除，汤姆也不在乎，”她说，“可是博伊德呢？他倒是一心想念书的人，你们两个把他从弗吉尼亚大学、亚拉巴马大学和南卡罗来纳大学拖了出来，如今又把他从佐治亚大学拖出来。这样的话他可休想毕业了。”

“啊，他可以在费耶特维尔的帕马利法官事务所学法律嘛，”布伦特漫不经心地答道。“再说，这也没什么大不了。我们反正得在学期结束前赶回家的。”

“为什么？”

“打仗呀，傻瓜！这场仗不定哪天就打起来了，一打起仗来，你想我们谁还会留在大学里呢？”

“要知道根本不会打什么仗，”斯佳丽生气地说。“只是说说罢了。咳，阿希礼·韦尔克斯和他父亲上星期刚跟爸说过，我们驻华盛顿

---

① 费耶特维尔女子学院，美国北卡罗来纳州东南部小城费耶特维尔的一座著名女子学院，创建于十九世纪上半叶。

的专员要同林肯[①]先生就南部邦联[②]问题达成——一项——友好协议。反正，北佬太怕我们了，不敢打。什么仗也打不起来的，我对这话都听腻了。”

“什么仗也不会打！”哥儿俩愤愤喊道，仿佛他们上了当似的。

“咳，宝贝儿，仗是当然要打的，”斯图特说，“北佬也许怕我们，可是前天博勒加尔将军[③]用大炮把他们轰出苏姆特堡[④]以后，他们就非打不可了，不然就在全世界面前当了懦夫。咳，南部邦联——”

斯佳丽老大不耐烦地把嘴一撇。

“如果你们再说一声‘打仗’，我就进屋去，把门关上。除了‘脱离联邦’这句话之外，我这辈子最腻烦听的就是‘打仗’这句话了。爸早上谈打仗，中午谈打仗，晚上也谈打仗，来看他的爷们儿也都在叫嚷什么苏姆特堡啊，州权啊，亚伯·林肯啊，我听得厌透厌透，都快叫救命了！所有的小伙子也都净谈这个，还净谈他们那支老骑兵连。今年春天什么宴会都没一点儿乐趣，因为小伙子没什么别的好谈的。幸亏佐治亚州是等到圣诞节后才脱离联邦的，我真高兴极了，不然的话，圣诞节也太煞风景了。如果你们再说一声‘打仗’，我就进屋去。”

她可不是说着玩的，因为她根本容不得人家谈话不把她当成主要话题。可是她说话时还是脸带笑容，故意把酒窝显得更深，浓黑的睫毛像蝴蝶翅膀似的眨个不停。哥儿俩果然逃不过她的妙算，给她迷住了，赶紧向她赔不是，说刚才不该扫她的兴。他们丝毫也不因她兴趣缺缺就看不起她。说真的，他们反而看重她了。打仗是男人的事，不是女人的事，他们把她这副态度看成她具有女人特性的证明。

---

① 亚伯拉罕·林肯(1809—1865)，美国总统，主张联邦统一，逐步废除奴隶制度。当选总统后，南方各州相继脱离联邦，内战爆发。内战结束后，被奴隶主指使的暴徒刺杀。

② 1861 年，美国南方十一州先后宣布独立，脱离联邦，组成“南部邦联”，并发动内战。1865 年 4 月南军战败投降后即解散。

③ 比埃尔·古·图·博勒加尔(1818—1893)，美国南北战争时期南军将领。

④ 苏姆特堡，美国南卡罗来纳州查尔斯顿的港口要塞之一，1861 年 4 月 12 日南部邦联成立后，南军要求北军罗伯特·安德逊少校投降，北军坚拒，南军连续炮轰 34 小时，从此南北战争开始。

她哄得他们不再谈论打仗这个讨厌话题以后，就兴冲冲地回到他们当前情况这话题上来。

“你们母亲对你们俩又被开除怎么说来着？”

哥儿俩想起三个月前他们从弗吉尼亚大学被请回家时他们母亲的管教方式，脸色顿时不大自在。

“这个嘛，”斯图特说，“她还没机会说什么呢。汤姆和我们今儿一早趁她还没起床就出门了，汤姆上方丹家去待着，我们就上这儿来了。”

“你们昨晚回家她没说什么吗？”

“昨晚我们真走运。我们刚到家，妈上个月在肯塔基州买下的那匹新种马正巧运到了，家里闹得像开了锅。那头大畜生——真是匹高头大马，斯佳丽；你一定得叫你爸赶快来看看——这马到这儿来的半路上已经啃掉马夫一块肉，还把妈派到琼斯博罗[①]去接火车的两个黑人踩了。我们还没到家，这马就差点把马厩踢倒，还把妈那匹叫草莓的老种马踢得半死不活。我们到家那会儿，妈正在马厩里，用一袋糖哄着这马，居然哄得服服帖帖。几个黑人正抱紧椽子吊着，眼睛睁得大大的，吓得要命，可是妈却当这马是家里人似的跟马说话，马还让她亲手喂着吃呢。对付马啊，谁也比不上妈。她看见我们就说：‘老天哪，你们四个又到家里来干吗？你们真比瘟神更要命！’这时这马喷着鼻息，后腿直立起来，她就说：‘滚出去！你们难道看不见这匹宝贝马惊了吗？我明儿早上再跟你们算账！’所以我们就上床睡觉了，今儿早上我们先溜了出来，免得给她抓住，让博伊德一个人去对付她。”

“你们看她会揍博伊德吗？”斯佳丽同县里其他人一样素来看不惯个子矮小的塔尔顿太太威吓都成了大人的儿子那德行，如果看来有必要动手，她还用马鞭抽他们的背脊呢。

贝特丽丝·塔尔顿是个大忙人，手下不仅有个种植棉花的大庄园，一百个农奴和八个儿女，而且还有全州最大的养马场。她是个火爆性

---

① 琼斯博罗，美国佐治亚州小镇，与亚特兰大市相距二十英里。

子，动不动就给这四个经常惹是生非的儿子烦死，尽管她不准谁鞭打奴隶和马，可她觉得时常抽孩子几下对他们倒没害处。

“她当然不会揍博伊德。她从来不大打博伊德，因为他是老大，再说他是我们这窝崽子里的小矮子，”斯图特说，他对自己身高六英尺二很得意。“所以我们才把他留在家里去跟她说明情况。老天哪，妈实在不应当再抽我们！我们都十九了，汤姆已经二十一了，可她就当我们都是六岁小孩似的。”

“你母亲明儿骑新马去参加韦尔克斯家的烤肉野宴①吗？”

“她要去，可是爸说太危险。而且，几个姐妹说什么都不肯让她去。她们说，她要去参加宴会，至少也要像个夫人，坐着马车去才行。”

“但愿明儿别下雨才好，”斯佳丽说，“天天下雨都下了快一星期了。再也没比把野宴改为室内野餐更扫兴的事了。”

“啊，明天准晴，热得像六月里，”斯图特说。“瞧那晚霞。我没见过比这更红的了。只要看晚霞就可以知道天气了。”

他们都朝着杰拉尔德·奥哈拉那片无边无际的新垦棉田对面红彤彤的地平线放眼望去。太阳正落到弗林特河那边的群山后面，映得一片深红，暖洋洋的四月天渐渐有点儿温馨的凉意了。

那年春天来得早，下了几阵暖和的骤雨，一下子粉红色的桃花，星星点点雪白的山茱萸花都绽开了，把暗淡的河沼和远处的群山点缀得花团锦簇。春耕已经快结束了，落日血红的霞光把新开犁沟的佐治亚红土染得更加红了。嗷嗷待哺的湿润土壤正等着翻土播下棉种，犁沟砂土质的表层呈淡红色，沿沟一带边上随着阴影深浅，分呈朱红、猩红和枣红。白粉砖墙的庄园宅院像一片红海洋中的孤岛，这片海洋波涛滚滚，变幻无穷，有螺旋形，有曲线形，有月牙形，只有碰到粉红的浪尖碎成浪花时才突然凝住。因为这里没有又长又直的犁沟。像佐治亚中部平原的黄土地或沿海地区庄园的肥沃黑土地，那种犁沟是到处可见的。在

---

①指烧烤全牲的野外宴会。

佐治亚北部的丘陵地带，人们为了防止沃土冲入河底，总是特地把犁沟开得弯弯曲曲的。

这里是一片原始的红土地，雨后遍地血红，碰上干旱，到处都成了砖屑，是世界上最佳产棉地。这里是一片安乐土，有白色的房屋，有宁静的耕地，有缓缓流动的黄浊河流，但这里也是一片反差强烈的土地，有最明亮的阳光，也有最幽暗的阴处，庄园的开垦地和绵延不绝的棉田对着一轮暖洋洋的太阳微笑，心平气和，怡然自得。在四周边缘矗立着原始森林，即使在炙热的晌午都显得幽暗、阴凉、神秘，还有点阴森可怕，飒飒作响的松树似乎怀着悠悠的耐心等待着，低声唏嘘，威胁说：“留神！留神！你们从前是我们的。我们可以把你们收回。”

干农活的黑人和骡子从田间回来了，门廊里坐着的这三个人耳边传来了蹄声，挽具铁链的丁当声，还有黑人无忧无虑的刺耳笑声。屋里漾出了斯佳丽的母亲埃伦·奥哈拉温柔的声音，她正在叫那个替她提钥匙筐的小黑使女呢。只听得尖声的童音回答一声“是，太太”，接着就听见朝后面熏肉房走去的一阵脚步声，埃伦要在那里给收工回来的黑人分配吃的。然后又听见塔拉庄园的总管家波克摆饭桌时传来的瓷器和银器磕磕碰碰的响声。

听到最后这些响声，哥儿俩知道该回家了。可是他们又不愿回去见母亲，他们尽在塔拉庄园的门廊里磨蹭着，随时等着斯佳丽请他们留下吃饭。

“听我说，斯佳丽，明天嘛，”布伦特说。“只因为我们前一阵子不在，不知道野宴和舞会的事，但明天晚上我们也不该就此少跳几回舞啊。你还没答应人家吧？”

“唉，我答应过了！我怎么知道你们哥儿俩会回家来呢？我可不能专门侍候你们两位，甘冒当墙花①这份风险啊。”

“你当墙花！”哥儿俩听了哈哈大笑。

---

① 墙花指舞会中没有舞伴、坐在墙边的单身女子。

“听我说，宝贝儿。你得跟我跳第一支华尔兹，跟斯图[1]跳最后一支华尔兹，你还得跟我们一起吃晚饭。我们要像上次舞会那样坐在楼梯平台上，让金西黑妈妈再给我们算算命。”

“我不喜欢金西黑妈妈算命。你们都知道她说过我要嫁给一个头发漆黑，留着长长黑胡子的男人，我可不喜欢黑头发的男人。”

“那你喜欢红头发的吧，宝贝儿？”布伦特咧着嘴直笑。“好吧，快答应专陪我们跳华尔兹和吃晚饭吧。”

“你要是答应的话，我们就告诉你一个秘密，”斯图特说。

“什么？”斯佳丽听了这话像个孩子似的来了劲，大声叫着说。

“就是我们昨天在亚特兰大听到的事吧，斯图？如果是这事，要知道我们可保证过不说出去的。”

“这个嘛，是佩蒂小姐告诉我们的。”

“哪位小姐？”

“你知道吗，就是阿希礼·韦尔克斯的表亲，住在亚特兰大的佩蒂帕特·汉密顿小姐——查尔斯和玫兰妮的姑妈。”

“我知道，我这辈子从没见过这么蠢的老太。”

“我说，昨天我们在亚特兰大等回来的火车，她坐着马车路过车站，就停下跟我们谈话，她告诉我们明天晚上韦尔克斯家开舞会时要宣布一项订婚喜讯。”

“哦，这事我知道，”斯佳丽失望地说。“她那个蠢侄子查尔斯·汉密顿跟霍妮·韦尔克斯两个人呗。这事大家都知道好几年了，都说他们总有一天要结婚，尽管他看来对这事不太起劲。”

“你认为他蠢吗？”布伦特责问道。“去年圣诞节你不是让他围着你直转吗？”

“他要围着我转，我又没办法，”斯佳丽漫不经心地耸耸肩说。“我认为他这人怪娘娘腔的。”

“再说，明天要宣布的可不是他订婚，”斯图特得意洋洋地说。

---

①斯图是斯图特的爱称。

“是阿希礼跟查理[①]的妹妹玫兰妮小姐！”

斯佳丽脸色虽不变，嘴唇却发白了——恰如一个人冷不防挨了当头一棒，乍吃一惊，还不明白是怎么回事。她盯着斯图特时脸色镇静，斯图特根本不善于分析心理，当然认为她只不过是意想不到，很感兴趣而已。

“佩蒂小姐告诉我们，他们原来打算到明年才宣布，因为玫荔[②]小姐身子不大好；可是到处都在传说要打仗，男女双方家里的人都认为最好还是趁早结了婚算数。所以明天晚上吃饭时就要宣布这消息。好了，斯佳丽，我们已经把秘密告诉你了，你总得答应明天陪我们吃晚饭了吧。”

“我当然答应。”斯佳丽不假思索地说。

“还答应专陪我们跳华尔兹？”

“专陪你们。”

“你真好！别的小伙子一定要气疯了。”

“让他们气疯好了，”布伦特说，“我们两个对付得了他们。听我说，斯佳丽。早上野宴时跟我们坐在一起。”

“什么？”

斯图特又说了一遍。

“那当然。”

哥儿俩兴高采烈，相互看看，但心里不免有些诧异。虽然他们自命为斯佳丽的意中人，可是他们从没这么轻易得到过这份恩宠。她平时敷衍他们时往往要让他们苦苦哀求，不肯说声好，也不肯说声不好。要是他们恼了，她就笑，他们生气了，她就冷冰冰。这会儿她竟然答应他们明天全包给他们了——野宴时坐在她旁边，专陪他们跳华尔兹，（他们一定要想办法让明天舞会上光跳华尔兹！）还有共进晚餐。这样的话给大学开除也值得了。

---

① 查理是查尔斯的爱称。

② 玫荔是玫兰妮的爱称。

他们得逞了，心里顿时又上了劲，磨磨蹭蹭不肯走，尽在谈什么野宴啊、舞会啊、阿希礼·韦尔克斯和玫兰妮·汉密顿啊，还互相打岔，开开玩笑，嘻嘻哈哈一通，还露骨地暗示她请他们留下吃饭。过了一阵子他们才理会到斯佳丽话说得不多。总之气氛变了。哥儿俩就是弄不清什么道理，只是下午那种高兴劲儿消失了。斯佳丽虽然还没有答非所问，但对他们说什么话似乎不大留心。哥儿俩觉察到有点莫名其妙，不免感到没趣，暗暗气恼，又捱了一会儿，才看看表，勉强站起身。

在新耕地对面，太阳已经西沉，河对面高高的树林影影绰绰。燕子正迅捷地飞掠过院子，家禽也正从田间回来，零零落落的是鸡，摇摇摆摆的是鸭，趾高气扬的是火鸡。

斯图特一声吼道："吉姆士！"过了一会儿，就见一个跟他们年纪相仿的高大黑小子气喘吁吁地从屋子拐角跑出来，朝拴着的马跑去。吉姆士是他们的贴身伴当，像狗似的到处陪着他们。他是他们小时候的玩伴，在他们十岁生日那天就送给他们使唤了。塔尔顿家的猎狗一见到他，赶紧在红土上跳起身，站好等候主人。哥儿俩跟斯佳丽点点头，握握手，说明儿一早他们就到韦尔克斯家等她。说罢他们就匆匆走下小径，骑上马，后面跟着吉姆士，顺着两排雪松的林荫道一溜小跑而去，一边挥舞帽子，一边朝她喊话。

但等绕过那条一片尘土的道路的拐弯，看不见塔拉庄园了，布伦特才在山茱萸树丛下勒住马。斯图特也按马不动，黑小子在后面几步路外也停了下来。三匹马感到缰绳松了，都往下伸长脖子去啃嫩青草，耐心的猎狗又在松软的红土上躺下，痴心仰望在苍茫暮色中盘旋的燕子。布伦特那张一副老实相的脸上露出困惑和微微愠怒的神色。

"听我说，"他说，"你看，她像是会留我们吃饭的吗？"

"我原还以为她会呢，"斯图特说，"我一直等着她开口，谁知她没开口。你明白是怎么回事吗？"

"我弄不明白。不过照我看来，她本来会请我们吃饭的。说到头来，今儿毕竟是我们回家的头一天啊，她有好一阵子没看见我们了。我们也有好多事要跟她说呢。"

“照我看来，我们刚到时她看见我们还高兴得不得了呢。”

“我也这么想。”

“后来，大约半小时前，她就有点儿沉默了，像是头痛了。”

“我也看到了，可我当时没在意。你看她怎么啦？”

“我不知道。你看我们说过惹她生气的话吗？”

他俩想了一会儿。

“我想不出什么话啊。再说，斯佳丽生起气来，大家都有数。她可不像有些姑娘全搁在心里。”

“是啊，我就是喜欢她这点。她生起气来绝不会冷冰冰，一副讨厌相——她会跟你明说的。准是我们说的话，做的事里有什么地方得罪了她，她才闭上嘴，脸色难看了。我敢说，我们刚来的时候，她看见我们还是很高兴的，还打算请我们吃饭呢。”

“你看，不见得是我们被开除的缘故吧？”

“才不呢！别傻了。我们告诉她这事，她听了还乐得什么似的呢。再说，斯佳丽跟我们也差不离，并不看重念书的。”

布伦特在鞍上回过头去，叫那个黑小子。

“吉姆士！”

“少爷？”

“你听到我们跟斯佳丽小姐谈什么了吗？”

“没，没，布伦特少爷！你想我怎会偷听白人说话呢？”

“偷听，我的天哪！你们黑人什么事情都知道。哼，你骗人，我亲眼看见你侧着身子挨到门廊拐角，蹲在墙脚一簇白茉莉树那儿。得，你听到我们说了什么可能惹斯佳丽小姐生气——或伤她心的话？”

经这么一求，吉姆士就不再装作没听到谈话了，只是皱皱黑眉头。

“没，少爷。我没听见你们说了什么惹她生气的话。照我看来，她看见你们好像很高兴，的确很惦记你们哪，她一直唧唧喳喳，乐得像小鸟，到后来你们告诉她阿希礼先生和玫荔·汉密顿小姐要结婚了，那时她才像小鸟看见老鹰飞过去那样安静了下来。”

哥儿俩面面相觑，点点头，不过还是没明白过来。

“吉姆士说得对。可我看不出这是为什么，”斯图特说。“我的天哪！阿希礼对她又算不上什么，只是个朋友罢了。她又没爱上他。她爱上的是我们俩啊。”

布伦特点头表示同意。

“你想会不会是阿希礼没告诉过她明天晚上要宣布这事，她为了他在告诉大伙儿前没先跟她这个老朋友说一声，就此生他的气了？姑娘家把先知道这类事情看得很重的。”

“说起来倒也是。不过如果他没告诉她明天宣布，那又怎么样？这种事原该是桩秘密事儿，是件意外喜讯，做男人的总有权利对自己订婚的事保守秘密吧？要是玫荔小姐的姑妈没透露，我们都还不知道呢。不过斯佳丽一定知道他总有一天要娶玫荔小姐的。嗐，我们都知道了好多年啦。韦尔克斯家和汉密顿家一向是表亲通婚的。人人都知道他大概总有一天会娶她的，正像霍妮·韦尔克斯也要嫁给玫荔的哥哥查尔斯一样。”

“得了，我不去想这事了。可她不请我们吃饭我总不大痛快。我发誓绝对不愿回家去听妈痛骂我们被开除的事。这可不见得是头一回了。”

“不定这会儿博伊德已经把她的气平下来了。你知道这小淘气鬼一张嘴多么能说会道。你知道他一向能把她的气平下来的。”

“是啊，博伊德虽然能办到，可也得花时间。他得绕着圈子说话，绕得她搞糊涂了，只好罢休，叫他留点说话力气去当律师用。可是这会儿他还没时间开个头呢。嗐，我敢打赌，妈至今对那匹新马还挺起劲，要到今晚坐下来吃饭，看见博伊德，她才会想起我们又回到家里来了。晚饭没吃完，她就越想越火，气得七窍生烟。要到十点钟，博伊德才有机会跟她说，自从校长对你我那样训话以后，我们留在学校里脸上都不会光彩。要到半夜时分，博伊德才会说得她回心转意，把火气出到校长身上，问博伊德干吗不一枪把校长崩了。不行，我们要等到半夜过了才能回去。”

哥儿俩怏怏不乐地面面相觑。他俩对驯养野马、开枪闹事、邻居发火什么的全都不怕，怕就怕红头发的母亲老实不客气的数落，还怕她用马鞭毫无顾忌地抽他们屁股。

“得了，听我说，”布伦特说。“我们就上韦尔克斯家去吧。阿希礼兄妹一定愿意留我们吃饭的。”

斯图特看上去有点不安。

“不，还是别去吧。他们家准备明天的野宴一定忙得不可开交，再说——”

“噢，这我倒忘了。”布伦特匆匆说。“好，我们就别去。”

他们对着马一声吆喝，就默默骑了一阵子，斯图特那张棕色的脸不由臊红了。原来，去年夏天以前，在双方家里和全县的人一致首肯下，斯图特就一直在追求印第亚·韦尔克斯。县里的人觉得印第亚·韦尔克斯性子冷静沉着，对他可以起点安定的作用。总而言之，大家都热心地抱着这希望。斯图特兴许找到了对象，布伦特可不满意了。布伦特也喜欢印第亚，但他认为她长得太丑，性子又太温顺，斯图特跟她谈恋爱，他简直无法奉陪，这是哥儿俩头一回趣味不投。布伦特认为这姑娘丝毫也不出众，而他兄弟却对之大献殷勤，不免心里不痛快。

后来，到了去年夏天，在琼斯博罗橡树林举行的一次政治讲演会上，他们俩忽然一下子都注意到斯佳丽·奥哈拉了。他们认识她多年了，打小时候起，她就是最讨人喜欢的玩伴，因为她会骑马，会爬树，几乎跟他们一样。谁知叫他们大吃一惊的是她竟出落成一个妙龄少女了，而且也算得上天下最娇媚的姑娘。

他们头一回注意到她笑的时候那对绿眼睛多么灵活，那对酒窝多么深，她的手脚多么纤巧，她的腰肢多么苗条。他们一番花言巧语哄得她发出一串银铃般的欢笑声，他们就此以为她把他们看成一对稀世至宝，益发使出了浑身解数。

这是哥儿俩一生中值得纪念的一天。因此，他们一谈起这事，总是想知道他们为什么早先没注意到斯佳丽的魅力。他们根本得不出正确的答案，原来那一天斯佳丽是存心引他们注目的。她生来就容不得任何男人同任何女人谈恋爱，而不是同她，她一看见印第亚同斯图特说话，她那副强横的脾气就受不了。她看上了斯图特还不满足，连布伦特也看上了，干脆把哥儿俩一起拉拢了。

布伦特原来半心半意地追求过洛夫乔伊一个姑娘，莱蒂·芒罗，现在他们俩都同她谈上了恋爱，干脆把印第亚和莱蒂都抛到九霄云外了。哥儿俩可没问如果斯佳丽接受他们其中一个的爱，失意的那个怎么办。反正船到桥头自会直。目前他们对一致追求一个姑娘十分满意，因为兄弟间倒没有争风吃醋。邻居看到这个情况都很感兴趣，他们的母亲却很烦恼，因为她并不喜欢斯佳丽。

“如果那个鬼丫头相中你们哪一个，谁就活该，”她说，“也许她两个都相中，那你们就只好搬到犹他州去，当地摩门教徒[①]肯不肯收留你们——我可不知道……我伤脑筋的只是总有一天你们俩都要给那个两面三刀的绿眼珠小妖精害得喝个烂醉，争风吃醋，那时就开枪决斗。不过那么着倒也不坏。”

自从那天讲演会以后，斯图特见了印第亚就不自在。倒不是印第亚责骂过他突然变了心，也不是在眼色里或举止中流露出她看出他变了心。她这位小姐贤惠得要命。可是斯图特对她总感到内疚不安。他知道他已经使印第亚爱上了他，他知道她内心还爱着他，他心里感到自己做事不像堂堂男子汉。他依然非常爱她，尊重她有较好的教养，有学问，还有种种优良品德。可是，真见鬼，同斯佳丽那活泼善变的魅力相比，她总显得呆板、乏味，而且老是一成不变。碰到印第亚你总是知道该怎么凑她的兴，碰到斯佳丽你就一点儿都摸不着边。这点真够叫男人掉了魂似的，可是魅力就在这儿。

“得，我们就上凯德·卡尔弗特家吃晚饭吧。斯佳丽说凯思琳从查尔斯顿回来了。也许她会谈些我们没听说过的苏姆特堡消息。”

“凯思琳才不知道呢。我跟你打赌，两块赌一块，她连港口外有没有炮台都不知道，更别说炮台里全是北佬，给我们一顿炮轰打光这事了。她只知道自己跑舞会，找情人罢了。”

---

① 美国犹他州为摩门教徒聚居地，盛行一夫多妻制与一妻多夫制。

“得，听听她说废话也有趣。总得有个地方躲躲，等到妈上床睡觉了再说啊。”

“嗐，妈的！我喜欢凯思琳，她很有趣，也想听听卡罗·瑞特和查尔斯顿其他一些熟人的消息；可我死也受不了跟她那个北方后娘同桌吃饭。”

“斯图特，别让她太难堪。她是一片好意。”

“我不是让她难堪。我是可怜她，但要我可怜的人我并不喜欢。她拼命想讨好人家，让人家感到舒服自在，弄得手忙脚乱的，结果反而说错话，做错事，落不到个好。她让我感到坐立不安！她把南方人当成蛮子。她甚至还跟妈这么说。她怕南方人。每逢我们在场，她总是怕得要死。她真叫我想起一只瘦得皮包骨的母鸡，歇在椅子上，眼睛有点骨溜溜，发着愣，吓坏了，只要谁有点儿动静，它就准备拍拍翅膀，咯咯乱叫。”

“得了，你不能怪她。你的确开过枪打中凯德的腿。”

“嗐，当时我喝醉了，要不我才不会开枪呢，”斯图特说。“凯德也从没记什么仇。凯思琳啊、赖福啊、卡尔弗特先生啊，都没记过仇。只不过是那个北方后娘鸡毛子喊叫说我是个蛮子，正经人家在没开化的南方人身边不太平啊。”

“得了，你不能怪她。她是个北方人，没什么礼貌；何况，你毕竟开枪打了他，他又是她的继子。”

“嗐，妈的！那也不能成为侮辱我的理由啊！你还是妈妈的亲生儿子呢，可是那回汤尼·方丹开枪打伤你的腿，她有没有大发脾气呢？没有，她只是把方丹大夫请来包扎伤口，问大夫说汤尼眼力怎么啦。说她猜想大概是他喝了酒枪法才不准吧。记得当时汤尼听了多气吗？”

哥儿俩都乐得哈哈大笑。

“妈真是个厉害脚色！”布伦特用充满爱意的赞许口气说。“她当着大伙儿的面总是举止得体，决不让你下不了台。”

“是啊，不过今晚我们回到家里，她八成儿会当着父亲和姐妹的面说些叫我们下不了台的话。”斯图特闷闷不乐地说。“听我说，布伦特，我猜这回我们可去不成欧洲了。你知道母亲说过，要是我们再给一家大学开除了，就休想到欧洲去观光旅行①。”

“嗐，妈的！我们才不在乎呢，是吗？欧洲有什么好看的？我敢说，那些外国人拿不出一样东西是我们佐治亚这里没有的。我敢说，他们的马跑得没我们的快，姑娘长得没我们的漂亮，裸麦威士忌也比不上父亲自己酿的够味。”

“阿希礼说过欧洲有不少好风景，不少好音乐。阿希礼喜欢欧洲。他一张嘴老是离不开欧洲。”

“嗐，你知道韦尔克斯家里人的脾气。他们对音乐、书本和风景都有点儿着迷。母亲说因为他们的祖父是弗吉尼亚人。她说弗吉尼亚人非常看重这类玩艺儿。”

“让他们去着迷好了。给我一匹好马骑骑，一些好酒喝喝，一个好姑娘追追，一个坏姑娘开开心，谁要到欧洲去玩尽管去好了……错过欧洲旅行有什么可惜？眼看就要打仗了，要是我们眼下在欧洲怎么办？我们就不能赶快回家了。我倒很愿意去打仗，不愿去欧洲。”

“我也一样，改天……听我说，布伦特！我知道我们能上哪儿去吃饭了。我们就骑到沼泽地对面埃伯·温德那儿，跟他说我们四兄弟又回来了，准备受军训。”

“好主意！”布伦特起劲地说。“我们就可以听到骑兵连的种种消息，打听到他们最后决定用什么颜色的军服了。”

“如果是穿阿拉伯式军服的义勇兵②，我可决不入伍。穿上那种鼓鼓囊囊的红裤子，我觉得娘娘腔。活像女人穿的红绒布衬裤。”

“你们打算上温德先生那儿去吗？去的话，可吃不上晚饭，”吉姆

---

①此处指十八、十九世纪英美上流社会把子女送到欧洲大陆各大城市旅游观光，开拓眼界，作为绅士教育的一部分。

②原指法国的朱阿夫兵，大多为阿尔及利亚人编成，后亦用本国人充当，穿五颜六色的阿拉伯服装，以强悍著称。美国1861—1865年南北战争时义勇兵所穿军服类似朱阿夫兵，故亦称为朱阿夫兵。

士说。“他们家厨子死了，还没买新厨子。他们叫个干农活的黑奴做饭，那些黑人跟我说她是全州最糟的厨娘。”

“天哪！他们干吗不再买个厨子呢？”

“穷白佬家怎么买得起什么黑奴呢？他们家的黑奴至多不过四个罢了。”

吉姆士声音里坦然露出一副瞧不起的口气。因为塔尔顿家有一百个黑奴，他跟大庄园主的所有奴隶一样，自己的社会地位牢靠，所以并不把蓄奴少的小农场主放在眼里。

“你这么说话我要剥下你的皮，”斯图特恶狠狠说。“不准你叫埃伯·温德穷白佬。他穷虽穷，但不是穷白佬。不管黑人白人，任何人都决不容许说他一句坏话。县里可找不出第二个比他好的人了，要不骑兵连怎么选他当少尉呢？”

“这个我可根本弄不明白，”吉姆士听到主子责骂还是若无其事，径自答腔说。“照我看来，他们都是从有钱的白人老爷里头挑选军官的，决不从穷白佬里头挑。”

“他不是穷白佬！你想拿他同斯莱特里家这种真正的穷白佬相比吗？埃伯只是不算有钱罢了。他是个小农场主，不是大庄园主，要是哥们儿看重他，推选他当少尉，那么就不准任何黑人对他说三道四。骑兵连知道好歹。”

骑兵连是三个月前佐治亚州脱离联邦那一天刚成立的。从此新兵就一直在待命打仗。虽然主意不少，但这支队伍至今还未命名。大家对连队命名各有各的主意，而且都不愿轻易放弃，对军服颜色和式样也同样如此。有叫“克莱顿野猫”的，有叫“霹雳火”的，有叫“北佐治亚轻骑兵”的，有叫“朱阿夫义勇兵”的，有叫“内地火枪连”的（虽然骑兵连里的武器只是手枪、马刀和长猎刀，不用火枪），有的叫“克莱顿灰衣连”，有的叫“暴力连”，还有的叫“大刀阔斧连”，各种叫法都有人附和。在事情定下来之前，大家都叫这支队伍为“骑兵连”，尽管后来终于采用了响亮的名称，但始终还是以叫惯的“骑兵连”闻名。

军官都是连队里的人推选的，因为县里除了三两个参加过墨西哥战争[①]和塞米诺尔战争[②]的老兵外，没一个人有过打仗经验。再说，如果一个老兵当了长官，没有人缘，没有士兵信赖，骑兵连里也瞧他不起。大家都喜欢塔尔顿家四兄弟和方丹家三兄弟，但可惜不肯推选他们当官，因为塔尔顿家四兄弟都是一喝就醉，喜欢寻欢作乐，方丹家三兄弟呢，又是脾气暴戾残忍。于是阿希礼·韦尔克斯就此被选为上尉，一来他是全县骑术最高明的一个，二来他头脑冷静，可以指望他来维持点儿军纪。赖福·卡尔弗特被选为中尉，因为大家都喜欢赖福。埃伯·温德被选为少尉，他父亲是沼泽地一个捕兽的[③]，他本人是小农场主。

埃伯是个精明、严肃的大力士，目不识丁，心地善良，比其他哥儿们年纪大些，当着妇女的面跟大家一样彬彬有礼，也许更有礼些。骑兵连里倒不大讲究势利。其实他们的父辈祖辈有好多好多人都是从小农阶级发迹致富的呢。况且，埃伯又是骑兵连里枪法最好的一个，是个真正的神枪手。在七十五码外可以打中松鼠的眼睛，他还精通野外生活的种种知识，比如在雨中生个火啊，追踪动物啊，寻找水源啊，样样都会。骑兵连里对有真本事的人都口服心服，而且因为大家都喜欢他，就请他当军官。他也名正言顺地当之无愧，丝毫没有不当的自负神气。尽管庄园主对他不是上等人出身能眼开眼闭，庄园主的女眷和奴隶却不能。

最初，骑兵连专门招募庄园主的子弟，算是一支乡绅队伍，人人都自备马匹、武器、装备、军服和贴身勤务兵。可是克莱顿县历史不长，有钱的庄园主寥寥无几，为了充实队伍兵员，不得不招募小农场主的子弟，偏僻林地的猎户，沼泽地的捕兽人，佐治亚州的山地人，在个别情况下，连穷苦白人也招，只要水平高过一般就行。

---

① 墨西哥战争，1845 年，美国与墨西哥因得克萨斯归属问题，发生边界争端，1846 年爆发战争，1848 年以美军获胜结束。

② 塞米诺尔战争，塞米诺尔是印第安人的一支，十八世纪定居佛罗里达。1835 年美军发动围剿，遭到英勇抵抗，未能征服。但终因寡不敌众，于 1852 年溃败，少数留居沼泽地，多数迁居俄克拉何马。

③ 指专用捕兽器诱捕野兽取得皮毛或肉的人。

一旦开战，这些年轻人同有钱的邻居一样，都巴不得去打北佬呢；不过经费的微妙问题来了。有马的小农场主不多。他们都是用骡子干农活的，而且也没多余的骡子，往往不到四头。骑兵连坚决不收骡子，即使收，也舍不得用来打仗的。至于穷苦白人要是有头骡子的话，就当自己富裕了。偏僻林地人家和沼泽地住户，既没马，也没骡。全靠地里的出产和沼泽地的野物过日子。通常做生意都是以货易货，一年到头也见不大到五块钱的，自然也出不起马和军服。他们穷虽穷，却傲气十足，倒跟庄园主仗着自己有钱一样傲，他们不肯接受有钱的邻居任何带点施舍味儿的东西。所以，为了不伤大家的感情，保持骑兵连兵员充实，斯佳丽的父亲，约翰 · 韦尔克斯，布克 · 芒罗，吉姆 · 塔尔顿，休 · 卡尔弗特，实际上是除了安古斯 · 麦金托什以外，每个大庄园主都捐出钱来做连队人马全副配备的费用了。结果等于每个庄园主都出钱来装备自家子弟和一定数目的人员了，不过这种做法倒可以使队里那些不大有钱的人不伤体面地收受人家捐助的马匹和军服。

骑兵连每星期两次在琼斯博罗集合训练，祈求早日开战。凑足马匹的筹备工作虽然还没完成，可是那些有马的人已经在县政府后面那块场子进行想象中的骑兵演习了，扬起了满地尘土，喊得声嘶力竭，还挥舞着从客厅墙上摘下的独立战争时用的军刀。暂时还没有马的人就在布拉德的铺子面前街沿石上坐着，眼睁睁望着骑马的战友，嘴里嚼着烟草，谈天说地。要不就参加射击比赛。开枪可谁也不用教。多半南方人都是生来手不离枪的，打猎生涯把他们个个都磨练成神枪手了。

庄园主的府邸，沼泽地的木棚，都拼拼凑凑拿出了五花八门的火器。有打松鼠的长杆枪，当初首次翻越阿勒根尼山脉①时，这些枪还是新式枪；有老式前膛枪，当初佐治亚州刚成立时，好多印第安人都需要

①阿勒根尼山脉，美国东部山脉，为阿帕拉契亚山脉西边山脉，从宾夕法尼亚北部经西弗吉尼亚、弗吉尼亚，此处指北美洲第一批移民翻越阿勒根尼山脉。

这种枪；有马枪，1812 年战争时①，塞米诺尔战争时，墨西哥战争时都使用过这种枪；还有镶银柄的决斗手枪，有袖珍大口径短筒手枪，有双筒猎枪，也有漂亮的英国货全新来复枪，枪把都是用亮光光的上等木料做的。

操练总是在琼斯博罗的酒馆里收场，到了傍晚打架的事层出不穷，北佬还没给他们大吃苦头，军官就挡不住伤亡事故了。就是在这些殴斗中，斯图特 · 塔尔顿开枪打了凯德 · 卡尔弗特，汤尼 · 方丹开枪打中布伦特。骑兵连成立那时哥儿俩刚巧被弗吉尼亚大学开除，在家里闲着，出于一股热诚，就此入伍；谁知过了两个月，出了开枪伤人的事，他们的母亲就匆匆打发他们上佐治亚州立大学，命令他们待在那儿。他们出门那阵子，非常想念操练那股兴奋劲儿，只要他们能跟朋友结伴骑马，叫喊，开枪，他们认为不念书也没关系。

“得了，我们就抄近路穿过田野到埃伯家去吧。”布伦特提出道，“我们穿过奥哈拉先生的河谷和方丹家的牧场，很快就到了。”

“除了负鼠和蔬菜，我们什么吃的也捞不到，”吉姆士分辩说。

“你本来就什么吃的也捞不到，”斯图特咧开嘴笑道。“因为你要回去禀告妈说我们不在家吃晚饭。”

“不，我不去，”吉姆士惊呼道。“不，我不去！让贝特丽丝小姐把我揍扁，还不如让你们揍更有趣呢。先不先她就会问我怎么又让你们被开除了。接下来就会问我今晚怎么不带你们回去挨揍。问完她就会像鸭子扑虫子似的突然对我扑上来，不知不觉就把一切罪名统统堆在我头上。如果你们不带我上温德先生家，那我情愿躺在林子里过夜，让巡逻队把我抓起来，因为贝特丽丝小姐正在火头上，让她抓住我，还不如让巡逻队抓去呢。”

哥儿俩看着这个铁了心的黑小子，心里又为难又气愤。

“他真混透了，竟要让巡逻队把他抓去，那还不给妈多个话柄谈上

---

①1812 年战争，1812 年 6 月 18 日，美国在英法关系紧张情况下，要求中立航运权未遂，宣布同英国开战，初期取得几次海战的胜利，经过几年苦战，杰克逊将军取得决定性的胜利，终于 1815 年 1 月结束战争。

几星期的。我敢说，黑人净惹事。有时候我想废奴主义者的主意倒也有道理。”

“得了，我们自己不愿去挨骂，勉强吉姆士去也不好。我们只好带他去了。可是，听着，你这个不要脸的黑傻瓜，如果你在温德的黑人面前摆什么架子，露出口风说我们家一年到头吃炸鸡和火腿，而他们光吃兔子和负鼠，我就——我就告诉妈。我们也不让你陪我们去打仗。”

“摆架子？我给那些贱黑人摆架子？不，少爷，我可懂规矩。贝特丽丝小姐教我学规矩，不是跟教你们俩一样教吗？”

“她对我们三个谁都没教好，”斯图特说。“来，我们快走吧。”

他勒住大红马，用靴刺踢踢马肚子，轻而易举就跃马跳过横栏，落在奥哈拉的庄园里那片软软的地里。布伦特的马也跟着跳过去，接着吉姆士死死抓住鞍头和马鬃也跳了。吉姆士不喜欢跳围栏，可是为了赶上主子，再高的围栏也跳过了。

他们在暮色苍茫中挑着道儿，穿过红红的犁沟，沿着山脚到了河谷，布伦特对他兄弟叫道：

“听我说，斯图！你看，斯佳丽像是会留我们吃晚饭的吗？”

“我一直在想她会请的，”斯图特叫道。“你为什么以为……”

第2章

哥儿俩离开时斯佳丽站在塔拉庄园门廊上，直等到飞驰的马蹄声消失了，这时她才像个梦游者一样回到自己的椅子上。她的脸感到仿佛痛得发木，嘴巴刚才一直勉强咧着装出微笑，免得哥儿俩看出她的秘密，倒真的酸痛呢。她疲倦地坐下，蜷起一条腿，心里越来越痛苦，痛苦得都没法忍受了。她的心阵阵痉挛地跳动，两手冰凉，一种大难临头的感觉压得她喘不过气来。她脸上露出痛苦而惶惑的神色，一个娇生惯养的孩子一向要怎样就怎样，如今，生活里头一回碰到不顺心的事了，神色就是这么惶惑的。

阿希礼竟要娶玫兰妮·汉密顿！

哦，这绝不会是真的！哥儿俩搞错了。他们又在跟她开玩笑了。阿希礼绝不会，绝不会爱上玫兰妮。玫兰妮那种耗子般的小不点儿是没人会爱上的。斯佳丽轻蔑地回想起玫兰妮像孩子般瘦小的身材，她那张一本正经的瓜子脸，其貌不扬，简直难看。而且阿希礼有好几个月没见到她了。自从去年他在十二棵橡树庄园举行留客过夜的大宴会以来，他只不过到亚特兰大去了两次。不对，阿希礼绝不会爱上玫兰妮，因为——她绝不会弄错的——因为他爱上她了！她，斯佳丽，才是他爱的人——这点她知道。

斯佳丽听见黑妈妈的沉重脚步把穿堂地板踩得格格摇动，急忙放下腿，尽量装出比较平静的神情。千万不能让黑妈妈疑心出了什么事。黑妈妈觉得奥哈拉一家统统都归她所有，他们的秘密就是她的秘密。哪怕有一丁点儿疑点也足以让她像条猎狗似的穷追不舍。斯佳丽凭经验就知道，如果不立刻满足黑妈妈的好奇心，她就会向埃伦查问这件事，到那时斯佳丽只好把一切都向母亲和盘托出，要不然就得编出一套能自圆其说的谎话。

黑妈妈从穿堂里出来了，她是个身材高大的老太婆，一对机灵的小眼睛跟大象的眼睛似的。她皮肤乌黑油亮，是道地的非洲人，对奥哈拉家忠心耿耿，是埃伦的左右手，三位千金见了她就头痛，家里其他佣人见了她都害怕。她虽是黑人，但行为准则和自尊心却和她的主人一样高尚，甚至更高。她从小在埃伦的母亲，索朗热·罗比亚尔的闺房里受教养。索朗热是个优雅、冷淡，高鼻子的法国女人，对自己的孩子或仆人稍有失礼都决不轻饶。她原是埃伦的奶妈，埃伦出嫁时她从萨凡纳跟着来到内地。黑妈妈疼爱谁，就管教谁，由于她对斯佳丽无比疼爱，无比得意，所以对她简直无时无刻不加管教。

“那两位少爷走了吗？你怎么不请他们留下吃晚饭，斯佳丽小姐？我已经叫波克为他们多添两份饭菜了。你怎么这么没礼貌？”

“哦，他们净谈打仗的事，我都听得腻死了，吃晚饭时再听我可受不了。回头爸也来凑热闹，高声大谈林肯先生的事，那就格外受不了啦。”

“我和埃伦小姐花了多少心血教你，你就跟个泥腿子一样没礼貌。

你怎么没披上围巾呢！晚上的寒气要钻进去的。我跟你说了一遍又一遍，光着肩膀，没披围巾晚上坐在寒气里要发烧的。进屋去吧，斯佳丽小姐。”

斯佳丽故意若无其事地转过身去，幸亏黑妈妈只顾说围巾的事，竟没注意她的脸色。

“不嘛，我要坐在这儿看太阳下山。真好看！请你去把我的围巾拿来吧。黑妈妈，我要坐在这儿等爸回来。”

“听你的嗓音，你好像着凉了，”黑妈妈怀疑地说。

“行了，我没着凉，”斯佳丽不耐烦地说。“你去把我的围巾拿来。”

黑妈妈摇摇摆摆回到穿堂，斯佳丽听见她在楼梯脚下低声叫着楼上的使女。

“喂，罗莎！把斯佳丽小姐的围巾扔给我。”随后，声音提高了些：“不中用的黑丫头！一点用处也没有。看来，我只好自己上楼去拿了。”

斯佳丽听见楼梯嘎吱嘎吱直响，就轻轻站起身来。等黑妈妈回来后，又要继续长篇大论地教训她不懂款待客人了，斯佳丽觉得自己在伤心的时候受不了别人对这种小事的唠叨。她站在那儿，犹疑不决，不知自己能在哪儿躲到心里的痛楚稍稍平静再说。这时她想起一件事，不禁存了一线希望。她父亲当天下午骑着马到十二棵橡树韦尔克斯家的庄园去提出要买下迪尔西的事，迪尔西是她父亲贴身男仆波克的老婆[①]，在十二棵橡树庄园当女仆头儿和收生婆。六个月前波克跟她结了婚以后，就日日夜夜缠着主人去买下迪尔西，让他们两口子好住在一个庄园里。这天下午，杰拉尔德禁不住他纠缠，就动身去谈迪尔西的身价。

斯佳丽想，爸肯定会知道这个坏消息是真是假。即使今天下午他果真没听到什么，说不定在韦尔克斯家也看出些苗头，觉察到什么动静。要是我在吃晚饭前能私下见见他，也许就可以打听出事情真相——原

① 此处指她是和丈夫分属不同主人的黑奴。

来只是哥儿俩一次混账的恶作剧罢了。

现在是她父亲回来的时候了，如果她想单独见他，那就只有到大路口的车道上去等他。她悄悄走下前面的台阶，小心地回头看看黑妈妈有没有在楼上窗户里看着她。眼看飘动的窗帘缝里并没有包着雪白头巾的大黑脸不以为然地偷看她，才大胆撩起绿花裙子，飞奔上通往车道的小路，脚上趿着缎带镶边的纤巧舞鞋，能奔多快就奔多快。

那条碎石子车道两边都是黑黝黝的雪松，当空形成拱顶，把这条长长的林荫道变成一条幽暗的隧道。她走到雪松那些长满节瘤的枝桠下，知道屋里看不到她了，也就放慢了脚步。她气喘吁吁，因为紧身衣束得太紧，跑不了这么多路，但她还是赶快走。一会儿就走到车道口，来到大路上，一直到绕过一个弯，有一大丛树挡住屋子，她才停步。

她满面通红，上气不接下气，坐在树桩上等她父亲。他回家的时间已经过了，但她倒很高兴他晚回来。经这样一耽搁，她才有时间喘口气，缓缓脸色，免得引起他疑心。她时刻盼望听见他的马蹄声，盼望看见他像平时那样危险地飞速冲上小山来。但时间一分分过去了，杰拉尔德没回来。她放眼向大路望去等着他，那股痛苦又涌上心头了。

“哦，这事绝不会是真的！”她想。“他干吗还不来呢？”

她眼睛顺着这条弯弯曲曲的路看去，早上下了场雨，这会儿变成一片血红的了。她心里默默顺着这条路走去，下了小山就是缓缓流动的弗林特河，穿过乱七八糟，一片沼泽的洼地，爬上第二座小山，就是阿希礼居住的十二棵橡树庄园了。现在这条路指的就是一条通向阿希礼的路，一条通向山顶上那座像希腊神庙般美丽的白柱子宅邸的路。

“哦，阿希礼！阿希礼！”她想道，心跳得更快了。

塔尔顿兄弟告诉了她这些流言蜚语以来，她一直给一种困惑和灾难的冷酷感压得透不过气来，这些感觉终于置之脑后了，悄悄取而代之的是两年来一直盘踞心头的那股狂热。

如今她长大了想想也怪，过去阿希礼从来就没那么叫她着迷过。小时候，她看着他来来去去，从来就没把他放在心上。但两年前阿希礼去欧洲旅游了三年刚回来，特地上门拜访，从那天起，她就爱上了他。事情就这么简单。

她当时在前门廊里，他骑着马在长长的林荫道上一路过来，身穿灰色细毛料衣服，系上一条宽宽的黑领带，把那件胸前有饰边的衬衫衬托得更加漂亮。即使到现在，她还记得他穿着的每一个细节，他的靴子擦得雪亮，领带别针上有个美杜莎①头像的玉石浮雕，他一看见她赶快把头上那顶宽边巴拿马草帽拿在手里。他下了马，把缰绳扔给一个黑孩子，站在那儿抬眼望着她，他那对睡意蒙眬的灰眼睛睁得大大的，带着笑意，太阳把他的金发照得亮晃晃，像是戴了一顶光灿灿的帽子。他还说，“原来你已经长大了，斯佳丽。”说着轻快地走上台阶，吻了她的手。他那声音哪！她永远也忘不了她听见他声音时一颗心怦怦直跳，仿佛初次听见似的，慢声慢气，洪亮悦耳。

那一瞬间，她就想要他了，就像要东西吃，要马骑，要一张软和的床睡那样稀松平常，不可理喻。

两年来他陪她在县里参加舞会，炸鱼野餐，郊游，开庭日去看审案，他虽不像塔尔顿家哥儿俩或者凯德·卡尔弗特来得那么勤，也不像方丹家几个小伙子那么纠缠不休。可他没有一星期不上塔拉庄园来的。

他固然从来没对她求过爱，那对清澈的灰眼睛也从来没流露出斯佳丽在别的男人眼睛里见得多的那种炽烈眼光。然而——然而——她知道他爱她。这点她不可能搞错。她的直觉告诉她他爱她，这种直觉比理智和凭经验得出的认识更有力。她经常冷不防地发现他的眼睛并没睡意蒙眬，也不冷漠无情，而是用一种依恋和忧伤的眼光望着她，望得她不知怎么办是好。她知道他爱她。那他为什么不告诉她呢？这点她就不懂了。不过他有好多事她都不懂呢。

他老是彬彬有礼，但态度冷漠，有点见外。谁也不知道他在想些什么，斯佳丽就更不用说了。这一带个个都是想到什么就说什么，像阿希礼这种有话藏在肚子里的脾气可真叫人恼火。他和其他小伙子一样，对县里通常的消遣样样精通，举凡打猎、赌钱、跳舞、政治活动无一不

---

①美杜莎是希腊神话中美女，因得罪女神雅典娜，头发变为毒蛇，奇丑无比。

精，而且骑马功夫最高明；但他和大家的差别就在于他并不把这些寻欢作乐的事当作人生的目标。而且唯独他对书本和音乐感到兴趣，对写诗乐此不疲。

哦，他那一头金发为什么那么俊美？为什么那么见外，彬彬有礼？为什么谈起欧洲、书本、音乐、诗歌以及一些她完全不感兴趣的事总是津津乐道，叫她听得烦死，却又叫她那么想要一听呢？每当晚上，斯佳丽陪他坐在半明半暗的前门廊上以后，她上床总是翻来覆去，好几个小时睡不着，只好自我安慰，以为下一次他看见她时一定会开口求婚的。但一次过了又一次，还是毫无结果——什么也没有，只是盘踞心头的那股狂热越来越高涨，越来越炽烈了。

她爱他，她要他，可她并不了解他。她就像吹过塔拉庄园的风那样直来直去，像蜿蜒流过塔拉庄园的黄浊河流那样纯朴自然，她到死也理解不了事情的复杂性。如今，她生平第一次碰到一个具有复杂性格的人了。

因为阿希礼家世代都是那种闲来无事，光想不干的人，只顾编织五彩缤纷的梦，梦中丝毫没有现实意味。他躲进一个比佐治亚州更美丽的内心世界，不情愿回到现实中来。他看人家，谈不上喜欢也谈不上讨厌。他看人生，谈不上鼓舞也谈不上悲伤。他认为天地万物和自己所处地位本来就是如此，不由耸耸肩膀，就此躲到自己的音乐、书本和更美好的世界里了。

既然斯佳丽不了解他的内心世界，那他怎么又迷住她了呢，这点她可不知道。正是他那么神秘莫测，像扇既没有钥匙，也没有锁的门，才激起了她的好奇心。他那些情况她弄不懂，反而使她更爱他，他那种古怪、克制的求爱方式反而增加她的决心，要把他据为已有。她从不怀疑他总有一天会开口求婚，因为她太年轻，太娇惯，从不知道什么是失败。眼下传来这个可怕的消息，无异晴天霹雳。阿希礼竟要娶玫兰妮！这绝不会是真的！

唉，就在上星期，他们从费尔希尔趁着暮色一起骑马回家来时，他还说过，“斯佳丽，我有件重要大事要告诉你，可简直不知道怎么开口才好。”

她假装正经地垂下眼帘，心里却一阵狂喜，怦怦乱跳，以为幸福的时刻来到了。后来他说道：“现在不谈了！我们快到家了，没时间谈了。唉，斯佳丽，我真是个胆小鬼！”他用靴刺踢了马一脚，就跟她疾驰上山到塔拉庄园了。

斯佳丽坐在树桩上，想起当时使她心花怒放的这番话，突然觉得这番话有了另一层意思，一种可怕的意思。如果他当时打算告诉她的正是他订婚的消息呢！

哦，只要爸回家来就好了！这种挂虑她一刻也受不了啦。她不耐烦地再看看大路，结果还是失望了。

这会儿太阳已经沉入地平线下，天边的红霞渐渐消褪成粉红色。碧空也慢慢变为淡淡的青绿色，村野暮色那股神秘的寂静悄悄来到了她身边。朦胧渐渐笼罩了乡间。红红的犁沟和开裂的红路都失去了神奇的血色，变成普普通通的褐土。路对面牧场里的牛、马、骡都悄悄站着，把头伸出木板围栏外，等着被赶进畜栏去喂食。牲畜不喜欢环绕牧场小河那些灌木丛的黑树荫，都对着斯佳丽抽动耳朵，仿佛很感激有个人做伴。

河滩沼泽地那些高大松树在阳光下绿得如此温馨，在奇异的暮色中，衬着淡淡的天空竟发黑了，成了一排铜墙铁壁似的黑金刚，把缓缓流着的黄浊河水隐藏在脚边。在河对面的小山上，韦尔克斯家的白烟囱渐渐隐没在房子周围浓密的橡树那片黑暗中，只有看到远处星星点点的晚餐灯光才知道那儿有幢房子。温馨潮湿的春天的芳香围绕着她，浸润着刚耕过的土地和一切刚出土的嫩绿作物的香味。

暮色、春天以及嫩绿的新叶对斯佳丽来说算不上奇迹。她对这些自然美毫不在意，看得犹如呼吸的空气和喝的水一样平常，因为除了女人的脸，马匹，丝绸衣服和看得见摸得着的东西，她根本就不知道什么东西看得出美来。然而塔拉庄园精心照管的土地上这片宁静的暮色，给她烦恼的心境倒也带来了一点儿平静。她非常爱这片土地，连自己也不知道爱上了，就像爱祈祷时灯下母亲的脸一样。

那条一片寂静、弯弯曲曲的路上还不见她父亲的踪影。要是她得等很久，黑妈妈一定会来找她，逼她进屋去。但就在她睁大眼睛瞧着那条黑沉沉的大路的时候，忽听得放牧的山脚下响起了得得的马蹄声，看见牛马都吓得四下散开。她父亲正穿过田野，一路向家里飞驰而来。

他骑着那匹膘肥体壮的长腿猎马，一路飞奔上了小山，远远看去就像小孩子骑在大马上。他一头长长的白发飘在脑后，挥着短柄鞭，大声喊着，催马前进。

尽管她满心焦虑，仍然满怀深情，暗暗得意地望着他，因为他是个一流的骑手。

"我真弄不懂他为什么喝了几杯就老是要去跳围栏，"她想。"而且他去年就是在这儿摔破膝盖的。你总当他会学乖了。尤其是他还对妈妈起过誓，保证再也不跳了呢。"

斯佳丽对父亲并不畏惧，她觉得他比起她的妹妹来更像她的同龄人，因为他瞒着妻子跳围栏就感到像孩子般的得意和做了亏心事的欢欣，这跟她骗过黑妈妈时感到乐趣倒是无独有偶。她站起身来看着他。

那匹大马跑近围栏，抖擞精神，身轻如燕，不费什么力就一跃而过，他在马上热烈欢呼，在空中挥舞着短柄鞭，卷曲的白发在脑后飘拂。杰拉尔德没看见树荫下的女儿，他在路上拉住缰绳，拍拍马脖子表示十分满意。

"县里没一匹马赶得上你，州里也没有。"他自豪地对马说，尽管他在美国已住了三十九年，说话仍不脱米斯郡①的土音。随后他匆匆理理自己的头发，整整镶装褶边的衬衫，再把滑到耳朵后面去的领带打打好。斯佳丽知道他临时匆匆打扮是为了在妻子面前装出一副斯文君子模样，仿佛是正经八百地骑马拜访了邻居刚回来。她还知道他正好给了她一个想找的机会，用不着流露自己的真正目的，打开话头再说。

她放声大笑。果然不出她所料，杰拉尔德听到声音吓了一跳；一会儿认出是她，红润的脸上才现出腼腆而不服的神情。他好不容易才下了

---

① 米斯郡，在爱尔兰东部，以农牧业闻名。

马，因为他的膝盖僵硬了，一边把缰绳搭在臂上就迈着沉重的步子向她走来。

“喂，小姑娘，”他说着拧拧她脸蛋，“原来你像上星期你妹妹苏埃伦那样在暗中监视我，你要到你妈那儿去告我的状吧？”

他那沙哑的男低音嗓子虽含着愤怒，但也有点哄骗的口气。斯佳丽一边伸手去替他整整领带，一边开玩笑地啧啧舌头。他喷到她脸上的鼻息有股浓烈的波旁威士忌[①]味，还夹杂着一丝薄荷味。他身上还有嚼烟味，光滑的皮革味和马气味——这股混合气味老是使她联想到父亲，而且别的男人有这股气味，她出于本能也会喜欢。

“不，爸，我可不像苏埃伦那样搬弄是非，”她向他担保，说着站在一边，装出有见识的样子打量他整理过的穿着打扮。

杰拉尔德是个小个子，身高只有五英尺多一点，但腰圆体壮，脖子也粗，因此他坐着时，陌生人看他的外表还以为他是个大高个儿呢。他那极其粗壮的身躯下面是结实的短腿，老是穿着能买到的最好的皮靴，而且老是两腿叉开站着，像个装模作样的小孩子。多数身材矮小的人认真起来都有点荒唐；但在场院里矮脚鸡是受尊敬的，杰拉尔德的情况也是如此。谁也不曾冒冒失失把杰拉尔德当个可笑的小个子看待。

他年已花甲，一头鬈发有如银丝，但那张精明的脸上却没有皱纹。一对严厉的小蓝眼睛还很年轻，无忧无虑，充满青春活力。除了打扑克时要考虑拿几张牌之外，其他问题是从来不动脑筋的。他的脸是地道的爱尔兰人的脸，在他离开已久的祖国是到处可见的——圆滚滚、红通通、短鼻子、大嘴巴，杀气腾腾。

杰拉尔德生相虽然像霹雳火，心肠倒最软。他看不得奴隶噘着嘴挨骂，不管那人多么该骂，也听不得小猫叫，听不得孩子哭；但他最怕人家识破这个弱点。凡是见到他的人要不了五分钟就发现他心肠好，这点他并不知道；要是他看出这点，那他可要大失面子了。因为他喜欢认为自己扯起嗓子发号施令的时候，人人都战战兢兢，听从命令。他从来没

① 美国肯塔基州波旁生产的烈性酒。

想到过庄园里大家只听从一个声音——就是他妻子埃伦那温柔的声音。这秘密他永远不会知道。因为上自埃伦下到最笨的干农活的黑奴，都暗中串通一气，出于好意让他相信他的话就是法律。

斯佳丽对他的脾气和吼声比谁都不放在心上。她是他最大的孩子，三个儿子都已经葬在家族墓地里了，他知道今后再也生不出儿子来了，所以不知不觉中养成了一个习惯，待她十分坦率，这点是她感到最高兴的。比起她妹妹来她更像父亲。因为原名卡罗琳·艾琳的卡丽恩生来娇嫩，喜爱幻想，而教名苏珊·埃莉诺的苏埃伦又自命举止文雅，雍容华贵。

况且，斯佳丽和她父亲还相互勾结包庇。如果杰拉尔德撞见她不绕半英里远路走大门，偏去爬围栏，或者跟男朋友在前面台阶上坐得太晚，他只是私下里狠狠训斥她一顿罢了，不会把这事告诉她母亲或黑妈妈。而如果斯佳丽发现他对妻子庄严地起过誓后还骑马跳围栏，或者，又照常从县里的流言蜚语中听到他打扑克输了多少钱，晚餐时她也绝口不提，决不像苏埃伦那样故作娇憨。斯佳丽和父亲相互庄严保证，这种事决不传到母亲耳边，传了只会伤她心，说什么他们也不能伤害她的好心。

斯佳丽在逐渐暗淡的微光中望着父亲，不知为什么她觉得在他面前她就得到了安慰。他身上有种生气勃勃、朴实而粗俗的气质正合她的心意。她一点也不善于分析，不明白这是因为她多少也具有同样的这些气质，尽管她母亲和黑妈妈花了十六年心血想要消除这些气质也没用。

“你总算弄得相当像样了，”她说，“我想没人会疑心你要过什么花招，除非你自己瞎吹。不过看来，你去年好像就是跳这一处围栏，摔坏了膝盖——”

“得了，我才不让亲生女儿教训我什么该跳不该跳呢，”他大声嚷着，一边在她脸蛋上又拧了一下。“反正是我自己的脖子，是的。再说，小姑娘，你没披围巾上这儿来干什么？”

她看出他又在用老一套手法来摆脱不愉快的谈话，就悄悄把胳臂伸进他的胳臂，说道：“我在等你呢。我不知道你会这么晚。我只是想知道你是不是买下迪尔西了。"

"买是买下了，就是这身价害得我倾家荡产了。把她连同她的小妞儿普莉西一起买下了。约翰 · 韦尔克斯几乎要把她们白送给我，但我决不让人家说杰拉尔德用交情来做生意，因此我硬要他收下三千块做这两个人的身价。"

"老天爷，爸，三千块！你又用不着把普莉西也买下啊！"

"难道轮到我自己的女儿指责我了吗？"杰拉尔德大声反问一句道。"普莉西是个漂亮的小妞儿，所以——"

"我认识她。这妞儿又鬼又笨，"斯佳丽没有给他大喊大叫吓倒，镇定地回答说。"你买下她就是因为迪尔西求你买下她。"

杰拉尔德一副垂头丧气的窘相，每当他做了件好事被人识破时老是这样的。斯佳丽看到他这么容易被识破不由放声大笑。

"得了，我买了又怎么着？如果迪尔西老惦着这妞儿，没精打采，那买下她又有什么用呢？好吧，我再也不让这儿的黑人跟外面的女人结婚了。价钱太贵了。来吧，小姑娘，我们进屋吃晚饭去。"

这会儿夜色更浓了，天边最后一抹绿色也消失了，阵阵寒意驱除了春天的和煦。但斯佳丽却磨磨蹭蹭，不知怎么把话题转到阿希礼身上，才不让她父亲怀疑她的动机。这可不容易，因为斯佳丽生来就一点也不精明，她父亲跟她十分相像，她经常看破他的诡计，他对她那些拙劣的诡计也总是一眼就看破了。而且他这么做不大讲究方式方法。

"十二棵橡树庄园的人怎么样？"

"跟平常差不多吧。凯德 · 卡尔弗特也在那儿，我办完迪尔西的事以后，我们就都在阳台上喝了几杯棕榈酒。凯德刚从亚特兰大来，他们都在那儿谈打仗，闹翻了天——"

斯佳丽叹了口气。要是她父亲一谈到战争和退出联邦的事，那就会谈上几个小时才罢休。她赶紧换了个题目打断了他。

"他们提到明天的烤肉野宴吗？"

"我想起来了，他们提到过的。那位小姐——她叫什么来着——就是去年到这儿来过的那个可爱的小东西，你知道，阿希礼的表妹——哦，对了，玫兰妮·汉密顿小姐，是这个名字——她和她哥哥查理已经从亚特兰大来了，而且——”

“哦，原来她真来了？”

“是啊，她是个文静可爱的小东西，很守妇道，从来不开口说句话的。快来吧，女儿，别磨蹭了。你母亲要找我们了。”

斯佳丽听见这消息心就一沉。本来她还希望玫兰妮有什么事留在出生的亚特兰大呢，而且听到她父亲都在称赞玫兰妮文静可爱的性格，和她的性格大不相同，她只好打开天窗说亮话了。

“阿希礼也在那儿吗？”

“他在，”杰拉尔德脱开女儿胳臂，回过头来，目光敏锐地细细打量她。“要是你特为这事才出来等我，那干吗转弯抹角，不直说了呢？”

斯佳丽想不出话可说，只觉得自己气得脸也红了。

“嗐，说呀。”

她还是不说话，恨不得摇摇父亲，叫他住口。

“他在家，一片好意地问起你，他几个妹妹也问了，还说他们希望你明天没事去参加烤肉野宴呢。我敢说你绝对不会有什么事的，”他精明地说，“行了，女儿，你和阿希礼到底是怎么回事？”

“没事，”她马上说，一面使劲拖他胳臂。“我们进去吧，爸。”

“这会儿是你要进去了，”他看看她。“我可要站在这儿把你弄个明白才走。现在我想起来了，最近你一直很古怪。是他一直在玩弄你？他向你求过婚吗？”

“没有，”她马上说。

“他也不愿向你求婚。”杰拉尔德说。

她火了，但杰拉尔德挥挥手，叫她安静。

“别噜苏，小姐！今天下午约翰·韦尔克斯悄悄对我说了，阿希礼要娶玫兰妮，明天就要宣布了。”

斯佳丽的手从他胳臂上落下。原来这事是真的！

她心里顿时像给野兽的尖牙猛啃了一口，深深感到刺痛。这会儿，她感到父亲的眼睛一直望着她，神情有点怜悯，也有点烦恼，因为他碰到了一个不知怎么回答的难题。他虽然爱斯佳丽，但她硬要他回答自己那些傻里傻气的难题却使他感到不舒服。埃伦知道一切答案。斯佳丽应该把自己的心事去问她才是。

“你这不是一直在出自己的丑——也在出我们全家的丑吗？”他又像往常激动的时候那样提高嗓门吼道。“县里哪一个花花公子你都能搞到手，你倒偏偏去追求一个不爱你的男人！”

她顿时生了气，伤了自尊心，痛苦竟消除了几分。

“我没追求过他。只是——只是感到惊讶。”

“你在撒谎！”杰拉尔德说，说罢盯着她那张神色苦恼的脸，又突然和蔼地加了一句：“对不起，女儿。但你毕竟只是一个孩子。求爱的人多着呢。”

“母亲嫁给你的时候才十五岁，我都十六岁了。”斯佳丽压低嗓门说。

“你母亲可不一样，”杰拉尔德说。“她根本不像你这么轻浮。得了，女儿，打起精神来，下星期我带你上查尔斯顿去看望你尤拉莉姨妈，他们那儿正在闹着苏姆特堡的事，不出一星期你就忘掉阿希礼了。”

“他当我还是个小孩，”斯佳丽想着，心里又悲痛又愤怒，话也说不出了。“只要在我面前晃一晃新玩具，我就会忘了身上的肿块。”

“行了，别跟我犟嘴了，”杰拉尔德警告说，“你要是有点头脑早就嫁给塔尔顿家的斯图特或布伦特了。好好想想吧，女儿。嫁给这哥儿俩中的一个，这一来两家庄园就可以并到一起了。我跟吉姆·塔尔顿会给你造一幢好房子，就在两家庄园接界的地方，在那片大松林那儿，还有——”

“你别把我当小孩了！”斯佳丽叫道。“我不要到查尔斯顿去，也不要房子，也不要嫁给这哥儿俩。我只要——”她马上住口，但已来不及了。

杰拉尔德的声音平静得出奇，说话时慢声慢气，仿佛他平时难得动脑筋，这番话倒都经过细细斟酌。

“你只要阿希礼，偏偏又得不到他。就算他愿意娶你，尽管我和约翰·韦尔克斯交情这么好，我要答应下来也放不了心。”看见她神色惊讶，又接着说：“我要自己的女儿幸福，你跟了他可不会幸福。”

“哦，我会的！我会的！”

“你不会的，女儿。只有相像的人结婚才能有幸福。”

斯佳丽突然忍不住想大声顶撞她父亲一句道，“你不也是幸福的吗，可你和母亲并不相像啊。”但她忍住了，生怕自己太放肆，他会掴她耳光。

“我们这些人跟韦尔克斯家的人不一样，”他字斟句酌地慢慢说下去。“韦尔克斯家跟我们哪家邻居都不一样——跟我认识的哪一家也都不一样。他们是怪人，他们最好还是表亲通婚，把这股怪毛病都传给自己人吧。”

“咦，爸，阿希礼不是——”

“别闹，小姑娘！我没说那小子坏话，因为我喜欢他。我说怪，不是说疯。他不像卡尔弗特家那么怪，把全部家产都去赌马，也不像塔尔顿家，每一代人总要出一两个醉鬼，也不像方丹家，都是些性急如火的禽兽，自以为受到怠慢就随便杀人。这种怪毛病当然容易理解，要不是上帝保佑，我杰拉尔德也会有这些毛病的！我倒不是说如果你做了阿希礼的妻子，他会跟别的女人出走，也不是说他会揍你。要是他那样干你倒会快活些，因为至少你会理解这种怪。但他怪在其他方面，叫人一点也摸不透他。我虽然喜欢他，但他说的话我十句倒有八句摸不着头脑。得了，小姑娘，你说实话，他扯起书本、诗歌、音乐、油画和那一类荒唐的废话，你懂吗？”

“哦，爸，”斯佳丽不耐烦地叫道，“如果我嫁给他，我会把那一切都改变过来的！”

“哦，你会，你倒会改变？”杰拉尔德恼火地说，一面狠狠看了她一眼。“那你对天下的男人可了解得太少了，更别提阿希礼了。哪个做妻子的都改变不了丈夫一丝一毫，这点你别忘记。至于说要改变韦尔克斯家的人——没门，女儿！他们一家人都是如此，以前一直如此。也许将来也一直如此。我跟你说他们生来就有股怪劲。瞧他们那德行，一会儿冲到纽约，一会儿冲到波士顿去听歌剧，去看油画。还从北佬那儿订购成箱的法文书、德文书！他们就坐在那儿看啊，做梦啊，不知在干些什么，还不如跟常人一样把这些时间用在打打猎，打打牌上呢。”

“论骑马县里谁也比不上阿希礼，”斯佳丽听到他把阿希礼糟蹋得这么娘娘腔，不由火了，就说，“除了他父亲没人比得上他。至于说打牌，上星期在琼斯博罗，阿希礼不是还赢过你两百块钱吗？”

“卡尔弗特家的小伙子又在瞎说了，”杰拉尔德无可奈何地说，“否则你不会知道这个数。阿希礼骑马能得第一，打牌也能得第一——这是我说的，小姑娘！我不否认他要是喝起酒来连塔尔顿家的人也喝不过他。那些事他样样都行，但他的心不在这上头。所以我才说他怪呢。”

斯佳丽沉默了，心里一沉。她想不出什么话为最后这一点辩护，因为她知道她的父亲是对的。这些寻欢作乐的事阿希礼虽然样样都行，但他的心是不在这上头。别人非常感兴趣的事，他无一不是出于礼貌才装出感兴趣的样子。

杰拉尔德看出了她沉默的意思，拍拍她胳臂，得意洋洋地说：“瞧，斯佳丽！你也承认这话不错了吧。你要阿希礼这样的丈夫干吗呢？韦尔克斯家的人个个都是疯疯癫癫的。”他接着用哄骗的口气说：“我刚才提起塔尔顿家可并不是把他们推给你，哥儿俩倒是好小子，不过要是你以后看上了凯德·卡尔弗特，唉，那对我也完全一样。卡尔弗特家个个都是好人，尽管老头儿娶了个北方婆娘。等我死了——嘘，宝贝，听我说！我就把塔拉庄园留给你和凯德——”

“我才不要人家把凯德放在银盘上送给我呢，”斯佳丽大怒说。“希望你别再把他推给我了！我不要塔拉庄园，也不要任何老庄园。庄园有什么了不起，如果——”

她正要说“如果你没有想要的男人”，但杰拉尔德早已气昏了，他把塔拉庄园看成天底下仅次于妻子的心爱宝贝，他要送给她，她对这份礼物竟这么瞧不起。他气得大吼道：

“斯佳丽·奥哈拉，你竟敢站在那儿对我说塔拉庄园——这片土地没什么了不起？”

斯佳丽倔强地点点头。她痛心极了，顾不上是不是把父亲惹火了。

“天底下只有土地最了不起，”他大声嚷嚷，气得拼命挥舞两条粗短的胳臂。“因为天底下只有土地经久不变，你别忘了这一点！只有土地值得你出力，值得你战斗——值得你拼命！”

“哦，爸，”她厌恶地说，“你说话就像个爱尔兰人！”

“我对此感到羞耻过吗？不，我还引以为荣呢。而且别忘了你也是半个爱尔兰人，小姐！对任何有一滴爱尔兰血液的人来说，他们生活的土地就是他们的母亲。此时此刻我倒为你感到羞耻。我把除了故乡米斯郡以外，天底下最美丽的一块土地送给你，可你怎么样？你还看不起！”

杰拉尔德说得来劲，刚要大嚷大叫，看见斯佳丽愁容满面就打住了。

“不过，你还年轻。将来你对土地会有这种爱的。如果你是爱尔兰人，你就摆脱不了这种爱。你还是个孩子，又在为情人操心。等你年纪大了，你就明白这是怎么……得了，你就打定主意要凯德呢，还是要那哥儿俩，还是要埃文·芒罗家的少爷，瞧我怎么把你好好地嫁出去吧。”

“哦，爸！”

这时，杰拉尔德对这次谈话已经腻透了，而且对这个难题竟落到他身上也烦死了。此外，他感到委屈的是自己提出县里几个最佳人选供她挑，还要把塔拉庄园送给她，她还是一副可怜相。杰拉尔德喜欢的是人家对他的礼物拍手叫好，亲吻感谢。

“行了，别赌气了，小姐。你嫁给谁都无所谓，只要他跟你情投意合，是个上等人，又是南方人，人品又体面就行。对女人来说，结了婚以后才有爱情。”

“哦，爸，那都是老掉牙的故乡观念了。”

“可这个观念很好！鬼混啊，恋爱结婚啊，这套都是奴仆、北佬之流干的美国玩意儿！最美满的婚姻就是父母做主的。因为像你这样的傻瓜怎么分得清好人和坏蛋呢？得，就瞧瞧韦尔克斯家吧。他们怎么会几代相传，门庭不衰呢？噢，就是跟同他们相像的人结婚，跟他们家一向看中的表亲结婚。”

“哦，”斯佳丽叫道，她父亲这番话让她深切感到事实总是事实，这情况也在所难免，不禁又悲从中来。她父亲看见她低着头，不安地拖着脚步。

“你不是在哭吧？”他问道，笨手笨脚地摸摸她下巴，想托起她的脸蛋，他觉得心疼，不由也满面愁容的了。

“对，”她扭开身子，拼命叫道。

“你在撒谎，但我倒感到得意。我很高兴你还有自尊心，小姑娘。而且我要看到你在明天的烤肉野宴上有自尊心。你对人家一片痴情，人家除了做做你朋友之外，根本就没把你放在心上。我可不要县里人因此说你闲话，取笑你。”

“他才把我放在心上呢，”斯佳丽想着，心里十分痛苦。“哦，放在心上的时候多着呢。我知道他放在心上的。我看得出来。要是我时间更充裕一点，我知道我能让他开口——哦，只要韦尔克斯家别老认为他们一定得跟表亲结婚就好了。”

杰拉尔德拉起她的胳臂，挎在自己胳臂上。

“现在我们要进去吃晚饭了，这些事只有你我知道，可别对人说。我不想让你妈为这事操心——你也别说出去。擤擤鼻子，女儿。”

斯佳丽用块破手绢擤擤鼻子，他们就手挽着手走上黑暗的车道，那匹马缓缓跟在后面。走近屋子时，斯佳丽正想再说什么，却见她母亲站在门廊上朦胧的阴影中。她戴着帽子，披着围巾，还套着无指手套，黑妈妈站在她身后，死死绷着个脸，一手提着个黑皮包，包里是埃伦给奴隶看病常备的绷带和药品。黑妈妈的嘴唇厚，还往下搭拉着，碰到她生气，那下唇更比平时拉长一倍。这会儿嘴唇又拉长了，斯佳丽知道黑妈妈碰到什么不称心的事正在火头上呢。

“奥哈拉先生，”埃伦看见父女俩从车道上走来就叫道——她这一代人就讲究规矩，尽管她结婚已经十七年，生过六个子女，还讲究这套——“奥哈拉先生，斯莱特里家有人生病了。埃米的孩子出世了，快死了，一定得受洗，我和黑妈妈这就上那儿去，看看我能做点什么。”

她询问似的提高了声音，仿佛在听候杰拉尔德同意她这番打算，尽管这仅仅是个规矩，但杰拉尔德心里还是很重视的。

“老天爷啊！”杰拉尔德咆哮道，“那些穷白佬为什么偏偏在你吃晚饭时来叫你去，我正想告诉你亚特兰大传说的打仗消息呢！去吧，奥哈拉太太。如果外边出了麻烦，你不去那儿帮忙，晚上也睡不安稳。”

“她晚上净忙着护理黑人和那些能照顾自己的穷白佬，哪里睡得安稳啊。”黑妈妈声音单调地嘟嘟囔囔，一面走下台阶朝等在车道边的马车走去。

“吃饭时你替我照看一下吧，宝贝儿，”埃伦说着，一手轻轻摸摸斯佳丽的脸蛋。

尽管斯佳丽忍住眼泪，经母亲这一具有无穷魅力的抚摸，闻到她窸窸窣窣的绸衣服里隐隐散发出美人樱①香囊的香味，仍然感到激动。对斯佳丽来说，母亲真有点令人惊讶，怪就怪在跟她同住在一幢房子里，既使她害怕，又使她陶醉和抚慰。

杰拉尔德扶妻子上了马车，还命令马车夫小心赶车。托比替杰拉尔德照管马匹已经二十年了，听到有人吩咐他怎么干他的本行活儿，气得噘着嘴生闷气。马车上路了，黑妈妈坐在托比身边，两人都板着脸，非洲人噘起嘴赌气就这副嘴脸。

“要是我不帮斯莱特里家那些穷鬼这么多忙，他们就得在别处花钱，”杰拉尔德怒气冲冲说，“他们就会情愿把他们那可怜的几亩沼泽洼地卖给我，县里也就能摆脱他们了。”说到这里，他想到再来次恶作剧就又快活起来。“来吧，女儿，我们去告诉波克，我们没把迪尔西买

---

①美人樱，一种狭叶马鞭草，草叶中含柠檬香味，提炼后为名贵香料。

下来，倒把他卖给约翰·韦尔克斯了。”

他把缰绳扔给站在近处的一个黑孩子，就走上台阶。他早已忘了斯佳丽的伤心事，一心只想捉弄一下他的贴身男仆。斯佳丽跟在他后面慢慢走上台阶，脚步沉重。她想，她和阿希礼结为夫妻总不见得比她父母这一对更别扭吧。她平时也常在纳闷，她父亲吵吵闹闹，生性迟钝，怎么会娶上她母亲这么个女人，因为这两个人无论出身、教养和性格都相差得太远太远了。

第3章

埃伦·奥哈拉三十二岁，根据当时的标准，可以说是个中年女人了，生了六个孩子，倒死了三个。她是个高个儿，站着比性如烈火的小个子丈夫还高出一头，可是她走起路来温柔优雅，裙摆款摇，身材就不触目了。脖子露在黑色塔夫绸紧身衣领口外，肤如凝脂，圆圆的，细细的。后脑那堆罩在发网里的秀发沉甸甸的，压得她脖子似乎老是稍稍向后仰。她母亲是法国人，外祖父母是在1791年革命①时逃到海地去的。她母亲给了她一对吊眼梢的黑眼睛，乌黑的睫毛和黑头发；她父亲是拿破仑手下一名士兵，给了她笔直的长鼻子和方下巴，配上线条柔和的脸蛋倒不显得生硬。不过埃伦脸上那矜持而不傲慢的神情，优雅庄重，不苟言笑，只有在生活中才能养成。

如果她眼光里有一点热情，笑容里回报人家一点亲切感，在家人和仆人耳朵里听来美妙动听的声音里带点自然流露的味儿，那她早就算得上是一个姿色惊人的女人了。她说话带着佐治亚州沿海那种柔和含糊的口音，元音发音柔和，辅音发音亲切，带有一点点法语腔。吩咐仆人或责备孩子时从来不提高嗓门，但在塔拉庄园里凡听到这声音的无不立刻服从。她丈夫又吼又叫，大家听了反而都默不作声，不理不睬。

从斯佳丽能记事那时起，她母亲就一直是这样，不论是夸奖还是责

---

①1789年法国爆发资产阶级革命，推翻封建王朝，1791年路易十六逃往发棱，贵族也纷纷逃往海地等法国殖民地。

怪，她的声音总是柔和悦耳，尽管乱糟糟的家里每天都有紧急事情，她总是不慌不忙，应付裕如。她情绪镇定，昂首挺胸，连她三个儿子夭折的时候也是这样。斯佳丽从来没看见她母亲坐在哪张椅子上靠着背过。也从来没看见母亲手里不做针线活儿闲坐着，只有吃饭时间，或者看护病人，或者给庄园记账时除外。如果有客人在场，就干精巧的刺绣活，其他时间她手里就忙着缝杰拉尔德镶褶边的衬衫，女儿的衣服或是奴隶们的衣服。斯佳丽无法想象母亲手上不戴金顶针，绸裙窸窣的身影旁没有那小黑女孩跟着是什么情景。这黑女孩生来唯一的职责就是替她拆掉线头，替她拿着黄檀木的针线盒子，跟着她从这间屋子走到那间屋子，她就在屋里四处走动，指挥下人做饭、打扫，以及为庄园上下做大批大批衣服的事。

她从没看见母亲稳重平静的性子激动过，不论白天黑夜，母亲身上的装束总是整整齐齐。每逢她要去参加舞会，或会客，甚至开庭日上琼斯博罗去看审理案子，通常总要花两小时来打扮，得由两个使女和黑妈妈侍候她，才让她称心；但碰到急事她梳妆打扮起来却快得惊人。

斯佳丽的房间就在她母亲房间对面，隔着穿堂，她从小就熟悉天蒙蒙亮时，黑人光着脚轻声在硬木地板上一溜小跑，在母亲门上急匆匆敲几下，惊惶的黑人压低嗓门悄声禀报说下房那溜刷石灰水的小木屋中有人生病，或者生孩子，或是死了人。小时候，她常常悄悄爬到门口，从门缝里张望，看见她母亲从漆黑的房间出来，房里有板有眼地响着她父亲的鼾声，安然无扰。黑人手里擎着一支蜡烛，在摇曳的烛光下，她夹着药箱，头发梳得一丝不乱，端端正正，紧身衣上没有一颗钮扣不扣上。

斯佳丽的母亲踮着脚走过穿堂，语气坚决而体贴地悄声说："嘘，小声点。你要把奥哈拉先生吵醒了。他们还没病得要死呢。"她听了这话往往感到很欣慰。

是啊，爬回床上，知道她母亲半夜出去了，一切正常，心里真高兴。

在老方丹大夫和小方丹大夫都出去应诊，找不到人帮忙时，埃伦忙了一夜接生和救命的事，到了早上，仍像平常一样，早餐时在桌上照料一切，黑眼睛现出疲劳的眼圈，但声音举止一点也看不出过度劳累。她表面上稳重温柔，骨子里坚强如钢，全家人都敬畏她，不仅是几个女儿，而且杰拉尔德也敬畏她，可是他死也不承认这一点。

有时，斯佳丽夜里踮起脚去亲亲母亲的脸蛋，她抬头望着母亲的嘴，上唇太短，又太娇嫩，这张嘴很容易受外界伤害，不知道这张嘴是不是也像小姑娘那样咧开嘴傻笑过，这张嘴有没有整夜对知心女友悄悄吐露秘密。但想想又不会，那不可能。母亲向来就是这副样子，她是力量的支柱，智慧的源泉，是个无所不知的人。

但斯佳丽猜错了。因为，多年前，她母亲在萨凡纳那个迷人的沿海城市做小姐的时候，也曾和任何十五岁的姑娘一样莫名其妙地格格傻笑过，也曾整夜和朋友悄悄互诉衷情，除了一件心事以外，把全部秘密都向朋友倾吐。就在那一年，比她大二十八岁的杰拉尔德·奥哈拉进入她的生活，那一年，她的青春和那个黑眼睛的堂兄菲利普·罗比亚尔都在她生活中消失了。因为双眼炯炯有神，作风大胆放荡的菲利普永远离开了萨凡纳，也带走了埃伦心里的热情，留给娶她的这罗圈腿小个子爱尔兰人的，只是一个温柔的躯壳罢了。

不过杰拉尔德已经心满意足了，他竟然娶了她做老婆，这份飞来艳福真使他喜出望外呢。而且即使她身上少了点什么，他也根本不会发觉。他知道自己身为一个爱尔兰人，尽管为人精明，既没有门第又没有财产，毫无可取之处，居然赢得沿海地区一份最富有、最体面的世家的千金青睐，这无异是个奇迹。因为杰拉尔德是个白手起家的人。

杰拉尔德二十一岁那年从爱尔兰来到美国。他跟前后来到美国的许多好坏不一的爱尔兰人一样，来得匆忙，只有随身衣服，除了船钱只剩下两个先令了，还有就是要他脑袋的赏格，他认为自己罪行小，这笔赏格未免大了些。在这个鬼地方并没有值得英国政府或魔鬼花上一百英镑的奥兰治会[1]分子；但如果政府对死了一个在外地主的收租人态度如此坚决，那么杰拉尔德就该趁此一走了之，仓皇出逃了。他固然骂过那收租人是"奥兰治会分子中的恶棍"，但照他看来，就算骂了，那人也没任何权利用口哨吹出《博恩河水[2]》的开头几小节来侮辱他啊。

博恩战役已经是一百多年前的事了，但对奥哈拉一家和他们的邻居来说恍若昨天的事。不仅他们的土地和财产，而且他们的希望和梦想都在一片烟尘中消失，这片烟尘也包围了一个受惊而逃亡的斯图亚特王朝[3]的王子，让奥兰治的威廉王和他佩戴橘黄色帽章的可恶军队把爱尔兰那帮斯图亚特王朝的信徒打得落花流水。

出于种种原因，这次吵架只是被控应负严重后果而已，奥哈拉家倒没把这事的不幸结局看得十分严重。多年来，奥哈拉一家一直由于有反对政府活动之嫌在英国警察心目中名声不好，杰拉尔德也不是奥哈拉家第一个大清早就离开爱尔兰的。他已经不大记得詹姆斯和安德鲁这两个哥哥了，只记得两个沉默寡言的小伙子，偶尔在晚上来来往往干些神秘的勾当，有时一去就是几个星期，音讯全无，害得母亲焦急万分。几年前，埋在他们家猪圈下一个藏枪的小武器库给查出来后，他们就去了美国。如今他们都是萨凡纳很得志的生意人。提起这两个大儿子时，他们的母亲总是添上一句说，"只有上帝知道萨凡纳是什么地方。"可他这次就是去投奔他们的。

他离家时母亲匆匆吻了他的脸，在他耳边作了天主教的热情祝福，他父亲临别时教训说，"记住你是什么人，别学人家的样儿。"他五个

---

① 奥兰治会是公元 1795 年北爱尔兰成立的秘密会社，拥护新教和英国王权，暗中与政府勾结，压迫爱尔兰人。这个会社根据信奉新教的英王威廉三世的名字奥兰治取名。入会的都称为奥兰治会会员。

② 博恩河，爱尔兰米斯郡东北部河流，1690 年英王威廉三世在博恩河一战中击败苏格兰国王詹姆斯二世。

③ 斯图亚特王朝，斯图亚特家族在苏格兰（1370 年起）和英格兰（1603—1649，1660—1714）建立的封建王朝。1603 年英格兰女王伊丽莎白一世死后无嗣，苏格兰王詹姆斯六世（1566—1625）继承英格兰王位，称詹姆斯一世，英格兰、苏格兰两王位合而为一。1649 年，斯图亚特王朝被英国资产阶级革命推翻。1660 年复辟。

高大的哥哥都不胜羡慕地跟他告别，但脸上都带着神气的微笑，因为他们家个个身强力壮，他是家里最小的孩子，个子也小。

他这五个哥哥和父亲身高都在六英尺以上，肩宽膀圆，只有他到了二十一岁才知道老天爷至多只让他长到五英尺四英寸半高。他这种人可从没惋惜过自己个子不高，也从没觉得个子不高对他获得想要的东西有什么妨碍。相反，正是他的个子矮小结实才有了今天，因为他早就认识到小个子要在大个子当中生存下去，一定要吃苦耐劳。而杰拉尔德就是个吃苦耐劳的人。

他几个高大的哥哥都是为人坚强，沉默寡言，家族过去光荣的传统到他们身上就永远失去了，心头压着说不出的仇恨，只有心情痛苦时才流露出来。杰拉尔德如果也是身强力壮，他也会走上家里其他人的道路，隐秘地悄悄参加反抗政府的活动。他母亲爱怜地这样说过他，“这人就是吵吵嚷嚷，犟头倔脑，”他生来炮筒子脾气，动不动就拔出拳头，一眼就看得出他好斗成性。他在高大的奥哈拉一家人中大摇大摆，活像谷场里一群巨型交趾雄鸡中出现一只神气活现的矮脚鸡。几个哥哥都爱他，手足情深地捉弄他，听着他吼叫，只是为了叫小弟弟安分些，才不得已举起大拳头捶他几下。

杰拉尔德到美国去时所受教育不多，知识贫乏，可他连这点都不知道。即使知道，他也不会在乎。他母亲教会他念书写字，字迹还算清楚。他善于做算术。他的书本知识也尽在于此了。他懂得一点儿拉丁语只是做弥撒时用的应唱圣歌，懂得的一点儿历史知识只是爱尔兰受的种种压迫。除了摩尔[①]的诗，他什么诗都不懂，除了多年流传下来的爱尔兰歌曲，他什么音乐都不懂。他对那些比他有学问的人钦佩得五体投地，可从来没感到自己这方面的不足。在大字不识的爱尔兰乡巴佬都发了大财的新国家里，只要身强力壮，不怕干活，他要这些学问干什么？

詹姆斯和安德鲁也没为他少受教育而感到遗憾，他们把他收留在萨凡纳那家店里。他字迹清楚，账目准确，做生意精明能干。他们很器重

---

①摩尔，指托马斯·摩尔（1779—1852），爱尔兰诗人。

他，要是他具有文学知识，对音乐又有出色的鉴赏力，他们倒会嗤之以鼻呢。美国本世纪初对待爱尔兰人还是客气的。詹姆斯和安德鲁，最初只是用大篷车从萨凡纳运货到佐治亚州的内地城镇去贩卖，终于发展到自己开了家店，杰拉尔德也跟他们一起发了迹。

他喜欢南方，不久，他自己看看也觉得成了一个南方人了。他对南方和南方人有好多事根本不了解；但他生性专心一意，他明白了当地的观念，风俗习惯，也就把这一套当成自己的了。什么打扑克，赛马，激烈的政治活动，决斗规则，州权，痛骂所有的北佬、蓄奴和棉花大王，看不起穷白佬，对女人大献殷勤，这些他都学会了。他甚至还学会了嚼烟草。喝威士忌倒用不着学，因为他生来就会喝。

不过杰拉尔德还是杰拉尔德。他的生活习惯和观念虽然改变了，但他的举止风度没变，即使他改得了也没改。他羡慕那些富有的种粮棉的庄园主举止温文尔雅，慢条斯理，那些人从古旧的领地来到萨凡纳，骑着纯种马，后面跟着举止同样优雅的太太乘坐的四轮马车和奴隶乘坐的大车。但杰拉尔德永远也优雅不起来。他觉得他们那种懒散、含糊的声音很好听，可他自己那口利落的爱尔兰土腔却怎么也改不过来。他喜欢他们对付重要事务那种满不在乎的优雅风度，拿一笔财产，一个庄园或一个奴隶押在一张牌上，输了钱他们也满不在乎。高高兴兴当场付清，跟撒几个小钱给黑小子一样干脆。但杰拉尔德尝过贫穷的滋味，要他输得落落大方，高高兴兴，他可永远也学不会。佐治亚州这些沿海居民倒是可爱的人，他们声音柔和，容易发火，自相矛盾得可爱，杰拉尔德喜欢他们。但这个年轻的爱尔兰人精力充沛，生龙活虎，他刚从另一个国家来，那儿的风吹在身上又湿又冷，那儿雾蒙蒙的沼泽不会滋生疫疠，这点使他跟生活在亚热带气候和瘴气弥漫的沼泽地带的那些懒散成性的上流人士显得大不相同。

凡是他认为有用的东西他就向人家学，其余的一概不予考虑。他发现所有南方风俗中最有用的就是打扑克，除了打扑克就是喝威士忌要有酒量。他三件宝中有两件正是靠了他打牌和喝酒的天赋本事赢来的，一件是他的贴身男仆，另一件是他的庄园。还有第三件宝是他的妻子，而他认为能娶到她全归功于上帝仁慈。

那个贴身男仆名叫波克，皮肤乌黑油亮，仪表堂堂，学得一手做工讲究的裁缝手艺，是他跟圣西蒙岛①一个庄园主通宵打扑克赢来的，那人打牌时虚张声势的勇气倒不下于他，只是酒量不行，喝不惯新奥尔良红酒。虽然波克的原主事后愿意出双倍价钱把他赎回去，杰拉尔德却死也不肯，因为他有了第一个奴隶正是他实现心里愿望的第一步，而且这个奴隶还是“沿海一带最好的贴身男仆”呢。他一心想要当奴隶主和地主老爷。

他打定主意决不学詹姆斯和安德鲁那样，白天做生意，晚上还在烛光下对着长长的一栏栏账目。他深深地感到“生意人”在社会上总脱不了恶名，两个哥哥却感觉不到。杰拉尔德要做一个庄园主。他当初在爱尔兰，在自己同胞一度拥有和苦苦寻求的土地上当过佃农，如今他怀着深切的渴望，想要看见自己的土地在眼前绿油油地连绵成片。他一心一意只希望有自己的房子，自己的庄园，自己的马匹和自己的奴隶。在他离弃的爱尔兰，要是打算置产，有两重风险，一是苛捐杂税叫人倾家荡产，二是随时都会遭到突然没收，而在这个新国家里就没这两重风险。但久而久之，他又看出抱有这种雄心和实现雄心是两码事。佐治亚州沿海地区牢牢掌握在一个根深蒂固的贵族阶层手里，他可休想获得自己想要的地皮。

后来，多亏天从人愿，加上打牌的手气好，给了他一个庄园，他就把这庄园命名为塔拉庄园，同时趁此离开了沿海地区，来到佐治亚州北部的高地。

那年春天，一天晚上，天气很热，他在萨凡纳一个酒吧里，碰到邻座一个陌生人在谈话，他不由侧着耳朵细听。这个陌生人是萨凡纳本地人，到内地去了十二年刚刚回来。杰拉尔德来美国前一年，印第安人把佐治亚中部一大片土地割让给美国，州政府就发行了土地彩票，把这些

---

①圣西蒙岛，美国佐治亚州一个疗养胜地，岛上有十八世纪英西战争时建造的弗雷德里克堡的废墟。

土地分配给中彩票的人，这个人正巧中了奖。他就上那儿去办了一个庄园，但如今房子烧掉了，他对那个“倒霉的地方”也厌倦了，巴不得脱手。

杰拉尔德脑子里始终没放弃置办庄园的念头，就托人介绍洽谈。这人说起佐治亚北部挤满了南、北卡罗来纳两州和弗吉尼亚州新来的人，他不由动了心。杰拉尔德在萨凡纳住久了，深知沿海地区的看法——总认为州里其他地方都是边远地区，林子里到处潜伏着印第安人。他为奥哈拉兄弟商店办事时曾去过奥古斯塔，那地方在萨凡纳河上游一百英里处，他还深入内地到过那儿以西的一些古镇。他知道那地区和沿海一样，局势都很稳定。但根据这陌生人所说，他的庄园却在萨凡纳西北二百五十英里的内地，就在查塔霍奇河①以南不远。杰拉尔德知道那条河以北的土地仍然在印第安人柴罗基族②手里，因此听到陌生人嘲笑外界有关印第安人骚扰的说法，大谈在这片新地方城镇怎么欣欣向荣，庄园怎么兴旺，竟大为惊讶。

一小时后，谈话慢慢少了，杰拉尔德心怀叵测，那双明亮的蓝眼睛故意装出一副傻相，提出打牌。夜深了，酒过数巡，打到后来别人都歇手了，只有杰拉尔德和陌生人两个还在打。陌生人押上全部筹码，再加上他庄园的地契。杰拉尔德也押上所有的筹码，再把钱包放在筹码上头。即使钱包里的钱是奥哈拉兄弟商店的，他也不会因此良心不安得第二天一早望弥撒前就去认罪。他知道自己要什么，一旦他要什么，他就用最直截了当的办法去拿到手。再说，他对自己命运和手里四张两点的牌信心十足，根本就没想过万一对方摊出来的牌比他大，这笔钱怎么归还。

“你没捞到便宜，我倒乐得不必再为这块地付税了，”对方手里握着一副幺，叹了口气，叫人去取笔墨。“那幢大房子一年前就烧掉了，田里都长起了矮树和松树苗。不过这地方就归你了。”

---

①查塔霍奇河，在美国佐治亚州北部，全长500英里。

②柴罗基族，美国东南部最大一支印第安人部族。

那天晚上波克服侍杰拉尔德上床时，他对波克一本正经地说："如果你没戒酒，可千万别一边打牌一边喝酒。"这个贴身男仆出于对新主人的敬爱，已经开始试用爱尔兰土腔来作必要的回答，其中既有吉契口音又有米斯郡口音，这种话除了他们俩，别人谁也听不懂。

混浊的弗林特河静静地流过两排松树和缠绕着藤蔓的黑栎之间，围着杰拉尔德的新土地，像弯着的胳臂从两边拥抱着这块土地。杰拉尔德站在房子废墟的那个小土墩上，这片苍翠的高高屏障对他就是最满意的地权明证，仿佛是他亲手筑起的一道标明自己地界的围篱。他站在焚毁的房子那发黑的基石上，俯视通向大路的长长的林荫道，嘴里拼命咒骂，心里高兴得连祷告谢天也顾不上了。这两排阴森的树木是他的了，这片抛荒的草坪也是他的了，开着白色星星点点花朵的木兰花树下面的野草都齐腰高了。那些未开垦的田地里密布着小松树和矮树丛，绵延起伏的红土一直伸展到杰拉尔德 · 奥哈拉土地的田边——这些都是他的，因为他有副清醒不醉的爱尔兰头脑，还有孤注一掷的勇气。

杰拉尔德在这片寂静的荒地里，闭上了眼睛，感到自己已经到家了。他脚下这块地方就要造起一幢粉白砖墙的房子。大路对面就要装起新栅栏，把肥牛和纯种马圈起来，而这片从山麓伸向富饶的洼地的红土地就会盛开着大片棉花，大片大片的棉花，在阳光下像鸭绒般白得耀眼，奥哈拉家又要大发其财了。

他靠了自己那笔小小的赌本，从两个态度冷淡的哥哥那儿借到一些钱，再加上把这块地抵押出去拿到一笔钱，先买了一批干农活的黑奴，来到塔拉庄园，在四间房的监工宿舍里过起了单身汉的寂寞生活，直到塔拉庄园的白房子造好为止。

他清除田里杂草，种上棉花，向詹姆斯和安德鲁又借了些钱再去买些奴隶。奥哈拉家是一大宗族，不仅患难与共，而且安乐同享，这倒不是出于什么了不起的亲情，而是因为他们在无情的岁月里懂得了一个家族要生存下去就得牢牢抱成一团，一致对外。他们借钱给杰拉尔德，过了几年他就本上加利都还给他们了。杰拉尔德把邻近的地一块块都买下，庄园就此逐步扩大，那座白房子也终于不再是个梦而成为现实了。

房子是奴隶造的，盖得笨头笨脑，格局零乱，就盖在高地顶上，俯临通向河边那片牧场的绿坡；这幢房子尽管还是新的，看上去却像多年古宅，杰拉尔德看了大为满意。那些当年曾看见印第安人走过枝桠下的老橡树，巨大的枝干紧紧环抱着房子，枝叶在屋顶上形成浓密的树荫。草坪除去了野草，长出密密麻麻的三叶草和鸭茅草，杰拉尔德留意着把草坪保养得好好的。从两旁栽着雪松的林荫道到奴隶住的下房那排白色小木屋，塔拉庄园处处看起来都又结实又牢固又耐久，每当杰拉尔德策马绕过大路拐弯处，看到他自己的屋顶掩映在绿荫中，心里就不免大为得意，仿佛是第一眼看到这房子似的。

这一切都是他的成就，矮小精悍、性如烈火的杰拉尔德的成就。

他跟县里四邻八舍都相处得很好，只有两家除外，一家是左边那份跟他的地接壤的麦金托什家，还有一家是右边的斯莱特里家，那一家只有区区三英亩薄地，都沿着弗林特河和约翰·韦尔克斯的庄园之间的沼泽洼地。

麦金托什家是苏格兰—爱尔兰裔[①]，又是奥兰治会分子。即使天主教历书上载明的那些高尚品德他们都占全了，在杰拉尔德眼中，就凭这个血统也要害得他们永世不得超生。不错，他们在佐治亚州已住了七十年，而且在此之前，还有一代人在南、北卡罗来纳两州住过；不过这家人最初来到美国落脚的都来自厄尔斯特[②]，对杰拉尔德来说这就够了。

麦金托什一家个个沉默寡言，生性倔强，他们不跟人家来往，只跟卡罗来纳[③]的亲戚通婚，因为县里的人都和睦相处，喜欢交往，丝毫不能容忍哪个缺乏这点美德的人，因此不喜欢他们的也不仅是杰拉尔德一个人。据谣传说麦金托什家同情废奴主义者，但也并未因此多结些人缘。其实老安古斯根本就从没解放过一个农奴，而且罪不容赦，竟违法

---

① 原指住在爱尔兰北部的苏格兰低地人后裔，尤指移民美国的这种人的后裔。

② 厄尔斯特，原在爱尔兰境内，现为爱尔兰及北爱尔兰分割，该地曾是奥兰治会成立地。

③ 卡罗来纳，英国在北美洲大西洋海岸的一个殖民地，1729 年始分为南、北卡罗来纳两州。

乱纪，把家里几个农奴卖给路过的奴隶贩子，带到路易斯安那的甘蔗田去，不过那种谣言照样在流传。

“错不了，他准是个废奴主义者，”杰拉尔德对约翰·韦尔克斯说。“不过在一个奥兰治会分子身上，一旦原则和苏格兰人的吝啬发生矛盾，原则就不管用了。”

斯莱特里家却是另一回事。他们是穷苦白人，邻居对安古斯·麦金托什那种顽强的独立性勉强还表示点尊重，他们连这点都得不到。老斯莱特里无法谋生，怨声不绝，尽管杰拉尔德和韦尔克斯一再向他提出买地，他还是死死守住那几英亩地不放。他老婆头发蓬乱，姿色消退，满脸病容，生了一群孩子，个个都愁眉苦脸，像小兔崽子，照例一年添一个。汤姆·斯莱特里没有农奴，他和两个大儿子隔一阵子就到那几英亩棉花地里去干活，老婆和几个小孩子就去照料所谓的菜园子。但不知为什么，棉花老是歉收，由于老婆不断大肚子，菜园子种出来的总不够喂孩子。

人家常看见汤姆·斯莱特里在邻居门廊里磨磨蹭蹭，讨一些棉籽去种，或是讨一块腌肉“对付一顿”。斯莱特里觉察到邻居面子上客客气气，骨子里却瞧不起他，他自己虽精力不济，偏偏痛恨人家，尤其痛恨那些“富家豪奴”。县里那些黑人家奴自以为比穷白佬高出一筹，公然不把他放在眼里。他心里很不痛快，另一方面，他们的状况比他更有保障也引起他不胜妒忌。眼看他们吃得好，穿得好，病了有人管，老了有人养，相比之下，自己的日子未免过得太苦了。那些黑人为主人的声望感到光荣，通常都以碰上个有身份的主人为荣。可他呢，偏偏人人都瞧不起。

汤姆·斯莱特里原来倒可以把他的田以三倍的地价卖给县里任何一个庄园主。他们认为花钱去除这地区的眼中刺还是划算的，但他只求能赖在这儿，靠每年一包棉花的收入和邻居施舍，勉强过上苦日子就心满意足了。

杰拉尔德跟县里其他人家都和睦相处，有的还很亲密。像韦尔克斯家、卡尔弗特家、塔尔顿家、方丹家。每当这小个儿骑着大白马飞驰而来，赶到他们家的车道上，个个都笑脸相迎，招呼拿高脚酒杯来，请他喝一杯波旁威士忌，加上一匙糖和一枝碾碎的薄荷。杰拉尔德人缘好，凡是孩子、黑奴和狗一眼就看出。他嗓门虽大，脾气虽坏，骨子里却心地善良，耳朵软，愿意随时掏腰包帮衬人家，这一点四邻八舍日久也清楚了。

他每回一来总是闹得乱哄哄，猎狗嗷嗷叫，黑孩子哇哇喊，纷纷奔上前去接他，争着为他牵马，给他好意骂上几句，骂得忸怩不安，咧开嘴直笑。白人的孩子则吵吵嚷嚷坐到他膝上，骑在上面让他颠着，他就趁此对孩子的长辈指责北佬政客的丑行。他这些朋友的女儿也把自己的恋爱好事向他和盘托出；邻居的青年欠了赌债，生怕说出来要挨父亲骂，都觉得他这人倒是个患难之交。

“原来你已经欠了一个月债了，你这小鬼，”他会哇啦哇啦说，“老天哪，你干吗不早来向我借呢？”

大家都深知他说话粗鲁，不会生他气，那青年听了只是不好意思地咧开嘴笑着答道：“这个嘛，我不敢麻烦你老，可我父亲——”

“不用说，你父亲是个好人，就是管得严，所以我这钱你就拿去用吧，再别提这事了。”

那些庄园主的太太原来最难收服。杰拉尔德曾把韦尔克斯太太称为“具有沉默寡言的罕见天赋的贵夫人”。谁知，有一天晚上杰拉尔德骑着马离开她家车道以后，她竟对丈夫说，“他这人嘴巴虽粗，但人倒是个正派人。”这下杰拉尔德才算明确地达到目的。

他并不知道自己花了近十年工夫才达到目的，因为他根本没想到初来乍到时，四邻八舍都斜着眼看他。他认为，从他一踏进塔拉庄园起，他无疑就跟这儿的人打成一片了。

杰拉尔德四十三岁那年，身体矮胖健壮，脸色红润，看上去活像狩猎图中一个打猎的乡绅。他不由想到，塔拉庄园虽然可爱，县里的人对他也真诚相待，可总嫌美中不足。他就少一个妻子啊。

塔拉庄园急需一个主妇。那个胖厨子原来是在场院干活的黑奴，不得已才升到厨房里的，开饭从来就不准时。收拾房间的女仆以前是在地里干活的，竟听任家具上堆满了灰尘，也从来没有现成的干净被单，因此来了客人总是忙乱不堪。波克是屋里唯一受过训练的黑奴，总管别的仆人，可惜他跟杰拉尔德过了几年逍遥自在的生活以后也变得懒懒散散，粗心大意。作为贴身男仆，他替杰拉尔德收拾卧室，作为管家，他伺候进餐，倒也又讲气派，又讲排场，不过其他他就百事不管，听之任之了。

黑奴凭着非洲人那种绝对没错的本能，都看出杰拉尔德有口无心，就死不要脸地欺他。他老是危言耸听，扬言要把奴隶卖到南方去，要好好抽他们一顿鞭子，可是塔拉庄园从来没卖掉过一个奴隶，抽鞭子的事也只有一回，那是因为杰拉尔德骑着心爱的马打了一整天猎，竟没人来给马洗刷才抽的。

杰拉尔德那双蓝眼睛可尖呢，看到邻居屋里都弄得井井有条，那些把头发梳得精光溜滑的太太，穿着窸窸窣窣响的裙子，管理仆人毫不费事。他哪里知道这些女人从早忙到晚啊，人家对做饭，看孩子，缝缝洗洗，事事都得亲自过问，忙得不可开交。他只看到表面成效，而那些成效却给他留下了深刻印象。

一天早上，他正在穿衣服，准备骑马到城里去，看开庭审案。波克拿来了他最喜欢的那件镶有褶边的衬衫，经女仆胡乱缝补之后，只有他的贴身男仆才穿得出来，这时他才明白迫切需要娶位太太了。

“杰拉尔德先生，”波克看见他发火，赶紧讨好地卷起衬衫说。“你需要的是位太太，带来好多干屋里活的黑奴做陪嫁。”

杰拉尔德嘴里骂他放肆，心里却知道他说得有理。他要个太太，要生儿育女，如果不马上办到，就太晚了。不过他不打算随便找个人结婚，别像卡尔弗特先生那样，竟娶了一个来教他几个没娘的孩子念书的北方女教师做太太。他的太太必须是一位小姐，出身名门的小姐，有韦尔克斯太太那副派头，还要有韦尔克斯太太治家那份能耐来管好塔拉庄园。

不过要跟县里这些人家结亲有两大难处。第一难在这儿已到结婚年龄的姑娘太少。第二就更加难了，尽管杰拉尔德在这儿住了将近十年，他还是个“新来的外乡人”，而且是个外国人。没人知道他的家庭情况。尽管佐治亚州内地的社会不像沿海地区的贵族社会那样壁垒森严，但是哪一家也不肯把女儿嫁给一个不明祖宗三代底细的人啊。

杰拉尔德知道县里人虽然跟他真正意气相投，大家一起打猎、喝酒、谈论政治，可就是不大有人能把女儿嫁给他。他也不想让人家在饭桌上说三道四，说某某婉言谢绝杰拉尔德向他女儿求婚。杰拉尔德明白了这点倒也并不感到自己低人一等。什么都不能使杰拉尔德感到他在哪方面低人一等。只不过因为县里有一种古怪的风俗，规定有女儿的只嫁给在南方住了二十二年以上的人家，要有土地，有奴隶，而且又是沾染过当时恶习的人。

“收拾收拾。我们上萨凡纳去，”他对波克说。“要是我再听见你说一声‘嘘’或‘啐’，我就把你卖了，因为这些话我自己都不大说。”

詹姆斯和安德鲁在结婚问题上不定会提些忠告，他们的老朋友当中不定倒有女儿符合他的要求，并愿嫁给他。詹姆斯和安德鲁耐心听了他说的这件事，但并没给他多大支持。他们在萨凡纳没亲戚，没处找人帮忙，因为他们在来美国的时候早已结了婚。而他们那些老朋友的女儿早已嫁了人，有了自己的儿女。

“你一没钱，二不是大户人家出身。”詹姆斯说。

“钱我已经赚了，我自己也能成个大户人家。我可不愿随随便便找个人结婚。”

“你这人野心好大，”安德鲁冷冰冰地说。

但他们还是为杰拉尔德尽了最大努力，他们都是老头儿了，在萨凡纳颇有声望。他们有很多朋友，整整一个月，把杰拉尔德从这家带到那家，去吃晚饭，去跳舞，还去野餐。

“只有一个人我看得上眼，”杰拉尔德终于说，“我来这儿落脚的时候她还没出世呢。”

“你看上谁了？”

“埃伦·罗比亚尔小姐，”杰拉尔德故意装出漫不经心的样子说，因为埃伦那对稍稍翘起的黑眼睛早已叫他看得心醉神迷了。尽管她举止无精打采，神秘莫测，一个十五岁的姑娘就这样是够奇怪的，但他还是迷上了她。再说，她还有种令人难忘的失望神情叫他看了心疼，不禁就此对她格外温柔，他对天下任何人都没这么温柔过呢。

“你这把年纪都可以做她父亲了！”

“我正在壮年呢，”杰拉尔德气得叫了起来。

詹姆斯平静地说话了。

“杰里[①]，你要娶萨凡纳的哪位姑娘都行，要娶这一位可没门。他父亲是罗比亚尔家族的，那些法国人目空一切。还有她母亲——愿上帝让她灵魂安息——也是位名门闺秀。”

“我不管，”杰拉尔德激动地说。“再说，她母亲死了，而且罗比亚尔老头也喜欢我。”

“他喜欢你的人品，可不喜欢你当他女婿。”

“那姑娘无论如何不会要你的，”安德鲁插话道。“她爱上了一个叫菲利普·罗比亚尔的堂兄，是个花花公子，至今已有一年了，不管她家里日夜劝她跟他断绝关系也没用。”

“这个月里他已经去路易斯安那州了。”杰拉尔德说。

“你怎么知道的？”

“我知道，”杰拉尔德答道。他不愿说出这条宝贵的消息是波克告诉他的，也不愿说出菲利普动身去西部是自己家里人的意思。“我倒并不认为她对他会爱得难舍难忘。十五岁的姑娘还太年轻，不懂得什么爱情呢。”

“他们宁可把她嫁给那个为人十分危险的堂兄，也不会要你的。”

因此，后来消息传来，比埃尔·罗比亚尔的女儿要嫁给内地来的一个小个儿爱尔兰人，詹姆斯和安德鲁听了这份震惊不亚于任何人。萨凡纳居民都在背后窃窃私议，推测菲利普·罗比亚尔到西部去的原因。但谈来谈去谈不出什么名堂来。为什么罗比亚尔家千娇百媚的女儿偏偏

---

①杰里是杰拉尔德的爱称。

嫁给一个大嗓门、红脸膛，刚齐她耳朵高的小个儿，这对大家永远是个谜。

杰拉尔德本人也根本弄不清楚这是怎么回事。他只知道出了个奇迹。因此，那回看到埃伦脸色虽很苍白，态度却很镇定，她把一只手轻轻放在他胳臂上说："我愿意嫁给你，奥哈拉先生，"他竟然平生就这一回觉得自己完全高攀不上。

大吃一惊的罗比亚尔家虽然对内情略知一二，但那天晚上的事只有埃伦和黑妈妈知道。当时埃伦像个伤心的孩子似的直哭到天亮，早上起来时已成了个拿定主意的大人了。

那天，黑妈妈心里预感不妙，拿了新奥尔良寄来的一个小包给小姐。包上字迹陌生，里面有一幅埃伦的微型画像，埃伦喊了一声就把画像扔在地上，包里还有四封她亲笔写给菲利普 · 罗比亚尔的信，一封新奥尔良一个牧师写的短信，通知她的堂兄因在酒吧斗殴而送命。

"他们把他赶走了，就是父亲、宝莲和尤拉莉这三个人赶的。他们把他赶走了。我恨他们。我恨他们这些人。再也不要看见他们了。我要走开，走到永远不再看见他们的地方，永远不再看见这个城市，永远不再看见任何让我想起——他的人。"

天快亮的时候，跟小姐抱头痛哭的黑妈妈劝诫说，"不过，宝贝，你这样做可不行。"

"我偏要这么做。他是个好人。要不然我就进查尔斯顿的修道院。"

她父亲给弄得糊里糊涂，痛心之余，听到她扬言要进修道院，才终于依了她。他们家虽然信天主教，他本人却是个忠诚的长老会教徒，但想到女儿要当修女，那还不如让她嫁给杰拉尔德 · 奥哈拉好。说到底，这人除了门第够不上，别的可没什么不好。

因此，埃伦就嫁出了罗比亚尔家，离开了萨凡纳，从此跟这地方永别，跟着人已中年的丈夫，带上黑妈妈和二十个"干屋里活的黑奴"动身到塔拉庄园去了。

第二年，他们第一个孩子出世了，就以杰拉尔德母亲的名字给她取名为凯蒂·斯佳丽。杰拉尔德不免失望，因为他要的是一个儿子。不过他有了一个满头乌发的女儿，心里还是很高兴的，为此还请塔拉庄园的全体黑奴喝红酒，自己也纵酒狂闹，喝了个一醉方休。

即使埃伦后悔过自己不该突然决定嫁给他，那也从来没人知道，杰拉尔德当然也不知道，每当他看见她，心里总是得意洋洋。她一离开萨凡纳那座风尚高雅的海滨城市，就把那里的一切往事统统忘掉。从她来到佐治亚州北部这个县的那一时刻起，这里就是她的家了。

她永远离开了父亲的家，这个家外形美丽、飘逸，像女人的身体，像扬起风帆的大船，是幢按法国殖民地格式建造，刷上粉红色灰泥的房子，巍然高耸，结构精致，螺旋形的楼梯，铁栏杆精工细雕，犹如花边；是幢色调暗淡而富丽堂皇的房子，雅致而孤芳自赏。

她离开的不仅是那座高雅的住宅，而且是住宅建筑后面的整个文明世界。如今一看竟来到一个迥然不同的陌生世界，仿佛换了一个天地。

在佐治亚州北部这里是片崎岖的山区，住着的人们都吃苦耐劳。从蓝岭山脚下的高原，不论她往哪里看，到处都是一片起伏的红色山丘，露出下面大片花岗岩层，枯松黯然兀立。她出生沿海，眼睛里看惯了海岛遍地苍苔、青藤缠结的那种寂静的密林美景，看惯了茫茫一片白色海滩在亚热带阳光下热浪滚滚，看惯了平展无垠的沙地点缀着棵棵棕榈树的远景，眼前所见未免显得荒凉粗犷。

这一带不仅夏天酷热逼人，而且冬天严寒刺骨，可人们却浑身是劲，她觉得很奇怪。他们亲切友好，彬彬有礼，慷慨大方，和善之极，但也坚强刚毅，容易发火。她离弃的沿海那些人对待自己的风流勾当，甚至决斗和世仇都满不在乎，并以此自夸，但佐治亚州北部这些人却有点儿强横。在沿海，生活已臻完美——这儿的生活却是朝气蓬勃，精力充沛，焕然一新。

埃伦在萨凡纳认识的人也许都是一个模子里刻出来的，他们的观点和传统都那么相似，但这儿各种各样的人都有。佐治亚州北部的移民来自很多不同的地方，有的是从佐治亚州别处来的，有的是从南、北卡罗来纳两州和弗吉尼亚州来的，有的是从欧洲和北美来的。有些人，像杰拉尔德这样，是新来这儿碰运气的。有些人，像埃伦这样，出身世家，因为在老家实在待不下去了，到远方来找避风港。还有好多人搬到这儿来根本没有什么理由，只是他们祖辈那种好动的血液仍然在他们的血脉里畅流罢了。

这些来自许多不同的地方，出身各不相同的人使县里的整个生活变得不拘礼仪，这点埃伦感到很新奇，她一点也不习惯。沿海地区的人在什么情况下会怎么做，她凭本能就知道。可佐治亚州北部的人会怎么做就根本说不上来。

再说，这地区万事欣欣向荣正是当时席卷南方的兴旺高潮。全世界都迫切需要棉花，县里这片新地地力丰厚，土质肥沃，盛产棉花。棉花就是这个地区的脉搏，种棉花和收棉花是红土地的心脏舒张和收缩。弯弯曲曲的棉田垄沟成了一大财源，当地人就凭大片大片绿油油的棉田和朵朵柔白的棉花神气了起来。要是棉花使他们这一代发了大财，到下一代还不知有多么富呢。

县里的人对明天充满把握，因此对生活也充满热情和劲头。他们尽情享受人生乐趣，这种热情埃伦可根本不能理解。他们有的是钱，有的是奴隶，要玩尽管有时间，而且他们也喜欢玩。看来他们根本不忙，随时都可以扔下活儿去参加炸鱼野餐，打猎和赛马，而且难得有一个星期不举行烤肉野宴和舞会的。

埃伦在萨凡纳向来清静惯了，跟他们根本没法打成一片，也不会打成一片。可是她尊重他们，过了一段日子才知道这些人性格真诚坦率，心里有什么话就说什么。而且看人不重外表，她不由得喜欢上他们了。

她成了县里最受人敬爱的邻居。她是个俭朴而善良的主妇，贤妻良母。她原想把悲痛心情和忘我精神奉献于教会，如今却献给孩子，献给家务，献给那个男人，是他带她离开萨凡纳，帮她抹去对那里的回忆，而且从来没问过任何问题。

斯佳丽长到周岁的时候，在黑妈妈眼里她已经比一般女孩更健康，更活跃了。这时埃伦生了第二个孩子，取名苏珊·埃莉诺，不过大家一直叫她苏埃伦，过了一段时间又生了卡丽恩，在家用《圣经》[1]上登记的名字叫做卡罗琳·艾琳。此后接连生了三个小男孩，可惜个个都没学会走路就死了，如今都葬在宅邸一百码外的墓地里，枝叶缠绕的雪松底下，三块墓碑上都写着“杰拉尔德·奥哈拉之子墓”。

从埃伦初到塔拉庄园的那天起，这个地方就变了样。虽然她只有十五岁，可已准备好挑起庄园主妇的担子。女孩子结婚以前，最重要的就是一定要可爱、温柔、漂亮和会打扮，但结婚以后，就得管理一个一百多人的家，其中有白人也有黑人。她们都受过这一方面的训练。

埃伦和任何受过良好教育的小姐一样，接受过这种婚前准备教育。而且她还有黑妈妈，黑妈妈有办法让最偷懒的黑奴鼓起劲儿来。她很快就把杰拉尔德的家治理得井井有条，又体面又光彩，而且给塔拉庄园一种空前未有的美。

这座房子原来建造时就没有任何建筑规划，随时随地觉得便利就加盖几个房间，但经过埃伦一番精心料理，竟有了一种魅力，弥补了未经设计的缺陷。佐治亚州的庄园主住宅都有一条从大路通往住宅的雪松林荫道，没有这种林荫道，就算不得完美。这种大道有一片阴凉幽暗的树荫，烘托之下，其他树木的青枝绿叶就更显得葱翠可爱了。阳台上乱蓬蓬的紫藤在粉白的砖墙衬托下也显得更鲜艳，门口栽着一丛丛粉红的百日红，院子里还种了白色的木兰花，总算替屋子遮掉几分丑。

春夏时节，草坪上的鸭茅草和三叶草成了一片翠绿，绿得那么诱人，原来养在屋后的成群火鸡和白鹅见了都不由跃跃欲试。一些养久了的家禽见了翠绿的草茵，芬芳的栀子花苞和百日草花坛，禁不住诱惑，不断带头偷偷闯进前院。为了防止这些家禽的蹂躏，特地派了一个黑孩子在前门廊上放哨。这个黑孩子坐在台阶上，手里的武器只是一块破毛巾，也算是塔拉庄园的一景吧，不过这事也未免杀风景，因为不许他冲到家禽中去，只准挥动毛巾把它们赶走。

---

① 家庭用大型《圣经》，一般附有空白记事页，可供记载家属生死，结婚事项。

埃伦派了好多黑孩子干这个差使，这是塔拉庄园男奴的第一项重任。等到满了十岁，就送他们去学手艺，不是到庄园的补鞋匠老爹那儿去，就是到车轮匠兼木匠的阿莫斯那儿去，或者到放牛的菲利普那儿去，或者到赶骡的小厮柯非那儿去。如果他们对这些行当哪一门都没有才能，就到田里去干农活，在黑奴看来，他们也就此完全失去了取得社会地位的权利。

埃伦的生活既不安逸，也不幸福，但她并没指望生活安逸，再说，要是生活不幸福，那也是女人的命。这世界是男人的，她只好认命。男人拥有产业，女人管理产业。管理有功归男人，女人还得夸他聪明能干。男人手上扎了一根刺就大吼大叫像头牛，女人生孩子哼哼还要压低嗓门，生怕打扰了他。男人说话粗鲁，经常喝得烂醉。女人非但不计较他的失言，还得毫无怨言地扶醉鬼上床去。男人粗暴无礼，直言不讳，女人却总是温顺，文雅，宽恕为怀。

她受的是大家闺秀的传统教养，教她如何挑起主妇重担，并依然保持魅力。她希望自己三个女儿也能成为大家闺秀。在两个小女儿身上，她已经大功告成，苏埃伦一心只求出落得妩媚动人，对母亲的教导无不言听计从，卡丽恩怕羞，好管教。只有斯佳丽活像她父亲，觉得要做个小姐难上加难。

黑妈妈气愤的是，她不愿跟自己两个娴静的妹妹玩，也不愿跟素有教养的韦尔克斯家姐妹玩，偏偏要跟庄园的黑孩子和邻居的男孩子玩。她跟任何男孩子一样，会爬树，会扔石头。黑妈妈眼看埃伦的女儿居然流露出这种性格来，不由深感焦虑，常常责令她“举止要像个小姐”。但埃伦对这事倒眼光远大，看得比较开。她知道青梅竹马的玩伴日后总是变成情人，女孩子首要的本分就是嫁人。她暗自说这孩子只不过是精力充沛，要教她学会迷住男人的技巧和风度还来得及。

因此埃伦和黑妈妈教得尽心尽力，等到斯佳丽长大了些，尽管在别方面长进不大，在这方面居然一学就通。虽然家里接连请了几个家庭女教师，又送她到附近的费耶特维尔女子学院念了两年，可她受的教育还很肤浅，不过论跳舞，县里哪个女孩子都比不上她。她知道怎么微笑才能跃然露出两个酒窝，怎么用内八字的步子才能使宽摆的裙子款款摆动令人神魂颠倒，怎么抬眼看男人的脸，再马上垂下眼帘，睫毛急忙眨巴几下，才能显出怦然动心的神情。尤其是她学会了在男人面前装出一副天真可爱的娃娃脸，掩盖掉狡黠的机智。

埃伦靠的是好声好气的开导，黑妈妈靠的是经常百般挑剔，两人拼命向她灌输做一个真正令人满意的妻子应有的品德。

“你应当放温柔些，宝贝儿，放文静些，”埃伦吩咐女儿说。“男人在讲话，你千万不能插嘴，即使你认为自己比他们更高明也罢。男人可不喜欢说话太冲的女孩子。”

“做小姐的要是皱着眉头，翘起下巴，尽说什么‘我要’，‘我不要’的，往往多半找不到丈夫，”黑妈妈悲观地预言道。“做小姐的应该眼睛朝下说，‘好吧，先生，我一定照办’，要不就说‘听你吩咐，先生’。”

她们同心协力，把凡是淑女应该知道的事情都教了她，但她只学会了外表上的优美仪态。至于这种仪态理应迸发出的内心美她可从来没学会过，也不明白有什么理由要学。光有外表就够了，因为有了淑女的外表就使她大受欢迎，而这点正是她想要的。杰拉尔德夸口说她是五个县里的大美人儿，这话倒也有几分真实，因为几乎所有邻居的小伙子都向她求过婚，还有好多人大老远从亚特兰大和萨凡纳赶来求婚。

多亏黑妈妈和她母亲的教导，她到了十六岁就出落得娇媚迷人，但举止轻浮，其实骨子里她却任性、固执、爱慕虚荣。她秉承了爱尔兰父亲那种容易激动的热情，丝毫没有她母亲那种无私和宽容的天性，至多不过一层薄薄的外表罢了。埃伦根本没充分看出这只是一种伪装，因为斯佳丽对母亲总是摆出一副乖巧的模样，隐瞒自己的越轨行动，克制自己的脾气，当着母亲的面尽量装得性情温柔，因为母亲只要用责备的眼光看着她，她就会羞愧得哭起来。

不过黑妈妈对她可不抱幻想，黑妈妈时刻留神着她会露出真相。黑妈妈比她母亲眼睛厉害，斯佳丽可想不起这辈子里有什么事能长久瞒过黑妈妈。

斯佳丽兴高采烈、活泼妩媚，这两个慈爱的良师对此倒并不感到发愁。这些性格正是南方妇女引以为荣的。她们只是担心杰拉尔德那种固执而急躁的脾性传给了她。有时她们生怕她们没法把这些坏品质瞒到她找到一个如意郎君那一天。谁知斯佳丽竟打算结婚——而且是跟阿希礼结婚——如果娴静、温顺、浮躁这些品质吸引男人的话，那么她是情愿装出来的。不过男人为什么偏偏喜欢这样，她可不知道。她只知道这种办法管用。根本没兴趣想去找出其中原因，因为她对任何人的心理都一无所知，连自己的心理活动也搞不清呢。她只知道如果自己这么做，或如此这般一说，男人就准会如此这般回答她。这就像数学公式，并不难；因为数学是斯佳丽在学校时觉得最容易的一门功课。

如果说她对男人家的心理所知不多，那她对女人家的心理就知道得更少，因为她对女人家更没兴趣。她从来没有一个女朋友，也从来没因此感到有什么缺陷。对于她来说，所有的女人，包括她两个妹妹，在追逐同一种猎物——男人时都是天生的敌人。

所有的女人都是敌人，只有她母亲一个人是例外。

她母亲可不同，斯佳丽把她看作神圣的人，其他凡人无法相比。斯佳丽小时，曾把母亲和圣母马利亚混为一谈，如今她大了，仍然认为没有理由改变自己的看法。对她来说，埃伦就是靠山，只有老天和做母亲的才能叫人感到这么绝对放心。她知道母亲体现了公正、忠诚、慈爱和睿智，是一个了不起的女人。

斯佳丽很想学母亲的样。唯一的困难就是一个人若要做到公正、忠诚、温柔和无私，就会错过人生大半乐趣，势必也错过好多情人。人生苦短，千万不能错过这些乐事啊。哪一天等她嫁了阿希礼，人老了，哪一天等她有了闲工夫，她就打算学母亲的样。不过，到那时……

第4章

那天晚上吃饭时，母亲不在，斯佳丽主持了开饭大小事项，但阿希礼和玫兰妮订婚的可怕消息却在她心里翻腾不已。她眼巴巴地盼着母亲从斯莱特里家回来，因为母亲不在身边，她就觉得迷惘和孤独。斯莱特里家的人生不完的病，正在她急需母亲在身边的时候，他们凭什么权利把她母亲叫出去呢？

这顿饭始终都吃得索然乏味，杰拉尔德低沉的声音在她耳边喋喋不休，说得她都当自己再也受不了啦。他已经完全忘记下午跟她说过那番话了，又在自言自语扯着苏姆特堡的最新消息，说几句就拍下桌子，对空挥舞胳臂。杰拉尔德有个习惯，喜欢在饭桌上只顾自己说话，平时斯佳丽总是一心想着自己的念头，简直没听到他说什么；谁知今天无论她怎么留神听着母亲回家来的车轮声，耳朵里还是免不了灌进他的说话声。

当然，她并不打算把重重心事告诉母亲，因为母亲要是知道自己的女儿看中了跟别人订婚的男人，准会震惊和伤心的。但她生平还是头一回陷入这种悲剧里，她需要母亲在身边安慰她。母亲在她身边时她总是觉得很放心，因为只要母亲在面前就能逢凶化吉。

她听见车道上有咯吱咯吱的车轮声，顿时突然站起来，听到车子绕过屋子到后院去了，才又坐下来。这不会是母亲，因为她在前面台阶那儿就会下车。接着就听到黑人在院子暗处叽里呱啦的说得起劲，还尖声尖气地笑。斯佳丽往窗外看，只见刚刚离开房间的波克高举着一把亮晃晃的松明子，有几个人影从大车上下来，看不清楚是什么人。夜空中欢声笑语此起彼伏，声音愉快亲切，无忧无虑，有的柔和，带着喉音，有的尖厉，音调动听。随后听到有人拖着脚步，走上后面门廊的阶梯，走进通往大宅子的过道，在饭厅外的穿堂里停下。只听得嘁嘁喳喳说了一阵子，就见波克进来了，不像平常那样一本正经，眼睛骨溜溜直转，咧着一口白牙。

“杰拉尔德先生，”他禀报说，使劲喘着气，满面春风，一副新郎嘴脸。“你的新女奴来了。”

“新女奴？我没买过什么新女奴呀，”杰拉尔德假装狠狠瞪着眼睛说。

“没错，老爷，你买了！没错，老爷！她现在就在外头等着，要跟你说话呢。”波克回答说，一边格格直笑，一边激动地搓着双手。

“好吧，把新娘带进来，”杰拉尔德说，波克转过身，向穿堂里的妻子招招手，她刚从韦尔克斯的庄园来，成为塔拉庄园的人了。她进了门，背后还有个十二岁的女儿，躲在她印花布大裙子旁边，局促不安地挨着她的腿。

迪尔西个子高大，姿势挺直。年龄兴许在三十岁到六十岁之间，古铜色的脸不动声色，倒没有一丝皱纹。相貌中印第安人的血统很明显，黑人的特征倒不明显。红彤彤的皮肤，又狭又高的前额，突出的颧骨，鹰钩鼻，两片黑人特有的厚嘴唇，上面的鼻尖部分却变得扁平，处处看得出是黑种和红种的混血儿。她态度沉着，走起路来比黑妈妈还要神气，因为黑妈妈这份神气是学来的，迪尔西却是生来就神气。

迪尔西说话时声音不像多半黑人那样含糊不清，而是更注意字斟句酌。

“晚上好，几位小姐。杰拉尔德先生，打扰你了，很抱歉，但我要到这儿来再次感谢你把我和小妞儿都买下了。买我的老爷虽多，但他们绝不会把我的普莉西也买下，免得我牵肠挂肚，因此我感谢你。我要尽力为你效劳，表示不忘你的恩德。”

“唔——呃唔，”杰拉尔德做了好事被人当面说穿，不禁窘得直清嗓子。

迪尔西转身对着斯佳丽，皱起眼角，带着几分笑。“斯佳丽小姐，波克跟我说过你劝杰拉尔德先生买下我。因此我准备把我的普莉西给你做贴身丫头。”

她伸手到后面把那个小妞儿拉到前面来。只见一个棕色皮肤的小家伙，像小鸟似的长着两条皮包骨的瘦腿，头上梳着无数小辫子，用头绳仔细扎紧，直挺挺朝天翘着。那双锐利、老练的眼睛，什么都漏不掉，脸上却故意装出一副傻样儿。

“谢谢你，迪尔西，”斯佳丽回答说，“不过恐怕黑妈妈要说话。自从我出世以来她就一直是我的贴身女仆了。”

“黑妈妈老了，”迪尔西说话时神态沉着，黑妈妈听见了准会发火。“她是个好保姆，不过你现在是一位小姐，需要一个好丫头，我的普莉西给印第亚小姐当过一年丫头。她跟大人一样，会做针线活，还会梳头。”

普莉西在她母亲怂恿下，突然行了个屈膝礼，还对斯佳丽咧嘴一笑，斯佳丽不由得也还了她一笑。

“好个机灵的小妞儿，”斯佳丽想道，嘴里却大声说，“谢谢你，迪尔西，等母亲回来我们再说吧。”

“谢谢你，小姐，我给你道晚安了。”迪尔西说着转身带孩子出去了，波克在一旁大献殷勤。

饭桌收拾干净，杰拉尔德又接下去夸夸其谈，不过连他自己都不大满意，听的人更是毫无兴致。他声如雷鸣，预言说战争就在眼前，还反问人家南方人对北佬的侮辱是否还受得了，听的人只是隐隐有点儿厌烦地回答说，“是，爸爸”或“不，爸爸”。卡丽恩坐在大灯下的一只膝垫上，正埋头看一个少女的恋爱故事，少女在情人死后当了修女，她看得入迷竟默默流下了眼泪，还津津有味地想象自己戴上一顶修女白帽子的情景。苏埃伦正在绣她傻笑着称为“嫁妆箱”的东西，心里不知道明天烤肉野宴上能不能把斯图特 · 塔尔顿从姐姐身边引开，用唯她独有而姐姐欠缺的女性美来迷住他。斯佳丽呢，正为阿希礼的事搅得心烦意乱。

爸明知她正在伤心，怎么还在大谈苏姆特堡和北佬的事呢？正如年轻人通常的想法一样，她心里觉得奇怪，人们怎么会这样自私，对她的痛苦竟不以为意，不管她多么伤心，人人都照样我行我素。

她心里仿佛刚刮过了一场旋风，可是他们坐着的这间饭厅却那么平静，依然如故，这似乎太奇怪了。那沉重的红木餐桌和餐具柜，实心的银器，光亮的地板上那些鲜艳的碎毡小地毯都原地不动，像什么也没发生似的。这间屋子又亲切又舒服，平时，斯佳丽就喜欢一家人吃完晚饭待在那儿这段安静的时刻；但今晚她一看见这种情景心里就不痛快，要不是她怕父亲大声责问，她早就溜走了，溜进黑暗的穿堂，走到母亲的小账房里，在那张旧沙发上放声痛哭了。

那间账房是整幢房子里斯佳丽最喜欢的一间。埃伦每天早上都坐在那屋里一张高高的写字台前记庄园的账，听监工乔纳斯 · 威尔克森的报告。埃伦握着鹅毛笔在账簿上记着账，家里人个个都闲着，杰拉尔德坐在旧摇椅上，三个女儿就坐在那张破旧得没法放在屋子前面，座垫都凹进去的沙发上。这会儿斯佳丽就一心想着上那儿去，只有她和母亲两个人，这样她就能把头伏在母亲膝上，安心哭一场。母亲难道就此不回来了吗？

就在这工夫，车轮在碎石子车道上刺耳地碾过，屋子里传来了埃伦打发车夫那柔和的低语声。她急急忙忙走进屋子，全家人都焦急地望着她，她的裙摆款款摆动，脸色疲惫悲伤。刚进屋就飘来她身上美人樱香囊的微香，这香味似乎总是从她衣服褶层里散发出来的，斯佳丽只要一闻到这股香味总不由联想起母亲。黑妈妈手里提着皮包，在几步路外跟着，下唇噘起，眉毛倒挂。黑妈妈走路摇摇摆摆，暗自嘟嘟囔囔，一面留神把话音压低得叫人听不清，不过又要响得能表示心里大不以为然。

"我回来晚了，对不起，"埃伦说着从低垂的肩头解下那条方格呢披肩交给斯佳丽，顺便摸摸她脸蛋。

杰拉尔德看见埃伦进来，就不可思议地变得满面春风。

"小鬼受洗了吗？"他问道。

"受过洗了，可死了，小可怜。"埃伦说。"本来我怕埃米也会死，不过大概她会活下去的。"

三个女儿都把脸朝着母亲，神色惊讶诧异，杰拉尔德却达观地摇摇头。

"得，小鬼还是死了好。不用说，可怜没爹——"

"不早了。我们现在还是祷告吧，"埃伦顺水推舟地打断了他，要不是斯佳丽深知她母亲的脾气，也就不会注意这句插话的用意了。

打听一下谁是埃米 · 斯莱特里这孩子的父亲倒也很有趣，但斯佳丽知道要是她等母亲亲口告诉她，那她就休想弄清真相。斯佳丽怀疑是乔纳斯 · 威尔克森，因为她常看见他和埃米黄昏时分在路上散步。乔纳斯是个北佬又是光棍，由于当了监工，跟县里社交生活就此永远沾不上边。任何有身份的人家都不会跟他结亲，除了斯莱特里家那种低贱的人之外，没人会跟他来往。因为在教育方面他比斯莱特里家还高出几筹，不管他怎么常跟埃米在黄昏一起散步，他不愿娶埃米也是很自然的。

斯佳丽叹了口气，因为她就爱打听人家的闲事。事情往往就出在母亲眼皮底下，可她竟毫不注意，只当没这回事似的。凡是她认为不正当的事她都不闻不问，而且竭力教导斯佳丽也这么做，可惜收效不大。

埃伦走到了壁炉架边去拿一直放在镶嵌的小盒子里的念珠，这时黑妈妈口气强硬地说。

“埃伦小姐，你做祷告前要吃点东西。”

“谢谢你，黑妈妈，可我不饿。”

“我这就亲自替你做晚饭去，做好你就吃，”黑妈妈说着动身顺着穿堂走到厨房去，气得横眉竖眼的。“波克，”她叫道，“叫厨娘捅捅火。埃伦小姐回来了。”

地板给她的身子压得咯吱咯吱直抖动，她在前面穿堂里自言自语的嘀咕声也越来越响，饭厅里一家人都听得清清楚楚。

“我说过多少回了，帮助那些穷白佬可没什么好处。他们都是懒骨头，不知好歹，没出息。埃伦小姐犯不着自己累死累活去侍候他们，他们要是配的话就买些黑奴去侍候他们好了。我说过——”

她顺着到厨房去的那条只有顶篷的露天长过道走远了，声音也就听不见了。黑妈妈自有一套办法让主人明白她对一切事情的主张。她知道黑人自言自语发牢骚，白人哪怕是稍稍留神去偷听也是有失身份的。她知道白人要维持这种尊严，就必须装聋作哑，哪怕她就站在隔壁房间，几乎是大喊大叫也不妨。凭这点她就可以不挨骂，而且可以让人家心里明白她对任何事情的确切看法。

波克拿着一只盘子、银餐具和一块餐巾走了进来。后面紧跟着一个十岁的黑孩子杰克，杰克一手急急忙忙扣上那件白麻布上衣，一手拿着一根拂尘，那是用细纸条扎在一根比他人还高的芦秆上做成的。埃伦原有一根美丽的孔雀毛拂尘，但只有碰到特殊场合才用，而且波克、厨娘和黑妈妈迷信孔雀毛不吉利，所以只有在家里发生争执后才用。

杰拉尔德替埃伦拉出一张椅子，她就坐了下来，四个声音一齐向她进攻了。

“妈，我那件新的跳舞衣上面的花边脱落了，明晚我在十二棵橡树庄园要穿的。请替我缝上好吗？”

“妈，斯佳丽的新衣服比我的漂亮，我穿粉红色衣服像丑八怪。她干吗不能穿我那件粉红衣服，让我穿她那件绿的呢？她就配穿粉红的嘛。”

“妈，明天晚上我能玩到舞会散场吗？我都十三岁了——”

“奥哈拉太太，信不信——别吵，你们这些丫头，免得我抽你们一顿鞭子！凯德·卡尔弗特今儿早上到亚特兰大去过了，他说——你们安静点好吗，我连自己的声音都听不见了——他说那儿乱哄哄，大家净在谈打仗啊，军训啊，组织军队啊。他还说查尔斯顿那边有消息，说是他们再也受不了北佬的侮辱了。”

埃伦对着这片吵闹声，疲惫的嘴露出了笑容，这才尽做妻子的本分，先对丈夫说话。

“如果查尔斯顿的正派人家都那么想，我相信我们大家不久都会有同样想法，”她说。因为她有个根深蒂固的信念，认为除了萨凡纳之外，全美洲的名门望族多半都在查尔斯顿那个海港小城，这个信念查尔斯顿人普遍都有。

“不行，卡丽恩，明年吧，宝贝儿。那时你就可以玩到舞会散场，还可以穿大人的衣服，到那时我这个长着红馥馥小脸蛋的宝贝儿就可以玩个痛快了，别噘着嘴，宝贝儿。记住这一点，你可以参加烤肉野宴，还可以留在那儿吃完晚饭，但不到十四岁就不能参加舞会。”

“把你的衣服给我，斯佳丽。做完祷告后我就给你把花边缝上。”

“苏埃伦，我不喜欢你这腔调。你那件粉红衣服很漂亮，也配你的肤色。斯佳丽的衣服嘛，配她的肤色。不过明晚你可以戴我的石榴石项链去。”

苏埃伦站在母亲背后，得意地向斯佳丽皱皱鼻子。原来斯佳丽早就打算求母亲借这串项链了。斯佳丽对苏埃伦伸伸舌头。苏埃伦爱嘀咕，又自私，真是个讨厌的妹妹，要不是有埃伦管着，斯佳丽早就经常打她耳光了。

“好了，奥哈拉先生，跟我说说，卡尔弗特先生还说了些查尔斯顿什么事？”埃伦说。

斯佳丽知道母亲一点也不关心战争和政治，认为这些都是男人的事，女人没一个高明得能亲自过问。但这一问正好凑了杰拉尔德的兴，让他趁此发表高见，埃伦总是处处关心丈夫的兴致。

趁着杰拉尔德开讲听来的消息，黑妈妈就把一盘盘饭菜端到女主人面前，一盘是面上烤得金黄的热松饼，一盘是油炸鸡胸肉，还有一盘是切开的黄澄澄的红薯，冒着热气，上面淌着融化的黄油。黑妈妈拧了小杰克一下，他赶紧到埃伦背后去干活，慢慢把那根纸条拂尘挥来挥去。黑妈妈侍立在桌旁，眼看一叉叉饭菜从盘子里送到埃伦嘴里，仿佛一看到她有什么倒胃口的迹象，就打算把饭菜硬塞到她喉咙里似的。埃伦不断吃着，但斯佳丽看得出她太累了，真是食而不知其味。只是看到黑妈妈那不肯罢休的脸色才无奈吃下去。

等到盘子吃空了，杰拉尔德的话才讲了一半。他刚在议论北佬偷偷摸摸，又要解放黑奴，又不舍得花一个子儿给黑奴赎身，这时埃伦就站起来了。

“我们这就做祷告了吗？”他老大不情愿地问。

“是啊。都这么晚了——咦，竟然十点了，”正巧那只钟有气无力地咯咯报着时。“卡丽恩早就该睡了。波克，掌灯。黑妈妈，我的祈祷书。”

黑妈妈哑着嗓子悄悄吩咐了几句，杰克就赶紧把拂尘放在角落里，收拾掉盘子，黑妈妈就到餐具柜抽屉里去掏埃伦那本破旧的祈祷书。波克踮起脚尖，抓住灯链上的环，把灯慢慢放下来，放到桌面都笼罩在明亮的灯光下，天花板隐没在阴影里才罢。埃伦整整裙子，跪在地板上，把翻开的祈祷书放在面前的桌上，十指交叉，两手搁在书上。杰拉尔德跪在她身边，斯佳丽和苏埃伦跪在桌子对面平时的位子上，一面把她们宽大的衬裙叠起来垫在膝盖下，免得跪在硬邦邦的地板上硌痛。卡丽恩年纪还小，不能舒舒服服跪在桌边，就面对一张椅子跪着，胳臂肘搁在座上。她喜欢这个姿势，因为做祷告时她难得有不打瞌睡的时候，采取这种姿势母亲就不注意了。

屋里的奴仆都拖拖拉拉，窸窸窣窣走进穿堂，跪在门口。黑妈妈跪下去的时候还大声哼哼，波克跪得直挺挺的，女仆罗莎和蒂娜展开鲜艳的印花布裙子，姿态优美，厨娘扎了块雪白的包头布，脸色显得又瘦又黄，杰克一副想睡觉的傻样，怕黑妈妈拧他，尽量躲得远远的。他们的黑眼睛里都闪烁着期待的目光，因为跟白人一起祷告也是这一天的一件大事。《启应祷文》①上那些古老而生动的语句以及东方色彩的比喻对他们来说没多大意义，但这使他们心里感到几分满足，因此他们一面嘴里吟诵着应答祷文："主啊，怜悯我们吧，""基督啊，怜悯我们吧。"一面身子总是摇啊摇的。

埃伦闭上眼睛开始祈祷，她声音时起时伏，令人感到平静和抚慰。埃伦感谢上帝给全家人和黑奴带来健康和幸福时，那圈发黄的灯光下人人都低着头。

她为塔拉庄园里的那些人、她父亲、母亲、姐妹、三个夭折的婴儿和"炼狱里所有可怜的灵魂"做完祷告后，细长的手指就捻着白色念珠，开始念《玫瑰经》②。白人和黑人嘴里顿时响起一阵嘤嘤嗡嗡的应答和声，就像突然吹来一阵和风似的。

"圣母马利亚，圣母啊，现在，和在我们的临终时刻，为我们这些罪人祈祷吧。"

斯佳丽尽管伤心痛苦，强忍眼泪，还是跟平时一样，深深感到平静和安宁。白天一些失望的心情和对明天的忧虑都消失了，留下了一线希望。这并不是她一心向往上帝才带来这种安慰，因为宗教对她只不过是挂在嘴上的东西。这只是由于看到她母亲安详的脸仰望着上帝和列位圣徒、天使的宝座，祈祷赐福给她所爱的那些人罢了。埃伦跟上天打交

---

①《启应祷文》，祈祷书中的祷文，领头的念诵一句祷辞，其他人重复这句祷辞回应。

②《玫瑰经》是天主教的祈祷文，家庭主妇每晚必为全家人平安健康念诵此经，并捻动念珠。

道时，斯佳丽深信必定上达天听。

埃伦念完了，就轮到杰拉尔德，他做祷告时老找不到念珠，只好偷偷扳着手指计数。听到他声音嗡嗡直响，斯佳丽就不由想到别处去了。她知道自己应该反省反省。埃伦已经教导过她，一天过完了，她的本分就是彻底反省反省，承认自己有许多错误，祈求上帝宽恕，而且给她力量，永远别再犯。不过斯佳丽是在反省。

她低下头，伏在十指交叉的双手上，免得母亲看见她的脸，心里就悲伤地又想到阿希礼身上去了。既然他真心爱她，那怎么能打算娶玫兰妮呢？既然他知道她有多爱他，他怎么能故意伤她心呢？

这时，突然有个崭新的念头，像彗星一样掠过她脑海。

“咦，阿希礼根本想不到我爱上他了呀！”

这念头来得突兀，吓得她几乎要大声喘气了。她脑子动不了，像是麻痹了好久，气也透不过来，过后才跑马似的想下去。

“他怎么会知道呢？我在他面前一向都装得那么拘谨，温雅，碰也不让他碰一下，他大概认为我只把他当做一个朋友，心里对他一点也没意思。是啊，所以他才从来没开过口！他以为他的爱毫无希望。所以他看上去那么——”

她脑子很快回想起有几次她看到他瞧着她的那副怪样儿，那双平时完全不流露真情的灰眼睛，竟然睁得大大的，赤裸裸的，饱含着一种苦恼而绝望的神情。

“因为他以为我爱上了布伦特，或爱上了斯图特，或爱上了凯德，所以很伤心。大概他认为既然他不能娶我，不如就讨好家里人，娶了玫兰妮吧。可他要是知道我真爱他——”

她心情瞬息万变，一下子垂头丧气，一下子又顿时兴高采烈。这就是阿希礼沉默寡言，举止古怪的原因。原来他不知道！她的虚荣心促使她更加一厢情愿，竟然信以为真。要是他知道她爱他，就会赶紧到她这边来的。她只要——。

“哦，”她一面狂喜地想着，一面用手指掐着低垂的额头。“我多么傻呀，闹到这会儿才想到这一点！我一定得想个什么办法让他知道。

要是他知道我爱他，就不会娶她了。他怎么能娶她呢？”

她猛然一惊，这才明白父亲已经祷告完了，母亲两眼正看着她呢。她赶紧开始念她的《圣母十遍颂》①，念一遍就自动数一粒念珠，但声音却饱含激情，黑妈妈听得睁开眼睛，目光锐利地扫了她一眼。她做完祷告，就轮到苏埃伦，再轮到卡丽恩，念她们的《圣母十遍颂》，她脑子里却仍然飞快转着她那个迷人的新念头。

尽管到了这个地步，也还不算太晚。男方或女方竟然跟第三者结婚这种私奔的事在县里屡有传闻。而阿希礼订婚的消息甚至还没宣布呢！是啊，时间多的是！

要是阿希礼和玫兰妮之间没有爱情，只是老早有约在先，那么他违约而跟斯佳丽结婚又有何不可呢？他要是知道她斯佳丽爱着他，他肯定会这样做。她一定要想办法让他知道。她会找到办法的！到那时——

斯佳丽冷不防从快乐的梦境中惊醒，原来她忘了应答祷文，母亲正用责备的眼光瞧着她。她一面继续祈祷，一面睁开眼睛飞快地朝屋里扫了一眼。这些跪着的人影，柔和的灯光，那些黑奴摇晃身体的朦胧影子，甚至一小时前她觉得看上去那么可恨的那些熟悉的东西，顷刻间都披上了她自己感情的色彩，这间屋子似乎又一次成了一个可爱的地方。她永远忘不了此时此景！

“圣母马利亚至诚，”母亲吟诵道。《圣母马利亚启应祷文》开始了，埃伦用柔和的女低音赞美圣母的品质，斯佳丽就乖乖地应答道：“为我们祈祷吧。”

从童年时代起，这就向来是斯佳丽崇拜埃伦的时刻，而不是崇拜圣母马利亚的时刻。尽管这念头亵渎神明，但每次一再念到“病人的健康”，“智慧的源泉”，“罪人的庇护”，“神秘的玫瑰”那些古老的词句，斯佳丽闭上眼睛总是看到埃伦仰起的脸，而不是看到圣母马利亚。那些词句很美，因为句句都是对埃伦的形容词。不过今晚，由于斯佳丽自己心灵的升华，她觉得在整个仪式中，那些语调温柔的句子，喃喃的

①《圣母十遍颂》是《玫瑰经》中的一段，经文反复歌颂圣母十遍。

应答声，有一种她以往从未感受过的非凡的美。她心里对上帝充满了真诚的感激之情，感谢上帝为她敞开了一条小道，让她脱离苦海，一直投到阿希礼的怀抱里。

等到最后念过一声“阿门”，大家就全都站了起来，身子多少都有点僵硬了，黑妈妈就由罗莎和蒂娜合力搀扶起来。波克在壁炉架上拿了根长长的纸捻，在灯火上点燃了，走到穿堂里。在螺旋楼梯对面放着一只胡桃木的餐具柜，放在饭厅里又嫌大而无当，大柜顶上搁着几盏灯和一长排插在烛台上的蜡烛。波克用纸捻点起一盏灯和三支蜡烛，俨然一副王家寝宫内侍的傲慢气派，照着国王和王后到寝宫去。他高擎着灯火，带领着这队人走上楼梯。埃伦挽着杰拉尔德的胳臂，跟着他，三个女儿各自拿着烛台，尾随上楼。

斯佳丽走进自己屋里，把蜡烛搁在高高的五斗柜上，在黑暗的壁橱里摸那件要缝的舞衣。她把衣服搭在胳臂上，悄悄走过穿堂。她父母卧室的门开了一条缝，她还没来得及敲门，就听见埃伦低沉而严厉的声音。

“奥哈拉先生，你一定得把乔纳斯·威尔克森辞退了。”

杰拉尔德发作了。“那叫我上哪儿去再找一个不会欺骗我的监工呢？”

“一定得马上辞了他，明天早上就辞。大个儿山姆是个好工头，可以先接管一下，等你雇到新监工再说。”

“啊哈！”杰拉尔德的声音说。“那我懂了！原来是乔纳斯这好家伙生的——”

“一定得辞了他。”

“原来他就是埃米·斯莱特里孩子的爸爸，”斯佳丽想道。“哦，原来如此。你想，一个北佬和一个穷白佬的姑娘还干得出什么好事呢？”

后来，她特意歇了一会儿，让她的父亲有时间唾沫四溅地把话说完，这才敲敲门，把衣服递给母亲。

等到斯佳丽卸完装，吹灭了蜡烛，她已经详详细细定下了明天的计划。这是个简单的计划，因为她像父亲那样一个心眼，她眼睛直盯着目标，只想一蹴而就。

首先，她要照父亲吩咐的那样“傲气十足”。从她到十二棵橡树庄园那一刻起，她就要显得心情欢快，精神饱满。谁也不会疑心她为了阿希礼和玫兰妮的事闷闷不乐过。她要跟那儿的每个男人调情。阿希礼看了会很痛苦，但这一来他会更加想她。凡是到了结婚年龄的男人，老到苏埃伦的情人，姜黄胡子的老弗兰克·肯尼迪，小到玫兰妮的弟弟，害羞、文静、爱脸红的查尔斯·汉密顿，她都决不放过。他们都会像蜜蜂围着蜂房一样围着她转，阿希礼肯定也会从玫兰妮身边给吸引过来，加入这圈子，拜倒在她脚下。到那时她就会想办法躲开大家，单独跟他在一起待几分钟。她希望一切都能那样实现，不然的话事情就要难办多了。不过阿希礼要是不先采取主动，她就只好自己采取主动了。

等到末了他们两个人在一起，这时他脑子里一定还没忘了刚才其他男人围在她身边的情景，就会重新牢记每个人都想要她这个事实，于是眼睛里又会流露那种伤心绝望的神情。这时她就会让他知道，尽管人人都爱她，天底下的男人就数他最中她的意，他听了就会转忧为喜。等她不亢不卑地承认这点之后，她在他心目中的地位就会显得无比宝贵了。当然，这一切都要做得不失小姐身份。她做梦也不会冒昧地对他说她爱他——万万不行。至于怎么样告诉他，那倒是小事，根本不用担心。这种情况以前她曾经应付几回了，再来一回也不妨。

她躺在床上，朦胧的月光洒在她身上，她脑子里想象着这整个情景。她看见他明白了她真正爱着他时，脸上露出又惊又喜的神情，她听见他说的话，求她做他的妻子。

自然，她那时得说他既然跟别的姑娘订了婚，她根本不能考虑嫁给他。但他会执意相求，求到末了她就让他说动了心。于是他们就会决定当天下午逃到琼斯博罗去——

咳，到了明晚这时候她兴许就是阿希礼·韦尔克斯太太啦！

她在床上坐起来，抱着膝头，想到自己竟当上阿希礼·韦尔克斯太太——阿希礼的新娘，心里快活了好一阵子。接着心里又凉了半截。

要是结果不是这么回事呢？假定阿希礼并没求她跟他逃跑呢？她断然排除了这个想法。

“现在我不想那事，”她毅然说。“要是我想下去，心里就乱了套啦。如果他爱我，事情就没理由不按我的心意实现。而我知道他是爱我的。”

她仰着脸，那双黑睫毛的淡绿色眼睛在月光下闪闪发亮。她母亲从来没告诉过她愿望和如愿是两码事；生活也没教过她捷足未必先登这个理。她躺在银色的阴影下，鼓起勇气，制订着计划，那是一个十六岁少女的计划。在这个年龄，生活是那么愉快，失败是不可能的事，漂亮的衣服和清秀的面目就是她征服命运的武器。

第5章

早上十点钟。还只四月里，天气就很暖和了。金色的阳光从宽敞的窗子透过蓝窗帘，照得斯佳丽房间里明晃晃。奶油色的墙壁映得雪亮，红木家具的深处也闪着醇酒一般的深红色光芒，地板像玻璃一样亮晶晶，只有铺着碎毡小地毯的地方斑斑点点，色彩鲜艳。

酷暑将临，春天的高潮却迟迟舍不得消退，空气中已是一片夏意，初次暗示佐治亚的夏天快到了。一股芳香、温和的暖气涌进屋里，飘溢着种种柔美、浓郁的香味，有芬芳的百花香，有新长成的树木香，还有刚翻过的潮湿的红土香。斯佳丽透过窗户望出去，只见碎石车道两边的两行水仙争芳斗艳，大片金黄色的素馨花像用衬架的大裙子似的，端庄地把地上铺得花团锦簇。模仿鸟和樫鸟冤家路窄，又在争夺她窗下那棵木兰树，樫鸟叫声激烈刺耳，模仿鸟叫声委婉哀怨。

通常碰到这么一个光辉灿烂的早晨，斯佳丽总不由给招到窗前，胳臂靠在宽阔的窗台上，陶醉于塔拉庄园的香味和声音中。但今天她可没闲工夫去观看太阳和蓝天，心里只匆匆掠过一个念头，“谢天谢地，没有下雨。”床上有只大纸板箱，里面整整齐齐放着那件上面镶着本色花边的苹果绿波纹绸舞衣。这衣服是准备带到十二棵橡树庄园等舞会开始才穿的，但斯佳丽看见这衣服只是耸耸肩。如果她的计划成功，她今晚就不会穿这件衣服了。舞会还没开始，她和阿希礼早就动身到琼斯博罗结婚去了。伤脑筋的事是——她该穿什么衣服去参加烤肉野宴呢?

什么衣服最能显出她的魅力，让阿希礼见了她就着迷呢? 从八点钟起她就一直在试衣服，穿一件扔一件。眼下她只穿着镶花边的长裤，亚麻布胸衣，三层波浪形花边的亚麻布衬裙，站在那儿垂头丧气，心情烦躁。地板上、床上、椅子上，四下都是五颜六色的一堆堆扔掉的衣服和凌乱的缎带。

这件玫瑰红的蝉翼纱衣，配上粉红色长腰带本来挺合式，但去年夏天玫兰妮去十二棵橡树庄园作客那回，她穿过这件衣服，人家肯定还记得。可能还会不怀好意地提起这一点。这件黑色毛葛衣服，膨袖，公主式花边领子，衬托着她那身白皮肤真是没说的，可就是有点儿老气。斯佳丽焦急地盯着镜子里自己那张正当二八年华的脸，仿佛生怕看见皱纹和松垂的下巴似的。当着娇嫩的玫兰妮，万万不能显得稳重老气。这件淡紫色的条纹细布料的，边上镶着阔花边美虽美，但跟她这种类型根本不相配。卡丽恩外形纤丽，神情娇慵，穿上这身衣服倒很合式，但斯佳丽觉得自己穿的话看上去就像个女学生。玫兰妮生性娴静，在她身边可万万不能显得女学生腔。这件绿色格子塔夫绸衣服有好多荷叶边，每条荷叶边还用绿丝绒滚边，倒最合适不过了，事实上还是她最喜欢的衣服呢，因为这件衣服使她的眼睛颜色变深，成为翠绿色。但在紧身衣前襟显然有一块油渍，当然她可以把胸针别在这块油渍上，但玫兰妮也许眼睛尖得很。剩下的只有五颜六色的布衣服了，斯佳丽觉得在这种场合穿喜庆气息不够，还有几件舞衣，以及昨天已经穿过的那件绿色枝叶花纹的细布料的。不过那是件下午穿的衣服，不适合在烤肉野宴上穿，因为衣服上只有小的膨袖，领口又开得低，倒尽可以当舞衣穿呢。但除了穿这一件也没别的办法。即使大清早就穿袒胸露臂光脖子的衣服不合式，她终究也不怕这样见不得人啊。

她站在镜子面前，扭过身子看看自己的侧影，她认为自己的身段绝对不会叫她丢脸。她的脖子短虽短，但很圆，胳臂丰满迷人。乳房给紧身褡托得高高隆起，非常漂亮。大多数十六岁姑娘都不得不在紧身胸衣衬里缝上一行行细细的绸皱裥，把身段衬托得丰满如意，更有曲线美，她可用不着来这一套。她很高兴自己继承了母亲纤细的白手和小巧的双脚，本来还希望身材能像母亲一样高，但她对自己的身材也十分满意了。她一面撩起衬裙，遗憾地望望穿着长裤的两条腿，又丰满又匀称，一面想，可惜不能露出腿来啊。她的腿真好看。当初连费耶特维尔学院的姑娘都一致公认好看呢。至于她的腰——说到这一点，那在费耶特维尔，琼斯博罗，或者在三个县里，谁都没有这么细的腰呢。

一想到自己的腰，她又不由想起了实际问题。这件绿色细布料衣服腰身是十七英寸，可黑妈妈却替她把腰束成十八英寸，让她穿那件毛葛衣服。黑妈妈还得替她再束紧些。她推开门细细听着，听见黑妈妈沉重的脚步声在楼下穿堂里。她知道母亲正在熏肉房里给厨娘分派当天的食物，她尽管可以放心扯开嗓子，就大声叫着黑妈妈。

"人家还当我会飞呢，"黑妈妈嘟囔着爬上楼梯。进来时直喘粗气，一脸想跟人吵架而且乐意奉陪到底的架势。那双黑黑的大手端着一个托盘，上面的食物直冒热气，两大块红薯涂满黄油，一叠荞麦饼淌着糖浆，还有一大片火腿浸在肉卤里。斯佳丽的神情本来就有点生气，一看见黑妈妈手里拿的东西，顿时变得存心找碴。刚才忙着试衣服，兴头上竟忘了黑妈妈有条硬性规定，凡是奥哈拉家的姑娘出去赴宴，一定得先在家里填饱肚子，到宴会上就吃不下任何点心了。

"用不着。我不要吃。你就拿回厨房去好了。"

黑妈妈把托盘放在桌上，两手叉腰，摆好架势。

"你不吃也得吃！这回可不能像去年那回烤肉野宴了，那时我生病，没让你临走先吃东西，给人说闲话。这回你得把这些统统都吃光。"

"我不吃！好吧，过来给我束得紧一点，因为我们已经晚了。我听见马车都到屋门外了。"

黑妈妈换了一副哄孩子的语气。

"好了，斯佳丽小姐，你乖乖儿吃一点吧。卡丽恩小姐和苏埃伦小姐都吃完了呢。"

“她们愿意吃，”斯佳丽瞧不起地说。“她们都是胆小如鼠。我可不吃！我见了托盘就倒胃口。我没忘记上回我吃了整整一盘东西再到卡尔弗特家去，他们特地从萨凡纳带来了冰，用来做成冰淇淋，可我只吃得下一小匙。今天我要玩个痛快，吃个称心。”

黑妈妈听到这番大胆的邪说，气得皱起了眉头。在黑妈妈心里，小姑娘家什么做得，什么做不得，那是黑白分明的；决没有折中做法的余地。苏埃伦和卡丽恩都是她厉害的手心里的软面糊，对她的教训无不恭恭敬敬，言听计从。但要教导斯佳丽说她那些心血来潮的举止大多有失小姐身份却往往要花费一番口舌。黑妈妈一次次制服斯佳丽可实在不容易，足见她的诡计白人完全没法知道。

“如果你不管人家怎么议论这个家，我可要管。”她咕噜咕噜说。“我决不能撒手不管，让宴会上的人都说你没教养。我跟你说过多少回，女人家吃得少，准是位小姐，我可决不让你到韦尔克斯先生家去大吃特吃。”

“我妈是夫人，她也吃东西，”斯佳丽回敬一句说。

“等你结了婚，你也可以吃。”黑妈妈反驳道。“埃伦小姐像你这么大的时候，出去从来不吃东西，还有你宝莲姨妈，尤拉莉姨妈也都不吃。她们都结婚了。姑娘家只顾拼命吃，往往找不到丈夫。”

“我才不信呢。上次烤肉野宴你病了，我事先没吃东西；阿希礼·韦尔克斯还跟我说，他喜欢看到胃口好的姑娘呢。”

黑妈妈像有不祥之兆地摇摇头。

“男人家说的和想的是两码事。再说我没看到阿希礼先生向你求过婚。”

斯佳丽板起脸，正想说几句厉害的，却又住了口。黑妈妈打中了她要害，没什么可争的了。看见斯佳丽倔强的神态，黑妈妈端起托盘，使出黑人那套不动声色的诡计，改变了策略。她朝门口走时叹了口气。

“得，不吃也罢。厨娘装托盘的时候，我就对她说过，‘看一个人的吃相你就准能知道她是不是一位小姐，’我还对厨娘说，‘我从来没见过一位白人小姐比玫荔·汉密顿小姐吃得更少的，上次她去看阿希礼

先生 ——我是说，去看印第亚小姐。’”

斯佳丽满腹狐疑地扫了她一眼，谁知黑妈妈那张阔脸上只露出一副老实相，还露出惋惜斯佳丽不如玫兰妮·汉密顿小姐的神情。

“把托盘放下，过来替我再束紧些，”斯佳丽烦躁地说，“束好我就吃吃看。要是我现在吃，就束不紧了。”

黑妈妈暗自庆幸，放下了托盘。

“我的小乖乖要穿什么呀？”

“那件，”斯佳丽指指那蓬蓬松松堆成一团的绿花细布料衣服说。黑妈妈顿时极力反对。

“不行，不能穿。早上穿这件不合适。不到下午三点钟可不能露出胸脯，而且那件衣服既没领子也没袖子，你一定会生痱子的。上回你到萨凡纳去，在海滩上一坐就长了一身痱子，我用酸奶给你搽了一个冬天才去掉，我可不想让你再生痱子。我这就告诉你妈去。”

“我还没穿好衣服，你要先告诉她一句，我就一口也不吃，”斯佳丽冷冷地说。“等我一穿好，妈要喊我回来换也来不及了。”

黑妈妈眼看自己这一招输了，无可奈何地叹了口气，她权衡一下，与其让斯佳丽狼吞虎咽，还不如就让她穿着下午的衣服去参加早上的烤肉野宴。

“抓住什么东西，屏一口气。”她命令道。

斯佳丽依言打起精神，牢牢抓住一根床柱。黑妈妈使劲拉啊抽啊，眼看鲸骨架里的腰围变细了，她不由露出又得意又喜爱的眼神。

“谁都没有我的小乖乖这么细的腰，”她称许地说。“每次我替苏埃伦小姐束到二十英寸多点儿，她就要晕倒了。”

“噗！”斯佳丽喘着气，说话也困难了。“我这辈子还从来没晕过。”

“得，你难得晕个一两回也不要紧，”黑妈妈劝告说。“有时候你真不懂分寸，斯佳丽小姐。我一直要告诉你，看见蛇啊，耗子啊什么的，你不晕倒可不好看。我不是叫你在家里晕过去，而是叫你出外做客的时候。我告诉过你 ——”

“哦，快点吧！别多说废话了。我会找到丈夫的。我就是不尖叫，不晕倒，看我找不找得到。天哪，我的紧身褡真紧！套上衣服吧。”

黑妈妈把这件用料十二码的绿色枝纹细布衣服仔细套在她那件像山一般的衬裙上，再把低领的紧身衣后面钩上。

“在太阳下面要一直用披肩，热了也别脱帽子，”她命令道。“否则你回来时就要黑得像斯莱特里家的老太婆了。好了，你来吃吧，宝贝，可别吃得太快。重新再束起来就不顶用了。”

斯佳丽听话地对着托盘坐下，心里在嘀咕要是吃了什么下肚，不知还能不能呼吸。黑妈妈从脸盆架上拉下一块大毛巾，仔细把一头围住斯佳丽脖子，把另一头折好铺在她的膝上。斯佳丽先吃火腿，因为她喜欢火腿就勉强咽了下去。

“但愿我结过婚就好了，”斯佳丽老大不情愿地吃着红薯，一边愤愤说。“我就厌烦老是没完没了地做作，想做的事情一件也做不了。我就厌烦装作胃口小，想跑却只好走，明明跳上两天舞也不觉得累，偏偏说跳一只华尔兹就要晕倒。我就厌烦说什么‘你真了不起！’去骗那些还不如我有见识的男人。我就厌烦装做什么也不懂，让男人来告诉我，让他趁此觉得自己很了不起……我一口也吃不下了。”

“尝块热饼，”黑妈妈毫不留情地说。

“为什么姑娘家要找个丈夫就得那么傻？”

“我想那是因为男人家不知道自己要的是什么。他们只知道自以为要什么。如果他们自以为要什么你就给什么，那就免得你吃苦，当一辈子老姑娘。他们自以为要的是胆子小，胃口小，见识少的小妞儿。男人家可不愿意娶一个他疑心比自己见识高的女人做老婆。”

“男人结婚以后发现老婆真有见识，你看他们会吃惊吗？”

“嗯，到那时就太晚了。他们已经结婚了。再说，男人也希望自己的老婆有见识。”

“总有一天我想干什么就干什么，想说什么就说什么，人家不喜欢，我也不在乎。”

“不，这可不行，”黑妈妈严厉地说。“只要我还有口气就不准你这样。你吃这些饼。浸在肉汁里吃，宝贝儿。”

“我看北佬的姑娘就不用装得这么傻。去年我们在萨拉托加[①]，我看到好多姑娘都很有见识，在男人面前也一样。”

黑妈妈鼻子里哼了两声。

“北佬的姑娘！是啊，我看她们的确是心里有什么就说什么，但我在萨拉托加可没看见什么人向她们求婚。”

“可北佬一定也得结婚啊，”斯佳丽争论说。“他们又不是自己长出来的。他们一定也得结婚生孩子。他们的人可多着呢。”

“男人贪图她们有钱才娶她们，”黑妈妈执意说。

斯佳丽把烤面饼泡在肉汁里，再送到嘴里。也许黑妈妈说的有点道理。这里头一定有道理，因为她母亲也说过同样的话，不过说法不一样，而且要婉转一些。事实上，她所有的女朋友的母亲都尽力教导女儿，必需装出弱不禁风，小鸟依人，眼睛天真无邪的样子。说真的，要培养和保持这种装腔作势倒需要不少见识呢。也许她过去性子是太躁了。她有时还跟阿希礼争论，老实说出自己的看法。也许就因为这一点，加上她喜欢有益健康的散步和骑马，他才转移目标，去找弱不禁风的玫兰妮了。也许她改变一下策略的话——不过她觉得如果阿希礼向女人家预谋的花招屈服，她就不能像目前一样尊重他了。哪个男人蠢得听见一声痴笑，一句“哦，你多了不起！”，见到一阵昏厥，就上了钩，那才不值得爱呢。不过他们似乎都喜欢这一套。

如果她过去对阿希礼的策略错了——得，过去的事也没法子了。今天她要换一套策略，换正确的策略。她要他，而且她只有几个钟头可用来得到他。要是晕倒，或者装作晕倒能得逞的话，那么她就晕倒。要是痴笑，卖弄风情，装傻能吸引他，她也乐意卖弄卖弄，甚至装得比凯思琳·卡尔弗特还要傻。如果必须采取大胆步骤的话，她也会。今天可到时候了。

没人来对斯佳丽说，她本人的个性虽然活力充沛得惊人，比起她可

① 萨拉托加，美国纽约州一小镇，附近有温泉疗养地。

能会采用的任何假面具来反而更迷人。要是有人对她说了，她准会高兴，但不见得相信。而她身为其中一员的文明世界也不会相信的，因为当时的文明世界很不重视女性的纯真，其轻视程度简直空前绝后。

马车载着斯佳丽，顺着红土路朝韦尔克斯家的庄园驰去，她不由感到一阵负疚的欣慰，因为母亲和黑妈妈都不去赴宴。烤肉野宴上不会有人爱挑剔地抬抬眉毛，或噘起下唇来干涉她的行动计划了。当然，苏埃伦明天一定会搬弄是非的，不过要是一切都顺着斯佳丽心愿实现的话，家里对她同阿希礼订婚或私奔的事势必大为轰动，足以抵消他们的不满情绪。是啊，她母亲有事只好留在家里，她心里很高兴。

杰拉尔德那天早上灌饱了白兰地，已经把乔纳斯·威尔克森辞退了，埃伦留在塔拉庄园是要趁这人没走先仔细检查一下庄园的账目。斯佳丽到那间小账房去跟母亲告别的时候，她正坐在那张文件架里塞满票据的高高的写字台前。乔纳斯·威尔克森手里拿着帽子，站在她身边，他那张瘦皮包骨的黄脸，公然流露出满腔仇恨的怒火，因为东家竟然这么随随便便就把他辞了，害他丢了监工这份县里最大的美差。为来为去就为了这么一件玩弄女人的小事。他再三跟杰拉尔德说，埃米·斯莱特里跟十来个男人搞过，哪一个都跟他一样大有可能是这孩子的父亲。这看法杰拉尔德也同意——不过就埃伦来说，这并没改变事情的性质。乔纳斯痛恨所有的南方人。他就恨他们对他这副冷冰冰的礼貌，恨他们心里瞧不起他的社会地位，还要勉强装出一脸的礼貌来掩饰。尤其痛恨埃伦·奥哈拉，因为他痛恨的南方人身上那些德行她都占全了。

黑妈妈是庄园的女仆总管，留在家里辅佐埃伦，所以坐在托比旁边赶车座位上的是迪尔西，姑娘们的舞衣都装在一个长盒子里，搁在她身边。杰拉尔德跨着他那匹大猎马，在马车边骑着。他喝了白兰地浑身来了劲儿，威尔克森那件杀风景的事居然这么快就给他了结掉，他感到很高兴。他把担子都往埃伦身上推，根本不去想她错过烤肉野宴，错过跟朋友欢聚的机会，心里会感到多失望；因为这天正是艳阳天，他的田里一片美景，鸟语花香，他觉得自己实在年轻贪玩，顾不上想到别人。他不时还张口唱起《低靠背车上的假腿人》和其他爱尔兰小调，或者唱比较忧伤的《罗伯特 · 埃米特[1]哀歌》："她远离她那年轻英雄长眠的土地。"

他满心喜欢，想起今天可要高声大谈北佬和战争的事了，不由激动得心花怒放，看到三个漂亮女儿穿着衬裙箍的裙子，铺展得花团锦簇，打着可笑的花边小阳伞，又不由得意洋洋。他没去想上一天跟斯佳丽的谈话，因为这事他已经完全忘了。他只想到她长得漂亮，为他增光不少，还想到今天她眼睛像爱尔兰的青山一样绿。想到这一点，他不禁对自己刮目相看，因为这一比还大有诗意呢，所以就对女儿大声唱起稍稍走调的《绿衣服》[2]。

斯佳丽怀着做母亲的对装模作样的小孩子那种亲热的轻蔑眼光瞧着他，心里明白到太阳下山时他就会喝得烂醉。摸黑回家时，他又会跟往常一样，拼命想骑着马把十二棵橡树到塔拉庄园之间的每一道围栏都跳遍。但愿上帝慈悲，希望他那匹马眼明腿快，别让他摔断了脖子才好。他会有桥不过，赶马蹚水过河，哇啦哇啦回家来，由波克把他扶到账房的沙发上睡觉。碰到这种情况，波克总是点上一盏灯待在前面穿堂里等着。

他会把自己那套新的灰色绒面呢衣服弄坏，到了早上就会为此破口大骂，还要详详细细告诉埃伦，他那匹马在黑暗中从桥上摔下来的经过——这套露骨的鬼话其实谁也哄不过，可大家竟然都信，使他不禁感到自己十分聪明。

爸真是个活宝，又可爱又自私，什么事都不负责任，斯佳丽想想心里对他油然产生一阵爱怜。今天早上她兴奋极了，快乐极了，不仅觉得她父亲可爱，而且整个世界都是可爱的了。她长得漂亮，这点她有数；不消等到今天天黑，她就可以把阿希礼据为己有了；太阳和煦宜人，佐

---

① 罗伯特 · 埃米特(1778—1803)，爱尔兰爱国者，1803 年起义失败被绞死。

②《绿衣服》是爱尔兰的爱国歌曲，由狄昂 · 波西考特作词，歌词中表现了英国统治爱尔兰后，不准他们地里长白花酢浆草(爱尔兰国花)，不准他们过纪念爱尔兰守护圣徒圣帕特里克的节日，不准他们穿绿衣服(爱尔兰国色)。

治亚明媚的春光展现在她眼前。沿路边，只见黑莓掩映在点点嫩绿中，冬雨冲刷出来的天然红山沟，还有红土层中露出来的光秃秃的花岗石，上面覆盖着朵朵金樱子，边上还围绕着淡紫色的野生紫罗兰。河边那些树木茂密的山丘上，山茱萸盛开着晶莹的白花，宛如绿叶上滞留着残雪。多花海棠树已经含苞欲放，竞相从嫩白变成深粉红，阳光透过树林照着树下的枯松针，野忍冬，形成一张色彩斑斓的地毯，呈现深红、橘黄和玫瑰红三色。微风吹来一股淡淡的野花香，天地万物都芳香可口。

“我到死都忘不了今天这么美，”斯佳丽心想。“不定今天还是我结婚的喜日呢！”

她心里热辣辣地想着，今天下午，或者今晚趁着月光，她和阿希礼就可以在这片花木竞艳的美景中纵马飞驰，到琼斯博罗去找牧师。当然，日后她还得找个亚特兰大的牧师重新替她主持婚礼，但那是父母操心的事了。她想到母亲听见女儿跟别人的未婚夫私奔，一定会羞愧得脸色煞白，不免有点畏缩，但她知道母亲要是看到她幸福准会宽恕她。父亲听见了准会大叫大骂，不过，尽管他昨天说过不愿她嫁给阿希礼，他家跟韦尔克斯家结上亲他准会说不出的高兴。

“不过那种事等我结了婚后再操心吧，”她抛开烦恼，暗自想道。

如此明媚的春天，如此暖和的阳光，遥望着十二棵橡树庄园的烟囱刚从河对面的山上露出头来，她只感到乐得心头怦怦跳，哪儿还会有别的心情呢。

“我要一辈子住在那儿，要过上五十个这样美的春天，也许还不止五十个呢，我还要跟儿孙说今年这个春天有多么美，比他们将来要过的任何一个春天都可爱。”她想到这儿不由兴高采烈，竟跟着唱起了《绿衣服》最后一段，博得她父亲大声叫好。

“我不明白你今天早上干吗这么高兴，”苏埃伦生气地说，因为她仍然耿耿于怀，总觉得自己穿斯佳丽那件绿绸舞裙比斯佳丽穿好看得多。为什么斯佳丽老是那么自私，不肯把衣帽借给她呢？母亲又为什么老是为斯佳丽撑腰，说苏埃伦不配穿绿的呢？“你我都知道今晚就要宣布阿希礼订婚的消息了。爸今天早上说过的。而且我还知道你已经爱上他好几个月了。”

“你只知道这些罢了，”斯佳丽说着伸伸舌头，不愿扫兴。明天早晨这时候苏[1]小姐还不定有多么吃惊呢！

“苏茜[2]，要知道可不是这么回事，”卡丽恩听了很震惊，提出异议说。“斯佳丽喜欢的是布伦特。”

斯佳丽把那双含着笑意的绿眼睛对着小妹妹，心里在嘀咕，怎么人人都这么可爱。全家人都知道十三岁的卡丽恩心里只爱布伦特·塔尔顿，对方却当她是斯佳丽的小妹妹，根本没把她放在心上。平时母亲不在场的时候，全家人老拿他来逗卡丽恩，把她逗哭才罢休。

“宝贝儿，我一点也不喜欢布伦特，”斯佳丽乐得大方道。“而且他一点也不喜欢我。原来啊，他正等着你长大呢！”

卡丽恩圆圆的小脸蛋涨红了，心里又是高兴又是怀疑。

“哦，斯佳丽，真的吗？”

“斯佳丽，你知道妈妈说过卡丽恩年纪还小，不能想男朋友，你还害她胡思乱想。”

“得了吧，你去搬弄是非好了，看我在乎不在乎，”斯佳丽回答说。“你是想压住小妹妹，因为你知道她再过一两年就比你漂亮了。”

“今天你们说话都留点神，要不，回头我用鞭子抽你们，”杰拉尔德警告说。“别闹了！我听见的是车轮声吧？大概不是塔尔顿家，就是方丹家来了。”

前面就是从含羞草庄园和费尔希尔那座树木茂密的小山通下来的一条岔道，他们一行人走近这道口，只听得车轮声、马蹄声越来越清晰了，树屏后面传来了女人家嬉笑争吵的喧闹声。杰拉尔德一马当先，勒住了马，示意叫托比把马车停在岔道口。

“原来是塔尔顿家的女眷，”他对女儿通报说，红润的脸顿时喜笑颜开，因为除了埃伦以外，县里就数这位红头发的塔尔顿太太最讨他喜

---

① 苏是苏埃伦的爱称。

② 苏茜也是苏埃伦的爱称。

欢了。“而且是她亲自赶车。啊，这女人是驯马好手！身轻如燕，结实如牛，可还是漂亮得让人想吻一下。真可惜你们都没这种本事，”他加了一句，一面用慈爱而责备的眼光看看三个女儿。“卡丽恩见到牲口就害怕，苏捏着缰绳就笨手笨脚，而你，小姑娘——”

“得了，不管怎么说，我可从来没摔下来过，”斯佳丽愤愤说。“塔尔顿太太倒是每回打猎都摔下来。”

“还像男人一样摔断了锁骨，”杰拉尔德说。“既没晕过去，也没大惊小怪。好了，别多说了，她来了。”

只见塔尔顿家的马车来到眼前，满车姑娘个个身穿鲜艳衣服，打着花哨阳伞，披着飘拂的面纱。正如杰拉尔德所说，塔尔顿太太果然坐在赶车的座位上，他当即在马镫上欠身并脱帽致意。马车上坐着塔尔顿家四个女儿和她们的奶妈，跳舞衣服装在几个长纸盒里，把马车塞得满满当当，车夫都没地方坐了。再说，贝特丽丝·塔尔顿只要双手不用吊腕带吊着，决不肯让任何白人或黑人替她赶车。尽管她看似脆弱，骨骼细巧，皮肤那么白，仿佛脸上的血色都给火红的头发吸进那堆生气勃勃的柔丝里去了，然而她身体倒十分健康，精力也充沛。她生了八个孩子，个个都像她，统统是红头发，精力充沛。县里人都说，她养育有方，因为她对孩子视同马驹，既有慈爱的纵容，也有严格的纪律。塔尔顿太太的座右铭是“既要管教，又不要管死”。

她爱马，开口闭口总离不开马。对马的了解和驾驭本事比县里哪个男人都强。山上那座凌乱的屋子被八个孩子挤得满满的，围场里也给小马驹挤得满满的，满到前面草地上。每当她在庄园里四处走动，后面总是紧跟着一帮子儿女啊，小马驹啊，还有猎狗什么的。她深信自己养的马，特别是那匹红牝马耐利，都通灵性；她每天都要骑马，要是到时候，她家务事还没忙完，就把糖缸交给哪个黑小子，吩咐说，“给耐利吃一把糖，跟它说我一会儿就来。”

她总是穿着骑装，难得一两回不穿，因为不管骑不骑，她总想一骑，存着这条心，她干脆一起床就穿上骑装。每天早上，不管天雨天晴，耐利总是上了鞍子，在屋前遛遛；等着塔尔顿太太在百忙中抽出一小时来骑一回。但费尔希尔庄园是一个很难管理的庄园，难得抽得出空，耐利往往多半时间都空身遛来遛去，而贝特丽丝·塔尔顿就整天心神不定地把骑装的长裙撩起来，搭在手臂上，露出下面六英寸长的一段雪亮的马靴。

今天，她穿着暗淡的黑绸衣服，里面衬着过时的狭裙箍，看上去仿佛仍然穿着骑装，因为这身衣服是严格按骑装式样缝制的，那顶小黑帽，插着一根长长的黑翎，遮住一只热情、闪亮的棕色眼睛，看上去也跟她打猎时戴的那顶破旧帽子一模一样。

她看见杰拉尔德就挥起鞭子，勒住那对欢跃的红马。马车里面的四个姑娘都探出身子叽叽喳喳大声打招呼，把马都惊得腾起身来。偶然路过的人从旁看来，还以为塔尔顿家和奥哈拉家有多年没见面了，殊不知他们才两天不见。不过这家人倒喜欢交际，喜欢邻居，特别喜欢奥哈拉家的姑娘。就是说，她们只喜欢苏埃伦和卡丽恩。县里没有一个姑娘真正喜欢斯佳丽，喜欢她的可能只有那个没头脑的凯思琳·卡尔弗特吧。

夏天，县里几乎每星期都举行一次烤肉野宴和舞会，不过红头发的塔尔顿一家作乐的本事最强，每次烤肉野宴和舞会，她们都兴奋得像是第一次参加一样。她们姐妹四个长得又漂亮又丰满，一起挤在马车里，弄得大家裙箍压着裙箍，荷叶边叠着荷叶边，阳伞磕磕碰碰。阳伞下是宽边意大利太阳帽，帽顶簪着玫瑰花，飘垂着黑丝绒帽带。几顶帽子下面露出各种深浅不同的红头发，赫蒂是纯红头发，卡米拉是草莓红的，兰德是紫铜红的，小贝特西却是胡萝卜红的。

“这群姑娘真美，夫人，”杰拉尔德献殷勤地说，一面在马车旁边勒住了马。“不过要赶上她们的母亲还差得远呢。”

塔尔顿太太那对棕红色的眼睛骨溜溜一转，咂咂下唇，做了个怪相，表示感谢，四个姑娘都叫了起来，“妈，别眉来眼去，要不我们回去告诉爸了！”“奥哈拉先生，我敢说，碰到有你这么一位美男子在身边，她就根本不给我们一次露脸机会。”

斯佳丽听了这番俏皮话跟其他人都哈哈大笑，但心里对塔尔顿家姑娘这么没大没小总依旧不免感到震惊。她们就当塔尔顿太太跟她们一样大小，还不满十六岁。在斯佳丽眼里，心里若有对自己母亲说这种话的念头就简直是大逆不道了。然而——然而——塔尔顿家姑娘和母亲的关系倒也十分融洽，尽管她们对她又是批评又是责骂，又是取笑，对她仍然是敬爱的。斯佳丽出于至诚，赶紧对自己说，她并不是不喜欢自己的母亲，而喜欢塔尔顿太太那样的母亲，不过跟母亲一起闹着玩倒很有趣。她知道即使心里有这个念头也是对母亲的不敬，因此感到很惭愧。她知道马车里那几个火红头发的脑袋瓜里绝不会有这些令人烦恼的念头，而且每当她觉得自己跟邻居不同，心里依旧不痛快，像团乱麻。

她的脑子虽然动得快，却不会分析，不过她隐隐觉得，塔尔顿家的姑娘虽然像马驹一样难管，像发情的野兔那么撒野，却有一副不知烦恼的单纯头脑，这是她们秉承的一种特性。她们的父母都是佐治亚人，是佐治亚州北部人，上一代就是在这儿开荒的。她们有自信心，对周围环境也有信心。做事生来精明，就像韦尔克斯家一样，然而方式完全不同。她们心里也没有这么种矛盾，斯佳丽心里就常有这么种矛盾在折腾。在她身上混合着两种血统，一种是声音温柔，又富有教养的沿海贵族血统，一种是爱尔兰农民精明朴实的血统。斯佳丽既要把母亲当偶像一般尊敬和膜拜，也想要弄乱母亲头发，开开玩笑。而且她知道应该想方设法统一起来。正是同样矛盾的感情，使她在男孩子面前想做一个温文尔雅的名门闺秀，同时也想做一个不怕跟人亲几个吻的野女郎。

“今天早晨怎么不见埃伦？”塔尔顿太太问。

“她辞退了我们的监工，留在家里跟他一起查账呢。塔尔顿先生和你几个儿子呢？”

“哦，他们几小时以前就骑马到十二棵橡树庄园去了——去尝尝五味酒，看看是否够劲，大概不见得会从现在一直喝到明天早上吧！我倒要请约翰·韦尔克斯把他们留下来过夜，哪怕把他们安顿在马厩里也没关系。爷儿五个都喝醉了我可真受不了。至多三个人，我还可以好好应付，但——”

杰拉尔德赶紧插嘴改变话题。他感觉得到自己三个女儿想起去年秋天他参加韦尔克斯家烤肉野宴回家时那副德行，眼下正在背后偷偷笑他呢。

“你今天干吗不骑马，塔尔顿太太？真的，你不骑着耐利看上去就不像你了。你是个斯坦特！”

“斯坦特，好一个无知的男子汉！”塔尔顿太太学着他那爱尔兰土音喊道。“你要说的是森特①吧。斯坦特的意思是嗓门像铜锣的人。”

“管他是斯坦特还是森特，那没关系，”杰拉尔德回答说，对自己说错了话竟若无其事。“你在赶猎狗时，嗓门就这么大，夫人。”

“你正是这么个人，妈，”赫蒂说。“我早说过了，每回你一看到狐狸就像个科曼奇人②那样大喊大叫。”

“可没有奶妈替你洗耳朵时你叫得那么响，”塔尔顿太太回敬道。“你都十六岁了！得，说起我今天干吗不骑马，因为耐利今天一大早就下马驹了。”

“是吗？”杰拉尔德深感兴趣地叫道，双眼闪着爱尔兰人对马的热情。斯佳丽不由把自己的母亲和塔尔顿太太作番比较，心里又大吃一惊。对埃伦来说，母马从来不下小马驹，母牛从来不下小牛。总之，母鸡几乎都不生蛋。埃伦绝口不提这种事。但塔尔顿太太就没有这些顾忌。

“是生了一头小母马吧？”

“不对，一匹漂亮的小公马，臀部离地面两码长。请你骑马过来看看，奥哈拉先生。这可是匹真正塔尔顿家的马。毛色就像赫蒂的鬈发一样红。”

“看上去也怪像赫蒂的，”卡米拉说，说着尖叫一阵就钻进一片裙子、宽松裤和上下摇晃的帽子中不见人影了，原来拉长了脸的赫蒂一听

① “斯坦特”（Stentor）原义是希腊神话里特洛伊战争中的传令官，声音洪亮，相当于五十个人同时喊叫。“森特”（Centaur）原义是希腊神话里半人半马之怪兽，在英语中又有马术高明之骑手含义。杰拉尔德因两者读音相近而说错了。

② 科曼奇，北美印第安人一族，现定居于美国俄克拉何马州。

这话就开始拧她。

“我这些小母马今天早上可起劲呢，”塔尔顿太太说。“自从今天早上我们听到阿希礼跟他那个亚特兰大的小表妹的喜讯，她们就都乐得手舞足蹈的。她叫什么名字来着？玫兰妮？上帝保佑这孩子，小妞儿真招人疼，不过我根本记不得她的名字和她的模样。我们的厨娘就是韦尔克斯家管家的老婆，他昨晚来报信，说是今晚就要宣布订婚，今天早上厨娘告诉了我们。这几个丫头就都兴奋得不得了，可我不明白这是什么道理。大家几年前就知道阿希礼要娶她了，就是说，如果他不娶梅肯伯尔家一个表妹的话。霍妮·韦尔克斯不是一样也要嫁给玫兰妮的哥哥查理了吗？哎，奥哈拉先生，跟我说说，难道韦尔克斯家不跟亲戚家结婚就不合法吗？因为要是——”

斯佳丽没听见后面那些笑着说的话。短短一刹那间，仿佛太阳已经躲进一片阴冷的云层，阴影笼罩着世界，万物顿时失去了光彩。嫩绿的树叶看上去病恹恹的，山茱萸黯然失色，多花海棠树刚才还是一片嫣红，竟也变得凋零残败了。斯佳丽手指抠着马车座垫，一时她的阳伞也摇晃不停了。这一方面是听见阿希礼要订婚，但另一方面是听见人们谈起这事竟那么随随便便。接着她的勇气又涌上心头，太阳又出来了，景色也重新焕发异彩。她知道阿希礼爱她。那是肯定的。她想，如果当天晚上并没宣布订婚，塔尔顿太太会多么惊讶——要是出现私奔的事，会多么惊讶，想到这里不禁莞尔一笑。塔尔顿太太今后会跟邻居说，斯佳丽真是个鬼丫头，居然坐在那儿听她说玫兰妮的事，而自己早就跟阿希礼——她转念一想，不禁笑得露出了酒窝，赫蒂原来一直密切注意着她母亲这番话在斯佳丽身上的影响，看到这笑容，弄得莫明其妙，稍稍皱起眉头，倒在座位上。

“我不管你怎么说，奥哈拉先生，”塔尔顿太太正加强语气说。“这种表亲通婚的事完全是错误的。阿希礼娶汉密顿家女儿真糟糕透了，霍妮要不是跟那脸色苍白的查尔斯·汉密顿结婚——”

“霍妮要不嫁给查理，就永远找不到别的主儿了，”兰德仗着自己深得男人欢心，有恃无恐，说话不留情面。“除了他，她就没有第二个情人。尽管他们订了婚，他对她根本就没怎么疼爱。斯佳丽，你记得去年圣诞节他怎么追求你的——”

“别太刻薄，小姐，”她母亲说。“表兄妹就是不应该结婚，即使是远房表亲也不应该。这对血统有影响。不像马。你尽可以让一匹母马同兄弟交配，也可以让一匹种马和女儿交配，只要你知道血统，就能生出好马驹。但人就不行。也许，你血统虽好，但没有精力。你——”

“得，夫人，这一点我倒要跟你辩一下了！你能给我说说哪一家比韦尔克斯家更强吗？远从布里恩·波鲁[1]小时候起，他们就一直是近亲通婚的。”

“他们该趁此结束，因为已经有坏苗头了。哦，阿希礼倒不大看得出，因为他长得帅，虽然连他也——可是看看他家那两个脸色憔悴的姑娘吧，真是可怜！当然，她们是好姑娘，可就是脸色憔悴。再看看小玫兰妮小姐，骨瘦如柴，娇弱得风也吹得动，而且一点精神也没有。自己没有一点主见。嘴里只要说‘不，夫人！’‘是，夫人！’这两句话就行了。你明白我的意思吗？那家人需要新生血液，像我家几个红发孩子或你家斯佳丽那样生气勃勃的优良血液。哎，别误会。韦尔克斯一家本来就是好人，你知道我也喜欢他们一家子。但老实说吧！他们生养过密了，又是近亲结婚！他们在干燥的跑道上，结实的跑道上还走得了路，但记住我的话，我不相信韦尔克斯一家在泥泞的跑道上跑得了。我认为他们的精力在繁殖过程中都给耗光了，一旦有紧急情况，我不相信他们对付得了逆境。他们世代都经不起风雨。我可情愿要一匹不论什么天气都能跑的大马！何况，他们世代近亲通婚已经使他们跟这一带的人家都不一样了。不是老摆弄钢琴，就是一头钻进书本里。我的确认为阿希礼宁可读书，不愿去打猎！不错，我当真这么认为，奥哈拉先生！你看看他们的骨骼吧。太细了。他们需要的是强有力的配种的公马、

---

① 布里恩·波鲁（962？—1014），爱尔兰国王（在位期 1002—1014），曾征服全爱尔兰，废除同挪威人联盟后被暗杀。

母马——”

“啊—啊—嗯，”杰拉尔德说，突然心虚，意识到这番谈话对他虽然极为有趣，完全合适，但对埃伦就似乎大不一样了。其实，他也知道她要是得知他竟让自己的女儿听到了这么露骨的谈话就休想再安生了。但塔尔顿太太每当扯起她特别喜爱的话题，不管谈人类生育也好，谈马的配种也好，照例对其他一切意见都充耳不闻。

“我不会胡说，因为我有几个表兄妹也是这样结婚的，相信我的话吧，他们生出来的孩子个个都像牛蛙一样暴眼睛。真可怜。当初我们家要我嫁给一个远房堂兄，我就像只小马驹似的拼命反抗，我说，‘不行，妈，我才不嫁呢。我的孩子都会得跗节内肿和喘息病[①]的。’得，妈听见我说什么跗节内肿就晕过去了，但我坚定不移，而且祖母也撑我腰。不瞒你说，其实她懂得不少养马知识呢，她就说是我有理。而且她帮助我跟塔尔顿先生私奔。瞧瞧我的孩子！个儿大，身体棒，他们当中没一个病病歪歪或发育不全的，尽管博伊德只有五英尺十英寸。得，韦尔克斯家——”

“我不是有意改变话题，夫人，”杰拉尔德赶紧打断了她，因为他注意到卡丽恩露出迷惑的神情，苏埃伦一脸急于想打听个究竟的神色，生怕她们回去会问埃伦一些令人尴尬的问题，那样就会露了馅，让埃伦知道他这个陪伴多么无能。高兴的是他注意到斯佳丽这姑娘倒守闺训，看来在想别的事情。

幸亏赫蒂·塔尔顿替他解了围。

“老天爷哪，妈，我们走吧！”她不耐烦地叫道。“太阳直烤我，我都听得见脖子上痱子爆出来了。”

“再打扰一会儿，夫人，”杰拉尔德说。“把马卖给我们骑兵连的事，你是怎么决定的？战争不定哪天就爆发，弟兄们都要求把这事解决了。这是一支克莱顿县的部队，我们要的就是给部队配上克莱顿县的

---

① 跗节内肿是马的后脚踝关节内肿，喘息病也是马的常见病，因她爱马如命，故处处把马与人相提并论。

马。可是你真太固执了，至今还不肯把好马卖给我们。”

“说不定什么战争都打不起来呢，”塔尔顿太太敷衍说，她心里完全抛开韦尔克斯家古怪的婚姻习惯，想到别处去了。

“怎么，夫人，你不能——”

“妈，”赫蒂又插嘴了。“你跟奥哈拉先生到了十二棵橡树庄园，不也跟这儿一样可以讨论马的事儿吗？”

“说得对，赫蒂小姐，”杰拉尔德说。“我就只耽搁你们一分钟。我们一会儿就到十二棵橡树庄园了，那儿的人无论老小，都想要知道马的事儿呢。唉，可是看见你母亲这样一位漂亮的夫人对买她几匹马都那么小气，真叫我痛心。哎，你的爱国心哪儿去了，塔尔顿太太？难道邦联对你竟毫无意义吗？”

“妈，”小贝特西叫道，“兰德坐在我衣服上，把我衣服全弄皱了。”

“行了，把兰德推开，贝特西，别吵，喂，听我说，杰拉尔德·奥哈拉，”她反驳道，气得眼光灼灼逼人。“别拿什么邦联来压我！我认为邦联对你我的意义并没两样，我有四个小子在骑兵连里，你可一个也没有。但我的小子能照顾他们自己，我的马却不能。要是我知道我的马拨给我认识的小伙子骑，拨给有良好教养的上流人骑，我就甘心情愿献出马来，白给。是啊，我丝毫也不会犹疑。但是让我的宝贝马儿给那些骑惯骡子的乡巴佬和穷白佬去摆布啊！那可没门，先生！我一想到我的宝贝马儿被人骑出鞍伤，又没人好好喂养，就会做恶梦。你以为我舍得让些愚昧的笨蛋去骑我娇嫩的宝贝，把马嘴勒得一道一道，揍得它们垂头丧气吗？唉，只要想到这些我顿时就起鸡皮疙瘩！不行，奥哈拉先生，你要我的马是一片好意，不过你最好还是到亚特兰大去买些老马给那些乡巴佬骑吧。他们根本分不出好歹的。”

“妈，我们能走了吧？”卡米拉问，她也随着大家不耐烦起来了。“你明明也知道，反正到头来你还是得把你的宝贝给他们的。等爸和几个哥哥说上一通邦联需要马等等的道理，你就会哭上一场，乖乖放手了。”

塔尔顿太太咧嘴一笑，抖抖缰绳。

“我绝不会做那种事的，”她说着轻轻用鞭子在马身上挨了一下。马车就飞驶而去了。

“人倒是个好人，”杰拉尔德说着戴上帽子，回到自己的马车旁边。“走吧，托比。我们会跟她磨嘴皮子，磨得她把马给我们的。当然，她说得也对。说得也对。要不是上流人就没资格骑马。只配去当步兵。不过可惜的是县里没那么多庄园主的子弟，凑不成一个骑兵连。你说呢，小姑娘？”

“爸，请你骑在我们后面，要不就骑在前面。你扬起那么多尘土，我们都呛死了。”斯佳丽说，她感到自己再也受不了这种谈话。谈得她分了心，不能好好想想，而她急着要趁还没到达十二棵橡树庄园，先整理一下自己的思路，打扮一下容貌，好弄得动人些。杰拉尔德乖乖用靴刺踢马，在一片红尘中去追赶塔尔顿家的马车，好继续谈他的马经。

第6章

他们过了河，马车就上了山。还没看见十二棵橡树庄园，斯佳丽就瞧见一缕青烟在高高的树顶上袅袅盘旋，闻到焚烧山核桃木以及烤猪肉、烤羊肉的混合香味。

烤肉的火坑是从昨晚就用小火慢慢焐着的，如今一条条长槽里都是玫瑰红的余烬，铁叉上的肉在上面翻来翻去，肉汁滴滴答答流下来，流进煤炭里嗞嗞直响。斯佳丽知道这股有香味的微风是从这幢大房子后面老橡树林里吹过来的。约翰·韦尔克斯总是在通向玫瑰园的缓坡上举行烤肉野宴，这是一片舒适的林荫地，比起卡尔弗特家举行烤肉野宴的地方可舒服多了。卡尔弗特太太不喜欢烧烤食品，还说那股气味会留在屋子里好几天，所以她家请客常在离屋子两三百步路的平地上，没遮没盖，客人都热得发昏。不过约翰·韦尔克斯的好客是全州闻名的，他对举办烤肉野宴是真正的内行。

野宴用的搁板长桌总是摆在最茂密的树荫下，上面铺着韦尔克斯家最精致的桌布，两边都放着没有靠背的条凳；还从屋子里拿来些椅子、膝垫、靠垫散放在林中空地上，给那些不喜欢条凳的人坐。烤肉的长坑跟客人相隔老远一段路，免得烟味熏人，上面烤着肉，大铁锅里发出烤肉调味汁和布伦斯维克炖菜[①]的新鲜香味，韦尔克斯先生经常至少派上十二个黑人，托着盘子忙着奔来奔去伺候客人。在谷仓后面往往另有一个烤肉坑，供宅内仆人、客人的车夫和使女开宴，吃的是玉米饼、红薯和猪肠，猪内脏还是黑人最珍爱的一道好菜呢，再加上应时的西瓜，尽够他们饱餐一顿了。

那股脆烤鲜猪肉的香味一传来，斯佳丽就不由大加欣赏，皱起鼻子闻闻，但愿肉烤好时她会有点胃口。事实上，她吃得那么饱，又勒得那么紧，真生怕自己随时都要呕吐呢。那样就糟糕了，因为只有老头儿和老太婆呕吐才不怕人家指责呢。

他们登上了山坡，那座白房子就在她眼前展现出完美匀称的雄姿，圆柱之高，阳台之宽，屋顶之平，美得如同一个自恃魅力倾人，乐得一视同仁，大方待人的美人儿。斯佳丽爱十二棵橡树甚至胜过爱塔拉，因为这儿有一种庄严的美，一种完美的气派，杰拉尔德的屋子就没有这一点。

宽阔弯曲的车道上已经停满了坐骑和马车，客人纷纷下了车马，跟朋友打招呼。咧着嘴直笑的黑人遇到宴会老是那么起劲，正把牲口牵到谷仓空场上，白天先卸下鞍子，解下挽具。成群的孩子，有白人的，也有黑人的，在新绿的草坪上又跑又叫，玩造房子和捉迷藏，还夸口说他们要吃多少多少。从屋前通到屋后那条宽敞的穿堂到处都挤满了人，奥哈拉家的马车停在前面台阶时，斯佳丽看见姑娘们穿着衬着裙架的裙子，打扮得花枝招展，正从通二楼的楼梯上上下下，互相用胳臂搂着腰，靠在精巧的栏杆扶手上，笑着招呼下面穿堂里的小伙子。

透过开着的法式长窗，她看见年纪大些的妇女都坐在客厅里，穿着黑绸衣服显得十分稳重，摇着扇子，谈谈孩子和病痛，谈谈谁跟谁结婚

---

① 布伦斯维克是美国弗吉尼亚州的一个县，布县炖菜的作料通常用各种蔬菜配上猪肉和松鼠肉。

了，为什么结婚。韦尔克斯家的管家汤姆手托银盘，匆匆走过穿堂，一面弯腰微笑，向那些穿着淡黄夹灰色的裤子和细麻布镶褶边衬衫的年轻人送上一只只高脚酒杯。

阳光明媚的前阳台上挤满了客人。是啊，整个县的人都在这儿了，斯佳丽想。塔尔顿家四兄弟和他们的父亲靠在高高的圆柱上。孪生兄弟斯图特和布伦特并排站着，照例形影不离，博伊德和汤姆跟着他们的父亲詹姆斯。卡尔弗特先生站在他那个北方婆娘身边，那婆娘尽管已在佐治亚州过了十五年，似乎还是格格不入。大家对她都很有礼貌，也很客气，因为人家都替她惋惜，不过大家也忘不了，只怪她投错了人生，又不该到卡尔弗特家来当孩子的女教师。卡尔弗特家两个小伙子赖福和凯德陪着打扮得漂漂亮亮的金发妹妹凯思琳，跟黑脸的乔·方丹和他美丽的未来新娘萨丽·芒罗在开玩笑。亚力克·方丹和汤尼·方丹在迪米蒂·芒罗耳边说着悄悄话，惹得她发出阵阵痴笑。那儿还有几家是从十英里之外的洛夫乔伊来的，也有从费耶特维尔和琼斯博罗来的，甚至还有几家是从亚特兰大和梅肯来的。屋子里似乎挤得满满的，没完没了的说话声、笑声、痴笑声和女人家鸡猫子喊叫声此起彼伏。

约翰·韦尔克斯站在门廊的台阶上，一头银发，身材笔挺，流露出一股从容自若的魅力和殷勤态度，就像佐治亚夏天的太阳一样温暖不衰。他身边站着霍妮·韦尔克斯，人们叫她霍妮[①]是因为她不管是谁，对自己父亲也好，对田里干活的也好，说起话来都那么亲热。她在迎客时却忸怩不安，只会痴笑。

霍妮那副恨不得让眼前每个男人都为之倾倒的露骨急相，跟她父亲那副沉着的神态形成了尖锐的对比，斯佳丽想到，或许塔尔顿太太刚才说的话到底还是有点道理的。韦尔克斯家男人的容貌确实有家族的特征。约翰和阿希礼的灰色眼睛都有浓密的深金黄色睫毛，到了霍妮和她姐姐印第亚脸上，睫毛就稀疏褪色了。霍妮没有眼睫毛的怪模样就像兔

---

①霍妮（Honey）在英语中意思是蜜，这里是指她为人热情，嘴甜，故有此外号。

子，而印第亚也只能说是姿色平庸。

眼下哪儿也看不见印第亚，但斯佳丽知道她大概在厨房里对仆人作临场指导。可怜的印第亚，斯佳丽想，自从她母亲去世后，她管家遇到那么多麻烦，忙得她除了斯图特·塔尔顿以外，根本没机会找到别的情人，要是斯图特认为我比她漂亮，那当然也不能怪我。

约翰·韦尔克斯走下台阶，伸出胳臂来扶斯佳丽。她走下马车时看见苏埃伦嘻嘻傻笑，就知道妹妹已经在人堆里认出了弗兰克·肯尼迪。

我找不到比那个老处男更好的情人才怪呢！她一面鄙夷地想着，一面踏到地上，含笑向约翰·韦尔克斯道谢。

弗兰克·肯尼迪匆匆赶到马车边来扶苏埃伦，苏埃伦顿时神气起来，斯佳丽看见她那副德行恨不得打她两个耳光。弗兰克·肯尼迪可能比县里任何人的地都多，他可能还有一副好心肠，但这两点都毫不足道，因为事实上他都四十岁了，身子瘦弱，神情紧张，嘴上稀稀拉拉几根姜黄色的胡子，脾气像老处女，喜欢大惊小怪。不过，斯佳丽想起了自己的计划，就按捺住心里的蔑视，对他粲然一笑算是打招呼。他突然站住，一条胳臂伸向苏埃伦，眼睛骨碌碌看着斯佳丽，乐得手足无措。

斯佳丽嘴里跟约翰·韦尔克斯聊天，眼睛却在人群中寻找阿希礼，但他不在门廊里。只听得十来个人的声音在招呼她，斯图特和布伦特向她迎面走来。芒罗家的姑娘跑过来对她的衣服连声惊叹，她一下子成了各种声音包围的中心，大家的声音越来越响，纷纷力图压倒这片闹声，让人听清自己的话。可是阿希礼在哪儿呢？还有玫兰妮和查尔斯呢？她四下看看，还朝穿堂里那伙高声谈笑的人盯着看，一面又尽力装得别太露骨。

她就这么边谈边笑，边朝屋子和院子里的人扫上几眼，眼光不意落在一个陌生人身上，那人独自站在穿堂里，带着冷冷的傲慢神气凝视着她，顿时使她心情混杂，一种是自己让男人着了迷而感到的女性得意心情，一种是生怕自己这件衣服胸口开得太低了而感到的窘迫心情。他看上去相当老气，少说有三十五岁了，个儿高大，身材魁梧。斯佳丽心想她从来没见过一个男人肩膀那么宽，肌肉那么发达的，几乎发达得不像斯文君子了。她眼光碰到他的眼光时，他微微一笑，修得短短的黑胡子底下露出兽牙般的白牙齿。他长着一张黑脸，黑得像个海盗，眼睛乌黑狂放，就像海盗在打量要凿沉的大帆船，或是要强奸少女时的眼光一样。他对她微笑时脸色厚颜无耻，满不在乎，嘴边流露出一丝玩世不恭的幽默感，斯佳丽不由倒抽一口气。她感到人家用这种眼光看她，她理应感到受了侮辱，可她偏偏没感到受了侮辱，所以不免又生自己的气。她不知道他是什么人，但无可否认，他那张黑脸是世家子弟的面貌。丰满的红唇上瘦瘦的鹰钩鼻，高高的额头，还有分得很开的眼睛，都显示出这一点。

她没回他一个笑脸，径自看着别处，这时有人在叫着："瑞特！瑞特·巴特勒！到这儿来！我要你认识一下佐治亚心肠最硬的姑娘。"他也就趁此转过身去了。

"瑞特·巴特勒？"这名字好熟啊，不知怎么的，好像跟什么风流艳事有关系，但她一心都在阿希礼身上，也就丢开了这个念头。

"我得跑上楼去梳梳头发，"斯图特和布伦特正想法把她从人群里强行拉出来，她跟他们说，"你们哥儿俩都等着我，可别跟别的姑娘跑开，不然我可要火了。"

她看得出今天要是她跟别人调情的话，斯图特大概不大好对付。他一直在喝酒，满脸想找碴的蛮横神气，她凭经验就知道要有麻烦了。她在穿堂里停了一下，跟几个朋友说说话，还跟刚从屋子后面过来的印第亚打招呼。印第亚头发蓬乱，额头冒着汗珠。可怜的印第亚！头发和睫毛长得那么浅淡就够糟的了，加上下巴突出，说明脾气固执，还没到二十岁就活像个老处女。她不知道印第亚是否因她夺走了斯图特而非常恨她。好多人说印第亚仍然爱着他，不过你永远也摸不准韦尔克斯家的人在想什么。要是她真的怨恨，她也决不流露出什么迹象来，对斯佳丽还是和过去一贯那样，若即若离，礼貌周到。

斯佳丽满面春风地跟她说了话，就移步踏上宽阔的楼梯。她正走着，背后有个羞怯的声音在唤她的名字，她回头一看，只见是查尔斯·汉密顿。他是个漂亮小伙子，白皙的额头上披着乱蓬蓬一堆柔软的棕色鬈发，眼睛是深棕色的，清澈温柔，如同长毛牧羊犬的眼睛一般。他衣着讲究，深黄色的裤子配上黑色上衣，镶褶边的衬衫上加了最阔、最时髦的黑领带。她回过头来时他脸上露出一丝红晕，因为他见了姑娘就难为情。像多数怕羞的男人一样，他十分喜欢斯佳丽这样轻松活泼，一贯无拘无束的姑娘。过去她对他至多只是客客气气敷衍一下，因此看到她满面春风来招呼他，还伸出两只手给他，几乎叫他喘不过气来了。

“咦，查尔斯·汉密顿，你这个美男子呀！我敢说你大老远从亚特兰大赶来就是存心来让我伤心的吧！”

查尔斯激动得几乎结结巴巴，一味拉着她暖乎乎的小手，望着她那双飞舞的绿眼睛。人家姑娘对别的小伙子就是这样说话的，可就从来没对他这样说过话。他根本弄不懂什么道理，但姑娘们老是当他小弟弟看待，虽然客气，可从来不屑于跟他开开玩笑。他总是希望姑娘们跟他打情骂俏，她们对那些相貌不如他漂亮，家产不如他大的小伙子就是这样的。谁知偶尔真有人跟他这样打骂了，他偏偏又想不出什么话好说，只有怪自己笨嘴拙舌才窘迫得活受罪。事后他又通宵不眠，躺在床上想着他本来可以施展的种种献媚手段；但他很少再有机会，因为姑娘们试过一两回就不理他了。

他跟霍妮有过一种默契，等到明年秋天他继承了家产就结婚，可是即使对霍妮，他也是羞怯而沉默。有时，他也有种不够豁达的感觉，认为霍妮那种卖弄风情和特有的做作并不是他的光彩，因为她一看见小伙子就如痴如醉，他想，任何男人只要给她个机会，她都会使出这一套吧。查尔斯想到眼看就要跟她结婚倒并不兴奋，因为他爱看的书本使他深深相信，恋爱的人内心必定会激起狂热的浪漫感情，可她一点也没激起他这种感情。他一向渴望有个美丽、淘气、热情奔放的大胆姑娘爱上他。

这不是吗，斯佳丽·奥哈拉正在逗他，说他来让她伤心呢！

他尽量想找些什么话说，就是想不出，他默默祝福她，因为她一张嘴说个没完，他也就用不着说话了。天下哪有这么好的事啊！

“好了，你就在这儿等我回来，因为我要跟你一起吃烤肉。你可别跟其他姑娘一起走开，因为我醋性大着呢。”瞧她脸上一边一个酒窝儿，两片朱唇一动，竟说出这么令人难以相信的话来；说着绿眼睛上两排活泼的黑睫毛还一本正经地不住闪动呢。

“我不会走开的。”他总算缓过气来了，做梦也想不到她正拿他当一只等着任人宰割的牛犊看待呢。

她用折扇轻轻拍拍他胳臂，转身就要上楼，眼睛又一次看见那个叫做瑞特·巴特勒的人，正独自站在离查尔斯几步路的地方。他显然已经偷听到全部谈话，因为他对她咧嘴直笑，就像雄猫那样不怀好意，而且又把她上下打量了一通，眼光里完全没有她常见的那种敬意。

“活见鬼！”斯佳丽气得用了她父亲一句常用的诅咒，暗自说道。“他那眼光就像——就像他知道我光身子的模样似的，”她把头往后一扬，径自走上楼去。

在放舞衣的卧室里，她看见凯思琳·卡尔弗特正对镜梳妆，还咬着嘴唇，好添上些血色。她肩带上簪着几朵和脸蛋相配的新鲜玫瑰花，那双矢车菊般的蓝眼睛兴奋得转个不停。

“凯思琳，”斯佳丽说，一面想法把自己衣服的胸部拉得高一点。“楼下那个叫巴特勒的讨厌鬼是什么人？”

“亲爱的，你不知道吗？”凯思琳兴奋地悄悄说，一面留神看着隔壁房间，迪尔西正跟韦尔克斯家的奶妈在那儿聊天呢。“我真想象不出韦尔克斯先生看见他来这儿心里是什么滋味，不过他是去琼斯博罗看肯尼迪先生的——谈买棉花的事吧——当然，肯尼迪先生只好带他一起来了。他总不能撇下巴特勒一走了之啊。”

“他怎么啦？”

“亲爱的，他不受欢迎！”

“当真！”

“可不是。”

斯佳丽默默把这话玩味一下，因为她还从来没跟任何不受欢迎的人待在一起过呢。这真令人兴奋极了。

“他干了些什么来着？”

“哦，斯佳丽，他的名声坏极了。他名叫瑞特·巴特勒，是查尔斯顿人，他家也是当地名流，但他们连话也不跟他说。卡罗·瑞特去年夏天跟我说过他的事。他跟她家不是亲戚，不过他的事她全知道，人人都知道。他是被西点军校①开除的。想想看！起因的事情太不堪了，卡罗也不便去打听。后来又出了他把人家姑娘甩掉不娶的事。”

“说来听听！”

“宝贝，你什么都不知道？去年夏天卡罗就把这事全告诉我了，她妈要是想到卡罗连这事都知道真会气死的。说起来嘛，是这位巴特勒先生带了个查尔斯顿姑娘出去乘马车兜风。我根本不知道那姑娘是谁，可心里总有怀疑。她也不见得怎么好，否则就不会在傍晚时没个陪伴就跟他出去。后来，乖乖，他们竟在外面待了几乎一整夜，临了走回家来，说什么马跑掉了，马车摔坏了，他们在树林里迷了路。你猜猜后来怎么着——”

“我猜不出，告诉我吧，”斯佳丽热心地说，心里尽往坏里想。

“第二天他不肯跟她结婚了！”

“哦，”斯佳丽说，心里的希望落空了。

“他说他不曾——呃——对她怎么样，他不明白自己为什么该同她结婚，姑娘的哥哥少不得向他提出决斗，可巴特勒先生说他宁可被打死也不娶一个蠢货。他们就此来了一场决斗，巴特勒先生一枪打中对方，他死了，巴特勒先生只好离开查尔斯顿，如今人家都不欢迎他了，”凯思琳得意洋洋地说完，正巧迪尔西回屋里查看由她照管的衣服。

“她有过孩子吗？”斯佳丽在凯思琳耳边悄悄问道。

凯思琳拼命摇头。“不过她还是照样毁了。”她轻声回答。

但愿阿希礼跟我妥协就好了，斯佳丽突然想。他是位正人君子，不会不娶我的。但不知怎么，她情不自禁地对瑞特·巴特勒有了种尊敬感，因为他拒绝娶一个傻姑娘。

---

①西点军校，美国军校，设在纽约州东南部的西点。

斯佳丽坐在屋后一棵大橡树树荫下一只花梨木高脚凳上，衣服上的荷叶边和褶边在四周堆得如同波涛起伏，下面露出两英寸摩洛哥羊皮绿舞鞋，大家闺秀只能露出这么点儿才不失身份。她手里拿着个盘子，里面的东西几乎没动过，身边围着七位骑士。烤肉野宴已经进入高潮，暖烘烘的空气里充满欢声笑语，银器跟瓷器的撞击声，烤肉和肉卤的浓烈香味。有时碰到微风转向，烤肉的长火坑就会有阵阵烟雾飘到人群里来，那些太太小姐就顿时故作惊慌地尖声叫喊，还拼命挥动芭蕉扇。

年轻的小姐多半都跟男伴坐在面对桌子的条凳上，但斯佳丽明白，一个姑娘身边只有两个座位，一边坐一个男伴，她特意坐开去，这样身边就可以尽量多围上些男人。

结过婚的女人都坐在凉亭里，她们的黑衣服在周围的缤纷色彩和欢乐气氛中显得端庄大方。妇女不论年龄大小，总是聚在一起，躲开那些明眸皓齿的小姐、公子和笑声，因为在南方，结过婚的女人就不是美女了。上自仗着自己年纪大，公然打起嗝来的方丹家老奶奶，下至因初次怀孕正忍着不要呕吐的十七岁的爱丽思·芒罗，个个都在交头接耳，没完没了地讨论家谱和产科方面的事，把这种聚会变成又有趣又有益的活动。

斯佳丽用轻蔑的眼光看着她们，觉得她们活像一批胖老鸦。结过婚的女人从来就没有什么乐趣。她就没想到如果她嫁给阿希礼，她也会自动归到凉亭里或者前客厅里跟穿着暗淡色调绸衣服的庄重妇女在一起，也跟她们一样态度庄重，衣着暗淡，就此跟玩笑嬉戏没份了。像大多数姑娘一样，她的想象力只到结婚的圣坛为止，仅此而已。再说，眼下她心里很不高兴，没心思去想玄乎的东西。

她垂下眼睛，讲究地抿着一薄片热松饼。一副没胃口的斯文样儿，黑妈妈见了一定会深表赞许。尽管向她献殷勤的人多不胜数，她心里可从来没有这么痛苦过。她昨晚对阿希礼的计划不知怎的竟已经完全失败了。她已经吸引了几十个向她献殷勤的，就是没吸引住阿希礼，而且昨天下午的种种恐惧如今又卷土重来，弄得她心跳得快一阵慢一阵，脸蛋也红一阵白一阵。

阿希礼并没打算到她身边这圈子里来凑热闹，事实上她到这儿之后就没单独跟他说过一句话，从他们刚见面打了下招呼之后连一句话也没说过。她来到后花园时，他上前来欢迎过她，但那时他一手还挽着玫兰妮，玫兰妮的个子简直还不到他肩膀呢。

她是个娇小玲珑，弱不禁风的姑娘，外表看上去就像个孩子穿上母亲衬着裙箍的大裙子，那双太大的棕色眼睛里流露出羞怯而几乎惊惶的神情，看上去更令人把她当做个孩子了。她有一头卷曲的黑发，却古板地罩在发网下，一丝不乱，再加前额上梳着V形发尖，脸蛋更加像颗鸡心了。两边颧骨长得太宽，下巴颏儿太尖，这张脸虽然娇怯可爱，但是姿色平庸，而且她又没有女性那套媚人花招好让旁人看了忘记她姿色之平庸。她看上去像泥土一样纯朴，像面包一样平凡，像泉水一样清澈。但尽管她姿色平庸，身材矮小，她的举止却是稳重端庄，楚楚动人，老气横秋，远远不止十七岁。

她穿一件灰色蝉翼纱裙，配以樱桃红的缎带，用波浪似的裙摆和褶边来掩饰她没发育好的身体，那顶有樱桃红长飘带的黄帽子倒把她那身奶白色的皮肤衬托得红润。两个沉甸甸的耳坠，上面吊着长长的金流苏，垂在用发网整整齐齐兜着的鬓角边，贴近那双棕色眼睛，晃晃悠悠，眼睛幽幽闪亮，犹如冬天森林里两泓池水，平静的水面上黄叶在泛光。

玫兰妮带着羞怯的笑容跟斯佳丽打招呼，对她说她穿着这身绿衣服真漂亮，斯佳丽简直不知如何同样有礼貌地回答，她巴不得跟阿希礼单独说说话啊。从那时起，阿希礼就离开其他客人，坐在玫兰妮脚边一张凳子上，悄悄跟她说话，露出斯佳丽喜欢的那副慢慢催人入眠的笑容。更受不了的是，他这么一笑，玫兰妮的眼睛里也出现了小小一点光彩，因此连斯佳丽也只好承认她看上去几乎说得上漂亮了。玫兰妮望着阿希礼的时候，内心的热情焕发，那张平庸的脸也发亮了，要是说脸上流露得出一颗爱心的话，这会儿玫兰妮·汉密顿的脸上就流露出来了。

斯佳丽尽量不朝这两个人看，可是办不到，每回看过一眼，她就加倍跟她的骑士们闹得欢，嘻嘻哈哈，大胆瞎扯，开开玩笑。人家恭维她，她就扬起头，弄得耳环直晃悠。她说了好多遍“乱弹琴”，声称他们谁都没一句真话，还发誓说任何男人对她说什么话她都决不相信。但阿希礼似乎一点也没注意她。他只是仰望着玫兰妮，径自谈下去，玫兰妮低头看他时，那副神情就流露出她属于阿希礼已成事实。

因此，斯佳丽痛苦了。

在外人肉眼里看来，这样一个姑娘是绝不会痛苦的。她无疑是烤肉野宴上的一朵花，人们注意的中心。她在男人当中引起的轰动，加上其他姑娘心里的恼火，要在平时准会叫她非常满意。

查尔斯·汉密顿得了她的青睐，胆子也壮了，他稳稳坐在她右面，尽管塔尔顿哥儿俩齐心协力推挤，他也不肯挪动位子。他一手拿着她的扇子，另一只手拿着自己那盘没动过的烤肉，死也不朝霍妮看一眼，霍妮似乎差点就要掉眼泪了。凯德姿态优雅，懒洋洋地靠在她左边，一面拉拉她裙子引她注意，一面两眼冒烟，直盯着斯图特。他跟这对孪生兄弟之间的气氛已经一触即发，大家都说了些难听的话。弗兰克·肯尼迪百般操心，四处张罗，从橡树树荫下到餐桌边来回跑着，不断取些好吃的东西来给斯佳丽吃，仿佛那儿没有十几个仆人专供差遣似的。因此，苏埃伦憋了一肚子气，早已忍无可忍，顾不得小姐身份，对斯佳丽怒目而视。小卡丽恩也要哭了，因为尽管斯佳丽当天早上说过鼓舞她的话，布伦特却只对她说了声“你好，小妹妹”，又拉拉她头发上的缎带，回头就一心放在斯佳丽身上了。平常他那么亲切，对她随便而恭顺，使她觉得自己是个大人了，还偷偷梦想有朝一日，等她梳拢头发，穿上长裙，就把他当作一个真正的情人呢。如今看来斯佳丽已经把他拉过去了。方丹家两个黑不溜秋的小子汤尼和亚力克变了心，芒罗家两个姑娘虽然委屈，倒没流露出来，但是他俩竟站在圈子旁边想挤掉别人，抢占一个靠近斯佳丽的位置，她们看到这副德行，不禁大为恼火。

她们微妙地抬起眉毛，向赫蒂·塔尔顿递了个眼色，表示对斯佳丽行为不以为然。对斯佳丽只能用“放荡”这个词儿。这三位小姐不约而同举起带花边的阳伞，推说她们已经吃饱了，谢谢，顺便用手指轻轻碰一下挨得最近的男人的胳臂，娇喊着要去看看玫瑰园、泉水和凉亭。这种有条不紊的战略撤退，对当事的女人说来，或局外的男人看来都不算失败。

斯佳丽看着三个倾倒在她脚下的男人给拖走，去探访那些姑娘从小就熟悉的园林亭台，不由格格直笑，一面机灵地偷眼看看阿希礼注意到没有。但他正抚弄着玫兰妮腰带的两端，还仰头朝她微笑。斯佳丽顿时心痛如绞。她恨不得去抓玫兰妮那身象牙般的皮肤，抓出血来才痛快。

她眼光刚离开玫兰妮，又碰上了瑞特·巴特勒的目光，他没跟大家混在一起，只是站在一边跟约翰·韦尔克斯说话。他一直在留神看她，但等她望着他时，他就放声大笑。斯佳丽心里很不安，总觉得在场的人中只有这个不受欢迎的人知道她面子上纵情嬉闹，骨子里有什么心事，并以此来开心。她真恨不得也抓他几下才好。

“要是我能熬过这次野宴，熬到今天下午，”她想，“趁所有的姑娘都上楼去睡午觉，养足精神，晚上好玩，我就待在楼下，找阿希礼谈谈。他包管已经注意到我是多么受人欢迎了。”她又抱着另一种希望聊以自慰：“当然，他得关心玫兰妮，因为，她毕竟是他的表妹，而且她根本不讨人喜欢，要是他不照应她，她就成了墙花了。”

想到这一层，她勇气又来了，她在查尔斯身上加倍下功夫，他那双棕色眼睛对她渴望地闪闪发亮。这一天对查尔斯真太妙了，犹如在梦中，他竟一下子就爱上了斯佳丽。有了新欢，霍妮自然黯然失色。霍妮是只叽叽喳喳的麻雀，斯佳丽却是一只艳光四射的蜂鸟。她逗弄他，护着他，问他一些话，又自己来回答，因此他一句话也不用说就显得很聪明。其他小伙子看见她明摆着对查尔斯如此有意，不禁感到又迷惑又恼火，因为他们知道查尔斯很害羞，一句话都说不连贯，他们心里越想越火，拼命顾着礼貌才忍住没发作。大家都憋着一肚子气，要不是阿希礼还没收服，斯佳丽早就大获全胜了。

等到猪肉、鸡肉和羊肉统统吃完了，斯佳丽希望印第亚就此该起身请女宾都进屋休息了。这时已是两点钟，太阳当头，晒得暖洋洋的。谁知印第亚正在跟费耶特维尔一位聋老头大声说话，她张罗这次野宴，足足忙累了三天，现在乐得坐在凉亭里不动弹。

人们有了一种懒洋洋的困倦感。黑人吊儿郎当，都在收拾刚才摆菜的条桌。谈笑声越来越不起劲了，各处人堆中都沉默了。大家都等着女主人发话，宣布上午的盛宴结束。芭蕉扇摇得越来越慢，有几位先生肚子撑得太饱，竟热得打瞌睡了。野宴结束了，大家都乐意趁太阳当顶的时候休息一下。

在上午的野宴和晚上的舞会当中这段时间，大家似乎都太平安静。只有小伙子还保留着刚才全体宾客都鼓足的那股充沛精力。他们在人群之间走来走去，说话时嗓音柔和，慢吞吞的，就跟纯种马一样英姿飒爽，一样危险可怕。聚会中大家都感到日中的倦怠，但心里窝着的怒火转眼就会冒到顶，一触即发。无论男女，外貌漂亮，内心狂热，面子上谈笑风生，骨子里相当暴烈，略有一点点温顺而已。

又挨过了一会儿，太阳越来越热了，斯佳丽和大家又朝印第亚看看。说话声渐渐都静寂了，就在这个时候，林子里大家只听见杰拉尔德扯起嗓门的狂怒声调。他站在离餐桌不远的地方，正跟约翰·韦尔克斯争论得起劲。

"活见鬼，老兄！向北佬祈求和平解决吗？我们在苏姆特堡开火打了这些流氓之后再讲和？息事宁人？南方应该用武力来表示我们是不可侮辱的，而且我们脱离联邦不是靠他们发善心，而是靠自己的实力。"

"啊呀，我的天！"斯佳丽心想，"这下让他搞糟了，得，我们大家都要在这儿坐到半夜了。"

顷刻间，这群懒洋洋的人睡意顿消，气氛立刻紧张了起来。人们纷纷从长凳上、椅子上一跃而起，挥动胳臂，大做手势，七嘴八舌争着压倒别人的嗓门。因为韦尔克斯先生请求大家莫谈政治或即将发生的战争，免得太太小姐听了心烦，大家整个早上都绝口不谈。但眼下杰拉尔德已经高喊起"苏姆特堡"来，在场的男人就此都忘了主人的劝告了。

"我们当然要打——""北佬贼——""我们不出一个月就能打败他们——""嗨，一个南方人就能揍扁二十个北佬——""好好教训他们一下，他们就不会立刻忘记——”“息事宁人？他们不肯让我们过太平——”“不行，看看林肯先生怎么侮辱我们专员吧！”“是啊，把他们拖住几个星期——还发誓说他就要撤出苏姆特堡！”“他们要战争；我们就要让他们讨厌战争——”杰拉尔德嗡隆嗡隆的声音盖过了一切嗓音，他喊来喊去，斯佳丽只听清了“千真万确，州权哪！”这句话。杰拉尔德自己是痛快了，却苦了他的女儿。

脱离联邦啊，战争啊——这些词儿说来说去，斯佳丽早就听得厌透了，可这会儿她听到这些词儿就痛恨，因为一说起这两个词儿那些男人就会一连几小时站在那儿，互相高谈阔论，她就没机会去逼阿希礼摊牌了。当然仗是打不起来的，这点人人都知道。他们只是喜欢谈，而且喜欢听自己谈。

查尔斯·汉密顿并没跟其他人一起站起来，他一看自己总算单独跟斯佳丽在一起了，就靠得近些，凭着爱苗萌发的胆量，悄声作了一番表白。

“奥哈拉小姐——我——我已经决定了，要是我们真的打仗，我就到南卡罗来纳州去，在那儿入伍。据说韦德·汉普顿先生[①]正在组织一支骑兵队，我当然想跟他一起走。他这人真了不起，又是我父亲的至交。”

斯佳丽想，“叫我怎么办——为他欢呼三声吗？”因为看查尔斯一副表情是在对她剖露心里的秘密。她想不出什么话可说，只是望着他，心里真想知道男人怎么都这么笨，居然认为女人对这种事有兴趣。他把她这副表情当成默许，顿时放胆接着说——

“要是我去了——你会——会难过吗，奥哈拉小姐？”

“我每天晚上都会在枕头上哭，”斯佳丽说，这话原是一句戏言，不料他竟按字面的意思理解，乐得脸也红了。她一只手原来藏在衣褶里，他小心翼翼地把自己的手慢慢伸进去，紧紧握着她的手，自己居然这么大胆，她居然也就此默许，真叫他不胜激动。

---

① 韦德·汉普顿(1818—1909)，美国南军将领，1864 年接替斯图亚特，任骑兵团司令。

“你会为我祈祷吗？”

“好一个傻瓜！”斯佳丽怨恨地想着，一面偷偷朝周围张了一眼，希望有人来替她解围。

“你会吗？”

“哦——会，真的，汉密顿先生。每天晚上至少念三遍《玫瑰经》！”

查尔斯赶紧朝自己身边看看，他屏住气，收紧腹部肌肉。现在几乎只有他们在一起了，这可是难得的机会，失之交臂。而且，即使再遇上这种天赐良机，他可能也没这份勇气了。

“奥哈拉小姐——我一定得告诉你一件事。我——我爱你！”

“唔？”斯佳丽不在意地说，一面尽量朝争论不休的人群中张望，看见阿希礼仍然坐在玫兰妮脚边说话。

“是啊！”查尔斯悄声说，他一向总以为年轻姑娘碰到这种情况就会又笑又叫，或是昏过去，她却既没笑，也没叫，又没昏，真使他欣喜若狂。“我爱你，我认识的姑娘当中你是最——最——”他生平还是第一次这么大胆开口说话。“最美丽、最可爱、最和气的一个，你的态度最可亲，我一心一意爱着你。我不敢指望你会爱上我这么个人，但是，亲爱的奥哈拉小姐，要是你能鼓励我一下，我不惜去做任何事来讨你欢心。我愿意——”

查尔斯住口了，因为他想不出有什么难办的事能真正证明他的深切感情，因此他就干脆说：“我要跟你结婚。”

斯佳丽听见“结婚”两个字，心头怦然一动，顿时回到现实中来。她刚才一直在想着结婚，想着阿希礼，这时按捺不住心里的气恼，朝查尔斯看了一眼。这个愣小子干吗非要挑上她烦恼得要发疯的好日子硬向她倾吐衷情呢？她仔细看着那双向她求情的棕色眼睛，一点也看不出害羞的小伙子那种初恋之美，也看不出理想实现后那种崇敬之情，更看不出有如烈火燎身的那种狂喜和柔情。斯佳丽见惯了向她求婚的男人，见惯了比查尔斯·汉密顿更有魅力的男人，人家比他更有手腕，绝不会在她心里想着更重要的事的野宴上求婚。她只看见一个二十岁的小伙子，满脸通红，傻里傻气。她恨不得跟他说，他长得一副傻相。但她母亲平时教过她两句应急的话却自然而然来到嘴边，她出于习惯势力，垂下眼睛，喃喃说："汉密顿先生，承蒙你向我提出要我做你的妻子，不过这事太突然了，我都不知道说什么才好。"

这是个两面光的妙法，既可以给男人找个台阶儿，又可稳住他，查尔斯果然上了钩，好像从未见识过这种香饵似的，首先中了她的计。

"我会永远等下去！除非你确定了，我才会要你跟我结婚。奥哈拉小姐，请你跟我说我还可以有希望。"

"唔，"斯佳丽说。她眼睛尖，注意到阿希礼没有站起身参加讨论战争，正抬头对玫兰妮微笑呢。这个抓住她手的傻瓜只要肯安静一会儿，也许她就能听见他们在说什么了。她一定得听听他们在说什么。玫兰妮对他究竟说了些什么，才使他眼睛里流露出兴趣盎然的神情呢？

查尔斯的话把她竭力要听的话搅得听也听不清。

"哦，别出声！"她对他嘘了一声，还拧了他一把，连正眼也不看他一下。

查尔斯听她一声喝斥不由大吃一惊，开头感到害臊，脸都红了，随后，看见她眼睛盯着他妹妹玫兰妮，这才笑了。斯佳丽是生怕人家听见他的话呀。她唯恐他们的话被人家听到，自然不免又窘又羞，有苦难言了。查尔斯想到这里，一股从未有过的男子气油然而生，因为这是他生平头一回使姑娘受窘。这种激动的心情可真令人陶醉。他脸上摆出自以为是一种满不在乎的随便神情，稍有分寸地回拧了斯佳丽一下，表示他是个见过世面的人，完全懂她意思，也接受她的责备。

她连他拧了她也没感觉到，因为她清清楚楚听得见玫兰妮娇滴滴的声音，那是她一大媚人之处："恐怕我不能同意你对萨克雷先生[①]的看法。他是个玩世不恭的人。我看他不是狄更斯先生[②]那样的正人君子。"

---

① 萨克雷(1811—1863)，英国小说家。代表作《名利场》揭露上流社会的腐朽风尚，冷嘲热讽，极尽讽刺手法之能事。

② 狄更斯(1812—1870)，英国小说家，批判现实主义文学的重要代表。名作有《大卫·考坡菲》、《双城记》等数十部。

对男人说这种事多傻呀，斯佳丽想想不禁松了口气，差点噗嗤笑出来。唉，她只不过是个书呆子罢了。人人都知道男人是怎么看待书呆子的……要使男人感到兴趣，并保持兴趣，就是跟他谈谈他的事，再慢慢把话题绕到你自己身上，别再绕开。要是玫兰妮一直在说："你真了不起！"或是"你怎么会想到这种事的？要是让我想这种事，我这小脑袋就要胀破了！"斯佳丽听了就会感到有理由惊慌。可她呢，男人坐在她脚边，她竟跟在教堂里一样一本正经地说着话。看来斯佳丽的前途更乐观了，她乐得眉飞色舞，眼珠转到查尔斯身上，冲着他微笑。他看到这种亲热的迹象不由心花怒放，竟抓住她的扇子拼命扇个不停，把她头发都扇乱了。

"阿希礼，你还没发表高见呢，"吉姆·塔尔顿从吵吵嚷嚷的人堆中转过身来说，阿希礼这才道歉一声，站起身来。斯佳丽看到他那副疏懒的态度如此文雅；他的金头发和小胡子给太阳照得如此晶亮，心里暗想，在场的人谁也比不上他那么英俊。连上些年纪的人也静下来听他说话。

"噢，诸位先生，要是佐治亚州要打，我就跟着去打仗。要不然我干吗还参加骑兵连呢？"他说。他的灰眼睛张得大大的，昏昏欲睡的神情不见了，露出斯佳丽从未见过的一股激情。"不过，跟我父亲一样，我希望北佬会让我们过上太平日子，不要打仗——"他微笑着举起一只手，因为方丹家和塔尔顿家几个小伙子七嘴八舌地闹了起来。"是啊，是啊，我知道我们受了侮辱，受骗了——但如果我们处在北佬的地位，换成他们在想脱离联邦，那我们又怎么办呢？大概也差不多吧。我们也不会喜欢这种事的。"

"他又来了，"斯佳丽想。"老是为人家设身处地。"对她来说，争论中总归只有一面是正确的。有时，阿希礼真不可理解。

"我们头脑别太热了，还是别打什么仗吧。世界上的痛苦大多是战争造成的。等到战争结束了，就谁也弄不明白这究竟是怎么回事了。"

斯佳丽不由嗤之以鼻。幸亏阿希礼素有勇敢名声，无懈可击，否则就要惹出麻烦了。她正这么想着，一片吵吵嚷嚷的反对声冲着阿希礼而来，声势愤怒激昂。

凉亭里，那个费耶特维尔来的聋老头捅捅印第亚说：

“怎么回事？他们在说什么？”

“战争！”印第亚把手掌弯成个话筒凑在他耳边。“他们要去跟北佬打仗！”

“战争，是吗？”他一面叫着，一面摸索身边的拐杖，使劲从椅子上站起身来。他多年没显出这么旺盛的精力了。“我要对他们说说打仗的事。我打过仗。”原来麦克雷先生家里的女眷管得严，不准他出声，所以他不大有机会谈论战争。

他步伐僵硬地急忙冲到人群里，挥舞着拐杖，大声嚷嚷起来，因为他听不见周围的声音，不久就独霸全场了。

“你们这些吃了炸药的愣小子，听我说。你们别净想打仗。我打过仗，我知道。我参加过塞米诺尔战争，还做了个大傻瓜，又去参加了墨西哥战争。你们都不知道打仗是什么滋味。你们以为打仗就是骑上骏马，让姑娘们向你扔鲜花，凯旋归来就成了个英雄。得了，不是这么回事。才不是呢！打仗是挨饿，是在潮湿地方睡觉而害上麻疹和肺炎。不害麻疹和肺炎就闹肚子。是啊，先生，打仗对肚子有什么害处呢——害痢疾这类毛病呗——”

太太小姐羞得脸都红了，麦克雷先生老爱提起早八辈子的事，那年代正如方丹家老奶奶和她那令人发窘的响嗝一样，大家都想忘掉。

“跑去把你外公拉回来，”这老头的一个女儿悄悄对站在身边的一个姑娘说。“哎呀，”她对身边那些焦急不安的妇女说。“他一天比一天更不行了。你们信不信，今天早晨他还找上玛丽——她才十六岁呢——他竟说：‘喂，姑娘……’”声音低下去，说起了悄悄话，那个外孙女趁此溜出去，想法劝麦克雷先生回到树荫下的座位上来。

在树下转来转去的人多得很，姑娘都在兴奋地嬉笑，男人都在热烈地谈天，只有一个人似乎很镇定。斯佳丽把眼光转向瑞特·巴特勒，只见他背靠着一棵树，两手深深插在裤袋里。韦尔克斯离开他以后，他就一个人站在那儿了，人们的谈话越来越激烈，他却没说过一句话。修得短短的黑胡子下面两片红唇朝下撇着，那双黑眼睛里隐隐流露出觉得可笑的轻蔑——就像在听孩子们吹牛那样轻蔑。一副非常讨厌的笑脸，斯佳丽想。斯图特·塔尔顿红发蓬乱，两眼闪光，嘴里一再说着："嗨，我们只要一个月就能打败他们！上流人总比下层暴民会打仗。一个月——嗨，打一仗就——"

"诸位先生，"瑞特·巴特勒原来一直静静听着，听到这里不由说道，一口查尔斯顿口音，没有抑扬顿挫，慢声慢气，他靠在树上没挪动，双手插在裤袋里也没拿出来。"我可以说句话吗？"

他的态度和眼神里都含着轻蔑，想方设法模仿这些人自己的态度来嘲弄他们，骨子里虽轻蔑，外表上还是装得彬彬有礼。

那批人都回过头来朝他望着，还照平时对待外人那样，对他以礼相待。

"你们有哪位先生想到过梅森—狄克逊分界线①以南一带没有一家大炮工厂吗？想到过南方的铸铁厂是多么少吗？想到过毛纺厂、棉纺厂和制革厂多么少吗？你们想到过我们连一条兵舰也没有，北佬的舰队一个星期后就可以堵住我们的港口，那样我们就不能把棉花运到国外销售了吗？不过——当然啰——这些事诸位先生都想到了。"

"咦，他把这些小伙子当成一批笨蛋了！"斯佳丽愤愤想着，脸蛋涨得血红。

显然，当时心里有这个念头的人不止她一个，因为有好几个小伙子都开始挺身而出了。约翰·韦尔克斯不露痕迹地立刻回到说话人身边自己的原处去，似乎要给在场的人一个印象，这个人是他的客人，再说还有太太小姐在场呢。

"我们多半南方人的毛病是，"瑞特·巴特勒接着说，"我们不是出外旅行很少，就是从旅行中得益不多。得，你们诸位先生当然都是走

---

① 梅森—狄克逊分界线是美国宾夕法尼亚州和马里兰州之间的州界线，后来普遍视为美国南方与北方的分界线，系由英国天文家查尔斯·梅森同耶利米·狄克逊在 1763—1767 年勘察后厘定的。

遍各地的。但你们看见了什么呢？欧洲、纽约、费城，当然啦，夫人小姐们去过萨拉托加，”他对凉亭里的那堆人欠了欠身。“你们看到了旅馆、博物馆、舞厅和赌场。你们回家来时以为没有一个地方比得上南方。至于我，我生在查尔斯顿，但愿近几年我都在北方。”他露出白牙一笑，仿佛他明白在场的人都知道他不再住在查尔斯顿的缘故，而且如果他们都知道，他也毫不在乎。“我见过好多事，都是你们大家没见过的。我见过成千上万的移民只图点儿吃的和几块钱，就甘愿为北佬打仗，还见过工厂、铸铁厂、造船厂、铁矿和煤矿——都是我们没有的东西。唉，我们有的只是奴隶、棉花和傲慢罢了。他们不消一个月就会打败我们。”

一时间气氛紧张，四下一片沉默。瑞特·巴特勒从上衣口袋拿出一块上好的麻纱手帕懒洋洋地掸去袖子上的灰尘。随后人群里传来一阵大势不妙的喃喃声，凉亭里也传来一阵嗡嗡声，声音就像一群刚受惊扰的蜜蜂那样明显。尽管斯佳丽感到气得脸上热血上涌，尚未消退，可她的头脑讲求实际，不由暗暗想到这人说的话倒也不错，而且听上去通情达理。啊呀，她还从来没见过一家工厂呢，也不知道有谁见到过一家工厂。不过，即使这些话是真的，他发表这么一篇声明也算不得上流人——而且又是在一个宴会上，大家本来正玩得痛快呢。

斯图特·塔尔顿皱着眉，跟布伦特一起走上前来站在瑞特身边。当然，塔尔顿家这对孪生兄弟很有礼貌，即使给惹火了，他们也不会在野宴上大闹一场。然而，这批太太小姐都觉得兴奋之极，因为她们难得亲眼看见有人吵闹拌嘴。通常都是听人家传说的。

“先生，”斯图特语气沉重地说，“你这是什么意思？”

瑞特看着他，眼光中虽有礼貌，却也含着嘲弄。

“我意思是，”他回答说，“拿破仑——也许你听说过他吧？有一次说过，‘上帝站在最强大的军队一边！’”他向约翰·韦尔克斯转过身来，说话时彬彬有礼的态度倒是真诚的。“你答应让我参观你的藏书室，先生。是否请你现在就带我去看看？恐怕今天下午我得早点回琼斯博罗去，那儿还有点事要办。”

他转过身子，面对人群，脚后跟喀嚓一声并拢，像个舞蹈大师似的鞠了一躬，这一躬，在如此威武的人身上，可算姿态优雅的了，同时又盛气凌人，无异打了人家一个耳光。鞠完躬，他就跟约翰·韦尔克斯穿过草地而去，只见他乌黑的脑袋仰在半空，令人不舒服的笑声一阵阵传到桌旁的人群中。

大家惊愕得一片肃静，接着那阵嗡嗡声又响起来了。印第亚疲惫地从凉亭里的座位上站起来，向发怒的斯图特·塔尔顿走去。斯佳丽听不出她说什么，但她仰望他那张阴沉的脸时的眼神，倒让斯佳丽觉得有点内疚。这种眼神跟玫兰妮望着阿希礼时那种心许目成的眼神是一样的，只是斯图特看不出来罢了。原来印第亚真爱上斯图特了。斯佳丽马上想到，要不是在一年前那次政治演讲会上她公然跟斯图特调情，他兴许早就跟印第亚结婚了。不过后来一想，要是人家姑娘笼络不住自己的男人，这可不是她的过错，这一想，那点内疚顿时消失。

斯图特终于对印第亚微笑了，笑得很勉强，还点点头。大概印第亚是在求他别跟着巴特勒先生去惹麻烦吧。随着客人们起身离座，撢掉身上的面包屑，树下出现一阵有礼貌的骚动。妇女招呼着奶妈和小孩，把儿女聚在一起动身离去。姑娘三五成群，说说笑笑往屋里走，上楼到卧室里去聊天和午睡了。

除了塔尔顿太太，所有的女客都走出了后院，把橡树荫和凉亭让给那些男人。杰拉尔德、卡尔弗特先生和其他几个人把她缠住，要她答复卖马给骑兵连的事。

阿希礼信步走过斯佳丽和查尔斯坐着的地方，脸上露出若有所思、暗自高兴的笑容。

“真是个狂妄鬼，不是吗？”他目送巴特勒说。“他看上去就像鲍奇亚家族①的人呢。”

---

①指意大利红衣主教西撒·鲍奇亚（1476—1507）及其妹卢克莱齐亚（1480—1519），均以政治手腕毒辣闻名。

斯佳丽连忙想了一下，可想不起县里和亚特兰大或萨凡纳有姓鲍奇亚的人家。

“我倒不知道这家人家。他跟他们家是亲戚吗？他们是什么人？”

查尔斯脸上露出副怪相，心里又是奇怪又是羞愧，正在跟爱情搏斗呢。结果还是爱情胜利了，因为他认识到一个姑娘只要温柔、可爱、漂亮就够了，即使没受什么教育也无损于她的魅力，于是他赶紧回答：“鲍奇亚家是意大利人。”

“哦，”斯佳丽说着兴趣顿减。“外国人哪。”

她对阿希礼甜甜一笑，但不知怎的他竟没看她。他正看着查尔斯，脸上的神情有理解，也有一点怜悯。

斯佳丽站在楼梯口，小心地从栏杆上朝下面的穿堂张望。穿堂里空空荡荡。楼上各间卧室里传来嗡嗡不绝的低语声，声音时起时伏，夹杂着叽叽喳喳的笑声，还听见有人说，“得，你这话当真！”有人说，“后来他怎么说来着？”六大间卧室的床和长沙发上都躺着姑娘，大家正在休息，脱了衣服，解开了胸衣，头发也披散开来。乡下本来有睡午觉的习惯，参加全天的宴会，大清早就开始了，到舞会时才进入高潮，午睡更是必不可少的。那些姑娘先花上半小时说说笑笑，随后仆人就来拉上百叶窗，在暖和的半朦胧状态下，说话声就渐渐变成耳语，终于在一片寂静中消失，只有柔和而有规律的呼吸声起伏其间。

斯佳丽先弄清楚玫兰妮跟霍妮和赫蒂都在床上躺下了，这才溜进穿堂，开始下楼。她从楼梯口的窗户看得见成群的男人坐在凉亭里，用高脚酒杯喝酒，她知道他们要在那儿待到黄昏时分。她眼睛在人群中寻找着，但阿希礼不在里面。于是她仔细听着，居然听到了他的声音。果然不出所料，他还在前面车道上，跟那些先走的太太孩子告别。

她提心吊胆，一阵风似的，走下楼梯。要是她遇见韦尔克斯先生怎么办？别的姑娘都在睡午觉，她能为自己偷偷在屋里跑来跑去找什么借口呢？行了，这一回非得冒下险不可。

她走到最下面一级楼梯时，听见仆人正在管家的命令下在饭厅里忙活，搬开桌椅，准备舞会。走过宽敞的穿堂就是藏书室大开着的门，她就无声无息地溜了进去。她可以在那儿等着，等到阿希礼送完客进屋来，她就叫住他。

藏书室里半明半暗，因为怕太阳照，百叶窗都拉上了。昏暗的房间里，高高的四壁全堆着黑压压的书，真使她丧气。她才不会选择这里做她希望跟他约会的地方呢。她见了一大堆书总是感到丧气，见了喜欢读一大堆书的人也一样。就是说——只有阿希礼除外。半明半暗中那些笨重的家具耸立在她眼前，那些高背、阔扶手、深座位的椅子是给韦尔克斯家高个儿男人特制的，丝绒面的矮座软椅，椅子前配着丝绒面的膝垫是给姑娘坐的。这间长方形房间的尽头，壁炉前面有一只七英尺长的沙发，那是阿希礼最喜欢的专座，沙发靠背高高耸起，就像头睡觉的巨兽。

她把门掩上，只剩一条缝，尽力缓和一下心跳。她拼命回想昨晚上打算怎么跟阿希礼说来着，但什么都想不起来了。是她想出了什么话又忘记了——还是她只打算让阿希礼对她说点什么呢？她想不起来了，不由猛吃一惊。只要她这颗心别在耳边咚咚跳个不停，也许她还想得出说点什么。不料她听见他送别最后一批客人，走进前面穿堂时，她的心反而跳得更厉害了。

她只想得起一点，就是她爱他——上至他昂然抬起的那金发脑袋，下至他那瘦长的黑靴子，从头到脚都爱，还爱他的笑声，尽管这笑声使她莫明其妙，还爱他那叫人困惑不安的沉默。哦，只要他现在就走进来，一把搂住她，那她就什么也不用说了。他一定爱她的——“也许我祷告一下的话——”她紧闭双眼，急急忙忙暗自念叨起来：“万福马利亚，大慈大悲——”

“咦，斯佳丽！”阿希礼的声音打断了她耳边的嗡嗡声，把她弄得慌乱不堪。他站在穿堂里从门缝里向她张望，脸上带着疑惑的微笑。

“你在躲谁呀——查尔斯还是塔尔顿兄弟？”

她喘不过气来了。原来他注意到男人怎么围着她转了！他站在那儿眼睛亮晶晶的，一点也没注意她的激动，真是说不出的可爱。她说不出话来，只是伸出一只手把他拉进屋去。他进来了，虽然弄不明白，但也感到有趣。她神情紧张，眼睛发亮，这是他从来没见过的，而且光线虽然暗淡，他也看得出她脸蛋绯红。他不自觉地关上门，拉起她的手。

"怎么啦？"他说，声音轻得像说悄悄话。

他手一碰到她，她就颤抖起来了。现在事情果然跟她梦中一模一样了。她脑子里闪过千百种不连贯的想法，但她一种也抓不住，凑不成一句话。她只会哆嗦，抬头细细望着他的脸。他干吗不说话呢？

"怎么啦？"他重复了一遍。"要告诉我一个秘密？"

她突然说得出话了，她母亲多年来的教导也突然统统都丢光了，她父亲那副直截了当的爱尔兰脾气也突然从她嘴里暴露无遗。

"是的——一个秘密。我爱你。"

刹那间四下一片沉默，似乎凝重得他们两人都不能呼吸了。当时她心里涌上一阵幸福和自豪，也不再颤抖了。她为什么早先不这么做呢？这样岂不比平日所学的闺秀的手段简单得多？接着她眼睛探索着他的眼睛。

他眼睛里有种惊恐的神情，有怀疑的神情，还不止——是什么呢？对了，有一天她父亲心爱的猎马摔断了腿，他只好把马打死了，当时他也是那种神情。为什么她这会儿竟想起这件事来？多么傻的念头啊。阿希礼干吗看上去那么古怪，一言不发呢？随后他脸上像戴上一副老练的面具似的，潇洒地笑了。

"你今天把这儿个个男人的心都收服了，还嫌不够吗？"他又用上那种一半玩笑，一半奉承的老口吻说话了。"你是要得全票吧？那好啊，你知道你一向深得我心，从小就深得我心了。"

不对头了——全错了！她计划中可不是这样的啊。她脑子里有好多念头在拼命打转，有一个念头开始形成了。不知怎的——总有什么道理吧——阿希礼装出那模样，当她只是在跟他调情而已。可他心里并不是那么想的。她知道他不是的。

"阿希礼——阿希礼——告诉我——你一定得告诉我——哦，别逗我了！你的心给我了吗？哦，我亲爱的，我爱——"

他的手赶紧按住她的嘴。面具扔掉了。

“你千万不能说这种话，斯佳丽！你千万说不得。你是说着玩儿的。将来你就会恨自己说了这些话，你也会恨我听了这些话。”

她把头扭开。浑身顿时涌过一股热流。

“我绝不会恨你。我告诉你我爱你，而且我知道你一定喜欢我，因为——”她住口了。以前她从没见过一个人脸色那么痛苦。“阿希礼，你喜欢的——不是吗？”

“是啊，”他木然说。“我喜欢的。”

要是他说他讨厌她，她也不会更惊慌的。她扯住他的袖子，一时说不出话来。

“斯佳丽，”他说，“我们还是走吧，忘掉我们刚才说的这些话行不行？”

“不行，”她悄声说。“我不能。你是什么意思？你不想——娶我吗？”

他回答说，“我就要娶玫兰妮了。”

不知怎的，她发觉自己已坐在一只丝绒面的矮椅上了，阿希礼就坐在她脚边的膝垫上，紧紧握住她的双手。他正在说话——说些没法理解的事。她脑子完全成了空白，刚才涌进她脑子里的想法统统都没有了，他的话有如雨点打在玻璃上，一点也没在脑子里留下印象。那些话说得又快速，又温柔，充满同情，像是父亲在对伤心的孩子说话，只是她一句话都没听进去。

提到玫兰妮这名字才使她清醒起来，她细细看着他那双清澈的灰眼睛。看见眼神里有始终令她困惑的那种冷漠——还有自怨自艾。

“父亲今晚就要宣布订婚的消息了。我们不久就要结婚。我本来应该告诉你的，但我以为你知道了。我以为大家都知道——都知道好几年了。我根本没想到你——你有那么多男朋友。我还以为斯图特——”

生命、感情和理解力开始回到她身上了。

“可你刚才还说你喜欢我。”

他那双温暖的手捏痛了她。

“亲爱的，你一定要让我说些使你伤心的话？”

她一言不发，逼得他只好说下去。

“我怎么能让你明白这些事呢，亲爱的？你那么年轻，遇事又不假思索，你都不明白结婚是什么意思。”

“我明白自己爱你。”

“像我们这样两个志趣不同的人，光有爱情就是结了婚也不会美满。你要求得到的是整个人，斯佳丽，包括他的身体，他的心灵和他的思想。要是你得不到，你就会痛苦。可我不能把自己整个人都给你。我也不能把自己整个人给任何人。我也不会要你整个头脑和心灵。那一来你就会伤心了，于是你就会恨我——恨得多么厉害！你会恨我读的书，恨我爱的音乐，因为这些东西把我从你身边拉走，哪怕只是拉走一会儿工夫。而我——也许我——”

“你爱她吗？”

“她像我，有我一部分血统，我们彼此了解。斯佳丽！斯佳丽！我说的话还不能让你明白吗？除非两个人志趣相同，否则这件婚事就怎么也不会和美的。”

别人也曾经说过：“必须和志趣相同的人结婚，否则就不会幸福。”这是谁说的？这句话她似乎听见一百万年了，但还是没法理解。

“但你说过你喜欢我的。”

“我本来就不应该说这话。”

她头脑里慢慢升起一股怒火，狂怒之下其他一切都顾不得了。

“得了，说这话就够混蛋的——”

他脸色发白了。

“我说这话是个混蛋，因为我要跟玫兰妮结婚了。我对不起你，更对不起玫兰妮。我本来就不应该说，因为我知道你不会理解。你对生活充满热情，我就没有，叫我怎么能不喜欢你呢？你能强烈地爱和恨，而我却办不到。为什么你像火，像风，像野生物一样纯真，而我——”

她想起玫兰妮，突然看见她那对娴静的棕色眼睛，那副恍恍惚惚的眼神，她那双文静的小手戴着黑花边的长手套，她那种温情脉脉。于是她又突然无名火起，当初她父亲同样也是无名火起才杀了人，另外一些爱尔兰祖辈同样也是无名火起，干了不法勾当，送了性命。她母亲家世代素有教养，天大的事都能默默忍受，可眼下这种美德在她身上丝毫都没有了。

“你干吗不说出来，你这个懦夫！你是怕跟我结婚！你宁可跟那个傻丫头一起过日子，她只会唯唯诺诺，别的什么都不会说，将来还要生一窝小鬼，都跟她一样说话拐弯抹角！为什么——”

“你不该这么说玫兰妮！”

“你混账，我不该说！你算老几，敢来教训我该不该？你这个懦夫，你这个混蛋，你——你让我以为你要跟我结婚——”

“说话要公平，”他央求道。“我几时——”

尽管她明白他说的话是真的，她也不愿讲公平。他从来没有越过友谊的界线，她想到这一点，心头又升起一股怒火，这是伤了自尊心和女性虚荣心的愤怒。她追求他，可他一点也不稀罕她。宁可要一个玫兰妮那样脸色苍白的小傻丫头。唉，她后悔不曾听从母亲和黑妈妈的教诲，千万，千万别流露出她喜欢他——那就不会落得自取其辱了！

她一骨碌站起来，双手握紧拳头，他耸立在她面前，脸上充满了沉默的痛苦，一个人被迫面对苦恼的现实时就是这副神情。

“我到死都恨你，你这混蛋——你下流——下流——”她骂什么词儿来着？她想不出更恶毒的词儿了。

“斯佳丽——求求你——”

他向她伸出了手，正在这时，她使足劲儿打了他一个耳光。啪的一声，在寂静的房间里就像鞭子抽了一下似的，她的怒气突然消了，心里只感到一阵凄凉。

她的手在他白皙疲倦的脸上清清楚楚留下了红印。他一言不发，只是把她那只软弱无力的手捧到唇边吻了一下。接着没等她说话，他就走掉了，还轻轻带上了门。

她非常突然地又坐下了，愤怒之下，竟感到双膝直发软。他走了，他那张挨了一巴掌的脸到她死也忘不了。

她听见他轻柔、低沉的脚步声在长长的穿堂里消失，她突然感到自己行为的严重性。她永远失去他了。今后他会恨她，他一见她就会想起她百般向他献媚，可他对她根本就没半点意思。

“我跟霍妮·韦尔克斯是一路货了，”她突然想了起来，还想起过去大家轻蔑地取笑霍妮行为孟浪，她尤其笑得起劲。她看见霍妮扭扭捏捏的丑态，听见她吊在小伙子胳臂上的嗤嗤痴笑，想到这里，不禁又勃然大怒，生她自己的气，生阿希礼的气，生大家的气。因为她恨自己，她这份二八少女的痴情受了挫折，丢尽脸面，就此恼羞成怒，对大家都痛恨起来了。她这份痴情只有一小部分是真诚的柔情。大部分混杂了虚荣心和自恃天生魅力的得意劲。如今她已经失败了，可心里的害怕比失败的感觉更大，害怕的是自己当众出了丑。她有没有霍妮那样露骨呢？大家都在笑话她了吧？她想起这点不禁不寒而栗。

她的手落在桌边一张小桌子上，摸到一只小的玫瑰瓷钵，钵上面有两个瓷器小天使在傻笑。屋里那么静，她几乎憋不住要尖叫起来打破这片寂静。她一定得动动手，不动就要发疯了。她一把抓起瓷钵狠命朝屋子那头的壁炉扔去。瓷钵刚好擦过沙发的高靠背，啪的一声，砸在大理石壁炉架上，碎成了一片片。

沙发深处传来了一个声音。“这可太不像话了。”

她从来没这么惊慌害怕过，嘴巴干得发不出声音来。她抓住椅背，膝盖直发软，只见瑞特·巴特勒从他躺着的沙发上站起来，彬彬有礼得有些夸张，向她鞠了个躬。

“刚才这么一番争论硬灌进我耳朵里，一场午觉就此给搅了，这已经够呛的了，可干吗还要害我的命呢？”

他是真人。不是鬼。可是，老天爷哪，什么话都给他听去了！她打起精神，摆出一副架子。

“先生，你在这儿也应该让人家知道啊。”

“当真？”他一口白牙闪闪发光，那双大胆的黑眼睛在嘲笑她。“但闯进来的是你呀。我因为不得不等候肯尼迪先生，又感到我在后院也许不受欢迎，自己知趣就把这讨人嫌的身子挪动到这儿来避避，总以为我在这儿就不会有人来打扰了。谁知，哎呀！”他耸耸肩，低声笑了。

她一想到这个粗鲁无礼的家伙已经听见了一切——听见了她这会儿宁死也不愿再说的事，不禁又气上心头。

“偷听壁脚的——”她怒气冲天地开口说。

“偷听壁脚的往往听到很有趣和很有意思的事，”他咧开嘴笑笑。“根据偷听的长期经验来说，我——”

“先生，”她说，“你不是绅士！”

“好眼力，”他轻佻地回答。“你呢，小姐，也不是淑女。”他似乎觉得她怪逗的，因为他又低声笑了。“谁说了和做了我刚才无意中听到的事，哪里还算得上什么淑女？话又说回来，淑女对我不大有魅力。我知道她们在想什么，可她们根本没有勇气，也缺乏教养，不敢把心里想说的话说出来。而且，总有一天要变成个讨厌鬼。可是你呢，亲爱的奥哈拉小姐，精神倒难能可贵；这种精神真令人钦佩，我向你脱帽致敬了。我真不明白，这位斯文的韦尔克斯先生有什么魅力能吸引住像你这样性子暴烈的姑娘。他有了你这样一个——他怎么说来着？——对生活充满热情的姑娘，真应该跪下来感谢上帝才是，谁知他竟是个胆小的可怜虫——”

“你还不配给他擦靴子呢！”她狂怒地嚷道。

“可你不是要恨他一辈子吗？”他在沙发上坐下，她听见他在笑。

要是她能杀了他，早就下手了。没想到她倒竭力摆出一副架子，走出藏书室，把那扇沉重的门砰地带上了。

她一溜烟走上楼梯，到了楼梯口，她还以为自己都快晕过去了。她停下来抓住栏杆，因为生气，又受到侮辱，加上吃力，一颗心怦怦乱跳，像是要从紧身褡里蹦出来了。她拼命做深呼吸，但黑妈妈把她束得太紧了。要是她晕过去，人家发现她晕在这楼梯口，会怎么想呢？哦，阿希礼和那个叫巴特勒的讨厌家伙，还有那些妒忌得要死的讨厌姑娘，他们会胡思乱想的！她生平就这一回巴望自己跟其他姑娘一样带着嗅盐，但她根本连一个嗅盐瓶都没有呀。她一向以从来不感到头晕为荣。她现在硬是不能让自己晕过去。

那股恶心的感觉渐渐消失了。她马上就会好的，好了她就悄悄溜进印第亚房间隔壁那间小化妆室，解开胸衣，自己悄悄上床，躺在那些睡着的姑娘身边。她竭力静下心来，让面容显得更镇定些，因为她知道自己看上去一定像个疯婆子。要是哪个姑娘醒着，就会知道有什么事不对头了。千万别让谁知道出了什么事。

从楼梯口那面宽阔的凸窗看出去，她看得见那些男人仍旧懒洋洋地坐在树下和凉亭背阴处的椅子上。她多么妒忌他们啊！做个男人该有多好，根本不用经受她刚刚经历的这种痛苦。她站在那儿，两眼冒火，昏头昏脑地望着他们，只听见前面车道上响起了急骤的马蹄声，石子飞散声，还有一个激动的声音向一个黑人问讯。石子又飞溅起来，只见一个人骑着马从她眼前掠过，飞驰过草坪，直奔树下那群懒洋洋的人而去。

是迟到的客人吗？但他为什么骑马穿过印第亚引以自豪的草地呢？她认不出他是谁，但他从马鞍上跳下来，抓住约翰·韦尔克斯的胳臂时，她看得出他满脸激动的神色。人群把他团团围住，高脚酒杯和芭蕉扇丢得满桌满地都是。尽管离得那么远，她也听得出喧闹的声音，有发问的，有叫喊的，她感觉到男人极端兴奋的紧张情绪。接着在混乱的声音中响起了斯图特·塔尔顿的嗓门狂喜地高喊一声，“咦—哎—咦！”仿佛他是在猎场上似的。这是她第一次听见这个声音，南军士兵的吼声，不过她并不知道这是什么意思。

她正望着，只见塔尔顿家四个小伙子从人群里跑出来，方丹家的小伙子紧随其后，匆匆忙忙直奔马厩，一面喊着，“吉姆士！叫你呢，吉姆士！备马！”

“一定是哪家着火了，”斯佳丽想。但着火也好，没着火也好，她最要紧的事就是趁人家还没发觉先回卧室去。

她的心这会儿平静些了，她踮着脚上了几级楼梯，走进静悄悄的穿堂。屋里有股暖烘烘的睡意，仿佛屋子也和姑娘一样安睡了，睡到晚上就会在音乐声和烛光下突然焕发出全部美姿。她小心地慢慢打开化妆室的门，溜了进去。一只手在背后还抓着门球不放，只听见对面通往卧室的门缝里传来了霍妮·韦尔克斯的声音，压低了嗓子，几乎像在说悄悄话。

“我看斯佳丽今天的举止这么放荡，作为姑娘家真是做绝了。”

斯佳丽只觉得自己的心又狂跳了起来，她不觉一手按住胸口，仿佛想把这颗心压服似的。“偷听壁脚的往往听到很有意思的事，”她不由想起了这句话。她该再溜出去呢？还是表明她在屋里，让霍妮活该发窘呢？谁知又听到一个声音，她不由停下了。等她听出是玫兰妮的声音，这时就是骡队也拉她不动了。

“哦，霍妮，别！别那么损。她只是性子高傲、活泼罢了。我看她倒怪迷人的。”

“哦，”斯佳丽想着，一边用指甲一直掐到紧身褡里。“谁稀罕这个说话转弯抹角的傻丫头帮我腔啊！”

玫兰妮这番话比霍妮那种明目张胆的恶毒话还要难听。斯佳丽从来不相信哪个女人，也从来不相信哪个女人的动机不是自私的，只有自己的母亲例外。玫兰妮知道已经把阿希礼牢牢抓住，所以乐得这么大方。斯佳丽觉得这只不过是玫兰妮的一种手法，一面夸耀自己的胜利，一面博取人家称赞她和蔼可亲。斯佳丽跟男人一起议论别的姑娘时就常用这种花招，这种花招总哄得那些傻男人相信她和蔼可亲，公正无私，真是百发百中。

“得了，小姐，”霍妮尖刻地说，嗓门也提高了，“你一定是瞎了眼了。”

“别吵，霍妮，”萨丽·芒罗的嗓音发出嘘声说。“整幢房子都要听见你的话了。”

霍妮压低声音，又接着说：

“嗯，你们瞧瞧她对每个勾引得上的男人怎么调情吧——连肯尼迪先生也不放过，他还是她亲妹妹的情人呢。我从没见过这种人！她当然也在追求查尔斯。”霍妮不好意思地格格笑了。“你们知道，我和查尔斯——”

“真的？”几个激动的声音悄悄说。

“嗯，别告诉任何人，姑娘们——还没呢！”

大家又格格笑了，不知哪个紧紧抱住霍妮，床垫弹簧也格啦啦响了。玫兰妮还轻声咕哝说什么她有了霍妮做她嫂子，心里多么高兴。

“喔，我可不高兴斯佳丽做我的嫂子，我没见过她这么放荡的货色，”传来的是赫蒂·塔尔顿气恼的声音。“但实际上她等于跟斯图特订了婚。虽然布伦特嘴上说她对他一点也没意思，不过，布伦特对她当然也是迷得要命的。”

“依我说呀，”霍妮带着神秘的郑重口气说，“她只对一个人有意思。那就是阿希礼！”

七嘴八舌，一片热闹的低语声凑在一起，问的问，插话的插话，斯佳丽只觉得自己又害怕又屈辱，不由浑身发冷。霍妮对男人虽是个傻瓜、笨蛋、蠢货，但她看别的女人倒有种女性的本能，这点斯佳丽可是低估了她。刚才她在藏书室里受到阿希礼和瑞特·巴特勒那番羞辱和贬损比起这来还算小事呢。男人的嘴毕竟靠得住，不会乱说，即使是像巴特勒先生那样的男人也罢，可霍妮·韦尔克斯啊，就像田野里的猎狗，到处汪汪叫，给她一叫，整个县不到六点钟就全知道了。她父亲昨晚还说过他不愿让县里人笑话他的女儿呢。如今他们大家会怎么笑啊！她腋窝开始渗出黏乎乎的冷汗，一直往下流到肋骨那儿了。

玫兰妮的声音稳重而平静，还有点责备的意思，盖过了其他人的声音。

“霍妮，你明明知道不是这么回事。这样说太损了。”

“就是这么回事，玫荔。如果你不是老把没半点好处的人净往好处想，你就会看出来了。我真高兴偏偏就是这么回事。她活该。斯佳丽·奥哈拉一向干的就是惹是生非，净想抢走别人的情人。你知道得很清楚，她从印第亚手里抢走了斯图特，可她并不要他。今天她还想要抢肯尼迪先生，还有阿希礼，还有查尔斯——”

“我一定得回家了！”斯佳丽想。“我一定得回家了！”

只要有魔法把她送回塔拉庄园，送回安全的地方就好了。只要她能跟母亲在一起，光是看着母亲也好，拉着母亲的裙子，伏在身上哭一场，把全部事情都告诉母亲。如果要她再听听人家说句话，她就要冲进去，把霍妮披散的淡色头发一大把一大把揪下来，还要唾玫兰妮一口，让玫兰妮知道她对人家的善心是怎么想的。但她今天举止已经够粗俗的了，活像穷白佬那样——她的毛病就在于此。

她两手紧紧按住裙子，免得裙子窸窣作响，然后像只动物似的偷偷退了出来。她一溜烟奔过穿堂，奔过一扇扇紧闭的房门，一间间静悄悄的房间，心里想，回家去吧，我一定得回家去。

她已经走到前面门廊，转念一想，又突然停步——她不能回家去！她不能逃跑！她应该坚持到底，任凭这些姑娘百般怨恨，自己百般屈辱和伤心都得忍着。逃跑只能给人家更多攻击的口实。

她紧握拳头，捶着身边那根高高的白柱子，恨不得自己就是参孙①，能把十二棵橡树庄园的一切都拆掉，把屋里的人统统压死。她要让他们感到灰溜溜，她要给他们厉害瞧瞧。她自己也不大清楚她要怎么给他们厉害瞧瞧，反正她要这么做就是了。人家伤害了她，她要加倍奉还。

她暂时忘了阿希礼就是阿希礼。他不是她爱的那个昏昏欲睡的高个儿小伙子了，而是本县十二棵橡树庄园，韦尔克斯家的重要部分——她恨他们大家，因为他们取笑她。在十六岁的女孩子心里，虚荣心比爱情更强烈，她那颗火热的心里如今什么也没有，只有仇恨。

“我不回去，”她想。“我要待在这儿，要让他们后悔莫及。我也决不告诉妈妈。不，我决不告诉任何人。”她鼓起勇气，要回进屋去，重新上楼，到别的卧室去。

---

①参孙，《圣经·旧约全书》中人物，力大无穷，为以色列士师之一。非利士人对他又恨又怕，后来他爱上大利拉，大利拉出卖他，他终于被非利士人抓住，剜去眼睛，把他带到神庙，他抱着两根大柱，使劲摇撼，柱断庙塌，里面的非利士人全都压死，他也死去。此处斯佳丽捶柱子时想起参孙，充分显示她的报复心理。

她刚转身，看见查尔斯从长长的穿堂另一头走进屋来。他看见她就连忙朝她走来。他头发蓬乱，脸色激动得都快发紫了。

“你知道出什么事了吗？”他还没走到她身边就叫起来了。“你听说了吗？保罗 · 威尔逊刚骑马从琼斯博罗赶来报信了！”

他走到她身边停下，气喘咻咻。她一言不发，只是呆呆看着他。

“林肯先生已经在召集人马，士兵——我是说志愿兵——有七万五千人呢！”

又是林肯先生！男人难道就不去想想什么正正经经的大事吗？她的心都碎了，名声眼看也保不住了，这傻瓜还指望人家对林肯先生那套胡闹感到激动吗？

查尔斯盯着她。她脸色煞白，细长的眼睛像翡翠一样闪闪发亮。他从没见过哪个姑娘脸上有这种激情，眼睛这么发亮。

“我真笨，”他说，“我应该对你说话婉转些才对。我忘了小姐们有多么娇嫩了。这么惊动你，真对不起。你不会晕过去吧？要我给你倒杯水来吗？”

“不要，”她说，还勉强挤出一丝苦笑。

“我们去坐在长椅上好吗？”他说着挽住她的胳臂。

她点点头，他便小心地扶着她走下前面台阶，带她穿过草地，走到前院最大的一棵橡树下的铁椅跟前。女人多么脆弱敏感啊，他想，只提了一下战争一类不痛快的事，她们就要晕过去了。想到这里他不由感到自己十足是个男子汉，扶她坐下时也就格外温柔。她看上去那么怪，白皙的脸蛋上有股野性的美，他的心不由怦怦乱跳起来。她会不会是想到他可能去打仗而烦恼呢？不，这未免太异想天开了，叫人难以相信。但她为什么那么古怪地看着他呢？两只手拨弄花边手绢时又为什么直打哆嗦呢？还有她那密密的乌黑睫毛也在颤动——就像他在爱情小说里所看到的姑娘那种眼睛一样，颤动时羞人答答，含情脉脉。

他一连清了三次嗓子，都没说出话来。他垂下眼睛，因为她那双绿眼睛望着他时目光如此尖锐，几乎像是把他看穿了。

“他有好多钱，”她思路敏捷地盘算着，这时脑子里闪过了一个念头，一个计划。“他又没有父母来让我心烦，而且他住在亚特兰大。如果我马上跟他结婚，就会让阿希礼瞧瞧我对他并没意思——只是跟他调调情而已。这还会要了霍妮的命。她从此永远也找不到另一个情人了，大家都会把她笑得要死。这也会伤了玫兰妮的心，因为她那么爱查尔斯。而且还会伤了斯图特和布伦特的心——”她自己也搞不清为什么要伤这哥儿俩的心，要么是他们几个妹妹也很阴险吧。“等我有了好多漂亮的衣服，有幢自己的房子，坐着一辆华美的马车回来作客，她们大家就都会觉得过意不去了。大家就永远，永远不会取笑我了。”

“当然，这就是说要打仗了，”查尔斯越发窘迫地试了好几回才说道。“不过你别发愁，斯佳丽小姐，战争不出一个月就结束了，我们要打得他们鬼哭狼嚎。没错儿！鬼哭狼嚎！我说什么也不会错过这次战争。恐怕今晚的舞会是开不成了，因为骑兵连要到琼斯博罗集合。塔尔顿家几兄弟已经去报信了。我知道小姐们会感到扫兴的。”

她说了声“哦”，因为说不出更恰当的话来，不过这一声就够了。

她渐渐冷静下来，头脑也镇定了。她的感情上结了一层霜，她以为自己今后对任何事情都热情不起来了。何不就此要了这个满脸通红的漂亮小伙子呢？他跟别人都一样，她可无所谓。是啊，她今后对任何事情都可以觉得无所谓了，即使活到九十岁也一样。

“现在我还拿不定主意，是参加韦德·汉普顿先生的南卡罗来纳军团呢，还是参加亚特兰大要隘市卫队。”

她又说了声“哦”，两人的目光相遇，那颤动的睫毛顿时使他掉了魂儿。

“你愿意等我吗，斯佳丽小姐？要是知道有你在等我，一直等到我们把他们揍扁了，那——就太美了！”他大气也不敢出，等着倾听她的回答，一面留神看着她嘴角朝上翘起的模样，竟头一回注意到有两个酒窝，心里想亲一亲不知是什么滋味。她的手轻轻放到他的手里，手心里全是黏乎乎的冷汗。

“我可不愿等，”她说，她的眼睛全被睫毛遮住了。

他坐在那儿紧紧抓着她的手，嘴巴张得大大的。斯佳丽从睫毛下偷看他，不由超脱地认为他看上去活像一只叉在渔叉上的青蛙。他结结巴巴了好几回，嘴巴闭上又张开，脸色又变成了紫红色。

“你难道会爱我吗？”

她默默无言，只是眼睛朝下看着裙摆，查尔斯不由陷入新的心态，一面感到心醉神迷，一面感到窘迫不安。也许男人不应该问姑娘这种问题吧。也许她回答这种问题有失姑娘家身份吧。查尔斯以前从来没勇气去闯这一关，真不知怎么办才好。他想要叫，想要唱，想要吻她，想要在草地上跳跃，随后奔走相告，不管黑人白人，逢人便说她爱上他了。但他只是紧紧捏着她的手，捏得她的戒指都嵌进肉里去了。

“你愿意马上跟我结婚吗，斯佳丽小姐？”

“嗯，”她抚弄着衣褶说。

“我们就跟玫兰妮同时举行婚——”

“不，”她赶快说，来势不妙地瞟了他一眼。查尔斯知道自己又犯了个错误。姑娘家当然愿意有自己的婚礼——而不是沾人家的光。多亏她人好，肯原谅他的种种过错。只要天一黑，在暗处他就有勇气，能吻她的手，说出一心想说的事来。

“我几时可以去跟你父亲说呢？”

“越快越好，”她说，她真希望他也许会赶快松手，免得她开口叫，因为他捏得她的戒指嵌痛手了。

他一骨碌跳起身，一时她还以为他要不顾身份又跳又蹦呢。他喜气洋洋地俯看着她，他那颗纯朴的心在眼神里流露无遗。以前谁也没这么看过她，今后也永远不会有另外的男人这么看着她了。但在她稀奇的超然眼光里，只觉得他看上去像头小牛犊。

“我现在就去找你父亲，”他满面笑容地说。“我等不及了。劳你等我一下吧——亲爱的？”他好不容易说出这句爱称，不过说了一遍以后，他就乐得叫了一遍又一遍。

“好的，”她说，“我就在这儿等着。这儿又凉快，又舒服。”

他穿过了草地，拐过屋角就不见人影了，只留下她一个人待在飒飒作响的橡树下。只见好多人从马房里骑着马川流不息地出来，黑人奴仆骑着马紧紧跟在主人后面。芒罗家几个小伙子挥舞着帽子飞驰而过，接着是方丹家和卡尔弗特家的小伙子，大喊大叫，骑到大路上去。塔尔顿家四兄弟穿过草地，从她身边冲过，布伦特还嚷着："母亲要给我们马了！咦—啊—咦！"一阵马蹄踢得草土飞扬，他们都走了，又剩下她一个人了。

这座白房子在她面前竖起了高高的圆柱，似乎凛然不可侵犯，渐渐离她而去。如今这座房子永远不是她的了。阿希礼永远不会把她当作新娘抱过门槛了。哦，阿希礼啊，阿希礼！我作了什么孽呀？在她内心深处，在受伤的自尊心和冷漠的实用性下面，一股锥心的痛苦在折腾。一种成熟的感情诞生了，这感情胜过她的虚荣心，也胜过了她任性的自私。她爱阿希礼，而且她知道自己爱他，她从来没有像看见查尔斯拐过弯曲的石子小道不见人影的这一刹那那样忧心忡忡。

第 7 章

不到两个星期，斯佳丽就做了妻子，又不到两个月，竟成了寡妇。当初她如此匆促，如此轻率就套上了婚姻的枷锁，很快就又解脱了，可她再也过不到未婚时代那种无忧无虑的自由生活了。结了婚，紧接着就当了寡妇，然而，使她灰心丧气的是，接下来又做了母亲。

在后来的岁月里，斯佳丽想起 1861 年 4 月末了那几天的事来，详细情况都记不大清了。时间和事情全套叠在一起，像一场虚幻而莫明其妙的梦魇那样混乱。那些日子在她记忆中到死还是空白点。特别模糊的是她接受查尔斯求婚到举行婚礼那一段时间的记忆。两个星期哪！在太平盛世订婚期这么短是行不通的。按规矩说订婚和结婚总要相隔一年，至少也要半年才是。可是南方遍地烽火，事情发展犹如劲风疾扫，旧日那种慢速度早已不时兴了。当时她母亲急得直拧手，劝告缓一缓再说，好让斯佳丽有充分时间考虑考虑。谁知她好说歹说，斯佳丽都装聋作哑，板着个脸。她要结婚！还要赶快。两个星期内就办。

斯佳丽听说阿希礼的婚期已经从秋天提前到 5 月 1 日，这样他一旦奉命就可以立即随骑兵连出发，所以斯佳丽就把婚期定在他的前面。埃伦一再反对，可是查尔斯新近变得能说会道，再三请求，因为他等不及要到南卡罗来纳州去加入韦德·汉普顿的军团，杰拉尔德偏偏又站在小两口子一边。他受了战争狂热的煽动，正庆幸斯佳丽嫁得这么个好夫婿，又赶上战争，他在小两口中间作梗算老几啊？埃伦原来就心烦意乱，终于让了步，当时南方各地做母亲的都是这样的。他们那个悠闲自得的天地早已弄得乱七八糟，面临席卷一切的雷霆万钧之势，任凭他们苦口婆心，劝告央求都无济于事了。

南方群情激昂，民心振奋。大家都知道只消打上一仗，战争就可结束。年轻人个个都趁着战争还没结束，急急忙忙先入了伍再说——趁着自己还没赶到弗吉尼亚州去打北佬，急急忙忙先同心上人结了婚再说。县里有好多人举行战时婚礼，也没什么工夫伤心告别，因为大家都太忙碌了，太兴奋了，哪里顾得上郑重考虑或流泪。妇女们忙着做军服，织袜子，卷绷带，男人们忙着操练，射击。每天都有列车装运部队途经琼斯博罗，北上亚特兰大和弗吉尼亚。有些分队的士兵穿着上层民团那种鲜艳军装，有猩红的，有浅蓝的，有草绿的；有几小股士兵穿着土布军装，戴着浣熊皮帽；另外有些士兵没穿军装，只是穿着绒面呢和细麻布的便服；大家都操练得半生不熟，装备不齐，还兴奋若狂，高呼乱喊，仿佛出外野餐似的。县里的小伙子一看见这些人都大起恐慌，生怕自己来不及赶到弗吉尼亚，战争就结束了，因此骑兵连出发的准备工作也加快了。

就在这片混乱中，斯佳丽的婚礼也在加紧准备，几乎转眼间她就穿戴上母亲当年的结婚礼服和面纱，挽着父亲的胳臂，步下塔拉庄园宽阔的楼梯来见满堂宾客了。事后，她回忆起来竟恍若梦境，只记得四壁亮着几百支蜡烛，她母亲那张慈爱的脸略带困惑，嘴唇嚅动着，默默为女儿幸福祈祷，她父亲喝了白兰地，满脸通红，得意洋洋，因为女儿竟嫁到了一份又有钱又有名望的世家——还记得阿希礼同玫兰妮臂挽臂，就站在楼梯脚下。

她看见他脸上的神色，心里就想："这不会是真的。这不会。这是场恶梦。回头我就会醒过来，弄清楚这一切都是场恶梦。这会儿我千万想不得，要不我会当着在场这些人尖声叫喊起来。这会儿我想不得。回头等我受得了——等我看不见他的眼睛了再想吧。”

这一切都犹如在梦中，穿过笑脸相迎的宾客的夹道，查尔斯面红耳赤，说话结结巴巴，而她自己的回答，竟如此清晰又如此冷淡。还有婚礼后的道贺，亲吻，祝酒和跳舞——一切，一切都如在梦中。甚至阿希礼在她脸蛋上亲吻的感觉，甚至玫兰妮低声的耳语，“唷，我们可真正成了姑嫂了，”也都不像真的。甚至查尔斯那个感情脆弱的胖姑妈佩蒂帕特·汉密顿小姐一时昏过去，引起大家骚动，都像是一场恶梦。

但等跳舞、祝酒终于结束，天倒快亮了，凡是亚特兰大来的客人挤得进塔拉庄园住宅和监工屋子的，都纷纷到床上、沙发上、地铺上去睡觉了，左邻右舍也都回家去休息，准备参加第二天在十二棵橡树庄园举行的另一场婚礼，于是恍恍惚惚的梦境就在现实面前像水晶似的粉碎了。这现实就是面红耳赤的查尔斯，穿着睡衣从她化妆室出来，不敢正视她高高拉起被单，神色惊慌地瞧着他的眼光。

当然，她也知道夫妇免不了要同床睡觉，可是她以前从来没想到过这事。她父母同床似乎是天经地义的事，可是她根本没把这条道理套用在自己身上，自从那回烤肉野宴以来，她还是头一回明白自己找了这份罪受。她痛悔匆匆忙忙结了婚，痛惜永远失去了阿希礼，心里正悲痛欲绝呢，一想到自己原来并不真想嫁的这个陌生小伙子竟要跟她同床，就未免受不了，他犹疑不决地挨近床边，她就嗓子嘶哑跟他低声说：

“你走近我，我就大声喊。我就要喊了！我就要——使劲喊了，给我走开！你敢碰我！”

于是查尔斯·汉密顿只好在屋角一张扶手椅上度过了新婚之夜，心里倒没觉得太别扭，因为他理解，或者自以为理解新娘生性羞怯和娇嫩。他情愿等到她消除害怕心理后再说，只是——只是——他在椅子上直折腾，想找个舒服姿势，一边不由叹了口气，因为他眼看马上就要去打仗了。

尽管她的婚礼犹如梦魇，阿希礼的婚礼却更加糟糕。斯佳丽穿着那袭苹果绿的“二朝”服，站在十二棵橡树庄园的客厅里，四下亮着几百支蜡烛，被昨晚那批宾客推推搡搡，亲眼看到玫兰妮·汉密顿成了玫兰妮·韦尔克斯，那张姿色平庸的小脸顿时焕发出几分妩媚。哎呀，她永远失去阿希礼了。她的阿希礼。不，如今阿希礼不是她的了。他曾经是她的吗？她心里乱糟糟的，又疲倦，又迷惑。他说过他爱她的，可到底是什么拆散了他们呢？要是她记得起就好了。她嫁给查尔斯，借此封住了县里那些专爱说三道四的嘴巴，可是现在那又有什么关系呢？过去似乎很重要，可是现在根本就不重要了。关键的只是阿希礼。现在她失去了他，她嫁给了自己不仅不爱，而且十分瞧不起的人。

噢，她多后悔啊。她过去时常听说“跟人家赌气，拿自己晦气”，总以为这只是一种比喻而已。现在才知道这话的真正意思。她拼命只想摆脱查尔斯，太太平平回到塔拉庄园，重新做个未婚的姑娘，心里却明白这只有怪她自己不好。她母亲曾经想方设法劝阻过她，可她偏不听。

于是在阿希礼婚礼那天晚上，她恍恍惚惚地跳了一夜舞，无意识地说着话，毫不相干地笑着，人家都以为她是个幸福的新娘，看不出她的心都碎了，她看到人家这么愚蠢感到很奇怪。那也好，谢天谢地，幸亏他们看不出！

那天晚上黑妈妈帮她卸了妆就离开了，查尔斯羞答答地从化妆室里钻出来，不知自己第二晚要不要再在马鬃椅上过夜，她不由哇地一声哭了起来。一直哭到查尔斯爬上床，躺在她身边，设法安慰她，她一言不发，光是哭，哭到眼泪干了，最后就躺在他肩头悄悄啜泣。

如果没有战争的话，那么新婚夫妇就要用一星期工夫在县里四处应酬，人家还要趁这两对新婚夫妇到萨拉托加或白硫磺泉[①]去作新婚旅行之前举行舞会和烤肉野宴招待他们。如果没有战争的话，斯佳丽就可以穿上三朝服、四朝服、五朝服出席方丹家，卡尔弗特家和塔尔顿家的宴会。可是如今一没有宴会，二没有新婚旅行。婚后一星期查尔斯就出门去投奔韦德·汉普顿上校，两星期后，阿希礼和骑兵连也出发了，全县

---

①白硫磺泉，美国弗吉尼亚州西南部一个温泉疗养地。

都感到黯然神伤。

在那两个星期里，斯佳丽根本没单独见过阿希礼，也根本没机会跟他私下说一句话。他去上火车时，半路上顺便到塔拉庄园来一次，甚至在那个伤心的离别时刻，她都没机会跟他私下谈谈。玫兰妮戴着帽子，披着披肩，安详地摆出新少奶奶的架势，挎着他胳臂。塔拉庄园阖家大小，不论白人黑人，都出来给上前线的阿希礼送行。

玫兰妮说："你应该吻吻斯佳丽，阿希礼。她现在是我嫂子了。"阿希礼就弯下腰，冰凉的嘴唇在她脸蛋上挨了一下，他拉长了脸。斯佳丽简直丝毫也没从那个吻中得到乐趣。刚才玫荔怂恿他吻她，她心里反而生闷气。临别时玫兰妮跟她拥抱又差点把她闷死。

"你到亚特兰大来看看我跟佩蒂帕特姑妈好吗？哦，宝贝儿，我们非常欢迎你来！我们要跟查理的妻子熟悉熟悉。"

五个星期过去了，在此期间，查尔斯从南卡罗来纳州寄来了一封封羞涩、痴心、如醉如狂的情书，诉说他的爱情，战争结束后他对未来的计划，诉说他为了她要争当一名英雄，以及他对司令官韦德·汉普顿的崇敬心情。到了第七个星期，汉普顿上校亲自发来一份电报，接着来了一封信，一封亲切、庄严的慰问信。查尔斯死了。上校原来早就要打电报来的，可是查尔斯以为自己是小毛小病，不想惊动家属。倒霉的小伙子上了当，不仅自以为赢得的爱情就此落了空，而且在战场上立功争光的崇高理想也落了空。他只到了南卡罗来纳州的兵营，连北佬的影子都没见到过，就得了麻疹，并发肺炎，不光彩地一下子送了命。

到了产期，查尔斯的遗腹子出世了，因为那时正时兴以父亲上级指挥官的名字为男孩子取名，所以这孩子就命名为韦德·汉普顿·汉密顿。原先，斯佳丽知道自己怀了孕绝望得痛哭一场，恨不得死了才好。不过她怀孕期间倒始终没感到多大不舒服，分娩时也没受多少罪，恢复得也快，黑妈妈私下告诉她说生儿育女十分寻常——做女人的理当多吃些苦。虽然她可以掩饰住自己的实际心情，但她对这孩子还是不喜欢。她原来就不想要这孩子，她讨厌他的出世，而今他来到了人间，但看上去无论如何不像是她的孩子，不是她的骨肉。

生下韦德后，虽然她身体在短短一段时期内就复原了，精神上却恍恍惚惚，萎靡不振。尽管庄园上下都尽力使她振作起来，她还是精神颓丧。她母亲愁眉苦脸，走来走去，她父亲比平时更爱骂人，每次上琼斯博罗去总要带些无用的礼物回来送给她。老方丹大夫开了硫磺糖浆加药草的强身剂给她，都提不起她精神，连他也承认实在搞不清楚了。他私下跟她母亲说，斯佳丽是由于伤心，才一会儿急躁不安，一会儿没精打采的。不过，如果斯佳丽愿意开口的话，本来可以告诉他们她的毛病根本不是这么回事，要复杂得多呢。她没有告诉他们说，全是因为自己竟然做了母亲才这么百无聊赖，不知所措，尤其是阿希礼走了，更使她愁容满面。

她无时无刻不深深感到厌烦。自从骑兵连开拔去打仗以来，县里任何娱乐和社交生活都没有了。县里凡是有趣的年轻人都走了——塔尔顿家四兄弟，卡尔弗特家两兄弟，还有方丹家的，芒罗家的都走了，连琼斯博罗、费耶特维尔、洛夫乔伊几个地方，凡是看得上眼的年轻人也统统都走了。留下的只是些老弱病残和妇女，大家净忙着为军队编织，缝纫，种棉，种稻，养猪，养羊，养牛来度过光阴。平时根本就看不到一个真正的男人，只有苏埃伦那个中年情人弗兰克·肯尼迪带领军需队，按月骑马来这里征收给养。军需队的人也并不怎么来劲儿，而且她一看见弗兰克那副怯生生的巴结模样，就气得没法对他客客气气。要是他同苏埃伦早日完了亲事就好了。

就算军需队的人比较有趣，对她也丝毫无济于事。她是个寡妇，一颗心也死了。至少，人人都认为她的心已死了，因而要求她循规蹈矩。这点使她很生气，因为尽管她竭力回忆，也只想得起自己跟查尔斯说起愿意嫁给他时，他脸上死气沉沉的傻样儿。而且连那印象也渐渐淡薄了。但她毕竟是个寡妇，只得处处检点自己的行为。未婚少女的乐趣可没她份了。她得举止庄重，态度冷漠。有一回她母亲看到了弗兰克的副官陪斯佳丽在花园里打秋千，惹她笑得尖声喊叫，就此对她啰啰唆唆，再三强调要注意这一点。她母亲深感苦恼，跟她说到做寡妇的最容易招人议论。做寡妇的一举一动都应该比做人家太太的加倍谨慎才是。

斯佳丽一边乖乖地听她母亲柔声说话，一边心里想，“真正只有天晓得，做人家的太太已经根本没半点儿乐趣了。那做寡妇的还不如死了干净呢。”

做寡妇的一定得穿阴森森的黑衣服，连点缀的流苏都没有，也不准戴花，扎缎带，用花边，连珠宝饰物都不准佩戴，要戴只能戴缟玛瑙的丧服胸针，要不就戴用死者发丝编的项圈。帽上蒙的黑绉纱一定得拖到膝盖，只有到守寡三年后才能缩短到齐肩。做寡妇的绝不能再欢畅闲谈，也不能高声大笑。即使要露出笑容，也只能是苦笑，惨笑。而且，最可怕的是，在男人面前，万万不能露出一点意思来。如果男人没有教养，竟流露出对她有点意思，她就必须赶紧不失尊严而恰到好处地提起她的亡夫来吓退他。啊，对了，斯佳丽凄凉地想道，有些做寡妇的最终还是再嫁了，那时她们都已人老珠黄了。天知道，左邻右舍众目睽睽，她们怎么还嫁得了人。不过她们往往都是嫁给哪个有座大庄园，又拖着十来个儿女，穷途末路的老鳏夫。

结婚固然糟不可言，但守寡呢——唉，一生就此永远完了！人家都说什么查尔斯已经去世了，小韦德·汉普顿对她必定是一大安慰，真是些糊涂人啊。他们多么糊涂，竟说什么她如今做人有盼头了！人人都说什么她有了亲人身后留下的骨肉是天大的好事，她听了自然没有去纠正人家的想法。不过她心里压根儿就没那种想法。她对韦德没什么兴趣，有时简直想不起他居然是她的孩子。

每天早晨她醒来，一时昏昏沉沉，仿佛又是斯佳丽·奥哈拉了。窗外木兰花丛中阳光明媚，模仿鸟在歌唱，煎熏肉的香味钻进了鼻孔。她又无忧无虑，恢复青春了。随即听得一阵闹肚子饿的啼哭声，总是——总是猛吃一惊，不由想到：“咦，屋里竟有个娃娃！”再一想才记起原来这就是自己的娃娃。这一切都把她搞糊涂了。

还有阿希礼！哦，尤其是阿希礼！她平生还是头一回痛恨塔拉庄园，痛恨从山上通往河边那条漫长的红土路，痛恨那片抽出绿棉苗的红土地。每一英尺土地，每一棵树，每一条小溪，每一条小路，每一条马道，都使她不由想起他来。他属于另一个女人了，出外打仗去了，可是他的鬼魂仍然在暮色中出没在路上，仍然在门廊的暗处，眯着惺忪的灰色眼睛向她微笑。她每回听到从十二棵橡树庄园到这里河边的路上传来一阵马蹄声，无不一时忘情地想起——阿希礼！

现在她痛恨十二棵橡树庄园了，过去她还喜欢过这地方呢。她虽然痛恨这地方，偏偏又被吸引到这地方去，去了就可以听听约翰·韦尔克斯和姑娘们谈起他——听听他们念他从弗吉尼亚写来的信。她听了这些信不由不伤心，却又不由不听。她不喜欢犟头倔脑的印第亚，也不喜欢笨头笨脑、净爱唠叨的霍妮，心里明明知道她们同样不喜欢她，可是偏偏离不开她们。每回她从十二棵橡树庄园回来，总是闷闷不乐地躺在自己床上，不肯起来吃晚饭。

最叫她母亲和黑妈妈担心的就是她不肯吃东西。黑妈妈送来了一盘盘令人垂涎欲滴的食物，委婉劝她说现在成了寡妇可以尽量多吃了，可是斯佳丽毫无胃口。

方丹大夫严肃地告诉埃伦说，女人家伤心往往弄得身体越来越衰弱，终于憔悴而死。埃伦脸都吓白了，因为她心里早就有这种顾虑了。

“有什么办法吗，大夫？”

“最好的办法就是给她换换环境，”大夫说，他实在巴不得摆脱一个难侍候的病人。

于是斯佳丽就没精打采地带着孩子出门了，先是到萨凡纳看望奥哈拉家和罗比亚尔家两门本家亲戚，再到查尔斯顿去看望她母亲的两个姐姐宝莲和尤拉莉。谁知她竟比她母亲预期中提早一个月回到了塔拉庄园，也没说明回来的理由。萨凡纳的亲戚待她很好，可是詹姆斯和安德鲁这两对夫妇都上了年纪，只愿意静静坐着，净谈些斯佳丽不感兴趣的往事。罗比亚尔家也一样，而且斯佳丽认为，查尔斯顿的情况也很可怕。

宝莲姨妈和姨父住在河边一个庄园里，比塔拉庄园要偏僻得多。姨父是个小老头儿，他们虽然客气，却显得生分而冷淡，一副老年人那种心不在焉的神情。最近的邻居也相隔二十英里地，要走过在寂静的密林间的一条条黑路，密林里到处是一片片柏树、沼泽和橡树。槲栎披着飘拂的苍苔使斯佳丽不寒而栗，老是不由想起她父亲讲过的在闪闪发光的灰雾中游荡的爱尔兰鬼怪那一类故事。整天都无事可做，只有打毛线，夜里就听凯里姨父朗读布尔沃-利顿[1]先生越写越精彩的作品。

尤拉莉幽居在查尔斯顿炮台那儿，一个四周筑着高墙的深园大宅里，日子过得也乏味得很。斯佳丽看惯了蜿蜒起伏的红山冈那种壮阔景色，觉得自己在这里真像坐牢。这里比宝莲姨妈家的社交生活要多，可是斯佳丽看不惯上门来的那些客人的架势、习俗和讲究门第的风气，她心里很清楚，他们都认为她父母两家门不当户不对，不明白罗比亚尔家的人怎会嫁给一个刚来美国的爱尔兰人。斯佳丽感到尤拉莉姨妈在她背后替她辩解。这可惹她大发脾气，因为她跟父亲一样都不计较什么门第。她为父亲自豪，因为他全凭自己精明的爱尔兰头脑，赤手空拳挣下一份家业。

嘿，查尔斯顿人竟把苏姆特堡事件的责任都揽在自己身上！老天爷哪，难道他们不明白，如果他们没糊涂得先开火挑起战争，别的傻瓜也会那样干吗？她听惯了佐治亚山地那种干脆的嗓音，听了低地这种慢声慢气，单调呆板的嗓音似乎影响了她的脾气。她觉得要是再听见人家把“巴掌”说成“把儿掌”，把“屋子”说成“窝儿子”，把“不会”说成“不儿会”，把“爸妈”说成“爸啊妈啊”，她就要尖声喊叫了。她非常恼火，有一次正式拜客她竟学她父亲讲了一口土话，害得姨妈暗暗叫苦。后来她就回到塔拉庄园。与其忍受查尔斯顿口音的折磨，还不如忍受回忆阿希礼的痛苦呢。

埃伦正日夜操劳，把塔拉庄园的生产翻上一番以支援南部邦联，看见大女儿从查尔斯顿回来，人又瘦又白，说话刻薄，不由大惊失色。她自己也有过伤心的体会，她天天晚上躺在鼾声大作的杰拉尔德身边，心里净想着有什么法子来减轻斯佳丽的痛苦。查尔斯的姑妈佩蒂帕特小姐几次写信给她，催她让斯佳丽到亚特兰大去长住，埃伦这才头一次认

---

① 布尔沃-利顿(1803—1873)，英国小说家，剧作家。写过一批著名的历史通俗小说，最受欢迎的是《庞贝末日记》(1831)和《里恩齐》(1835)。

真考虑这件事。

佩蒂帕特小姐在信里写道，一幢大房子里只有她和玫兰妮两个人住，“而今亲爱的查理死了，家里也就没有男人保护了。当然，还有我哥哥亨利，可是他不跟我们住在一起。不过也许斯佳丽对你说起过亨利。我信里也不便多写。如果斯佳丽来陪我们，那我和玫荔就会感到轻松得多，安全得多。三个寂寞的女人总比两个强。如果亲爱的斯佳丽能像玫荔这样，到这里的医院中护理我们的勇士，也许可以减轻几分忧愁——啊，当然，我和玫荔都渴望早日见到小乖宝宝……”

于是斯佳丽又在行李箱里装满丧服，带了韦德 · 汉普顿和保姆普莉西，出门到亚特兰大去，脑子里装满了她母亲和黑妈妈对她行为的教诲，口袋里装了她父亲给她的一百块南部邦联的钞票。她并不特别想到亚特兰大去。她认为佩蒂帕特姑妈是最愚蠢的老太太，而且想到要跟阿希礼的妻子住在一起，她就厌恶。可是现在住在县里就要触景生情，无法忍受，换一下环境总是好的吧。

2

第8章

1862年5月，一天早晨斯佳丽乘火车北上，途中她想，尽管她不喜欢佩蒂帕特小姐和玫兰妮，但是亚特兰大总不见得像查尔斯顿和萨凡纳那样讨厌，上回她去亚特兰大还是开战前一年的冬天，她倒真想看看这一阵子那里情况怎么样了。

她对亚特兰大向来比对其他任何城市更感兴趣，因为她小时候父亲告诉过她，亚特兰大正巧跟她同年。等她大了几岁，才明白这话多少有点儿夸张，原来她父亲生就这脾气，只要稍加夸张可以把事情说得活些总爱这样；不过亚特兰大才比她大九岁，跟她听说过的其他任何城市相比，还是显得年轻得出奇。查尔斯顿和萨凡纳自有那份上了年岁的威严，一个城市完全进入第二个世纪了，另一个城市可进入第三个世纪了。在她稚嫩的眼睛里，这两个城市似乎像年迈的奶奶在太阳底下悠然摇扇。而亚特兰大跟她是同一年代，像毛毛躁躁的年轻人那样粗野，像她本人那样轻率、任性。

杰拉尔德告诉她那件事根据的是她和亚特兰大都在同一年命名。在斯佳丽出世前的九年中，这城市先后叫过塔米努斯和马萨斯维尔，一直到斯佳丽出世那年才改称亚特兰大。

当初杰拉尔德刚搬到佐治亚北部来时，根本还没有亚特兰大，连个农村影子都没有，只见那地方一片茫茫荒野。可是到了第二年，也就是1836年，州里批准修建一条通往西北的铁路，经过柴罗基部族新近割让的这块土地。这条计划修建的铁路终点在田纳西州和西部，那是明确无疑的，不过起点设在佐治亚哪儿多少还没定下，直到一年后，有个工程师在红土里打下一根标桩，标定铁路线的南端起点，这才开始有了初名塔米努斯的亚特兰大。

当时佐治亚北部没有铁路，别处也很少。可是就在杰拉尔德跟埃伦结婚前的几年里，塔拉庄园以北二十五英里这块小小的居住地渐渐变成个村子，铁路线才渐渐向北推进。于是兴建铁路的时代正式开始了。从奥古斯塔旧城，修起第二条铁路，横贯本州，向西伸展，同通往田纳西州的新铁路衔接。从萨凡纳旧城，又修起第三条铁路，起初修到佐治亚的心脏梅肯，后来往北经过杰拉尔德住的那个县，通到亚特兰大，跟另外两条铁路衔接，给萨凡纳港口开辟一条通往西部的交通干线。从年轻的亚特兰大这一个枢纽点，又修起第四条铁路通往西南的蒙哥马利[①]和莫比尔[②]。

亚特兰大靠一条铁路起家，一条条铁路发展起来了，它也随之发展。四条铁路线建成以后，亚特兰大就此四通八达，连接西部、南部、太平洋海岸，经奥古斯塔，又连接了北部和东部。亚特兰大从此成为东西南北的要冲，小村子一下子充满了生机。

到斯佳丽十七岁时，短短二十几年中，亚特兰大已经从地里插着的一根标桩发展成为一座一万人口的繁荣小城，竟然是全州瞩目的中心了。那些比较古老、比较幽静的城市往往怀着老母鸡竟然孵出小鸭子来的那股感觉来看待闹哄哄的新兴城市。这地方为什么跟佐治亚其他城市如此不同？为什么发展得这么快？他们想，说到头来，毫不足取——无非是靠几条铁路和一帮闯劲十足的人罢了。

这座先后叫做塔米努斯、马萨斯维尔和亚特兰大的城市的居民是些闯劲十足的人。佐治亚州比较古旧的地区，和比较僻远的几个州里，有些精力充沛、不甘雌伏的人，都被吸引到这个以铁路枢纽站为中心，往四下发展的城市来了。他们抱着满腔热情而来。他们在火车站附近五条交叉的泥泞红土路周围开设店铺。他们在白厅街和华盛顿街上，还在沿着高岗上过去无数代印第安人穿鹿皮靴的脚走惯的一条叫桃树道的小路上，造起精美的住宅。他们对这地方感到自豪，对这地方的发展感

①蒙哥马利，美国亚拉巴马州主要城市，铁路枢纽，1861 年南部邦联定为第一个首都，1865 年被北军攻占。

②莫比尔，美国亚拉巴马州西南部沿海城市，为该州唯一海港。

到自豪，对他们亲手发展了这地方感到自豪。就让那些古旧的城市随便把亚特兰大叫做什么吧。亚特兰大可不在乎。

斯佳丽一向喜欢亚特兰大，其理由恰恰是萨凡纳、奥古斯塔和梅肯这些地方的人指摘亚特兰大的理由。这个城市像她本人一样是个混合体，是佐治亚新与旧的混合体，在这种混合体里，一意孤行、生气勃勃的新事物同旧事物发生冲突，旧的往往屈居下风。这且不说，她对一座城市跟她同年诞生，至少是同年命名，多少感到有点沾亲带故，格外兴奋。

头天晚上还倾盆大雨，谁知斯佳丽到达亚特兰大那天竟然烈日逞威，阳光正毅然企图把那些蜿蜒曲折、成了红泥浆河的街道晒干。车站四周的空地，车水马龙，川流不息，把软绵绵的路面碾啊压的，搅成一个猪打滚的大泥潭，到处都有车辆深深陷在车辙的泥泞里。络绎不绝的军车和救护车赶到列车边装卸给养和伤员，千辛万苦地挤进挤出，把泥浆搞得更混，环境搞得更乱。驾车的咒天骂地，骡子前身陷进泥潭，泥浆溅到几码之外。

斯佳丽站在火车踏级下层，娇弱纤丽的身子穿着黑色丧服，黑面纱几乎飘到脚跟。她犹疑不决，不愿弄脏鞋子和裙边，就在喧闹的大车、轻便马车[①]和四轮马车堆里寻找佩蒂帕特小姐。看来看去看不见那个脸蛋胖嘟嘟、红馥馥的女人的影儿，斯佳丽正找得性急，只见一个精瘦的老黑人，留着一把花白的虬须，一副威严的神气，手里拿着帽子，在泥浆地里向她走来。

“这位是斯佳丽小姐吧？我是彼得，佩蒂小姐的马车夫。别踩到烂泥里，”斯佳丽正撩起裙子，准备下车，他就严厉地吩咐道。“你跟佩蒂小姐一样不像话，她也像孩子般爱踩湿脚。让我来抱你。”

尽管他看上去年迈体弱，还是不费什么事就把斯佳丽抱了起来，一眼看见普莉西怀里抱着小娃娃站在火车月台上，他就停步问：“那丫头

① 轻便马车是一匹马拉的车，只可供一两人乘坐。

是你的保姆吗？斯佳丽小姐，她年纪太小，带不了查尔斯少爷的独生娃娃！不过这事我们回头再说。你这丫头，跟着我，可别把娃娃掉下来。”

斯佳丽乖乖地由着他抱到马车上，还乖乖地忍受彼得大叔批评她和普莉西那副专横态度。他们经过泥浆地时，普莉西就噘着嘴，溅着泥浆，跟在后面，斯佳丽不由想起查尔斯说起彼得大叔的话。

“他跟随父亲参加过墨西哥战争的历次战役，父亲受伤时由他护理——实际上是他救了父亲的命。我和玫兰妮简直就是彼得大叔一手拉扯大的，因为父母去世时我们还很小。当时，佩蒂姑妈同她的哥哥亨利伯伯吵架，所以就来跟我们同住，照顾我们。她这人最没用——就像个可爱的老小孩，彼得大叔就是那样对待她的。她遇事总是死也拿不定主意，彼得大叔只好都替她代劳了。我十五岁的时候是他决定应当增加我的零用钱，亨利伯伯要我在大学里取得学位时，是他坚持我该上哈佛大学念高年级的。玫荔长大成人，可以束发参加舞会的事也是他决定的。碰到天太冷，或是天下雨不能出门，什么时候该围上围巾，也是他说了算……我见过的黑人当中，就数他最聪明，最忠心。唯一的麻烦就是我们三个人从头到脚都归他管着，这点他也明白。”

彼得一登上赶车座，拿起马鞭，她才知道查尔斯这番话果然不错。

“佩蒂小姐不大舒服，才没来接你。她怕你见怪，我就跟她说了，叫她和玫荔小姐别溅上泥浆，弄脏了新衣服，我会跟你讲个情的。斯佳丽小姐，你最好带着娃娃，那个小黑丫头要把娃娃掉下去了。”

斯佳丽看了普莉西一眼，叹了口气。普莉西不是最称职的保姆。前不久普莉西还是个瘦得皮包骨的黑丫头，穿着短裙，盘着小辫，新近高升了，竟穿上印花布长裙，戴上了浆硬的白头巾，这件事真把她美死了。要不是战局危急，军需部门需要向塔拉庄园征收粮秣，埃伦没法让黑妈妈或迪尔西，甚至罗莎和蒂娜脱身，她绝不会这么早就平步青云。普莉西以前从没走出十二棵橡树或塔拉庄园一英里以外，这回既乘上了火车，又升做保姆，她这个小黑脑瓜几乎有些受不了啦。从琼斯博罗到亚特兰大这二十英里旅程叫她兴奋得什么似的，斯佳丽一路上只得自己抱着娃娃。这回，眼见这么多房子和人，普莉西更不像话了。她坐在马车里，身子扭来扭去，指手画脚，又蹦又跳，颠得娃娃号啕大哭。

斯佳丽真想念黑妈妈那胖胖的怀抱。黑妈妈只要抱起孩子，孩子顿时就不哭了。可惜黑妈妈在塔拉庄园，斯佳丽真是毫无办法。她就是从普莉西手里把小韦德抱过来也没用。她抱着他，他还是跟普莉西抱着时一样啼哭。再说，他还要拉她帽子的缎带，不用说，更会弄皱她那身衣服。所以她装作没听见彼得大叔的话。

“娃娃的事也许我早晚会摸到点门道，”马车在车站周围那片泥塘里颠簸摇摆，挣扎出来，这时她烦躁不安地想，“可是要我哄他们玩，我决不干。”韦德的脸哭得发紫了，她才没好声气地喝道：“普莉西，把你兜里那糖奶头给他。只要哄他别哭什么都行。我知道他饿了，可我眼前毫无办法。”

普莉西拿出当天黑妈妈交给她的糖奶头，娃娃顿时不哭了。一下子又安静下来了，斯佳丽眼睛里看到了新景象，精神才又提起来了点。彼得大叔终于把马车赶出了泥坑，上了桃树街，好几个月来她才头一回感到一阵兴趣油然而生。这城市发展得多快啊！上回她到这里来至今还不满一年，她熟悉的那个小亚特兰大似乎不可能改变得这么厉害。

过去一年里，她沉浸在自己的悲痛中，一提起战争就头痛，竟不知道从开战那会儿起，亚特兰大就变了样。和平时期这几条铁路曾使这城市成为商业中心，如今战争时期，这几条铁路又使它成为战略要地了。这城市离开前线远，这里的铁路为南部邦联两支军队提供了联络网，使弗吉尼亚的军队同田纳西和西部的军队有了沟通。亚特兰大还把这两支军队同供应给养的南方腹地衔接起来。如今，为了适应战争需要，亚特兰大又成了生产中心，医院基地，为战场上的军队征集粮食给养的南方主要兵站之一。

斯佳丽寻找她记忆犹新的小镇。可是早不见影儿了。她现在看见的城市就像一个娃娃一夜之间就长成个四肢越伸越长，忙忙碌碌的巨人。

亚特兰大熙熙攘攘，像个蜂窠，它扬扬得意，自知对南部邦联的重要，正日夜不停，忙于把一个农业区转变为工业区。战前马里兰以南只有很少几家棉纺厂、毛纺厂、兵工厂和机械厂——所有的南方人还以此为荣呢。南方出的是政治家、军人、庄园主，以及医生、律师和诗人，可是的确不出工程师和机械师。让北佬去干这些低下的行当吧。可是如今南部邦联的港口遭到北佬炮艇的堵塞，只有零零星星一些货物从欧洲突破封锁线偷偷运进来，因此南方就拼命加紧制造自己的军用物资。北方可以向全世界请求支援物力和兵力，数以万计的爱尔兰人和德国人在北方重金招募的利诱下，纷纷投入了联邦军。南方却只能依靠自己。

在亚特兰大，机械厂拖沓地生产出制造军用物资的机器——说拖沓，是因为南方没什么机器可以仿造，几乎每只齿轮、每只轮牙都得根据从英国偷越封锁线运进来的图纸制造。如今亚特兰大满街都是陌生面孔，一年前市民听到西部口音都会竖起耳朵，如今偷越封锁线来制造机器，生产南部邦联军需品的欧洲人说外国话，他们听到了也见怪不怪了。这些人都是技术人员，没有他们，南部邦联要制造手枪、步枪、大炮和火药谈何容易。

工厂日夜开工，源源不断把军用物资沿着铁路干线输送到两条战线上去，你几乎摸得到城市心脏的搏动。列车随时轰隆隆地进进出出。新盖工厂的煤灰纷纷洒落在雪白的房屋上。夜里，市民早已入睡，可是高炉还是烧得通红，铁锤还是当当直响。一年前的空地现在成了工厂，生产出挽具、马鞍和靴子，军需工厂制造出步枪和大炮，轧钢厂和铸铁厂生产出铁轨、货车来替换给北佬炸毁的那些，还有各种工业部门制造出靴刺、马嚼子、带扣、帐篷、钮扣、手枪和刀剑。铸铁厂已经开始感到生铁原料短缺，因为偷越封锁线运来的原料很少，可以说没有，矿工都上了前线，亚拉巴马州的铁矿几乎停了工。亚特兰大的草坪上再也看不见铁栅栏、铁凉亭和大铁门了，连铁像也不见了，因为这些早就给送到轧钢厂的熔炉里回炉了。

桃树街和附近街道一带，沿街全是五花八门的军事部门的总部，有军需部、通讯部、军邮部、铁道运输部、宪兵司令部，每个部门都挤满了穿军装的人。郊外是新马补给站，那里的大畜栏里净是成群的骡马在打转，小巷一带都是医院。彼得大叔把这些讲给她们听，斯佳丽就感到亚特兰大一定成了伤兵城，因为这里有无数综合医院①、传染病医院和疗养院。列车每天开到五角场以南就吐出更多的伤病员。

小镇早已不见了，迅速发展的城市干劲无穷无尽，熙熙攘攘，一派生气勃勃的气象。斯佳丽刚离开田园的悠闲和宁静，眼看到处都是匆匆忙忙，几乎透不过气来，可是她喜欢这儿。这地方有种鼓舞人心的气氛，让她打起精神。仿佛她竟然能感到加速跳动的城市心脏的脉搏和她的脉搏正合拍。

他们的马车费力地慢慢穿过城里主要街道的泥坑，她趁此兴致勃勃地留意着新建筑和新面貌。人行道上挤满了穿军装的人，佩戴着各种军阶和各个服役部门的肩章；狭窄的街道塞满了车辆——四轮马车、轻便马车、救护车、有篷的军用大车，骡子在车辙间挣扎前进时，粗俗的马车夫恶声咒骂着；身穿灰色军装的信使在街上横冲直闯，弄得泥浆四溅，在各总部之间传递命令和电讯；康复的伤员拄着拐棍一瘸一拐地走着，通常一边都有一个忧心忡忡的女人搀扶着；操练场上传来了号声、鼓声和口令声，招募来的人员就在那里训练成士兵；有一队垂头丧气，身穿蓝军装的人，正给一班上了刺刀的南部邦联士兵押送到车站去，准备用火车运到俘虏营去，彼得大叔用马鞭对这队人一指，斯佳丽头一回见到北佬的军装，吓得一颗心都跳到嗓子眼里了。

“哦，”斯佳丽想，自从烤肉野宴那天以来，她还是头一回感到真正的喜悦呢。“我会喜欢这里的！这里真活跃，真带劲！”

其实城里的活跃她还没了解到呢，因为新开了几十家酒吧；随着军队而来的妓女挤满了街头，妓院里莺莺燕燕，教徒看了大惊失色。每家旅馆，公寓和私人住宅都住满了客人，他们都是来看亚特兰大几家大医院里的亲属伤员的。每星期都有宴会、舞会和义卖会，还有数不清的战时婚礼，休假期间的新郎穿着漂亮的灰军装，缀着金色穗带，新娘穿着

① 此处指收容野战医院送来的伤病员的医院。

偷越封锁线运进来的华丽时装，礼堂的通道上刀剑交叉，宾主用偷越封锁线运来的香槟祝酒，还有涕泪纵横的告别。每天晚上，沿途树木成行的阴暗街道都响起了一片舞步声，客厅里丁丁当当的钢琴声，伴随着女高音和作客的士兵的嗓音，唱着《军号吹起停战号》和《来信虽到惜已迟》那些动听的伤感歌曲——一向不识真正愁滋味的人听了这些哀怨的民歌都会一掬同情之泪。

他们的马车顺着大街，穿越凹陷的泥坑，一路行进。斯佳丽滔滔不绝提了好多问题，彼得都一一作答，还用马鞭指指点点，炫耀他的学问。

“那是兵工厂。是啊，小姐，厂里做枪炮啊什么的。不，小姐，那儿不是店铺，那是封锁线办公室。天哪，斯佳丽小姐，难道你不知道封锁线办公室是什么地方吗？那是外国佬的办公室，他们买我们南部邦联的棉花，装上船从查尔斯顿和威尔明顿①出口，再把火药装上船，运来给我们。不，小姐，我不清楚是哪国人。佩蒂小姐她说是英国人，但谁也听不懂他们说什么话。是，小姐，这浓烟和煤灰把佩蒂小姐的绸帘子都弄脏了。都是从铸铁厂和轧钢厂吹来的。厂里到了晚上声音可闹呢！闹得谁都睡不着。不，小姐，我不能停下来让你四处看看。我向佩蒂小姐保证过要把你一直送回家……斯佳丽小姐，你回个礼啊。梅里韦瑟小姐和艾尔辛小姐在向你点头打招呼呢。”

斯佳丽隐约记得从亚特兰大到塔拉庄园去参加她婚礼的两位太太是这两个姓，她还记得她们是佩蒂帕特小姐的好朋友。所以她赶快顺着彼得指点的方向点点头。那两位正坐在绸缎店外面一辆马车里。掌柜的和两名伙计站在人行道上，手里抱着几匹棉布给她们看。梅里韦瑟太太是个高大肥壮的女人，胸衣裹得紧紧的，胸部像船头那样鼓出来。她那头铁灰色的发丝靠一绺卷曲的假刘海装点门面，假刘海是棕色的，挺神气，同铁灰色的头发极不相称。她的脸蛋圆滚滚的，浓妆艳抹，貌似

---

①威尔明顿，美国北卡罗来纳州东南部港口城市，1865年前为南部邦联偷越封锁线船只的主要进出口岸。

和善，却很精明，惯于颐指气使。艾尔辛太太年纪稍轻，是个瘦弱的女人，当年也是个美人儿，至今风韵犹存，还有一副孤芳自赏的神气。

这两位太太同另一位惠丁太太是亚特兰大的台柱。她们分别掌管各人所属的三个教会，包括牧师、唱诗班和教区居民。她们筹办义卖会，主持妇女义务缝纫会①，她们在舞会和野餐会上监护少女，她们知道谁婚姻美满，谁不美满，谁偷偷喝酒，谁要生孩子了，几时生。凡是佐治亚、南卡罗来纳和弗吉尼亚这三州里的重要人物的家谱，她们都了如指掌，别州的人她们就不去操这份心了，因为她们认为除了这三州之外，别州都不出重要人物。她们知道什么是举止端庄得体，什么不是，她们有意见绝不会闷在肚子里不让人知道——梅里韦瑟太太总是大声疾呼，艾尔辛太太总是斯斯文文，慢慢吞吞，越说越轻，惠丁太太则是神情痛苦，悄声细气，表示她实在不愿意说起这类事。这三位太太彼此心存芥蒂，互相猜忌，完全像古罗马前三执政②一样，但她们三位大概出于同样原因又紧密结成一伙。

“我跟佩蒂说过，我医院里必须请你去帮忙，”梅里韦瑟太太满面笑容喊着说。“你可别答应米德太太或惠丁太太啊！”

“我不会的，”斯佳丽说，她不明白梅里韦瑟太太在说些什么，不过既然受到欢迎，有人需要，心里还是感到热呼呼的。“希望不久能再见到你。”

马车在泥泞中又跋涉了一阵子，路上遇到两位太太抱着两筐绷带，小心翼翼踩在垫脚石上，穿过危险的泥泞街道，马车就暂时停下来让路。就在这工夫，斯佳丽的眼光注意到人行道上有个身影，穿着色彩鲜艳的衣服——上街穿简直太鲜艳了——外面披着一条拖到脚跟的有流苏的苏格兰佩斯利披巾③。她回过头去，只见一个身材颀长的漂亮女人，脸色旁若无人，一头浓密的红发，太红了，不像真的。这是她头一

---

① 指定期集会为教会或慈善事业义务缝纫的妇女组织。
② 指庞贝、恺撒和克拉苏。
③ 苏格兰佩斯利生产的一种细毛披巾。

回见到准是在“头发上下过功夫”的女人，她留神看着人家，不由着了迷。

“彼得大叔，那是谁？”她悄声问。

“我不知道。”

“我敢说，你一定知道的。她是谁？”

“她叫贝尔·沃特林，”彼得大叔说，他噘起了下唇。

斯佳丽一下子就听出他光说了姓名，却没加上“小姐”或“太太”这类称呼。

“她是什么人？”

“斯佳丽小姐，”彼得略带威胁的口气说，用鞭子抽了一下受惊的马。“佩蒂小姐可不喜欢你问些跟你不相干的事情。那是城里的贱货，不值一提。”

“天哪！”斯佳丽暗想，她给训得一声不吭。“那准是个坏女人！”

她以前从没见过一个坏女人，她扭着头，目送那人的背影消失在人群中。

现在离开店铺和战时新盖的楼房越来越远了，中间还隔着一大片一大片空地。最后商业区落在后面了，住宅区映入了眼帘。斯佳丽如逢故友，一一辨认出来。莱登家的住宅气派雄伟庄严；邦尼尔家的住宅有小小的白柱子，绿油油的百叶窗；麦克卢尔家是幽深的佐治亚式红砖房，外面栽着矮矮的黄杨树篱。现在马车越走越慢了，因为门廊上、花园里、人行道上，到处都有太太小姐招呼她。有些人她稍微有点认识，有些人她隐隐有点记得，但多半人她完全不认识。佩蒂帕特肯定把她来这里的消息到处传播了。她只好一次次把小韦德高高举起，让那些敢于走到泥浆地里自家停车台上的女人对着孩子欢呼。她们都大声叫她务必加入她们的妇女义务编结缝纫会和她们的医院护理会，不要加入别家的，她都胡乱一一答应人家。

马车经过一幢格式凌乱、装着绿色护墙板的房子，一个守在屋前台阶上的小黑妞儿叫道，“她来了，”说着米德大夫和他太太，还有十三岁的小菲尔就出来了，一边跟她打招呼。斯佳丽记得他们也参加过她的婚礼。米德太太登上她家的停车台，伸长脖子想看看娃娃，可是大夫竟然不顾泥泞，踏着泥浆，走到马车边。他身材瘦长，蓄着铁灰色的翘胡子，他的衣服挂在瘦削的身子上，像给一阵暴风刮到身上似的。全亚特兰大都把他看成一切力量和智慧的源泉，难怪他多少博得大家的信任。不过尽管他说起话来深奥玄妙，态度也有点自负，为人在城里也算得上个好好先生。

大夫跟斯佳丽握了手，在韦德肚子上捅一下，恭维了一番，就声称佩蒂帕特姑妈已经发誓保证叫斯佳丽只加入米德太太的医院护理会和卷绷带会，其他的一概不加入。

“啊呀，可我已经答应了不知多少位太太了！”斯佳丽说。

“我敢说，准是梅里韦瑟太太！”米德太太愤愤不平叫道。“那鬼婆娘！我相信每次列车一到她都去接人！”

“因为我一点也搞不清这是怎么回事，才答应的，”斯佳丽老实承认说。“医院护理会到底是什么呀？”

大夫和他太太对她的无知略略有点吃惊。

“不过，你一向隐居在乡下，当然不知道，”米德太太替她圆场说。“我们在各个医院都有日子长短不一的护理会。我们护理伤员，帮助大夫，做绷带，做衣服，等到伤员康复出院，我们就带他们到我们家里调养，养好了就可以回到部队里去。我们还照顾有些贫苦伤员的妻儿老小——是啊，真是贫苦不堪。米德大夫就在我那个会所工作的慈善医院里，人人都说他工作出色，而且——”

“得了，得了，米德太太，”大夫爱怜地说。“别当着外人的面替我瞎吹了。都是你不肯让我参加军队，我可以做的工作实在少得可怜。”

“不肯让！”她愤愤不平叫道。“我？是全城百姓不肯让你去，这你也知道。嗐，斯佳丽，人家一听说他打算到弗吉尼亚去当军医，所有的妇女都在一份请愿书上签名要求他留下。当然啰，全城百姓哪儿少得了你啊。”

“得了，得了，米德太太，”大夫听了这番吹捧明明心里挺舒服。

“我们有个儿子在前线了，暂时也许够了吧。”

“我明年也要去！”小菲尔叫道，一边欢蹦乱跳。“当个小鼓手。我现在学会怎么打鼓了。你要听听吗？我这就跑去拿鼓。”

“别，现在别去，”米德太太把他拉到身边说，脸上突然露出紧张的神色。“明年可不行，宝贝。到了后年再说吧。”

“可到了那时仗早打完了！”他从她身边挣脱，使着性子叫道。“你答应过我的！”

老两口的眼光在孩子头上相遇，斯佳丽看出了这眼色。达西·米德在弗吉尼亚，所以父母对留在身边的这个小儿子更抓住不放了。

彼得大叔清了清嗓子。

“我出来那会儿佩蒂小姐正不舒服，我要是不赶快回去，她就要昏倒了。”

“回头见吧，今天下午我就到你那儿去。”米德太太叫着说。“你跟佩蒂说，如果你不加入我那个会，她就要更不舒服了。”

马车顺着泥泞道路滑行，斯佳丽身子倚着靠垫，莞尔一笑。她现在感到好些了，有好几个月没感到这么样了。亚特兰大人头济济，来去匆匆，蕴藏着一股充满活力的刺激，非常有趣，非常令人振奋，比远在查尔斯顿郊外寂寞的庄园里要美得多了，那里只有鳄鱼的吼叫打破黑夜的沉寂；而且比查尔斯顿本身还漂亮，那里只能在高高围墙后面的花园里做梦；也比萨凡纳漂亮，那里虽有沿途栽着棕榈树的宽阔街道，可旁边却是泥浆河。是啊，尽管塔拉庄园很可爱，但这里看上去一时竟比塔拉庄园还要漂亮。

这个城市坐落在连绵起伏的红色山峦间，街道狭窄泥泞，有股令人激动的劲儿，淳厚朴实，她母亲埃伦和黑妈妈虽然把她教养得外表优雅，但她骨子里也是同样淳厚朴实，所以一拍即合。她一下子感到这里才合她口味，安宁幽静的古城，黄泥河畔的沼地可不合她的口味。

现在马车离开居民住宅越来越远了，斯佳丽探出身去，看见了佩蒂帕特小姐住宅的红砖墙和石板屋顶。这幢房子几乎是本城北边最后一幢了。房子那边，桃树街在大树底下变得越来越窄，弯弯曲曲，到了浓密幽静的树林里就看不见了。整齐的木板条栅栏新近刚漆成白色，栅栏里面的前院星星点点开着当令的最后一批黄水仙。前门台阶上站着两个穿黑衣服的女人，后面站着一个高大的黄皮肤女人，两手抄在围裙下，咧大嘴笑着，露出一口雪白的牙齿。胖墩墩的佩蒂帕特小姐正激动地颠动一双小脚，一手按着丰满的胸部，想把扑扑乱跳的心按住。斯佳丽看见玫兰妮站在她身边，顿时心里泛起一阵厌恶，她感到在亚特兰大最杀风景的就是看到这个身穿丧服的娇小女人，她那头蓬乱的黑鬈发梳得光溜溜，俨然少妇气派，那张瓜子脸漾出欢迎和高兴的可爱笑容。

南方人费神打点行李，出门到二十英里外去作客的话，往往一住就是个把月，通常还要长得多。南方人作客跟做东同样热心，亲戚间走动，来过圣诞节，一直住到来年七月也不稀奇。新婚夫妇通常出外蜜月旅行，碰上一份相处得好的人家，往往要住到第二个孩子出世才回去。上了年纪的姑妈姑爹星期天来吃饭，往往一吃就赖到多年后入土为安。家里来几个客人是不成问题的，因为屋子宽敞，奴仆成群，在那片物产丰富的土地上，多添几张嘴吃饭真是小事一桩。男女老少都去作客，有度蜜月的新婚夫妇，有炫耀新生婴儿的年轻母亲，有康复伤员，有丧失亲人的，还有些姑娘，有的是婚姻不顺遂、父母急于要把她们打发出去避避风，有的是到了危险年龄还没有订亲、父母希望她们到别的地方靠亲戚指引、物色到称心夫婿。南方生活一向优哉游哉，来了客人就增添了兴奋劲儿，多出些花样，因此他们总是受欢迎的。

所以斯佳丽来到亚特兰大，自己也不知道要待多久。如果她此行同上回在萨凡纳和查尔斯顿一样乏味，那她过一个月就回家。如果她住得愉快，那就一直住下去没个底。不过她人刚到，佩蒂姑妈和玫兰妮就开始游说她永远跟她们住在一起。她们提出种种理由。她们要她留下是为了她本人，因为她们爱她。她们寂寞，住在深院大宅里，夜里常常心惊胆战，她很勇敢，可以给她们壮壮胆。她很可爱，可以让她们在悲痛中有些安慰。查尔斯既然死了，她和她儿子就该跟他的亲属住在一起。再说，根据查尔斯的遗嘱，房子有一半现在归她了。最后一点，南部邦联正需要人手缝纫、编结、卷卷绷带和护理伤员。

查尔斯的伯伯亨利·汉密顿，就住在车站附近亚特兰大旅馆里，过着光棍生活，他竟也认真跟她谈起这事。亨利伯伯是个身材矮胖、大腹便便、性情暴躁的老先生，一张红润的脸，满头蓬乱的银丝长发，最看不得女人家胆怯怕事、摆出一副丧气样儿。正是为了这一原因，他跟他妹妹佩蒂帕特关系一直不好。从小时候起，兄妹俩的脾气就水火不相容，后来他看到她把查尔斯教养成那模样，竟“把一个军人子弟教得十足娘娘腔！”，就越发疏远了。好几年前，他对她大事羞辱，因此她现在对他绝口不提，要说也只是小心谨慎，悄悄说两句，而且还讳莫如深，陌生人听了还以为这个诚实的老律师至少是个杀人犯呢。原来当初是这么回事，他是她财产的保管人，有一天佩蒂想要从自己名下支取五百美元，投资到一个子虚乌有的金矿去。他拒绝支付，还大发雷霆，声称她毫无见识，而且跟她缠上五分钟就叫他烦躁不安。从那天起，她只是按月由彼得大叔驾车送她到他事务所领取家用钱，才正式见他一面。匆匆见面之后，佩蒂总是掉着眼泪，吸着嗅盐，在床上躺个大半天。玫兰妮和查尔斯同他们的伯伯关系一向很好，经常提出要帮佩蒂摆脱这种折磨，可是她总是耍孩子脾气，抿紧嘴，不答应。亨利是她的磨难，她一定得忍着。查尔斯和玫兰妮只能推断她从这种难得的刺激中感到其乐无穷，这是她寄人篱下的生活中唯一刺激了。

亨利伯伯一见斯佳丽就喜欢上她了。他说，因为他看得出来尽管她装出一副糊涂相，她还是有点儿头脑的。他不仅是佩蒂和玫兰妮财产的保管人，而且还是查尔斯留给斯佳丽那部分遗产的保管人。斯佳丽现在成了富家少奶奶自然喜出望外，因为查尔斯不仅留给她佩蒂姑妈的半幢住宅，还有农田和城里的地产。再说车站附近沿铁路线一带的商店和仓库也是她继承的一部分遗产，自从开战以来，价值已涨了三倍。亨利伯伯向她报地产的账目时，顺便提出要她在亚特兰大长住的事。

“等到韦德·汉普顿成年，他就成为一个阔少爷了，”他说。“看亚特兰大发展的趋势，过二十年他的地产价值会翻个十倍，应当让这孩子在他产业所在地长大才对，这样他才可以学会照管产业——对了，还有佩蒂的和玫兰妮的，将来也要他照管。不久他就是汉密顿家的唯一男人，因为我可不会长命百岁。”

至于彼得大叔，他也认为斯佳丽理所当然是来住下的。查尔斯的独生子在他照料不到的地方长大，对他来说是无法想象的。斯佳丽听了这种种理由只是笑而不答，现在还不知道自己在亚特兰大是不是住得惯，跟夫家的人朝夕相处是不是合得来，她可不愿意随便许愿。她也知道总还得说服自己的父母。再说，如今她离开了塔拉庄园，反而想念得厉害，想念那些红土地，想念长出绿芽的棉苗，想念薄暮时分的美妙寂静。她这才头一回隐隐体会到父亲说过她生来就热爱土地这话的意思。

这样，人家问起她作客期限，她就得体地暂时回避作出明确答复，一下子在桃树街僻静街头那幢红砖墙屋子里悄悄过起日子来了。

斯佳丽现在跟查尔斯的骨肉至亲一起生活，又亲眼看到他出生的家，对这个瞬息间就把她接连变成妻子、寡妇和母亲的小伙子总算比较了解了。他当初如此腼腆，如此单纯，如此充满理想的原因也不难明白了。如果说查尔斯曾经继承了少许他父亲那份严厉、无畏、暴躁的军人气质，那么由于小时候生长在那种脂粉气中，也早给冲刷掉了。他对孩子气的佩蒂一片真心，对玫兰妮也一向亲逾手足，偏偏这两个女人最为温柔娇弱，不懂世故，简直天下难找。

佩蒂帕特姑妈六十年前曾取名为莎拉·琪恩·汉密顿，可是很早以前，那位溺爱女儿的父亲看见她那双小脚片刻不宁，走起路来步伐轻快，噼特啪嗒，就给她取了这个像音的奶名，从此就叫定了，没人再叫她别的名字。改名后多少年以来，她经历了不少变化，这个爱称实在也不相称了。当年那个跳跳蹦蹦、行动飞快的小妞儿，如今只有两只小脚还没变，但跟体重已经不配了，而且变得净爱唠叨，信口瞎扯。她身材矮胖，脸色红润，一头银发，花边胸衣绷得过紧，老是有点上气不接下气。一双小脚硬穿上过紧的鞋子连一个街区也走不了。她碰到有什么激动的事，一颗心就七上八下，她也不害臊，听任发作，稍有气恼的事就晕过去。人人都知道她的昏厥一般只是娇贵女人装腔作势而已，不过大家都很喜欢她，没人这么说她。人人都喜欢她，当她孩子似的惯坏了，都不愿跟她认真——只有她哥哥亨利除外。

她最喜欢的事莫过于闲聊了，甚至比吃吃喝喝更喜欢，她扯起别人的事来，一扯就是好几个钟头，完全出于好心，丝毫不怀恶意。她记不住人名、地名或日期，常常把亚特兰大一出戏里的演员跟另一出戏里的演员搅错，但没人上当，因为谁也没糊涂得拿她说的话当真。谁也没跟她讲过真正耸人听闻或惊世骇俗的事，即使她年已花甲，她的老处女身份也必须受到保护，她的朋友出于好心都串通一气，始终把她当成个受人保护，受人疼爱的老小孩。

玫兰妮有好多地方都像她姑妈。也是这么怕羞，这么突然一下子脸红，这么端庄。不过她倒真有见识——“我得承认，勉强说得上有点见识，”斯佳丽心里老大不情愿地想道。玫兰妮也像佩蒂姑妈一样，生就一张受人保护的孩儿脸，除了纯朴、仁慈、真实和爱以外，什么都不知道，也从来不曾见到过粗暴和罪恶，即使见到也认不出。因为她一向快乐，她愿意叫周围的人都快乐，至少，也要感到满意。因此，她始终看到人家的长处，好心地谈论人家的长处。仆人再笨，她也找得出人家忠心和厚道的可取之处；姑娘再丑，再不讨人喜欢，她也看得出人家神态优雅，性格高尚的长处；男人再卑鄙，再讨厌，她也不根据人家的现状来看，而是根据人家变好的可能来看。

正因为她这些美德都是胸怀宽大的真心自然流露，所以人人都围着她转，人家做梦也想不到自己身上有什么优点，她倒发现了，那谁还抵挡得了她这份魅力啊？城里人谁也没她这么多女朋友，也没她这么多男朋友，然而向她献殷勤的人很少，因为她缺乏笼络男人心的这种自私和任性。

说起来玫兰妮的所作所为只不过是遵循所有南方姑娘受的闺训罢了——就是要使身边那些人感到舒服和满意。南方社会搞得这么融洽，正是这种和衷共济的女性之功。女人知道凡是在一个地方，男人感到称心如意，毫无抵触，不伤面子，保住虚荣，那么这个地方大概也是适宜女人生活的大好地方。所以，女人从出世到入土都竭力讨好男人，男人心满意足了，对女人也就殷勤备至，爱慕有加。其实，天底下什么东西男人都舍得给女人，就是容不得女人有见识。斯佳丽跟玫兰妮施展的是同样的魅力，不过她的手腕高超，技巧娴熟。两个人的不同在于事实上玫兰妮说客气话和奉承话是存心叫人高兴，即使一时高兴也好，而斯佳丽只有在为了进一步达到自己的目的才肯说。

查尔斯并没有从他最心爱的这两个人身上受到过一点使他坚强的影响，他一点也不懂得粗暴和现实，他从小生长的这个家简直是个安乐窝。同塔拉庄园相比，这里真是一个幽静、文雅的老式家庭。在斯佳丽眼里，这屋子少的就是白兰地、烟草和望加锡发油①这些代表男性的气味，少的就是粗哑的嗓音，不时听到的咒骂，以及枪支、络腮胡子、马鞍、缰辔和碍手碍脚的猎狗。她真想念吵架的声音，只要母亲一转身，塔拉庄园老是听得到人家吵架，黑妈妈同波克拌嘴，罗莎同蒂娜斗嘴，她自己跟苏埃伦吵翻了天，父亲叫骂恫吓。查尔斯出身于这么个家庭，怪不得成了个娘娘腔的男人。在这儿，从来没有激动的事进门，从来没人提高嗓门，人人都温顺地听从别人意见，弄到头来，厨房里那个花白胡子的黑霸王就一意孤行了。斯佳丽原指望逃脱了黑妈妈的监督，可以少受些约束，伤心的是竟发现彼得大叔一套闺训比黑妈妈的还要严格，对查尔斯少爷的遗孀尤其严格。

在这么一份人家里，斯佳丽终于复原了，几乎不知不觉的，精神就正常了。她才十七岁，身体健康，精力充沛，查尔斯家里的人都尽力让她快乐。如果他们有点力不从心，那也不是他们的过错，因为每逢有人提起阿希礼的名字，她心头就怦怦跳动，痛苦一阵，这份痛苦谁也没法替她去除。而玫兰妮偏偏经常提起这名字！不过玫兰妮和佩蒂总以为她受着新寡痛苦的折磨，还一直不知疲倦地想方设法安慰她。她们为了替她解闷，把自己的烦恼抛在一边。对她的饮食，她午睡的时间，坐马车出游的时间，她们无不一一亲自过问。对她的勇敢精神，她的身段，纤巧的手脚，雪白的皮肤，不但大为赞赏，而且经常赞不绝口，一面说，一面还抚摸她，拥抱她，亲吻她，以示倍加亲热。

---

①望加锡发油是一种植物性发油，是印度尼西亚望加锡地方特产。

斯佳丽对这种爱抚并不稀罕，听到这些恭维，心里倒挺舒服。塔拉庄园可谁也没对她说过那么多动听的话。事实上，黑妈妈还时常对她的骄气大泼凉水呢。小韦德不再是个累赘了，因为一家子不管白人黑人，还有四邻八舍，都把他当宝贝，为了抢着抱他，大家还一直争论不休。玫兰妮特别疼他。哪怕他尖声叫喊，大发脾气，玫兰妮还是认为他非常可爱，嘴里这么说着，还加上一句道，“唉，你这个心肝宝贝儿啊！但愿你是我生的就好了！”

有时候斯佳丽觉得实在难以掩饰自己的心情，因为她仍然认为佩蒂姑妈是最蠢的老小姐，看见她那副神不守舍的丧气样儿，就气得受不了。她不喜欢玫兰妮，这种醋意的憎恶一天比一天深。有时玫兰妮说起阿希礼，或是大声念着他的来信，不免得意洋洋，眉飞色舞，她就只得突然走出屋子。不过，总的说来，在这种情况下，日子也过得够快乐的了。亚特兰大比起萨凡纳、查尔斯顿或塔拉庄园可有趣得多，这里有这么多新奇的战时工作，她简直没什么时间去想心事或生闷气。不过，有时，当她吹灭了蜡烛，脑袋贴在枕头上，就不免叹气，暗想道，“阿希礼要是没结婚该多好啊！我用不着在那个要命的医院做看护该多好啊！唉，能有几个人向我献殷勤该多好啊！”

她一下子就对护理工作厌烦了，可她又推不开这担子，因为米德太太和梅里韦瑟太太两个人的护理会她都有分。那就是说一星期倒有四天上午要泡在闷热难熬，臭气熏天的医院里，头发束起来用块毛巾裹住，一条热烘烘的围裙从脖子围到脚跟。亚特兰大每个妇女，老老少少都做看护，而且是满腔热情地干，在斯佳丽看来简直是种狂热。她们认为她理应受到她们自己那股爱国热情的感染，要是知道她对战争的兴趣多么淡薄，准会大吃一惊。除了心里老是担心阿希礼可能会送命之外，战争对她根本毫不相干，她做看护只是因为自己不知怎么摆脱才好。

护理工作的确一点都不浪漫。对她来说，无非是跟呻吟、胡话、死亡和臭气打交道。医院里住满了肮脏的伤员，长着络腮胡子，浑身虱子，臭味扑鼻，身上的伤口可怕之极，文明人见了都要恶心。医院里还有一股坏疽的恶臭，还没进门这股恶臭早就钻进鼻孔里，一股万分难闻的臭味沾在她手上和发际，在她睡梦里作祟。密密麻麻的苍蝇、蚊蚋在病房里嗡嗡叫着，来回盘旋，把伤员折磨得骂的骂，哭的哭；斯佳丽一面搔着挨蚊子叮的痒处，一面替伤员摇着芭蕉扇，摇得两肩酸痛，巴不得这些伤员都死掉才好。

可是，玫兰妮似乎并不在乎这些臭气、伤口或赤身露体，斯佳丽想想也奇怪，一个最胆小、最羞怯的女人竟然对此不在乎。有时米德大夫为伤员去除腐肉时，玫兰妮端着盆子和器械，脸色总是煞白。有一回，做过这种手术后，斯佳丽看见她到放床单的小间里偷偷呕在毛巾里。但只要在伤员看得见她的地方，她总是态度温柔，满怀同情，一团高兴，医院里的伤员都管她叫慈悲天使。斯佳丽本来也愿意有这个称号，可是这势必要接触满身虱子的伤员，手指伸进失去知觉的病人喉咙里，看看他们是不是咽下烟草块鲠住了，还要包扎断肢，还要在化脓的腐肉中挖出蛆来。不，她才不喜欢护理工作呢！

如果允许她对康复伤员施展魅力，倒还受得了，因为有不少人挺招人喜欢，而且出身名门，不过她是寡妇身份，偏偏不能这么做。城里的小姐是不允许做护理工作的，因为生怕她们这些处女看见不宜入目的东西，她们就专门照管康复伤员。斯佳丽忧伤地看到她们既未婚配，又非寡妇，不受约束，可以对康复伤员大举进攻，甚至其貌不扬的姑娘都不费吹灰之力就订了亲。

除了跟病危或重伤的男人接触之外，斯佳丽的天地是一个完全女性化的天地，这点使她很苦恼，因为她对同性既不喜欢又不信任，更糟糕的是，她始终讨厌她们。不过，一星期倒有三个下午她得去参加玫兰妮那些朋友的缝纫会和卷绷带会。在这些场合，凡是认识查尔斯的姑娘对她都很客气，很关心，尤其是芳妮·艾尔辛和梅贝尔·梅里韦瑟，这两位城里富孀的千金。不过她们待她很恭敬，仿佛她人老珠黄了，她们经常闲扯着舞会啊，情人啊，叫她听了又妒又恨，妒的是人家过得快乐，恨的是自己身为寡妇不能参加这些活动！哎呀，她比芳妮和梅贝尔何止漂亮三倍啊！唉，人生多么不公平！大家都当她的心已经死了，其实根本就没死，这多不公平啊！她的心在弗吉尼亚的阿希礼身上呢！

可是尽管有那些不称心的事，亚特兰大还是使她非常满意的。不知不觉过了一星期又一星期，她在这里作客的时间也越拖越长了。

第9章

仲夏的一天早晨，斯佳丽坐在卧室窗口，忧伤地望着大车和马车，满载姑娘、士兵和陪伴，兴高采烈地顺着桃树街驶去，为当天晚上筹款资助医院的义卖会上林子里寻找装饰品。那条红土路上光影交错，阳光洒在林荫下，不少马蹄扬起了一小片一小片的红色尘烟。一辆大车在前开路，载着四个壮实的黑人，拿着斧子去砍冬青树枝和耙下藤蔓，大车后面高高堆着覆上餐巾的有盖提篮和橡木条篓筐，里面都装着便餐，还堆着十几个西瓜。有两个黑汉子随身带着班卓琴和口琴，他们正在演奏《如果你要逍遥，快加入骑兵队》的改编曲，曲调活泼有力。这两个人后面浩浩荡荡走着大队欢天喜地的人马，姑娘穿着凉爽的印花布衣服，披着薄披肩，戴着帽子和手套保护皮肤，打着小阳伞遮住头；沿路上一片笑声，马车和马车之间大家互相叫唤和打趣，老太太夹在当中也心平气和，眉开眼笑；医院里的康复伤员夹在矮胖的陪伴和苗条的姑娘当中，大家手忙脚乱，对他们照顾得无微不至；骑在马上的军官慢条斯理，磨磨蹭蹭，在马车边随行——车轮叽叽嘎嘎，靴刺丁丁当当，金穗带一闪一闪，小阳伞不时跳动，扇子簌簌挥摇，黑人纵情歌唱。人人都乘坐马车顺着桃树街驶去，去采摘绿叶，去野餐，去分西瓜吃。除了我，人人都去了，斯佳丽愁眉苦脸地想。

这一行路过时都向她挥手打招呼，她也竭力欣然回礼，可是真难哪。她心头突然感到有点难以忍受的痛苦慢慢升到喉头就哽住了，一下子化成了眼泪。除了我，人人都去野餐了。除了我，今晚人人都去义卖会和舞会了。这里的人人就是说除了她和佩蒂帕特、玫荔，还有城里其他居丧的不幸女人。可是玫荔和佩蒂帕特似乎并不在意。她们连想都没想到要去。斯佳丽可想到过。她真的想要去，很想很想。

这简直不公平。她为了准备义卖会的货物，比城里哪个姑娘都加倍卖过力。她编织过袜子、娃娃帽、羊毛披肩、围脖，还钩编过好多码花边，还在许多瓷器的毛发盘和胡须杯[1]上画过画。她还绣过六个沙发枕套，上面绣有南部邦联旗帜[2]。旗上的星星固然绣得有点不匀称，有几颗几乎绣成圆的，其他几颗有六七个尖儿，可是看上去还不错。昨天她还在民兵训练中心一间满是尘土的旧车棚里，给沿墙摆设的货摊上悬挂黄、绿、粉红的三色粗纱彩旗，忙得筋疲力尽呢。受着妇女医院护理会的监督，这真是件苦差使，而且毫无乐趣可言。跟着梅里韦瑟太太、艾尔辛太太和惠丁太太转，给她们当成一个黑奴般使唤，真没趣。而且还得听着她们吹嘘她们的女儿人缘多么好。最最糟糕的是，她帮助佩蒂帕特和厨娘做抽签出售的多层奶油蛋糕时手指还烫起两个水泡呢。

谁知像个黑奴般的辛苦了一场之后，刚刚开始有玩乐，她就不得不知趣退避了。唉，她死了丈夫，隔壁房里又有个娃娃在啼哭，她就活该不得享受一切乐趣，这真不公平啊。就在一年多一点以前，她还在跳舞，还穿着花花绿绿的衣裳，不是这身深色的丧服，实际上还有三个男孩子同她私订终身呢。她现在才十七岁，还有好多好多场舞等着她去跳。唉，这真不公平！生活就在她眼前过去了，顺着那条炎夏的林荫路过去了——生活随着灰色的军装，丁当响的靴刺，印花蝉翼纱衣服，还有班卓琴的琴声在她眼前过去了。她对自己熟悉的男人，自己在医院里护理过的人，尽力别笑得太热情，也别把手招得太起劲，可是要不露出酒窝可真难，明明心没死，却要摆出一副心如死水的样子也难啊。

佩蒂帕特爬上楼梯，照例爬得气喘吁吁的，一头闯进屋来，这时她正频频点头招手，冷不防停了下来，不由分说就从窗口给拖开了。

“宝贝儿，你发昏了吗，竟在自己卧室窗口向外面的男人招手？斯佳丽，真怪，我简直大吃一惊！你母亲会怎么说呢？”

“哦，人家不知道这是我卧室啊。”

“可是人家会猜想这是你卧室，那还不是一样坏事吗？宝贝儿，这

---

① 胡须杯杯沿有挡护圈，胡须过长的人用此杯喝茶或咖啡时可防止胡须浸入杯内。

② 南部邦联旗帜图案是红、白、红三道横条，左上角蓝地，有十一颗白星代表十一个州排成一圈。

种事千万做不得。人人都会议论你，说你放荡——总而言之，梅里韦瑟太太知道这是你卧室。”

“我料想她会告诉所有的男人的，这个老恶婆。”

“宝贝儿，嘘！多莉·梅里韦瑟是我的好朋友。”

“得了，恶婆就是恶婆——噢，对不起，姑妈，别哭！我忘了这是我卧室的窗口了。我下回不这样了——我——我只想要看着他们过去。我巴不得自己也去呢。”

“宝贝儿！”

“得了，我真的想去。我在屋里都坐腻了。”

“斯佳丽，答应我别说这种话了。人家会议论的。人家会说你不尊重已故的查理。”

“噢，姑妈，别哭了！”

“噢，瞧，我把你也惹哭了，”佩蒂帕特满意地哭着说，一面在裙兜里掏手绢儿。

那一点难以忍受的痛苦终于升到斯佳丽的喉头，她哇的一声哭了出来——不是像佩蒂帕特所想的哭已故的查理，而是哭车轮声和欢笑声终于消失了。玫兰妮从自己屋里窸窸窣窣走进来，愁眉苦脸的，手里拿着一把刷子，往常梳得整整齐齐的乌发没有套上发网，波浪似的绺绺鬈发蓬蓬松松，披散在脸上。

“心肝儿！怎么啦？”

“查理！”佩蒂帕特哭着说，她完全沉醉在悲痛的乐趣中，一头扑在玫荔肩上。

“哦，”玫荔说，一听提起她哥哥的名字，嘴唇都颤动了。“亲爱的，放勇敢些，别哭了。斯佳丽呀！”

斯佳丽已经扑在床上，索性放声大哭，哭她失去的青春，哭她无缘享受的青春的乐趣，从前她想要什么只消一哭便到手了，如今再哭也没用，她就怀着这种愤怒而失望的孩子心情哭着。她脑袋蒙在枕头里，径自哭着，双脚蹬着有流苏装饰的床罩。

“我索性死了拉倒！”她使性哭着说。佩蒂当着这么悲痛的场面，说来就来的眼泪顿时止住，玫荔飞步赶到床边安慰她的嫂子。

“啊呀，别哭了！你就想想查理多疼你吧，心里也好有个安慰！多想想你的小宝贝吧。”

斯佳丽眼看人家误会她意思就心里有气，又夹杂着样样享受都被剥夺的凄凉心情，憋得一句话也说不出来。也幸亏这样，因为她要说得出口就会像她父亲那样直率，大声说出真情来。玫兰妮拍拍她肩膀，佩蒂帕特吃力地踮起脚在屋里走动，拉下百叶窗。

“别拉！”斯佳丽从枕头上抬起红肿的脸，大喝一声道。“我还没死呢，你不用拉上百叶窗——虽然我跟死了也没两样。唉，走开吧，别管我！”

她又把脸蒙在枕头里，那两个站在她身后的人交头接耳了一下就踮着脚出去了。两人下楼时她听到玫兰妮低声对佩蒂帕特说：

“佩蒂姑妈，希望你不要对她提起查尔斯了。你知道这话多刺她心啊。真可怜见的，她脸色不对头，我知道她尽量忍着不哭。我们千万不能让她太难受了。”

斯佳丽有气发不出，只顾踢着床罩，尽量想找句难听的话来骂骂。

“活见鬼！”她终于大骂了一声，心里多少轻松了些。玫兰妮才十八岁，怎么能甘心守在家里，根本不去找什么乐趣，还给她哥哥披黑面纱呢？生活刚随着丁当响的靴刺一路过去，玫兰妮似乎并不知道，也不在乎。

“可她那么呆头呆脑，”斯佳丽捶着枕头想。“她根本不像我这么有人缘，所以我感到遗憾的事她不感到。而且——再说她还有阿希礼，可我——我什么人都没有！”一想到这层新烦恼，她不由又放声大哭。

她闷闷不乐地在屋里一直待到下午，那时看见去野餐的人回来，大车上高高堆着松树枝、藤蔓、凤尾草，她心里也高兴不起来了。大家又一次向她招手时脸上都露出愉快的倦容，但她只是郁郁寡欢地回礼。做人本来就是件没有盼头的事，实在不值得活下去啊。

午睡时间，她万万没想到竟来了救兵，原来梅里韦瑟太太和艾尔辛太太驾到。在这个时刻竟有客人上门，玫兰妮、斯佳丽和佩蒂帕特姑妈都吓了一跳，赶紧起身，匆匆束好胸衣，捋平头发，下楼来到客厅。

“邦尼尔太太的孩子出麻疹了，”梅里韦瑟太太突然说，言下之意分明表示她认为邦尼尔太太容许这种事发生，应该自己负责。

“麦克卢尔家的姑娘都给叫到弗吉尼亚去了，”艾尔辛太太声音越说越轻，一面没精打采地摇着扇子，仿佛这种事都没什么了不得的。“达拉斯·麦克卢尔受伤了。”

“多吓人呀！”几个女主人异口同声说。“可怜的达拉斯是——”

“没有。只是打穿肩膀罢了，”梅里韦瑟太太赶紧说。“不过这事出得太不凑巧。那几个姑娘上北方去接他回家了。老天爷哪，我们可没工夫坐在这里聊天了。我们得赶快回民兵训练中心去，把布置工作做好。佩蒂，我们要你和玫荔今晚去顶邦尼尔太太和麦克卢尔家姑娘的班。”

“哦，不过，多莉，我们不行啊。”

“别对我说‘不行’，佩蒂帕特·汉密顿，”梅里韦瑟太太神气十足地说。“我们要你去监视管茶点的黑人。那差使本来是由邦尼尔太太干的。玫荔呢，你必须替麦克卢尔家姑娘看管货摊。”

“啊呀，我们不行呀——可怜的查理才死了一——”

“我知道你们的心情，不过为了事业，什么牺牲都不算大。”艾尔辛太太柔声插嘴打圆场。

“哦，我们也很希望帮上忙，不过——你为什么不能找些可爱漂亮的姑娘去看管货摊呢？”

梅里韦瑟太太鼻子里大声吭了一下气。

“我不知道近来的年轻人是怎么搞的。她们一点责任心也没有。那些还没有答应看管货摊的姑娘都有数不清的借口。哦，她们骗不了我！她们无非是想要去巴结军官，别碍手碍脚罢了。她们生怕站在货摊柜台后面卖弄不了新衣服。我真希望那个偷越封锁线的——他叫什么来着？”

“巴特勒船长，”艾尔辛太太补充道。

“希望他多运些医院必需物资来，少运些有裙箍的裙子和花边就好了。今天我要是看到一件衣服，那就看得到二十件他走私进来的衣服。巴特勒船长——我听见这名字就讨厌。得，佩蒂，我没工夫跟你多说。你一定得来。人人都会谅解的。反正你在后面屋里没人会看见你，玫荔也不会触目。麦克卢尔家的姑娘看管的货摊摆在尽头的地方，摊子不大漂亮，没人会注意你的。”

“我想我们应当去，”斯佳丽努力克制自己的热情，摆出诚挚天真的脸色。“这是我们能为医院所尽的起码责任了。”

两位来客谁也没提过她的名字，一听这话都掉过头去，正色看着她。尽管她们走投无路，也没有考虑到要一个守寡不到一年的女人在社交场上抛头露面。斯佳丽睁大眼睛，一副孩子似的神情，忍受她们的眼光。

“我想我们都应当去帮忙把义卖会办好，我们大家都去。我想我应当同玫荔一起去看管货摊，因为——呃，我想，我们两个人都去，不是一个人去，看上去好一些。你看呢，玫荔？”

“这个嘛，”玫荔一筹莫展说。居丧期间在社交场合抛头露面她可闻所未闻，这想法真叫她不知所措。

“斯佳丽说得对，”梅里韦瑟太太看到她有点拿不定主意就说。她站起身，把裙箍拉拉正。“你们两个——你们大家都得去。得了，佩蒂，别再找借口了。想想医院多需要钱买新床和药品吧。我知道查理也希望你们帮助事业的，他就是为此牺牲的嘛。”

“这个嘛，”佩蒂说，她遇上比她强横的人一向都是这样一筹莫展，“只要你认为人家会谅解就好了。”

“天下哪有这么好的事啊！天下哪有这么好的事啊！”斯佳丽不敢唐突，溜进原来该由麦克卢尔家姑娘看管的挂着粉红和黄色彩旗的货摊，不由心花怒放，暗自唱起来。她竟然参加集会了！幽居了一年，披着黑面纱，大气也不敢吭，厌烦得都快发疯了，如今竟然参加了亚特兰大空前未有的盛会。如今她终于可以见到外人，见到许多灯光，听到音乐，亲眼看看大名鼎鼎的巴特勒船长最近偷越封锁线运进来的可爱花边、绉边和衣服了。

她在货摊柜台后面一张小凳上一屁股坐下，把长长的会场上下打量一番。这里到当天下午还是一个空空荡荡，十分难看的操练房呢。今天这些太太小姐不定多忙才把它布置得这么漂亮。真好看。今晚亚特兰大所有的蜡烛和烛台一定都集中在这里了，她想，银烛台伸展出十来个亮闪闪的枝架，瓷烛台底座环绕着可爱的小雕像，旧的黄铜烛台，庄严挺直，插着大大小小、五颜六色的蜡烛，散发出月桂果的芳香，有的摆在沿会场的一排枪架上，有的摆在花团锦簇的长桌上，有的摆在货摊柜台上，有的甚至摆在窗户敞开的窗台上，暑天的阵阵热浪把烛光吹得摇曳不定。

会场中心，天花板下有几根生锈的铁链挂着偌大一座难看的吊灯，盘绕的常春藤和野葡萄藤把吊灯装饰得完全变了样，而那些藤已经被烛火熏得枯萎了。四壁铺着一排发出一股清香的松枝，把屋角变成漂亮的亭子，供陪伴和老太太憩坐。到处都挂着一长串一长串雅致的常春藤、葡萄藤和牛尾藤，有的做成圈状彩饰，挂在四壁上，挂在窗子上，有的绕成扇形，遍挂在彩旗缤纷的货摊上。在青枝绿叶中，到处都挂着邦联旗和彩旗，红蓝两色的底子，上面闪耀着南部邦联的明星。

乐台布置得尤其精美。四面全铺着青枝绿叶，挂着星星的彩旗，完全把乐台遮得看不见了，斯佳丽知道城里所有的各式盆花都搬到那儿来了，有锦紫苏、天竺葵、八仙花、夹竹桃、秋海棠——连艾尔辛太太那四盆珍贵的橡胶树都有幸摆到台上四角的显要地位。

在乐台对面的会场另一头，太太小姐都黯然失色了。这面墙上挂着戴维斯总统①和南部邦联的副总统、佐治亚本州的“小亚力克”史蒂文斯②的巨幅肖像。肖像上方是面巨幅旗子，旗下一张张长桌上摆着城里各个花园中采集来的鲜花，有凤尾草，成排成排的玫瑰，深红的、黄

① 杰弗逊·戴维斯(1808—1889)，1861—1865 年任美国南部邦联总统。南北战争失败后被俘，囚禁于门罗要塞，两年后获释。

② 亚历山大·汉密顿·史蒂文斯(1812—1883)，1843—1859 年佐治亚州的国会议员，1861—1865 年任南部邦联副总统，一贯反对戴维斯政策。

的、白的都有，还有剑兰那神气的叶鞘，还有大批五颜六色的旱金莲，高高直立的蜀葵在花丛中探出深紫和奶黄两色的花冠。花丛中，蜡烛像圣坛香火般高烧。肖像上两张脸俯视着这场面，这两位执掌军政大权的首脑人物的脸完全不同：戴维斯生就一张扁平脸，一双苦行僧的眼睛，目光冷漠，两片高傲的薄唇紧紧抿着；史蒂文斯脸上深深嵌着一双发亮的黑眼睛，这张脸只识人间疾苦，不知其他，而且曾经以诙谐和激情战胜了疾苦——这两张脸都深受爱戴。

负责整个义卖会的委员会里的几位老太太，长裙窸窸窣窣，像鼓满风帆的船队那样浩浩荡荡地进场了，把迟到的少妇和格格痴笑的少女赶进货摊里，然后大摇大摆穿过门，走进摆着茶点的后屋。佩蒂姑妈气喘吁吁跟在她们后面。

黑人乐师登上乐台，咧着嘴笑，胖乎乎的脸上闪着汗珠，郑重其事地先在提琴上调起音来，用琴弓拉啊拨的。梅里韦瑟太太的马车夫老利维敲敲琴弓，叫大家注意，自从亚特兰大还叫马萨斯维尔的时代起，每次义卖会、舞会和婚礼就都是由他指挥乐队的。除了经管义卖会的太太之外，到场的人还不多，不过在场的个个眼睛都盯着他。于是小提琴、低音提琴、手风琴、班卓琴和指关节骨一齐演奏起调子缓慢的《洛蕾娜》了——节奏很慢，不宜跳舞，要到货摊卖完货物才开始跳舞呢。华尔兹舞曲那股优美的伤感调子传进斯佳丽的耳朵，她不由怦然心动。

“岁月慢慢流逝，洛蕾娜！
草上又见白雪。
太阳远在西天，洛蕾娜……”

一二三，一二三，倾斜一摇摆——三，转身——二三。多美妙的一支华尔兹舞曲啊！她稍稍伸出手，闭上眼睛，随着难忘的忧伤节奏摆动着。这凄凉的曲调和洛蕾娜失去的爱情同她心里的兴奋情绪交织在一起，使她喉头不由哽住了。

这时，仿佛华尔兹乐曲引起了头，下面那条月色朦胧的街上顿时飘来了种种声响，马蹄得得，车轮辘辘，温暖的芳香空气上荡漾着笑声，还有黑人因抢夺拴马地方，从低声刻薄几句，闹到高声争吵。楼梯上一阵混乱，无忧无虑的嬉笑，姑娘活泼的嗓音，混着护花使者的低沉音调，那些姑娘认出了下午刚分手的朋友，轻佻地喊着打招呼，高兴得尖声叫唤。

忽然会场一下子活跃起来了。只见满场都是姑娘，穿着蝴蝶似的鲜艳长裙，裙摆撑得大大的，里边露出了镶花边的宽松长裤；上面露出圆润白皙的纤小肩膀，荷叶花边上面隐隐现出一抹柔软娇小的乳房，镂空披巾随意挂在胳臂上，腕间吊着绾小丝绒带的各种扇子，有泥金彩绘扇、有鹅毛扇、有孔雀毛扇，有的姑娘把油光溜滑的乌发从发际挽了个沉甸甸的发髻，把脑袋压得神气活现地往后偏；有的姑娘密密麻麻的金鬈发堆在脖颈边，带流苏的金耳坠随着飘舞的鬈发直晃荡。花边、丝绸镶边、缎带，全是偷越封锁线运进来的，因此穿戴在身上益发珍贵，益发得意，她们分外自豪地炫耀这些华丽的服饰，以示对北佬儿的特别侮辱。

其实城里的鲜花并没有全搬来献给南部邦联的领袖。最小最香的花朵都在那些姑娘身上作装饰呢。有的把香水月季簪在粉红色的耳朵后面，有的把栀子花和含苞的玫瑰编成小花环套在波浪形的披肩长发上，有的把鲜花一本正经地插在缎肩带上，这些花过不了夜就会作为珍贵的纪念品进了灰军装的胸袋。

人群中有那么多穿军装的——那么多穿军装的人斯佳丽都认识，有些是在医院病床上见到的，有些在街上，有些在操练场上。这些军装真是灿烂夺目，闪亮的钮扣，袖口领口镶着耀眼的金穗带，因为军中部门不同，军裤上有的缀着红条子，有的是黄条子，有的是蓝条子，把灰色衬托得帅极了。猩红的和金色的绶带晃来晃去，军刀在锃亮的长靴上闪闪发光，碰得喀嚓喀嚓响，靴刺也碰得丁丁当当响。

这些军人跟朋友打着招呼，招着手，弯着腰亲亲老太太的手，斯佳丽心头不禁油然生起一股得意感，暗自想道，好一表人才啊。即使长着两撇黄胡子，或满脸黑胡子，棕胡子，看上去个个都还那么年轻，尽管胳臂上有吊腕带，太阳晒黑的脸上扎着白得刺眼的绷带，还是那么英俊，那么勇猛。有些人拄着拐棍，那些姑娘担心地放慢步子，配合这些护花使者一瘸一拐的步子时又是多么自豪。在这些穿军装的人中有一个穿得花里斑斓的，把姑娘们那些鲜艳的服装压得黯然失色，像只热带鸟般矗立在人群中。原来是路易斯安那州一个义勇兵，穿着一条宽松的蓝白条纹裤，奶白色的绑腿，紧身小红短上衣，一条胳臂吊着黑绸吊腕带，黑黑的皮肤，咧开嘴直笑，像个小猴儿。这人是梅贝尔·梅里韦瑟特别相中的情郎勒内·皮卡尔。整个医院一定倾巢而出了，至少凡是能走路的都来了，还有在休假的人和病假的人也都来了，当地到梅肯之间所有铁路、邮政、医院和军需部门也纷纷出动。太太小姐该多高兴啊！医院方面今晚一定大赚其钱了。

下面街上传来一阵鼓声，一阵脚步声，还有马车夫的喝彩声。一声号响，一条低音嗓子吆喝着解散队伍的命令。转眼间，身穿鲜艳军装的自卫队和民团一拥而上，把狭窄的楼梯踩得格格摇动，拥进屋里就忙着点头、敬礼、握手。自卫队里的小伙子对能在战争中显显身手挺得意，暗自许下愿，如果这仗能打到明年这时候，一定到弗吉尼亚去；银须冉冉的老人穿上沾了前线子弟兵光的军装行军，也挺得意，但愿自己再年轻些。民团里有很多中年人，还有几个老些的，但也有不少适龄的人，脸上倒不如年老的或年轻的那么喜气洋洋。人们已经嘁嘁喳喳议论开了，打听他们为什么没跟随李将军①。

他们怎能一齐都进入会场呢！就在几分钟以前，这里看上去还是个很大的地方，现在竟挤得满满的，洋溢着夏夜的各种香味，有香粉味、花露水味、发油味，还有点燃的月桂油蜡烛味和鲜花的芳香，这么多双脚踩在原来操练房的地板上，微微扬起一阵尘土。喧喧嚷嚷，闹得几乎什么都听不出，老利维仿佛感觉到这场合的欢欣鼓舞气氛，便中途停止

---

①指罗伯特·李将军(1807—1870)，美国将军，参加过美墨战争。南北战争爆发后，任南军总司令，曾击败北军，1863 年葛底斯堡战役中被北军击溃。1865 年 4 月，南军全线崩溃，4 月率残部向北军投降。

演奏《洛蕾娜》，突然用琴弓笃笃敲着，然后拼命一拉，乐队一下子就奏起了《美丽的蓝旗》。

百来条嗓子应声而唱，引吭高歌，犹如欢呼。自卫队的号手登上乐台，正好在大合唱开始时赶上音乐，一片合唱声中高亢的银号响彻全场，令人不寒而栗，两条光臂都起了鸡皮疙瘩，一股凄凉的深切情绪顿时铭心彻骨。

“万岁！万岁！南方的权利万岁！
美丽的
一星蓝旗万岁！”

大家接着又唱起第二节，斯佳丽正跟着其他人一起唱，忽听得背后响起玫兰妮那动听的女高音，清澈嘹亮，音调正确，惊心动魄，犹如银号。她回过头，只见玫兰妮站着，十指交叉，贴在胸前，眼睛闭着，眼角淌下泪珠。曲终，她古怪地冲着斯佳丽一笑，一面用手绢轻轻擦泪，一面做了个告罪的怪脸。

“我真高兴，”她低声说，“真为这些当兵的感到骄傲，竟忍不住哭了。”

她眼睛里流露出一种强烈而近乎狂热的光辉，片刻间那张姿色平庸的小脸竟容光焕发，显得美丽了。

唱完这歌时，在场的妇女个个脸上都有同样的神情，大家纷纷回头看着亲人，姑娘看着情人，母亲看着儿子，妻子看着丈夫，粉嫩的脸，皱纹密布的脸，都流着骄傲的眼泪，嘴边含着笑意，眼睛流露出炽烈的光辉。她们都美得令人眼花缭乱，甚至最难看的女人，一旦完全受到保护，受人疼爱，并且千百倍奉还那份爱，也变得美如天仙。

她们爱自己的亲人，相信他们，信任他们，至死不渝。她们有坚强的穿灰色军装的战斗部队屹立在她们和北军之间，灾难怎能降临到她们头上呢？开天辟地以来，有过如此英勇，如此无畏，如此侠义，如此温柔的男人吗？像他们那样名正言顺的正义事业，除了取得一面倒的胜利之外，怎会有其他的结果呢？她们爱这个事业如同爱自己的男人一般，她们全心全意，亲自动手，为这个事业出力，她们谈的是这个事业，想的是这个事业，梦的是这个事业——如果需要，她们愿意为这个事业牺牲这些男人，并且像这些男人扛起战旗那样自傲地承受她们的丧痛。

这是她们心里的信仰和骄傲的高潮，南部邦联的高潮，因为最后胜利已经在握。“石墙将军”杰克逊[①]在谢纳杜谷打了几个胜仗，七天战役[②]中北佬在里士满一带吃了败仗，大势已经一清二楚。有李和杰克逊这样的领导还会没把握取胜吗？再打一场胜仗，北佬就会跪下叫饶，她们的男人就会骑着马回家，尽情亲吻和欢笑。再打一场胜仗，大战就结束了。

当然，家家户户都有空椅子没人坐，孩子永远见不到父亲，弗吉尼亚幽僻的小河边和田纳西寂静的群山间出现了无名冢，可是为了这个事业，这笔代价算得上太大吗？太太小姐要的绸缎、茶叶、砂糖固然都来之不易，不过那都是说来可笑的小事。再说，那些勇敢的偷越封锁线的人就在北佬眼皮底下源源不断把货运进来，她们拿到这些东西常常格外激动。不久拉斐尔·塞姆斯[③]和南部邦联的海军就会收拾北佬那些炮舰，港口就会开放。英国就来协助南部邦联打胜仗，因为英国的棉纺厂缺乏南方棉花做原料正停工呢。贵族惺惺相惜，英国的贵族自然同情南部邦联，反对北佬这么一帮贪财鬼啰。

这些女人一面把绸裙弄得窸窸窣窣，嘻嘻哈哈笑着，一面瞧着自己的男人，心里美得不得了。她们知道从危险和死亡面前夺取到的爱情，带点儿奇特的刺激，所以倍觉甜蜜。

斯佳丽乍一见到这群人，还感到久未参加盛会的激动，心头不由怦

---

① “石墙将军”杰克逊指托马斯·乔纳桑·杰克逊(1824—1863)，美国南军将领，在布尔伦河一战中以屹立阵地，犹如石墙而得此绰号。1862 年在弗吉尼亚州谢纳杜谷大获全胜。

② 七天战役，1862 年 6 月 26 日至 7 月 2 日，南北军在弗吉尼亚州首府里士满激战，南军获胜，当时南军指挥官为罗伯特·李将军。

③ 拉斐尔·塞姆斯(1809—1877)，美国海军军官，南北战争中为南军效劳，成为南军海军英雄。

怦直跳，谁知她看见身边这些女人脸上那些激昂的神情，心里似有所悟，一团欢喜顿时消失。在场的每个女人都燃烧着一股她体会不到的热情。这使她迷惑、丧气。不知怎的，会场似乎没那么漂亮了，姑娘们也没那么时髦了，但每张脸上似乎仍然闪耀着忠于事业的白热情绪——唉，看来简直荒唐可笑！

她一下子竟然茅塞顿开，不由吃了一惊，张大了嘴，她明白自己并没有同这些女人一样怀着强烈的自豪，也没有甘心为事业牺牲自己和自己所有一切的愿望。她心里知道这事业对她根本算不了什么，她对人家眼睛里流露出狂热的目光、谈论着事业都听腻了。这事业对她来说似乎并不神圣。战争似乎并不是神圣大事，只是无故杀人，耗费金钱，使得奢侈品更难买到的麻烦事罢了。她明白自己厌倦没完没了的编结，没完没了的卷绷带和撕软布，把她指甲的角质都磨粗了。唉，她对医院真感到厌倦了！对叫人恶心的坏疽臭味和没完没了的呻吟也感到厌倦，受不了啦，要呕吐了，看到临死时凹陷的脸上那副神色也吓坏了。想到这里，心里才吓得感到："不——不！我千万不能有这么种想法！这想法不对——是罪过。"

就在这些大逆不道，亵渎神圣的念头掠过她脑际时，她偷偷朝四下看看，生怕有人会看出她脸上清清楚楚流露出来这种想法。啧，她为什么不能像其他那些女人那样感受呢！她们对事业的信仰真是全心全意，一片至诚。她们的一言一行确实十分认真。万一有人怀疑她——不，千万别让人知道！她虽然对事业并不感到热心和自豪，也一定要装出这种样子，扮演好一个南军军官遗孀的角色，俨若毅然忍受悲痛，心如死水，认为只要她丈夫的死有助于事业的胜利，对她可算不了什么。

唉，她跟这些忠诚的女人为什么大不相同，相去甚远呢？无论对什么人，什么事，她绝不会像她们那样无私地去爱。这是股多么孤独的感觉啊——精神上也好，肉体上也好，她以前都没感到孤独过。起初，她还想法把这些念头压下去，可是她生性不爱自欺欺人，不容她这样做。因此，在义卖会营业时，她一面和玫兰妮接待光顾她们货摊的顾客，一面忙着动脑筋，想方设法自己为自己辩解——这种事她做起来往往不难。

别的女人侈谈其爱国主义和事业简直是头脑发热，一派胡言，那些男人侈谈其生死大事和州权又何尝不是如此。只有她，斯佳丽·奥哈拉·汉密顿一个人具有爱尔兰人那种冷静的头脑。她可不打算出自己洋相去谈什么事业，也不打算出自己洋相去承认自己的真正感受。她头脑冷静得很，完全能够实事求是地对付这局面，谁也不会知道她到底是什么心情。场上的人如果知道了她实际在想什么，准会不胜诧异！如果她忽然登上乐台，声称她认为应当结束战争，让人人都能回家，种自己的棉花，可以重新参加宴会，重新找情人，有好多淡绿色的衣裙，人家听了准会大为震惊。

她这番自我辩解虽然一时间使她来了劲儿，可是她对会场还是感到讨厌。麦克卢尔家姑娘的货摊果然像梅里韦瑟太太所说的那样并不显眼，好长时间都没人来到她们这个角落，斯佳丽没事好干，只有眼红地看着这些欢乐的人群。玫兰妮感到她闷闷不乐，却当她是在想念查理，也就不想去找她谈话。斯佳丽坐着，愁眉苦脸地看着四下，她就径自忙着整理货摊，把货摆设得更加吸引人。斯佳丽什么都看不顺眼，连戴维斯先生和史蒂文斯先生两幅巨像下面堆着的鲜花都看不顺眼。

“看上去就像个祭坛，”她嗤之以鼻说。“人家都对那两个这么迷信，简直当他们是圣父圣子了！”想想心里一下子发了慌，生怕自己对神失敬，赶紧画了个十字以示赔罪，总算及时住了口。

“咦，这是真的嘛，”她跟自己的良心争辩。“人人都这么迷信，把他们当成圣人，可他们只是凡人罢了，而且貌不惊人。”

当然，史蒂文斯先生对自己的长相也无可奈何，因为他是个终身残废，可是戴维斯先生——她抬眼看着那张神气的脸，光洁得像玉石浮雕。最叫她恼火的是他留着一撮山羊胡子。男人应当把胡子刮得干干净净，要不就留两撇胡子，再不索性留一部络腮胡子也好。

“那个渺小的山羊胡子看来就只有这么点能耐了，”她暗自想道，对他脸上那种担负新国家重任的冷峻智慧却视而不见。

不，她现在心里并不快乐，开头来到人群中她还满面春风呢。现在光是在场还不够。她虽然人在会场，但并不是其中一分子。谁也没注意她，在场的就她一个是没有情人的单身年轻女人。而她这一生做惯舞台中心了。这不公平！她才十七岁呢，她一双脚在地板上轻轻打着拍子，只盼着翩翩起舞。她才十七岁呢，可她的丈夫却长眠在奥克兰公墓里，还有个娃娃睡在佩蒂帕特姑妈家的摇篮里，而人人都认为她应当乐天知命。跟在场的任何姑娘比起来，她的胸脯最白，腰肢最细，脚最纤小，不过尽管这些都很要紧，她还不如索性安睡在查尔斯身边，墓碑上刻着“查尔斯爱妻”呢。

她不是一个姑娘，可以跳跳舞，调调情；她也不是一位太太，可以陪人家太太坐着对跳舞调情的姑娘品头评足。做一个寡妇她年纪又嫌太轻。做寡妇的应当是上了年纪的，老得不行了，不想跳舞，不想调情，也不想受人夸奖了，那才像话呢。唉，她才十七岁，偏偏要她端坐不动，尽力维护寡妇的尊严和礼仪，这真不公平。男人，俊俏的男人来到她们的货摊面前，她却得低声下气，眼睛端庄地朝下看，这真不公平。

亚特兰大的姑娘个个都有三层男人围着。连最丑的姑娘都像美人儿似的跟人调情——而且，唉，最气人的是她们都穿得如此漂亮！

她穿着袖口长到腕间的黑塔夫绸丧服，钮扣一直扣到下巴，没有一点花边，没有一点饰带，没有一件珠宝，只有埃伦那个缟玛瑙的丧服别针，活像只乌鸦似的干坐在这儿，眼巴巴看着俗不可耐的姑娘吊着漂亮男人的胳臂。全都是因为查尔斯·汉密顿得了麻疹。他甚至不是英勇战死沙场，可以让她拿他吹嘘吹嘘。

她索性犟到底了，丝毫不顾黑妈妈再三嘱咐她别撑起手拐儿，免得皮肤起皱难看，硬是把两个手拐儿撑在柜台上，瞧着人群。要是皮肤难看了那有什么关系？她大概永远没机会露出手拐儿来了。她如饥似渴地看着飘动的衣裙，奶黄色的波纹绸，印着玫瑰骨朵的花环；粉红的缎子装上十八道荷叶边，边上还缀着小小的黑丝绒带；淡蓝的塔夫绸，裙幅就有十码，波状花边像泡沫似的蓬松；胸脯袒露；鲜花诱人。梅贝尔·梅里韦瑟勾着义勇兵的胳臂向隔壁货摊走来，身穿苹果绿的塔拉丹薄纱长裙，宽大得腰身都看不见。浑身上下镶满了奶油色的香蒂叶[①]荷叶花边，那是新近偷越封锁线从查尔斯顿运来的，梅贝尔神气地卖弄这身服饰，仿佛偷越封锁线的是她而不是巴特勒船长似的。

“我穿上那身衣服该有多漂亮啊，”斯佳丽想道，她心里不由大大妒忌起来。“她腰身就像牛腰那么粗。那种绿正是适合我的颜色，穿了那衣服我眼睛看上去——为什么金发女人要穿那种颜色呢？她皮肤看上去绿得像块陈奶酪。想想我竟然永远穿不成那种颜色的衣服了，即使脱了丧服以后也穿不成。不，即使将来我好不容易真的再嫁了人也穿不成了。那时我就不得不穿上又俗气又老气的灰色衣服、棕黄色衣服和淡紫色衣服了。”

短短一刹那间，她就想到这种种不公平的事。人生一世，寻欢作乐、穿着漂亮、跳舞调情的时间是多么短促啊。只有短短几年，太短了！随后你就嫁人，穿上色彩暗淡的服装，生儿育女，弄得腰身变粗，在舞会上只能同其他稳重的妇女坐在角落里，要跳舞只有同自己的丈夫跳，或同专踩你脚的老先生跳。如果你不按这套去做，那其他妇女就会对你说三道四，你就坏了名声，家里人也丢了脸。你做小姑娘时花了全部工夫去学怎样才有魅力，怎样才能迷住男人，其实这套本领只用上一两年罢了，看来真是大大浪费啊。她想到当初在母亲和黑妈妈手里学的做人之道，她知道这一套是尽善尽美的，因为一向行之有效。这里头有一定的规矩，如果你按规矩办，成功一定不负你这番苦心。

对付老太太，你就要温柔老实，尽量显得天真纯朴，因为老太太为人刻薄，她们对姑娘就像猫那样猜疑地盯着，只要你嘴边眼角稍有不检点的样子，她们随时都会扑上来。对付老先生嘛，姑娘就要淘气，没大没小，几乎带点轻佻，但也别十分轻佻，那样就会满足老糊涂的虚荣心，逗得他们感到自己年轻，蠢蠢欲动，他们就来拧你脸蛋，说你是个疯丫头。当然啰，碰上这种场合，你总是满脸通红，要不，他们就会更不像话，拧个不亦乐乎，拧了还要跟儿子说你放荡。

---

① 香蒂叶，法国北部，巴黎东北一小镇，以生产花边闻名于世。

对付少女少妇嘛，你就要满口甜言蜜语，每次见面都要亲个吻，哪怕一天亲上十回八回也不妨。你还要两臂搂住她们的腰，还要听任她们这样搂住你的腰，不管你心里多厌恶也得忍着。凡是她们穿的衣裙，她们生的娃娃，你都要一律夸上几句，对人家的情人开开玩笑，对人家的丈夫恭维几句，还要谦虚地痴笑两声，矢口说比起她们来，你根本没有什么魅力。还有一点至关重要，就是她们不说出自己的真正看法，你也千万别说出自己对任何事的真正看法。

人家的丈夫即使是过去你抛弃的情人，不管他们多么招人喜欢，你也敬而远之。如果你对人家的年轻丈夫太好，做妻子的就要说你放荡，你就此得了个坏名声，自己再也找不到情人了。

不过对付年轻的单身汉嘛——啊，那可是另一回事了！你尽管可以温柔地对他们笑笑，等到他们赶来问你为什么笑，你可以拒不回答，反而笑得更欢，让他们老是围着你转，想方设法去猜。你可以跟他们眉来眼去，默许几件吊胃口的事，让他们想法把你骗开。等到你们单独在一起了，他打算吻你的时候，你可以装得非常、非常委屈，或者非常、非常生气。你还可以让他为自己行为卑劣赔不是，然后温柔地原谅他，引得他死缠着你，打算第二次吻你。有时候，你可以真的让他吻，但不宜经常。母亲和黑妈妈虽没有教过她，但她晓得这一招管用。吻过以后，你就哭了，说你不知道自己怎么回事，他从此再也不会尊重你了。于是他不得不替你擦干眼泪，通常还趁此向你求婚，表示他多么尊重你。接下来呢，噢，可以对单身汉做的事情多着呢，什么递个眼色啊，扇子掩面半带笑啊，扭着腰让裙摆飘起来啊，哭啊，笑啊，奉承啊，亲切的同情啊，这一套她全懂。噢，这套花招万试万灵——只是对付不了阿希礼。

不，学会了这全套鬼花招，应用的时间却这么短，就此永远抛开不用了，似乎不公正。如果终身不嫁，而一直穿着浅绿色的衣服，漂漂亮亮的，永远有美男子来追求，那该多妙啊。不过，如果长此以往，你就得变成个像印第亚·韦尔克斯那样的老小姐，人人见了都一副沾沾自喜的可恶相，说你是“可怜虫”。不，说到头来，还是嫁了人的好，尽管从此再也没什么乐趣可言，但嫁了人也保持了自尊心。

噢，人生真是一笔糊涂账！她当初干吗那么傻，偏偏去嫁给查尔斯，年方十六就断送了自己的一生！

她心里正愤愤不平，万念俱灰地苦苦想着，这时人群忽然纷纷后退靠壁，就此打断了她思路，只见太太小姐纷纷仔细提着裙箍，免得粗心的碰撞会把裙箍撞得贴在身上，掀起裙摆，露出宽松裤而有失体统。斯佳丽在人群中踮起脚尖，看见民团的队长正登上乐台。他喊着口令，半队人员顿时排得整整齐齐。他们生龙活虎地操练了一会儿，操得额头冒汗，观众纷纷喝彩鼓掌。斯佳丽也随着大家，略尽人事地拍几下手，那队士兵散队后纷纷拥向卖五味酒和柠檬汽水的货摊，斯佳丽觉得自己最好还是赶快装出关心事业的样子来，这才向玫兰妮转过身去。

“他们怪神气的，不是吗？”她说。

玫兰妮正忙着整理柜台上的针织品。

“他们大多数人要是穿上灰军装，开到弗吉尼亚去，那看上去就会更加神气些，”她说时竟有意不压低嗓门。

有几个民团团员的母亲得意洋洋，正站在附近，偶然听到了这句话。吉南太太脸色顿时红一阵白一阵的，因为她有个二十五岁的儿子叫威利的就在团里。

斯佳丽一听这话竟然出自玫荔之口，不禁吓了一跳。

“哎呀，玫荔！”

“你也知道这是实话，斯佳丽。我不是说小孩子和老头儿。不过有不少民团的人完全扛得动步枪，此时此刻他们就应当这样做。”

“可是——可是——”斯佳丽开腔道，她以前根本没考虑过那种事。“总得有人留在后方——”那回威利·吉南用什么话向她解释自己留在亚特兰大的？“总得有人留在后方保卫本州免遭侵略啊。”

“谁也没侵略我们，谁也不想侵略我们，”玫荔朝一群民团团员望着，冷冷地说。“赶走侵略者的最好办法就是开到弗吉尼亚去，在那里打北佬。至于说民团团员留在这里是防止黑人起来造反——咳，我长了耳朵还从没听说过这么荒唐的话。我们的老百姓为什么要起来造反呢？这无非是胆小鬼的好听借口罢了。我敢说，如果各州所有的民团团员都开到弗吉尼亚去，不出一个月就能打败北佬。就是这么回事！”

“哎呀，玫荔！”斯佳丽只会干瞪眼，又叫了起来。

玫荔温柔的黑眼睛闪着怒火。“我丈夫可不怕到那里去，你丈夫也不怕。我情愿他们都送命也不愿他们留在后方——噢，宝贝儿，我真抱歉。我多自私，多狠毒啊！”

她哀怜地摸摸斯佳丽的胳臂，斯佳丽盯着她。可是斯佳丽心里想的不是死去的查尔斯。而是阿希礼。假如他也送命呢？这时米德大夫向她们的货摊走来，她赶紧转过身去，无意识地笑笑。

“好啊，姑娘们，”他招呼她们说。“你们能来真好极了。我知道你们今晚出来一定是作出了很大的牺牲。不过这都是为了事业。我正要告诉你们一个秘密。我有一个惊人的办法，可以在今晚为医院多筹一些款子，就怕有些太太小姐听了要大为震惊。”

他说说住了口，捋着灰色的山羊胡子只顾嘻嘻笑。

“哦，什么啊？快说。”

“我又一想还是让你们也猜猜吧。不过，万一教会的人因此要把我驱逐出境，你们这些姑娘可得支持我啊。不管怎样，这也是为了医院呢。你们就会明白的。这种事以前从来没人做过。”

他神气活现地朝角落里一堆陪伴儿走去，她们两个刚交头接耳谈论可能会是什么秘密，就见两个老头儿冲到货摊上，大声说要买十英里长的梭编花边。好吧，有老头儿上门毕竟总比根本没人上门要好，斯佳丽想道，一边量着花边，一边端庄地忍受人家抚摸她下巴。两个老风流又冲到卖柠檬汽水的货摊上，别的顾客就到柜台前来顶缺。瞧人家梅贝尔·梅里韦瑟嘻嘻哈哈，芳妮·艾尔辛格格傻笑，惠丁家姑娘应答如流，欢欢喜喜，招来不少顾客，她们的货摊就不及人家的顾客多。玫荔像个老板似的从容沉着，把没用的货卖给买去也用不上的男人，斯佳丽就按着玫荔的样子行事。

人家的货摊都是熙熙攘攘，姑娘们叽叽喳喳，男人们买这买那。只有她们的货摊冷冷清清，几个上门来的人有的说起跟阿希礼在大学里同学的经过，夸他是个多出色的军人，有的用敬重的口气说起查尔斯，认为他的死是亚特兰大一大损失。

这时乐队忽然奏起《约翰尼·布克，帮助这黑人！》这支欢快热闹的曲调，斯佳丽听了真想大叫起来。她要跳舞。她要跳舞啊。她眼睛瞧着场地对面，一双脚合着音乐打拍子，那对绿眼睛渴望地冒着火，闪闪发亮。场地那头有个人刚来，站在门口，看见了这对眼睛，开始认出了她，不由仔细盯着这张倔强、愠怒的脸上两只乜斜的眼睛。等他认出了这对眼睛里有任何男人一看就明白的挑逗意味，不由暗自咧嘴笑了。

他身穿黑色细毛呢衣服，高高的个儿，耸立在身边几个军官当中，宽宽的肩膀，但往下就越来越细，形成细细的腰，一双脚又小得可笑，穿着油亮的皮靴。他那套全黑的衣服，配上精美的镶褶边衬衫，长裤潇洒地用带子扎在高帮靴面下，跟他的体格和面容极不相称，因为他打扮得像个花花公子，雄赳赳的身材穿身时髦少爷的服装，看上去懒散斯文，骨子里可危险呢。他的头发乌黑发亮，留着一口乌黑的小胡子，修剪得整整齐齐，跟身边几个骑兵那种神气的大胡子相比，几乎有点外国气派。他看上去像个纵情声色的人，而且确是这么种人。他身上有种极端狂妄、傲慢无礼、令人不快的神气，他盯着斯佳丽时，那对大胆的眼睛里有种不怀好意的眼色，盯到最后，斯佳丽感觉到他在盯着她，就正眼朝他看看。

她心里总觉得这人似曾相识，只是一时想不起他是谁。不过他倒是好几个月来头一个对她流露出兴趣的人，她不禁向他嫣然一笑。他向她鞠个躬，她稍稍回了个屈膝礼，于是他挺起身，步态像印第安人那样异常轻快地径直向她走来，她才吓得把手蒙住嘴，因为她知道他是谁了。

他从人群中挤了过来，她大吃一惊，浑身瘫痪似的呆立不动。随后她就慌忙回过身去，一心想逃进餐室去，谁知裙子给货摊上一枚钉子钩住了。她拼命一拉，裙子撕破了，转眼间他就到了她跟前。

“让我来吧，”他说着弯下腰，解开裙子的荷叶边。“我万万没想到你还记得我，奥哈拉小姐。”

他的声音出奇地悦耳，是上流人那种抑扬顿挫的声音，洪亮而带有查尔斯顿人那种慢慢吞吞的声调。

她用恳求的眼光仰望着他，想起上回见面时的情景，羞得满面通红，迎面只见一双黑得前所未见的眼睛，幸灾乐祸地转动。真是冤家路窄，偏偏是这个可怕的家伙出现在眼前。他曾亲眼目睹她对阿希礼大发脾气，她至今回想起来还如同恶梦呢；这个讨厌的恶棍糟蹋姑娘，规矩人都不喜欢他；这个卑鄙的坏人还振振有辞地说过她不是个淑女。

玫兰妮听见他说话声音，不由回过头来，幸亏有她小姑在，斯佳丽还是生平头一回为此感谢上帝呢。

“哎呀——这——这不是瑞特 · 巴特勒先生吗?”玫兰妮微微一笑，伸出手来。“上回见到你——”

“是在你订婚的大喜日子那一天，”他说完弯下腰吻她的手。“承蒙你还记得我。”

“你远迢迢从查尔斯顿上这儿来干吗，巴特勒先生?”

“为了生意上一件麻烦事，韦尔克斯太太。今后我可要在你们城里出出进进了。我觉得我单单把货运进来还不行，还得想法卖掉才对。”

“运进来——”玫荔皱起眉头，开口说，突然一下子眉开眼笑。“哎呀，你——你准是我们经常听到的那个专闯封锁线的人——大名鼎鼎的巴特勒船长吧。哎呀，这儿个个姑娘穿的都是你运进来的衣服。斯佳丽，你听了不感到激动吗——你怎么啦，亲爱的?要晕倒了吗?坐下吧。”

斯佳丽一屁股坐在凳子上，呼吸急促，她真怕胸衣的带子会绷断。唉，竟碰上这么糟糕的事!她从没想到又会见到这人。他在柜台上拿起她那把黑扇子，关心地替她打扇，过分关心了，脸色虽然严肃，眼睛却在转动。

“这里真热，”他说。“怪不得奥哈拉小姐要晕了。我陪你到窗口去好吗?”

“不，”斯佳丽说，口气这么粗鲁，玫荔听得目瞪口呆。

“她现在不再是奥哈拉小姐了，”玫荔说。“她是汉密顿太太。现在是我嫂子了，”玫荔用爱怜的眼光看着她。斯佳丽看到巴特勒那张海盗般的黑脸上的神情，不由感到透不过气来。

“两位美人儿做了姑嫂一定是如鱼得水吧。”他说着稍稍鞠了个躬。这是一般男人都说的客套话，不过出诸他的口，她听了却觉得是在说反话。

“你们两位的先生今晚一定在这里参加这盛会吧？能同熟人重叙友情倒是一大乐事。”

“我丈夫在弗吉尼亚，”玫荔骄傲地把头一仰。“不过查尔斯——”

“他死在军营里了，”斯佳丽干脆说，说得几乎咬牙切齿。这畜生永远不走开了吗？玫荔吃了一惊，瞧着她，船长做了个责备自己的手势。

“亲爱的夫人们——我多混啊！请你们务必原谅我。不过请容许一个陌生人奉劝一句，为国捐躯虽死犹生啊。”

玫兰妮泪花闪耀，向他一笑，斯佳丽却感到怒火中烧，一股仇恨没法发泄。他居然又说了一句得体的话，在这种情况下，任何上流人都会说这种恭维话的。可是他的话一句都当不了真。他是在嘲笑她。他知道她并不爱查尔斯。玫荔真是个大傻瓜，居然没看破他这话的真意。噢，上帝开恩，但愿别让任何外人看破他这话的真意，她想想突然害怕了。他会把知道的真相说出来吗？他当然不是一个上流人，既然不是上流人，谁知道他会干出什么事来啊。对他们是没有判断标准的。她抬眼看着他，只见他嘴角往下撇着，一副假惺惺的样子，连替她摇扇子时也是假惺惺的。他的神情有些把她惹火了，她不禁感到一阵嫌恶，又有了劲儿。她猛地从他手中一把夺过扇子。

“我没事儿，”她尖刻地说。“用不着风把我头发吹乱。”

“斯佳丽，亲爱的！巴特勒船长，请你多多包涵。她——一听人家说起已故的查理这名字就不舒服——说到头来，也许我们今晚就不应该上这儿来。不瞒你说，我们还戴着孝呢，可怜的丫头，四下里这种欢乐气氛和音乐，也真够她受的。”

“我十分理解，”他刻意装得一本正经地说，谁知回过头一看，那副锐利的眼光看到了玫兰妮一双美丽忧愁的眼睛深处，那张黑脸顿时换了副神情，勉强显出尊敬和温柔的样子。“我想你真是一位勇敢的少夫人，韦尔克斯太太。”

“一句话也不提到我！”斯佳丽愤愤想着，玫荔在一边手足无措地笑着回答说：

“哎呀，别说了，巴特勒船长！医院护理会是没办法才叫我们来管货摊的，因为在最后关头——拿个枕头套？这个枕头套很好看，上面绣着一面旗。”

她转身去招呼三个来到柜台前的骑兵。一时间，玫兰妮真认为巴特勒船长是个大好人呢。后来她看到自己裙子和恰好放在货摊外面那只痰盂只隔着层粗纱横幅，恨不得改用更结实的料子才好，因为那些满嘴琥珀色烟草汁的骑兵吐痰功夫可不如他们放长马枪功夫那样百发百中。再后来找她的顾客越来越多，她就把船长、斯佳丽和痰盂统统都忘了。

斯佳丽悄悄坐在凳子上摇扇子，不敢抬眼，只求巴特勒船长回到他自己那条船的甲板上去。

“你丈夫死了很久了吗？”

“哦，是啊，好久了。快一年了。”

“真的是千古了。”

斯佳丽可弄不清千古是什么意思，但他声音确实娓娓动听，所以也就没说什么。

“你们结婚已经很久了吗？请原谅我问得冒昧，不过我离开这一带已经很久了。”

“才两个月。”斯佳丽老大不愿意地说。

“真是出悲剧，”他声音从容自如地继续说。

啊呀，他真该死，她恨恨地想。如果换作别人，我早就干脆对他冷冰冰，叫他滚蛋了。可是他知道阿希礼的事，也知道我并不爱查理。我真是无可奈何啊。她只好一言不发，照旧低头看着扇子。

“这是头一回在社交场合露面？”

“我知道这看上去挺怪的，”她急忙解释道。“可是管摊儿的麦克卢尔家姑娘都有事出门了，一时叫不到别人，所以我和玫兰妮——”

“为了事业，什么牺牲都不算大。”

哎呀，这句话是艾尔辛太太说过的，但当初她说的时候，听上去可不是这个味儿。火辣辣的话到了她嘴边，可又咽了下去。说到头来，她上这儿来并不是为了事业，而是因为她在家里待腻了。

“我常想到，”他深思熟虑地说。“女人足不出门，终身披着黑纱，禁止她们参加正常娱乐，这一套服丧制度跟印度的殉夫[①]风俗同样野蛮。”

“沙发？”

他哈哈大笑，她不由对自己的无知感到脸红。她就恨人家用些她听不懂的词儿。

“在印度，男人死了就用火葬，不用土葬，他妻子就得按规矩爬上火葬柴堆，陪他一起焚化。”

“多可怕！他们干吗要这样啊？警察一点也不管吗？”

“当然不管。做妻子的要不自焚就会遭到社会唾弃。所有体面的印度妇女都会指摘她举止不像一个有教养的女人——正如你今晚要是穿上红衣服，带头跳起弗吉尼亚舞[②]，角落里那些体面妇女也会这样指摘你。我个人认为，殉夫风俗比起我们可爱的南方把寡妇活埋的风俗可要仁慈得多！”

“你竟敢说我给活埋！”

“妇女对束缚她们的锁链抓得多牢啊！你认为印度风俗野蛮——可如果南部邦联今晚用不着你，你有没有勇气上这儿露面呢？”

这种讨论总是把斯佳丽搞得糊里糊涂。他这一说就使她加倍糊涂了，因为她心里隐隐约约觉得这话也有些道理。可现在正是把他驳得哑

---

① 印度的“殉夫”风俗英文中是 suttee，“沙发”在英文中是 settee，两字读音相似，斯佳丽因知识浅薄，故闹出这一笑话。

② 弗吉尼亚舞，即弗吉尼亚双人舞，男女分别面对面站成两行，各对男女轮流跳的一种乡村舞。

口无言的好时机。

“我当然不会来。这样未免——呃，未免不尊重——看上去好像我没爱——”

他眼巴巴等她把话说完，一副幸灾乐祸的眼光，她就此说不下去了。他明知道她没爱过查理，他绝不会让她装腔作势发表规规矩矩的看法。跟小人打交道是多么、多么可怕啊。君子即使明明知道女人在说谎，也要装作相信她的话。那是南方的骑士精神。君子总是遵守这套规矩，说话得体，让女人过得舒服些。可是这人似乎丝毫不管这套规矩，分明专爱谈人家从来不谈的事。

“我正洗耳恭听呢。”

“我看你这人真可恶，”她无奈只好低垂双眼说。

他趴在柜台上，嘴巴凑近她耳边，惟妙惟肖地学着偶尔在雅典娜大会堂演出的戏剧中反派角色，嘶嘶地说：“别怕，美人儿！我向你保证不说出你那罪恶的秘密！”

“啊，”她气急败坏地低声说，“你怎能说这种话！”

“我只是想宽宽你的心罢了。你要我说什么呢？说‘归了我吧，美人儿，不然我就统统兜出来了’。”

她老大不愿意地回看他一眼，只见那双眼睛竟跟小孩子的眼睛一样淘气。她突然哈哈大笑。说到头来，这场合真是可笑。他不由也大笑起来，笑声响亮，角落里有几个陪伴都朝他们这边看了。眼看着查尔斯·汉密顿的寡妇竟跟个完全陌生的人这么高兴，她们不以为然地交头接耳起来。

这时传来一阵鼓声，众人“嘘”声齐起，米德大夫登上乐台，张开双臂叫大家安静，开始说：

“我们应当衷心感谢这些漂亮的女士，她们本着爱国精神，不知疲倦，作出贡献，不仅使本届义卖会大发利市，而且把这个粗陋的会场布置成花团锦簇的园亭，变成一座可以让我在身边看到的这些娇媚的妙龄少女玩乐的花园。”

大家都拍手赞成。

“女士们都尽心尽力，不仅贡献出她们的时间，而且贡献出她们双手的劳动，货摊上这些美丽的货物，都是我们可爱的南方妇女一双双玉手制作的，所以加倍美丽。”

大家又喝彩助威，瑞特·巴特勒一直懒懒散散靠在斯佳丽身边的柜台上，悄声说：“像不像装模作样的山羊？”

斯佳丽听到他对亚特兰大最受爱戴的公民如此不敬，开头很害怕，简直大吃一惊，不禁用责备的眼光盯着他。谁知一看大夫下巴上那把灰白的胡子正飘拂飞舞，看上去真像山羊，她好不容易才忍住没笑出声来。

“但是光有这些还不够。医院护理会一些好心女士知道我们的需要，她们用沉着冷静的双手抚慰过许多痛苦的心灵，从死神嘴边夺回在最壮丽的事业中负伤的勇士的生命。我在这儿就不一一列举了。我们一定得有更多的钱购买英国的医药用品，今晚我们有幸请到无畏的船长，一年来他屡次成功地闯过封锁线为我们运来需要的药品，今后还将源源不断运来。他就是瑞特·巴特勒船长！”

虽然出其不意，这位专闯封锁线的还是得体地鞠了一躬——太得体了，斯佳丽心里一面想，一面打算分析他的用意。他似乎过分殷勤了，因为他对在场的人全都一百个瞧不起。他鞠躬时场内响起一阵欢呼声，角落里那帮太太都伸长了脖子。原来就是已故的查尔斯·汉密顿的寡妇刚才勾搭上的人！查理死了还不满周年呢！

“我们需要更多的黄金，我向你们开口要了，”大夫继续说。“我要你们作出牺牲，不过跟我们穿灰色军装的勇士所做的牺牲相比，这牺牲很小很小，似乎小得可笑。女士们，我要你们的珠宝。是我要你们的珠宝吗？不，南部邦联要你们的珠宝，南部邦联需要珠宝，我知道没人不肯给的。娇嫩的手腕上有颗宝石闪闪发亮该有多漂亮啊！我们的爱国妇女胸脯上有枚金饰针灿烂夺目该有多美啊！但是牺牲比天底下所有的黄金宝石还要美丽得多多。黄金要回炉熔化，宝石要出售，钱就用来购买药品和其他医药用品。女士们，回头有两位英勇的伤员，拿着篮子，在你们中间经过——”在一片暴风雨似的掌声和欢呼声中，他下面一段话都听不见了。

斯佳丽第一个念头就是深感欣慰，亏得戴孝，她才没佩戴外祖母罗比亚尔家传给她的那副珍贵耳坠和沉甸甸的金链，还有黑珐琅的金手镯，石榴石的饰针。她看见那个小个儿义勇兵，没受伤的那条胳臂上挎着只橡木条篮子，正在场内她这一边的人群中挨个儿募捐，只见老老少少的女人，有的在笑，有的着急，一个个褪下手镯，从穿过的耳洞里卸下耳环，装作痛得哇哇叫，还有的互相帮忙解开绷紧的项链扣子，从胸口除下饰针。不断传来金属磕碰的丁零当啷声，还有人喊着，“等一等——等一等！我这就解开了。给！”梅贝尔·梅里韦瑟正从手拐儿上截和下截使劲脱下那对可爱的手镯。芳妮·艾尔辛，一面喊着“妈妈，我可以捐吗？”，一面从鬈发上扯下世代相传的镶有米粒珍珠的粗金钗。每件捐献品放进篮里都引起大家欢呼喝彩。

这时那个咧开嘴笑的小个儿正向她们的货摊走来，臂上挎着的篮子沉甸甸的，走过瑞特·巴特勒身边时，就见他随手把一只漂亮的金烟盒扔进篮里。小个儿走到斯佳丽跟前，把篮子搁在柜台上，她只好摇摇头，摊开双手表示她没什么好捐献。说来真窘，在场的就只有她一个人捐献不出什么来。这时她看见自己手上那枚粗边的结婚金戒指闪闪发亮。

一时慌乱中，她试图回忆查尔斯的脸——他把戒指套在她手指上时是什么模样来着。可是记忆模糊了，过去她回忆起他时，总是突然无名火起，记忆就模糊了。查尔斯——就是断送她一生，害她变成个老太婆的祸根。

她攥住戒指，猛地一拧，谁知褪不下来。那义勇兵朝玫兰妮走去了。

“等一等！”斯佳丽喊道。“我有东西给你！”戒指褪下了，那篮子已经堆满挂链、金表、戒指、别针和手镯什么的，她正想动手把戒指扔进篮里，忽然看到瑞特·巴特勒的眼睛。他嘴唇迸出一丝笑意。她旁若无人地把那枚戒指抛在那一堆上面。

“噢，我的宝贝儿！”玫荔悄声说，一面抓住她胳臂，眼睛里闪耀着爱和骄傲的光彩。“你这姑娘真勇敢，真勇敢！等一等——请等一等，皮卡尔中尉！我也有东西给你！”

她褪着自己的结婚戒指，斯佳丽知道自从阿希礼给她戴上这枚戒指以后，戒指就从没离开过她手。除了斯佳丽，谁也不知道这戒指对她有多么重要。好不容易才把戒指褪了下来，她又在纤小的掌心里紧紧攥了一会儿，这才轻轻放在那堆珠宝上。姑嫂俩站着，目送义勇兵慢慢朝角落里那批老太太走去，斯佳丽旁若无人，玫荔一副模样比哭还可怜。她俩的神情没一个逃得过站在身边这人的眼睛。

“你刚才要是没勇气这么做，我也绝不会有，”玫荔伸出胳臂搂住斯佳丽的腰，还轻轻捏了她一下。一时间斯佳丽真想把她甩开，像她父亲发火时那样，使劲高喊“老天哪！”，可是她看到瑞特·巴特勒的眼睛，就勉强苦笑了一下。真气人，玫荔老是这样曲解她的用意——不过也许这样比让她怀疑真相要好得多。

“多漂亮的姿态，”瑞特·巴特勒温柔地说。“正是你们这种牺牲鼓舞了我们穿灰色军装的勇敢小伙子。”

火辣辣的话涌到了她嘴边，好不容易又忍住了。他说的话句句都在挖苦。瞧他懒洋洋地靠在货摊上，她真打心眼儿里讨厌他。可是他身上有股撩人心弦的劲儿，热乎乎的，充满活力，像股电流。她身上的爱尔兰脾气不禁发作起来向他的黑眼睛应战。她决定把他的气焰压下一两分。他知道她的秘密，占了她上风，这点她很恼火，所以她得扭转局面，想办法让他处在下风地位。她本来一时冲动，想对他照实说出自己对他的看法，可还是硬压下去。黑妈妈常说，若要多抓苍蝇，用醋不如用糖，她打算抓住这只苍蝇，好好治治，让他永远不能再摆布她。

“谢谢，”她故意听不懂他的嘲弄，甜言蜜语说。“承蒙巴特勒船长这么出名的人夸奖，心领了。”

他仰起头哈哈大笑——简直是狗叫，斯佳丽恶狠狠地想，一张脸不由又涨得绯红。

“你为什么不实话实说呢？”他压低嗓子问道，所以在募捐的笑闹声中只有她一个人听得见。“你为什么不说我是个该死的流氓、小人，叫我走开，不然就请个穿灰色军装的勇士把我撵走呢？”

她本来想尖刻地回敬一句，话到舌尖，又毅然强忍下去了。“哎呀，巴特勒船长！瞧你扯到哪儿去了！仿佛大家不知道你多么出名，多么勇敢似的，你真是一位——真是一位——”

“我对你很失望。”他说。

“失望？”

“是啊。在我们初次见面那个重大时刻，我心里就说我终于碰到一个不仅美貌而且有胆量的姑娘了。可现在看来你光有美貌而已。”

“你意思是骂我胆小鬼？”她气得要命。

“一点不错。你缺乏实话实说的胆量。我初次见到你时心想：这姑娘可是百里挑一呢。她不像这些糊涂的小傻瓜，对奶妈的教训句句深信不疑，也不管自己心里怎么想的都照做不误。而且还要说尽好话来掩饰自己的一切心情、愿望和小小的伤心事。我原想：奥哈拉小姐是个极有胆识的姑娘。她知道自己要什么，她不怕说出心里话——也不怕摔花瓶。”

“哦，”她勃然大怒说。“那我索性就把心里话直说了吧。如果你还有点儿教养的话，你就绝不会上这儿来跟我说话。你明明知道我决不愿意再看见你！可你不是个君子！你只是一个没教养的下流畜生！你以为仗着自己几条小破船能比北佬船开得快，就有权利上这儿来取笑勇敢的男人和为事业牺牲一切的女人——”

“别说了，别说了——”他咧开嘴笑着央求道。“你开头倒说得很好，想到什么说什么，可别跟我开口谈什么事业啊。我对事业这话已经听腻了，我相信你一定也听腻了——”

“咦，你怎么——”她开始说，一时竟给弄得惊慌失措，一下子又赶紧忍住不说了，心里直冒火，气的是自己竟上了他的当。

“你还没看见我的时候，我就站在门口一直留神着你，”他说。“我还留神看其他姑娘。她们的脸色看上去全像一个模子里刻出来的。只有你的不同。你的脸色一看就知道心思。你并没把心放在做的事上，我敢打赌你心里不是在想什么事业或医院。你脸色明摆着你想跳舞，想玩个痛快，偏偏又办不到。所以你气疯了。老实说吧。我说得对不对？”

“我跟你没什么可说的了，巴特勒船长，”她尽量一本正经地说，竭力想维持一点早已撕破的面子。“仗着自以为是‘闯封锁线的能人’就有权利来侮辱女人吗？”

“闯封锁线的能人！真是笑话。请你再让我耽误你一点儿宝贵的时间，才赶我走吧。我可不愿让这么迷人的爱国姑娘蒙在鼓里，误解我是为邦联事业效劳。”

“我不愿意听你吹牛。”

“我的生意就是偷越封锁线，我靠这赚钱。一旦这一行赚不到钱，我就不干了。你认为这办法怎么样？”

“我认为你是个唯利是图的流氓——跟北佬一模一样。”

“一点不错，”他咧着嘴笑。“北佬还帮我赚钱呢。嘿，上个月我的船就一直开进纽约港，装了一船货。”

“什么！”斯佳丽不禁大感兴趣，深为激动，失声叫道。“难道他们不用大炮轰你吗？”

“你天真得可怜！哪里会轰啊。北方有不少坚定的爱国者，只要卖货给南部邦联能赚钱，真是求之不得呢。我把船开进纽约，向北佬的公司买货，当然是私下交易，做完交易我就走。碰到有点儿危险，我就到拿骚①去，这些北方的爱国者早已把火药啊、炮弹啊，衬着裙箍的长裙什么的替我运到那儿了。这比到英国去办货要方便得多。有时要把货偷运到查尔斯顿和威尔明顿虽然有点儿困难——不过你真想不到花点儿钱有多大的神通。”

“哦，我知道北佬很坏，可我还不知道——”

“北佬靠同外面做买卖正正当当赚点钱，干吗找碴儿啊？再过一百

---

①拿骚，巴哈马首府和港口，在西印度群岛最北部，曾为海盗与走私贩子出没之地。

年也没关系。将来结果还不是一个样。他们知道南部邦联总归是要打败的，所以何不趁此赚点钱呢？”

“打败——我们？”

“那当然。”

“请你离开我——还是要我去叫车回家好摆脱你？”

“头脑发热的南方小妞儿，”他说着突然又咧开嘴一笑。鞠了个躬就悠闲地走开了，把她气得有火发不出，胸脯一起一伏的。她心里只觉得大失所望，分不清是怎么回事，只感到像个孩子眼看幻想破灭了那样失望。他竟敢给那些偷越封锁线的人抹黑！他还竟敢说南部邦联要被打败！他这么说真该枪毙——当卖国贼来枪毙。她朝会场四下望望那些熟悉的脸，张张脸都流露出必胜的信心，那么勇敢，那么忠心，不知怎的，她竟感到一阵寒心。打败？这些人——哪儿的话，当然打不败！这个想法是要不得的，简直大逆不道。

“你们两个在悄悄说些什么呀？”顾客散开了，玫兰妮才回头问斯佳丽道：“我忍不住看了梅里韦瑟太太一眼，她一直盯着你呢，亲爱的，你知道她一张嘴多会说啊。”

“唉，这人真是讨厌——简直是个没教养的大老粗，”斯佳丽说。“至于梅里韦瑟老太太嘛，让她去说好了。为了她，我已经当够了傻瓜。”

“哎哟，斯佳丽！”玫兰妮大不以为然，喊着说。

“嘘—嘘，”斯佳丽说。“米德大夫又要宣布什么消息了。”

米德大夫一提高嗓门，全场顿时又静了下来，开头他感谢甘心情愿捐献珠宝的各位女士。

“女士们，先生们，现在我要提出一项惊人之举——一项新花样儿，你们有几位也许会感到震惊，不过请你们记住，这都是为了医院，为了我们那些躺在医院里的子弟才这样做的。”

大家都抢先挤上前去，心里净在猜想不露声色的大夫会提出什么惊人的事来。

“跳舞会就要开始了，第一支曲子当然是弗吉尼亚舞，接下来是华尔兹，再下来有波尔卡[1]，苏格兰舞[2]，玛祖卡[3]，都由一小段弗吉尼亚舞开头。我对上流人士抢着带头跳弗吉尼亚舞的竞争很清楚，所以——”大夫擦擦额头，朝角落里怪怪地看了一眼，他太太就坐在那堆陪伴儿当中。“先生们，如果你希望自己挑一位女士跟你带头跳弗吉尼亚舞，就得出钱约定。我来当拍卖人，收入全归医院。”

款款摇动的扇子中途都停下了，会场里响起一阵激动的嗡嗡声。陪伴儿坐的角落里乱哄哄的，米德太太处境很不利，她心里虽然很不赞成，面子上却装作热心支持她丈夫这一活动的样子。艾尔辛太太、梅里韦瑟太太、惠丁太太都气得脸红脖子粗。亏得自卫队突然喝起彩来，其他穿军装的来宾也纷纷响应。年轻姑娘激动得拍手跳脚。

“你不觉得这——这简直——这简直有点像拍卖奴隶吗？”玫兰妮悄声说，一边摸不透地盯着摆好阵势的大夫，以前她还一直把他看成十全十美的呢。

斯佳丽不吭声，只是两眼闪闪发光，一颗心隐隐作痛。她要不是个寡妇就好了。只要她还是当年的斯佳丽·奥哈拉，穿着苹果绿的衣服，深绿的丝绒飘带在胸前飘荡，乌发上簪着晚香玉，往场地上一站，那弗吉尼亚舞就由她带头跳了。绝对错不了。会有十来个男人争着要她，出高价给大夫呢。唉，如今只好坐在这里了，身不由主当墙花，眼看着芳妮或梅贝尔俨然是亚特兰大的头号美人儿，带头跳第一支弗吉尼亚舞。

在一片喧闹声中，响起了小个儿义勇兵的声音，他那克里奥尔[4]口音格外明显。“我可不可以——出二十块请梅贝尔·梅里韦瑟小姐跳。”

梅贝尔满脸通红，倒在芳妮肩头，两个姑娘各自把脸躲在对方脖子边，格格笑着，这时又有别的声音叫出别的姑娘的名字和别的价钱。米

---

① 波尔卡，波希米亚人的一种轻快的双人圆舞。

② 苏格兰舞，十九世纪流行的舞蹈，类似波尔卡的慢步圆舞。

③ 玛祖卡，轻快活泼的波兰舞。

④ 克里奥尔人通常指生于拉丁美洲的欧洲人后裔；美国墨西哥湾沿岸各州早期法国或西班牙殖民者的后裔；以及上述两种人与黑人或印第安人所生的混血儿，一般讲带土音的法语。

德大夫完全不顾角落里妇女医院委员会的人一片义愤的嘀咕，又眯眯笑了起来。

开头，梅里韦瑟太太直截了当地大声宣称她家的梅贝尔决不参加这么种活动，但梅贝尔的名字被叫的次数最多，出价上升到七十五块，她的抗议声也随之放低了。斯佳丽双肘撑着柜台，两眼差点冒火，看着笑得起劲的人群拥向台前，手里全是南部邦联的纸币。

好哇，她们都要跳舞了——就除了她和那些老太太。除了她，人人都要玩个痛快。她看见瑞特·巴特勒正站在大夫下面，她脸上还没来得及换副表情，他已经看见她了，不由把嘴角一撇，一条眉毛一抬。她急忙仰起头，转过脸去，忽然间她听见有人叫着自己的姓名——一口明显的查尔斯顿口音，声音响亮，盖过叫其他名字的喧闹声。

“查尔斯·汉密顿太太——一百五十块——金元。”

一听到提起这笔钱和这名字，人群中顿时鸦雀无声。斯佳丽大吃一惊，连动都动不了。她依然两手托着下巴坐着，惊讶得睁大了双眼。人人都回过头来看她。她看见大夫从台上弯下身子跟瑞特·巴特勒悄声说着什么。大概告诉他说她在服丧，不能出场吧。她看见瑞特懒洋洋地耸耸肩。

“也许，还是另挑一位美人儿吧？”大夫问道。

“不行，”瑞特一清二楚说，眼光漫不经心地朝人群一扫。“汉密顿太太。”

“我跟你说这办不到，”大夫气恼地说。“汉密顿太太不愿——”

斯佳丽听见了一个声音，开头她还认不出这是自己的声音呢。

“不，我愿意！”

她一骨碌跳起来，心头怦怦猛跳，跳得她都怕自己站不住了，一来她又成了全场注意的中心，二来又成了在场最吃香的姑娘。哦，最妙的是眼看又好跳舞了，心里惊喜交加，免不了要怦怦猛跳了。

“噢，我不在乎！我不在乎人家说什么！”她浑身掠过一阵痛快的狂热劲儿，悄声说了一句。她把头一仰就冲出货摊，脚跟得得地踩着，像打响板似的，一面刷的把黑绸扇完全展开。霎时间她看见了玫兰妮怀疑的脸色，那些陪伴儿脸上的神情；心里别扭的姑娘们，还有热情赞成的士兵们。

当下她到了场内，瑞特·巴特勒从人群中向她迎面走来，脸上挂着讨厌的嘲笑。可是她不在乎——哪怕他是亚伯·林肯本人也不在乎。她又要跳舞了。她要带头跳弗吉尼亚舞了。她对他弯下身来行了个屈膝礼，嫣然一笑，他一手按着胸口的衬衫褶边，鞠了一躬。利维吓了一大跳，赶快控制局面，大声叫道："选好舞伴跳弗吉尼亚舞吧！"

于是乐队顿时奏起最精彩的弗吉尼亚舞曲《狄克西》[①]来了。

"你竟敢把我搞得这么招摇，巴特勒船长！"

"可是，亲爱的汉密顿太太，明摆着你不是很想招摇吗？"

"你怎能当众叫我的名字？"

"你本来可以拒绝嘛。"

"可是——我对事业负有义务——你出那么多金币，我可不能考虑自己。别笑，大家都在看着我们呢。"

"反正人家总要看我们的。你别想拿事业那套鬼话来哄我。你想要跳舞，我就给了你这机会。这段进行曲是弗吉尼亚舞的最后一段花步了吧？"

"是啊——说真的，我这就应当停下来坐好了。"

"为什么？我踩了你的脚吗？"

"没——不过人家会议论我的。"

"你心坎里——果真那么怕人家？"

"这个——"

"你又不犯什么罪，是不是？干吗不陪我跳华尔兹啊？"

"可要是让母亲——"

"还让奶妈把你管得紧紧的。"

---

① 狄克西，一译《丁香山》，"狄克西"是美国南方各州的别称。美国南北战争时此曲是南部邦联的军歌。

“啊，你这人说话腔调最讨厌，在你嘴里美德听起来竟那么无聊。”

“可美德就是无聊。你怕人家说闲话？”

“不——不过——算了，我们还是别谈这个吧。谢天谢地，华尔兹总算开始了。跳弗吉尼亚舞总是让我感到上气不接下气。”

“别回避我的问题。别的女人说了什么闲话，你计较过吗？”

“哦，你要逼我说实话——那倒没有！不过姑娘家总该当心。可是，今晚，我就不管了。”

“好极了！现在你总算开始自己拿主意，不是让人家替你拿主意了。总算开始放聪明了。”

“哦，不过——”

“等到人家对你跟对我一样议论纷纷，你就会明白这种事根本无所谓。你想想看，在查尔斯顿就没一份人家欢迎我。哪怕我为我们这神圣的正义事业作出贡献，人家也不肯网开一面。”

“多可怕啊！”

“啊，一点也不。等到你名声败坏了，你就知道名声是多大的负担，自由的真正意义是什么。”

“你说得真难听！”

“说得难听，却是真话。只要你始终有充分的勇气或者有钱——没有名声也行。”

“钱买不到一切。”

“这话一定是人家跟你说的。你自己根本想不出这种老生常谈。钱有什么买不到的？”

“哦，这个，我不知道——反正，买不到幸福，也买不到爱情吧。”

“一般说来买得到的。买不到的话，可以买些最出色的代用品嘛。”

“你有这么多钱吗，巴特勒船长？”

“这话问得多么无礼，汉密顿太太。我真没想到。不过，是啊，我有钱。我年纪轻的时候穷得身无分文，混到如今总算很不错的了。我敢说靠封锁线做生意，准能捞上一百万。”

“哦，不见得吧！”

“哦，没错！建设文明能发大财，破坏文明同样能发大财，这一点大多数人似乎都不懂。”

“这番话是什么意思？”

“你家和我家，还有今晚在场的人，都曾经在把荒野改变成文明世界中发了财。那就是帝国建设。在帝国建设中能发大财。不过，在帝国破坏中能发更大的财。”

“你说的是什么帝国啊？”

“我说的就是我们眼下所生活的——南方——南部邦联——棉花王国——这个帝国正在我们脚下分崩瓦解。只有大多数傻瓜才看不出这点，不会趁帝国垮台的局面捞点好处。我就是靠破坏发财的。”

“那么说你真的认为我们就要给打败了？”

“是啊。何苦做鸵鸟呢？”

“啊呀，天哪，这种话真叫我听腻了。你就不会说些好听的话吗，巴特勒船长？”

“要是我说，你两只眼睛就像一对金鱼缸，清澈的绿水满到缸边，那对鱼儿游到水面上来，真是迷人极了，就像现在这样，你听了满意吗？”

“哦，我不喜欢这……音乐不是很美吗？哦，我真能没完没了地跳下去！我原来不知道自己竟这么想跳！”

“我这辈子从没搂过比你更美的舞伴。”

“巴特勒船长，你不该搂得这么紧。大家都看着呢。”

“如果没人看着，那你在乎吗？”

“巴特勒船长，你忘乎所以了。”

“一刻也没忘。有你在怀里，我怎能忘呢？……那是什么曲调？是新的吗？”

“是啊。这曲子不是很美吗？这是我们从北佬那里照搬过来的。”

“曲名叫什么？”

“《无情战火结束后》。”

“什么歌词？唱给我听听。”

“亲人儿，你还记得
上回相会情景否？
你跪在我的脚边，
说你爱我情绵绵。
你身穿灰军装啊，
站在面前多神气，
你当时立下誓言，
对国对我心不移。
寂寞伤感有何益，
枉抛泪珠徒叹息！
无情战火结束后，
你我重逢又有期！”

“当然，原来的词是‘蓝军装’，可我们改成了‘灰军装’……哦，你华尔兹跳得好极了，巴特勒船长。不瞒你说，多数大人物都跳不好。想想这回跳了今后又要有好多好多年跳不上舞了。”

“只消一会儿工夫。下一支弗吉尼亚舞我还要出价请你——还有再下一支，再下一支。”

“哦，别，我不能再跳了！你千万别这样！我名声会毁了。”

“反正名声已经败坏了，再跳一回又有什么关系？等我跟你跳过五六回以后，也许会让别的小子有个机会跟你跳，不过最后一个舞还是非跟我跳不可。”

“哦，那好吧。我知道自己疯了，可我不在乎。人家怎么说我不在乎了。我在家里坐得都腻透了。我要跳舞，跳啊跳——”

“不穿黑衣服了？我就讨厌戴孝。”

“哦，我可不能脱孝——巴特勒船长，你千万别把我搂得这样紧。你这样做我就要对你发火了。”

“你发火时真好看。我要再紧紧搂一下——瞧——就是要看看你是不是真发火了。上回在十二棵橡树庄园，你发了火，还扔东西，你真不知道当时自己有多迷人呢。”

“哦，求求你——这事你还没忘呐？”

“对，这是我最宝贵的记忆——一位娇生惯养的南方美人儿，大发爱尔兰脾气——你知道吗，你是十足的爱尔兰脾气。”

“哦，天哪，音乐结束了，佩蒂帕特姑妈从后屋走出来了。我知道梅里韦瑟太太一定告诉她了。哦，求求你，我们还是走过去，看看窗外吧。我现在不想让她碰上。她两只眼睛睁得大大的呢。”

第10章

第二天早晨，对着蛋饼[①]，佩蒂帕特眼泪汪汪，玫兰妮一声不吭，斯佳丽则一脸的不服气。

“人家议论我才不在乎呢。我敢说我替医院赚到的钱比那儿的任何姑娘都多——也比我们卖掉的全部垃圾货的钱还多。”

“啊呀，天哪，钱有什么关系？”佩蒂帕特哭着说，一边绞扭着双手。“我简直不相信自己的眼睛，可怜的查理过世还不满一年……斯佳丽，那个可恶的巴特勒船长把你搞得那么招摇，真是个坏透坏透的人。惠丁太太的表妹，柯尔曼太太，她丈夫就是查尔斯顿人，她跟我说起这人。说他出身倒是好人家，就他是个败家子——唉，巴特勒家的子孙怎么会出这么个败类？在查尔斯顿他不受欢迎，他生活放荡透顶，名声坏极了，跟个姑娘有过一段事情——事情很不堪，连柯尔曼太太也摸不清是怎么回事。”

“哦，我就不相信他有这么坏，”玫荔温柔地说。“他看上去是个

---

① 蛋饼是一种以鸡蛋、牛奶、面粉为原料，倒在格子铁板上焙烘的松饼，一般为早餐食品。

地道的君子，你想想，偷越封锁线，他有多勇敢啊。”

“他并不勇敢，”斯佳丽存心闹别扭地说，一面把半罐糖浆往蛋饼上倒。“他只是为了钱才干的。他跟我这么说过。他才不管南部邦联死活呢，他说我们就要给打败了。不过他的舞倒跳得好极了。”

听她说话的两个人吓得一句话也说不出来。

“我在家里坐腻了，再也不想这样坐下去。如果人家昨晚都这样议论我，那我的名声早就完了，人家再怎么说也无所谓了。”

她倒没想到这原是巴特勒的主张，居然跟她心里所想的正巧完全吻合。

“哎！你母亲听到这话会怎么说啊？她对我会怎么想呢？”

斯佳丽一想到她母亲真要听到女儿丢人现眼的举止，准会惊惶失措，不由心凉了，感到一阵内疚。她再一想，亚特兰大同塔拉庄园相隔二十五英里，不由又打起精神来。佩蒂姑妈肯定不会告诉她母亲。这会让她这个做陪伴儿的下不了台。要是佩蒂不乱讲，她就太平无事。

“我想——”佩蒂说，“对，我想最好还是寄封信给亨利把这事说一说——尽管我不愿给他写信——可是我们亲属中只有他这么个男人，要他去向巴特勒船长问罪——哎，天哪，查理在世就好了——斯佳丽，你千万、千万别再跟那人说话了。”

玫兰妮一直悄悄坐着，两手搁在膝盖上，她一份蛋饼在盘里正凉着。她站起身，来到斯佳丽身后，双臂搂住她脖子。

“宝贝儿，”她说，“别烦恼了。我理解，你昨晚做了件很勇敢的事，帮了医院一个大忙。要是有什么人胆敢说你一句闲话，我会对付他们……佩蒂姑妈，可别哭了。斯佳丽什么地方都不去也未免太难受。她还是个小姑娘呢。”她手指抚弄着斯佳丽的乌发。“如果我们偶尔出去参加一些社交聚会，也许日子好过些。我们待在家里只顾伤心，也许非常自私。战时究竟不比平时。我想起城里所有那些士兵，他们远离家园，晚上又没什么朋友可以去探望——还有医院里那些士兵，伤势好转能起床了，但还不能返回部队——唉，我们过去真自私。这回我们应当像别人一样，请三个康复伤员来家调养，每星期天请几个士兵来吃饭。得了，斯佳丽，别着急。人家一旦理解了就不会议论了。我们知道你爱查理。”

其实斯佳丽心里一点也不着急，玫兰妮那双温柔的手抚弄她的头发才叫人心烦呢。她真想要扭转头，说声“哦，乱弹琴！”，因为昨晚自卫队和民团，还有医院里的伤兵争相跟她跳舞的情形记忆犹新。她恰恰不稀罕玫荔当她的辩护人。谢谢你了，如果这帮三姑六婆要咋呼的话，她可以替自己辩护——得了，没有这帮三姑六婆，她也能过日子。天下多的是漂亮军官，才不去为老太婆说什么闲话操心呢。

佩蒂帕特听了玫兰妮好言相劝就擦着眼泪，这时普莉西拿着封厚厚的信走了进来。

“你的信，玫荔小姐。一个黑小鬼送来的。”

“我的？”玫荔边说边拆开信封，心里直纳闷。

斯佳丽正顾着吃她的蛋饼，所以一点没在意，待等听见玫荔放声哭了，才抬眼一看，只见佩蒂帕特姑妈伸手按着胸口。

“阿希礼死了！”佩蒂帕特尖叫一声，头一仰，两臂就无力地垂下了。

“哦，我的天哪！”斯佳丽也大叫一声，浑身血液顿时冰凉。

“不是的！不是的！”玫兰妮喊道。“快！拿她的嗅盐，斯佳丽！好了，好了，乖乖，好点了吗？深深吸口气。不，不是阿希礼。真对不起，我吓了你一跳。我哭是因为我太高兴了，”她忽然张开握紧的手掌，把掌心里捏着的东西贴着嘴唇。“我太高兴了，”说着又哇地一声哭起来。

斯佳丽眼尖，一下就看见是只粗边金戒指。

“看吧，”玫荔指指地板上那封信说。“哦，他这人多可亲，多好心啊！”

斯佳丽莫名其妙，捡起那张信纸，只见又黑又粗的字迹写着：“南部邦联需要的是男人的鲜血，但是还不需要女人的心血。亲爱的夫人，请接受这个纪念品，以示我对你勇气的敬佩，切莫认为你的牺牲毫无结果，因为这枚戒指是花了十倍的价钱才赎回来的。瑞特·巴特勒船长。”

玫兰妮把戒指套上手指，爱不释手地看着。

“我不是跟你说过他是位君子吗？”她回过头对佩蒂帕特说，脸上泪光莹莹，露出了笑容。“除了高尚体贴的君子之外，谁也不会想到我因此多么伤心——我回头就把我的金项链捐掉吧。佩蒂帕特姑妈，你应当写张便条给他，请他星期天来吃饭，那我就可以当面谢他了。”

在一片激动中，似乎谁也没想到巴特勒船长并没有把斯佳丽的戒指也归还。可是她想到了，心里暗暗着恼。她知道促使巴特勒船长作出这么豪爽姿态的，绝不是他为人高尚。其实是他存心要人家请他上佩蒂帕特家来，而且拿准了这一来准能受到邀请。

“我听到你最近的行为，心中极为不安，”埃伦来信这样说，斯佳丽在桌边看着信，不由皱起眉头。恶事必定传千里。她在查尔斯顿和萨凡纳时常听说亚特兰大的人比南方其他地方的人更爱搬弄是非，干涉人家私事，现在她可相信了。义卖会是星期一晚上的事，今天还只有星期四呢。哪一个三姑六婆擅自写信给她母亲啊？一时她怀疑是佩蒂帕特，但转眼就抛开了这念头。可怜的佩蒂帕特一直唯恐为斯佳丽的鲁莽行为受到责怪，吓得簌簌发抖，绝不会跟埃伦说起自己这个陪伴儿没尽到责任的。大概是梅里韦瑟太太吧。

“我真难以相信你会如此忘了自己的身份和教养。我懂得你想要帮助医院的一片热忱，可以宽恕你在服丧期间公开露面的不当行为。可是去跳舞，而且竟同巴特勒船长这样的人！我对他的事听到了不少（谁没听说过呢？），上星期宝莲刚写信给我，说起他名声很坏，连查尔斯顿老家的人都不欢迎他，当然除了他伤心的母亲之外。他是一个地道的坏人，会利用你年轻无知，使你招摇，当众出你的丑，出你家里的丑。佩蒂帕特小姐怎能如此失职不管你？”

斯佳丽望着桌子对面的姑妈。老小姐早已认出了埃伦的笔迹，吓得噘起胖嘟嘟的小嘴，像个小娃娃生怕挨骂，只想一哭了之。

“我想到你竟如此快就忘了教养深感伤心。我原想叫你立即回家，但此事将由你父亲决定。他星期五将来亚特兰大，同巴特勒船长面谈，并护送你回家。我生怕他会不顾我求情，对你太严厉。但愿你只是年幼轻率才做出这等鲁莽行为。谁也比不上我这么希望为事业效劳，但愿我的女儿都有同感，但是要出丑——”

信里类似的字句多得很，但斯佳丽没看完。这一回她可完全吓坏了。现在她不感到满不在乎，目中无人了。她只觉得自己年幼理亏，就像十岁那年在餐桌上把一片抹上黄油的饼干扔在苏埃伦身上那种心情。想想性情温柔的母亲竟如此对她严加指责，她父亲又要上城里同巴特勒船长面谈。她感到事情严重了。她父亲要对她严厉了。这一回她知道自己不能坐在他膝上撒娇胡闹，借此逃脱责罚了。

“不是——不是坏消息吧？”佩蒂帕特颤抖着问。

“爸明天就来了，他要像饿虎扑羊那样扑过来把我痛骂一顿。”斯佳丽忧伤地答道。

“普莉西，把我的嗅盐找来，”佩蒂帕特扔下吃了一半的早餐，把椅子往后一推，坐立不安。“我——我感到发晕。”

“在你裙兜里呢，”普莉西说，她一直在斯佳丽身后来回走动，欣赏这幕精彩好戏。杰拉尔德老爷发起脾气来可带劲儿了，只要他脾气不是冲着她的卷毛头来就行。佩蒂在兜里掏着，把药瓶凑到鼻子前。

“你们都应当帮我，一刻都不要离开我，”斯佳丽喊道。“他很喜欢你们俩，要是你们跟我在一起，他就没法对我唠叨了。”

“我不行，”佩蒂帕特有气无力地说，一边站起身来。“我——我不舒服。我一定得躺下。明天我要躺一整天。你们一定要替我向他解释解释。”

“胆小鬼！”斯佳丽心里想，狠狠瞪了她一眼。

玫荔虽然一想到要对付脾气火暴的杰拉尔德就脸色煞白，吓得要命，但还是挺身帮她说话。“我会——我会帮你说明你是为了医院才这么干的。他准会理解。”

“不，他不会的，”斯佳丽说。“啊呀，要是像母亲扬言那样，硬要我丢人现眼地回塔拉庄园，我死也不去！”

“哦，你不能回家，”佩蒂帕特哇的一声哭叫说。“要是你回去了，我就只好——唉，只好求亨利来陪我们住了，你知道我跟亨利就是没法一起过。城里这么多陌生男人，晚上家里只有玫荔跟我在一起，我真提心吊胆。你很勇敢，家里没个男人我也不担心！”

“哦，他不能带你去塔拉庄园！”玫荔说，看上去仿佛她马上也要哭了。“这里现在就是你的家。你不在叫我们怎么办呢？”

“你要是知道我对你的真正看法，就巴不得我不在了，”斯佳丽别扭地想道，心里只希望出头帮她劝父亲息怒的是别人，不是玫兰妮。让你深深厌恶的人来替你辩护未免叫人心里不好受。

“也许我们应该取消对巴特勒船长的邀请——”佩蒂帕特开腔说了。

“哦，那不行！太不像话了！”玫荔喊着说，心里很苦恼。

“扶我上床吧。我要病倒了，”佩蒂帕特呻吟道。“哦，斯佳丽，你怎能替我惹来这祸啊？”

第二天下午杰拉尔德上门时，佩蒂帕特果真病倒在床。她房门紧闭，不断传话出来告罪，晚饭时就听任吓破胆的姑嫂俩在饭桌上张罗一切。杰拉尔德虽然吻了女儿，还赞许地捏捏玫兰妮的脸蛋。叫她“玫荔姑娘”，但是他沉默得令人预感到大势不妙。斯佳丽原来满心希望他破口大骂，数落一顿了事呢。玫兰妮倒也守信，形影不离地跟着斯佳丽，杰拉尔德到底是个有身份的人，不会当着她面骂女儿。斯佳丽不得不承认玫兰妮应付自如，装得若无其事，等到开晚饭，她居然引得他跟大家谈起话来。

“我想了解县里的一切消息，”她对他满面春风地说。“印第亚和霍妮懒得写信，我知道你对那里的情况一清二楚。就跟我们谈谈乔·方丹的婚礼吧。”

杰拉尔德听了这番奉承话心里很受用，就说这场婚礼是悄悄举行的，“不像你们那时候，”因为乔只有两三天休假。芒罗家的那个小妞儿萨丽，看上去很漂亮。不，他记不得她穿什么衣服了，但他的确听说她“二朝”服都没有。

“真的吗？”姑嫂俩大为震惊，失声叫道。

“没错，因为她没有过上新婚第二天，”杰拉尔德解释道，说着径自哈哈大笑，忘了这类话是不宜当着女人说的。斯佳丽听到他大笑，不由兴致也上来了，她倒多亏玫兰妮手段高明呢。

“乔第二天就回弗吉尼亚去了，”杰拉尔德匆匆找补一句说。“婚后也没有拜客，没有舞会。塔尔顿家孪生兄弟回家了呢。”

“那事我们听说了。他们伤好了吗？”

“他们伤势不重。斯图特伤在膝盖上，布伦特肩膀上穿过一颗来复枪子弹。他们俩因为英勇作战在特别通报上受到表彰，这事你们也听说了吧？”

“没有！跟我们说说吧！”

“他们俩——都很鲁莽。我相信他们有爱尔兰血统，”杰拉尔德得意地说。“我忘了他们是怎么立功的，不过布伦特现在升做中尉了。”

斯佳丽听到他们立功，感到很高兴，大有应该归功于她之势。哪个男人一旦做了她情人，她就永远深信他属于她，凡是他的功劳都为她增光。

“我还有个消息准会使你们俩感兴趣，”杰拉尔德说。“人家说斯图特又到十二棵橡树庄园去求婚了。”

“是霍妮还是印第亚？”玫荔激动地问道，斯佳丽却几乎气得干瞪眼。

“哦，当然是印第亚小姐啰。我家这个骚货没跟他眉来眼去的时候，她不是早抓住他不放了吗？”

“哦，”玫荔说，她对杰拉尔德说话这么口没遮拦，有点儿发窘。

“这还不说，现在，布伦特这小子也变得喜欢到塔拉庄园来鬼混了。”

斯佳丽说不出话了。她情人这么负心，对她几乎是侮辱。特别是她回想起当初她告诉他们说，她要嫁给查尔斯时，哥儿俩多么撒野。斯图特甚至扬言要开枪打死查尔斯，或者打死斯佳丽，或者打死自己，或者把三个人都打死。当时才叫来劲呢。

“是找苏埃伦吗？”玫荔突然露出欣慰的笑容问道。“可我还以为肯尼迪先生——”

“哦，他吗？”杰拉尔德说。“弗兰克·肯尼迪还是模棱两可，连自己影子都害怕。如果他不开口，我不久就要问问他到底是什么意思。不对，是找我的小妞儿。”

“卡丽恩？”

“她还只是个小孩子呢，”斯佳丽尖刻地说，她总算说得出话了。

“她比你结婚时只小一岁，小姐，”杰拉尔德反驳说。“你是舍不得把你从前的情人让给你妹妹吧？”

玫荔听不惯这么直来直去的说话，不由涨红了脸，示意彼得端上红薯饼。她拚命搜索枯肠，想找些别的话题，不要太涉及人家私事，只要能把他此行目的岔开就行。但她想不出什么话题来，而杰拉尔德一打开话匣子就关不住了，只要有个人听他说话就成。他把话扯到军需部门贪赃枉法，要求月月提高，扯到杰弗逊·戴维斯奸诈昏庸，还扯到爱尔兰人不要脸，为了几个赏金就去投奔北佬。

等桌上端来了酒，姑嫂俩就起身想离开他。杰拉尔德皱起眉头，对女儿狠狠使了个眼色，命令她单独留下一会儿。斯佳丽失望地瞟了玫荔一眼，玫荔一筹莫展，拧着手绢儿，走了出去，随手轻轻把门拉上。

“怎么啦，小姐！”杰拉尔德亲自斟上一杯葡萄酒，大声吼道。“干的好事哇！你守寡还没多少天，竟想另找个丈夫了吗？”

“别那么大嗓门，爸，仆人——”

“不用说他们早就知道了，人人都知道我们家丢尽了脸。你母亲气得病倒在床，我也抬不起头来了。真丢人。不行，小姑娘，这回你不用想哭鼻子就混过去。”他看到斯佳丽眼皮眨巴眨巴，嘴唇噘了起来，就匆匆说，声音里不免有点慌张。“我了解你。你替自己丈夫守灵时也会跟人调情的。别哭了。得了，我今晚不再说什么了，因为我要去会会这位体面的巴特勒船长，他竟然不把我女儿的名声当一回事。可到明天早晨——行了，别哭了。哭对你可一点也没好处。一点也没。这回我下定决心要把你明天就带回塔拉庄园去，免得你再给我们全家丢脸。别哭了，宝贝儿。瞧我给你带来了什么！这礼物不是挺漂亮吗？瞧，瞧啊！你怎能给我找这么多麻烦啊，我是个大忙人，偏让我这么大老远赶来！别哭了！”

玫兰妮和佩蒂帕特都先睡了几个小时了，可是斯佳丽躺在暖和的暗处却睡不着，腔子里一颗心沉甸甸的，惊恐不安。生活刚刚重新开始，就要她离开亚特兰大，回家去见母亲！她宁死也不愿去见母亲。她真巴不得自己此时此刻死了才好，死了大家就会后悔不该这么可恶了。她在火烫的枕头上翻来覆去，后来耳边听到寂静的街道远处传来个声音。尽管这声音模糊不清，却耳熟得很。她悄悄起床，走到窗口。只见天上星光朦胧，绿树成荫的街道一片幽暗。声音越来越近，车轮辘辘，马蹄得得，还有说话的声音。这时耳边传来一个带着浓重的爱尔兰土腔和醉意的声音，唱着《低靠背车上的假腿人》，她听出来了，不由突然咧嘴一笑。这天虽不是琼斯博罗开庭的日子，不过杰拉尔德看审案回来也是这副样子。

她看见一辆双轮轻便马车的黑影停在屋前，模糊不清的人影下了车。有人陪着他呢。大门口有两个人影，她听见门闩喀嗒一响，就清清楚楚传来杰拉尔德的声音了。

“我这就给你唱支《罗伯特·埃米特哀歌》。这支歌你应当会唱，老弟。我来教你。”

“我很愿意学，”陪来的人说，在慢吞吞的平淡声音里听得出含有一丝强忍的笑意。“可现在不行，奥哈拉先生。”

“啊哟，天哪，原来是可恶的巴特勒那家伙！”斯佳丽想道，开头心里很气恼，随即又打起精神来了。至少他们没有开枪互射。在这个时候，这种情况下，两个人一起回来，一定是关系很好的了。

“我要唱了，你要听着，不听我就一枪崩了你这个奥兰治会分子。”

“不是奥兰治会分子——是查尔斯顿人。”

“这也好不了多少。反而更糟。我有两个小姨子住在查尔斯顿，我知道的。”

“他要说给四邻八舍听吗？”斯佳丽惊慌失措，暗自想道，一面伸手去拿晨衣。可她有什么办法呢？深更半夜的，她又没法下楼去，把父亲从街上拖进来。

杰拉尔德在大门口磨磨蹭蹭，也不事先打个招呼，就仰起脖子，用吼叫似的低音唱起那支《哀歌》来。斯佳丽手拐儿撑在窗槛上听着，一面勉强咧开嘴笑着。只要她父亲唱时别走调，这歌倒也是支动听的歌。这歌原是她喜欢的一支，一时间她竟玩味着开头两句歌词中那种细腻的忧郁情感。

“她远离她那年轻英雄长眠的土地，
身边围着的亲人陪着直叹息。”

那支歌一直唱下去，她听见佩蒂帕特和玫荔两人屋里都有动静。可怜虫，她们肯定被吵得心烦意乱。她们没见惯杰拉尔德这种精力旺盛的男子汉。等到那支歌唱完，就见两个人影凑在一起，沿着小径走来，踏上台阶。就听得响起一阵谨慎的敲门声。

“我想我该下楼去，”斯佳丽想道。“他毕竟是我父亲，而且可怜的佩蒂是死也不肯去的。”再说，她也不愿让仆人看见她父亲这副德行。如果彼得想侍候他睡觉，他会由着性子胡来的。只有波克一个人知道怎么对付他。

她把晨衣领口齐脖子扣住，点亮床头蜡烛，匆匆走下漆黑的楼梯，到前门厅去。她把蜡烛插在烛台上，开了门，烛光摇曳中，她看见瑞特·巴特勒不动声色，扶着她那矮胖个儿的父亲。那支《哀歌》显然是杰拉尔德唱的最后一支歌了，因为他竟老老实实靠在陪他来的人胳臂上了。帽子也丢了，一头拳曲的花白长发乱蓬蓬地披散着，领带歪到一边耳朵下，衬衫前襟沾着酒迹。

“我想，这位是你父亲吧？”巴特勒船长说，黝黑的脸上一对眼睛露出幸灾乐祸的神色。他一眼就看出她衣着随便，那眼光似乎一直看到了她晨衣的里面。

“带他进来，”她没好声气地说，狼狈的是自己衣冠不整，愤怒的是她父亲竟害她处在这种境地，让这人可以趁机取笑她。

瑞特把杰拉尔德向前推着。“要我帮你扶他上楼吗？你架不住他。他身子沉得很。”

他这么放肆，竟敢提出这主意，她听了吓得张开了嘴。想想看，要是让巴特勒船长上楼来，缩在床上的佩蒂帕特和玫荔会怎么想啊！

“天哪，不行！就在这儿，在客厅的沙发上。”

“你说，殉夫[①]吗？”

“谢谢你，请你说话放文明些。就这儿，让他躺下吧。”

“要我脱掉他靴子吗？”

“不用。他以前穿着靴子睡过。”

她真后悔不该说错话，因为他把杰拉尔德双腿架好时轻声笑着。

“好了，请走吧。”

他朝外走进昏暗的门厅，拿起刚才扔在门槛上的帽子。

“星期天吃饭时再见，”他说着走了出去，随手悄无声息地带上了门。

五点半，趁仆人还没从后院进屋来做早餐，斯佳丽就起了身，溜下楼梯，来到寂静的楼下。杰拉尔德已经醒了，坐在沙发上，双手抓住自己的圆脑袋，仿佛想用手掌把脑袋扼碎。她进来时他鬼鬼祟祟抬眼看着。眼睛一动就痛彻心肺，叫他受不了，不由哼哼唧唧起来。

“哎哟哟！”

“你干的好事，爸，”她一开口就愤怒地低声说。“这么个时辰才回家，还唱得左邻右舍全给吵醒了。”

“我唱了？”

---

① 巴特勒借此跟斯佳丽开玩笑，以挖苦她上次在义卖市场上把“殉夫”误为“沙发”的无知。（参见本书第180页）

“唱了！你唱《哀歌》，唱得震天价响。”

“我一点都记不得了。”

“左邻右舍到死也忘不了，佩蒂帕特小姐和玫兰妮也忘不了。”

“老天哪，”杰拉尔德伸出舌苔厚厚的舌头，舔舔干燥的嘴唇，哼哼唧唧说。“牌局开始后的事我都记不清了。”

“牌局？”

“巴特勒那个花花公子吹牛说他是打牌大王——”

“你输了多少？”

“什么话，我自然赢了。喝下一两杯酒我就打得顺手了。”

“瞧瞧你的钱包吧。”

杰拉尔德的一举一动仿佛都很痛苦，好容易才从上衣里掏出钱包，打开一看，里面是空的。他瞧着钱包，一副可怜巴巴、莫名其妙的样子。

“五百块钱呢，”他说。“这笔钱原来要向偷渡封锁线的商人买东西给你母亲的，如今连回塔拉庄园的车钱都没了。”

斯佳丽愤愤地看着钱包，心里顿时有了个主意。

“我在城里再也抬不起头了，”她张嘴就说，“你把我们大家的脸都丢尽了。”

“别说了，小姑娘。你没看见我脑袋都胀死了吗？”

“喝得醉醺醺的，跟巴特勒船长这种人回家来，还扯起嗓子大声唱歌，唱得人人都听见，还把钱统统输光。”

“这人打牌太精明，不是个上流人。他——”

“母亲听到这事会怎么说啊？”

他突然露出一副痛苦的担忧神情，抬眼看着。

“你一句都不会告诉你母亲，让她烦恼吧？”

斯佳丽一言不发，只是噘起嘴。

“你想她听了这事会多伤心啊，她心肠这么软——”

“想想看吧，爸，昨天晚上你刚刚说过我丢了全家的脸呢。我，只不过跳了几支舞替士兵赚点钱。唉，我真要哭了。”

“啊呀，别哭，”杰拉尔德央求道。“我这可怜的脑袋受不了啦，真快胀破了。”

“你还说过我——”

“得了，小姑娘。得了，小姑娘，你可怜的老爹说过什么话你都别见怪，他说话有口无心，什么事情都不懂得！说真的，你确实是个一片好心的好姑娘。”

“还要把我带回家去丢人现眼。”

“啊，宝贝儿，我绝不会这么做。我是逗你玩呢。你可别对你母亲提起钱啊，她对开支的事本来已经够着急的了。”

“不说，”斯佳丽坦率说，“我不会说的，只要你让我留在这儿，你去跟母亲说这不过是三姑六婆搬弄是非就行了。”

杰拉尔德伤心地瞧着女儿。

“这简直是敲诈。”

“那昨晚的事简直是丑闻。”

“得了，”他连哄带骗说。“我们把这些事统统忘了吧。你看，像佩蒂帕特这么位可爱的小姐，家里会有白兰地吗？喝口解醉酒——”

斯佳丽转过身去，蹑手蹑脚，穿过静悄悄的过道，走进餐室去拿白兰地，每逢佩蒂帕特那颗七上八下的心跳得她晕过去——或者看来像要晕了，她总抿上一口，所以斯佳丽和玫荔私下总管这瓶酒叫“头晕酒”。斯佳丽满脸得意洋洋，丝毫没有因对父亲不孝而感到羞愧。如今可以拿假话稳住她母亲了，要是再有哪个多管闲事的人写信给她母亲也不怕了。如今她可以留在亚特兰大了。既然佩蒂帕特是这么个软面糊儿，她可以随心所欲了。她打开酒柜，把酒瓶和酒杯紧紧抱在胸口，站了一会儿。

她眼睛里仿佛看到了一连串美景：桃树湾潺潺流水边的野餐，石山上的烤肉野宴、酒会啊、舞会啊，午后的茶舞，驾着双轮轻马车兜风，星期天晚上吃便饭。样样都有她的份，样样都以她为中心，男人堆里也都以她为中心。你在医院里为这些男人做点小事，他们很容易就会堕入情网。如今她不那么讨厌医院了。男人病后很容易动心。正像塔拉庄园里的熟桃子，碰上手段巧妙的姑娘，只消轻轻把树一摇，就掉到手心里了。

她手里拿着起死回生的酒回到父亲身边，心里暗自感激老天，昨晚他酒后发作一场，这个出名的脑袋还没清醒过来呢。她一时又突然起了疑心，不知瑞特 · 巴特勒是不是跟这事有什么关系。

第 11 章

下一个星期的一天下午，斯佳丽从医院回来，只觉得又累又气。累，是因为两条腿整整站了一个上午；有气，则是因为她坐在病床边上替伤兵包扎胳膊，给梅里韦瑟太太不客气抢白了一顿。到了家里，只见佩蒂姑妈和玫兰妮早已戴起了自己最好的帽子，带上了韦德和普莉西，等候在门廊上，准备一块儿去诸亲好友家作每周例行的拜访。斯佳丽表示不能奉陪，管自上了楼，到自己房间里去了。

等到马车的轮声辘辘重又归于沉寂，知道一家子人已经去远，她就悄悄来到玫兰妮的房间，打开门锁溜了进去。玫兰妮的房间不大，齐齐整整、纤尘不染，四点钟的太阳已渐西斜，照得满室温馨，一派恬静。地上一片晶亮，敢情地板上没铺地毯，只有一两处地方算是铺着色泽鲜艳的碎毡小地毯；雪白的四壁也不加装点，只有一个角落里被玫兰妮布置得简直像个神龛一般。

那里，上头是一面南部邦联旗飘然下垂，旗下挂着当年玫兰妮的父亲参加墨西哥战争时佩带过的那把金柄马刀，此次查理出征，随身佩带的也就是这把马刀。一起挂在那里的还有查理的腰带和手枪带，枪袋里还装着他的左轮枪。马刀和手枪之间是一张银板照相[①]，相片上正是查理，穿着灰色军服，显得非常矜持而自豪，一对棕色的大眼睛似乎有两道光芒直射到镜框外，嘴唇上还挂着一丝羞怯的微笑。

斯佳丽对相片压根儿就没有瞟一眼，她半点也没有耽搁，就直奔到那张小巧的床前，把手伸向床头柜上的一只四四方方的黄檀木文书箱。

① 一种早期的相片。

从箱子里取出一叠用蓝缎带扎好的信，都是阿希礼亲笔写给玫兰妮的。最上面的一封信是当天早上寄到的，她就打开这一封来看。

斯佳丽偷看这些信，开头还觉得良心十分不安，又生怕有人看见，所以哆哆嗦嗦，差点儿连信封都打不开来。她的廉耻之心本来就不是无懈可击的，如今经过这样一犯再犯，就越发变得麻木不仁了，甚至也不怕有人看见了。她时而也会心里一沉，想起："母亲要是知道了，真不知会怎么说呢？"她知道按母亲的脾气，是宁可让她死，也不愿意看到她干出这种丑事来的。斯佳丽起初也曾为此而心头有过个疙瘩，因为她还是很想处处以母亲为榜样。但是想要看信的心理毕竟难以抗拒，结果就只好把母亲轻轻撇开，从此不去想她了。现在斯佳丽碰到不愉快的想头，已经有了轻轻撇开的本事。她已经学会了对自己说："某事麻烦得很，现在且不要去想了。等明天再考虑吧。"可是一到明天，往往不是把事情忘记得一干二净，就是一夜的耽搁起了冲淡的作用，觉得事情已经不是那么伤脑筋了。所以她偷看了阿希礼的来信，良心上终于也没有太大的不安。

玫兰妮接到了信倒一向是挺大方的，总要抽几段念出来给佩蒂姑妈和斯佳丽听听。但是使斯佳丽放心不下、觉得非把妹夫的来信偷看个明白不可的，却是那没有念的部分。她要知道阿希礼结婚以后对妻子会不会当真萌生了爱。就是没有，也要知道他是不是装着爱她的样子。他对她的称呼是不是亲而又亲？字里行间感情如何？热到什么程度？

斯佳丽把信纸小心展开。

阿希礼细小匀整的笔迹一下子映入了她的眼帘，开头的称呼是"我亲爱的妻"，她一见松了口气。总算还没有叫"心肝"、"宝贝"什么的。

"我亲爱的妻：你信上说你心中惶惶，唯恐我把真实思想对你隐瞒，你问我近来心里在想些什么——"

"哎呀，乖乖！"斯佳丽突然一阵心虚，慌得暗暗叫道。"'把真实思想对你隐瞒。'难道玫荔竟会看透了他的心思？还是看透了我的心思呢？莫非她疑心他和我——"

她吓得两手发抖，把信也凑近了些，可是看到了下一段，便又定下心来。

“亲爱的妻，如果我对你隐瞒了什么的话，那是因为我不愿意叫你背上沉重的包袱，不愿意你为我此身的安全操了心不算，还要为我内心的不宁而担忧。不过我是什么也瞒不过你的，因为你对我太了解了。放心吧。我一没有伤，二没有病，饭吃得饱，有时还有床可睡。当兵的能够这样，还有什么可说的呢。可是，玫兰妮，我心头确实有一些想不开的苦恼，我就把心里话向你吐一吐吧。

“入夏以来我晚上经常失眠，满营弟兄早已睡熟，我却还迟迟未能阖眼，我总是仰望着星空，翻来覆去自问：‘你为什么到这儿来了，阿希礼·韦尔克斯？你打仗到底是为了什么？’

“不为荣誉，不为增光，那是不消说得的。战争是肮脏的勾当，肮脏的东西我见了就讨厌。我不是一个军人，我也不想冒险到炮口里去寻求虚幻的美名。然而我还是来打仗了——我，其实天生不过是一块好学乡绅的料。因为，玫兰妮，军号不能使我的血沸腾，战鼓不能催我的脚向前，我现在算是看透了：我们上当了，上了我们傲慢的南方人自己的当，我们只当我们南方人一个就可以打败北佬十来个，只当棉花大王能够主宰世界。还有那些地位显赫的大人物，我们历来崇拜的对象，他们说了好些话，喊了好些口号，灌输了不少偏见和仇恨，这也都使我们上了大当——什么‘棉花大王’啦，‘奴隶制度’啦，‘州权’啦，‘该死的北佬’啦，都是他们说的。

“因此，我躺在毯子上仰望星空，琢磨着自己‘打仗到底是为了什么？’的时候，心里先就想起了州权，想起了棉花，想起了黑奴，想起了我们从小就觉得可恨的北佬，可我觉得这些都不是我所以要来打仗的理由。我倒是又想起了十二棵橡树庄园；记得那里白石柱子林立，最宜明月斜照，月下木兰盛开，令人疑是仙家的奇葩；也记得边门的门廊上爬满了蔷薇藤，即使在大热天的晌午也是一片荫凉。我还想起了在那门廊上做针线的母亲，当时我还是个小孩子呢。我仿佛又听见劳累了一天的黑奴在暮色苍茫中一路唱着歌从田里归来，准备去吃晚饭了，仿佛还听见井上的辘轳转动了几下，吊桶噗的一声，投到了清凉的井水里。顺着大路望去，越过大片棉田，老远的可以一直望到河边，朦胧中还可以看见河边的低洼地上升起的雾气。正是为了这一切，我这个既不想死、又怕受苦、也不图什么荣誉、跟谁都无仇无恨的人，才到这儿来了。家乡情深，大概这就是所谓爱国之心吧。可是，玫兰妮，问题还有更深一层的含意。因为，玫兰妮啊，我上面列举的这些，不过是我拼着性命去捍卫的那个大目标的几点象征罢了，不过是我所热爱的那种生活的几点象征罢了。我其实是在为那旧的时代而战斗，在为我所恋恋不舍的那旧的生活方式而战斗，不过不管战争的结局如何，那种生活方式恐怕已是一去不复返了。将来仗打赢了也罢，打输了也罢，反正我们的希望一样要落空。

“即使我们把这场仗打赢了，建立起了我们梦寐以求的棉花王国，我们的希望还是不免要落空，因为到那时候我们的情况就跟以前不同了，就别想再过上以前那种安静的生活了。到那时候全世界都会找上我们的门来吵着要棉花，我们可以爱开什么价就开什么价。别瞧我们现在讥笑北佬生财有道，利润第一，一味贪得无厌，到那时候只怕我们也会变得跟他们一个样。可如果我们打败了，玫兰妮，那就更不堪设想了！

“我不怕蹈危履险，不怕受伤被俘，要我献出生命的话我死都不怕，我怕的是这场战争结束以后，我们就再也回不了那旧时代了。我可是属于那旧时代的。我不属于这疯狂杀人的现时代，即使竭尽全力怕也适应不了未来。你也一样，亲爱的，因为你我都是一样的气质。我不知道未来究属如何，可是绝不会像过去那样美妙、那样称心，这是可以肯定的。

“我躺着躺着，忍不住对睡在身边的弟兄们瞅了一眼，心里琢磨：不知道那对双胞胎，还有亚力克、凯德他们，是不是内心也有我这样的想法。不知道他们是不是了解：他们为之而战斗的事业，其实早在打响第一枪的时候就已经宣告失败了，因为我们所要捍卫的实质上就是我们自己的生活方式，而这种生活方式早已过时。不过我看他们也想不到这些，所以他们还是幸运的。

“先前我向你求婚的时候，我并没有想到过我们俩面临的会是这样的前景。我以为十二棵橡树庄园的生活还会像多少年来一样的过，过得那样安宁，那样悠闲，长此不变。我们俩是一样的，玫兰妮，我们都喜欢安静的环境，我本来以为我们有过不完的太平岁月，可以好好看些书，听听音乐，做做美梦。可是没有想到会这样！万万没有想到会这样！万万没有想到我们大家会落到今天这样的地步：多少年来的生活方式眼看毁于一旦，还得投身于这样血腥的仇杀！玫兰妮呀，这个代价实在太大了——无论为了州权，还是为了奴隶，为了棉花，都是犯不上的。无论如何犯不上，你看我们眼下已经受了这么多苦难，将来还不定要遭受什么苦难呢，因为，如果北佬把我们打败的话，我们将来的处境之惨真是不堪设想。而且依我看，亲爱的，他们恐怕是迟早要把我们打败的。

“这些话按说我不该写。甚至都不该想。可是你问我心里在想些什么，我就得实说我心里一直在担心战败。你可还记得我们俩宣布订婚的那天，参加我们野宴的有一个名叫巴特勒的人，听口音是个查尔斯顿人，他说我们南方人无知，为此差点儿就跟人打起架来？你可还记得他说我们南方铸铁厂、制造厂、纺织厂、兵工厂、机器厂、大轮船，样样都缺，那对双胞胎当时就想一枪毙了他？你可还记得他说北佬的舰队可以把我们封锁得严严实实，叫我们的棉花都运不出去？他没有说错。我们是在用独立战争时代的老式滑膛枪抵挡北佬的新式来复枪，用不到多久，我们就要给封锁得连医药物资都偷运不进来了。我们实在应该多听听巴特勒这样的冷嘲派的话，他们还是了解情况的，而不应该去听信那班政治家，他们只凭自己的感想——就扯开了。巴特勒的意思实际上就是说，南方根本没有打仗的本钱，不过是一靠棉花，二靠狂妄。我们的棉花现在已是一文不值，剩下的也就只有他所谓的狂妄了。不过我倒认为这不应叫做狂妄，而应该说是无与伦比的勇气。如果——”

可是斯佳丽没等看完，就把信小心折好，重又放进了信封。她感到腻味，不想再看下去了。再说，信上那个论调，那一通失败主义的浑话，叫她看得心里也似乎有点灰溜溜的。她来偷看玫兰妮的信，目的可不是为了要了解阿希礼的那套难懂而又乏味的想法。他的想法，他当年坐在塔拉庄园的门廊上谈得也多了，斯佳丽早已硬着头皮领教够了。

斯佳丽只想知道他是不是有情意绵绵的信写给妻子。迄至目前那样的信还不曾见他写过。文书箱里的来信斯佳丽封封都看过，信里的话倒没有不像是兄长写给妹妹的。信写得亲热幽默、细致委婉，可总不像是出于爱人之手。斯佳丽自己是看惯了热烈的情书的，信里真要有爱情的调子，她见了不会辨不出来。可是现在信里就是没有那种调子。她偷看完了信以后，总要这样感到一阵暗暗得意，因为她相信阿希礼毕竟还是爱她的。心里总还要暗暗冷笑，笑玫兰妮怎么会这样糊涂，竟看不出阿希礼对他玫兰妮的爱只是一种挚友之爱。玫兰妮显然并没有感觉到丈夫的来信里缺少了点什么，这也难怪，玫兰妮本来就没有别的男人写来过情书，所以拿着阿希礼的信也无从比较。

“他的信写得多蠢，”斯佳丽想。“要是我的丈夫也给我写这样的连篇废话，看我不骂他一顿才怪！真的，连查理的信都还要写得强些呢。”

她按着信封的边沿，把那些旧信倒着翻了一遍，看着上面的日期，就想起了信里的内容。信里没有什么精彩的文字，不像达西 · 米德给他双亲的信，也不像达拉斯 · 麦克卢尔给他两位老姑娘姐姐费思小姐和霍普小姐的信，他们都把营地的生活、把冲锋的场面，描写得有声有色。米德家和麦克卢尔家的人得意扬扬，把这些信拿出来到处向人宣读，引得斯佳丽常常为玫兰妮暗暗感到羞愧：玫兰妮就拿不出阿希礼这样的信来，到义务缝纫会上去念给大家听听。

阿希礼写给玫兰妮的信倒像有这样一种味道：仿佛阿希礼写信的时候是极力想闭目不看眼前的这场战争，他似乎极力想在他们俩的周围画上一个韶华永驻的魔圈，把苏姆特堡成为头条新闻以来所发生的一切都给挡在外边。他简直是一相情愿，只当天下太平。信上写的，尽是他和玫兰妮一起看过的书、一起唱过的歌、彼此都认识的老朋友，还有他周游各地时到过的一些地方。信里始终贯穿着一个痴迷的心愿：只想回到十二棵橡树庄园的老家去。往往一写就是好几页，尽自回忆当年在深秋的寒星下骑马踏着幽寂的森林小径老远去打猎的情景，还有过去的烤肉野宴、炸鱼野餐会，更不用说老家那静谧的月夜、那一派恬然的情趣了。

她立刻想起刚刚看过的那封信里有这么两句话：“可是没有想到会这样！万万没有想到会这样！”那仿佛是一颗痛苦的心灵面对着他不忍面对而又不能不面对的现实憋不住发出的呼声。这就使她觉得不可理解了，因为他既然不怕受伤，不怕献出生命，那怕的又是什么呢？她缺少分析的头脑，只好抱着这个复杂的问题苦思苦想。

“战争扰乱了他的心境，可他——他就是不喜欢人家来扰乱他的心境。……比方说我吧。……他爱我，可又不敢跟我结婚，因为——他生怕我会影响他的那套想法，打乱他的生活方式。不，他也不见得就是因为害怕。阿希礼不是个胆小鬼。战报中都表扬了他，斯隆上校还特地给玫荔写来了信，说他带队冲锋表现得如此这般英勇——这样一个人怎么会是个胆小鬼呢。他一旦下定了决心，就比谁都勇敢，比谁都坚决，可是——他这个人简直不像生活在人间世界，他倒像是成天钻在自己的脑袋里，不愿意到世间来，而且——唉，我实在说不清楚！我要是前几年就理解了他这种心理，我看他也一定要跟我结婚了。”

她把信紧紧搂在胸前，对阿希礼不胜怀念，痴痴地想了他好一阵子。她对他的感情，从她爱上他的第一天起一直到现在从来也没有变过。那至今还完全是她十四岁那年的感情，那年有一天她站在塔拉庄园的门廊上，看见阿希礼披着晨曦，头发闪着银光，含笑骑马而来，她心里一下子就涌起了这样一股感情，一时竟至连话都说不出来。她的爱，至今还不外是一个小姑娘对她感到不可理解的一个男人的敬慕之情；她自己并不具备却极为羡慕的一切优良品质，在他身上都有。他至今还是一个小姑娘梦中的理想骑士，小姑娘的梦别无他求，只要他表示一下爱情，也别无希冀，只想得到他一个吻。

她看过了这些信，觉得有一点是错不了的，就是：他虽然跟玫兰妮结了婚，爱的可还是她斯佳丽；这一点心里有了准谱，她也可以说是所愿已足了。她还是那么年轻，依然浑似璞玉一块。如果查理以他拙劣的手腕、讪讪的殷勤，把她心底深处情欲的潜流给触发了的话，那么她对阿希礼的梦想也就绝不是一个吻所能满足的了。可是她跟查理小两口相处总共就是那么几个月夜，她的情窦并没有因此而被捅开，姑娘家也并没有因此而就成熟。查理并没有使她懂得什么是情欲，什么是温存，什么是肉体或精神的真正结合。

要说什么是情欲，她唯一的体会就是得屈从于一种莫名其妙的男性的疯狂——跟女性截然无干的男性的疯狂。这种事不但痛苦，而且羞人答答，随后还难免带来了一件更加痛苦的事——生孩子。结婚就是这么回事：对此她也并不觉得意外。在她跟查理举行婚礼前，她母亲就曾经给过她一个暗示，说是对婚姻生活，妇道人家理应以尊严的态度、坚忍的精神去承担；她失去丈夫以后听到一些太太们私下嘁嘁喳喳的议论，更加证实了母亲的那种意思。如今情欲结束了，婚姻结束了，斯佳丽觉得倒也松了口气。

婚姻是从此结束了，但是爱却并没有结束，因为她对阿希礼的爱又是另外一回事，那跟情欲、跟婚姻，都毫无关系。那是神圣的，绝美的，是长年累月不得明言而悄悄滋长起来的一种感情，不时的回味和向往又促进了这种感情。

她叹了口气，把信上的缎带重又小心扎好，心里又想起了那个不知想过了多少次的问题：阿希礼身上到底有些什么奥妙，使她这样百思不得其解？她想好好琢磨琢磨，求得一个比较满意的解答，可是她的脑筋实在简单，结果仍不免跟往常一样，想了半天还是想不出个所以然来。她就把信在文书箱里照旧放好，合上了盖子。这时候她却突然皱了眉，因为她想起了刚才看的信里，末后有一段提到了巴特勒船长。真是怪事！这都是那个无赖一年前说的话了，阿希礼居然还会记在心上。没说的，巴特勒船长尽管跳舞跳得出神入化，论人品可绝对是个无赖。不是个无赖的话，也不会在义卖会上说南部邦联那么多坏话了。

她几步走到镜子跟前，得意地掠了掠那一头溜光的秀发。她来了精神——只要一看见自己白净的皮肤和带点乜斜的绿眼珠，她的精神就来了。于是就特意微微一笑，显出了那两个酒窝。她记得阿希礼是一向挺喜欢她这两个酒窝的，于是就飘飘然的尽自打量着镜中的身影，把巴特勒船长给忘了。爱了人家的丈夫，偷看了人家的信，她并不觉得良心受到责备，倒是喜滋滋的，在那里尽情欣赏自己的年轻漂亮，心儿里也重又信心十足，觉得阿希礼一定是爱她的了。

怀着一颗轻松的心，她开了门，走下那一片朦胧的螺旋楼梯。走到半中腰，嘴里就唱起《无情战火结束后》来了。

第12章

战事仍在进行，仗打得大致还算顺利，不过，“只要再打一场胜仗就可结束战争”之类的话，人们已经再也不说了，他们也不再说北佬都是胆小鬼了。现在大家已经看得很清楚，北佬绝不是什么胆小鬼，要征服他们也绝不是打一场胜仗所能解决问题的。可是南军的摩根将军和福雷斯特将军在田纳西毕竟还是打了几场胜仗，布尔伦河的第二次战役也取得了大捷，这些都是狠狠揍了北佬的明证，还是可以得意一番的。只是这几仗虽然揍了北佬，却也付出了巨大的代价。亚特兰大的医院里和收容所里伤员病员人满为患，穿丧服的女人也愈来愈多。奥克兰公墓里一排排尽是划一的阵亡士兵墓，行列一天长似一天。

南部邦联的币值大跌特跌，食品衣着的价格因而猛涨。军需部门不断大量征粮的结果，终于使亚特兰大居民的餐桌受了累。白面粉既少又贵，精白面包和各色糕饼都看不见了，餐桌上成了玉米面包的一统天下。肉店里简直没牛肉卖，连羊肉都极少，就有也贵得只有有钱人家才吃得起。好在猪肉还有的是，鸡肉和蔬菜也还不缺。

北佬进一步加紧了对南方港口的封锁，一些奢侈品如茶叶、咖啡、绸缎、鲸骨箍、香水、时装杂志和书籍之类，无不成了奇货可居。连本来是最便宜的棉织品价格也扶摇直上，太太们怀着遗憾的心情，只好把旧衣服拿来再对付着穿一阵。积了多年灰尘的织布机又从阁楼上搬下来了，几乎家家户户的客厅里都可以看到在那里自己织布。不管是士兵、平民、妇女、孩子还是黑人，大家都穿起土布衣服来了。南军的军服按说是灰色的，现在也名存而实亡，白胡桃色的土布已经取而代之了。

医院里早已在闹缺药：奎宁、甘汞、鸦片、哥罗仿、碘酊，什么都缺。绷带如今已成了珍贵的物资，布的也好，纱的也好，用过了都舍不得丢掉；在医院里做看护的每一位太太都要带上一篓血污的绷带回家，洗过熨过之后，再拿回医院去给别的伤员包扎用。

可是，斯佳丽是刚从孀居的茧子里钻出来的，她对战争没有别的感受，只觉得这一阵子过得快活、兴奋。就是衣食方面有些小小的困难，她也不以为苦；能够重新出来抛头露面，她高兴都还来不及呢。

一想起过去一年日子过得那么乏味，日复一日几乎难分昨天与今天，她就觉得现在的生活真像一下子把节奏加快了千百倍。每天天一亮，也就是一场富于刺激的奇遇开了场：她在这一天里总会遇上几个新认识的男人，他们会提出要来专程拜访她，会称赞她如何如何漂亮，会向她表示为她而战斗，乃至为她而牺牲，是很荣幸的事。她只要一息尚存，对阿希礼就不会变心，事实上她也的确没有变心，可是那也并不就能使她不去招惹别的男人来向她求婚。

战争的阴影一直笼罩在头上，社会上的交往也渐渐乐于从权了，可是老一辈的人看到这种乱了规矩的现象却吓了一跳。做母亲的发现居然有陌生男子来登门拜访自己的女儿了，来客既没有带上介绍信，也不知其先世究是何等样人。特别是看到自己的女儿居然跟这些男人手搀着手，那才真叫那些做母亲的吓坏了。譬如说梅里韦瑟太太吧，她跟丈夫是直到举行过婚礼以后才第一次亲了嘴的，如今无意中撞见梅贝尔在跟那小个儿义勇兵勒内·皮卡尔亲嘴，她简直不敢相信自己的眼睛了。梅贝尔居然还不以为羞，这就越发使她的娘慌了手脚。虽说勒内马上向她求了婚，可还是无补于事。梅里韦瑟太太觉得这样下去，南方人的道德势必会彻底崩溃。这话她是常常放在嘴上的。那些太太们也都表示由衷的同意，一致认为这事都怪打仗。

可是那些小伙子知道自己恐怕过不了一周半月就有送命的可能，他们不能等上一年，再来求中意的姑娘允许他们不称她的家姓而叫她的芳名(当然“小姐”两字还是不能少的)。他们也不能按照战前通行的礼法，去履行那旷日持久的正规的求婚手续。一般认识了不过三四个月，他们就向姑娘求婚了。做姑娘的呢，虽然明明知道淑女照例要经过一拒、再拒、三拒而后才能接受绅士的求婚，现在也只等对方一开口，就忙不迭地应允了。

斯佳丽看到这种乱了规矩的现象，觉得打仗倒也满好玩儿。就是看护伤员的活儿太脏、卷绷带太乏味，不然的话，这仗就是永远打下去她也觉得无所谓。事实上，她现在对医院里的一切所以还能坦然承受，也无非是因为医院是个猎取男人的绝妙的地方。那些困苦无依的伤员哪里抵挡得了她的魅力，一个个都乖乖拜倒在她的脚下。只要给他们换换绷带，洗洗脸，拍拍枕头，打打扇，他们就都爱上她了。啊，凄凉难受了一年，如今真像一步登了天！

斯佳丽又成了出嫁前的那个斯佳丽了，她仿佛根本就没有跟查尔斯结过婚，根本没有受到过失去丈夫的打击，也根本没有生下过韦德。战争、结婚、生育，这些都不过像吹过了一阵风，没有触动过她的半根心弦，她还是原先的她。她固然有个孩子，可是那座红砖宅子里自有人把她的孩子照看得好好的，她简直连想都用不到去想他。她脑子里有这样的想法、心儿里有这样的感觉：她又是斯佳丽·奥哈拉了，又是县里的一枝花了。她的思路、她的活动，又跟当年一般无二了，但是她的活动范围却远比当年大得多。她不管佩蒂姑妈的朋友在背后如何非议，还是我行我素，完全与结婚前无异。她照样出入宴会，照样跳舞，照样跟当兵的一起去骑马，照样调情卖俏，总之，凡是做姑娘的时代玩过的花样她什么都干，就差没有除去丧服而已。她知道这丧服要是一除去，好歹已经忍受到现在的佩蒂帕特和玫兰妮就要再也受不住了。她虽然替丈夫戴着孝，却还跟做姑娘时一样迷人：只要一切都顺着她的意，她总是满面春风；只要遇不到麻烦，她总是和和气气。总之，一味卖弄她仪态出众、八面玲珑。

几个星期前她还是那么心情愁苦，如今却一下子快乐了，乐的是身边又有了许多“护花使者”，又能听到赞美她如何可爱的恭维话了。阿希礼已经跟玫兰妮结婚了，且又生死难料，此时此地她所能找到的最大的快乐，也就至多是如此了。不过阿希礼虽然已经属于他人，毕竟身在远方，这样一想，倒也就不至于那么难受了。正是由于弗吉尼亚同亚特兰大之间隔着这好几百英里地，所以她有时候会觉得，阿希礼既然能算是玫兰妮的，也就能算是她斯佳丽的。

就这样，1862 年的秋天匆匆过去了，她成天也不外乎就是当当看护、跳跳舞、赶赶马车、卷卷绷带，此外还到塔拉庄园去小住过几次。这几次去结果却很失望，因为在亚特兰大时她巴巴儿盼着回家去跟母亲好好说说悄悄话，可是到了家里却找不到机会。她本打算趁母亲做针线的时候去坐在母亲身边，听听母亲的裙声窸窣，闻闻随声飘来的那美人樱香囊的阵阵清香，母亲轻软的手伸来时，还可以仰起面庞去领受她亲切的爱抚，可是，这个打算根本无从实现。

母亲现在心事重重，人也瘦了，她从清早忙起，一直要到满庄园的人睡熟好久以后，才能得空坐下歇歇。南部邦联的军需部门征粮征税一月比一月重，塔拉庄园要生产出东西来应付，担子自然都在她身上。连父亲也多少年第一次忙了起来，因为他找不到监工来填补乔纳斯·威尔克森遗下的空缺，每天得骑了马亲自到地里去巡查。斯佳丽看母亲忙得只有在临睡前才有空亲她一下，父亲又整天在地里，觉得自己在塔拉住着也乏味。连两个妹妹都有自己放不开的心事。苏埃伦如今已经跟弗兰克·肯尼迪“谈成”了，唱起《无情战火结束后》来都有一种诡秘的味道，叫斯佳丽听着真有点受不了；卡丽恩则成天沉迷在布伦特·塔尔顿为她点化的美梦里，斯佳丽觉得跟她做伴也很无趣。

虽然斯佳丽每次都是怀着一颗兴奋的心回到塔拉庄园，但是等到佩蒂和玫兰妮终于来信催她归去时，她也从不感到难受。倒是母亲总不免要长叹一声，想起自己的大女儿和唯一的外孙就要离她而去，心里无限沉重。

“可既然亚特兰大那边要你去帮忙当看护，我也不能只顾自己，把你留着不放，”她说。“只是——只是，我的宝贝，我总觉得我还不曾有空好好跟你说说话儿，好好再疼疼你这个亲闺女，你却就要走了。”

“我到哪里也是你的亲闺女，”斯佳丽说着总要把脸紧紧偎在母亲的怀里，她心中有愧，很不自安。因为她没有实话告诉母亲：她之所以想回亚特兰大去，其实只是为了跳舞，为了那帮“护花使者”，而不是真要去为南部邦联出力报效。近来她有许多事情瞒着母亲。特别有一件事她更是绝口不提，就是：瑞特·巴特勒还常去佩蒂帕特姑妈家。

那次义卖会后一连几个月，瑞特每次到城里，就总要来看看斯佳丽，用自己的马车接了她，只要哪儿有舞可跳或者在举行义卖，就送她去哪儿，要不就等在医院外边，用车送她回家。本来怕他会把她的秘密捅出去，这一点现在倒已经不必担心了，可是她心底深处总隐隐有些不安，忘不了他见过自己出乖露丑，了解她跟阿希礼还有这段纠葛。正因为她有这样一块心病，所以一旦被他惹恼了，就是想骂也骂不出来。被他惹恼可偏偏又是常事。

他三十早已出头，斯佳丽的男朋友里从来也没有这么大年纪的。对年纪跟自己相差不远的，斯佳丽是早已摆布惯了，可是要驾驭他、摆布他，斯佳丽却拿不出一点办法。他的神气总像从来也不知道吃惊，倒是看什么都觉得好玩儿；特别是看到她被他气得说不出话来，那时他的一副样子简直就像见到了天下第一等的好玩事似的。他挑逗撩拨无所不能，常常惹得她勃然大怒，当场发作，因为从表面上看她虽然从母亲那里承袭了一副悦人的外貌，可是骨子里得到的却是父亲的爱尔兰脾气。以前她除了在母亲的跟前以外，一向是脾气想发就发，根本无需克制。如今却唯恐见到他那种看好玩儿的冷笑，所以受了气不能回嘴，这又有多痛苦！他要是也发发脾气就好了，那样的话她也不至于会这样一筹莫展了。

她也跟他斗过气，却总是斗不过他，斗过几次以后她就赌神发誓说，这样没规矩、没教养的下流家伙，从今以后她再也不理他了。但是迟早等他下次又到了亚特兰大，他总会找上门来（大概说是来拜访佩蒂姑妈的吧），以不怕过火的殷勤，给斯佳丽献上一盒特意从拿骚带来的夹心糖。有时则在音乐会上抢先在她旁边占个座，或者在跳舞会上死死钉住她不放。看他这样厚颜无耻、行若无事，她总是给逗得哈哈大笑，把他过去的无礼都抛到了九霄云外，直到下一次再斗气。

尽管他有这许多惹人恼火的毛病，斯佳丽倒渐渐变得很希望他上门了。她觉得他身上有一种什么气质让她看着感到兴奋，她也说不上那到底是怎么回事，只是觉得她所认识的男人从来没有一个具有这样的气质。那高大的个子自有一种威仪，让人看得惊心动魄，他一进屋里，屋里的人自会觉得身上像猛然受到一阵冲击。那一对黑眼睛里是一派目中无人、冷漠中带嘲弄的神气，似乎是在那里激她：看她敢不敢来把他降伏。

“这么说我倒像是爱上他了！”她想，心里也搞糊涂了。“可我并不爱他呀，这到底是怎么搞的？”

可是那种兴奋的感觉却始终存在。他一上门，就带来了一股十足的阳刚之气，使佩蒂姑妈那个温文尔雅的家立时显得局促而暗淡，似乎都闻得出点霉味了。家里的人见他来了，反应异样、赔笑应酬的，也不独斯佳丽为然，佩蒂姑妈见了他就总是心慌意乱、坐立不安。

佩蒂明明知道，埃伦要是晓得有这样的人来看她的女儿，是肯定要不以为然的；也明明知道，查尔斯顿上流社会对此人拒而不纳的禁令，是不可轻易抛在脑后的；但是，见他这样恭维备至，吻手如仪，她的心也不能不动，正如苍蝇见了蜜糖罐不能不动心一样。而且，他还往往会给她送上几件从拿骚带来的小礼物，并再三声明这是特地为她买的，是他冒着生命危险偷越封锁线弄进来的——都是整板的别针、缝衣针、钮扣、发夹，以及丝线团之类。这些小商品现在都已成为很难搞到的贵重物品了——眼下太太们戴的可是手工削成的木质发夹，用布包了橡果当做钮扣。对这样难得的东西，佩蒂实在没有那么坚强的意志能够拒绝。何况，她还有个小孩子脾气，最爱拆“有彩糖果袋”，所以对他的礼物也总忍不住想打开看看。一旦打开以后，就更不好意思再拒绝了。接受了他的礼物以后，也就鼓不起勇气来对他说“先生如此名声，不宜来看三个没有男性保护人的孤身妇女”了。每当瑞特·巴特勒找上门来的时候，佩蒂姑妈总觉得自己很需要一个男性保护人。

“我也不知道这个人是怎么搞的，”她往往会无可奈何地叹口气说。“可是——唉，我本来倒也认为他为人和气，讨人喜欢，不过我总觉得有点吃不准——唉，不知道他心底里对妇女究竟是不是尊重。”

玫兰妮自从瑞特给她赎回了戒指以后，就觉得他是个极高尚、极细心的上等人，所以一听这话吃了一惊。瑞特对她始终谦恭有礼，而她见了瑞特则总不免有点胆怯，这主要是因为她跟对方并非自幼相识，对这样的男人她总是这么怕生。心里，她倒是暗暗为他感到十分惋惜——这事他当然不会知道，知道了的话他一定又要觉得好玩儿了。她相信他一定是情场失意，丧失了人生的希望，所以变得又冷又狠，她觉得他所缺少的是一个善良女人的爱。她从小一直在庇荫下生活，生平没有见到过什么坏人坏事，简直不能相信世上还有坏人坏事存在，因此听到人家在背后嘁嘁喳喳，说瑞特跟那个查尔斯顿姑娘的闲话，她不由得感到一震，心里并不相信。她并没有因此而对他产生反感，倒是在胆怯之余待他格外客气了，因为她总以为他是蒙受了天大的冤枉，这样冤枉人也太岂有此理了！

斯佳丽暗里却是跟佩蒂姑妈看法一致的。她也觉得这人对妇女并不尊重，也许只有对玫兰妮是例外。她至今还觉得只要他的眼睛在她身上骨碌碌一打转，自己似乎顿时就有一丝不挂之感。倒不是他说过了什么难听的话。要是说了，倒也可以狠狠地把他臭骂一顿。可恶就可恶在他那张黑黝黝的脸上，一副侮慢的神气让人看着都会冒火，两只眼睛瞅起人来肆无忌惮，仿佛天下的女人都是他一己的私产，他高兴起来就可以随时受用。只有对玫兰妮，才不摆出这样的脸色。他瞅着玫兰妮时，眼睛里就从来没有那种冷冷的品评的神气，就从来没有一点嘲弄的意思；他对玫兰妮说话时口气都特别：彬彬有礼，恭恭敬敬，巴不得能为她效劳似的。

一天下午，玫兰妮和佩蒂午睡去了，留下斯佳丽一个人跟他在一起，她就气愤地说：“我不明白，为什么你待她那样好，待我就不如她？”

刚才玫兰妮在绕毛线准备编织毛衣，瑞特一直在替她当下手，斯佳丽在一边冷眼旁观，看了足有个把钟头。她注意到，瑞特始终是脸挂一副莫测高深的漠然的表情，在那里听玫兰妮得意的叨叨，讲阿希礼和他的升迁。斯佳丽知道，瑞特对阿希礼是并不十分赏识的，阿希礼升了少校他也不见得就会喜欢。不过他还是很有礼貌地有一句应一声，在该开口的地方还轻轻说上两句，称赞阿希礼的勇敢。

“可我只要一提起阿希礼的名字，”斯佳丽当时看得很冒火，心里想，“他的眉毛就会往上一挑，马上露出了那种心照不宣的笑脸，讨厌极了！”

“我人都比她漂亮得多，”她又接下去说，“我真不明白你为什么待她反倒好些？”

“我看你是妒忌了吧？”

“啐，别胡说！”

“你还是让我失望。如果说我待韦尔克斯太太‘好些’，那是因为她当之无愧。像她这样厚道、真诚、没有一点私心的人，我见到的还真不多。不过这些好品德你大概是不会注意到的。而且，别看她年轻，她倒是我有幸认识的那么几位绝顶高贵的夫人之一。”

“你的意思是不是说，依你看我就算不上一位绝顶高贵的夫人？”

“依我看，我们在初会的时候就已经取得一致的意见了：你是连高贵的夫人都挨不上的。”

“哎呀，你这个可恶的家伙，竟敢这样无礼，又提起那件事来！我那不过是发了点小孩子脾气，你怎么能揪住不放，跟我过不去呢？那是好久以前的事啦，我现在人也老成啦，要不是你老是这样明一句、暗一句的一再提起，我早就忘记得干干净净啦。”

“我倒并不认为这是小孩子脾气，我也不信你真会有什么长进。你现在还不是跟那时候一样，事情一不遂意，照样会拿起花瓶来扔。只是你现在事事都很顺心罢了。所以也没有砸古董的必要了。”

“好啊，你这个——我只恨自己不是个男人！不然我就一定要跟你决斗，一定要——”

“决斗的话送命的反而是你哟。我可以在五十码外把个一角的银币打个对穿窟窿。还是用用你自己的武器吧——酒窝、花瓶之类才是你的武器。”

“你简直是个无赖。”

“你以为骂我一声无赖我就会发火么？抱歉，我只能叫你失望了。你骂我骂得对，再骂我也不会跳。我的确是个无赖，为什么就不好做无赖？这是个自由的国家，谁愿意做无赖就可以做无赖。只有像你这样的伪君子，我亲爱的夫人，心里虽然也是一样黑，却总想遮遮盖盖，一旦被人骂到了痛处，就暴跳如雷了。”

他笑得那样坦然自若，讲话还是那样慢声慢气，斯佳丽简直拿他没有办法，因为这样打不痛、撼不动的对手，她以前还从来没有碰到过。她挖苦、冷淡、谩骂，诸般武器全用上了，结果倒落得刀枪都卷了口，因为她的话说得再厉害，他的脸也绝不会红一红。根据她一向的经验，说谎的人最怕人家说他不老实，胆小的人最怕人家说他不勇敢，没教养的人最怕人家说他欠高尚，粗鄙的人最怕人家说他没体面。然而瑞特则不然。他什么都承认下来，哈哈一笑，反倒要她“再说，再说”。

在这几个月里，他来来往往不断，来不通报，去不告辞。斯佳丽始终摸不透他到亚特兰大来有什么事，因为一般偷越封锁线的商人都不大有路远迢迢来到内地的必要。他们把货卸在威尔明顿或查尔斯顿，南方各地的商人和投机贩子自会蜂拥而来，聚集在拍卖场上，把运来的货物一下子全买了去。如果他风尘仆仆是专为看她而来，她倒也可以沾沾自喜一番，可是即使虚荣心膨胀到如她，也觉得这是不可能的事。如果他来向她求过爱，或者曾对簇拥在她身边的那帮男人表示过妒忌之意，乃至只要来捉过她的手，要过照片、手帕留作纪念，那她倒也可以得意得意，把他看成是已为她的风采所俘虏了。然而可恼的是他却始终没有露出过一点有情的样子，特别还有一点最气死人，那就是她用尽了一切手段想降伏他，看来都被他一一识破了。

他每次来到亚特兰大，那些小姐太太心里就要扑扑跳上一阵。因为他不仅头上有个“偷越封锁线勇士”的神奇光轮，而且身上还有“碰不得的大坏蛋”那样的恶名，叫人听着倒是心里痒痒的。他的名声实在太坏了！亚特兰大的那些太太们常常聚在一起闲磕牙，她们每聚会一次，他的名声就要格外多抹上一层黑，然而在那些年轻小姐的眼里，他却越发魅力无穷了。那些年轻小姐多半天真无邪，只听说过他“老跟女人乱搞一气”——至于到底怎样才叫“乱搞一气”，她们可就不清楚了。她们还听见人家窃窃私议，说姑娘家跟他在一起谁也保不了险。尽管他的名声如此不堪，可是说也奇怪，他自从在亚特兰大初次露面以来，却始终连姑娘家的手都没有亲过一次。不过这也帮不了他的忙，反倒使他显得更加神秘、更加耐人寻味了。

除了部队里的战斗英雄以外，亚特兰大人谈论得最多的也就数他了。大家都知道得一详二细；他是因为喝醉了酒，又“犯了男女关系的错误”，才被开除出西点军校的。他又坏了一个查尔斯顿姑娘的名声，还杀死了姑娘的哥哥：这件骇人听闻的丑事也是家喻户晓。有人向查尔斯顿的朋友写信一问，又进一步打听出原来他的父亲是一位可爱的老绅士，性子刚强，极有骨气，他二十岁的那年父亲就把他逐出了家门，不但一个子儿没给，连家用《圣经》上儿子的名字都一笔勾销了。此后他就流浪四方，随着 1849 年的淘金热到过加利福尼亚，其后又到了南美和古巴，传闻他在这些地方干得也很不体面。亚特兰大的人听说，他不但闹过桃色纠纷，枪伤过几个人，还给中美洲的革命党走私过军火，而最糟糕的是，他一度还曾堕落到靠赌博混饭吃。

赌博在佐治亚本来并不稀罕，家家户户都难免不幸而有男人犯这样的毛病，少则一个多则几个，本家里没有亲戚里准有，不光有输了钱的，还有连房屋、土地、奴隶都一起输掉的。但是他们的情况不一样。爷们即使赌得倾家荡产，依然不失其绅士的地位，可是靠赌博混饭吃的，就只能是社会的渣滓了。

要不是战争打乱了一切，要不是他本人现在对邦联政府有用，瑞特 · 巴特勒在亚特兰大本来会不到处尝闭门羹才怪呢。可是如今，连一些最古板矜持的人也觉得出于爱国之心，自己应该放宽些度量了。心肠比较软些的，则以为巴特勒家的不肖子已经痛悟前非，正在改悔，好将功补过。所以那些太太们都感到自己责任所在，应该通融办理，何况他来往于封锁线上又是如此奋不顾身。现在大家心里都很明白，南部邦联的命运不仅系于前方的将士，也有赖于偷运船躲避北军舰队的高超本领了。

据传闻，巴特勒船长是南方最有本事的船老大之一，干这一行向来是火里来水里去，天不怕地不怕。他从小在查尔斯顿长大，熟悉卡罗来纳沿海，不但对查尔斯顿附近的一切小港小湾、暗礁浅滩都了如指掌，就是对威尔明顿一带的海域也同样摸得熟透。他从来没有丢过一条船，也从来没有迫不得已而弃过一船货。战争初起时，他只是个无名之辈，凭手里的钱买了一条小快船，可是只要偷越成功，每一船货就有二十倍的利润，所以如今他手里的船已有四条之多了。他出大钱雇了有本事的船老大，趁星月无光的黑夜悄悄驾船驶出查尔斯顿和威尔明顿，把棉花运往拿骚、英国和加拿大。英国的纱厂都在停工待料，工人也都快饿得没命了，所以谁的船只要能够哄过北佬的舰队，到了利物浦简直可以爱卖什么价钱就卖什么价钱。一方面替南部邦联把棉花运出去，一方面再把南方亟需的军用物资运进来，瑞特的几条船在这两方面都一再得手，运气好得出奇。所以，那些太太们觉得，对于这样一个勇敢的人，再大的旧恶也可以恕而不论了。

他是个风头十足的人物，到哪里都会成为人们注意的中心。花钱大手大脚，骑一匹野性难驯的黑公马，身上的衣服无论式样、做工，永远都是首屈一指的水平。光是这一身衣服，就已经是够惹人注目的了，因为时下士兵的军装都已又脏又旧，老百姓就是穿出最考究的衣服，也难免有精心织补、缝补过的痕迹。斯佳丽觉得特别是他的裤子，其式样之优美真使她大开眼界：浅黄的颜色，苏格兰牧人呢的料子，棋盘格子的图案。他的背心也是气派好得难以形容，尤其是白波纹绸的那一件，上面还绣着粉红色小小的玫瑰花苞。他穿着这样光彩夺目的衣服，神态之间却似乎丝毫也不以为意，所以那风度也就越发潇洒了。

他的浑身魅力要是一旦施展起来，那班太太就没有几个能够招架得住，所以到最后连梅里韦瑟太太也变得随和起来，请他星期天上家里去吃饭了。

原来梅贝尔·梅里韦瑟跟那个小个子义勇兵已经商定，等他下一次休假就举行婚礼，为此姑娘一想起来就直哭，因为她一心想要一套白缎子的结婚礼服，可是现在跑遍南方也别想买到白缎子。借吧，又无处可借，因为各家各户历年的缎子结婚礼服都已经捐出去做军旗了。爱国心切的梅里韦瑟太太责备女儿，说是在南部邦联的旗帜下做新娘，要穿土布做的结婚礼服才是正理，可说也是白说。梅贝尔就是要缎子的。她说，为了正义的事业，她没有发夹、没有扣子、没有漂亮的鞋子、没有糖果和茶，都愿意将就，甚至还引以为荣，可是缎子结婚礼服她却非要不可。

瑞特从玫兰妮那里听说了这件事，就从英国带来了一大匹精光闪亮的白缎子，外加一方提花面纱，一起送给梅贝尔作为结婚礼物。他送礼的手法也绝，使对方根本就不好意思开口提还钱的事，梅贝尔更是开心得差点儿就要去亲亲他。梅里韦瑟太太知道，这个礼送得太重了——何况送的又是衣着之类——实在很不应该收受，可是她又想不出什么理由可以推辞，因为瑞特用了最华丽的词藻向她表示：新郎是我们的一位勇敢的英雄，新娘自当打扮得愈漂亮愈好，谈不上什么过分。因此梅里韦瑟太太才请他到家里吃饭，自以为作出这个让步，代价还超过了这份厚礼呢。

他不但给梅贝尔送了缎子，而且在结婚礼服的裁剪上还能出些极好的点子。时下巴黎流行的式样，裙箍稍大，裙摆稍短，裙子已经不打褶裥，只在边上打上一圈扇形小褶，露出了里面衬裙的镶边。他还说，他在巴黎的街头上看不到女人裙子里边有衬长裤的，所以想来已经“不时行”了。事后梅里韦瑟太太对艾尔辛太太说，她当时要是赞他两句的话，他只怕连巴黎女人时下穿什么样的衬裤都要一股脑儿说出来了。

要不是他的阳刚之气这样触目，如果光听他把女人的服装式样、帽子式样、头发式样报得这样如数家珍，人家一定会说这个男人真是婆娘气十足。太太们总觉得问他这许多时装方面的问题未免有点“那个”，不过毕竟还是问了。她们跟时装界已经隔膜得不下于困在荒岛上的失事海员了，因为偷越封锁线带进时装书来到底是不大有的事。谁保得定现在法国妇女就不是时行剃光头、戴浣熊皮帽呢，所以瑞特凭他的记忆说的裙子褶边式样，眼下也大可替代《戈岱氏妇女时装录》了。对一些女性心理所特别重视的细小关节，他都肯加以留意，也都细细留意，所以每次从海外归来，他总会被一群太太团团围住，说这说那，什么今年时行帽子小，戴得高，罩住大半个头顶啦，什么眼下都不插帽花，改插羽毛啦，什么法兰西皇后的晚装已经不绾脑后的发髻，改为斜盘在头顶上，把两耳全露在外边啦，什么晚礼服又流行低领，低得可吓人啦，等等，等等。

在这几个月里，他就成了亚特兰大头一位家喻户晓的传奇式人物，尽管他以前的名声那样难听，而且现在又微有传闻，说他不仅干封锁线上的买卖，还搞粮食投机。不喜欢他的人都说他到亚特兰大来一次，粮价就要涨五块。但是，即使私下有这样的流言蜚语在悄悄传播，他要是觉得自己的红人地位值得保持的话，还是完全可以保持下去的。可他偏不，他跟那帮死脑筋的爱国公民打了一阵交道、赢得了他们的尊重和勉强的好感以后，好像突然坏脾气大发，就是要故意冒犯冒犯他们，让他们知道他以前的为人行事只是一种伪装，现在可不想再伪装下去了。

他仿佛对南方的每一个人、每一样东西都抱着鄙夷的态度，却又绝非出于个人的恩怨，他似乎特别看不起南部邦联，而且对此也根本不想加以掩饰。正是他有关南部邦联的一些言论，引得亚特兰大人对他先是瞠目而视，继之以冷眼相看，最后是怒不可遏。1862 年都还没有过尽，男人们对他鞠起躬来已经故意表现出冷淡了，太太们看见他出现在社交场合，也都把女儿赶紧往自己的身边拉了。

他却似乎乐此不疲，不但对亚特兰大人的一片赤胆忠心敢于当面诋毁，而且还极力败坏自己的形象，仿佛巴望人家把自己看得愈不像话愈好。有时一些人出于好心，恭维他偷越封锁线胆气过人，他却偏不领情，回答说他遇到了危险哪一次不是怕得要死，怕得也不亚于前线的英勇战士。南军的士兵从来没有怕死的，这个谁不知道，所以对方听了他这句话觉得怪可气的。他总把南军士兵叫做“我们的英勇战士”，或者“我们穿灰军装的英雄”，而且总要故意使个怪腔，极尽轻侮之能事。

有时一些大胆的年轻小姐有意卖俏，恭维他是保卫她们的英雄，向他表示了谢意，他听罢总是鞠上一躬，声明情况决非如此，说只要赚的钱不少一文，要他为北佬的女人干这种勾当他也一样会干。

从斯佳丽来到亚特兰大，在举行义卖会的那天晚上第一次遇到他起，他跟斯佳丽讲起话来本来就是一贯使用这种腔调的，但是现在他跟大家说话也都带着挖苦的味道，很少加以掩饰了。人家要是赞扬他为南部邦联出了大力气，他总是回答说偷越封锁线在他不过是一种买卖。要是眼睛一溜，看到在场有人是向政府揽了订货合同的，他就会又接着说：如果搞上几个订货合同也能赚这么多钱的话，他当然不会拼着性命去偷越封锁线了，再生布、搀砂糖、霉面粉、烂皮革，都可以向邦联政府卖钱，何乐而不为呢。

对他的话他们多半也无可奈何，所以心里就越发怀了恨。社会上对这些专做政府生意的承包商早就颇有些小小的公愤了。前方士兵的来信经常抱怨，说皮鞋穿一个星期就坏，火药就是发不了火，马笼头使劲一拉就断，肉是发臭的，面粉里都出了虫。亚特兰大人总往好处设想，以为把这种劣质货卖给政府的承包商一定不是亚拉巴马人就是弗吉尼亚人或田纳西人，佐治亚人是绝不会干这种勾当的。因为你看，佐治亚有许多承包商不是名门望族出身吗？他们不是带头捐出钱来兴医办药、赡养烈士遗孤吗？他们不是首先起来为“狄克西”[①]的诞生而欢呼吗？他们慷慨陈辞起来，不是最恨不得要北佬的命吗？社会上掀起愤怒声讨的巨大浪潮谴责一些人承接政府订货从中牟取暴利，那可还是后来的事；瑞特当时说这些话，不过被看作是他本人没有教养的一个证据罢了。

他不仅含沙射影攻击政府要员贪污受贿，给前方的英勇将士脸上抹黑，由此而开罪了全市人民，而且还以戏弄有体面的公民为乐，一心要给他们难堪受。他只要看到面前有人自命不凡，假充正经，把爱国两字放在嘴上乱吹一气，就忍不住要拿话去刺，好比小孩子忍不住要拿针去

①“狄克西”在这里借指南部各州脱离联邦后组成的“南方国家”（邦联）。

刺气球一样。他自有巧方儿，对摆臭架子的人则灭尽其威风，对愚昧无知、冥顽不灵的人则使之原形毕露，而且他干起来可以不着一点痕迹，表面上殷殷叩问，彬彬有礼，实际是要逗得对方把话一股脑儿吐出来，等到对方明白过来是怎么回事，那带着三分可笑的夸夸其谈、目空一切的狂态早已暴露无遗了。

斯佳丽则早在亚特兰大人把他奉为上宾的时候就已对他不抱幻想了。她知道，他的百般殷勤、花言巧语，都是假心假意。她知道，他之所以要扮演那么一个来往于封锁线上的英勇爱国的船长角色，不过是因为觉得这个角色有趣。有时候她觉得他倒也很像从小跟她在一起长大的县里的那帮小伙子，比如塔尔顿家的那一对任性的孪生兄弟就专爱跟人恶作剧，方丹家的那几位都是满肚子的鬼点子，一味要淘气、捉弄人，卡尔弗特几兄弟宁可晚上不睡觉，也要算计怎样弄个圈套叫人上当。不过瑞特跟他们也有不同之处：瑞特貌似漫不经心，而实则心怀恶意，温文尔雅之中含着残忍，简直可说包藏着祸心。

她虽然明知他并无真心实意，却又很巴不得他扮演这个带有传奇色彩的封锁线商人的角色。别的不说，单凭他这个身份，自己跟他交往就要少很多麻烦。因此，如今见他摘去了假面具，看来是故意要干一下子，跟本来对他很友好的亚特兰大人闹翻了，她心里感到恼火透了。所以会这样恼火，一方面固然是由于她觉得这种行为愚蠢，另一方面也是由于人家对他的严厉指责，有一些却落到了她的身上。

瑞特自甘彻底见逐于亚特兰大人，其事发生在艾尔辛太太为康复伤员筹募捐款而举办的银币音乐会上。那天下午艾尔辛家宾朋满座，有回来度假的士兵，也有还在医院疗养的伤员，有自卫队和民团的成员，也有太太小姐和阵亡将士的遗孀。屋里座无虚席，连那长长的螺旋楼梯上也挤满了客人。艾尔辛府上的男管家捧着个雕花玻璃大酒缸恭候在门口收受来宾捐献的银币，缸满一次就倒一次，先后已经倒过两次了。单凭这一点，今天的音乐会就已经成绩不小了，因为现在一块银元要值南方的纸币六十块。

自以为有一点艺术造诣的小姐们唱的唱，弹钢琴的弹钢琴，都表演过了；演“雕塑剧”[1]的也都博得了捧场的掌声。斯佳丽扬扬自得，因为她不但和玫兰妮一起表演了一曲动人的二重唱《花上露水在》，又在观众的要求下加唱了一首较为轻快的《女士们，千万别管斯蒂芬！》，而且本人还被选中在最后一场雕塑剧里扮演了“邦联之魂”的角色。

她在雕塑剧里的形象是极动人的，穿一件线条朴实的白粗布希腊式长袍，腰里束一条红蓝相间的腰带，一只手里拿着邦联旗，另一只手伸向跪在跟前的亚拉巴马人凯里·阿什伯恩上尉，把查尔斯父子两代人佩过的那把金柄马刀授给他。

雕塑剧表演完以后，她情不自禁地就想去跟瑞特会一眼，看看他可还欣赏她刚才的这个动人的形象。一看之下她简直气坏了，原来他只顾在跟人争论，对她恐怕根本连一眼都没有看过。斯佳丽从他周围人们的脸色上可以看出，不知他说了些什么话，引得群情激愤。

她就向他们那里走去。大庭广众之中有时偶尔也会有静下来的时候，她就在这样一个人声顿息的间隙里，听见民团的威利·吉南不客气地说：“先生，照你这么说，我们的英雄舍命捍卫的正义事业也没有什么神圣咯？”

“万一你被火车压死了，铁路公司该不会由于你的死而就变得很神圣吧？”瑞特的口气听起来很谦逊，像是在向对方讨教。

“先生，”威利的声音都发抖了，“要不是此刻我们是在别人家里作客——”

“是啊，不然那还了得！”瑞特说。“你先生的勇敢是谁人不知、哪个不晓哟。”

威利面红耳赤，满屋子的人都停止了谈话。大家都弄得很窘。威利身强力壮，正是参军的年龄，可是他却没上前线。当然，他母亲就只他这么一个儿子，再说州里也总得有人参加民团来保卫家乡吧。不过，瑞

---

① “雕塑剧”是十八、十九世纪间创始在法国的一种艺术表演形式。表演者在舞台上表演一个静态场景，没有动作，也不说话，好似一组雕塑，故称“雕塑剧”，或“造型剧”。

特说到勇敢两字时，几个还在养伤的军官却不敬得很，暗暗扑哧一笑。

“哎呀，这个人就是多嘴！”斯佳丽看得火冒三丈，心里想道。“今天这个会就生生的让他给搅了！”

米德大夫皱紧了眉头，脸色阴森可怕。

“年轻人，在你的眼里也许世界上压根儿就没有什么神圣的东西，”他摆出了平日作演讲时惯用的那副腔调。“可是南方爱国的男男女女却认为神圣的东西多得很。比如我们就有神圣的权利把侵占我们国土的外来势力赶出去，州就有神圣的州权，还有——”

瑞特却是一副懒洋洋的样子，话也是随声附和的口气，像是都厌烦了。

“战争就没有不是神圣的，”他说。“对有义务去作战的人来说自然是神圣的。如果发动战争的人不把战争说得十分神圣，哪个傻子还肯去打这个仗？但是，不管演说家们把战斗口号向出战的傻子喊得有多动听，也不管他们把战争的宗旨标榜得有多崇高，其实战争的动机无非只有一个。那就是钱。一切战争实际上无不是为了争钱。可是自古以来明白这个道理的人太少了。他们满耳都是战鼓号角，以及稳坐后方的演说家们的漂亮话。战斗口号时而是‘把基督的坟墓从异教徒手里救出来！’时而又是‘打倒教皇制度！’时而成了‘要自由！’时而又成了‘棉花，奴隶制度，加州权！’”

“咦，那跟教皇又有什么相干？”斯佳丽心想。“跟基督的坟墓又有什么相干？”

可是就在她向那一堆怒容满面的人疾步赶去时，只看见瑞特很有风度地鞠了一躬，举步穿过人群，便向门口走去。她正想去追他，艾尔辛太太却一把抓住她的长袍下摆，把她拦住了。

“让他走吧，”艾尔辛太太清晰的声音传遍了这肃静中透着一派紧张气氛的厅堂。“让他走吧。他是个叛徒，是个投机分子！只怪我们在自己怀里养了这么一条毒蛇！”

这话可是存心要让瑞特听见的，瑞特手里拿着帽子，人还没有走出穿堂，正好听见了这句话。他就回过身来，把满厅的人细细打量了一阵。他两道尖利的目光落在艾尔辛太太平坦的胸脯上，可又突然咧嘴一笑，鞠个躬，走了。

梅里韦瑟太太搭佩蒂姑妈的车回家，娘儿四个在车厢里刚一坐定，她就嚷嚷开了。

“你看你看，佩蒂帕特 · 汉密顿！这一下我想你总该满意了吧！”

“满意什么呀？”佩蒂急得也直叫了。

“你对那个十恶不赦的巴特勒小子一味包庇，今天你倒看看他这副德行。”

佩蒂帕特如坐针毡，对方这一通指责刺得她心曲大乱，她一时竟也忘了梅里韦瑟太太自己就曾请瑞特 · 巴特勒到她家作过好几次客。斯佳丽和玫兰妮倒是想到了这一点，不过她们是有教养的，懂得对待长辈得讲规矩，所以也就忍住了，没有点明。她们就故意低下了头，只顾瞅着自己手上的长手套。

“他侮辱了我们大家，也侮辱了南部邦联，”梅里韦瑟太太一说开，那肥硕的胸部就一阵阵剧烈起伏，镶嵌在衣服上的金丝也闪烁成一片。“竟说我们打仗是为了钱！竟说我们的领袖是哄了我们！这么个人，还不该叫他蹲大牢？对，决不能饶了他。我要去跟米德大夫说说。可惜我家梅里韦瑟先生已经不在，不然他是绝不会放过这家伙的！你就听我说一句吧，佩蒂 · 汉密顿。以后你可千万不能再让这个恶棍踏进你的家门啦！”

“嗯，”佩蒂勉强应了一声，她无话可说，看她那样子真像恨不得死了才好。她以恳求的目光瞧了瞧两个姑娘，两个姑娘还是连头都不抬，于是就转而把希望的目光投向彼得大叔那挺得笔直的背影。她知道车厢里说的每一句话大叔都听得很仔细，她真希望他会转过头来说上几句，那在过去也是常有的事。她希望他会说：“好了，多莉小姐，你就别再难为佩蒂小姐啦，”但是彼得大叔也一无动静。可怜的佩蒂明白，彼得大叔根本打心眼儿里不喜欢瑞特 · 巴特勒这个人。她只好叹息一声，说道：“好吧，多莉，如果你真是认为——”

“那还会有假！”梅里韦瑟太太斩钉截铁地抢着回答。“我真不明白你当初是叫什么魔鬼附了身，竟会把这么个人待为上宾。今天下午出了这样的事，我们这城里只要是规矩人家，谁家也不会再跟他来往了。你得拿出点勇气来，今后绝对不许他进门。”

她严厉的目光盯住了两位姑娘。“我希望你们两个也听仔细了，”她又接着说，“因为你们也有不是，你们待他太殷勤了。你们要客客气气告诉他，可说得不能有一点含糊：你们家决不欢迎他那样的人，不要听他那一套大逆不道的话。”

斯佳丽心里早已在翻腾了，她仿佛一匹马，被一只陌生的粗鲁的手拉了一下笼头，真想打个立柱发发威。可是她怎么敢开口呢。弄得不好，梅里韦瑟太太又要写信去向母亲告状了。

“你这条老肥牛！”她心里直骂，由于压着一腔怒火，所以涨得满面通红。“我真恨不得痛痛快快把你当面骂一顿，你这条霸道的老肥牛！”

“真想不到我老而不死，今天竟会听到有人对我们的正义事业说出这样大逆不道的话来，”梅里韦瑟太太愈说愈激动，此刻已是义愤填膺了。“我们的事业是正义而神圣的，谁说不是，就该死！你们两位姑娘，希望你们今后干脆别再答理他——哎呀，玫荔，你这是怎么啦？”

玫兰妮脸色发白，两眼睁得好大。

“要我别再答理他我办不到，”她低声说。“我可不能待他无礼。要我从此不许他上门我也办不到。”

梅里韦瑟太太有如挨了重重的一拳，噗的一下泄了气。佩蒂姑妈肥厚的嘴巴呼的一下张开了，彼得大叔回过头来看得傻了眼。

“嗨，我怎么就没有勇气说这话呢？”斯佳丽又妒又羡，想道。“那小兔子哪儿来这么大的胆量，居然敢顶梅里韦瑟老太？”

玫兰妮的手都在发抖了，不过她还是急急忙忙接着往下说，好像生怕时间拖得一久，自己就会失去勇气似的。

“我不能因为他说了这样的话，就待他无礼，因为——他把这种想法公然直说出来固然太冒失了点——太欠考虑了——可是这——

这跟阿希礼的想法却是一致的。既然这人跟我的丈夫想法一致，我也就没有理由不许他上门。不然就未免太矫情了。”

梅里韦瑟太太已经缓过气来，这时便又发动了进攻。

“玫荔·汉密顿，我活了一辈子还没有听到过这样的胡说八道！韦尔克斯家是从来不出胆小鬼的——”

“我没有说阿希礼是胆小鬼，”玫兰妮的眼睛里渐渐透出了怒火。“我说他的想法是跟巴特勒船长一致的，只是话说得并不一样。他也不至于会跑到音乐会上，把自己的想法到处乱说。不过他在信上都跟我说了。”

斯佳丽一想起那些信，良心就又觉得一阵不安。她是在拼命回想：阿希礼信上到底写了什么啦，玫兰妮竟敢说出这样的话来？可是她偷看那些信，多半是看完就忘。所以当下就想：玫兰妮准是疯了。

“阿希礼在信上对我说，我们实在不应该跟北佬打仗。我们打这个仗是上了政治家和演说家的当，他们满嘴口号，宣扬的都是偏见，”玫荔说得飞快。“他说，这场战争给我们造成那样大的损失，实在说什么也不值得。他说，我们打这个仗根本没有什么可值得自豪的——得到的只是苦难和屈辱。”

“啊，原来是那封信！”斯佳丽想。“信里的意思难道真是这样？”

“我不信，”梅里韦瑟太太的口气还是很强硬。“你准是误解他的意思了。”

“我才不会误解阿希礼的意思呢，”玫兰妮尽管嘴唇在哆嗦，回这句话还是沉住了气。“我对他是再了解不过的。他的意思跟巴特勒船长完全一致，只是他不会冒冒失失对人乱说罢了。”

“你真不害臊，拿阿希礼这样的正人君子去跟巴特勒船长那样一个无赖相比！我看你大概也认为我们的正义事业连个屁都不值吧！”

“我——我也不知道自己是怎么想的，”玫兰妮的口气犹豫了，她的火气消了，刚才只管说个痛快，现在心里倒慌了起来。“我——我也跟阿希礼一样，为了我们的正义事业死都不怕。不过——我总觉得，要用脑筋想想的事还是让男人家去想吧，男人家的脑筋要管用得多。”

“真是天下奇谈！”梅里韦瑟太太鼻子里哼了一声。“快停下，彼得大叔，我的家过啦！”

原来彼得大叔只顾贪听背后的谈话，一时走了神，把车赶过了梅里韦瑟家门前的下车台，于是只好再倒退回去。梅里韦瑟太太下了车，她帽上缎带乱抖，好像船上的帆遇到风暴一样。

“你要后悔的，”她说。

彼得大叔一扬鞭，马又起步了。

彼得大叔埋怨起来：“两位小姐也真是，你看，叫佩蒂小姐急得又晕过去了。”

“我没有晕过去，”佩蒂应声说道。这倒是颇出意料，因为她平日只要受些小小的刺激，往往就要昏厥过去。“玫荔我的宝贝，我知道你这么着完全是为了保我，说实在的，能有人出来下下她的面子，我见了心里也高兴。她也太霸道了。你哪儿来这么大胆量的？可你刚才说了阿希礼那么些话，是不是好呢？”

“可这不是我凭空捏造的呀，”玫兰妮说完，禁不住轻轻哭了起来。“而且，他有那样的想法，我也不觉得有什么可耻的。他虽然认为打这个仗大错特错，可还是愿意去打、去死，这可比不得打理直气壮的仗，没有百倍的勇气哪儿行呢。”

“哎呀，玫荔小姐，这儿桃树街上可不能哭啊，”彼得大叔一边催马快行，一边哼哼着说。“人家要在背后说坏话了。要哭等到了家再哭吧。”

斯佳丽什么话也没说。玫兰妮想来寻求安慰，把手搁在她掌心里，她却连按都没有去按一下。她以前偷看阿希礼的来信，目的只是要寻找根据，想证明阿希礼还是爱她的。现在玫兰妮给信中的一些话赋予了新的含义，可她斯佳丽，却简直一点也没有看出来。她感到震惊：敢情像阿希礼这样完美无缺的人，居然也会跟瑞特·巴特勒那样的恶棍具有共通的思想。她心想：“他们两人都看清了这场战争的真相，但是阿希礼投身战争虽死不辞，而瑞特就不愿意。这样看来，瑞特倒还真有些见识哩。”想到这里她停了一下，自己也觉得太不像话：对阿希礼怎么可以这样想呢。“他们两人都一样看到了不愉快的真相，但是瑞特愿意正视，敢于谈论，就是犯众怒也在所不惜——而阿希礼却一看到就受不了。”

实在弄不明白！

第13章

在梅里韦瑟太太的策动下，米德大夫采取了行动：他给报纸写了一封信，信里虽没有点瑞特的名，那意思却是很明白的。报纸主编看准了这封信必可引起社会的轰动，便决定刊登在第二版上，这一安排本身就是个惊人的破天荒之举，因为报纸的第一、第二两版一向是专登广告的：卖奴隶啦，卖骡子啦，卖农具啦，卖棺木啦，房屋出售或召租啦，甚至还有专治“暗毛病”的，卖堕胎药和壮阳药的。

大夫的信起了率先一呼的作用，从此，愤怒的斥责便渐渐汇成一片，响遍了整个南方；投机倒把的，发战争财的，还有专做政府生意的承包商，都成了众矢之的。当时查尔斯顿的港口简直已被北军的炮舰封锁得滴水不漏，所以偷越封锁线的船只出入主要就靠威尔明顿的口岸，那里的局面已经乌烟瘴气到了骇人听闻的地步。投机商人多如牛毛，都备足了现钱，一见来货就整船买下，囤积起来等涨价。他们从来不会白等，因为生活必需品愈来愈缺，物价月月上涨。一般居民只能要么干脆不买，要买就得依那帮投机商人的价；那些贫寒人家和中等家境的，日子一天比一天难过了。物价一涨，南方的货币便相应贬值，货币一急剧贬值，大家就拼命抢购奢侈品。偷越封锁线的商人本来的任务是要把生活必需品运进来，附带做一些奢侈品的生意也是允许的，但是如今他们船上装的却尽是高价的奢侈品，反而把南方所急需的货物全挤掉了。大家唯恐明天的物价会更高，钞票会更不值钱，所以都宁可把手头现有的钱一股脑儿拿去疯狂抢购这些奢侈品。

尤其糟糕的是，从威尔明顿到里士满总共也只有一条铁路线。由于缺乏运输工具，成千桶面粉、成千箱咸肉只能堆在路边的仓库里任其腐烂，可是投机商要运销他们的名酒、咖啡、塔夫绸，却似乎总是很有办法，货在威尔明顿上岸后不过两天，就都运到里士满了。

原先只是在偷偷传播的一则小道新闻如今也成了人们公然谈论的话题，说是瑞特·巴特勒不仅自己有四条船来往运货，卖空前的高价，而且还收购人家船上的货，囤积起来待价而沽。据说他现在是一个垄断集团的为首分子，该集团拥有百万以上的资财，以威尔明顿为大本营，专事收购从封锁线外来的到岸货物。据说他们在威尔明顿和里士满有几十处货栈，货栈里堆满了食品和衣料，囤积在那里就是要等好的价钱卖。现在无论军民都已感受到了物资缺乏的苦恼，对他和他那些搞投机倒把的同行莫不怨气冲天。

大夫在信末说："穿越封锁线的船队是邦联海上力量的一个组成部分，内中确实不乏勇敢的爱国志士，置一己于度外，为求邦联的生存而不惜把身家性命都豁了出去。一切忠于国家的南方人都把他们恭而敬之铭记在心，他们冒这样的风险换得一些微薄的金钱的报酬，谁也不会心怀嫉妒。他们都是忘我的君子，我们对他们只有尊敬。我所要说的，并不是这些人。

"可是也确实另有一些无赖之徒，他们借穿越封锁线运送物资之名，行饱一己私囊之实，我呼吁我们正在为最正义的事业而战斗的同仇敌忾的人民，对这些心似枭隼的家伙要给以正义的谴责和严惩。我们的将士因为没有奎宁而病得奄奄一息，而他们运来的却是锦缎花边丝带，我们的英雄因为缺少吗啡而痛得死去活来，而他们满船满船装的却是茶叶和葡萄酒。我诅咒这些吸血鬼，他们是在吸罗伯特·李的忠实部下的鲜血，他们把封锁线商人这个名字糟蹋得不成样子，使一切爱国人士只觉得这个名字臭不可闻。我们的战士都是光着脚板冲上火线的，我们怎么能容忍我们中间有这样的敲骨吸髓之徒穿得靴子亮光光？我们的士兵只能围着营火哆哆嗦嗦啃发了霉的咸肉，我们怎么能容忍这班家伙喝的是香槟，吃的是法国名产鹅肝酱馅饼？我向一切忠于国家的邦联志士呼吁，对这些人就是应该摈而弃之。"

亚特兰大人读了这封信，知道先知发布了神谕，于是，作为忠于国家的邦联志士，就赶紧把瑞特"摈而弃之"了。

1862年秋天接待过他的人家，到了1863年他还能进去的，大概就只剩佩蒂帕特小姐一家了。就是在她们家，要没有玫兰妮的话，他也恐怕早尝到闭门羹了。只要瑞特在亚特兰大，佩蒂姑妈就忧心忡忡。她明知道自己让他上门引起了朋友们多少闲话，可又始终没有勇气当面对他下逐客令。他每次到了亚特兰大，佩蒂姑妈就会绷紧了那肥厚的嘴巴，向两个姑娘坚决表示这次一定要到门口挡驾，不让他进门了。可是他每次来，手里必有小包奉上，嘴上也少不了要把她的花容月貌恭维一番，这样一来，她的气就又全泄了。

“我真不知道该怎么办好，”她总是这样叫苦。“他的眼睛只要对我一看，我——我就怕得要死，怕对他下了逐客令以后，他会什么都干得出来。他的名声实在太坏了。你们看他会不会打我——或者——或者——唉，要是查尔斯还在就好了！斯佳丽，你可得跟他说说——好好儿跟他说说，让他别再上门了。对了！我看一定是你在背后怂恿他，如今弄得满城的人都说了闲话，这事要是让你母亲晓得了，真不知要怎么说我呢？玫荔，你对他也千万不能再这样殷勤相待了。你只要对他一冷淡、一疏远，他就明白了。哎，玫荔，你看我给亨利写个条子，请他去跟巴特勒船长说说好不好？”

“我看不必，”玫兰妮说。“我也不想对他无礼。我总觉得，在巴特勒船长的事儿上，大家伙儿那样做法简直是发疯。我看他决不至于会像米德大夫和梅里韦瑟太太说的那样混账。他是不会囤积了粮食不卖，眼看着人们挨饿的。哎呀，他还给了我一百块钱去捐给孤儿呢。我相信他也跟我们大家一样忠诚、一样爱国，只是他为人高傲，不屑为自己一辩罢了。你也知道，男人一发火就有多顽固。”

发火也罢，不发火也罢，佩蒂姑妈对男人根本啥也不了解，所以她只好摇摇那肥厚的小手，一点办法也没有。斯佳丽呢，她早就看透了：玫兰妮看人只见优点的老毛病已是不可救药。玫兰妮是个傻瓜，可是这事谁也没有办法。

斯佳丽心里知道瑞特实际并不爱国，爱国不爱国她其实也不大在乎，尽管这话她是死也不会承认的。在她心上，最重要的还是他从拿骚给她带来的那些小小的礼物，作为一个上等社会的妇女尽可收受而无伤大雅的一些小玩意儿。现在市价这样昂贵，要是她不许他上门的话，这些缝衣针、发夹、糖果之类叫她上哪儿弄去？不过，最好还是把责任都推在佩蒂姑妈的身上，她可毕竟是一家之长，在旁人看来应该有监护的责任、有判定是非的能力。斯佳丽知道满城的人都在背后议论瑞特上她们家的事，而且一定还议论到她；不过她也知道在亚特兰大人的眼里玫兰妮·韦尔克斯是不会有错的，只要有玫兰妮护着，瑞特上门来也未必就是什么有失体统的事。

不过，如果瑞特肯放弃他那套异端邪说的话，日子总还可以好过些吧。她跟他一起走在桃树街上的时候，人家就不至于会公然对他不瞅不睬，她也不至于会跟着受窘了。

她就责备他说："你就是心里有这种想头，又何必说出来呢？你只管在心里想你的，只要把嘴闭得紧紧的，也就没有那么些麻烦事了。"

"这就是你的办法了，是不是，我那绿眼珠的伪君子？斯佳丽呀，斯佳丽！我本来以为你做事总还应该勇敢些。我总以为爱尔兰人心直口快，说话都要争先恐后。你倒是老实告诉我，你不是有时候也闭着嘴觉得憋不住，心里的话直想冲口而出？"

"嗯——这倒是有的，"斯佳丽不好意思地承认。"听到人家一天到晚谈我们的所谓正义事业，我有时候实在腻味透了。可是，嗐！瑞特·巴特勒呀，如果我真要直说出来，那就谁也不会再来跟我说话了，那帮小伙子也都不会再来找我跳舞了！"

"啊，对，舞伴倒是千万少不得的。好吧，我佩服你沉得住气，我就没有你那样的能耐。我也不会作假，给自己披上一件英雄加爱国的外衣，尽管要披一件其实也容易得很。糊涂的爱国者还嫌少吗，他们为干这偷越封锁线的差事拼上了全部家私，等仗打完了管保都要变成叫化子。他们也不稀罕多我一个，为国报效的功劳簿上用不到我去添上一份光彩，叫化子的队伍也用不到我再去增加一个名额。他们头上要戴个光环就让他们戴去吧。他们不配戴光环还有谁配呢——我这句话可是由衷之言啊——再说，不消一两年，他们除了头上的光环以外，恐怕也只剩光棍一条了。”

“我说你这个人真刁，故意危言耸听，你明明知道英国和法国马上就要来帮着我们打了，而且——”

“哈哈，斯佳丽！你一定是看报纸的吧！真没有想到你还看报哩。我劝你今后别再看了。报纸只会把女人家的脑子搅糊涂。我可以告诉你，不到一个月以前我才到过英国，所以我倒要劝劝你：英国是绝不会帮着南部邦联打的。英国是绝不会把赌注押在斗输了的狗身上的。这就是英国之所以为英国了。何况，英国当今在位的那个胖胖的德国女人①对上帝非常虔诚，她不赞成蓄奴。她宁愿英国得不到我们的棉花而让纱厂工人挨饿，也断断不肯出力帮助奴隶制度。至于法国，那个一心想仿效拿破仑的庸才②正忙着在墨西哥为法国人谋立足之地，根本顾不上来为我们操心。其实他心里就巴不得我们跟北佬打，因为我们尽顾了打仗，也就不会把他在墨西哥的军队撵走了。……得了吧，斯佳丽，外援一说只是报纸为鼓舞南方的士气而制造的幻想。南部邦联的命运早已注定了。现在就好比骆驼，在靠驼峰维持生命，可是驼峰再大，也不是耗用不尽的。我估计我还可以在封锁线上干上六个月左右，以后我就不干了。再干的话就太危险了。到那时候我就找个英国人把船卖给他，自有傻乎乎的英国人会认为自己有本事偷越封锁线的。不管卖得掉卖不掉，反正我也不放在心上。我钱已经赚饱了，都在英国的银行里存着呢，而且都已经换了金币。我才不要这种不值钱的钞票呢。”

他说起话来，听上去总像颇能言之成理。要是换了别人，听到他的话也许会斥之为卖国言论，可是斯佳丽听了却总觉得他的话大有识见，句句在理。她也知道自己的感觉是完全错误的，自己应该觉得震惊、觉得愤怒才对。她实际上既不震惊也不愤怒，但是装装样子还是不难的。装着这副样子，自己也觉得似乎更尊严了些、更高尚了些。

---

① 指维多利亚女王。1837 年至 1901 年在位。她本是肯特公爵之女，威廉四世之侄女，为汉诺威王朝之后裔，所以这里说她是德国女人。

② 指拿破仑第三（路易 · 波拿巴）。1852 年至 1870 年间的法兰西第二帝国皇帝。

“依我看米德大夫信上说你的那些话还是讲得不错的，巴特勒船长。你改过自新的唯一办法，就是卖掉了船以后就去参军。你是西点军校出身嘛，而且——”

“你这话就像一个浸礼会的牧师在作劝人入会的演讲。可我要是不想改过自新呢？把我都‘摈而弃之’了，我又何必要为维护这个制度而战斗呢？看它给砸得稀巴烂，我才高兴呢。”

“什么制度，我没听说过，”她气呼呼地说。

“没听说过？可你就是这个制度中的一分子，跟我原先一个样，而且我敢担保，对这个制度你也跟我一样反感。知道吗，我是怎么会变成巴特勒家的不肖子的？原因就在这儿——就是因为我对查尔斯顿的那一套并不适应，也适应不了。而查尔斯顿就是南方的一个缩影。不知道你是不是也已深有体会，要顺应那一套实在是件头痛事？有好多事情，就因为历来都是这样做的，所以大家也得照着做。有好多事情，其实本身并没有什么害处，也就因为历来没有这个规矩，因而被视为禁忌。这种种荒唐事我就受不了。不娶那位年轻小姐——你大概也听说过她了吧——不过是引起总爆发的导火线罢了。我因为遇到了一点意外事，没能在天黑以前送她回家，为什么凭这一点就非要我娶这个傻乎乎的讨厌女人不可？我既然枪法高出一筹，为什么非要让她那个红了眼的哥哥一枪把我打死？当然，我要是教养好，也就让他把我一枪打死了，这样我们巴特勒家的家声也就清清白白了。可是——我却想活下去。所以我就活下去了，过得倒也快快活活。……有时我也想起我的哥哥，他至今生活在查尔斯顿的那帮碰不得的宝贝中间，把他们奉若圣贤，守着个庸俗不堪的妻子，加上一片永远是那张老面孔的稻田，要逢到圣塞西莉亚节[①]才开个跳舞会——一想起他我就深深体会到自己跟这个制度断绝关系，可绝不是得不偿失的。斯佳丽，我们南方的生活方式也像中世纪的封建制度一样早已过了时了。奇怪的倒是这种生活方式居然能一

① 圣塞西莉亚是传说中音乐的保护神，手风琴的发明者。圣塞西莉亚节是每年的11月22日。

直维持到现在。崩溃早就是不可避免的了，所以如今已在崩溃了。可是你却还要我去听信米德大夫那样的演说家的话，相信我们的事业是正义而神圣的？要我被咚咚的战鼓激得热血沸腾，抓起把枪来就冲到弗吉尼亚去为罗伯特老爷[①]流血？你以为我是个大傻瓜？叫棍子打了还要抱住棍子亲亲，我才不是那号人呢。南方和我，现在谁也不欠谁了。以前南方撵走了我，想要把我饿死。我可没有饿死，倒是从南方的垂死挣扎中赚了一大笔，也足以补偿我被剥夺了的那份继承权了。”

“我看你简直利欲熏心、无耻之尤，”斯佳丽说，不过这是有口无心的话。瑞特刚才说的那些，她多半听得不甚了然。谈话如果不是谈的私事，她听起来总有点隔靴搔痒。不过她觉得瑞特今天的话有一些倒也在理。上等人家的生活中，荒谬可笑的事情是太多了。她的心明明没有死，却非得装出心如古井的模样。那天在义卖会上她跳了舞，引得大家就是那样大惊小怪。一样的事、一样的话，人家年轻女人都做得、说得，可她要是做了、说了，大家就要眉毛一竖，怒不可遏了。不过话要说回来，即使是她最反感的一些传统吧，受到他这样的抨击，她听了还是觉得挺刺耳的。她在讲究客气、惯会作假的人们中间生活久了，如今听到有人一言道出了自己心中的想法，总不免感到有些不安。

“利欲熏心？胡说，我只是略有远见罢了。不过，所谓有远见，恐怕其实也只是利欲熏心的一个同义语吧。至少，没有我这样的远见的，就要说这是利欲熏心了。一切忠心耿耿的南部邦联志士，谁只要在1861年那年头手里有一千块现金，谁都可以干出我这番事业，可惜利欲熏心的人太少了，放着机会都没有去利用！比方说吧，在苏姆特堡攻下以后，海上封锁线建立以前，我以极便宜的价格买下了几千包棉花，运到了英国。这些棉花至今还堆在利物浦的货栈里。我一直没有卖掉。我要把这批棉花保存到英国纱厂停工待料的时候，到那时候价钱就都得听我的了。卖一块钱一磅，也不是不可能的。”

“卖一块钱一磅？除非西天出太阳！”

---

① 指南军统帅罗伯特·李。

“我相信卖得到的。眼下棉花已经卖到七毛二一磅了。等这仗打完以后，我就是个大富翁啦，斯佳丽，因为我有远见——对不起，应该说是利欲熏心吧。我以前也对你说过，有两种时机可以发大财，一种是在国家初建之时，一种是在国家灭亡之时。兴起的时候发财慢，崩溃的时候发财快。好好记着我的话吧。将来不定哪天，或许还会对你有用呢。”

“高明的指点我万分感激，”斯佳丽使足了挖苦的腔调说。“可是你的指点我用不着。你当我爸爸是穷光蛋吗？我爸爸是要多少就能给多少，何况我还有查尔斯的一份产业。”

“依我看哪，当初法国贵族在还没有被押上囚车送往断头台的时候，他们心里想的恐怕也差不多！”

瑞特经常向斯佳丽指出：她既然一切社交活动都参加，那么再穿黑色的孝服就未免自相矛盾了。瑞特喜欢衣服的色泽要鲜艳，看着斯佳丽的一身丧服，加上从帽子直披到脚跟的黑纱，心里一方面觉得好笑，一方面却又深感不快。但是斯佳丽却说什么也不肯除下那一身黯然无光的黑衣黑纱，因为她知道，自己如果马上换上花花绿绿的衣服，不肯再等上几年的话，已经在窃窃私议的满城居民越发要议论得厉害了。再说，以后见了母亲又怎么向她交代呢？

瑞特还老实不客气对她说：她披着黑纱像只乌鸦，穿一身黑看去要足足大上十岁。一听见这句大不恭敬的话，她赶快扑到镜子跟前，看看自己的模样是不是真的不像十八岁，而像二十八岁。

“我想你总不至于那样没志气，甘愿打扮得跟梅里韦瑟太太一个样吧，”瑞特奚落她说。“也总不至于那样庸俗，是戴着那个黑纱来炫耀你的悲伤吧，我看准了你的心里根本就没有一点悲伤。我跟你打个赌吧。我包你可以在两个月之内，叫你除下头上那顶帽子跟面纱，换上一顶巴黎的时新货！”

“得了吧！好，我们不谈了，”斯佳丽听他话里有话，提到了查尔斯的事，心里很不高兴。瑞特就要去威尔明顿准备再次出海，所以当下也就把嘴一咧，走了。

几个星期以后的一个晴朗的夏天的早晨，他又来了，手里还托着一只装潢漂亮的帽盒，看屋里只有斯佳丽一个人，他就把盒子打了开来。拆开一层又一层衬纸，里面赫然是一顶崭新式样的帽子，斯佳丽一见，叫一声："哎呀，太漂亮了！"就忍不住扑了上去。多少日子没有看到新装了，亲手摸一摸是更不用说了，今天看到这顶帽子，她觉得那个漂亮简直是一辈子也没有见过的。墨绿的塔夫绸面料，淡翡翠色的波纹绸衬里。系在下巴底下的缎带有她一手阔，也是淡淡的绿色。弯弯地插在帽子边上的是一支帅到极点的绿色鸵鸟毛。

"戴上吧，"瑞特笑眯眯地说。

她飞快地跑到对面的镜子跟前，把帽子往头上一戴，向后掠了掠两鬓的头发，好露出那一对耳环，然后就把带子在下巴底下系好。

"好看吗？"她一边嚷嚷，一边就两脚一踮转个身给他看，头向后一仰，羽毛都飞舞了起来。其实她心里早就知道自己戴着这帽子好看，还没有看见他赞许的眼色就知道了。戴着这帽子她显得那么调皮可爱，翠绿的衬里映得她的眼睛有如两颗碧油油的绿宝石，闪闪发亮。

"瑞特，这是谁的帽子？卖给我行吗？我愿意倾我所有把这帽子买下。"

"帽子本来就是你的，"他说。"除了你还有谁配得上这样的绿？你眼睛的颜色我记得没错吧？"

"你真是特地为我定做的？"

"可不，盒子上有'和平路'的法文字样①，你总不见得会视而不见吧？"

她却根本视而不见，她只是对着镜子里自己的身影微笑。此刻她把什么都撇在一边，只觉得自己两年来头一次戴上了这样一顶漂亮帽子，真是美极了。戴上了这样一顶帽子，谁还敢不对她拜倒！然而她的笑容转眼就消失了。

---

①和平路在巴黎。那里有一些豪华的商店。

“你不喜欢？”

“哎呀，我真是太喜欢了，可——唉，绿得这样可爱却得蒙上黑纱，羽毛也得染黑，实在是遗憾啊。”

他匆匆来到她的身旁，灵巧的手指一下子就把她下巴底下的大蝴蝶结解开了。不一会儿帽子又在盒子里装好了。

“你这是干吗？不是说帽子归我了吗？”

“可不是给你改作孝帽戴的！我另外找一个绿眼睛的美貌佳人去，我的口味总会有人欣赏的。”

“哎呀，别去别去！你不给我，不是存心要我的命吗！喔，求求你，瑞特，别小气了！就给了我吧。”

“拿去改得不堪入目，像你前几顶帽子那样？那可不行。”

她抓住了帽盒子不放。多讨人喜欢的帽儿，自己刚才戴着显得那么年轻俏丽，他要拿去给别人？说什么也不行！可是她又想起了佩蒂和玫兰妮这道难关。她又想起了母亲；一想起母亲会怎么说她，她不寒而栗了。然而毕竟还是虚荣心占了上风。

“我不改就是。我向你保证。你就给了我吧。”

他略带讥讽微微一笑，把帽盒子给了她，看她重又戴上帽子，整一整容。

“要多少钱？”突然她阴下脸来问道。“我只有五十块钱，可下个月还得——”

看她一下子愁容满面，他笑嘻嘻地说：“按邦联的钞票来计算，要值到两千块左右。”

“哎唷乖乖——那是不是可以这么办：我现在先给你五十，以后等我有了——”

“我一个子儿也不要，”他说。“送给你啦。”

斯佳丽不觉张大了嘴。收受男人的礼物，可得严格注意分寸，万万不能有一点马虎啊。

母亲时常说的：“宝贝儿啊，高贵的小姐接受男士送的礼物，只能限于糖果啊，鲜花啊，或许还有诗集啊，纪念册啊，小瓶的花露水啊，诸如此类的东西。贵重的礼物可千万、千万不能收下，连未婚夫送你的都不行。千万不能收珠宝首饰、衣着用品，连手套、手帕都收不得。你要是收了这些东西，男人就只当你是个下贱女人，就要来对你放肆了。”

“哎呀，这可怎么好，”斯佳丽看看自己镜中的身影，又看看瑞特莫测高深的神情，心里暗暗琢磨。“我绝对不能对他说不要。这样的帽子，太可人意了。我倒——我倒简直情愿让他来放肆一下，只要不是放肆得太厉害就行。”想到这里她自己也感到骇然：自己竟会起这样的念头！脸上顿时泛起了一丝红晕。

“我——我五十块钱一定要给你——”

“你给我我就扔到阴沟里去。要不还有个更好的办法，就是拿去替你的灵魂做几台弥撒。真的，你的灵魂是需要做几台弥撒来赎赎罪了。”

她勉强笑了两声，可是看到自己在翠绿帽檐下的那个笑影，她马上就下了决心。

“你到底想把我怎么样？”

“我要用高级的礼物来不断引诱你，把你女孩子家头脑里的一套清规消磨殆尽，最后叫你完全落入我的掌握之中，”随即便学着做娘的口吻说：“‘儿啊，你收受男士的礼物，可只能限于糖果和鲜花啊，’”逗得斯佳丽忍不住扑哧笑了出来。

“瑞特·巴特勒呀，你这个坏蛋心肠是黑，心眼儿倒挺灵，你明明知道这样漂亮的帽子我是舍不得不要的。”

他的眼神里又有对她美貌的赞赏，又有对她的嘲弄。

“那也好办，你何妨对佩蒂小姐说，塔夫绸和波纹绸是你给的样子，帽子的式样也是你画给我的，为了这事你被我敲了五十块钱的竹杠。”

“不，我要说一百块，让她去逢人就讲，讲得城里人人眼红，说我的手面好大。可瑞特呀，你以后千万别再送我这样贵重的东西了。多谢你的好意，可我实在不能再收了。”

“是吗？可我还是要给你带礼物来，只要我愿意，只要我看到有什么东西能让你增添风采，我就要给你送来。我要送你一块墨绿的波纹绸，让你做一件跟这顶帽子相配的长上衣。不过我要把话说在前头，我可是不怀好意的。我是拿帽子首饰之类作为诱饵，来引你入彀。你要时刻记住，我做事都是有意图的，给人东西都是要索取回报的。我从来没有白干的事。”

他的黑眼睛拼命朝她脸上瞅，目光落到了她的嘴唇上。斯佳丽垂下眼去，满心紧张。母亲说得一点不错，这一下他要来放肆了。他要来跟她亲嘴了——至少是有这样的企图吧；她心里乱纷纷的，决不定是依他还是不依他。不依他吧，他也许会一把抢过她头上的帽子，送给别的姑娘去。反之，如果允许他规矩点儿略略亲一亲，他以后或许还会把招人喜爱的礼物源源献上，以期能再博得一吻。男人家对亲吻看得可重了，其中的缘故，也只有天知道了。他们往往只经过一吻，便会对所吻的姑娘爱得要死，假如姑娘乖巧，一吻之后就不许他们再亲，他们还往往会闹得大出洋相，煞是有趣。瑞特·巴特勒要是真能爱上她，真能坦白承认，真能来乞求一吻，或博取一笑，那就太够劲儿了。好吧，就让他来亲一亲吧。

可是他却没有来亲她的意思。她从睫毛底下对他瞟了一眼，嘟嘟囔囔有意挑逗：

“这么说你是从来没有白干的事咯？那么你想要从我这里取得什么代价呢？”

“那还得等着瞧。”

“好吧，可如果你以为我为了这顶帽子就愿意嫁给你作为报答，那你就想错了，”她大着胆子说，把头倔强地一摆，震得羽毛连连跳动。

瑞特的那一小撮小胡子底下雪白的牙齿微微一露。

“太太，你也太自作多情了，我可不想要你嫁给我，也不想要谁嫁给我，我是不打算结婚的。”

她吃了一惊，如今是主意已定，非要引得他放肆不可了，于是就大着嗓门说：“真是！甭说结婚，连跟你亲嘴我都不愿意呢。”

“那你为什么把一张嘴巴噘得那样滑稽呢？”

她从镜子里一眼瞧见了自己的模样，两片红红的嘴唇果然是作着准备亲嘴的姿势，不觉“喔！”的一声叫了出来。她顿时来了火，一跺脚又直嚷嚷：“喔！我从没见过有你这样可恶透顶的家伙！从今以后我再也不想看到你了！”

“如果你真觉得这么着，那就应该把帽子踩上两脚才对。啊呀呀，你发了那么大的脾气，大概也知道踩帽子出气正合适吧。来吧来吧，斯佳丽，把帽子使劲踩踩，让我也明白明白，我和我的礼物在你眼里就是这样一文不值。”

“你敢来碰这顶帽子！”她牢牢抓住帽子下的蝴蝶结，一边说一边向后直退。瑞特笑嘻嘻跟上去，把她的手一把揪住。

“斯佳丽呀，你太小孩子脾气了，搅得我心里好难过，”他说。“既然你总认为我是想要亲你，那好吧，我就亲亲你，”说着便漫不经心地俯下身去，小胡子在她面颊上轻轻一擦。“好啦，你看现在是不是该给我一个耳光，以惩戒我越礼犯分呢？”

她努起了嘴，抬头盯着他的眼睛看，见那两个深不可测的黑洞里尽是看好玩儿的神气，倒忍不住笑了出来。这家伙就是爱捉弄人，多么可气！他既然不想要她做妻子，甚至也不想跟她亲嘴，那他图的是什么呢？他既然并不是爱她，那又为什么来得这样勤，还送给她东西？

“这就好了，”他说。“斯佳丽呀，你跟着我可只会学坏呢，所以你如果聪明点儿的话，就应该把我撵走——假如你有本事撵得了我。我这个人可是很不容易打发走的。不过我对你实在有害无益。”

“是吗？”

“你还看不出来？自从我在义卖会遇见你以后，你干出事来总是叫人家大摇其头，那责任就多半在我。是谁怂恿你跳舞的？是谁逼得你承认了我们的光荣事业其实既不光荣，也不神圣？又是谁激得你承认了为夸夸其谈的主义而牺牲性命其实都是傻子？是谁老是从旁调唆，弄得你成了老婆子们说长道短的对象？是谁现在又要让你提前几年把丧服除去？还有，是谁使出了最绝的一招，引诱你收受了女人家一旦收受就要有失身份的礼物？”

“你也太自卖自夸了，巴特勒船长。我的所作所为还不至于这样不堪，你说的那些事我也不是干不来，又何必要你来指点。”

“我看未必，”他说这话时，脸色就一下子变得平静而阴沉了。“要没有我的话，你还不是照旧做你查尔斯·汉密顿的伤心寡妇，你的名声还挺好呢，谁不知道你为护理伤兵作出了贡献。可结果——”

但是她却没有在听，她又喜滋滋地在对着镜子端详自己了，心里打算今天下午就戴着这顶帽子到医院去，去给在那里疗养的军官们献花。

她没有想到，瑞特的这最后一段话其实是说得颇有道理的。她没有看出来：是瑞特替她撬开了寡妇生活的牢笼；按说早已过了一枝花时代的她，才得以解脱出来，跑到还没有结婚的姑娘群中去称王。她也没有看出来：在瑞特的影响下，她已经大大背离了母亲的教诲。演变是点点滴滴细微难察的，今天对这个小小的规矩嗤之以鼻，明天又把那个小小的规矩唾而弃之，彼此似乎并没有什么联系，跟瑞特好像也都毫不相干。她没有觉察到，就是在瑞特的鼓动下，她已经把母亲让她谨守礼法的一些最最严厉的禁令多半丢在脑后，把如何做一位上流妇女的那种种艰难的功课都忘了个精光。

她想到的只是：这顶帽子真是跟她再相配也没有了，而且又没要她一个子儿，可见瑞特一定是爱上她了——管他承认也罢，不承认也罢。她自然是巴不得能想个什么法儿，叫他自己承认。

第二天，斯佳丽拿了把木梳，衔着满嘴的发夹，站在镜子跟前，想做一个新式的发型，梅贝尔新近去里士满探望丈夫回来，学来了这种风靡首都的发型。这种发型有个名称，叫做“猫儿、大鼠带小鼠”，做起来可很不容易。要先把头发在中间分开，然后两边各自由大而小，分卷成三个发卷。最靠近中间“头路”的一卷最大，那就是“猫儿”。“猫儿”和“大鼠”倒还好梳，唯有“小鼠”难办，发夹老是夹不住，惹得她火都上来了。不过她还是决心要把这个发型做好，因为今天瑞特要来吃晚饭，她的服饰发式只要有一点新鲜花样，瑞特总会看在眼里，少不了还要评论上几句。

可是那两绺浓密的头发就是不听话，她正弄得脑门子上汗珠直冒，忽然听见楼下穿堂里有轻轻奔跑的脚步声，她知道那是玫兰妮从医院里回来了。但是听见玫兰妮两级一跨飞奔上楼，斯佳丽倒不觉一怔，手里拿着只发夹直发呆：她明白一定出了事了，因为玫兰妮平日的举止稳重得就像上了年纪的贵妇人一样。她就赶快过去把房门打开，玫兰妮一头奔了进来，只见她满面通红，神色惊恐，活像个做错了事的孩子。

她面颊上挂着泪水，帽带套在脖子里，帽子倒拖在脑后，裙箍在那里猛烈晃动。一只手里紧紧攥着个什么东西，随身还带进了一股浓得刺鼻的廉价香水味。

“哎呀，斯佳丽！”她把房门一关，一屁股坐在床上，就嚷嚷起来。“姑妈回来了吗？还没回来？啊哟，谢天谢地！斯佳丽呀，我简直没脸做人了！我差点儿晕了过去。斯佳丽呀，彼得大叔口口声声说要告诉佩蒂姑妈哩！”

“告诉她什么？”

“就为我跟那个——那个人说了话呀——也不知该叫她小姐呢，还是太太？”玫兰妮拿着手绢给自己发烫的脸蛋直打扇。“就是那个红头发的女人，叫贝尔·沃特林的！”

“啊唷，玫荔！”斯佳丽叫了起来，她吃惊得只有两眼直瞪的份儿了。

贝尔·沃特林就是她来到亚特兰大的第一天在街上见到的那个女人，如今无疑已是本城声名最臭的一个女人了。自从亚特兰大来了许多大兵以后，大批娼妓便跟着蜂拥而至，但是其中最显眼的，则要算是贝尔了，一则因为她长着一头火红的头发，二则因为她总是穿戴得花里胡哨，时髦得过了头。桃树街一带的上等住宅区她平日是很少来的，但是真要一旦来了的话，规矩人家的妇女见了她都得赶紧穿到对街，对她避之唯恐不及。而现在，玫兰妮居然跟她说起话来了。这就难怪彼得大叔要气坏了。

“要是让佩蒂姑妈知道了，我只有死路一条！你是了解的，她一知道就要大哭大叫，说得满城的人都知道，那我还有什么脸去见人呢，”玫兰妮抽抽搭搭说。“这事也怪不得我。我——我怎么能躲开她呢。这样躲开她太不像话了。斯佳丽呀，我——我真可怜她。你说我可怜她会不会要不得？”

但是斯佳丽却无意从道德的角度去探讨这个问题。她也跟一般好人家出身的天真无邪的年轻小姐一样，对娼妓感到好奇极了，只想刨根问底。

“她有什么事呀？说起话来啥样子的？”

“喔，她说起话来文理都不通，不过我看得出来，她倒是很想学着文雅的样子，可怜的人儿！我从医院里出来，一看彼得大叔没有赶车来接我，心想还是步行回家吧。走过埃默森家前院的时候，想不到她竟在篱笆后面藏着哩！真是谢天谢地，埃默森一家幸亏都到梅肯去了！她找上我说：‘韦尔克斯太太，请赏光跟我说几句话。’我也不晓得她是怎么知道我的名字的。我知道自己应该尽快逃开才对，可——可斯佳丽呀，我看她样子那么可怜，而且——而且那神气像是在求我呢。她身上衣服是黑的，头上帽子也是黑的。脸上不施脂粉，要不是那一头红发惹眼，看去倒确也正正派派。我还没有来得及回答，她又说了：‘我知道我原不应当来找你说话，我本来是去找艾尔辛太太说的，可那只老不死的母孔雀不等我说完，就把我从医院里赶出来了。’”

“她真把艾尔辛太太叫母孔雀？”斯佳丽听得乐了，笑不迭地说。

“喔，你别笑。这事可没有什么好笑的。看来这位小姐——哦，这个女人，是想到医院里来帮忙呢——你想得到吗？她表示愿意每天早上到医院里来看护伤员，不用说，艾尔辛太太准是一听这话，吓得差点儿没命，才把她赶出医院的。她还对我说：‘我也想出点儿力呀。我不也是邦联的一员，跟你一样吗？’斯佳丽，我听说她想来帮忙，心里真是感动呵。你想呀，她既然愿意为我们的正义事业出力，这就说明她并不是一切都坏的。你说我这样的想法会不会要不得？”

“哎呀呀，玫荔，别管你要得要不得。你快说，她还讲了些什么？”

“她说，太太们经过这儿上医院去，她看在眼里已经不是一天两天了，她觉得我——呃——面容比较和善，所以才找上了我。她手头有几个钱，要我拿着供医院里使用，可千万不能把来路告诉别人。她说，艾尔辛太太要是知道了那是什么样的钱，肯定是不让用这笔钱的。那是什么样的钱呵！当时我一想起来，就差点儿晕了过去。我心烦意乱，只急着想脱身，所以当下就只是说了句：‘哦，好的好的，你真是太好了，’反正总是这一类的蠢话吧，她笑笑说：‘你真是个厚道人，’说完就把这方乌糟糟的手绢塞在我手里。嘿，你闻闻这股香水味！”

玫兰妮伸出手来，手里赫然是一方男人的手绢，脏得很，还有一股浓浓的香水味，里边包着些硬币，上面打了个结。

“她正在向我道谢，还说以后打算每个星期给我送些钱来，没想到彼得大叔偏偏就在这时候赶着车来了，看见了我！”玫荔把头往枕上一靠，忍不住嚎啕大哭了。“他一见我的旁边是谁，他——斯佳丽呀，他竟对我吆喝起来！我活到这个年纪，还从来没有让人这样吆喝过。他对我说：‘你快点给我上车吧！’我这便上了车，一路上他把我数落了个够，半句也不许我分辩，还说要去告诉佩蒂姑妈。斯佳丽，你快下去求求他，让他别告诉姑妈吧。你的话他也许会听的。那个女人我哪怕只是朝她看一眼，姑妈知道了也要活活气死的。你去说说好不好？”

“好吧，我去说说。不过我们还是先来看看里边有多少钱。分量还不轻呢。”

她解开手绢，一把金币滚了出来，掉在床上。

“斯佳丽呀，有五十块呢！全是金洋！”玫兰妮把亮灿灿的金币一数，吓得叫了起来。“你倒说说看，这种——呃——这样挣来的钱财，用在士兵的身上行吗？上帝大概总会理解她是一片好心吧？就是钱不干净大概也不会怪罪吧？我一想起医院里缺这缺那的——”

可是斯佳丽根本就没在听。她两眼瞅着那乌糟糟的手绢，心头涌起一阵阵羞辱和愤怒。手绢的角上绣着姓名标记：三个起首字母，是“R. K. B.”。在她最上边的一只抽屉里，也有跟这一模一样的一方手绢，那是昨天在野外采花，瑞特·巴特勒借给她裹在花梗儿上的。本想趁他今天来吃晚饭，就把手绢还给他。

这么一看，瑞特还跟沃特林这臭娘们有来往呢，还给了她钱呢。她要捐给医院的钱，敢情就是这样的来头。从封锁线上来的，难怪都是金洋。瑞特也真是，跟这娘们鬼混上了，居然还有脸正眼看人家规矩的女人！自己也真是，竟会认为他爱上了自己！今天的事表明了，他是不可能爱上自己的。

斯佳丽总觉得，坏女人和凡是跟坏女人沾边的事，都是很神秘的，见不得人的。她知道，男人“光顾”这些女人的目的，小姐太太们压根儿就不应该提——即使提及，也要含而不露，绕着弯儿，悄悄儿说。她本来总以为只有低三下四的男人才会去找这种女人。她以前可从来也没有想到过，高尚的男人——确切些说，是她在高尚人家认识的、还一起跳过舞的男人——居然也会干出这种事来。这一下倒给她的思路打开了一个全新的天地，叫她想得毛骨悚然。大概男人全都是这样干的！他们逼着自己的妻子干这种下流把戏，已经是够丑的了，可竟然还要找下等女人，花钱去买那乐儿！唉，男人全都是下流种子，男人里尤以瑞特·巴特勒最坏最坏！

她一定要拿这方手绢摔在他脸上，把他赶出门去，今后再也、再也不理他了。可是再转念一想：不行，这事绝对干不得。她说什么也不能让他知道她也了解这世上还有坏女人存在，更不用说他去找坏女人的事了。这种事有身份的小姐太太绝对干不得。

“哼！”她心里愤愤地想。“要不是我有身份，对这个坏蛋我什么话骂不出来！”

她把手绢揉成一团，攥在手里，下楼到厨房里找彼得大叔去了。趁走过炉子的时候，把手绢往火里一塞，怒气冲冲而又无可奈何的，看着手绢化成了一团火。

第 14 章

到 1863 年夏天，南方人个个又都满怀着希望了。尽管缺衣少食、备尝艰辛，尽管粮食投机一类的灾祸为害甚烈，尽管如今几乎已无一家没有丧亡、伤病或遭劫之痛，今天南方可终于又敢说“只要再打一场胜仗就可结束战争”了，而且说起来比上年夏天更起劲、更自信。北佬果然是一颗扎手的硬核桃，可现在核桃终于要敲碎了。

对亚特兰大人，对整个南方，1862 年的圣诞节就已经是个吉祥的圣诞节了。当时南军在弗雷德里克斯堡打了一个漂亮的胜仗，北佬死伤数以千计。这一年的圣诞节期间，南方各地无不欢欣鼓舞，庆幸局面终于扭转过来了。穿白胡桃色土布军装的大批新兵如今都已成为经过了炮火锻炼的老战士，他们的将军也都表现了非凡的英勇，大家都相信等来春战事一旦重开，北佬就该给打得全军覆没，休想再有所作为了。

春天来了，战斗重开。到五月，南军在钱塞勒斯维尔又打了个大胜仗，南方欢腾了。

在后方，前不久北军有一支骑兵队来偷袭佐治亚，结果倒变成了南方的一场大捷。人们至今谈起来还乐得拍肩捶背，笑声不绝，说：“妙啊！老福雷斯特上去一打，就有他们受的啦！”那是在四月末，北军的斯特赖特上校带领一千八百名骑兵施行奇袭，突入佐治亚境内，目标是亚特兰大以北才六十多英里处的罗马。他们的计划还真不小哩，打算先把亚特兰大和田纳西之间的那条举足轻重的铁路线切断，然后挥师南下，攻入亚特兰大，把集中在这个南方重镇的工厂和军需物资彻底摧毁。

这一招的确颇见胆略，当时南方要是没有福雷斯特的话，准得大吃其亏。福雷斯特手下的人马只有对方的三分之一，却个个骁勇善战，马行如飞；他就以这点兵力赶去堵截，不等对方兵临罗马，即在中途拦击，日夜扰袭，终于把对方全部俘获！

这个胜利消息是跟钱塞勒斯维尔的捷报差不多同时传到亚特兰大的；消息传来，全城顿时欢声雷动，笑语喧天。其实论重要，钱塞勒斯维尔之捷也许意义还要更大些，可是斯特赖特的突击队全部当了俘虏，却使北佬落了个大大的话把儿。

“哼！我们的老福雷斯特可不是好惹的，”亚特兰大人把这事翻来覆去讲个没完，而且总要兴高采烈地添上这么一句。

南部邦联现在时来运转，正处在旺时，人们也受到了形势的感染，都喜气洋洋。话是不错，格兰特[①]部下的北军自五月中旬以来就把维克斯堡团团围住了。石墙将军杰克逊又在钱塞勒斯维尔伤重不治，南方痛失了一员大将。科布将军在弗雷德里克斯堡不幸阵亡，佐治亚更是少了一位才华出众、英勇过人的人物。但是北佬毕竟再也吃不起弗雷德里克斯堡和钱塞勒斯维尔那样的大败仗了。再吃一场败仗他们就非认输不可，那么这场无情的战争也就可以结束了。

到七月初，先是听到了传闻，继而又得到了电讯的证实，说是李将军已经长驱直入宾夕法尼亚了。李将军打进敌人的地盘了！李将军迫使敌人决战了！这是最后一战了！

亚特兰大人兴奋若狂，欢欣之余，却只感到复仇心切。现在该叫北佬尝尝这仗打在自己乡土上的滋味了。该叫他们尝尝失去肥沃的田地、牛马遭抢、家园被烧、老的少的拉去坐牢、女人孩子赶出去挨饿的滋味了。

谁都知道，在密苏里、肯塔基、田纳西、弗吉尼亚等地，北佬干尽了坏事。他们的所占之处无不搞得一片恐怖，那种人间惨剧连小孩子都能一一数说，一讲起来都又恨又怕。亚特兰大早已到处都是田纳西东部逃来的难民，所以本地的居民都听到了他们亲口讲述的苦难经历。在他们那一带，拥护南部邦联的人居于少数，因而他们受战争的祸害最烈（大凡边界诸州都是这样的命运），闹得邻居相互告发，弟兄相残，什么都有。这些难民嚷嚷得最厉害，他们恨不得宾夕法尼亚化作一片火海，连平日心肠最软的老太太此刻脸上也浮起了幸灾乐祸的表情。

但是后来消息点点滴滴传来，说是李将军下了命令，严禁部队侵犯宾夕法尼亚的私人财产，抢劫者一律处死，部队征用民物一概折价付款——这一来，李将军可就得全靠他素日的威望来勉强保住民心了。

---

① 尤利塞斯·格兰特（1822—1885），北军将领。当时是田纳西战场的指挥官。后任北军总司令。战后曾任美国总统（1869—1877）。

到了那么一个富饶的州里，还不许士兵跑进满登登的仓库里去捞它一把？李将军的脑子里在打些什么主意呀？难道不看见我们的战士都饿成了这样，而且要鞋没鞋，要衣没衣，又没有马骑！

达西·米德匆匆写了封信来给大夫，整个亚特兰大在七月头上收到的第一手消息也总共只有这样一封信，所以这封信就被人辗转传阅，人们也愈看愈气愤。

“爸爸，你能不能给我弄一双靴子来？我已经光了两个星期的脚板了，看来要想再领一双是没有什么希望了。要不是我的脚太大，我也可以像别的弟兄那样从打死的北佬脚上剥一双下来穿穿，可是有我那么大脚板的北佬我至今还没有碰到过一个。你要是给我弄到了，可别交邮局寄来。邮寄的话会让人中途偷走的，这种事其实也怪不得人家。还是叫菲尔坐火车来一趟，让他给送来吧。我们前途在哪里驻扎，过些时我再写信告诉你。眼下我还不知道，只知道我们是在往北开。目前是在马里兰，大家都说要一直开到宾夕法尼亚。……

“爸爸，我本来想我们总该对北佬来个‘以眼还眼，以牙还牙’吧，可将军却说不行；我个人觉得，为了放把火烧掉北佬的房子图个痛快，而要弄到被枪毙，也实在有点犯不上。爸爸，部队今天开过一片玉米地，真壮观极了。我们家乡的玉米从来也没有长得这样茂盛的。不过，实在不瞒你说，我们在那片玉米地里都私下犯了点纪律，因为我们都饥饿难当，反正这事将军又不知道，不会惹他不高兴的。可是那还嫩的玉米一吃下去反倒坏了事。弟兄们本来都有痢疾，一吃生玉米就拉得更厉害了。拉肚子行军实在够呛，比腿上带伤还难受。爸爸，你无论如何要想法替我把靴子弄到啊。我现在当上尉了，当了上尉换不上新军装、佩不上肩章倒还可以不去说它，可脚上总不能没有靴子穿吧。”

但是现在大家满脑袋就只想着一件事：部队已经开进宾夕法尼亚了。只要再打一场胜仗，战争就可以结束了，到那时达西·米德要多少靴子可以尽他挑，孩子们也都可以凯旋归来了，家家户户又都可以欢乐如初了。米德太太想到她当兵的儿子终于有了重返家园、不再外出的一天，连眼睛都湿润了。

谁知到了七月三日那天，北边的电报却突然沉默了，直到七月四日中午，亚特兰大的司令部里才断断续续收到了一些报告，却都只是一鳞半爪，混淆不清。看来在宾夕法尼亚一个叫葛底斯堡的小镇附近爆发了激战，战斗规模很大，李将军集中全部兵力投了进去。消息不但语焉不详，且又姗姗来迟，因为这仗是在敌方的境内打的，战报先要送到马里兰，再转发到里士满，然后才能传到亚特兰大。

心愈来愈放不下了；慢慢的，满城的人都不觉忧心忡忡起来。天下最难受的事，莫过于不了解真情实况。有儿子在前线的人家忙不迭地祈祷，但愿他们的孩子不在宾夕法尼亚；可是知道自己的亲人跟达西·米德在一个团的，就只好咬了咬牙，说自己的亲人能参加这场大战，出力把北佬彻底打垮，也是一种光荣了。

佩蒂姑妈府上，娘儿三个面面相觑，脸上都掩不住忧虑之色。阿希礼也就在达西的那个团里啊。

五日那天传来了坏消息，却不是从北边来的，而是从西部来的。维克斯堡在长时期的猛烈围攻下终于陷落了，这样，从圣路易斯一直到新奥尔良，差不多整个密西西比河都已落入了北佬的手中。南部邦联已被截为两段。要是在平日，这样的不幸消息肯定会使亚特兰大人感到又恐慌又悲痛。可是现在他们对维克斯堡已经无心过问了。他们只想着李将军在宾夕法尼亚的决战。只要李将军能在东部获胜，那么把维克斯堡丢了也就算不得什么大灾难了。东部有费城，有纽约，有华盛顿。把这些地方拿下来，北方就瘫痪了，那就足以抵消密西西比战场的失利而有余了。

时间一点一点挨过去，灾难的阴影终于黑压压的罩住了全城，连骄阳似乎都给遮得黯然无光了。人们抬起头来才猛吃一惊，他们简直不敢相信头上原来还是那么清澈的蓝天，并没有遮天蔽日的滚滚乌云。到处都是三五成群的妇女，有的攒聚在人家的前门廊上，有的在人行道上围作一堆，有的甚至就围在街心，相互庆幸没有消息就是好消息，彼此安慰上几句，极力装出一副勇敢的样子。然而可怕的传闻还是像东冲西撞的蝙蝠一样在静悄悄的街上到处乱飞，说李将军已经阵亡，说仗已经打败，说大批伤亡人员名单已经陆续收到。大家尽管都不愿意相信，可还是按捺不住惊惶的心情，一大片一大片地往市中心拥去，拥向报馆，拥向司令部，只求快快发布消息，管它是什么消息，就是坏消息也要听听。

火车站上人山人海，都希望开来的火车会带来什么消息；至于电报局里，不堪其扰的司令部外，拉上了铁门的报馆门前，那就更不用说了。这一堆堆人都静得出奇，而且不知不觉愈聚愈多。谁也不说话。时而会有个老头尖着嗓子问一声“有消息了吗”，里面的回答总是那句“北战场还没有新的消息，只知道战事仍在进行中”，大家听了也并不唧唧咕咕，反倒更沉默了。外围一大圈是妇女，有站在那里的，有坐在马车上的，愈围愈多。挨挨挤挤的人身上汗气腾腾，蹭蹭擦擦的脚又扬起了尘土，混在一起，憋得人气都透不过来。妇女们都不作一声，可是她们那紧绷的苍白的脸上一副默默祈求的神情却比放声痛哭更感染人。

在亚特兰大，几乎家家户户都有亲人参加了这一仗，或是儿子，或是兄弟，或是父亲，或是情人，或是丈夫。他们都等着听亲人战死的消息。他们等的是死讯。他们并不在等败讯。失败二字他们是不考虑的。他们的亲人此刻也许正在宾夕法尼亚日猛草枯的山冈上咽下最后一口气，南军的队伍此刻也许正像冰雹下的庄稼一样大片大片倒下，可是他们血战所捍卫的正义事业是绝不会倒的。他们即使成千上万地死去，结果也只会像种下了龙的牙齿一样①，从土地里又会长出成千上万穿灰军装和白胡桃色军装的生力军，高喊南军口号，来接替他们。这支队伍从哪儿来呢？他们说不上。他们只知道李将军是能够创造奇迹的，弗吉尼亚的军队是不可战胜的。他们对此深信不疑，就像相信天庭里有一个正直的不容你不信的上帝一样。

斯佳丽、玫兰妮和佩蒂帕特小姐三个人等在《明察日报》馆的前

---

①据希腊神话，卡德摩斯杀了一条龙，种下了龙的牙齿，却长出了许多武士，想要杀他。

面。她们坐在马车上，车篷推在后边，各自撑起了阳伞。斯佳丽的手抖得厉害，阳伞在头顶上直晃荡，佩蒂也紧张万分，滚圆的脸上那颗鼻子就像兔子鼻子一样不住掀动，独有玫兰妮却坐得像个石头人一样，只是随着时光的流逝，一双黑眼睛睁得愈来愈大了。两个钟点来她只说过一次话，那是她从手提包里取出一瓶嗅盐递给佩蒂姑妈时说的。玫兰妮对姑妈说话亲切了一辈子，唯有此次一反常态。

"拿着吧，姑妈，要晕过去你就自己闻吧。我可得把话说在前头，你真要晕过去就只好由着你晕过去，让彼得大叔送你回家了，我是不听到消息决不离开这儿的——不听到消息我说啥也不走。还有斯佳丽，我也决不让她离开我。"

斯佳丽本来就不想走，走了的话阿希礼一旦有消息她就不能马上知道了。她不走，哪怕佩蒂姑妈死了她也不离开这儿。阿希礼这会儿正在远方打仗，可也说不定战死了呢，只有从报馆里才能得知确实的消息。

她瞧了瞧人群里，看见里面有一些朋友和邻居：米德太太歪戴着帽子，紧紧挽着她十五岁的小儿子菲尔的胳膊。麦克卢尔家的两姐妹都把哆哆嗦嗦的上嘴唇拼命往下压，想遮住那几颗龅牙。艾尔辛太太好像斯巴达人做娘的一样，端然不动，只有发髻上挂下的几绺散乱的白发，透露了她内心的忐忑不安；可她的女儿芳妮·艾尔辛却面如死灰。（芳妮这样着急总不见得是为了她兄弟休吧。莫非她还有个意中的郎君在前线，大家都还蒙在鼓里？）梅里韦瑟太太坐在自己的马车上，轻轻抚摩梅贝尔的手。梅贝尔看去肚子已经很大，虽说想得很周到，在身上披了一方披巾，可是这样跑到大庭广众中来，终未免有失体面。她何必这样着急呢？谁也没有听说宾夕法尼亚有路易斯安那的部队。她那个野人一样的小个子义勇兵此刻也许还安安稳稳留在里士满呢。

人群的外边忽然起了点动静，只见站着的人里让出了一条路来，瑞特·巴特勒骑着马小心穿过，向佩蒂姑妈的马车缓缓而来。斯佳丽心想：在这个时候他还敢来，倒真有点胆量——他没有去参军，眼下单凭这一点就足以叫在场的这帮子人把他撕得粉碎。可到了跟前一看，她自己就恨不得先上去撕了他。他怎么敢这样放肆，居然骑了那样漂亮的骏马，穿了那样漂亮的夏装，靴子擦得锃亮，嘴里叼着支昂贵的雪茄，一副吃得油光光的阔绰样子，要知道阿希礼他们跟北佬打仗，都是光着脚板，饿着肚子，热得昏昏沉沉，还得了拉肚子的毛病呢！

他缓缓穿过人丛时，仇恨的目光纷纷向他投来。老人叽叽咕咕，天不怕地不怕的梅里韦瑟太太在马车上把身子微微一抬，说得朗朗有声："投机分子！"这几个字经她用那种口气一说，就成了人世间最难听最恶毒的一句骂人话。他却对谁也没在意，只是向玫荔和佩蒂姑妈举一举帽，然后来到斯佳丽身边，俯下身来悄声说："米德大夫平日不是作惯了演说，说胜利之神有如引吭一啸的雄鹰栖息在我们的旗帜上吗？你说他此刻不是很应该再来讲上一通吗？"

斯佳丽浑身的神经紧张得都快绷断了，她的反应快得就像发了怒的猫一样，倏地对他把脸一板，不客气的话都已一连串到了嘴边，可是瑞特却一摆手，把她的话拦了回去。

"我是特地来告诉你们几位的，"他放开了嗓门说，"我刚才到司令部去过了，第一批伤亡名单到了。"

附近听得见他说话的人，一听见这消息都嗡嗡然交头接耳起来，人群里起了波动，大家纷纷拥到白厅街上，打算赶到司令部去。

"别去，"他在马上站起身来，把手一举，大呼一声。"名单已经送到报馆，眼下两家报馆都在赶印。大家留在原地吧！"

"哎呀，巴特勒船长，"玫荔噙着两眼的泪水，望着他大声说。"你真是太好了，还特地来告诉我们！名单什么时候可以公布？"

"大概马上就可以印好了，太太。报告送来已经有半个小时了。负责的少校一定要等印齐了再发布，生怕大家争着来打听，把屋子都挤破了。啊！你们瞧！"

报馆的侧窗打开了，从里边伸出一只手来，手里拿着一叠打"小样"用的狭长纸条，上面油墨都还没有干，密密麻麻印满了人名。大家都争着去要，有的一抢就撕成了两半，得了的拼命往后退，想挤出人群去细看，后面的人则纷纷向前拥，一边嚷嚷："让我过去！"

瑞特翻身下马，把缰绳扔给彼得大叔，只是说了声："把马看好，”便拿出蛮横的劲头一路推推搡搡挤进人群里去，只见那宽厚的肩膀高高地凌驾于众人之上。不一会儿，就拿回来好几份名单。他扔给玫兰妮一份，其余的就散发给附近几辆车里的那几位小姐太太；麦克卢尔家两位小姐，米德太太，梅里韦瑟太太，还有艾尔辛太太。

斯佳丽心都快跳到喉咙口了，她见玫荔两手抖得拿着名单根本没法儿看，心里突然一阵无名火起，便脱口喊道：“快拿给我看，玫荔。”

玫荔的声音轻得像耳语：“你去看吧，”斯佳丽就一把抢了过来。快看“W”开头的。“W”开头的在哪儿？喏，在下边，字都抹糊了。“怀特，”她边看边念，声音都颤抖了，“威尔肯斯……温恩……泽布伦[①]……哎，玫荔，没有他的名字！没有他的名字！啊呀，你怎么啦，姑妈！玫荔，快把药瓶捡起来！快来扶扶姑妈呀，玫荔。”

玫荔快活得当众哭了起来，她扶住了佩蒂小姐的歪歪倒倒的脑袋，把嗅盐凑在她鼻子底下。斯佳丽在另一边扶着胖老太，心里欢喜得都在唱歌了。阿希礼活着呢。连伤都没有。感谢上帝，他没事呢！感谢——

她听见一声轻微的呻吟，转过头去一看，只见芳妮·艾尔辛的脑袋倒在她母亲的胸前，那张伤亡人员的名单飘然落到了车厢的底板上，艾尔辛太太把女儿搂在怀里，轻轻对车夫说：“回家，赶快，”两片薄薄的嘴唇却止不住在那里颤抖。斯佳丽朝名单上飞快看了一眼。休·艾尔辛没有在名单上。这么说芳妮准是有个心上的郎君，如今战死了。人们怀着同情，默默闪出一条路来，让艾尔辛家的马车通过，随后出去的还有麦克卢尔家两姑娘的那辆枝条小马车。把缰的是费思小姐，脸板得像块石头，这一回她的两片嘴唇可把牙齿遮得纹丝不露。霍普小姐面如死灰，直挺挺坐在旁边，紧紧抓住了姐姐的裙子。姐妹俩一下子都变得像七老八十的老婆子似的。小弟弟达拉斯是两位姐姐的心头肉，也是这两位老姑娘在世上仅有的亲人了。达拉斯却长逝在他乡了。

“玫荔！玫荔！”那是梅贝尔在叫，兴高采烈的口气。“勒内没

---

① 这是“Z”开头的了。

事！阿希礼也没事！啊哟哟，真是谢天谢地！”披巾早已从肩上滑了下来，大腹便便毕露无遗，可是现在母女俩谁也不在意了。“嗳，米德太太！勒内——”她的声调马上变了，“玫荔，你看！——对不起，米德太太！达西该没——？”

米德太太垂下了眼睛，死死瞅着自己的裙兜，喊她的名字她也没有抬头，可是只要一看旁边小菲尔的脸色，就谁都明白了。

“妈呀，别这样，别这样，”小菲尔急得束手无策。米德太太这才抬起头来，跟玫兰妮正好四目相对。

“给他弄的靴子他已经用不到了，”她说。

“哎呀，老天爷！”玫荔惊叫一声，倒先哭了起来，她推开佩蒂姑妈，让斯佳丽一个人扶着，自己就爬下马车，赶快到医生太太的车上去。

“妈呀，你还有我呢，”菲尔为了安慰身边脸色煞白的妈妈，什么都顾不得了。“只要你肯放我去，我一定去把那帮北佬斩尽杀绝——”

米德太太把他的胳膊死死抓住不放，好容易才吐出了一声“不！”，那嗓音就像被掐住了喉咙，连气都透不过来似的。

“菲尔·米德，快别说了！”玫兰妮一边悄悄嘱咐菲尔，一边就爬上车，来到米德太太身旁，把她搂在怀里。“你以为你再去送死就能让你母亲高兴了吗？这样的傻话亏你说得出来。还是快点送你母亲回家去吧！”

菲尔拿起了缰绳，玫兰妮扭头对斯佳丽说：

“你把姑妈一送到家，就上米德太太家来。巴特勒船长，你去通知一下大夫好吗？他此刻在医院里。”

马车穿过渐渐散去的人群，径自去了。人群里那些妇女，有的快乐得直哭，可是多半却目瞪口呆，当头挨了一闷棍一时还回不过神来。斯佳丽又低下头去，把那抹糊了的名单匆匆看上一遍，看看可有熟人的名字。阿希礼平安无事，她也就有心思去过问别人了。啊，好长的名单！亚特兰大付出的代价有多大呵，整个佐治亚付出的代价有多大呵。

天哪！“卡尔弗特——赖福，中尉。”赖福！她突然想起了很久很久以前的有一天，她和赖福俩曾一起离家出走过，可是到黄昏饥饿难熬，天黑下来心里又害怕，只好改变主意又回家了。

“方丹——约瑟夫·K，列兵。”那个脾气暴躁的小个子乔[1]！萨丽生了娃娃还没有坐满月子呢！

“芒罗——拉斐特，上尉。”莱夫[2]是跟凯思琳·卡尔弗特订了婚的。可怜的凯思琳！她受到了双重的打击：失去了哥哥，又失去了情人。可是萨丽受到的打击更大：失去了哥哥，又失去了丈夫。

哎呀，太可怕了。她简直不敢再看下去了。佩蒂姑妈还靠在她肩膀上一阵阵直喘气呢，斯佳丽这时也就老实不客气把她推到了车厢角上，自己再往下看。

不会吧，不会吧——这名单上怎么会有三个“塔尔顿”呢。也许——也许是排字工忙中有错，排重复了吧。可是你看，明明没有重复。“塔尔顿——布伦特，中尉。”“塔尔顿——斯图特，下士。”“塔尔顿——托马斯，列兵。”还有一个博伊德，早在开战第一年就死了，如今也不知葬在弗吉尼亚的什么地方呢。塔尔顿家的四兄弟全完了。汤姆[3]和那对懒洋洋的长腿双胞胎最爱闲磕牙，闹起恶作剧来简直匪夷所思，博伊德风度翩翩像个舞蹈教师，可一条舌头刺起人来却又厉害得像只马蜂。

她再也看不下去了。她实在不忍心再知道这名单上还有没有从小跟她一起长大、一起跳舞，乃至调过情、亲过嘴的小伙子。她真想放声大哭，这样喉咙口也许可以松快些，不然总觉得像有只铁爪子，在那里扒呀抓的。

“我也很难过，斯佳丽，”瑞特说。斯佳丽抬头看了他一眼。她忘

---

①约瑟夫的爱称。
②拉斐特的爱称。
③托马斯的爱称。

了瑞特还没有走呢。“上面有你很多朋友吧？”

她点点头，费上好大的劲才开了口：“县里差不多家家都有，也有——也有像塔尔顿家，兄弟三个都在上面了。”

瑞特脸色平静，近乎是严肃了。此刻他眼睛里没有一点嘲笑的神气。

“可事情还没有到头呢，”他说。“这还不过是第一批的名单，而且还是不全的。明天的一张名单还要长。”讲到这里他压低了嗓音，免得给附近马车里的人听见。“斯佳丽，李将军准是吃了败仗了。我在司令部里听说他已经退回到马里兰了。”

斯佳丽抬起惊恐的眼睛，跟他对看了一眼，不过她之所以感到骇然，倒不是因为听说李将军吃了败仗。她是因为听说明天还有更长的伤亡名单！明天！她刚才看到名单上没有阿希礼的名字，心里欢喜都还来不及呢，哪里会想到明天？明天！可不，此时此刻阿希礼或许已经死了呢，她可得要等到明天才能知道，甚至要等上七个八个明天也说不定。

“瑞特啊，你说为什么一定要打仗呢？当初北佬要是肯出些钱把黑奴赎去该有多好呢——就是我们把黑奴白给了他们，也总比打成这样强得多啊。”

“问题并不在黑奴，斯佳丽。黑奴只是一个由头罢了。打仗，是永远也免不了的，因为男人喜欢打仗。女人不喜欢，可男人就是喜欢——真的，在男人看来打仗比女人还重要。”

他嘴巴一咧，又挂起了他老挂在嘴边的那份笑意，一脸严肃的神气早已消失无遗。他举了举头上的阔边巴拿马草帽。

“再见吧。我要去找米德大夫了。他儿子的死讯倒要由我去通知他，这真是个绝大的讽刺，不过我看他眼下是想不到这一点的。不过到将来，想起英雄的死讯竟要一个投机分子来送，他恐怕要深以为恨了。”

斯佳丽调了一杯威士忌，让佩蒂小姐喝下睡好，留下普莉西和厨娘服侍，自己就步行来到一条街上的米德家。米德太太由菲尔陪着，正在楼上等大夫回来，玫兰妮则坐在客厅里，正在跟一群前来吊慰的街坊悄声说话。她手里也没闲着，一会儿拿起剪子，一会儿拿起针线，要紧把艾尔辛太太借给米德太太的一套丧服给改一改。屋里早已弥漫着一股刺鼻的染料味，那是自制的黑染料煮沸了在染衣服，厨娘正在厨房里一边抹眼泪，一边把米德太太的一应穿着在大洗衣盆里不停搅拌。

"她怎么样了？"斯佳丽轻轻问道。

"还是没有一滴眼泪，"玫兰妮说。"女人家到了欲哭无泪的地步，那是够难受的。我真不明白男人家遇到伤心事不哭怎么挺得住。大概是因为男人家硬气、勇敢，比女人家强吧。她说她要一个人到宾夕法尼亚去搬灵回来。大夫走不开，医院里少不了他。"

"她一个人去可怎么得了！为什么不叫菲尔去？"

"他娘担心他一不在身边就会自己去参军。你知道他长得个子特别大，人家都当他已经十六岁了。"

邻居们都一个一个溜走了，谁也不想等大夫回家，看那难受的场面，所以最后就只剩下了斯佳丽和玫兰妮两个人，在客厅里做针线。玫兰妮显得很伤心，不过倒还平静，虽然手里的布料上也落了不少眼泪。显然她根本没有想到目前这仗可能还在打，阿希礼此刻说不定已经死了呢。斯佳丽心里直发慌，不知道是把瑞特的话不告诉玫兰妮好呢，还是告诉她好，告诉了她可以让她难过难过，自己或许倒可以好过些。最后她还是打定主意不说。万一招得玫兰妮有了想法，嫌她对阿希礼操心太过，那可就糟了。今天早上真是万幸，包括玫荔、佩蒂在内，人人都是心事重重，谁也没有来注意她的一举一动。

默默无语地做了一阵针线以后，她俩听见门外有了响动，凑着窗帘缝往外一看，见米德大夫下马来了。他背也曲了，脑袋也耷拉下了，花白的胡子像把扇子搭在胸前。他步履缓慢，走到屋里，放下了帽子和皮包，把两位女客一一亲过，也没说一句话，就疲乏地上楼去了。不一会儿，菲尔下来了，一副手长脚长、不知所措的样子。玫兰妮她们对他看看，意思是请他来一起坐坐，他却管自走到前门廊上，在台阶顶上一坐，两手捧住了垂得低低的脑袋。

玫荔叹了口气。

"他因为年龄不及格，不能去打北佬，正火得要命呢。他才十五哪！哎，斯佳丽，有这样的儿子真是福气！"

"也要他去送死？"斯佳丽想起了达西，没好气地说。

"有个儿子，哪怕他就是死在战场，也总比没有儿子强吧，"玫兰妮说到这里哽住了。"斯佳丽，你有小韦德，你是不理解的，可我——斯佳丽啊，我多么想有个孩子啊。我知道你心里在想，我这样直言无忌太不像话，可这是我的心里话啊，哪个女人没有这样的心愿呢，你是知道的啦。"

斯佳丽真想嗤之以鼻，不过还是勉强忍住了。

"万一天主的旨意是要阿希礼被——被俘，我想我还是挺得住的，当然，他要是死了的话我也就不想活了。不过要是被俘的话，我相信天主会给我力量，让我挺住的。我受不了的是他撒手去了，却又不给我——不给我留下个孩子，也好让我有一点安慰。喔，斯佳丽，你太幸运了！你虽然查理不在了，到底还有他的儿子在身边。可我呢，要是阿希礼撇下了我，我就什么也没有了。斯佳丽，我有句话你可别见怪：有时候我还真妒忌你呢——"

"妒忌——我？"斯佳丽心里一虚，叫了起来。

"因为你有儿子，可我却没有。我有时就在心里把韦德偷偷当做自己的儿子，因为没有儿子真是难受啊。"

斯佳丽这才放了心，便说一声："乱——弹——琴！"她对玫兰妮匆匆溜了一眼：涨红了脸、低着头在那里做针线的，是这样纤弱的一个女子。玫兰妮尽管心里想要孩子，可是凭她那样的体格，要生孩子根本休想。她的个子不会比个十二岁的孩子高，腰身细得还跟小姑娘似的，胸部依然平坦一片。斯佳丽一想起玫兰妮生孩子就反感。那会引起很多叫她无法忍受的联想。玫兰妮万一真要给阿希礼生下个孩子，那就无异挖了她斯佳丽一块心头肉。

"我刚才说了韦德什么的，你可千万别见怪啊。你知道我实在是因为太喜欢他了。你不生我的气吧？"

“别说傻话了，”斯佳丽干巴巴地说。“快到门口去劝劝菲尔吧。他在哭了。”

第15章

自从葛底斯堡一战吃了败仗以后，部队元气大伤，师老兵疲。大军被迫退回到弗吉尼亚，就在拉皮丹河畔安营过冬。快到圣诞节时，阿希礼回家来休假了。斯佳丽跟他一别两年有余，如今乍一见他，那心情之激动连她自己也吃了一惊。当初她站在十二棵橡树庄园的客厅里看他跟玫兰妮成婚时，心里按不住对他的恋恋之情，只觉得芳心如摧，再也莫过于此际了。可是现在她才明白，自己当年的那种感情，其实也不过像个宠坏了的孩子得不到所要的玩具而已。如今尝过了长年累月的相思滋味，她的感情才真是如火如炽，况且一直强自压在心头，不得一吐为快，所以其势越发如火上加油了。

回得家来的阿希礼·韦尔克斯，身上褪色的军装打着补丁，一头金发被炎热的烈日晒得好似漂白了的亚麻丝，这跟她战前喜煞爱煞的那个随和懒散的小伙子完全是不同的两个人了。如今的他，更比以前动人心魄了。以前他是白皙皮肤、细挑身材，如今却变得形容清癯，色如古铜，再配上嘴边那两大撇金黄色的骑兵式小胡子，就十足是个地道的军人形象了。

他军装虽旧，却军容整齐，手枪套在破了的枪套里，伤痕累累的刀鞘跟长统靴磕磕碰碰显得十分气派，生了锈的马刺还隐隐约约闪着亮光——他阿希礼·韦尔克斯，如今是南部邦联陆军的堂堂少校了。他发号施令已经养成了习惯，这就在眉宇之间形成了一种不太显眼的威严而又自信的神气，嘴边也开始出现了冷酷的皱纹。肩膀还是端得方方正正，眼睛里依然闪射出两道冷静明亮的光芒，不过看去却有了个新的异样的特点。他原先是懒洋洋、闲散惯了的，如今却像一头觅食的猫那么机灵，那种全神贯注的警觉劲儿，就像浑身的神经永远如琴弦般根根紧绷着似的。他的眼神里含着疲劳和困惑，秀气的脸架上紧包着一张晒得黑黑的皮——总之还是她心坎儿里的那个俊俏的阿希礼，然而已经大不同于往日了。

斯佳丽本来是打算到塔拉庄园去过圣诞节的，可是阿希礼的电报一到，她就说什么也不肯离开亚特兰大了，母亲很不高兴，还自己出面去叫她，却也没能使她动心。其实，阿希礼如果是去十二棵橡树庄园度假的话，她也早就快快到塔拉庄园去，好设法接近他了；但是阿希礼事先写信到家里，要家里人都到亚特兰大去跟他相会，韦尔克斯先生和霍妮、印第亚姐妹俩都已早早来到了城里。跟他阔别了两年有余，难道为了要回娘家，就可以放过这个相见的机会？他的声音她一听心跳都会加快，难道可以不听？他的眼神里必然流露出对她的怀念，难道可以不看？不行！母亲虽好，也不能为了她就牺牲这一切。

阿希礼是在圣诞节的前四天到达的，同来的还有县里的一班小伙子，也都是回来度假的。经过了葛底斯堡一仗以后，他们县里的小伙子剩下的已是少得可怜了。内中有凯德·卡尔弗特，现已瘦得形销骨立，一直咳个不停；有芒罗家的两兄弟，自1861年参军以来还是第一次得到休假，所以兴奋得不得了；还有方丹家的亚力克和汤尼俩，喝得醉醺醺的，又闹又吵。他们这一班人都是在这里转车的，还得等上两个小时；那没有喝醉的几位只好极力周旋，以免方丹两兄弟不是自己打起架来，就是去打车站上不相识的外人，阿希礼见他们疲于应付，就把他们一同带到佩蒂帕特姑妈家来。

两个醉汉一见佩蒂姑妈，便抢着要先上去亲她，争得都毛发倒竖，好似斗鸡一般，弄得佩蒂姑妈心里又是不安又是得意。凯德在一旁看着，恨恨地说："你说他们俩在弗吉尼亚总该打够了吧？哼，他们就是嫌还打得不够。喝醉了酒就找碴儿打架，从里士满一直打到现在。在里士满还让纠察队给抓了起来，要不是阿希礼嘴巧，这个节他们就非得在班房里过不可。"

可是他的话斯佳丽一句也没有听进去：好容易又跟阿希礼在一起了，她早已欢喜得如醉如痴。自己这两年是怎么搞的，看到别的男人竟也会觉得他们好相貌、好风度、看着带劲？阿希礼还在呢，怎么别的男人来献殷勤，自己听了竟也会不觉得受不了？如今他又回来了，在这客厅里的沙发上坐着，跟她只隔着一方地毯。她每次对他瞧上一眼，幸福的眼泪就禁不住要夺眶而出，总得尽力克制才能勉强忍住。他一边坐着玫荔，一边坐着印第亚，背后还有个霍妮探出了头。她只恨自己没有这个名分，不能去坐在他的身边，用胳臂挽着他的胳臂！只恨自己不能去不时摸摸他的袖子，好证明今天的相会不是做梦，也不能拉着他的手，用他的手绢来擦掉自己乐极而流的眼泪。她看见玫兰妮就是这样的，一点也没有不好意思的样子。玫兰妮今天开心极了，那种腼腆而不失稳重的模样已经看不见了，她紧紧勾住了丈夫的胳臂，那眼神、那微笑、那热泪，都不加掩饰地流露出了对他的敬慕之情。斯佳丽今天也开心极了，所以看到此情此景不觉得愤恨，也不觉得妒忌。怎么不开心呢，阿希礼回来啦！

她有时还会举起手来，抚抚刚才被他亲过的面颊，回味一下触到他嘴唇时的那阵激动，对他一笑。当然，他第一个亲的可不是她。玫荔首先扑到他怀里，泣不成声的，把他一把死死搂住，大有决不放手的样子。接着是印第亚和霍妮来跟他拥抱，姐妹俩简直是把兄长从玫兰妮的怀里给抢过来的。然后阿希礼又跟父亲亲了亲，爷儿俩的拥抱是庄重而亲切的，足见父子情深，只是平日藏在心里而已。再接下来是佩蒂姑妈，老太太兴奋极了，挪着她那双不相称的小脚，一直在东奔西忙。最后阿希礼才来到斯佳丽的跟前，这时斯佳丽已经被那帮小伙子团团围住，都自作多情地想来亲亲她了。随着一声："哎呀，斯佳丽！我的漂亮乖乖！"阿希礼就在她面颊上亲了一下。

被他这一亲，斯佳丽想好要说的一席欢迎的话都忘了个精光。一直过了几个钟头，她才恍然想起阿希礼可不是亲她的嘴唇呢。这时她就痴痴地想：要是刚才在场只有他们俩，他干不干呢？他会不会过来俯下他那高大的身子，使劲拉她起来亲个嘴，抱着她久久不放呢？她想得心里美滋滋的，认为他不会不干。好在机会还有的是，他有整整一个星期的假哪！她只要略施小计，总可以得个机会跟他单独相处，到那时就可以对他说："还记得以前我们常常骑着马去钻我们林中的秘密小径吗？""还记得那个迷人的月夜吗，我们不是坐在我家门前的台阶上，你不是还引用了那首诗吗？”（天哪！那首诗到底叫什么题目来着？）“还记得那天下午我扭伤了脚踝，你在暮色苍茫中抱着我把我送回家去吗？”

啊，就凭“还记得吗”这个引子，可以引出多少话来！可以唤起多少珍贵的回忆，让他去缅怀当年他们俩像无忧无虑的小孩子一样在县里到处游逛的美好的时光；可以重提多少旧事，让他再去想想玫兰妮·汉密顿登场之前的那个岁月。谈着谈着，从他眼神里也许就可以看出他的感情又泛起了一点波澜，也许就可以看到一些迹象，证明他虽然对玫兰妮不失夫妻的情分，可心儿里还是喜欢她的，野宴那天他掏出心里话时的那颗由衷喜欢她的心至今没有变。她并没有想过阿希礼真要是明白表示爱她的话，下一步又当如何。只要知道阿希礼是真喜欢她，她也就心满意足了。……对，何必性急呢，玫兰妮这会儿抱住了阿希礼的膀子哭哭啼啼，她要得意就让她去得意吧。以后就得轮到她斯佳丽得意了。哼，玫兰妮这样的丫头，能懂什么爱情？

征人归来乍一见面的激动过去以后，玫兰妮说了：“亲爱的，看你这模样简直像个小瘪三。你这军装是谁给补的，为什么要用蓝布做补丁呢？”

“我看我这副军容还算是满整齐的哩，”阿希礼瞧了瞧自己身上说。“你只要把我跟前方的那帮化子兵一比，就会对我刮目相看了。军装是摩西补的，我看他补得还挺不错，你不想想，他在战前可连针线都没有摸过哩。讲到用蓝布做补丁，我们就是这样的处境：要么身上的裤子任其七穿八孔，要么去弄一件北佬的军装来，剪几块凑合着补一补——你瞧，这实在也是没有办法啊。至于说我模样像小瘪三，你还应该谢天谢地哩，你的丈夫总算不是光着脚板回来的。就在上个星期，我原来的那双靴子破得连底儿都脱了，我差点儿只好脚上裹了麻袋回来，也算我们造化，碰巧打死了两个北佬的侦察兵。其中一个穿的靴子正好跟我一个尺码。”

他把那双长长的腿伸出来给她们欣赏：一双高统靴，上面伤痕累累。

“可惜还有一个侦察兵的靴子我穿着就不合脚，”凯德说。“足足小了两号，所以这会儿我的脚痛得要命呢。痛就痛吧，回家总得像个样子。”

“也怪你这个混蛋心目中有己无人，不肯把靴子给我们兄弟俩；”汤尼说。“我们方丹家高门贵族，出的子弟脚小，穿起来倒是正合适。嘿嘿，我现在穿着这样粗皮笨头的大鞋，怎么有脸去见母亲大人呢。要是在战前，这样的鞋子她是连家里的黑奴都不让穿的。”

“别急嘛，”亚力克盯着凯德的靴子说。“回头上了火车，我们把他的靴子剥下来不就得了。去见母亲大人倒没啥要紧，可他奶——嘻嘻，我是说，我这脚趾头都露在外边，叫迪米蒂·芒罗看见了可不好。”

“什么话呢，这双靴子应该是归我的。明明是我先说嘛，”汤尼顿时对兄弟把脸一板。玫兰妮吓得心惊胆战，生怕方丹家有名的手足之争又要爆发，于是便赶紧出来调停，把事态平息了下去。

“我本来倒是留了一大把胡子，想给你们几个姑娘看看，”阿希礼说着，遗憾地在脸上摸了摸，脸上有剃刀划破的口子，还没有完全愈合。“那可真是风度翩翩哪，要是依着我说，我看斯图尔特将军和福雷斯特将军的胡子都还不及我潇洒呢。可是我们一到里士满，这两个混蛋，”说着一指方丹两兄弟，“就出了坏主意，说是因为他们要剃胡子，所以我的胡子也非剃掉不可。于是把我按倒就剃，我的脑袋没有跟着胡子一起给剃掉，也真是个奇迹。后来亏得埃文和凯德出来讲了话，我才算保留了这两撇小胡子。”

“你别听他发酒疯，韦尔克斯太太！你还应该谢谢我呢。要不然你见了他管保就认不得他了，不叫他尝闭门羹才怪，”亚力克说。“我们这也是表示对他的感谢，多亏他会说话，我们才没有被纠察队抓去坐班房。你只要下一声命令，我们马上就替你把他的小胡子也一起剃掉。”

“哦，别！别！多谢你们的好意！”玫兰妮一把抓住了阿希礼，慌忙说道。她吓坏了，因为看那两个小黑炭的样子，是什么心狠手辣的事都干得出来的。“我看这样就已经够好看的了。”

“真不愧夫妻情深哟，”方丹兄弟俩煞有介事地相视一点头，一唱一和。

后来阿希礼就冒着寒风，用佩蒂姑妈的马车把这几位老朋友又送往车站。他一走，玫兰妮便拉住了斯佳丽的胳膊。

“你看他身上的军装吓人不？回头我把请人做的那件上装送给他，你说他会想得到不？啊呀，可惜我料子不够，没有连裤子也给他一起做！”

一提起送件上装给阿希礼，斯佳丽就给触到了痛处，因为她心里是巴不得玫兰妮别送，这件圣诞礼物要是能由自己来送，该有多好呢。做军装的灰色毛料如今比红宝石还珍贵，阿希礼身上穿的也是普通的土布。连白胡桃色的土布眼下也不是很多了，许多士兵就拿缴获到的北佬军装用胡桃壳做染料染成了深褐色穿在身上。不过玫兰妮却交了少有的好运，她得到了一块灰色的呢料，够做一件上装——尽管得做短点儿，可到底算是勉强够了。事情是这样的：她在医院里护理了一个查尔斯顿的伤兵，后来这个伤兵死了，她就剪下死者的一绺头发，连同他口袋里留下的一点东西，给他母亲寄了去，附带还捎去了一封信，讲了他临终前的情形，只是好言劝慰，不提他死时的痛苦。从此那伤兵的母亲就跟她通起信来，对方知道玫兰妮的丈夫在前线，便把这块灰色的衣料连同一套铜钮扣一块儿寄来给她，这是做母亲的特地买来，本想给儿子用的。料子极好，又厚实又暖和，还隐隐有一层光泽，不用说一定是穿过封锁线偷运进来的，价钱也一定非常惊人。此刻料子已经交给裁缝去做了，玫兰妮一再催他，务必要在圣诞节早上以前交货。有了上装却没有裤子，斯佳丽真巴不得能送他一条配套的军裤，可是在今天的亚特兰大，这样的料子就是踏破铁鞋也别想觅到。

她给阿希礼的圣诞礼物已经备下了，但是玫兰妮送他的灰呢上装有多体面，她的礼物就相形见绌，显得微不足道了。那是一只法兰绒做的小小针线盒，里面有瑞特从拿骚带来给她的一包珍贵的缝衣针，大大小小一应俱全，有她自己的三块麻纱手绢，也是瑞特特地带来给她的，还有两个线团、一把小剪刀。可是按她的心意，她倒很希望送些更贴身的东西，最好是人家妻子送给丈夫的那种东西，比方衬衫、手套、帽子之类。啊，对了，帽子一定要送一顶。阿希礼头上那顶小小的平顶军便帽简直难看死了。斯佳丽向来不喜欢这种帽子。虽说石墙将军杰克逊总是放着软边呢帽不戴，而宁可戴这种帽子，可他爱戴又怎么样呢？那也不见得就能使这种帽子显得气派些。可惜亚特兰大现在也只有极粗劣的羊毛帽子可买，那比这种小家子气的军便帽更不堪入目。

想到帽子，她又想起了瑞特·巴特勒。他帽子真多，夏天有阔边的巴拿马草帽，正式的社交场合有大礼帽，打猎有猎帽，软边呢帽更是各色齐备，有棕黄的，有黑呢的，有蓝呢的。他要这么多帽子有什么用呢？——可她心爱的阿希礼戴着那样的帽子，冒雨驰骋起来帽后雨水淋淋，都得往领子里灌！

“我一定要叫瑞特把他那顶新的黑毡帽给我，”她打定了主意。“我要在帽边上镶一条灰色的缎带，把阿希礼纹章上的花环也缝上去，这一下肯定好看。”

她犹豫了一下，心想：要不提出些理由，这帽子恐怕很难到手。她可决不能对瑞特说她打算把帽子送给阿希礼。那么说的话他一定会眉毛一扬，满面不快——她只要一提阿希礼的名字他总是这样满面不快，于是帽子也十之八九不肯给了。得了，还是编个引人怜悯的故事，就说医院里有个伤兵想要这么顶帽子吧，反正瑞特也绝不会想到要去查个明白。

那天她用了一个下午的心思，只想谋个机会跟阿希礼单独相处，哪怕就是几分钟的工夫也好，但是玫兰妮却一直陪着他寸步不离，印第亚和霍妮也到处跟着他转，姐妹俩那既无睫毛、又无神采的眼睛今天破例放出了光彩。连老韦尔克斯都没有捞到机会跟儿子从容细谈，看得出老头子对他这个儿子是感到很得意的。

到吃晚饭的时候，局面还是没有改变，大家都拿打仗的问题钉着他问个不休。打仗！去管打仗干什么？斯佳丽看阿希礼似乎对这个话题也兴趣不大。他说了很多，常常连说带笑，斯佳丽从来也没有见过他这样一个人说得滔滔不绝，但是他似乎并没有说出多少名堂来。他给大家讲笑话，讲朋友的趣事，把没有办法中的办法当滑稽事说，把忍饥挨饿和冒雨长途跋涉也说得仿佛只是小事一桩，还不厌其详地把李将军的风度形容了一番，说是部队从葛底斯堡撤退下来，有一次李将军骑着马在队伍旁边跑过，对他们说了这样两句话："弟兄们，你们是佐治亚的队伍吗？对，我们到哪儿也少不了你们佐治亚弟兄！"

斯佳丽总觉得，阿希礼之所以讲得这样起劲，目的似乎是想使他们顾不上提出他所不愿回答的问题。在老父亲困惑的目光久久注视下，阿希礼终于沉不住气，把眼睛垂了下去，斯佳丽看在眼里，内心暗暗有点焦急，猜不透阿希礼心底里究竟有些什么隐情。不过她这种心情不一会儿就消失了，因为今天她的心里根本容不得别的情绪，她满心都是欢欣喜悦，一心只想跟阿希礼单独相处。

然而她这份喜悦不久就到了尽头。大家围着炉火坐久了，都打起呵欠来了。于是韦尔克斯先生便带着两个女儿告辞回旅馆去了。阿希礼、玫兰妮、佩蒂姑妈和斯佳丽他们也由彼得大叔掌灯引路，都上楼去了。就在大家到了楼上、在穿堂里站住之时，斯佳丽一团兴致败了个精光。在这以前她还觉得阿希礼是属于她的，即使一个下午始终没有机会跟他说句悄悄话，她还是觉得阿希礼是属于她一个人的。可是现在要道晚安了，她看见玫兰妮突然面孔涨得通红，身子都在那里哆嗦，眼睛直盯着地毯，虽然激动得大有难以自持之势，却还是掩不住那种亦喜亦羞之态。阿希礼一开房门，玫兰妮头也不抬，就飞也似的朝里一钻。阿希礼匆匆说了一声晚安，也始终没有对斯佳丽瞧上一眼。

门关上了，斯佳丽留在门外直发呆，心里顿时感到一阵凄凉。这一下阿希礼可就不再属于她了。他属于玫兰妮了。玫兰妮只要还在人世，她就可以跟阿希礼双双进房，把门一关——把他俩以外的一切全都关在门外。

一转眼阿希礼又要走了，又要回弗吉尼亚去了。又要去冒着雨雪长途跋涉了，又要去饿着肚子在雪地里宿营了，又要去备尝艰难辛苦了，又要把那金发粲然的头颅连同那轩昂的器宇、细挑的身材都豁出去了，一表人才说不定瞬息之间就会身死命灭，有如一只蚂蚁被人漫不经心一脚踩死一样。这目迷五色、似梦似幻的一个星期、这赏心乐事应接不暇的一个星期，就那样过去了。

这一个星期过得真快，真像做了一场梦，一场飘溢着松枝和圣诞树芳香的梦，一场只看见细烛荧荧、银丝闪闪的梦，一场只觉得心儿狂跳、时光如飞的梦。这一个星期简直让人过得连气都喘不过来，斯佳丽觉得心里老是像有个什么东西，在逼着她做一件痛苦与欢乐交织在一起的事，那就是每时每刻都得围着阿希礼忙个不停，这样在他走后就会有许多事情可以追想，可以在今后的悠悠岁月中从容回味，从中找取哪怕是一点一滴的安慰。所以就唱歌跳舞，嘻嘻哈哈，替阿希礼取这端那，对他的心意百般揣摩，他一笑你也一笑，他说话你静听，眼睛紧盯着他的一举一动，只要他直挺挺的身躯变个姿势，只要他眉毛一扬，嘴巴一扭，在你心头就会留下一个不可磨灭的印象——因为，一个星期匆匆就过去了，可战争却是没完没了的呵。

此刻阿希礼正在楼上同玫兰妮话别，斯佳丽坐在客厅里的长沙发上，把准备好的临别赠礼捧在怀里，等他下楼。心里在暗暗祝祷，但愿他下楼时是一个人，但愿老天爷这一回能让她跟阿希礼单独相处上一时半刻。她竖起了耳朵，在听楼上可有什么声息，可是屋子里静得出奇，连自己的呼吸听起来都像声音挺大似的。佩蒂帕特姑妈正在自己房里抱枕痛哭，因为阿希礼已经在半小时以前先跟她道别了。玫兰妮那里房门紧闭，听不到话声也听不到哭泣。斯佳丽觉得阿希礼似乎已经在玫兰妮房里待了好几个钟头了；跟妻子话别要耽搁那么久，斯佳丽心里真感到恼火透了，因为时间过得好快，还有没多少工夫他就得动身了。

她想起了这一个星期来一直搁在心里想对他诉说的那许多话。那许多话她可始终找不到机会说，现在看来恐怕是永远也没有机会说了。

有些是琐细小事，纯属废话，比如：“阿希礼，你自己多保重，好吗？”“千万当心别把脚弄湿了。你太容易感冒了。”“别忘了衬衫里头要当胸垫一张报纸。那样可以挡风。”可是她另外还有别的话要说，还有些更重要的话要说，还有些更重要百倍的话要听他说，有些话他就是不说出口，她也要从他的眼神里去看出那意思来。

有那么多的话要说，可现在已经来不及了！万一玫兰妮把他一直送到门外，看他上车，那她就要连这仅剩的几分钟都捞不到了。放着这一个星期的工夫，为什么不早些找个机会呢？可谁又能想到玫兰妮会一直守着他寸步不离，爱慕的眼光总是在他身上流连不去，家里来访的亲朋街坊也始终没有断过，所以阿希礼自早到晚从来就没有身边无人的时候。到了晚上，房门一关，又只有玫兰妮能跟他在一起。在这整整一个星期里他对斯佳丽从来也没有看过异样的一眼，从来也没有说过一句异样的话，他所表现的自始至终是兄妹之情，是朋友之情、生死不渝的朋友之情。她就要跟他分别了，也许是跟他永别了，她怎么能不弄弄明白他可还爱她呢？只要他还爱她，哪怕就是他一去不回，她也可以珍藏起他这一份悄悄的爱，怀着一片温馨的欣慰而终其余生了。

真不知道过了有多长有多久，才听见楼上房里有他靴子的声音，随后又是门一开一关的声音。听见了，他到底下楼来了。是一个人！真要谢天谢地！玫兰妮一定是夫妻分别悲痛欲绝，都动弹不得了。她有宝贵的几分钟可以单独跟他在一起了。

他下楼的步子缓慢，马刺锵锵有声，隐隐还可以听见军刀擦着高统靴的啪啪声。不一会儿便带着黯然的眼神，进了客厅。脸上很想挤出点笑容，可是面色发白，愁眉难展，仿佛受了内伤、身体里在出血一样。斯佳丽见他进来，便赶紧站起，心里觉得他真是自己见过的最英俊的一个军人，俨然起了此人非我莫属的自豪之感。他那长长的枪套和皮带是乌亮的，银马刺和刀鞘也闪闪发光，这都是彼得大叔不辞辛苦一擦再擦的结果。那件新上装并不十分合身，因为把裁缝催紧了，结果有些地方就缝得走了样。灰色上装焕发着簇新的光彩，遗憾的是底下的土布裤子却破破旧旧打了补丁，靴子也是伤痕累累，未免有欠协调，不过在斯佳丽看来，他即使是银盔银甲的打扮也不能胜过现在，此刻的他还不像个辉煌的骑士吗？

“阿希礼，”她突然提出了一个请求，“我可以送你上火车吗？”

“请别送了。有父亲和妹子送我呢。再说，我也宁愿你在这儿跟我道别，我可不想看你在车站上打哆嗦。忘不了的事已经够多了。”

她立刻放弃了原来的打算。印第亚和霍妮是很不喜欢她的，如果她们也去送行，那就别想有机会跟阿希礼说句悄悄话。

“那我就不去了，”她说。“瞧，阿希礼！我还有一件东西要送你。”

临到要把东西给他了，她倒反而有点羞人答答了。打开包来，是一条长长的黄腰带，用厚厚的缎子做的，边上镶着密密的流苏。那是几个月以前的事了：瑞特·巴特勒从哈瓦那带来一块黄披肩送给她，上面绣了大红大蓝的花鸟，花里胡哨的。她就利用这一个星期的工夫，耐心地把上面绣的花鸟全部拆去，然后把这块缎子方披肩剪开，缝接起来，拼成了一条腰带。

“太美啦，斯佳丽！是你自己做的吗？那我就得格外珍惜啦。给我系上，亲爱的。等我回到了部队，大家见我又是新上装，又是新腰带，弄得这么漂亮，管保看得眼都要红啦。”

斯佳丽就把这条鲜艳夺目的腰带往他的细腰里一围，罩在皮带外，两头收拢来打了个同心结。就算玫兰妮送了他一件新上装，她也有这条腰带送他，心里暗暗算计：这是自己的一番心意，让他带着出征，好睹物思人。她退后一步，得意地把他上下一打量，心想：斯图尔特将军尽管围了腰带、插了羽毛风头十足，可也比不上她的骑士漂亮。

“太美啦，”他摸着边上的流苏，又赞了一声。“可我看得出来，你这是剪开了一件衣服或者一块披肩拿来做的。你这是何苦呢，斯佳丽。这年头，好些的衣服要买都买不到呢。”

“喔，阿希礼，我——”

她本想说：“我连我的心都可以剪开来让你围在身上，只要你愿意！”不过后来还是改口说：“我为了你什么都愿意干！”

“真的？”他脸上黯然的神气顿时消散了许多。“那么，斯佳丽，我就请你替我做一件事，你要是能答应，我身在前方也就可以安心多了。”

“什么事呀？”她高兴地问，天大的事也愿意应承下来。

“斯佳丽，请你替我多照看照看玫兰妮，好吗？”

“照看玫荔？”

她大失所望，心噔地沉了下去。她巴巴儿的正想去应承一件风流隽永、可歌可泣的大事哩，谁知他对她的最后一个要求竟是这么句话！她的气都上来了。此刻是该她跟阿希礼相叙的时刻，不容许有第三者。可是，尽管玫兰妮不在跟前，在他们之间还是横着个淡淡的玫兰妮的影子。在他们话别的时候他怎么能提她的名字呢？对她斯佳丽他怎么能提这样的要求呢？

阿希礼没有看出她脸上的失望神气。他还跟以前一样，目光仿佛透过了她的身子，看着她身后的什么，眼睛里根本就不存在她这个人。

“对，要请你对她多加照看，多加关心。她体质非常虚弱，可自己还不知道。又要做看护，又要做针线，迟早有一天要累倒。她生来又脾气和顺、胆小怕事。这世上除了佩蒂帕特姑妈、亨利伯伯和你三个人以外，她就再也没有一个至亲了。在梅肯虽然有一家叫伯尔的，到底是隔了三层的表亲。佩蒂姑妈呢——你是知道的，斯佳丽，她简直跟个小孩子差不多。亨利伯伯又上了年纪。玫兰妮对你可是感情极深的，不仅因为你们本有姑嫂之亲，而且还因为——嗯，还因为你是这样的人品，她把你当做亲姐妹一样爱在心里。斯佳丽呀，我一想起这件事来晚上就尽做恶梦：万一我战死沙场，而她又没有个可以依靠的人，那叫她怎么办啊！你能答应我吗？”

斯佳丽听到“万一我战死沙场”这几个不吉利的字，早就吓呆了，所以对他末了的恳求根本就没有听见。

她每天都看伤亡名单，看的时候心都会跳到嗓子眼里，总觉得倘若阿希礼万一有个三长两短，那就是世界末日到了。但是在内心深处却又有个非常、非常执著的信念，相信即使南军打得全军覆没，阿希礼也是吉人自有天相。可是现在他却自己说出了这句血淋淋的话来！斯佳丽起了一身的鸡皮疙瘩，心里感到一阵恐怖，这种由迷信引起的恐怖，可不是能用理智去加以克制的。她有爱尔兰人的血统，相信人是有预感的，特别会有死亡的预感。她在阿希礼那对睁得大大的灰色的眼睛里看到了深深的悲哀，她觉得这只能看作是阿希礼已经感受到死神冰凉的手指搭在肩上了，已经听见彭希的哀号了①。

“这话你可千万说不得！连想都想不得呀。无端提个死字是晦气的！哎呀，快点快点，来做个祷告！”

“你替我做吧，还得点上几支蜡烛。”听她吓得这样气急败坏，他倒笑了。

可是她接不上话茬，她早已走了神了：她眼前仿佛看见了阿希礼已经死在千里之外，横尸在弗吉尼亚的冰天雪地之中。阿希礼的话还在往下说，他的话音听去有些特别，似乎有一种伤感的味道，一种听天由命的味道，这就越发使她感到恐怖，倒再也不觉得气恼和失望了。

“我就是为了这个缘故才来求你的，斯佳丽。我此去吉凶难卜，我们在前方谁都吉凶难卜。可将来到了一了百了的时候，我即使还侥幸活着，也是远在天边，照应不到玫兰妮啊。”

“一了百了？”

“对，战争结束之日——也就是世界末日到来之时。”

“可阿希礼啊，你总不见得是说北佬会把我们打败吧？这一个星期来你不是一直在说李将军有多厉害吗——”

“不瞒你说，这一个星期来我说的全是鬼话，回来度假的人都是这样鬼话连篇的。还没到这一天呢，能瞒就先瞒着吧，何必叫玫兰妮和佩蒂姑妈担惊受怕呢？你猜对了，斯佳丽，我看我们是给北佬打败了。葛底斯堡一仗就是我们走向末日的开始。家乡的父老都还蒙在鼓里。他们哪里知道我们的处境呵——斯佳丽，我们有些弟兄现在已经连鞋都没得穿了，可弗吉尼亚眼下却积了好深的雪。可怜他们把脚都冻伤了，只能用些破布旧麻袋包起来，一走就在雪地里留下两排血脚印，可我脚上的靴子却不破不漏，看到这里想到这里，唉，我真恨不得把我的靴子扔了，我倒宁可也光着脚板。”

“喔，阿希礼，你可千万不能扔了，答应我！”

---

① 在苏格兰、爱尔兰一带的盖尔人传说中，有一报丧女妖，名叫彭希，说她到谁家哀号，谁家就会死人。

“眼看我们这边的情况是这样，可再瞧瞧北佬那边——一比之下我就知道什么都完了。哎呀，斯佳丽，北佬从欧洲招兵买马，数目成千上万！我们近来抓到的俘虏就多半是连英语都不会说的。里边有德国人、有波兰人，还有说盖尔语的爱尔兰野人。可是我们的人却是死一个就少一个。鞋子也是破一双就短一双。斯佳丽呀，我们可成了瓮中之鳖啦。全世界都来打我们了，我们怎么顶得住呢！”

她心里却在一个劲儿胡思乱想：南部邦联要彻底垮台就垮吧，世界末日要来就来吧，可你是决不能死的！你一死我也活不下去了！

“我这些话希望你不要去对人家说，斯佳丽。我可不想吓了人家。就说你吧，亲爱的，要不是我得跟你讲明道理，请你照看玫兰妮，我也真不想说这些话来吓了你。玫兰妮为人太柔弱了，不像你秉性刚强，斯佳丽。我万一有什么不测，只要想到你们俩是在一起，我也就放心得下了。你能答应我吧？”

“一定！”她叫了起来。此刻看到死神已近在阿希礼的身边，她简直什么都肯答应了。“可是阿希礼呀，阿希礼！我不能放你走！我实在鼓不起这个勇气呀！”

“你要鼓起勇气来，”他这话听起来口气已经发生了微妙的变化。响亮了，也更深沉了，而且出口极快，仿佛心里着急，不禁脱口而出似的。“你一定要鼓起勇气来。要不然我可怎么受得了呵？”

她迅速打量了一下他的脸色，抑制不住心里的欢喜，心想：他这话的意思会不会是表示舍不得跟她分手，心也跟她一样快碎了呢？看他脸上依然是一副愁眉难展的样子，他告别玫兰妮下得楼来就是这模样了，但是从他的眼神里却也看不出有什么特别。他俯下身来，用手捧住了她的脸蛋，在她前额上轻轻一吻。

“斯佳丽！斯佳丽！你是又刚强又高尚又善良。你真美，不只是你那可人的脸蛋儿长得美，亲爱的，你简直一切都美，从外形到心地、到灵魂，无一不美。”

“看你说的，阿希礼，”斯佳丽脸上被他亲了一下，又听到了他这些话，心头一阵激动，快活得悄悄说道。“除了你，再也没有一个人——”

“我总觉得自己许要比一般人了解你，你其实很有些深藏不露的美好的品质，人家没有经过细致入微的观察，发现不了，可我就看出来了。”

他的话打住了，捧着她脸蛋的手放下了，但是两眼依然紧紧盯住了她的眼睛。她屏住了气息，等着他说下去，巴巴儿的等着他说出那神妙的三个字来。可是等了半晌还是没有听见那三个字。她哆嗦着两片嘴唇，目光在他脸上拼命搜索，因为她现在看清楚了，他的话已经都说完了。

这第二次的希望破灭，可压得她的心再也承受不住了，她像小孩子小声赌气似的，“哦！”的一声坐了下来，满眶的泪水把眼睛都刺痛了。就在这时候，她听见窗外的车道上响起了一个不祥的声音；她闻声心惊，愈加痛切地感到生离死别即在眼前。心头顿时一阵冰凉，无异古希腊人觉得自己听见了卡隆渡船的桨声①。彼得大叔裹着条被子，把马车牵出来了，要送阿希礼上火车站去了。

阿希礼很轻很轻地说了一声“再见”，从桌上匆匆拿起斯佳丽从瑞特那里骗来的阔边呢帽，走进前边黑洞洞的穿堂。手已经搭在门把上了，又回过头来，死劲儿盯住她瞅了好大一会儿，仿佛要把她相貌身段的每一个细部都深深印在心里似的。她泪眼模糊，看不清他的脸；嗓子眼里难受得像被卡住了脖子一样，因为她现在只好认命了：他要去了，要离开这座安乐窝了，要离开她的身边，跟她天各一方，甚或是永别了，而她巴巴儿等着他说的那三个字却终于没有说。几天工夫一眨眼就过去了，如今已是什么都晚了。她踉踉跄跄追出了客厅，来到穿堂里，一把抓住了他腰带的结子。

“跟我亲个嘴吧，”她小声说。“临别跟我亲个嘴吧。”

他轻轻搂住了她的身子，低下头去，俯到她的脸上。嘴唇刚一接触到她的嘴唇，她那两条胳臂就紧紧抱住了他的脖子不放，压得他连气都

---

①古希腊人认为，冥河中有一渡神名叫卡隆，专驾渡船将亡灵渡往冥府。

透不过来。他也把她的身子尽往自己身上贴，不过那只是短到无法计量的一刹那的事。斯佳丽只觉得他周身的肌肉突然猛一抽紧。紧接着他就丢下了手里的帽子，一伸手，把她勾着他脖子的胳臂拉开了。

“不要这样，斯佳丽，不要这样，”他抓住了她的两个手腕，压低了嗓音说。斯佳丽双手叉起在那儿，给他抓得生疼。

“我爱你，”她哽咽着说。“我一直是爱你的。我可从来没有爱过别人啊。我嫁给查尔斯也只是——只是想气气你啊。阿希礼呀，我是真爱你的，只要能够待在你的身边，哪怕是一步一步走到弗吉尼亚我也愿意！我可以去替你做饭，替你擦靴子，替你喂马——阿希礼，对我说一声你爱我吧！要没有你这句话，我这后半辈子可怎么活得下去啊！”

阿希礼突然弯下腰去捡起帽子，就在这当儿她一眼瞟去，看到了他的脸色。这样愁苦已极的脸色，她终其一生也没有看到过第二回。他那种毫不动容的神气早已荡然无存。挂在他脸上的，是他对她的一片爱，是为她所爱的欢乐，然而还有跟这两种心理激烈相搏的，是羞愧和绝望。

“再见了，”他嗄着嗓子说。

咔嗒一声，门开了，一阵冷风冲进屋来，吹得窗帘乱扑乱翻。斯佳丽打了个寒噤，看他在碎石道上快步向马车跑去，军刀在冬日淡淡的阳光中闪烁，腰带上的流苏在轻快地迎风飘舞。

第16章

1864年的一月和二月过去了。这两个月始终是冷雨凄凄，狂风怒号，弥漫着一派忧伤和抑郁的气氛。南方不但在葛底斯堡和维克斯堡吃了两场败仗，连中部战线也瘪进去了一大块。经过了激烈的战斗，田纳西如今差不多已全部落到了北军的手里。但是尽管又遭受了这样的失利，南方的士气可并没有垮。固然，意气扬扬的乐观态度早已不见，替而代之的是皱眉咬牙以死相拼的决心，然而人们在滚滚黑云的隙缝里终究还是可以看到一些亮光的。比方说吧，上一年九月间，北佬在田纳西一再得手以后，曾想乘胜攻入佐治亚，结果就被南方坚决击退了。

这一仗，是在本州西北角最边远处的奇卡毛加打的，是开战以来在佐治亚土地上打的第一场硬仗。北军在攻下了查塔努加之后，随即穿越山口侵入佐治亚，但是在佐治亚却遭到了迎头痛击，伤亡惨重，只好退了回去。

南方之所以能取得奇卡毛加的大捷，亚特兰大及其四通八达的铁路线是起了重要作用的。朗斯特里特将军的部队当时就是由铁路线从弗吉尼亚调来，经亚特兰大中转，再北上田纳西，迅速运到作战地点的。当时在这好几百英里长的铁路线上，客运货运一律让道；东南一带凡是可以利用的车皮，全都调集来参加了这场大运兵。

亚特兰大人当时都亲眼看见一趟又一趟的专列从本城开过，接连不断，无论是客车、棚车，还是平板车，全都装满了振臂高呼的战士。他们一路上又没吃、又没睡，马不能骑了，病了没有救护人员，给养也没有跟上，然而一到目的地，他们也没休息一下，跳下火车就投入了战斗。结果北军终于被赶出了佐治亚，退回田纳西去了。

这样的战绩真称得上是空前的了，亚特兰大人想起这次打胜仗亏了本地的铁路线，不但感到自豪，连心里都是美滋滋的。

南方呢，也正需要这个奇卡毛加大捷的喜讯来振奋士气，好度过摆在眼前的寒冬。现在谁也不否认了：北佬是很会打仗的，而且终于还有了很会指挥的将军。格兰特是杀人不眨眼的，打一场胜仗杀死多少人在他是无所谓的，只要仗打胜了就行。谢里登[①]是一员使南方人闻名丧胆的猛将。还有一个叫谢尔曼[②]的人，如今谈起他的愈来愈多了。他是在田纳西和西部地区的一系列战役中崭露头角的，据说打起仗来又坚决，又泼辣，名声一天比一天大。

---

① 菲利普 · 谢里登(1831—1888)，北军将领。骑兵部队的指挥官。

② 威廉 · 特库姆塞 · 谢尔曼(1820—1891)，北军将领。在田纳西战役中是格兰特的部下。

当然，他们这几个谁也不能跟李将军比。南方人对李将军及其部队还是坚信不疑的。夺取最后胜利的信心从来也没有动摇过。可是这仗毕竟打得太久了。有那么多人死了，有那么多人受了伤成为终身残废，还有那么多人做了孤儿寡妇。可是眼看还有长年累月的艰苦斗争摆在面前，这就意味着还有更多的人得死、得伤、得成为孤儿寡妇。

更糟的是，老百姓对那班当权的头头已经渐渐有点不信任了。好几家报纸直言不讳地对戴维斯总统本人提出了指责，怪他在作战问题上措置失当。政府内阁内部意见分歧，戴维斯总统和他手下的将领也发生了争执。货币急剧贬值。军衣军鞋奇缺，军需补给和医药用品就更缺了。铁路上车辆旧了，亟须更新，路轨被北军拆掉了，也亟须新的铁轨来修复。前线的将军大声疾呼请派生力军来，然而可派的后备部队却愈来愈少了。尤其糟糕的是，有几个州的州长，包括佐治亚州州长布朗在内，都不肯把本州的民团部队和地方武装派到州外。地方部队里其实有的是正规军盼得望眼欲穿的壮丁，多到成千上万，可政府就是连一个救兵也讨不到。

货币的再一次贬值，又引起了物价的飞涨。牛肉、猪肉、黄油，都卖到了三十五块钱一磅，面粉涨到一千四百块一桶，发酵粉每磅要卖一百块，茶叶每磅要卖到五百。保暖的衣服就是有路子可以买到，价钱也高得你根本买不起，所以亚特兰大的女士们都只好找些破布，在旧衣服里边缝上一层衬里，当中再填些报纸，聊以挡风。鞋子时价每双从两百到八百不等，得看是“纸皮”的还是真皮的而定。眼下妇女们都利用旧羊毛围巾，或者把地毯裁开，拿来自己做高帮鞋穿。鞋底就用木板做。

多数人还没有看出来，其实这时北方已经使南方差不多处于被围困的状态。北军的炮舰在沿海的港口外把网一收紧，南方的船就不大有办法偷渡过封锁线了。

南方向来是靠卖掉了棉花，去买自己所不生产的货物，来维持其生计的，可是现在东西既卖不出去，也买不进来。杰拉尔德·奥哈拉三年来所收的棉花，统统堆在他塔拉庄园轧棉间旁边的库房里，可是东西在他手里等于废物。要是能拿到利物浦去的话，这些棉花可以卖到十五万块钱，但是有了棉花就是运不到利物浦去。一向当惯了富家翁的杰拉尔德，现在也发起愁来了：这一家子的吃口，还有黑奴，靠什么过冬呢？

当时南方各地的棉花种植园主多半都陷入了这样的困境。海上的封锁愈来愈紧，南方用以换钱的棉花无法销往英国的市场，往年棉花变了钱买日用百货回来，现在也买不来了。以农为本的南方跟工业发达的北方一打仗，发现自己缺少的东西太多了，以前太平年间，谁想到过要买这样的东西呵。

这种局面，可是搞投机倒把大发横财的天赐良机，冒出来利用这个机会的大有人在。食物衣着愈来愈缺，物价扶摇直上，老百姓谴责奸商的呼声也愈来愈响，愈来愈凶。在这 1864 年的头几个月，打开报纸来看，没有一份报上不是刊出了措辞激烈的社论，痛骂投机奸商是黑心强盗、吸血鬼，要求政府严加取缔的。政府也尽了自己最大的力量，却始终无济于事，因为政府已是内外交困、焦头烂额了。

瑞特 · 巴特勒是人们最痛恨的一个了。他一看形势有变，偷越封锁线的危险性太大，便把船都卖了，如今竟公然做起粮食投机的买卖来了。消息从里士满和威尔明顿一传到亚特兰大，以前招待过他的人家都羞愧得无地自容了。

尽管日子过得这样千辛万苦，亚特兰大的一万人口在战争期间却整整翻了一番。连海上封锁，都反而提高了亚特兰大的身价。南方无论在商业上还是在其他方面，自古都是沿海城市的势力大。可是现在港口被封住了，港口城市大多不是落入了敌手，便是已沦为围城，南方要谋出路什么都得靠自己。南方如果要把仗打赢，现在关键在内地，亚特兰大更成了关键的关键。亚特兰大的居民也跟南方各地的居民一样尝尽了艰难困苦，病的病，死的死；可是亚特兰大作为一个城市，经过了这场战争却不是损了，而是发了。亚特兰大这颗南部邦联的心脏，至今依然跳得强劲有力，那四通八达的铁路线就好比动脉，士兵、军火、给养，都随着动脉的搏动，源源不断流往各地。

要是在从前，斯佳丽穿得这样破破烂烂，连鞋子都打了补丁，心里一定会怨气冲天，可是现在她却觉得根本无所谓，因为在她心目中只有一个人才是要紧的，只要他不在跟前，看不见她这模样就行。这两个月来她的心情愉快极了，多少年来没有这样愉快过了。她扑上去搂住阿希礼脖子的那个当儿，不是感觉到他的心陡地狂跳起来了么？他脸上那种绝望的神气，不就是直认不讳，比说句话更见心么？他是爱她的。对此她现在已经深信不疑了，心里有了这个底，情绪也好多了，连平日对待玫兰妮居然也宽厚起来了。现在她居然也会觉得玫兰妮可怜了，可怜之中还隐隐有点轻蔑：真是有眼无珠，木头脑袋！

“得先等这仗打完！”她心里想。“等这仗打完了——那时……”

可有时候她心头又微微闪过一阵忧虑：“到那时又能怎么样呢？”不过她把这念头撂开了。等这仗打完了，一切好歹都会解决的。阿希礼既然爱她，就绝对不可能再跟玫兰妮共同生活下去。

但是话又要说回来，离婚却也是不可想象的。自己的双亲都是一丝不苟的天主教徒，他们绝不会允许女儿跟个离了婚的男人结婚。跟个离了婚的男人结婚，就得出教！斯佳丽考虑再三，终于铁了心：要她在天主教和阿希礼之间作出抉择的话，她是情愿要阿希礼的。可是，唉，那要招来多少沸沸扬扬的闲话呵！离了婚的人不但为天主教所不容，还要被排斥出社交界。上流社会人家对离了婚的人是拒而不纳的。不过，为了阿希礼，她也不怕。为了阿希礼，她什么牺牲都甘愿承担。

反正，等到这仗打完了，事情总会妥善解决的。阿希礼既然那么爱她，他总会想办法的。她一定要叫他想个办法。所以她的信心一天比一天不可动摇了：她愈来愈相信阿希礼是衷心爱她的，相信到了北佬最后被打败的那一天，他总会把事情安排得妥妥帖帖的。不错，他说的是北佬打败他们。可斯佳丽认为那是十足的昏话。准是他当时神思困乏，心烦意乱，信口胡说的。反正北佬是胜是败，她也不大在乎。要紧的是但愿战争能快些结束，但愿阿希礼能早些回家。

到了三月，雨雪连绵，大家只能闭门不出，就在这时候天大的打击临头了。一天玫兰妮双眸露出了喜悦的光辉，暗含得意而又不好意思地低下了头，告诉斯佳丽说，她有了喜了。

“米德大夫说产期预计在八月下旬到九月，”她说。“我本来还一直以为——反正我是直到今天心里才算落实。哎呀，斯佳丽，你说我还不开心么？看见你有韦德我真是羡慕哪，心里也总巴不得能有个孩子。以前我总担心自己只怕一个也生不了，可现在，亲爱的，我真想生上十个八个！”

斯佳丽当时正在梳头，准备要睡觉了；一听玫兰妮这话，她不由一愣，举起了木梳半天也没有放下。

“我的天哪！”她虽然喊出了这一声，心里一时却还辨不过味儿来。半晌才像触了电似的，猛然想起了玫兰妮卧房的那紧闭的房门，心头顿时如刀扎一样难受，那种难受到极点的滋味，倒像阿希礼是她的丈夫，做了有愧于她的事似的。孩子！阿希礼的孩子！啊，阿希礼爱的是她，不是玫兰妮，怎么会跟玫兰妮有孩子呢？

“我知道你没有料到，”玫兰妮只顾急巴巴往下说。“可你说这样的事我还不开心么？哎呀，斯佳丽，我还不知道这信该怎么给阿希礼写呢！直截了当告诉他怪不好意思的，倒不如对他说，或者——或者——对，干脆什么也别告诉他，瞧，就让他慢慢儿自己发现——”

“我的天哪！”斯佳丽简直要哭出来了。她怕要倒下，赶紧放下木梳，用手撑住了梳妆台的大理石台面。

“亲爱的，别急成这样！你也知道，生孩子没啥了不得的。你不是自己说过的吗！你也不用为我担心，当然你这样疼我我还是领你情的。米德大夫确实说过，说我——说我——”玫兰妮脸都红了，“产门是小了点，不过大概问题也不大——可斯佳丽呀，当初你发现怀上韦德的时候，是你自己写信告诉查尔斯的吗，还是由伯母或者伯父写的呀？啊哟哟，我要是有个母亲能代我写就好了！我真不知道这信该怎么写——”

“别说了！”斯佳丽发狠了。“别说了！”

“喔，斯佳丽，只怪我这个人太糊涂！真是对不起啊。大概人一快活，心里就有己无人了。只怪我一时糊涂，忘了查尔斯的事——”

斯佳丽又是一声：“别说了！”她强自克制，按捺住内心的激动，不让脸上露出一点异样的神色。自己的心事，可千万、千万不能让玫兰妮识破，连一点蛛丝马迹都不能让她看出来。

玫兰妮是个绝顶乖觉的女子，见自己触痛了人家心灵的创伤，也难过得噙着两眼的泪水。韦德是可怜的查尔斯去世后才出生的，这样不愉快的事她怎么能跟斯佳丽重提呢？她怎么能这样冒失呢？

“我来帮你宽衣睡觉吧，我最最亲爱的，”她赔着笑脸说。“我来替你揉揉脑袋。”

“你甭管我，”斯佳丽的面孔板得像石头一样。玫兰妮觉得自己闯了大祸，哇的一声哭了出来，急忙逃了出去。这一夜斯佳丽躺在床上却流不出泪来，只感到自尊心受了伤害，一切迷梦都破灭了，没有个同床共枕人，心如刀绞！

这个女人既然怀着阿希礼的孩子，斯佳丽觉得自己再也不能跟她在一座宅子里住下去了，心想还是回塔拉庄园去吧，回自己的老家去吧。她只要再对玫兰妮看上一眼，心里的秘密会不尽露在脸上才怪呢。第二天一早起来，她心意已定，决计吃罢早饭马上打点行李。斯佳丽沉下了脸不作一声，玫兰妮满面愁容，佩蒂则弄得莫名其妙，娘儿三个刚坐下吃早饭，不想却来了一份电报。

电报是阿希礼的贴身仆人摩西打来给玫兰妮的。电文如下：

“我到处都找遍了，可就是找不到他。我是不是就回来？”

谁也不明白这份电报是什么意思，娘儿三个只吓得瞪大了眼，面面相觑，斯佳丽也早已把回家的打算忘了个精光。她们连早饭也没吃完，就坐车上街，打算给阿希礼的上司团长打个电报，可是人还刚走进电报局，团长的电报倒先来了。

“韦尔克斯少校于三日前外出执行侦察任务，至今下落不明，先此奉告，良深遗憾。一有情况即当再告。”

回家的路上是一片凄惨：佩蒂姑妈拿着手绢掩面而泣，玫兰妮脸色煞白，直挺挺坐着，斯佳丽则瘫在车厢角落里直发愣。一到家，斯佳丽就跌跌撞撞上了楼，一头冲进自己的房间，从桌上抓起念珠，扑通跪下，想要祷告。可是话却一句也到不了嘴上。她只觉得有无限的恐惧压在心头，模模糊糊意识到天主已经明察她的罪孽，今后再也不会保佑她了。她居然爱上了一个有妇之夫，要把他攫为己有，所以天主就杀了他，作为对她的惩罚。她想要祈祷，却抬不起眼来仰望上苍。她想要哭，却滴泪不出。她的眼泪似乎涨满了胸膛，火辣辣的在心口翻滚，可就是一滴也流不出来。

门开了，进来的是玫兰妮。她的脸儿好似白纸剪成的一个红心图形，背后衬着黑黑的头发。两只眼睛睁得圆圆的，活像小孩子在黑暗里迷了路，惊恐万状。

“斯佳丽，”她伸出了双手说。“我昨儿说了那么些话，你可千万别见怪啊，因为你——你现在是我唯一的依靠了。斯佳丽呀，我看我那口子准是凶多吉少了！”

也不知怎么一来，她就偎到了斯佳丽的怀里，抽抽搭搭的，连两颗小奶子都跟着一起一落；又不知怎么一来，她们俩就紧紧相抱，一起躺到了床上，斯佳丽也哭了，把脸紧贴着玫兰妮的脸哭，两下泪水交融。哭固然难受，但是比起那哭不出的滋味来，终究要好过些。心里一个劲儿念叨：死了，死了，阿希礼死了！我爱了他倒是害了他！斯佳丽伤心的眼泪一阵阵往外涌，玫兰妮却从她的眼泪里得到了安慰，两条胳臂把她的脖子搂得更紧了。

“他总算给我留下了一个孩子，”她悄声说道。

“可我呢，”斯佳丽肚子里想，现在她满心痛苦，也无心使小性子吃醋了，“他什么也没给我留下——什么也没给我留下——只有他临别时脸上的那副表情，算是留给我的唯一的纪念吧。”

阿希礼最初一直是被作为“下落不明——可能已阵亡”处理的，所以在伤亡名单上他的名下也总是标的“下落不明——可能已阵亡”的字样。玫兰妮给斯隆上校一连打了十多个电报，最后终于来了一封信，言辞中充满了同情，说是阿希礼带领一个骑兵班外出执行侦察任务，没有归队。当时有消息说在北军阵后发生过一场小规模的接触，摩西悲痛欲绝，曾经冒了生命的危险去寻找过阿希礼的遗体，但是没有找到。玫兰妮如今倒是冷静得出奇，她马上电汇给摩西一笔钱，叫他回来。

后来在伤亡名单上阿希礼的名下换成了“下落不明——可能已被俘”的字样，阖家这才在愁苦中欣然看到了一线希望，重又获得了一丝生机。玫兰妮老是守在电报局里不肯走，火车她更是班班必候，只盼能有信来。她现在身子虚弱，怀了孕又处处感到不便，可是她却说什么也不肯听从米德大夫的嘱咐，卧床休息。她处于一种高度亢奋的状态，怎么也安静不下来；到了晚上，斯佳丽已经上床好半天了，还听见她在隔壁屋里踱来踱去。

一天下午，她从街上回来，情况却有些异样：赶车的彼得大叔惊慌失色，车上还多了个瑞特·巴特勒扶着她。原来她在电报局晕了过去，正巧瑞特路过，看见了这乱糟糟的场面，便把她送回家来。他抱她上楼，一直送到房里，当时举家惶惶，都忙忙乱乱，急着去取烫砖[1]、毯子和威士忌了，他就拿几个枕头一垫，扶她在床上靠下。

“韦尔克斯太太，”他单刀直入地问，“你是有喜了吧？”

玫兰妮要不是这样头里发昏、这样浑身虚弱、这样满心苦楚的话，听他这一问是肯定要受不住的。平日小姐妹之间一提她有喜她都要不好意思，每次去让米德大夫检查，那更是像硬着头皮去受罪。一个男人，特别是这个瑞特·巴特勒，竟会问出这样的话来，真是岂有此理。可是眼睁睁躺在床上无力动弹，她只能把头点点。点了点头以后，倒也觉得并没有什么太大不了的，因为看来他完全是出于好意，出于关切。

“那你自己得多加保重。你这样成天奔东跑西，挪不开心事，对自己没有好处，说不定反而还会害了孩子。如果你不嫌我冒昧，韦尔克斯太太，我倒可以利用我在华盛顿的各方面关系，去打听一下韦尔克斯先生的下落。如果他被俘了，北方的俘虏名单上肯定有他的名字；如果他并没有被俘——那，有个水落石出反正也总比干着急强吧。不过有一点我们得说好了：你一定要自己保重，不然我对天发誓，决不管你这

---

①一种取暖用具。

件事。”

“喔，你真是太好了，”玫兰妮热泪盈眶了。“这样的好人，怎么人家就把你说得那样不堪呢？”说完才发觉自己这话说得太不知轻重了，不免有些惶恐，又一想自己有喜的事怎么能跟个男人谈呢，心里愈加惊慌，因而就轻轻哭了起来。斯佳丽拿了块烫砖用绒布裹着飞步奔上楼来，正赶上看见瑞特拍了拍玫兰妮的手。

瑞特说到做到。大家始终不知道他通的是什么路子。这事又不大好问，一问就无异是要他承认他跟北佬的关系密切非凡。过了个把月消息来了，乍一听到消息阖家一片欢欣鼓舞，但是过后却又忧从中来，心里像刀割一样。

阿希礼果然没有死！他受伤被俘了，从案卷上看，目前关在伊利诺伊州的罗克艾兰俘虏营里。起初大家兴高采烈，想到的只是他还活着。可是等到心情慢慢又平静了下来，大家却面面相觑了，只吐出了一声：“罗克艾兰！”那口气就仿佛是说：“落进了地狱！”因为，罗克艾兰在南方的名声之坏，也不下于安德森维尔[①]之于北方，南方人凡有亲属被囚禁在那儿的，一提起这名字来就胆颤心惊。

林肯以为，南方要解决俘虏的给养和看守问题相当吃力，把被俘的北军作为一个包袱丢给南方可以加速战争的结束，所以拒绝交换俘虏。他作出这个决策时，佐治亚安德森维尔俘虏营里关押的北军俘虏已达数千之多。南军本身就口粮极紧，连自己的伤病号都差不多已经断了药品绷带。在这种情况下当然不会有富余的东西可以给俘虏。前方的士兵吃什么，也就给俘虏吃什么，无非是肉膘、干豆子之类，北佬吃了这样的伙食大批死亡，有时候一天要死上百人。消息传到北方，北方人气坏了，就拿出更苛刻的手段去对付被俘的南军，其中条件最差的就数罗克艾兰的俘虏营了。口粮短缺，毯子要三个人才有一条，天花、肺炎、伤寒一齐肆虐，弄得俘虏营十足成了个瘟疫世界。进去的人四个里就有三

① 安德森维尔在佐治亚州西南部，亚特兰大以南约 110 英里处。南方政府在该处设俘虏营，关押被俘的北军。

个没有活着出来。

阿希礼去的就是这样一个可怕的地方！阿希礼人虽还在，却有伤在身，而且又是在罗克艾兰，他被解往那里的时候，伊利诺伊正是冰天雪地的季节。他会不会在瑞特探听到消息之后，又终因伤重而死呢？他会不会染上天花呢？他会不会得了肺炎，烧得神志昏迷，却没毯子可盖呢？

“啊，巴特勒船长，还有没有办法——你能不能给想想办法，去把他换回来？”玫兰妮嚷了起来。

“大慈大悲、一秉至公的林肯先生虽然为比克斯比太太的五个孩子洒下了大把大把的眼泪，可是对关押在安德森维尔朝不保夕的几千北军士兵却无泪可流，”瑞特把嘴一扭说。“就是几千人都死光了，他也不会动心。命令已经发出了：决不交换俘虏。我——我还忘了告诉你，韦尔克斯太太，你家先生本来倒是有个机会可以出来的，可他就是不要。”

“哪会有这样的事啊！”玫兰妮嚷开了。她怎么能相信呢。

“不是骗你，真是这样。北佬为了要打印第安人，正在充实边防部队，人员就从被俘的南军士兵中招募。凡是被俘的南军士兵只要肯宣誓效忠，到打印第安人的部队里去服役满两年，就可予以释放，遣送到西部。韦尔克斯先生拒绝了。”

“哎呀，他怎么可以拒绝呢？”斯佳丽也嚷起来。“宣誓就宣誓，等出了俘虏营马上就开小差逃回来，不是挺好的吗？”

玫兰妮气得什么似的，两眼冲她一瞪。

“亏你想得出来，叫他去干这样的事？宣这个誓，先就可耻，这是背叛自己的南部邦联！这还不算，又要他背叛自己对北佬的誓言！他要是宣了那个誓，我倒宁愿他死在罗克艾兰。他死在俘虏营里我倒还为他感到自豪呢。可他要是干出那种事来，我就发誓再也不见他的面。今生今世再也不见！他拒绝得好，拒绝得对。”

斯佳丽送瑞特出门时，忿然问道：“你倒说说，要是换了你的话，你会不会先投顺北佬保全了性命，然后再想法逃走？”

“那还用说，”瑞特说着嘴巴一咧，小胡子底下牙齿都露了出来。

“那为什么阿希礼就不干呢？”

“他是个上等人嘛，”瑞特说。斯佳丽倒觉得奇怪了：如此冠冕堂皇的三个字，怎么经他一说，竟会含着这样轻蔑挖苦的味道？

3

第 17 章

1864 年的五月又燥又热，枝头的花苞还没来得及开放就都枯萎了。五月一到，谢尔曼将军统率下的北军又冲进佐治亚来了，这一次冲到了亚特兰大西北一百英里处的多尔顿北部一带。风闻在那边佐治亚和田纳西之间的州界附近即将展开一场恶战。北军正在集结兵力，准备进攻西部—大西洋铁路，也就是从亚特兰大通往田纳西和西部一带的那条铁路线，上一年秋天南方正是靠了这条铁路线赶运援军，才获得奇卡毛加的大捷的。

不过一般说来，多尔顿一带即将大打的形势，却并没有使亚特兰大人感到太大的不安。北佬集中兵力的地方，就在奇卡毛加战场的东南三五英里处。以前他们企图从那一带的山口里打进来，就曾被击退过一次，这一回也不会得逞。

亚特兰大人都知道——其实在整个佐治亚没有一个人不知道——本州对南部邦联生死攸关，所以乔·约翰斯顿将军是绝不会让北军长久留在本州境内的。老乔和他的部队也绝不会让一个北佬把脚伸到多尔顿以南，因为佐治亚干系至重，必须让它充分发挥作用，不能受到半点干扰。佐治亚只要能平安无事，就是南方的天然粮仓、机械工厂、物资中心，一身而兼三任。军队需用的弹药武器很多是这里制造的，棉毛织物大半是这里生产的。亚特兰大和多尔顿之间就有几个重要的生产基地：罗马城有制造大炮的工厂和其他工业，埃托瓦和阿拉托那有里士满以南首屈一指的大钢铁厂。亚特兰大不仅有工厂生产枪支、军火、鞍子、营帐，而且还拥有南方规模最大的轧钢厂、一些主要铁路的修车厂和几所大医院。亚特兰大又是南部邦联倚为命脉的四条铁路的会合点。

所以谁也没有太着急。多尔顿靠近田纳西地界，离这儿可到底还远着哩。田纳西已经打了三年，大家也早就习以为常了，总觉得田纳西是个遥远的战场，简直跟弗吉尼亚、跟密西西比河一般遥远。再说，北军和亚特兰大之间还拦着老乔和他的部队。大家知道，自石墙将军杰克逊一死，从李将军算下来，将领中就数约翰斯顿最优秀了。

就在五月的一个暖洋洋的傍晚，米德大夫在佩蒂姑妈家的阳台上谈到了这个问题，他的意见可说概括了一般老百姓的看法，认为亚特兰大并没有什么可担心的，因为约翰斯顿将军凭山据守，有铜墙铁壁之固。听了他这一通话，人们的心情各个不同，因为此刻大家虽然都安闲地坐在摇椅里，在这渐浓的暮色中晃呀摇的，看看早生的流萤在昏暗中若明若灭，可是各人心头却都自有一番沉重的心事。米德太太手挽着菲尔的胳膊，心里巴不得大夫的话能够说中。因为她知道，战火假如再烧近点儿的话，菲尔也就得上前线了。小儿子今年十六岁，已经进了自卫队了。自葛底斯堡一役以后一直就是那样面色苍白、眼窝深陷的芳妮·艾尔辛，极力按住自己的心思，不去想象那断肠的一幕，这几个月来她想了又想，想得头里昏昏沉沉，想得脑膜上连印子都压出来了，想的就始终是这一幕——部队长途跋涉，狼狈不堪，冒雨退入马里兰，队伍里一辆牛车晃晃摇摇，车上载着达拉斯·麦克卢尔少尉，奄奄垂毙。

凯里·阿什伯恩上尉那条残废的胳膊又疼了，而且他心情也不好，因为他想想自己追求斯佳丽近来竟毫无进展。这种局面是从阿希礼·韦尔克斯被俘的消息传来以后开始的，不过他并没有想到这两者之间会有什么联系。斯佳丽和玫兰妮则都在想阿希礼，她们俩只要没有什么要紧的事要办，只要不必跟人家说话应酬，心里就总是想着阿希礼。斯佳丽的心情既苦恼又忧伤，她想：他准是死了，要不怎么会没有消息呢。玫兰妮则在拼命按压内心涌起的忧虑，一阵去了一阵来，得没完没了地压，不断安慰自己："他不会死。死了的话我绝不会毫无所知的——我总会有所感应的。"瑞特·巴特勒懒洋洋斜靠在暗处的沙发上，大大咧咧地把那两条长长的腿一叠，亮出了脚上考究的高统靴，黑黝黝的脸毫无表情，莫测高深。他的怀里是小韦德，睡得正甜，小手抓着一根剔干净了的如愿骨[1]。只要是瑞特来访，斯佳丽就许韦德晚些去睡，因为那胆小的孩子偏喜欢他，瑞特呢，说也奇怪，似乎倒也挺喜欢这孩子。平时孩子一来，总吵得斯佳丽受不了，可是只要让瑞特一抱，孩子就乖乖的不闹了。至于主人家佩蒂姑妈，则有些心神不定，打嗝老是打个没完，因为今天晚饭吃的那只老公鸡，肉头实在太硬了。

佩蒂姑妈家里原先养着一窝鸡，一雄数雌，雌的早就给吃光了，只剩下那只公的，近几天来一直在鸡棚里蔫头搭脑，没精打采，不啼不叫。眼看这只大公鸡垂垂老矣，又是失群怏怏，大有一命呜呼的可能，佩蒂姑妈今天早上终于带着遗憾的心情作出了决定：倒不如趁早宰了吧。等到彼得大叔把鸡脖子都扭断了，佩蒂姑妈又觉得过意不去了：她的许多朋友已经久矣乎不知鸡味了，自己怎么好意思关起门来独家享用呢，所以她就提出请客人来吃饭。玫兰妮有了近五个月的身子，已经有好几个星期不出门、不见客了，她一听这话简直吓坏了。但是佩蒂姑妈这一回却毫不动摇。吃鸡不请客，也太小家子气了。玫兰妮只要把上面的裙箍挪高点儿，谁还看得出来呢，她的胸脯反正也是瘪塌塌的。

“可姑妈啊，我哪还有心思会客呢，眼下阿希礼——”

“阿希礼我包你还在——包你没事儿，”佩蒂姑妈说，可是声音却在颤抖，因为她心里其实觉得阿希礼已经生还无望了。“他管保还跟你一样好端端的，你会会客人有好处嘛。我要把芳妮·艾尔辛也一块儿请来。她妈求我给想想办法，帮她振作起精神来，让她也会会客人——”

“可姑妈啊，达拉斯尸骨未寒，你们就这么硬是逼着她，也未免太忍心了——”

“好了，玫荔，你再跟我强嘴，把我惹恼了，我可又要哭啦。我好歹总是你的姑妈，总还比你多懂点儿事吧。这个客我请定了。”

于是佩蒂姑妈就把客人请来了，想不到就在临开饭前，却来了一个

---

[1] 指鸡的叉骨。迷信的说法认为食鸡时两人同扯此骨，扯到较长一段者心有所祈必能如愿。

不请自来的、应该说是姑妈今天并不欢迎的客人。正当烤鸡香飘满屋的时候，刚作了一次神秘旅行归来的瑞特·巴特勒来敲门了。他腋下夹着一大盒包装得极精美的夹心糖，对女主人是满嘴语带双关的恭维话。佩蒂姑妈没办法，只好请他留下吃饭，她明知道大夫夫妇对他是非常反感的，芳妮更是恨透了不穿军装的一切汉子。这两家子的人在街上碰到了他是绝不会跟他打招呼的，不过今天在朋友家里相遇，总该对他讲点儿礼貌吧。再说，别看玫兰妮人这样柔弱，现在她保起瑞特来可比以前什么时候都坚决。自从瑞特从中设法替她打听到了阿希礼的消息以后，玫兰妮就公开告诉大家：不管人家把瑞特说得如何如何，她可是永远欢迎他来自己家作客的。

佩蒂姑妈见瑞特今天倒也颇知检点，一颗不安的心才放了下来。瑞特一片至诚向芳妮问候，同情中带着深切的敬意，芳妮居然也对他报以一笑，所以席上的气氛倒也融洽。今天这顿饭也真称得上是豪华的盛宴了。凯里·阿什伯恩带来了一点茶叶，那是他在押送一个被俘的北军去安德森维尔的途中在那人的烟袋里翻出来的，在座每人总算可以喝上一杯，当然茶里不免带上点烟味儿。每人可以分到一小块又老又硬的鸡肉，加上适量的配料（主料是玉米粉，作料是洋葱），还有一碗干豆子，一盆相当丰盛的卤汁浇米饭，只是卤汁嫌稀了点，因为缺少面粉勾芡。甜点心是红薯馅饼，再佐以瑞特的夹心糖。最后瑞特还拿出地道的哈瓦那雪茄来请男宾们享用，一边抽烟一边还喝黑莓酒，大家都说，他们就像在卢库勒斯①家参加了一次大宴。

后来男宾们也来到了女士们所在的前门廊上，于是话头就转到战争上去了。现在人们一说话话头总会转到战争上去；一切谈话，话题无不由战争而来，末了又无不回到战争上——丧气的话题虽有，毕竟还是愉快的话题居多，反正总离不开战争二字。战争中的风流韵事，战争中的成婚佳话，医院里和战场上有谁死了，军营生活中有什么奇闻，战斗

① 卢库勒斯（公元前110？—57？），古罗马将军兼执政官。以家道豪富，爱举办盛大宴会著称。

行军中有什么佚事，谁如何勇敢，谁如何怕死，有诙谐，有忧伤，有苦恼，也有希望。说什么也不会少了希望。尽管上一年夏天吃了几场败仗，人们总还是满怀希望，毫不动摇。

阿什伯恩上尉告诉大家，说他向上面提出了申请，要求把他从亚特兰大调到多尔顿的前线部队去，现在申请已经得到批准。一听这话女士们都用怜爱的眼光把他那条动不了的胳膊打量了又打量，为了掩盖她们以此为荣的心情，嘴上却都说他不能走：他一走还有谁来照应她们呢？

米德太太，玫兰妮，佩蒂姑妈，芳妮，这些都是有地位的太太小姐，年轻的凯里听到这样的话出之于她们之口，显得又惶惑又欢喜，不过他更希望斯佳丽说这话不是随声附和，而是出自真心。

“哎，他很快就会回来的，”大夫搂住了凯里的肩头说。“只消小小的打上一仗，管保就会把那帮北佬打得狼狈逃窜，滚回田纳西去。你们放心，他们到了前线，福雷斯特将军自会好好照看他们的。你们女人家的惊慌实在大可不必，北佬是绝对打不过来的，因为约翰斯顿将军带领他的部队凭山据守，有铜墙铁壁之固。对，有铜墙铁壁之固，”他对这句话相当得意，故而连说了两遍。“谢尔曼永远也别想越过这一关。他永远也动不了老乔一根毫毛。”

太太小姐们都面露微笑，表示赞同，因为他就是极随便的一句话，在她们看来都是颠扑不破的真理。反正在这些问题上男人家的见识总要比女人家高明得多吧，所以既然他说约翰斯顿将军是铜墙铁壁，那就必定是铜墙铁壁无疑了。只有瑞特开了口。他吃过晚饭以后至今还没有吭过声，一直抱着熟睡的孩子，坐在幽暗的暮色中，撇着嘴巴，在听别人谈打仗的事。

他说：“不是有传闻说谢尔曼的援军早已开到，目前他手下的兵力已经超过了十万吗？”

大夫对他没有好气。医生一进门，见同席的客人里还有这个叫他看着都有气的家伙，心里就觉得很不自在。只是碍于佩蒂帕特小姐的面子，加上自己此来毕竟是客，所以极力忍着，没有让内心的反感统统露在面上。

“请问那又怎么啦？”大夫扯开喉咙顶了一句。

“刚才阿什伯恩上尉好像还说，约翰斯顿将军手下只有四万人马，连开小差后见打了胜仗又重新归队的逃兵也一并计算在内。”

“先生，这是什么话，”米德太太忿然说道。“南部邦联的部队里怎么会有逃兵呢。”

“真对不起，”瑞特故意装着惶恐的样子说。“我的意思是指那好几千回乡度假而忘了归队的人，还有许多伤愈已满半年，却还留在家里不是干自己原来的行业就是忙着春耕的人。”

说完他两眼笑眯眯的，米德太太则气得直咬嘴唇。斯佳丽见她那副窘样，差点儿笑了出来，因为瑞特一句话就说得她无言可答。当时躲在沼泽地和深山里的士兵就有好几百，纠察队又没法去把他们一个个拖回来。这些人嚷嚷说，打这个仗是“富人要打仗，穷人上战场”，他们实在受够了。可是还有一种人远比这种人多，他们在花名册上虽然标有“逃亡”二字，其实自己却并没有一走了之的意思。这些人足足等了三年还是捞不到探亲假，家里别字连篇的来信却连连告急：“家里反(饭)也吃不包(饱)。”“今年地里收不上庄家(稼)——家里没人更(耕)田。反(饭)也吃不包(饱)。”“小猪都叫征良(粮)员捉去了，家里已今(经)有几个月没收到你的钱了。除了干豆子家里已今(经)没别的吃了。”

临了总是合家一片大声哀求：“你媳妇儿，你娃娃，你爹娘都吃不饱啊。这要到几时才了呀？你几时可以回家呀？家里吃不饱，吃不饱啊。”上面见部队急剧减员，干脆一律不准假，这些士兵便索性假也不请，自己回家去耕地、种庄稼、修房子、打篱笆了。团里的长官对这种情况是了解的，考虑到一场苦战就在眼前，他们便写信叫这些士兵归队，只要归队就可免予追究。那些当兵的只要家里又可以维持上三五个月，暂时不致有挨饿之虞，通常也就归了队。大敌当前，“耕地假”是不作开小差看待的，不过这对部队的战斗力毕竟是有所削弱的。

大夫赶紧打破了这难堪的冷场，他的声音是冰冷的：“巴特勒船长，我军论人数虽说不如北军，不过这从来就算不得一回事。我们南部邦联的战士，一个可以抵上十多个北佬。”

太太小姐们连连点头。这谁不知道呢。

“这话在战争之初是不错的，”瑞特说。“也许到今天还是不错的，只是有一条：邦联的战士枪里得有子弹，脚上得有鞋子，还得吃饱肚子。你说是吧，阿什伯恩上尉？”

他的口气依然很温和，装着一副低声下气的腔调。凯里·阿什伯恩面带不悦，因为他显然也对瑞特十分反感。按他的心意他是巴不得跟大夫站在一边，可是说假话他不干。他一条胳膊已经残废，可还是要求调往前线，原因就在于他认识到了局势的严重性，而一般老百姓对此却还浑然不觉。跟他差不多的军人，有装了假腿的，有瞎了一只眼的，有炸掉了指头的，也有断了一条胳膊的，本来都已经转到军粮、医务、邮政、铁路等部门工作，现在很多又悄悄调回原先所在的作战部队去了。他们知道老乔兵力不足，能多一个人都是好的。

当时他也没有吭声，米德大夫却按捺不住，吼开了：“我们的战士以前光着脚板、饿着肚子，把仗都打赢了嘛。现在他们还能照样打赢！我敢担保，北佬绝对动不了约翰斯顿将军一根毫毛！自古以来，凡有外敌入侵，只要能据山坚守，必能解救危难，立于不败之地。你想——你想瑟莫比利[①]不就是一个例子吗！”

斯佳丽想了半天，还是不明白瑟莫比利是什么意思。

“可瑟莫比利的守军不是打得不剩一兵一卒吗，大夫？”瑞特问道。他嘴唇扭了两扭，想笑又忍住了。

“年轻人，你是存心要对我无礼？”

“哎呀，大夫！请你别误会！我可决没有这样的意思！我是一片诚心在向你讨教。我以前学到的古代史都快丢光啦。”

“我们的部队决不让北佬深入佐治亚一步，必要的话就是打得不剩一兵一卒也心甘情愿，”大夫厉声说道。“但是不会有这个必要。只消小小的打上一仗，管保就可以把北佬赶出佐治亚。”

---

① 瑟莫比利是古希腊东部的一处山隘。公元前480年，斯巴达人曾在此处抗击来犯的波斯大军。后来由于出了奸细，被波斯人包抄后路，守军全军覆没。

佩蒂帕特姑妈赶紧站起身来，让斯佳丽去给大家弹一曲钢琴唱一支歌。她看出这场谈话马上就要惹出麻烦来了，双方都快吵上了。她早就料到请瑞特留下吃饭准没好事。只要有他在，总没好事。她也始终弄不清楚那到底是怎么搞的。天哪！天哪！斯佳丽在这个人身上看出了什么好？玫荔这孩子怎么也老是护着他？

斯佳丽遵命到客厅里去了，前门廊上顿时悄然无声，可是在这无声中却能感觉到大家对瑞特都忿忿不已。约翰斯顿将军和他的部队是不可战胜的，对这一点怎么能有一丝一毫的怀疑呢？一心一德，这是每个人神圣的天职。就算你怀有二意，不能同心同德，那至少也应该懂个礼貌，免开尊口吧。

斯佳丽触动琴键，一会儿她的歌声就从客厅里传了出来，嗓音甜美，含着哀怨，唱的是一支流行的歌：

病房四壁洁白一片，
　　多少壮士在此与人间永别，
刀创被体，弹雨淋遍，
　　一天也抬来了姑娘心爱的英杰。
姑娘心爱的英杰呵，那样年轻那样勇敢！
　　面色苍白，依然清秀可爱，
虽然快要黄土覆面，一去不返，
　　脸上还焕发着少年的风采。

斯佳丽那不太高明的女高音正凄然唱到“金黄的鬈发湿又乱”时，不防芳妮却欠了欠身子，好像卡住了嗓门似的，细声弱气说：“换一首别的歌唱吧。”

钢琴声戛然而止：斯佳丽这一惊非小，一时窘不可言。心急慌忙，赶紧换一支《灰军装》来唱，可是刚唱了半句，便来了个刺耳的急刹车：她想起了这也是一支断肠曲。钢琴半晌又没作声，因为她茫然不知所措了。她一时想得起来的歌儿，都是脱不了生离死别这些伤心调调的。

瑞特急忙站起身来，把韦德交给芳妮去抱，自己走进了客厅。

“弹《肯塔基老家》吧，”他彬彬有礼地说，斯佳丽感激他的提醒，就赶快弹了起来。瑞特那优美的男低音也陪着她唱，唱到第二节时，前门廊上的那几位才算舒了口气，其实论这支歌的内容，也根本没有一点欢乐的气息可言。

“累人的重担还得再熬几天！
　　哪怕担子重得要压弯肩！
熬到有朝一日趔趔趄趄回家转！
　　那时我肯塔基的老家啊，我就得跟你说再见！”

*　　*　　*　　*

米德大夫的预言，就其本身来说是完全正确的。约翰斯顿将军在一百英里以外的多尔顿北部一带据山而守，的确有铜墙铁壁之固。他的阵地坚不可摧，谢尔曼原来打算穿越山谷直逼亚特兰大，却怎么也过不了他这一关，结果北军只好收兵回去，再作商议。正面进攻看来是攻不破南军防线的了，因此北军就趁着黑夜绕道山路作半圆形的迂回包抄，想突然扑到约翰斯顿的后方，目的是要在多尔顿以南十五英里处的雷萨卡把他背后的铁路切断。

南军一听说自己的命根子铁路有被切断的危险，就撇下了死守未失的工事，星夜兼程抄近路直趋雷萨卡。等到北军从山里出来，对面南军早已架起了大炮，亮出了刺刀，深沟高垒，严阵以待，防守之坚固也不下于多尔顿那边。

多尔顿前线的伤员把老乔撤至雷萨卡的消息带到亚特兰大。讲得未免走了样，亚特兰大人感到出乎意料，起了一点惊慌。仿佛夏天西北角的天空里出现了一团小小的黑云，只怕雷雨就要来临。将军放北军又深入了佐治亚十八英里，他这是打的什么算盘？米德大夫说得对，高山是天然的堡垒。老乔为什么不把北佬阻挡在山下呢？

约翰斯顿在雷萨卡死命苦战，终于又把北军击退了，但是谢尔曼重施侧面包抄的故伎，指挥他的大军又来了一个半圆形的大迂回，渡过了乌斯坦瑙拉河，再一次直捣南军后方的铁路。南军的部队立刻又奉命撇下红土地上的战壕，赶去保护铁路。他们又是行军又是作战，早就累得筋疲力尽，眼也没有合过一下，肚子又吃不饱(他们一直吃不饱)，可是尽管如此，他们还是沿着山谷火速南下，抢在北军的前头赶到了雷萨卡以南六英里处的卡尔霍恩小镇。待等北军赶到，他们早已又掘好了壕沟、准备好迎击了。两下一接触，又爆发了一场恶战，可北军终于还是被打退了。南军的士兵累得都捧着枪支卧地不起，心里求天拜地：这一回可得让他们歇一歇、喘口气了。然而他们还是休想。谢尔曼步步进逼，毫不留情，一再挥师作大迂回包抄他们的后方，逼得他们只好再继续后撤，赶紧去保卫他们背后的铁路。

南军士兵行军的时候根本连眼皮都睁不开，他们早已累得都不大用脑子了。就是偶尔用脑子想一想，他们对老乔可还是深信不疑的。他们知道队伍是在后撤，但是他们相信自己不是吃了败仗。他们只是吃了兵力不足的亏，既要守住阵地，又要粉碎谢尔曼的包抄进攻，两下无法兼顾。他们只要跟北佬一打阵地战，就准能把北佬打得头破血流，你看哪一次不是这样？至于这样退下去到底是何了局，他们就不知道了。但是老乔心里有谱，他们不怕。他部署后撤，指挥得可高明了，因为他们的部队伤亡极微，而北佬战死的、被俘的，数目可就大了。他们没有损失一辆车，总共才丢了四门炮。背后的铁路也还在手里。谢尔曼尽管又是正面进攻，又是骑兵突击，又是两翼包抄，把浑身解数都使了出来，还是奈何不了他们的铁路。

啊，铁路还是他们的！穿过阳光灿烂的山谷通往亚特兰大的这两条细细的铁轨还是他们的！躺下来睡，也要找个近些的地方，好一张眼就能看见铁轨在星光下闪闪发亮。就是倒下来死，迷惘的眼睛也要对烈日下光芒四射、热气袅袅的铁轨看上最后的一眼。

他们沿着山谷一路后撤，可跑在他们前头的还有大批的难民。无论是有地的没地的，有钱的没钱的，是黑人还是白人，哪怕是妇女儿童，老头老太，以至瘸了腿的，受了伤的，病体恹恹的，快要生小孩的，都一股脑儿汇入了这道去亚特兰大的人流，有的乘火车，有的徒步走，有的骑着马，有的赶着车，车上还高高堆着箱笼家什。部队在后面撤，难民在前面逃，相距不过五英里。难民在雷萨卡停了一下，在卡尔霍恩停了一下，在金斯敦又停了一下，到一处停一停，总希望能在这里听到北佬被打退的消息，好转过身来回自己的老家去。可是这阳光灿烂的路，就是不让你往回走。南军所过之处，宅第都空空如也，农田都没人耕种，孤零零的小屋连门也没关上。偶尔才有个把无亲无友的妇女，带上三五个吓坏了的奴隶，还留在家中。只有他们来到路旁欢迎大军，提几桶井水给战士们解渴，见有受伤的替他们包扎包扎，见有死掉的就在自家的墓地上权且掩埋。不过这阳光灿烂的山谷内基本上都是人去屋空，满目萧条，田地干结，种下的庄稼早就都荒废了。

约翰斯顿在卡尔霍恩又遭到了敌军的包抄，便撤到阿代尔斯维尔，在那里打了一场硬仗，再撤到卡斯维尔，继而又撤到卡特斯维尔以南。从多尔顿算起，到此时已被敌军推进了五十五英里。其后南军且战且退，又退了十五英里，到一个叫新希望教堂的地方，便构筑工事，决心死守了。北军毫不留情，发动了猛攻，犹如一条巨蟒，把身子一盘，恶狠狠扑来，就是受了点伤暂时缩了回去，也总是不肯甘心，一会儿又恶狠狠扑来了。新希望教堂这一仗真是一场殊死战，接连打了十一天，北军的轮番猛攻一再被击退，死伤惨重。最后约翰斯顿还是吃了被迂回包抄的亏，只得又后撤了几英里，他的兵力也愈来愈单薄了。

南军在新希望教堂一役中的伤亡也很重。一列车一列车的伤兵拥到亚特兰大，把亚特兰大人吓坏了。亚特兰大从来也没有来过这么多伤员，即使是奇卡毛加那一仗吧，运到后方的伤员也没有这么多。医院里人满为患，伤兵只好就躺在空店房的地板上、货栈里一包包的棉花上。大旅馆，小客店，以至私人住宅，家家都塞足了伤兵。佩蒂姑妈自然也派到了接待的任务，尽管她对此很有意见，说是玫兰妮已经有了身子，受了惊吓万一小产可不是闹着玩儿的，所以家里住陌生人是非常、非常不妥的。可是玫兰妮只想遮盖那渐渐隆起的肚子，她把上面的裙箍挪高了点，结果她们家的红砖大宅里也照样来了许许多多伤兵。烧不完的饭，打不完的扇，有的得搀扶，有的得帮着翻身。绷带老是得洗，得卷，还得把软麻布扯去了绒毛做新的绷带。晚上本来就热，还夜夜有男人在隔壁屋里哇啦哇啦说胡话，闹得人别想阖眼。到后来，这个挤得连气也透不过来的城市终于再也收容不了更多的伤兵了，进不来的伤兵只好转送梅肯和奥古斯塔两地的医院。

这批从前线退下来的伤兵带来的消息都各个不一，何况本来就已人满为患的城里还有惶惶的难民不断拥到，所以亚特兰大简直是乱成了一锅粥。天边那个小小的云团早已迅速发展而为大片黑压压的雷雨云，黑云里似乎还隐隐刮起了一阵风，使人不禁打了个寒噤。

南部邦联的军队是不可战胜的，对这一点谁的信心也没有动摇，但是对约翰斯顿将军大家却失去了信心，至少是老百姓已经对他失去了信心。新希望教堂离亚特兰大才三十五英里地哪！只短短三个星期的工夫，将军就让北佬打得后撤了六十五英里！他为什么不顶住北佬，却要一个劲儿往后撤呢？可见他是个蠢材，是个蠢材中的蠢材。在亚特兰大过安稳日子的自卫队老头们和州民团团丁们还起劲地说，这仗就是叫他们打起来，也断不至于打得这样糟糕，为了证明他们的论点，他们还在桌布上画起地图来。约翰斯顿将军愈来愈感到兵力不足，而且还在被迫继续后撤，便无奈而向布朗州长求援，要他把这些地方部队调去，可是这些州里的兵儿们心里却有恃无恐。戴维斯总统早就打算调过他们，州长尚且相应不理。约翰斯顿将军来要，州长怎么会答应呢？

打一仗就退！打一仗就退！前后打了二十五天，退了七十英里，南军几乎连一天也没有歇过。新希望教堂如今也丢了，只留下了一个记忆，可脑子里迷迷糊糊，纷纷乱乱的，尽是类似的记忆：骄阳似火，尘土飞扬，饥肠辘辘，神困体乏，脚下踩着红泥路上的满路车辙，时而还得闯过红泥地上的遍地泥泞，老是撤下来、挖壕沟、打一仗——再撤下来、挖壕沟、打一仗。新希望教堂之战简直是一场恶梦，回想起来真有再世为人之感；大棚屋之战亦然，这一仗他们干脆豁出去跟北佬拼了。可是尽管把北佬打得尸横遍野，地下成了一片蓝色，北佬却总是没有个完，生力军还是源源不断开到，蓝军的队伍总是使出向东南迂回包抄的恶毒的一招，扑向南军的背后，扑向铁路——扑向亚特兰大！

疲困缺睡的南军部队撤离了大棚屋，顺着大路退到肯纳索山，在一个名叫玛丽埃塔的小镇附近摆开了十英里长的弧形阵线。陡峭的山坡上挖了工事，高高的山头上架起了大炮。战士们挥着汗、骂着娘，用人力把千斤大炮拉上险峻的山坡，因为这样的坡是骡子上不了的。信使和伤兵来到亚特兰大，给惊惶的市民带来了安定人心的消息。肯纳索的山头是怎么也攻不破的。附近的松山和隐山也都设了防，固若金汤。北佬要想拔掉老乔的部队是休想，这一回再要迂回包抄也没有那么容易，因为山顶上的大炮控制了四方的要道，方圆数里尽在射程之内。亚特兰大人这才稍稍舒了口气，可是——

可是肯纳索山离亚特兰大毕竟只有二十二英里啊！

肯纳索山来的第一批伤兵到达亚特兰大的那天，梅里韦瑟太太的马车一清早七点钟就来到了佩蒂姑妈家的门前，来得这样早还不曾有过先例哩。当下那个黑人利维大叔就传话上去，请斯佳丽快穿着好了，立等上医院去。芳妮·艾尔辛和邦尼尔家的姑娘已经先在马车的后座上坐着了，因为一大早就被从睡梦中叫醒过来，此刻都还在打呵欠呢；艾尔辛家的黑妈妈老大不高兴地坐在车头座上，膝头上放着一篓刚洗过熨过的绷带。斯佳丽去是去了，心里却很不乐意，因为她昨晚在自卫队的舞会上跳了一个通宵的舞，只觉得两腿酸软。她去医院帮忙总是穿那件最旧最破的印花布连衣裙，今天她让普莉西给扣上连衣裙扣子的时候，心里暗暗把那个精明强干、又不知疲倦的梅里韦瑟太太臭骂了一通，连那班伤兵、连整个南部邦联，都一股脑儿骂了进去。现在喝不上咖啡，只能拿炒焦的玉米和晒干的红薯一起熬了苦汤当咖啡喝，她匆匆喝了几口，便出门上车去了。

这种护理伤兵的差使她干得简直腻味透了。今天一定要去对梅里韦瑟太太说说，就说母亲来了信，要她回家去住一阵。她真说了，可结果有个屁用，因为这位有头有脸的太太，高高的卷起了袖管，粗大的腰里紧紧地裹着一条大围裙，严厉的目光冲她只瞅了一眼，说道：“别再跟我来这套胡闹啦，斯佳丽·汉密顿。我今天就给你妈写信，对她说我们这里很需要你，她肯定会理解、会让你住下去的。得啦，快围上围裙，到米德大夫那儿去吧。他那儿包扎还少个人手哪。”

“唉，真是，”斯佳丽心里闷闷地想，“一句话就打在我要害上了。母亲是真会叫我在这儿住下去的，可住下去就得闻这种臭气，再闻下去我非给逼死了不可！只恨我还不是个老太太，不然我就可以不至于受人家的欺，反倒可以摆摆架子欺欺年轻人哩——碰到了梅里韦瑟太太那样的刁老婆子，我会不骂她一顿才怪！”

对，她现在见了这医院就是讨厌，讨厌这里的臭气，讨厌这里的虱子，讨厌这里七病八痛的腌臜男人。如果说她对护理工作曾感到过新奇、感到过别有情趣的话，这种感觉也早已在一年前都消失了。而且，这些在撤退中受伤的大兵可不像以前的伤员那样讨人喜欢。他们对她连一丁点儿兴趣都没有，平时也很少话说，一开口总是：“前边打得可好？老乔又使什么妙计了？老乔真是足智多谋。”斯佳丽却觉得老乔一点也不足智多谋。听任北军深入佐治亚八十八英里，这就是他干的好事。对，这班伤兵就是不讨人喜欢。而且陆陆续续还死了不少，都无声无息的，死得好快，不是死于败血症、坏疽，就是死于伤寒、肺炎。他们都是在到达亚特兰大以前就染上了病的，却一直没有医生给看；精力早已消耗殆尽，自然就都顶不住重病的侵凌了。

那天天气很热，窗口里飞进来的苍蝇都是一群群的。疼痛没有使伤兵们气短，倒是这些肥乎乎、懒洋洋的苍蝇扰得他们都泄了气。一阵阵臭气冲她扑鼻而来，她心里只感到一阵阵厌恶。她托着个盆，随着米德大夫转来转去，身上才浆挺的衣服一会儿就浸透了汗水。

唉，给大夫当助手那才叫难受哩！看着大夫明晃晃的手术刀把腐肉切开，肚子里只觉得要吐出来！有时手术间里做截肢手术，那个惨叫声能让你听得汗毛直竖！伤手坏脚的士兵一个个等着大夫来给自己看病，脸儿紧张得张张发白，让你看着觉得满心不忍，却又无可奈何。这些伤兵，他们耳朵里听见的尽是惨叫声，他们所能等来的总是那两句叫人听得心里发毛的话：“真遗憾啊，我的孩子，那只手可是没法保住了。

对，对，我知道；可你瞧，那几处肉色都发紫啦，看到吗？实在是没法保住了。”

当前哥罗仿奇缺，只有最严重的截肢病例才能应用；鸦片更是成了稀罕宝贝，不能拿来给活着的减轻痛苦，只能用以送活不了的从容归天。奎宁、碘酊，都早已丝毫不剩。凡此种种，无不使斯佳丽觉得这医院讨厌。今天早上她倒羡慕起玫兰尼来了：自己要是也有这么个有喜的挡箭牌就好了。眼下要想不来帮忙当护士，大概也只有这样一个理由才能为大家所接受了。

到了中午，见梅里韦瑟太太正忙着给一个不识字的瘦高个儿山地青年代笔写信，她就赶快脱下围裙，悄悄溜出了医院。她觉得再也受不了了。这简直变成个千斤重担了。她知道，午班的火车一到，马上又有伤员要来，她就得一直忙到黄昏——说不定会连口饭都捞不上吃。

急忙忙走不上多远，过了两条马路，便来到了桃树街上。尽管紧身胸衣的带子扣得很紧，她还是尽力敞开胸怀，把这里清新的空气连吸了几大口。她站在转角上，决不定下一步到底怎么办：回佩蒂姑妈家里去吧，觉得没有这个脸；可医院，她是打定主意决不再去的了。就在这时，瑞特·巴特勒正好驾车经过。

“你真像个捡破烂化子的女儿，”瑞特一眼就注意到了她那件打了补丁的淡紫色印花布连衣裙，衣服上汗渍斑斑，有的地方还沾着几滴盆里溅出来的水。斯佳丽给他说得火冒三丈，却又窘不堪言。这个人，怎么老是把眼盯着女人的衣着？他怎么会这样无礼，见她今天衣冠不整，居然拿话来取笑？

“我不想听你的瞎叨叨。你快下来搀我上车，送我到个谁也见不着的地方去。医院里我是死也不去的了！真的，这仗又不是我叫打的，为什么倒要我去累死累活的干，再说——”

“哈，‘我们的伟大事业’出了个叛徒！”

“乌鸦何苦骂猪黑呢。你搀我上车吧。我也不管你本来要去哪儿。反正你现在就得替我赶车。”

他转身下车，跳到地上。斯佳丽忽然觉得眼前似乎一亮：她看到了一个完好无缺的人，没有缺臂断腿，也没有少一只眼，不是痛得脸色煞白，也不是得了疟疾浑身蜡黄，倒完全是一副吃得好好的健壮模样。他穿得也讲究。上装、裤子居然还是一样的料子，而且穿在身上非常合体，既不是宽得直往下挂，也不是紧绷绷勒得人难以动弹。还是崭新的哩，根本看不到那种破衣褴衫、露出了一身泥垢和两腿黑毛的窘相。他看去似乎无愁无虑，眼下单就是这一点便已够令人吃惊了，因为现在谁不是满面愁容，显得心事重重、忧心忡忡？他那张黝黑的脸上是一脸的殷勤，两片显眼得像女人一样的红红的嘴唇富有露骨的挑逗性，就在扶她上车的时候，还放肆地嘻嘻一笑。

他爬上车子在她旁边坐下；从他那一袭十分合身的衣服上可以看出，他魁梧的身躯一用劲，肌肉便都一团团鼓起。斯佳丽一看到他这模样，心头总会猛的一惊，感到其人力大无穷。那一双宽厚的肩膀鼓得高高的顶住了衣服，叫她看得不觉入了迷，害得她心下一阵不安，倒真有点害怕了。看来他非但头脑飞灵，对付不易，而且体格茁壮，也一样不好对付。他的一身力气就隐藏在那潇洒文雅的外表下，不动时懒洋洋有如豹子在晒太阳，动起来便矫捷得好像豹子就要跃起扑食。

“好一个不老实的丫头片子！”他一边吆喝马儿起步一边说。“你跟那些大兵跳起舞来可以通宵达旦，又是向他们献花又是给他们挂彩，还吹嘘自己为了南方的光荣事业可以不惜献身，可现在叫你去包扎几个伤口，捉几只虱子，你就急忙忙溜号了。”

“你说点儿别的，把车子赶得快一些，好不好？万一撞上梅里韦瑟爷爷正好从店里出来，又该我倒霉了，他见了我会去告诉老太婆的——哦，我是说会去告诉梅里韦瑟太太。”

瑞特轻轻抽了一鞭，马就快步跑了起来，穿过了五角场，一会儿又穿过了横贯城中的铁路。运伤兵的列车已经到站，抬担架的正在烈日下奔忙，把伤员抬上救护车和张了篷布的军需车。斯佳丽看了半晌，并没有感到良心上受了什么责备，倒是觉得松了一大口气：自己幸亏逃了出来。

“那所老古董医院我简直腻味透了，”她说着整了整被风鼓起的裙幅，把下巴底下的帽带结系一系紧。“送来的伤兵一天比一天多了。这都怪约翰斯顿将军。如果他在多尔顿就把北军顶住了，也不至于——”

“你真是小孩子见识，他在多尔顿是顶住了呀。可他要是再顶下去，谢尔曼就要来个两翼包抄夹击，非把他歼灭了不可。那样一来铁路也就保不住了，要知道约翰斯顿作战的目的就是要保住铁路呀。”

“哦，是吗，”斯佳丽对军事战略问题是一窍不通的。“可不管怎么说，反正这事责任在他。他怎么不采取些有效的措施呢，我看应该撤他的职。谁叫他老是后退，不坚决抵抗呢？”

“你也跟别人一样，尽要他办办不到的事，见他无法办到，便嚷嚷着要‘砍他的脑袋’。他在多尔顿的时候是救世主耶稣，如今到肯纳索山便变成卖主的犹大了，前后总共不过六个星期工夫。可他现在要是能够把北佬打得倒退二十英里的话，他包管又会变成耶稣的。我的孩子呀，谢尔曼手下的人马要比约翰斯顿多一倍哩，拿两个人来拼我们一个忠勇的战士，他也尽赔得起。可约翰斯顿却损失不起，他是拼掉一个少一个。他那边急需增援，可是能给他派去什么呢？只有‘布朗州长的心肝宝贝’。这帮子人，能顶个什么用？”

“民团真要出动了？自卫队也会出动吗？我倒还没有听说。你怎么知道的？”

“外边到处有这样的风声。风声是今天早晨米勒奇维尔来的火车上传出来的。据说民团和自卫队都要派去增援约翰斯顿将军了。好哇，布朗州长的那些宝贝大概免不了要去闻闻火药味了，我看他们多数人根本连做梦也没有想到。他们怎么想得到自己还会去打仗呢。州长不等于已经向他们打了包票吗，保证他们绝不会上前线。好，这一下可跟他们开了个大玩笑。他们以为自己保险得很，因为州长对戴维斯总统的命令都顶住了，要他们到弗吉尼亚去他就是不放。说是得留着他们以备保卫本州之用。谁想得到这仗还真会打到他们自己的后院里来，他们还真得去保卫本州呢？”

“哎呀，你怎么还笑得出来，你这个没心肝的！你不想想自卫队里那些老先生和小娃娃！唉，这一来米德家的小菲尔也得去了，连梅里韦瑟爷爷和汉密顿家的亨利伯伯也逃不了了。”

“我又不是在说这些小娃娃和墨西哥战争的老兵。我说的是威利·吉南那样的勇敢的年轻人，平时总喜欢穿上笔挺的军装，舞刀弄剑的——”

“还有你自己！”

“哎呀亲爱的，我才不怕呢。我一不穿军装，二不舞刀弄剑，邦联的命运是吉是凶对我根本无所谓。而且真要说起来，我就是进了自卫队或者什么部队，也不至于就会束手待毙。我在西点军校受过一定的军事训练，这就够我一辈子受用的了。……好吧，但愿老乔能够逢凶化吉。李将军是派不出救兵的了，因为他在弗吉尼亚对付北军还自顾不暇呢。所以眼下约翰斯顿已经无兵可搬，也只有佐治亚的这支州属部队能去增援了。你们实在不应该这样责怪他，他其实倒真是一位伟大的战略家。他哪一次不是设法赶在北军的前头，抢占了要地？可是为了要保护铁路，他又总是不得不往后退。你记住我的话好了：等到他被一步步逼出了山区，退到了这一带比较平坦的地方，他也就只有被彻底歼灭的份儿了。”

“退到这一带？”斯佳丽嚷了起来。“你又没昏，北佬怎么到得了这儿！”

“肯纳索离这儿才二十二英里，我敢跟你打赌——”

“瑞特，快瞧那头！来了好大一群人！可又不是士兵。是怎么回事……？哎呀，都是些黑小子！”

只见迎面扬起一团滚滚的红色尘土，尘雾中传来一片杂沓的脚步声，还有一百多条音色深沉的黑人的嗓子，在那里乱哄哄唱一支圣歌。瑞特就把车靠在路边，斯佳丽看得好生奇怪：这群汗水淋淋的黑人，肩上都扛着铁镐铁锹，旁边还有一个军官带一个班的士兵押队，士兵都是戴的工兵的肩章。

“怎么回事……？”她还是大惑不解。

这时她的眼光无意中落到了前排一个唱歌的黑大汉身上。此人身材有近六英尺半高，俨然如巨人一般，皮色乌黑，走起路来步子轻快有力，好似一头劲头十足的走兽，露出了两排白晃晃的牙齿，在那里领头唱《去吧，摩西》。除了她家庄园里的工头大个子山姆以外，这世上哪儿还会有身材如此魁伟、嗓音如此响亮的黑人啊！可大个子山姆又老远跑到这里来干什么呢？——何况现在庄园里缺了监工，他已经成为父亲的一条臂膀了。

斯佳丽刚探起身来，想要看仔细些，那个彪形大汉却已经看见了她，黑黑的脸上顿时绽开了认出相识的快活笑容。他收住脚步，放下肩上的铁锹，转而向她这边跑来，一边还冲自己身边的几个黑人喊道：“哎呀我的老天！原来是斯佳丽小姐！喂，以利亚！使徒！先知！斯佳丽小姐在这儿哪！”

队伍一下子乱了套。大队人马停了下来，大家都脸挂着傻笑，莫名其妙。大个子山姆在前，另外三个黑大汉在后，一起快步穿过大街跑到马车跟前，押队的军官急了，咋咋呼呼紧随在后。

“归队！归队！大家都给我归队，不然我就要——哎呀是你呀，汉密顿太太。早上好，太太，还有这位先生，早上好！请问二位干吗要煽动他们违抗我的命令，聚众闹事？你们还不知道，这几个小子今天早上已经叫我伤透了脑筋了。”

“喔，兰德尔上尉，不要骂他们嘛！这几个都是我家庄园里的人。这是大个子山姆，是我们家的工头，还有三个叫以利亚、使徒、先知，也都是塔拉庄园的。他们见了我总得跟我说上两句吧。你们都好吗，孩子们？”

斯佳丽跟他们一一握了手，白白的小手落在黑黑的大爪子里影踪全无。那四个人欢欣雀跃，一方面是见了面高兴，一方面也是得意：让同伴们看看他们家的小姐有多漂亮！

“你们从塔拉庄园老远跑到这儿来干什么？一定是逃出来的吧。你们难道就不怕被巡逻队抓住吗？”

他们觉得这话滑稽，快活得哇哇直叫。

“逃出来？”大个子山姆回答说。“什么话呢，小姐，我们可不是逃出来的。是他们派人来要我们的，因为论个头、论力气，在塔拉庄园就数我们四个最大了。”他得意得露出了两排雪白的牙齿。“他们特别要了我，因为我还挺会唱歌。真的，小姐，是弗兰克·肯尼迪老爷来把我们要走的。”

“可要你们来干啥呀，大个子山姆？”

“哎呀，斯佳丽小姐！你还没有听说吗？要我们来开沟呀，说是北佬来了，白人爷们总得有个地方躲躲呀。”

听他把挖战壕说得这样憨直有趣，兰德尔上尉和车上的两位都差点儿笑了出来。

“杰拉尔德老爷听说他们想把我要走，当然不乐意啦，差点儿还发了脾气，他说他要管这个庄园没我不行。可埃伦小姐说啦：‘带他去吧，肯尼迪先生。政府用得着大个子山姆，总比我们这儿要紧。’她还给了我一块钱，要我乖乖的听白人爷们的话。所以我们就来了。”

“兰德尔上尉，这到底是怎么回事？”

“嗳，没什么了不得的事。亚特兰大的防御工事需要加固，这就得再挖上好几里长的战壕。将军前方抽不出人。所以我们就在四乡征发头等精壮的黑人，去顶这项差使。”

“可——”

斯佳丽只觉得打了个冷战，心头突突，隐隐一阵恐惧。得再挖上好几英里长的战壕！为什么还要挖呢？去年一年里，亚特兰大四面八方就筑起了许许多多有大土堡掩护的炮兵阵地，在离市中心一英里外围成了一圈。这些巨大的工事都连着战壕，一英里接一英里的壕沟把整个城市团团围住。现在倒说还要挖战壕！

“可——我们已经筑了这么多工事，还要筑工事干什么呢？就是已经筑好的这些工事，其实也是根本用不着的。将军怎么会——”

“我们现有的工事离市中心才一英里地，”兰德尔上尉不想详谈。“距离太近，不放心——也不保险。目前的工事要挖在外围。因为你瞧，部队再往后一退，就要退到亚特兰大来了。”

这最后一句话，他一说出口就后悔了，因为斯佳丽一听就吓得瞪大了眼睛。

“不过话得说回来，部队是不会再往后退的了。”他就急忙忙又接着说。“肯纳索山那一带的阵地是怎么也攻不破的。半山腰里都架满了大炮，控制了四方的道路，北佬别想过得了这一关。”

可是斯佳丽看见瑞特两道锐利的目光懒洋洋瞅了上尉一眼，上尉的眼睛马上垂了下去，这一下斯佳丽可真是骇然了。她想起了瑞特说过的那句话：“等到他被一步步逼出了山区，退到了比较平坦的地方，他也就只有被彻底歼灭的份儿了。”

“哎，上尉，你看——”

“不会的！不会的！你千万不要多虑。老乔做事喜欢防患于未然。我们再来挖几条壕沟，无非就是这个道理。……好了，我得走了。今天能跟你太太说会子话，真是有幸。……小子们，快跟你们的小姐说声再见，我们要上路啦。”

“再见啦，孩子们。你们谁要是病了、伤了，或者碰到了什么麻烦，可以来给我送个信儿，我就住在桃树街的那头，朝那儿一直走，一直走到市梢头，差不多就是末一家了。等一等——”她伸手到拎包里掏了掏。“哎呀，我一个子儿也没带。瑞特，借我几个钱吧。给，大个子山姆，拿去买些烟大家抽抽。可要乖乖的，听兰德尔上尉的话哟。”

散乱的队伍又排好了，滚滚的红色尘雾又扬了起来，大队人马出发了，大个子山姆把歌又唱了起来：

“去吧，摩西！到遥远的埃及去吧！
去叫那法老
把我的百姓——放掉！”

“瑞特，兰德尔上尉在骗我呢，男人都爱骗人——把真实情况都瞒着我们女人，生怕我们知道了会晕过去。他这难道不是在骗人？你倒说说，瑞特，假如局势并不危急，他们又何必要加挖工事呢？部队里难道人员真这么短缺，竟要用到黑人？”

瑞特吆喝马儿起步。

“部队里缺人缺得可厉害呢。不然又何必要把自卫队派上去呢？至于挖壕沟的事嘛，嗯，万一这里沦为围城，工事大概还是有点用处的。看来将军是准备在这里作最后的抵抗了。”

“围城！哎呀，快把车掉过头去。我得马上回去，回塔拉庄园去。”

“你怎么了？”

“你不是说围城吗！天哪天哪，要成为围城了！围城是怎么回事我是听说过的！爸爸就经历过一回，也可能是爸爸的爸爸吧，反正爸爸对我说过——”

“那是什么地方的事？”

“德罗赫达的事，就是克伦威尔打败爱尔兰人的那一回，[①]弄得城里没有一点吃的，爸爸说街上尽是饿死的人，到后来连猫儿、耗子，以至蟑螂那样的东西都吃了个精光。爸爸说他们一直弄到人吃人也没有投降，不过也不知这话是真是假。后来克伦威尔拿下了那个城市，城里的妇女统统都给——哎呀，真要成了围城，那还了得！”

“像你这样胸中没半点墨水的小姐我倒还是第一次领教。德罗赫达那一仗是一六几几年打的啦，那时候奥哈拉先生连个影儿都还没哩。再说，谢尔曼也不是克伦威尔可比的。”

“是啊，谢尔曼还要坏多哩。据说——”

“至于爱尔兰人在围城里所吃的那些异味嘛——依我看，与其让我吃旅馆里最近供应的那号膳食，我倒情愿来一客烧得入味些的浓汤耗子。看来我是只好回里士满去了。在那儿只要你有钱，好饭好菜总还是吃得到的。”看他的眼神，分明是在嘲笑她的一脸恐惧之色。

发觉自己惊惶的神情都已被人看在眼里，斯佳丽便含嗔大声说道：

---

①德罗赫达在爱尔兰的东海岸。这一仗是 1649 年打的，当时英国新贵族集团的代表人物克伦威尔(1599—1658)，处死国王查理一世，宣布成立共和国，同时残酷镇压爱尔兰的民族起义。

“是呀，你本来又何必一直赖在这儿不走呢！你说来说去，图的不就是享受，不就是口福，不就是——不就是这一套！”

“我觉得人生在世，最愉快的就莫过于享口福，就莫过于——莫过于这一套！”他说。“至于说我为什么留在这儿不走，这也有个道理——是这样的：什么兵临城下啦，什么困守孤城啦，等等等等，我在书上读到过不少，可就是没有亲眼见到过。所以我就想留在这儿看看。我是非战斗人员，不会有危险。再说我也真想实地体验体验。从来没有体验过的生活，可千万不要放过体验的机会哟，斯佳丽。那是很能增长见识的。”

“还要叫我增长见识？”

“这一点恐怕还是你自己最清楚，不过依我看——不，这话说出来太不恭敬了。另外，我留在这儿或许还可以做件事：一旦城市被围，我就可以来救你。搭救落难小娘子，这样的事我生平倒还没有干过。这也可以说是一种从来没有体验过的生活吧。”

斯佳丽知道这话是在揶揄她，可又感觉到话里确也有几分认真的意思。她就把头一扬。

“我才用不着你来救我呢。我自己能照顾，多谢你啦。”

“别把话说得太绝了，斯佳丽！你有这种想法尽管放在肚子里，可千万不能冲着一个男人说这样的话。北佬的姑娘就是这样的毛病。她们本来倒是挺讨人喜欢的，可就是非要对人说‘自己能照顾，多谢你啦’这一类的话。所幸她们一般倒也不是空口说大话。所以男人家也就让她们去自己照顾自己了。”

“你还有完没完哪，”斯佳丽冷冷地说。把她比作北佬的姑娘，真是个莫大的侮辱。“什么围城不围城的，我看你都是十足的胡扯。你明知道北佬永远也别想打到亚特兰大。”

“我可以跟你打个赌，我说他们不出这个月准到。我输了给你一盒夹心糖，你输了给我——”他乌黑的眼珠一溜，目光落到了她的嘴唇上。“你输了给我亲个嘴。”

刚才担心北佬真会打到亚特兰大，她的心不觉揪紧了片刻，可是一听到“亲嘴”两字，她把恐惧都抛到了九霄云外。这种话题她才在行，比谈打仗什么的要有趣多了。心里喜滋滋的，好容易才忍住了没让笑容露出来。瑞特自从那天送了她一顶翠绿的帽子以后，就始终没有对她作出过半点可以被看作是求爱的表示。她用尽了心计，也逗不出他一句调情的话，可是现在，她没挑没撩，他倒自己提起亲嘴来了。

“我可不想听这种调情话，”她做出一副皱眉头的样子，冷淡地说。“再说，跟你亲嘴倒还真不如去跟一头猪亲嘴。”

“人各有所好嘛，我一向听说爱尔兰人对猪特别有感情——甚至还把猪养在自己床底下哩。可斯佳丽呀，我知道你心里其实是非常想亲嘴的。你老是不顺心，原因也就在这里。你的那帮‘护花使者’，不知道是因为太敬重你呢（天知道他们为什么要对你这样敬重），还是因为怕你，反正他们奉承你就是奉承不到点子上。结果你就老是把嘴噘得高高的，弄得人家受不了。你是应该有个亲嘴的人了，而且对方得是个精于此道的人。”

话愈谈愈不合她的意了。跟他说话，总是这样。总像一场角斗，打得她败下阵来。

“你大概以为只有你才有资格吧？”她好不容易按下了怒气，用挖苦的口吻问。

“如果我不是怕麻烦，我本来倒也很有这样的意思，”他若无其事地说。“人家都说我对亲嘴之道还很有些研究哩。”

“哼！”见他对如此花容玉貌居然不屑一顾，斯佳丽火冒了。“好啊，你……”可是她的眼睛马上低了下去：她突然弄迷糊了。因为看他虽然在笑，可是那乌黑的眼睛深处却分明微光一闪，像是刚冒起了一朵火苗。

“我知道，你心里大概一直在嘀咕：那天我送了你一顶帽子，规规矩矩把你略略一亲以后，为什么我就没有进一步的行动了呢——”

“我可没有——”

“那你就不是个老实的姑娘了，你这话我听着也难过。真要是老实的姑娘，见男人不想来跟自己亲嘴，没有不犯嘀咕的。她们知道姑娘家想要男人来亲嘴是要不得的，她们也知道万一被男人亲了嘴就必须做出受了污辱的样子，可其实她们的心里还是巴不得能有男人想来亲亲。……好吧，亲爱的，别泄气。我总有一天要跟你亲嘴的，包你满意就是。但是现在还没到时候，所以请你不要太性急了。”

她知道这都是玩笑话，可是他的玩笑话照例总会惹得她一肚子气没处出。因为他说的往往全是事实，何尝有一点胡说呢。好了，不跟他磨嘴皮子了。以后万一他要是无礼，胆敢对她放肆的话，她就好好地羞他一顿。

“请你掉头往回赶好不好，巴特勒船长？我想要回医院去了。”

“当真，我救死扶伤的天使？这么说，跟虱子污水打交道还是比跟我说话有意思咯？好吧，既然人家心甘情愿为‘我们的光荣事业’效力，我怎么好拉后腿呢。”他拨转马头，车子又奔回五角场去了。

“至于我何以没有采取更进一步的行动，”尽管斯佳丽已经作出谈话到此为止的表示，他却只当没有看见，还是死皮赖脸继续往下说，“那是因为我想等你再长大点儿。要知道，现在就跟你亲嘴没多大趣儿，我是自私得很，只管自己快活，不顾别人的。跟小孩子亲嘴，我可不想！”

他从眼角里瞟见她气鼓鼓不作一声，胸脯剧然起伏；他想笑又忍住了。

“还有，”他轻轻地又接着说，“我想等那可尊敬的阿希礼·韦尔克斯从你的记忆中消失。”

听见他提起阿希礼的名字，斯佳丽突然感到心里一阵悲痛，热辣辣的眼泪刺得眼睑生疼。消失？阿希礼的形象才不会从她的记忆中消失呢，死了一百年也不会消失。她想起阿希礼受了伤，此刻正半死不活地躺在远方一个北军的监狱里，没有毛毯盖，也没有亲人紧握着他的手，可是自己身边的这个人呢，却是一副吃得饱饱的模样，说起话来慢声懒气，露骨地带着嘲讽，她愈想愈觉得这个人可恨。

她气得说不出话来，两个人坐在马车上半晌不作一声。

“现在，我对你和阿希礼之间的关系已经了解得八九不离十了，”

后来瑞特又开了口。“我最初是在十二棵橡树庄园碰巧撞见了你那个有欠高雅的场面，从此就随时注意观察，居然还有了不少发现。要问是什么发现？喏，比如说，发现你对他依然怀有女学生那样的浪漫感情，他呢，也礼无不答，只是并不逾越他高尚的人品所容许的限度。又比如说，我发现韦尔克斯太太对此还完全蒙在鼓里，你呢，却一直在暗里要手腕欺骗她。我了解得真可说了若指掌，只是有一件事还不知道，我倒很想问问。不知道可尊敬的阿希礼有没有跟你亲过嘴，致使这位灵魂高洁的先生终不免有行止有亏之讥？”

他得到的回答是扭过头去，死死不出一声。

“啊，好极了，这么说他果然跟你亲过嘴了。这大概是他回来休假那会儿的事吧。他很可能已经不在人世，所以你就把这段秘密珍藏在心中。不过我相信你日久还是会忘记的，等你把他的一吻忘了以后，我就——”

斯佳丽回过头来，怒不可遏。

“你——给我滚，”她绷足了全身的力气说，绿莹莹的眼睛喷射出怒火。“让我下车——不然我可要往外跳啦。从今以后我再也不跟你说话了。”

瑞特把车停住，可是还没来得及下车来扶她，斯佳丽早已一跃而下。她的裙箍却不小心叫车轮钩住了，于是里边的衬裙、裤子，一时就尽露在五角场的众目睽睽之下。瑞特赶快探身过来替她解开。她一言不发转身就走，连头也没回，瑞特轻轻一笑，也就催马走了。

第18章

亚特兰大能听见枪炮声，可还是开战以来的第一次。清早，烦嚣的市声尚未苏醒，此时肯纳索山的炮声便依稀可闻，声音很远，很轻，隐隐然隆隆的一阵阵，叫人只当是夏天的闷雷。偶尔也会来一两声轰然巨响，那即使在日中时分，也会盖过了车马的喧阗，直送到耳里。对此大家都尽量避而不听，都只管有说有笑，只管办自己的事，只当并没有北佬的大兵压境，近在二十二英里之外，然而尽管如此，耳朵却总是不由自主地竖起在那里听。城里的人都是一脸心不在焉的神气，因为他们不管手里在忙什么，耳朵可总是在听，一刻不停地在听。一天也不知有多少回，心头往往会突然一阵怦怦乱跳。炮声是不是响点了？还是自己的心理作用呢？约翰斯顿将军这回能不能顶住呢？到底能不能顶住呢？

有说有笑只是一层薄薄的外表，骨子里的恐慌才是真格的。在部队后撤的日子里绷得一天紧似一天的神经，如今已绷到快要断裂的程度了。谁也不敢道出自己内心的忧虑。那已经成了个禁忌的话题，但是紧张的神经也自有其发泄的办法，那就是对约翰斯顿将军提出猛烈的抨击。群情激愤，达到了狂热的地步。谢尔曼已经打到亚特兰大的门口啦。再往后退，邦联的大军就要退到城里来啦。

给换一个不退不跑的将军吧！给换一个宁肯死守死拼的好汉子吧！

在远方的隆隆炮声中，“布朗州长的心肝宝贝”州民团，连同当地的自卫队，终于一起开拔出城了，任务是去防守约翰斯顿背后查塔霍奇河上的桥梁和渡口。那是一个乌云密布的阴天，队伍穿过五角场顺着通向玛丽埃塔的大路开去时，天下起毛毛雨来了。满城百姓都出来送行，桃树街两旁铺子门前的遮阳板下密密层层站满了人，都强打起精神来欢送。

在医院里帮忙的斯佳丽和梅贝尔·梅里韦瑟·皮卡尔，今天也请准了假前来送行，因为亨利伯伯和梅里韦瑟爷爷都在自卫队里。她们俩跟米德太太一起挤在人群中，都踮起了脚，好看得清楚些。斯佳丽虽说也不脱一般南方人的心理，对战局的发展总是只愿相信那些最中听、最乐观的说法，可是今天看着面前开过的这支杂牌军，她的心也不禁凉了半截。这帮乌合之众，老的老，小的小，按说都是应该留在后方的，如今也奉命出动了，可见局势必已处于万分危急的境地！开过的队伍里固然也有年富力强之辈，一身上层民团组织的漂亮军装，帽上羽毛轻晃，腰里彩带飘然。然而更多的却是些老的小的，斯佳丽见了他们，感到又是怜悯又是忧虑，连心都揪紧了。有些白胡子老头年纪比她父亲还大，却还摆出一副精神抖擞的样子，迎着牛毛细雨，跟着鼓笛的节拍，随队前进。梅里韦瑟爷爷为了挡雨，把梅里韦瑟太太最考究的方格披肩披在肩上；他就排在第一排，看见斯佳丽她们，便咧嘴一笑权作招呼。斯佳丽她们也挥舞手绢，装着快活的口气对他高喊再见；不过梅贝尔还是忍不住抓着斯佳丽的胳膊，悄声说道："唉，可怜的老爷子呀！遇上一场厉害些的暴风雨就会要了他的命！他这腰痛的老毛病——"

亨利伯伯就在梅里韦瑟爷爷的后面一排，高高的翻起了那黑长袄的领子护着耳朵，腰里别了两把还是跟墨西哥打仗时用过的手枪，手里提了一只小毡包。在旁边同行的是他的黑人跟班，也快有那么一大把年纪了，撑起了一把雨伞两个人合用。跟这些老长辈并肩走在队伍里的还有许多不大的小伙子，看去都还没有过十六岁。内中有不少是逃出了学校来投军的，偶尔还有身穿军校学员制服的，这儿一堆那儿几个，紧巴巴的灰军帽上黑色的羽毛沾满了雨水，斜挂在当胸的洁白的帆布带淋得都湿透了。菲尔·米德也就在其中，他自豪地佩上了为国捐躯的兄长的马刀和马枪，在帽子的一侧插了一支很有气派的鸟羽。米德太太又是微笑又是挥手，好容易撑到儿子走过了，便脑袋一歪，靠在斯佳丽的肩膀上，半晌也抬不起来，仿佛浑身的力气一下子全泄走了似的。

队伍里很多人简直就是赤手空拳去的，因为上边根本发不出枪支弹药。这些人就只能指望有北佬被杀被俘，好夺取他们的武器来装备自己。不少人靴统里插了把长猎刀，手里执一根装有铁枪头的粗长木棒，号称"布朗枪"。只有些幸运儿，才肩上挎着把老式的燧发枪，皮带上挂着个牛角的火药筒。

约翰斯顿将军在撤退中折损了士兵近万人。他需要补充一万生力军。可是现在给他的就是这样的料！——斯佳丽想到这里，心都寒了。

炮队隆隆而过，溅起的泥浆纷纷向送行的人群里飞来，正在这时，一门大炮旁边有个骑骡子的黑人引起了她的注意。那是一个肤色有如鞍革的年轻黑人，一面孔正经的样子。斯佳丽仔细一看，喊了起来："这不是摩西吗！这不是阿希礼的摩西吗！他到这儿来干什么呀？"她拼命挤出人群，来到路边，高声喊道："摩西！停一停！"

那年轻黑人看见了她，连忙收住缰绳，喜笑颜开的，便想跳下骡子来。背后一个浑身湿透的骑马士官喊道："嗨，小子，不许下，下来我就崩了你！队伍得限时限刻赶到山里。"

摩西一时拿不定主意。望了望士官，又望了望斯佳丽，斯佳丽就踩着泥浆，来到炮车滚滚而过的街心，一把抓住摩西的镫皮带。

"啊，士官，我只要说上两句话！你甭下来了，摩西。我问你，你到这儿干什么来啦？"

"我又要去打仗啦，斯佳丽小姐。上回跟阿希礼少爷去，这回可是跟约翰老爷去啦。"

"是韦尔克斯先生！"斯佳丽听了一愣。韦尔克斯先生已是快七十的人了。"他在哪儿？"

"在炮队的末尾，斯佳丽小姐。还在后边哪！"

"对不起，小姐。快走吧，小子！"

斯佳丽踩在直没到脚脖子的泥浆里，愣了好一会儿，木然看着一门门炮在面前摇摇摆摆拉过。心里想：哎呀，怎么会呢！不可能吧。老爷子都那么大年纪了。再说他也跟阿希礼一样是不赞成打仗的！她就朝路边退了几步，对列队而过的人逐个细细辨认。终于，最后一门大炮由弹药车拖着，一路泥水四溅的，嘎吱嘎吱来了，在炮后她果然看见了老爷子，瘦细的身板挺得笔直，一头长长的银发水淋淋的贴在脖梗子上，骑着一匹枣红的小骒马，神态自若。那马在泥潭里走得十分当心，其步态之优美简直就像一位遍体绫罗的贵妇人。哎呀——这马不就是耐利么！是塔尔顿太太的耐利！是贝特丽丝·塔尔顿心爱的宝贝呵！

韦尔克斯先生看见烂泥路上站着斯佳丽，乐呵呵一勒缰绳，下马向她走来。

"我正想要见你呢，斯佳丽。府上各位有好多口信要我带给你。可惜时间来不及了。我们是今天早上才集中的，可是你瞧，他们急急忙忙就赶着我们出发了。"

"哎呀，韦尔克斯先生，"斯佳丽抓住了他的手，急得什么似的嚷嚷着说。"你就别去了！你有什么必要去呢？"

"啊，这么说你是嫌我太老了！"他说着微微一笑，那简直就是阿希礼的一笑，只是脸儿显得老些而已。“我年纪是大些，行军也许是不行了，可骑马打枪还行。而且承塔尔顿太太的情把耐利借给了我，所以我胯下还有良骑。我只希望耐利此去平安无事，不然万一有点什么闪失，叫我回去怎么向塔尔顿太太交代呢。老太太也只有这样一匹马了。”为了驱散斯佳丽的忧虑，他说到这里故意哈哈一笑。“你爸爸、妈妈、妹妹都好，他们都托我问你好呢。你爸爸今天差一点也跟我们一块儿来了。”

“哎呀，爸爸怎么能来呢！”斯佳丽吓得叫了起来。“爸爸怎么能来呢！他该不会去打仗吧？”

“现在不去了，不过本来倒是打算去的。他虽然自知有膝关节强直的毛病，走不了远路，可还是一定要骑着马跟我们一块儿去。你妈妈同意了，条件是只要他跳得过牧场的篱笆，说是因为到了部队里高处得上、低处得下，这马可不好骑哩。你爸爸心想跳一道篱笆还不容易，可是——偏有这样的事你信不信？他的马一到篱笆跟前，就突然四脚一停，害得你爸爸一个前翻，当场摔下马来！他居然没有把脖子摔断，真是个奇迹！你知道他是个倔脾气。当时就一骨碌爬起来再干。嗨呀，斯佳丽，他十十足足摔了三跤，这才让你妈妈和波克扶上床去躺着。为了这事他恼火极了，说一定是你妈妈‘悄悄指使那畜生这么干的’。其实按你爸爸的情形，也确乎不够上前线的条件，斯佳丽。所以你也不必觉得有什么不光彩的。反正家里也总得留人，好种出粮食来供应军需吧。”

斯佳丽根本不觉得有什么不光彩，倒是大有如释重负之感。

“我把印第亚和霍妮打发到梅肯去住在伯尔家了，十二棵橡树庄园现在就托你爸爸分神代为照管一下。……我得走了，亲爱的。让我亲亲你漂亮的小脸蛋吧。”

斯佳丽仰起了嘴唇，嗓子眼里一阵难受，一句话也说不出来。她太喜欢韦尔克斯先生了。当初她还满想做他的儿媳妇呢。

“务请代我转达：这一下是亲佩蒂帕特的，这一下是亲玫兰妮的，”他说着又把她轻轻亲了两下。“玫兰妮好吗？”

“很好。”

"那就好。"他眼睛望着她，可是那眼光也跟阿希礼的眼光一样，似乎透过了她的身子，望着她的身后，两只漠然的灰色的眼睛望着的是另一个世界。"我要是能够见到我的第一个孙儿辈，该有多好啊。再见啦，亲爱的。"

他返身上马，缓缓驰去，帽子还拿在手里，满头银发一任雨淋。斯佳丽回到了梅贝尔和米德太太的身边，这才突然辨出了他最后两句话的含义。她感到不祥，心里害怕极了，就赶紧在胸前画了个十字，想做个祷告消消灾。老爷子这话是自分必死的意思，当初阿希礼也提到过死，而如今阿希礼就……死可是万万提不得的！提死，就是自己招灾惹祸。她们三个人冒雨默默返回医院的时候，斯佳丽就在心里祈祷："主啊，不要把他一块儿召去吧。不要把他跟阿希礼给一块儿召去吧！"

五月初开始从多尔顿撤退，退到肯纳索山是六月中的事，湿热多雨的六月过去了，谢尔曼还是没能把据守在陡峭泞滑的山坡上的南军赶掉，于是希望又悄悄抬头了。大家的心情都高兴了些，提到约翰斯顿将军时话也说得好听了些。过了多雨的六月便是雨水更多的七月，拼死据山坚守的南军打得谢尔曼依然寸步难进，这时亚特兰大人可真是欣喜若狂了。他们被希望冲昏了头脑，好像喝多了香槟一样。好哇！好哇！到底把他们给顶住啦！一时东也设宴，西也跳舞。只要前方来了三五人员在城里过夜，总会有人设宴款待，宴后又总要跳舞，舞会上女士总要十倍于男宾，现在倒是女的要来奉承男的，抢着跟他们跳舞了。

亚特兰大挤满了外来的人口，有探亲的，有逃难的，有受伤住院的士兵的家属，也有些做妻子的和做母亲的，唯恐亲人万一受了伤无人照看，因而也来到了这里。另外，四乡的美貌娇娃也都成群结队进城来了，因为现在四乡剩下的男人要么还不到十六，要么已六十出头。对这些外来的美貌娇娃，佩蒂姑妈是大不以为然的，她认为这些人到亚特兰大来无非是为了抢个丈夫：这样不要脸的事都干得出来，这世界真不知道会弄成个什么样子！斯佳丽也很不以为然。她倒不怕这班黄毛丫头来跟她展开激烈的竞争，她们还不都是仗着脸儿嫩、笑得甜，其实看看她们的身上，衣裳都是一改再改的，鞋子都是打了补丁的。她自己由于有瑞特最后一船货给她带来的料子，所以衣服比一般人漂亮，也比一般人新些。不过话要说回来，自己已经十九了，毕竟不是很年轻了，男人家的脾气，就是喜欢追求傻里傻气的年轻妞儿！

她心里有数：一个寡妇人家且又拖着个孩子，跟这些花枝招展的狐媚子比起来是吃了亏的。可是在这一段兴高采烈的日子里，她倒并没有像往常那样感到做寡妇、有孩子是背着个沉重的包袱。白天要在医院上班，晚上要参加宴会舞会，忙得她整天见不到韦德一面。有时候竟至于忘了自己还有个孩子，一忘记就是好几天。

在这些炎热而多雨的夏日的夜晚，亚特兰大家家户户向本城的保卫者——军人敞开了大门。从华盛顿街到桃树街的宏伟宅第都是灯火辉煌，在那里款待从战壕来到城里的泥污满身的战士；班卓琴和着小提琴，嚓嚓的舞步声夹着轻轻的笑声，透过夜色直飘到远远以外。一群群人簇拥在钢琴旁，一条条歌喉起劲地唱着语带伤感的《来信虽到惜已迟》，破衣烂衫的有情郎情意绵绵地望着手摇羽扇、掩面而笑的姑娘，求她们不要迟疑不决，错过了良缘。那班姑娘只要不是万不得已，谁也不会迟疑。歇斯底里的狂欢和亢奋如浪潮席卷了全城，有情人都匆匆成了眷属。约翰斯顿把敌军阻遏于肯纳索山下的那个月，这里结婚的人可多了，新娘无不喜滋滋羞红了脸，一身漂亮的打扮都是仓促间从十来位诸亲好友那里分头借来的，新郎则马刀晃荡，尽往膝盖处的裤子补丁上撞。那么多的喜筵，热闹极了！有劲儿极了！太好了！约翰斯顿终于在二十二英里外把北佬给挡住了！

是的，肯纳索山一带的防线是难以攻破的。经过了二十五天的激战，连谢尔曼将军对此也深信不疑了，因为这一仗他的伤亡极为惨重。他就不再从正面进攻，而是用老办法来一个大迂回大包抄，打算把部队直插到南军阵地和亚特兰大的中间。这一着果然又奏了效。约翰斯顿为了保护后方，不得不把坚守未失的山头阵地忍痛放弃了。这一仗他损失了三分之一的兵力，剩下的疲惫的人马只好拖着沉重的步子，冒雨朝查塔霍奇河的方向转移。南军已经再也无兵可增了，而北佬则现已控制了从田纳西往南一直到前线的铁路，所以谢尔曼天天都有援军开到，有给养补充。就这样，南军的部队终于撤到了泥泞的平野上，快撤到亚特兰大的跟前来了。

本来以为是坚不可摧的阵地一下子丢掉了，亚特兰大顿时又掀起了一阵惊慌。亚特兰大人欢天喜地度过了二十五天，本来彼此一谈起来就把胸脯一拍：这块阵地决丢不了。而如今竟然丢掉了！约翰斯顿将军这一回总该在查塔霍奇河的对岸把北佬顶住了吧。可也真是的，查塔霍奇河就近在跟前，离城只有七英里路了！

但是谢尔曼再一次采取侧面包抄的策略，绕到上游去偷渡，累极了的南军士兵只得急急忙忙撤过这条黄水小河，再一次堵住敌军进犯亚特兰大的去路。他们在城北桃树溪的溪谷里匆匆挖了些浅浅的战壕，建立起了防御阵地。亚特兰大人发急了，恐慌了。

打一仗就退！打一仗就退！你退一次北佬他就逼近一步。桃树溪离城只有五英里了！这位将军心里到底在打些什么主意？

“给换一个宁肯死守死拼的好汉子吧！”呼声一阵阵直传到里士满。里士满的首脑们知道亚特兰大要是一旦失守，这仗就算输定了，所以部队渡过了查塔霍奇河以后，约翰斯顿将军就被解除了指挥权。接任指挥官的是他手下的一位军长，叫胡德将军，亚特兰大人这才算稍稍舒了一口气。换上胡德就不会后退了。这个长须飘拂、目光炯炯的高个儿肯塔基人，是绝不会往后退的！他是一员出名的猛将。他一定能把北佬赶出桃树溪，对，还要赶过查塔霍奇河，要顺着来路一直往回赶，不折不扣地赶回到多尔顿。然而在部队里却响起了另一种呼声：“还我老乔！”因为将士们从多尔顿一路千辛万苦转战至此，始终跟老乔在一起，部队处境之艰难老百姓不知道，他们可是知道的。

谢尔曼根本不让胡德有部署进攻的时间。就在南军阵前易帅的第二天，这位北军将领便以神速的动作一举攻克了距亚特兰大六英里处的小镇迪凯特①，切断了那里的铁路线。这条铁路可是亚特兰大通查尔斯

①迪凯特位于亚特兰大以东。

顿、通威尔明顿、通弗吉尼亚的要道。谢尔曼这一拳头，真把南部邦联给打瘸了。再不反击更待何时！亚特兰大人嚷嚷着要求反击！

终于，在一个火热的七月的下午，亚特兰大人算是如了愿。胡德将军不甘死守。他干脆在桃树溪一带向北佬发起了猛烈的进攻，把守在战壕里的部队全部拉出来，向兵力超过一倍有余的谢尔曼所部狠命扑去。

这天亚特兰大人真是心惊胆战，只求胡德进攻得手，把北佬打退。人人都在留心听那隆隆的炮声和劈劈啪啪的密集枪声，虽说战场离市中心有五英里之遥，声音听来却响得简直像只隔着一条街一样。不但大炮隆隆清晰可闻，抬头还可见天边滚滚的浓烟，像低垂的黑云压在树梢。可是几个钟头过去了，谁也不知道胜负如何。

到傍晚才传来第一批消息，不过消息都还不大确切，也不尽一致，叫人听得毛骨悚然，因为那都是在战斗之初就负了伤的伤兵带来的。起初伤兵是断断续续来的，有的单身一人，有的结伴而行，伤势较轻的搀扶着行走不便的。可是过不多久，便汇成了一股再无间断的人流。硝烟的污迹混着尘土和汗水，他们的脸儿都黑得活像黑人；没有绷带包扎，他们的伤口都血污干结，苍蝇麇集——都是这样的伤兵，千辛万苦一步步挪到城里，去投医院。

佩蒂姑妈家在市梢头，北来的伤兵进城必先到那一带。他们一个又一个打着趔趄来到大门口，身子往绿草坪上一倒，便沙哑着嗓子乞求：

“给我点水喝！”

那天下午天热得像火烧，佩蒂姑妈带领全家忙了整整一下午，黑人白人一齐出动，打了水，拿来了绷带，冒着烈日，舀水给他们喝，替他们包扎伤口，一直包扎到绷带用完，连被单都撕光了，毛巾也都用得一条不剩。佩蒂姑妈本来是见了血就要晕倒的，现在也根本顾不得了；她亲自动手，一直干到那双小脚都肿了起来(她的鞋子本来就嫌小)，再也站立不住。连如今已经大腹便便的玫兰妮，也顾不得害羞，跟着普莉西、厨娘和斯佳丽一起拼着命儿干起来，看她神情之紧张，也决不下于那班伤兵。后来她终于晕了过去，可那时也只能把她扶到厨房里，让她躺在长桌上了，因为屋里张张床上都是伤兵，连椅子和沙发都没有一只空的了。

在忙忙乱乱中大家都把小韦德给忘了，小韦德一个人蹲在前门廊的栏杆后边，好像一只关在笼子里的惊惶的野兔，吓得瞪大了眼睛，紧瞅着草坪上，大拇指含在嘴里，不住打嗝。一次被斯佳丽看见了，做娘的就厉声喊道："快到后院里玩儿去，韦德 · 汉普顿！"可是孩子看到面前这乱糟糟的景象吓坏了，也吓呆了，蹲在那儿就是不去。

草坪上躺满了横七竖八的人，都筋疲力尽，又带着伤，不但走不了路，连动弹的力气都没了。彼得大叔就把这些人装上马车，送往医院；跑了一趟又一趟，连那匹老马都跑得遍体是汗。米德太太和梅里韦瑟太太也派了自己的马车来，一起帮着运送：满车满车的伤兵，压得马车的板簧直往下沉。

漫长、炎热的夏日的黄昏降临了，暮色中路上响起一阵车声辘辘，那是前方的救护车来了，还有军需车，顶上张着泥污的帆布。再后面是农家的大车、牛车，连私人的自备马车都有，全是被军医队征来的。道路不平，车子都颠啊跳的，车上装满了受伤的和垂死的人，滴滴答答的血一路洒落在红色的尘土里。车队从佩蒂姑妈家的门前过，看见这里有几个女人摆着水桶、手执水勺，车子便都停了下来，大声的呼喊、轻微的乞求，顿时响成一片，说的都是同一句话：

"给我点水喝！"

伤兵们连头都抬不起来，斯佳丽只好托起他们的脑袋，让他们枯焦的嘴唇能喝上几口；他们满身尘土，又发着烧，她就提起水桶，把水往他们身上浇去，冲冲他们的伤口，也好让他们稍稍松快上片刻。她还不忘记到赶救护车的车夫那儿，踮起脚来把勺子递上去，见一个就要心急火燎地问一个："情况怎么样？情况怎么样？"

得到的回答总是一个样："还不清楚，小姐。现在还很难说哪。"

天黑了。今夜天气闷热，没有一点风，加以黑人手里又都打着亮晃晃的松枝火把，故而越发感到热了。斯佳丽两鼻孔黏糊糊的尽是尘土，两嘴唇也干巴巴的尽是尘土。一身淡紫色的印花布衣裳是今儿早起才换上的，原是那么干净挺括，如今却斑驳一片，沾满了血污和汗渍。阿希礼的信上说打仗不是什么光彩的事，而是肮脏的事、痛苦的事，看来就是这个意思了。

斯佳丽神困力乏，她觉得眼前的事就像做梦，就像在做一场恶梦。人世间怎么会有这样的事呢——真要有这样的事，那准是世上的人都疯了。要说是梦吧，她这不明明是站在佩蒂姑妈的宁静的前院里？不明明是在摇曳的火光下给气息奄奄的男朋友身上浇水？对，是男朋友，这里有那么许多是她的男朋友，他们见了她都还强作笑脸呢。从这条尘土迷漫的昏黑路上车晃马颠送来的，有那么许多是她的熟人，此刻满面血迹、饱受蚊叮虫咬、眼看着已落得半死不活的，又有那么许多是跟她一起跳过舞、逗过乐的人，她给他们弹过琴、唱过歌，还拿调皮话揶揄过他们，温存话安慰过他们，而且对他们还——不无好感呢。

在一辆牛车上，她发现压在最底下的伤员里就有凯里·阿什伯恩，头上有个枪伤，已只剩得一口气了。可是她没法弄他出来，因为要动他一个就得另外搬开六个，所以结果只好由着他给随车送往医院。后来听说他还没来得及等医生来看，就咽了气，死后也就给草草埋了，谁也说不准到底葬在哪儿。那个月奥克兰公墓里也不知总共埋葬了多少人，墓掘得很仓促，自然都深不了。玫兰妮心里一直很难过：她们始终没有能替凯里剪下一绺头发来，寄给他在亚拉巴马的妈妈。

炎热的夜晚渐渐深了，她们累得背都痛了，膝头也挺不直了，可斯佳丽和佩蒂还是见人就大声问："情况怎么样？情况怎么样？"

一直等到半夜已过，才打听到了准信。一听到这个消息，两人就脸色煞白，面面相觑。

"我们退下来了。""不退不行呀。""他们人要比我们多几千。""北佬把惠勒[①]的骑兵队分割包围在迪凯特附近。我们得派救兵去啊。""我们的部队快都要撤进城里来啦。"

斯佳丽和佩蒂吓得脚都软了，赶紧相互一把扶住。

"这么说——这么说北佬要打过来？"

"是啊太太，是要打过来，不过他们成不了多大气候的，太太。"

① 约瑟夫·惠勒(1836—1906)，当时南军的骑兵部队司令。中将衔。

“别急，小姐，亚特兰大他们是打不下的。”“打不下的，太太，城外的工事厉害着哪。”“我亲耳听见老乔说来着：‘有我亚特兰大就丢不了。’”“可我们现在不是老乔带兵了。现在带兵的是——”“别胡说，你这个傻瓜蛋！你要吓坏了太太们还是怎么着？”“北佬永远也休想拿下这个城市，太太。”“太太，你们何不到梅肯那一带去避一避呢？那一带要安全些。你们没有亲戚在那儿吗？”“北佬是打不下亚特兰大的，不过话要说回来，他们一打，太太们的日子怕不怎么好过呢。”“打起炮来够厉害的。”

第二天下雨，一派热气蒸腾，败军冒雨退入了亚特兰大，成千上万的士兵如潮涌过，经过七十六天且战且退，连饥带累，他们都已熬得筋疲力尽。他们的马匹都饿得只剩了骨架，靠了些碎绳子、断皮条，勉强把大炮和弹药车拖在背后。但是他们败而不溃，退而不乱，依然行进有序，衣衫褴褛却意气扬扬，破碎的大红战旗在雨中招展。他们在老乔的麾下学会了退兵之道，老乔用兵不仅进攻有谋，且亦退兵有方。这支破衣烂衫、胡子拉碴的队伍，当下跟着《马里兰！我的马里兰！》的节拍大摇大摆从桃树街上开过，全城百姓闻讯一齐出来欢迎。不管是胜是败，这可终究是他们自己的队伍啊。

不久前才开上去的州民团，本来军服崭新、好不光彩，现在也弄得那么乌七八糟，跟这些正规部队的老兵难分彼此了。他们的眼神里出现了一种从未有过的表情。三年来的百般辩解，为自己不上前线寻找理由，如今都可以甩在脑后了。他们已经抛弃了后方的安宁，去换取了作战的艰辛。其中有不少人还抛弃了生的欢乐，去换取了死的痛苦。他们现在是经过了大阵势的军人了，虽然只打过一仗，可还是经过了大阵势的，他们的表现可不含糊。他们在欢迎的人群里找到了熟人面孔，便以自豪的、挑战般的眼光对着他们直瞅。他们的头现在抬得起来了。

自卫队里的老老小小也走过去了，老的已经累得连腿都快提不起来了，小的苦着脸，仿佛小孩子过早遇上了成年人的问题，感到疲于应付。斯佳丽看见了菲尔·米德，差点儿要认不出他了；墨黑的脸上尽是硝烟和尘垢，从那紧皱的眉头可见他的劳累。亨利伯伯一瘸一拐过去了，他没有了帽子，拿一块旧油布剪个洞套在脖子里，脑袋却只能淋在雨中。梅里韦瑟爷爷则坐在一辆炮车上，脚上没鞋，裹着些拼拼缀缀的布条儿。但是她找来找去，就是不见约翰·韦尔克斯的踪影。

然而约翰斯顿的部下老兵却一律迈着坚韧而豪迈的步伐，三年来他们始终就是迈着这样的步伐，他们至今还劲头很足，看见有漂亮的姑娘就咧咧嘴、挥挥手，看见有不穿军装的男人就喊上几句粗话挖苦挖苦他。他们如今的任务是去防守环城的工事——这里的工事可就不是那么几条匆匆赶挖起来的浅沟了，那都是高可齐胸的土工作业，上堆沙袋加固，顶上还排着尖木桩。红土沟顶上垒起了红土墩，绵延不绝的战壕环绕全城，只等着来守的人。

群众就像欢迎凯旋归来的部队一样欢迎了他们。大家心里虽说都很忧虑，可是情况既已摆明在眼前，形势既已坏到了这一步，战火既已烧到了前院，城里百姓的态度也发生了变化。那种惶惶之态，那种歇斯底里之状，如今已经看不到了。心里是什么滋味，现在都不形之于色了。大家都显出了高兴的神气，尽管这高兴是硬装出来的。大家都想在部队的面前表现出一副信心十足的勇敢样子。大家都很喜欢学着老乔讲他临解职前讲的那句话："有我亚特兰大就丢不了。"

既然胡德还是得往后撤，不少群众也就跟士兵们一样想法，倒很希望老乔能够复出了，不过他们都把话放在肚子里，只是用老乔的话来给自己鼓气：

"有我亚特兰大就丢不了！"

约翰斯顿将军的那种小心谨慎的战术，胡德是一概斥而不用的。他对北军东也猛攻，西也进击。谢尔曼就把亚特兰大逐步包围，好比一个摔跤运动员，想伺机再把对手揪住。胡德不是守在工事里，等待北军攻来，而是冒冒失失出击，向对方死命扑去。就在短短的几天工夫里，两军在亚特兰大和埃兹拉教堂[①]接连打了两仗，这两仗都是大仗，相形之

① 埃兹拉教堂在亚特兰大西南两三英里处。

下桃树溪之战只好算是小接触罢了。

然而北佬总是退了又来、步步紧逼。他们伤亡虽重，却照样承受得起。他们的大炮只管不断向亚特兰大城里轰击，打死了在家的百姓，掀掉了民房的屋顶，在街上炸出了一个个大坑。城里的居民都尽可能找地方躲避，有躲在地窖里的，有躲在地洞里的，也有躲在铁路道口的浅浅的地道里的。亚特兰大眼看已经处在围攻之下了。

胡德将军接任十一天，折损的兵力就已几近于约翰斯顿且战且退七十四天的伤亡总数，而造成的结果，则是亚特兰大三面被困。

亚特兰大去田纳西方向的铁路现已完全落入谢尔曼的手中。往东的铁路沿线又都是他的部队，朝西南通向亚拉巴马的铁路也已被他切断。只有南去梅肯和萨凡纳的铁路还至今可通。城里士兵、伤员、难民那么一大堆，单凭这一条铁路如何应付得了这么一个人满为患的城市眼下的急需？但是，只要这条铁路一天不失，亚特兰大总还能坚守一天。

斯佳丽一旦看清了这条铁路在当前有举足轻重之势，明白了谢尔曼必将来奋力夺取，胡德也必将拼命死守，她心里吓坏了。因为这条铁路是穿过自己家乡县里的，是通过琼斯博罗的。而塔拉庄园离琼斯博罗才五英里路！比起这人间地狱般的亚特兰大来，她觉得塔拉庄园真可以算得是个洞天福地了，可惜塔拉庄园离琼斯博罗才五英里路！

亚特兰大之战刚打响的那一天，斯佳丽和另外好几位太太先还撑起了小伞，坐在店铺房子的平顶上看打仗。可是没多久街上就第一次落了炮弹，吓得她们连忙逃进地窖。也就从那天晚上起，城里的妇幼老弱开始大批撤离。他们的目的地是梅肯，当夜搭车就走的有许多是老难民了，他们跟着约翰斯顿从多尔顿一路退下来，已经转过五六个地方了。他们的行囊比初到亚特兰大时又轻了很多。多半只带了一只手提毡包，另外还有一顿极菲薄的午餐包在印花大手绢里。时而还可以看到有战战兢兢的奴仆手里提着银质的水壶和刀叉，甚或还有捧着一两张老祖宗肖像的，那显然都是最初从老家出逃时抢出来的。

梅里韦瑟太太和艾尔辛太太却不肯走。一则是医院里少不了她们，二则她们也很傲气，说是她们不怕，北佬可别想把她们赶出自己的老家。不过梅贝尔还是带着娃娃同芳妮·艾尔辛一起到梅肯去了。米德太太跟着大夫过了这大半辈子，还是第一次不听丈夫的话，大夫要她搭火车去避一避，她一口回绝，说什么也不依。说是大夫少不了她。再说，菲尔还守在城外的战壕里，万一有点什么，也可以不至于有照应不到之苦……

但是惠丁太太去了，斯佳丽的交际圈里还有好几位太太也都去了。佩蒂姑妈当初头一个起来谴责老乔一个劲儿往后撤，现在打点行装准备逃难她也打了头阵。她说自己神经脆弱，听不得大的声响。她担心自己一听到炮弹爆炸就会昏倒，哪还来得及躲进地窖呢。不，她绝不是害怕。她的娃娃嘴想做出一副勇敢的样子来，可怎么也做不像。她要到梅肯去投奔她的表姐伯尔老太，叫斯佳丽姑嫂俩也跟着一块儿去。

斯佳丽可不想去梅肯。她虽然害怕炮轰，可要她去梅肯她宁肯留在亚特兰大，因为她从心眼儿里恨透了伯尔老太。那还是几年前的事了，一次韦尔克斯家举行一连几天的会宾宴聚，斯佳丽跟老太的儿子威利亲了个嘴，正好被老太撞见，为此老太就骂斯佳丽“轻佻”。所以如今斯佳丽便回复佩蒂姑妈说：“不，我要回塔拉去，让玫荔陪你到梅肯去吧。”

玫兰妮一听这话又是害怕又是伤心，竟嚎啕大哭起来。佩蒂姑妈吓得赶快去派人请米德大夫，玫兰妮就乘这当儿一把抓住斯佳丽的手，央求说：

“亲爱的，你可不能扔下了我回你的塔拉去！没有你做伴我太冷清了。斯佳丽呀，我临产的时候要是身边没有你，我倒真还不如死了干脆！是啊——是啊，我知道还有佩蒂姑妈可以帮我，她人也是挺好的。可她到底没有生过孩子啊，而且有时候她还真会惹我心烦，弄得我简直哭得出来。别扔下我吧，我的亲亲。我一直把你当做亲姐妹，而且，”说到这里她淡然一笑，“你还答应了阿希礼要来照应我。他临走的时候告诉我了，说他会托你来照应我的。”

斯佳丽对她直瞅，心里实在弄不懂。她对玫荔一向极为反感，自己也觉得有时简直无法遮盖，怎么玫荔倒还会这样爱她呢？玫荔怎么会这样浑，竟不疑心她暗里爱着阿希礼？前几个月阿希礼下落不明，她斯佳丽朝等夜盼，度日如年，也不知有多少次无意泄露了真情。可是玫兰妮竟什么也没有看出来，她对于自己所爱的人就是只见长处，看不到短处。……对，她斯佳丽答应过阿希礼要照看玫兰妮。阿希礼呀，阿希礼！你大概已经死了吧，已经死了好几个月了吧！还不是因为我对你有言在先，才弄得今天捆住了手脚！

“那好吧，”她直截了当说，“这话我是答应过他，我也决不食言。不过我也决不到梅肯去投奔伯尔家的那个刁老婆子。我要是见了她，管保不出五分钟就会把她眼珠子都抠出来。我要回塔拉去，你就跟我一块去吧。你去的话妈妈一定欢喜得不得了。”

“这个主意好倒是好！你妈妈待人可亲切了。可你也知道，我临产的时候姑妈是一定要在旁边的，不然她是不依的，要她到塔拉去呢，我知道她又是绝对不肯的。那儿离火线太近了，姑妈是安全第一。”

米德大夫上气不接下气地赶来了。他见佩蒂姑妈仓皇派人来请，以为玫兰妮出了什么大事，怕至少也是早产吧，现在到这里一看，他生气了，不免埋怨了几句。他问清了争执的缘由后，斩钉截铁、不容分说的几句话一说，就把问题解决了。

“你到梅肯去这哪儿行呢，玫荔小姐。你要出门的话，我对你就概不负责。火车拥挤得很，而且也靠不住，万一中途被征用，要去运送伤兵或者部队、给养什么的，乘客随时都可能被赶下车去，困在树林子里进退不得。你是有身子的——”

“可我要是跟斯佳丽到塔拉去呢——”

“我跟你说我不同意你出门。去塔拉的车就是去梅肯的车，情况有什么两样？再说，现在谁也不知道北佬的部队究竟到了哪儿，反正是哪儿都有他们的踪迹。你乘火车的话，说不定火车还会给掳了去。就算你平安到达琼斯博罗吧，要到塔拉庄园还有五英里的崎岖路，得坐马车走。怀着胎儿可怎么走得了这段路！何况，自从老方丹大夫参加了部队以后，你们县里已经连个大夫都没有了。”

“收生婆还是有的——”

“我说的是大夫，”大夫不客气岔开了她的话头，眼睛不知不觉把她瘦小的身躯上下一打量。“反正我不同意你出门。你出门的话弄得不好要出乱子。你总不见得想把孩子生在火车上或者马车里吧？”

大夫这一句痛快话，窘得那几位女士都涨红了脸，一句话也说不出来。

“你就好好给我留在这家里，我也好随时来照料你。你一定要严格卧床休息，不要在楼梯上跑上跑下，往地窖里钻。哪怕炮弹打进窗口里来，也不要去躲。这里的危险毕竟还不是挺大。我们很快就可以把北佬打退的。……好啦，佩蒂小姐，你就赶快到梅肯去吧，把两位小姐留在这儿好啦。”

“也没个长辈照应？”佩蒂姑妈吓得叫了起来。

“她们都是大奶奶啦，”大夫火都上来了。“相隔不过两户人家，还有我太太在哪。反正玫荔小姐待产在家，又不会有男客上门。你也真是的，佩蒂小姐，现在是战争时期，还要讲究这么多规矩怎么行？还是多为玫荔小姐考虑考虑是正经。”

他脚踩得噔噔响，说完就走了出去，到前门廊上等着斯佳丽出来。

“我有些话想跟你坦率地谈一谈，斯佳丽小姐，”斯佳丽一来，他就捻着花白胡子说开了。“看来你是一位通情达理的小姐，所以听我说这些话你也用不着脸红。让玫荔小姐去避难的事，今后可再也别提了。她去怕未必经得起路上的折腾。就是给她个舒舒坦坦的环境，她生产起来也不会很顺利——你知道，她产门太窄，分娩的时候不用钳子钳取恐怕不行，所以我说什么也不能让那班无知的黑人收生婆来插手。像她那样的妇女，其实根本就不应该生育，可——好，闲话少说，你快去给佩蒂小姐收拾行李，让她到梅肯去吧。她那副失魂落魄的样子要把玫荔小姐吓坏了，真是成事不足败事有余。对你我也有句话想说，小姐，”说着两道锐利的目光盯住了她，“希望你从此再也别提回家的事了。你就安心陪着玫荔小姐，等她生下了孩子再说吧。你该不会害怕吧？”

“我才不怕呢！”斯佳丽做出一副刚强的样子，说了句假话。

“真是个勇敢的姑娘。需要人陪伴的话，我太太可以效劳；假如佩蒂小姐要把仆人一起带走，我就派老妈子贝特西来替你们烧饭。反正也不会有多长的时间可等的。再过五个星期，孩子就该出生了，不过她这是头胎，何况炮又打得这样厉害，所以这话也就说不一定了。孩子不定哪天都可能落地。”

这样，佩蒂姑妈就眼泪汪汪地带上彼得大叔和厨娘到梅肯去了。临走前她忽然爱国之心大发，把车马都捐赠给了医院，可是马上又觉得后悔了，所以哭得也就更厉害了。现在跟斯佳丽和玫兰妮做伴的便只有韦德和普莉西了，虽然炮声依然整天不断，屋里却似乎一下子静了许多。

第19章

北军发动围城战的头几天，对亚特兰大的城防工事到处轰击，炮弹四处开花，斯佳丽吓得只有两手掩耳、缩成一团直打哆嗦的份儿，时刻提心吊胆，生怕一炮打来就会要了她的命。她只要一听见炮弹飞来前的呼啸，就赶紧冲到玫兰妮的房里，扑在她的床上，两个人紧搂在一起，一边把脑袋拼命往枕头里钻，一边“哎呀！哎呀”直嚷。普莉西和韦德也急忙往地窖里一钻，就蜷缩在那黑洞洞的蛛网阵里，普莉西是扯直了嗓门哇哇乱叫，韦德则哭哭啼啼，还一个劲儿打嗝。

头上有死神呼啸，鼻子底下有羽绒枕堵得她透不过气来，斯佳丽急得在心里暗暗直骂玫兰妮：都是她，害得自己不能钻地窖，地窖里总比较安全些吧。可是大夫不许玫兰妮走动，斯佳丽又不能不守在她身边。她不仅怕被炸得粉身碎骨，使她同样担足了心事的是：不定什么时候玫兰妮的孩子就要出娘胎了。只要一想起这一层，斯佳丽身上就会急出一身冷汗来。孩子要出来了怎么办？她自己心里清楚：炮弹像春雨一样想来就来，在这种时候自己是宁可让玫兰妮死掉，也绝不会出门去找大夫的。她也清楚：普莉西这丫头你就是把她打死，她也断不肯去冒这个险。孩子要出来了可怎么办呢？

一天晚上，在替玫兰妮安排晚饭的时候，她跟普莉西悄悄商量起这件事来，万万想不到普莉西几句话就把她的忧虑打消了：

“我说斯佳丽小姐，玫荔小姐真要生了，就是没有大夫你也用不到发愁。我会弄的。接生的事我全懂。我妈不就是个收生婆吗？她不是让我也学着做收生婆吗？放心，这事儿你就交给我得了。”

斯佳丽见有个老资格在身边，才算松了一口气，不过她还是巴不得这场磨难能够早早过去。她心急火燎，只想快些离开这个挨炮轰的鬼地方，回到宁静的塔拉庄园去，所以她天天夜里祈祷，但愿娃娃第二天就能出世，好让她甩掉诺言的束缚，赶快离开亚特兰大。在她看来只要一到塔拉庄园就安全了，就可以把这一切苦难都摆脱了。

斯佳丽这辈子还从来没有感到过这样怀念，她怀念老家，怀念母亲。只要有母亲在身边，就是出了天大的事她也不怕。听了一天炮弹的飞啸声和震耳欲聋的爆炸声，到晚上睡觉的时候她哪天不是铁了心，打算明天一早就去对玫兰妮说：这亚特兰大的苦日子她算是捱够了，她不能不回家了，玫兰妮只有到米德太太那儿去住。可是一躺到床上，眼前却自会浮现起阿希礼的面容，她最后一次见到的阿希礼的面容：一脸愁云，足见内心的痛苦，然而嘴角上却又挂着一丝淡淡的笑：“请你替我多照看照看玫兰妮，好吗？你为人刚强。……请答应我吧。”这个请求她是答应了的。阿希礼如今也不知长眠在何处。不管长眠在何处，他的眼睛反正总是望着她，要求她信守这个诺言。她呢，不管他是生是死，反正也绝不能叫他失望，多大的代价她都愿意承担。所以结果还是日复一日的留了下来。

母亲一再来信求她回去，她就在回信中尽量少提这危险的围城生活，就说玫兰妮眼下的处境有多困难，答应等孩子一生下来就马上回家。她母亲素来看重亲戚的情谊，对本家、亲家都一样，无奈只好来信表示同意，说斯佳丽自然理当留下，不过韦德和普莉西还是务必赶快回家。这话普莉西是最赞成不过了，现在她只要一听到突然的声响，就会牙齿直打战，变得呆呆的像个白痴一样。平时她又老躲在地窖里，要不是米德太太把个木头木脑的老妈子贝特西派了来，斯佳丽她们简直连顿像像样样的饭都别想吃得上。

斯佳丽也跟她母亲一样急于要把韦德送出亚特兰大。那不只是为了孩子的安全着想；看着孩子经常这样胆战心惊，她心里实在也怪烦的。只要一打炮，韦德就吓得成了哑巴；炮声都停歇了，小孩子还是死死牵住她裙子不放，吓得连哭都哭不出来。晚上他不敢去睡，他怕这一片漆黑，怕睡着了会让北佬来把他抓了去。夜里他那失魂落魄的低声呜咽一声声直刺斯佳丽的神经，实在叫她受不了。其实她心里也跟孩子一样害怕，可是孩子那紧张得都变了形的脸一直摆在眼前，却使她的恐惧心理片刻也驱遣不开，这惹得她很恼火。对，韦德还是到塔拉庄园去的好。就让普莉西送他去，送到即回，以免错过玫兰妮的产期。

但是斯佳丽还没有来得及打发他们俩踏上归程，就有消息传来，说是北军已经转而南下，亚特兰大和琼斯博罗之间的铁路沿线已经发生了小接触。韦德和普莉西要是搭火车走的话，万一列车被北佬截获……想到这里斯佳丽和玫兰妮脸都发白了，因为谁都知道北佬对稚弱的儿童都会下毒手，那比他们作践妇女的手段还可怕。所以她就没敢把孩子送回老家，孩子依然留在亚特兰大，成了个畏畏葸葸的哑巴小鬼，一直死死跟着妈妈劈里啪啦奔东跑西，小手牢牢抓住了她的裙子，一刻也不敢放。

围城战就在炎热的七月里进行下去，沉寂的夜晚总是阴森森的，令人心惊，等天一亮照例便又是炮声隆隆的一天，对此亚特兰大人渐渐也就适应了。似乎形势既已演变到了这最坏的一步，他们也就再没有什么可担心的了。他们本来担心亚特兰大被围，现在既已被围，倒也觉得并不是太可怕。生活还可以大致照常地过，而且也都过来了。他们虽然明知自己是坐在火山口上，可也只能坐等火山爆发，没有一点办法。所以又何必过早地去操这份心呢？也许火山根本就不会爆发呢。你看，在胡德将军的坚守下，北佬不是攻不进来了么！骑兵队不是很有办法，把通往梅肯的铁路守住了么！谢尔曼要夺下这条铁路是休想！

可是，尽管他们在这战火纷飞、口粮日缺的形势下表面上还是显得满不在乎，尽管他们对近在半英里外的北佬只装作不见，尽管他们对守在战壕里的破衣烂衫的南军战士寄以无限的信任，在亚特兰大人那层薄薄的表皮底下其实跳动的是六神无主的脉搏：今天过了，还不知道明天会怎么样？悬虑、焦急、忧伤、饥饿，再加上希望忽起忽落、一波三折的磨难，把他们的那层表皮磨得愈来愈薄了。

因为看到朋友们都是一副大无畏的神气，况且上天慈悲，赐给人的本性也自能适应那种无以治之、唯有忍之的环境，所以斯佳丽的胆子便渐渐壮了起来。她听见爆炸声固然还要吓一跳，但是已经不再哇哇乱叫，冲到玫兰妮房里去把脑袋钻在枕头里了。她现在居然也会倒抽一口冷气，怯生生地说："这一炮打得很近，是不是？"

她少了几分恐惧心理，还有一个原因是因为她觉得这日子过得简直像做梦，这样可怕的情景，只应是个梦境。她斯佳丽·奥哈拉绝不可能身罹这样的危难，弄得时时刻刻都有死于非命的危险。本来是平平静静的生活，绝不可能一下子就这样地覆天翻一般变了个样。

真像是一场梦，一场荒唐的梦！刚破晓时还是一碧如洗的晨空，转眼就会泼上一团冲天的硝烟，像夹着雷电的低低的乌云一样罩住了全城；热气阵阵的中午时分本来花香四溢、沁人心脾，大片的是忍冬，藤藤蔓蔓的是蔷薇，可是冷不防就会来个大杀风景：一阵炮弹夹着呼啸从天而降，天崩地裂一般在街上炸开了花，四散的弹片飞出好几百码远，首当其冲者无论人畜莫不成为肉酱。

下午再也不能在恬静、倦怠的气氛中歇晌了，因为炮火的喧嚣虽也时而沉寂，可是桃树街上那熙熙攘攘的闹声却无时或息：有炮车和救护车隆隆而过，有撤离火线的伤兵跌跌撞撞退进城来，有急行军的部队奉命从城外某一处的战壕赶去支援另一处情况吃紧的工事，有横冲直撞而来向司令部飞驰而去的传令兵，急得好像整个南部邦联的命运都系于他一身似的。

炎热的夜晚降临，带来了一些安宁，但是这安宁总让人感到很不是味儿。到夜阑人静后，却又静得过了头——仿佛连雨蛙、纺织娘和睡眼惺忪的模仿鸟都心有余悸，不敢放声一起来唱它们往常的夏夜大合唱似的。时而从最后一道防线上传来几声劈劈啪啪的枪响，刺耳地打破了沉寂。

夜半更深，灯都熄了，玫兰妮也睡熟了，死一般的肃静笼罩了全城，斯佳丽却还难以合眼，这时她常常会听见外大门门闩一响，一会儿宅门上便响起了轻轻的、急促的敲门声。

去看时，黑沉沉的门廊上总会有一些士兵，却看不见他们的面容，黑咕隆咚中跟她说话的各色嗓门儿都有。有时黑影里传来的话音相当斯文："夫人，非常抱歉，打搅你了：能不能请你给我喝点水，让我饮饮马？"有时候喉音奇重，是山里人的口音，有时候带有古怪的鼻音，听得出是南边远方草原地带的人，偶尔也有说话慢声懒气的，一副海边人的腔调，斯佳丽一听心都揪紧了：她想起了母亲说话。

"小姐，我这儿有个伙伴，本想送他到医院去，可看来恐怕是到不了了。你把他收留了吧？"

"太太，给我找点东西吃好吗？你还有玉米饼多的话，能给我吃一个就太好啦。"

"夫人，对不起，请恕我冒昧，我想在你家的门廊上过一夜，不知道行吗？我看到这里有蔷薇，还闻到了忍冬的芳香，觉得太像我的老家了，因而我斗胆——"

不，那都是做梦！一定是做恶梦，那班士兵也无非是她梦中的幻觉，所以都看不见身形也看不见面容，只听见有疲惫的声音在漆黑一片中跟她说话。打水，张罗吃的，在前门廊上铺地铺，包扎伤口，捧起垂死者的肮脏脑袋。不，这样的事对她来说是不可能的，那只能是梦！

七月下旬的一天夜里，前来敲门的竟是本家的亨利伯伯。亨利伯伯现在不但没有了雨伞和毡包，连他那个大肚子也不见了。那本来是胖鼓鼓的红润的脸儿，如今脸皮都松松地挂了下来，好似叭喇狗脖子里挂下的肉团，一头长长的白发脏得难描难摹。脚上的鞋子已是虽有若无，满身虱子，肚子又饿，但是那火爆的脾气却依然如故。

尽管他嘴上说，"连我这样的老糊涂还得去扛枪呢，打这个仗不是荒唐么，"但是斯佳丽她们得到的印象是：亨利伯伯心里可是挺高兴的。他跟年轻人一样受到了征召，他挑起了年轻人的担子，而且干得哪点儿也不比年轻人差。他还乐呵呵地告诉她们说，这一点梅里韦瑟爷爷就做不到。老爷子的腰痛病发得厉害，连长想要打发他回家。可是老爷子怎么也不肯回去。他坦白说，他倒宁愿在这里听连长的臭骂和发威，可不想回家受儿媳的侍候，儿媳老是要他把嚼烟叶的习惯戒掉，还非要他每天洗胡子不可，那个唠叨他受不了。

亨利伯伯不能久留，因为他只请准了四个钟头的假，从城外的工事到城里来回一趟就得走两个钟头。

“孩子，今后我就暂时不能来看你们啦。”斯佳丽给他端来了一盆冷水，他就在玫兰妮的房里一坐，把起了泡的脚浸在水里扭了个痛快，一边对她们说。“我们的连明天一早就要开拔啦。”

“去哪儿？”玫兰妮一把揪住他的胳膊，吃惊地问。

“快别碰我，”亨利伯伯烦躁地说。“我是一身的虱子。可惜打仗要生虱子、得痢疾，不然打打仗倒是蛮有趣的啦。你问我去哪儿吗？这个嘛，命令是还没有宣布，不过我倒已经看准了。我的看法要是没有什么大错，那明天一早准是往南开，朝琼斯博罗的方向去。”

“咦，为什么要朝琼斯博罗的方向去？”

“因为那边难免要有一场大仗要打，姑娘。北佬千方百计要夺取那边的铁路。那边的铁路要是一旦落到他们的手里，那我们跟亚特兰大也就要从此再会了！”

“哎呀，亨利伯伯，你看会落到他们手里吗？”

“哪儿的话呢，姑娘！没那事！有我在这儿，哪儿能呢？”亨利伯伯见她们满面惊恐，故意先咧嘴一笑，然后才又正色说：“这一仗可是场硬仗哪，姑娘。我们是许胜不许败的。当然你们也知道，除了这条去梅肯的铁路以外，其他几条铁路都已落在北佬的手里，可他们还不只是控制了铁路。你们可能还不知道，他们把大大小小的一切道路全控制了，眼下只有去麦克多诺的大路还在我们手中。亚特兰大好比已经被装在个口袋里，琼斯博罗就是这口袋收口的地方。北佬只要占领了那边的铁路，就可以收紧袋口，有如瓮中捉鳖，把我们一网打尽。因此我们是决不能让他们占领那条铁路的。……我这一去恐怕一时回不了，姑娘。所以今天特地来向你们告别，看到斯佳丽还陪伴着你，我也就可以放心了，玫荔。”

“她还会不陪伴着我吗，”玫兰妮天真地说。“你不用为我们操心，亨利伯伯，你自己可千万要保重啊。”

亨利伯伯提起湿淋淋的脚在碎毡地毯上擦擦干，叹了口气，把破烂不堪的鞋子重又穿上。

“我得走了，”他说。“还要赶五英里的路哪。斯佳丽，你给我弄点吃的让我带上。随便什么都可以。”

他吻别了玫兰妮，下楼来到厨房里，斯佳丽拿一方餐巾包了一块玉米饼和几只苹果。

“亨利伯伯——难道——难道局势真有这么严重？”

“严重？哎呀，那还有假！别再糊里糊涂啦。我们这是到了山穷水尽了。”

“你看会打到塔拉吗？”

“哎呀——”亨利伯伯生了气：真是妇人之见，大事不问，尽想着自己的私事。可是见了她愁眉苦脸的惊恐之色，他不忍心了。

“不会，不会。塔拉离铁路线有五英里路呢，北佬要的可是铁路。你这颗小脑袋儿怎么这样不管用呀，小姐。”说到这里他突然话锋一转。“我今儿晚上大老远的特地跑来，可不单单是来向你们告别。我是要来报告玫荔一个不幸的消息。可刚才几次想说，总是出不了口。所以只好托你设法转告了。”

“该不是阿希礼——你莫非听到什么消息了——是不是他——死了？”

“嗨，我一天到晚站在战壕里，泥浆都漫到了裤裆上，我怎么会有阿希礼的消息？”老先生气呼呼地说。“不是阿希礼的消息。是他父亲的：约翰·韦尔克斯死了。”

斯佳丽突然一屁股坐了下来，手里还捧着没有包好的吃食。

“我是特地来告诉玫荔的——可话就是出不了口。你好歹替我说了吧。同时把这些交给她。”

说着他从口袋里掏出了几件东西：一只大号金表，表链上挂着几颗印章；一枚象牙小像，画上人是作古已久的韦尔克斯太太；还有一对奇大的衬衫袖扣。这只金表可是斯佳丽在韦尔克斯先生的手里见惯了的，所以她此刻一见，便如梦方醒，心里这才彻底明白过来：阿希礼的父亲真的死了。她怔怔的哭不出来，也说不出话。亨利伯伯立也不是、坐也不是，只好咳嗽几声，把眼光避开了，他生怕见了眼泪，自己也要受不住。

“他真不愧是个勇敢的人，斯佳丽。你把这话告诉玫荔。让她写信也告诉他家的姑娘。他虽然年迈，可是个优秀的军人。一颗炮弹把他打中了。恰巧连人带马打了个正着。打得连那马的——可怜的畜生，我只好一枪送它断了气。那小骒马可真是匹好马。这事也请你们写信告诉一下塔尔顿太太。她对这匹马是极其珍爱的。快把吃的替我包好了，孩子。我得走了。好了，亲爱的，也不要太难过。一个老人能挑起年轻人的担子，为此而献出了生命，还有什么死法比这更光彩的呢？”

“哎呀，他根本就不应该死！他根本就不应该去打仗。他按说应该安享晚年，看到自己的孙儿长大，将来得个寿终正寝。真的，他又何必要去打仗呢？他又不赞成南北分离，他根本就反对打这个仗，他——”

“我们心里有这种想法的也不在少数，可是有什么用呢？”亨利伯伯气鼓鼓地擤了擤鼻子。“你以为我这么一大把年纪，让北佬当枪靶子打是觉得有趣么？可这年头，要不丢身份就不能不这么办。亲亲我，跟我道再见吧，孩子，你不用为我担心。仗打完了我一定能平安归来。”

斯佳丽跟他吻别以后，便听见他走下台阶，脚步声渐渐消失在黑暗里，不一会儿便又听见外大门上门闩咔嗒一响。她站在那儿，望着手里的那一堆遗物直发呆。半晌，才上楼去把消息报告了玫兰妮。

到七月底，果然应了亨利伯伯的话，传来了不愉快的消息：北军又一次采取迂回策略，直扑琼斯博罗。他们曾在琼斯博罗以南四英里处切断了铁路，不过南军的骑兵部队还是把他们打退了，工兵顶着烈日，挥汗把铁路修复了。

斯佳丽都快急死了。她足足等了三天，愈等心里愈害怕。后来接到了父亲的来信，一看才算放了心。才知道敌军并没有打到塔拉庄园。庄园上的人听到了枪炮声，但是连个北佬的影子都没有见到。

父亲的信上谈及窜犯铁路的北军如何被击退一事，着实大吹大擂了一番，让人看了还当这都是他自己单枪匹马立下的大功。他把部队的英勇事迹写了整整三大页，直到结尾才简单地提了一下，说是卡丽恩病了。据她母亲说，这症候是伤寒。好在病情不算很严重，叫斯佳丽不必担心，这会儿就是铁路上太平了，也千万不要回家。她母亲说现在看来斯佳丽和韦德当初倒真幸亏没有回家。可又千叮万嘱斯佳丽一定要去做礼拜，多念几遍《玫瑰经》，祝卡丽恩早日康复。

看到这最后一句，斯佳丽心上感到一阵不安，因为她已经有好几个月没有去做礼拜了。要是在以前，她会觉得不做礼拜是一项不可饶恕的大罪，可是现在不知道怎么，却觉得不上教堂也不见得就是那么罪孽深重了。不过她还是遵奉母命，到自己房里去匆匆念了一遍《玫瑰经》。念完了站起来，内心却并没有像以前做完祷告后那样感到宽慰。最近这一段时间来，她总觉得尽管她们这些南方人天天都要向天主祈祷多少次，可天主对她，对邦联，对南方，却似乎已经不再有眷顾之意了。

那天晚上她把父亲的信揣在怀里，去坐在前门廊上，时而探起手来把信摸摸，仿佛一摸到信，便觉得塔拉庄园和母亲就近在身边似的。客厅的窗口里一灯荧然，在藤蔓披离的黑沉沉的门廊上投下了金色的斑驳光影；嫩黄的蔷薇和忍冬团团簇簇一大片，送来浓浓的花香，和在一起尽自在她身旁荡漾。黑夜里寂静无声。太阳下山以后连枪声都停息了，世界似乎已经离她远远的。斯佳丽坐在摇椅里摇啊摇啊，她自从看了家乡的来信，只感到寂寞凄清，巴不得能有个人来做伴，是谁都可以，连梅里韦瑟太太她都不嫌。可是梅里韦瑟太太在医院值夜班，米德太太也在家里招待从前线回来的小儿子菲尔，玫兰妮又睡着了。也别想有什么不速之客会上门来。这最近一个星期，上门的客人已经减少到了零，因为凡是走得了路的人，都不是守在战壕里，就是在琼斯博罗附近的乡下追击北佬。

这样只身独处，在她是不常有的事，她觉得很不是滋味。独自一人，就不能不想想心思，这年月想心思可不是那么愉快的。她也跟人家一样，养成了缅怀往事、追思故人的习惯。

今天晚上亚特兰大一片阒寂，所以她能够闭上眼睛，只当自己又飘然回到了塔拉宁静的田园里，只当那里的生活依然如故，今后也将长此不变。不过她心里很明白县里的光景是再也不会重复旧观了。她想起了塔尔顿家的四兄弟——除了那一对红头发的双胞胎，还有汤姆和博伊德——一时只觉得悲从中来，连嗓子眼儿都发毛了。唉，斯图特和布伦特俩，本来谁都有做她丈夫的可能。可现在呢，等仗打完了她回到塔拉庄园去住，就再也听不到他们从杉树夹道上骑马驰来时的怪声招呼了。还有那个舞艺卓绝的赖福·卡尔弗特，再也不会来请她跳舞了。还有芒罗家的几个小伙子，还有小个子乔·方丹，还有——

“啊，还有阿希礼！”她手捧着脸哭了起来。“我总是忘了你已经不在人世！”

她听见外大门咔嗒一响，慌忙抬起头来，快快把眼泪擦干了。站起一看，原来是瑞特·巴特勒在走道上走来，阔边巴拿马草帽拿在手里。她自从那天在五角场不管三七二十一从他车上跳下以后，还不曾跟他打过照面。那一回她明白表示过今后再也不想看到他了。可此刻她却巴不得有个人来说说话，免得再去想念阿希礼，所以就把那段往事赶紧撇在脑后。瑞特对那件尴尬事显然已经忘了，也说不定是装作已经忘了，反正他来到台阶顶上，在她脚边一坐，对上次的冲突只字不提。

“这么说你没有逃到梅肯去！我听说佩蒂小姐去避难了，只当你一定也去了。所以刚才见这里有灯光，就特意进来查看查看。你怎么没去？”

“要陪着玫兰妮嘛。你想呀，她——哎，在这种节骨眼儿上她怎么能去逃难呢。”

“糟糕！”在灯光下看得见他眉头都打了疙瘩。“这么说韦尔克斯太太也还在这里？也太糊涂了！她有身孕，多危险哪。”

斯佳丽窘窘的，不作一声：身孕不身孕的，这种事怎么能跟个男人说呢？她发窘还有一层原因，就是见瑞特居然也知道玫兰妮危险。一个单身汉，按说不该懂这一套。

“你就没有想到我也可能有伤着的危险，可见你全无侠义之心，”她用尖酸的口气说。

他目光闪了两下，觉得好笑。

“哪天要是北佬来了，我赶来救应就是。”

“你这难道也好算是一句恭维话？”她颇有点不以为然。

“我这根本不是恭维话，”他说。“你就爱听男人家华而不实的恭维话，这脾气要到什么时候才能改一改？”

“到我死了再改吧，”说着她微微一笑，心想：就算你瑞特不来恭维我，反正这世上永远少不了恭维我的男人。

“太爱虚荣了！太爱虚荣了！”他说。“不过你至少还是坦白说了出来。”

他打开烟盒，取出一支上等雪茄，放在鼻子底下嗅了一阵，这才用火柴点上了，往后一仰身，靠在廊柱上，两手抱膝，默默抽了一会儿烟。斯佳丽又管她在摇椅上摇了起来，四下一片尽是沉寂的黑暗，夜是炎热的。巢居在蔷薇忍冬丛中的模仿鸟从睡梦中醒了过来，怯生生清脆地啼了一声。后来似乎又改变了主意，不再作声了。

从门廊的阴影里突然传来了瑞特的笑声：低声细气的一笑。

“这么说是你陪着韦尔克斯太太！这样的怪事我倒还是生平第一次碰到！”

“我看这没有什么可怪的，”她立刻警觉起来，不安地答道。

“没有什么可怪的？由此可见你看问题还欠缺点客观的眼光。我早就有这样一个印象，就是觉得你对韦尔克斯太太是一向有点看不惯的。你以为她又傻又蠢，她的爱国观念也使你感到讨厌。你平时不放过一切机会，在言谈中总要搭上两句话寒碜寒碜她，简直已经习惯成了自然，所以现在看到你居然肯不顾自己，陪她留在这战火纷飞的城里，就不免让我感到奇怪了。你倒说说，你这样做到底是什么原因？”

“因为她是查理的妹妹——也就像我自己的妹妹，”斯佳丽极力做出一副神情俨然的样子，尽管脸上觉得渐渐有点发烫了。

“你的意思该是说因为她是阿希礼·韦尔克斯的未亡人吧。”

斯佳丽霍地站了起来，怒不可遏。

“我本来倒想宽恕你，对你以前的粗鲁行为准备不再计较了，可现在不能了。老实说，我本来也绝不会让你踏上这个门廊，只是因为今天我实在没有心思——”

“坐下来，平平气。”他马上换了一副口气，说着就伸出手来，抓住了她的手，拉她重新在椅子里坐下。“请问你为什么没有心思？”

“喔，我今天收到了塔拉庄园来的信。北佬的军队已经离我家不远了，偏偏我的小妹妹又害上了伤寒，所以——所以——所以我现在就是有可能实现我回家的心愿，母亲也不会让我回去了，她怕病会传染给我。哎呀，也真是！我是多么想回家啊！”

“得了，这有什么可伤心的呢，”他话是这么说，口气却更亲切了。“就是北佬真的来了，你在亚特兰大也要比在塔拉庄园安全多了。北佬伤害不了你，倒是伤寒不会放过你。”

“北佬伤害不了我？你怎么能这样造谣惑众？”

“我亲爱的姑娘，北佬又不是妖魔鬼怪。他们头上不生角，脚上没长蹄，才不是你想象的那样呢。他们跟南方人实在也差不多——当然在礼仪上要差一些，说话的口音也很难听。”

“哎呀，北佬可是要——”

“要强奸你是不是？我看不会吧。当然，他们的心里也不是不想。”

“你要是说话不三不四的，我可要进去啦，”她嚷嚷起来，面孔涨得通红，幸而人在黑影里，别人看不见。

“你老实说吧。我这话说中你的心事了吧？”

“才没那事呢！”

“没那事才怪！被我看出了心事，也犯不上生我这样大的气嘛。其实我们南方一切高雅、贞洁的女士，没有不揣着这样一段心事的。她们经常为此而忧心忡忡。我敢保证，就连梅里韦瑟太太这样的女中长者……”

斯佳丽暗暗倒抽了一口冷气，她想起来了：就在最近这一段度日如年的日子里，太太们只要三三两两碰在一起，就没有不嘁嘁喳喳议论这种事的，所说的事总出在弗吉尼亚、田纳西、路易斯安那那些地方，反正就没有出在附近一带的。北佬强奸妇女啦，刀捅小孩的肚子啦，放火烧死老人啦。这些，大家虽然没有在街头巷尾大肆宣扬，可谁不知道是真的呢。瑞特要是懂点规矩的话，就应该理会这些都是真的，对此就应该避而不谈。这又不是什么好玩儿的事。

她听得见他在轻轻地抿着嘴笑。这个人，有时候真招人讨厌。不，应该说老是那么招人讨厌！女人家心底里在想些什么，私下里在谈些什么，让个男人摸得一清二楚，那还了得！姑娘家碰到这样的事，更是觉得像被剥得浑身上下一丝不挂似的。再说，是正派女人也绝不会让男人把这些秘密都摸了去。斯佳丽今天气就气在自己的心事都被他看透了。她希望自己能在男人的心目中永远成为一个谜，可是她也知道自己在瑞特的眼里却像个玻璃人一样，一眼就能看穿。

“既然谈到了太太们的事，”他又接着说，“我倒想请问，你们屋里有没有哪位太太来照应或者陪伴？是可敬佩的梅里韦瑟太太还是米德太太？她们看我的那种目光，总像吃准了我是来意不善似的。”

“米德太太平时晚上总要过来的，”斯佳丽也乐于换一个话题。“不过今天晚上不能来了。她的小儿子菲尔在家。”

“算我运气，”他低声说道，“今天正好没有人来。”

她听出这声调有些特别，快活得心跳都加快了，脸也觉得红了起来。男人的这种异样的口气她听得多了，她知道这是表爱的前兆。啊，开心开心！只要他吐出一个爱字，她就要把他好好捉弄一番，这三年来受尽了他的冷嘲热讽，今天要来个彻底的报复。她一定要把他耍个够，连那天打阿希礼耳光被他看见的奇耻大辱都要趁此机会洗雪干净。等耍够了，再亲亲昵昵告诉他，说自己跟他只可作为兄妹，然后就体体面面退兵。她想得美滋滋的，忍不住嘻嘻嘻笑了出来。

“有什么好笑的，”他说着就拉住她的手，翻过来把自己的嘴唇往手心里贴去。手心一接触到他热乎乎的嘴唇，斯佳丽只觉得自己就像通了电似的，顿时有一股强大的力量从他身上流来，使她遍体上下一阵激动，像是受到了无限的抚慰。他的嘴唇渐渐移到了她的手腕上，斯佳丽一想不行，自己那急促的脉搏一定让他感觉到了，所以她就使劲想把手缩回来。她可真没有料到会这样——会这样糊里糊涂动了感情，差点儿就想伸出手去抚摩他的头发，想凑过嘴去迎受他的双唇。

她心慌意乱，忙不迭地告诫自己：她爱的并不是他。她爱的可是阿希礼。但是她手都发抖了，心窝里只觉得一片冰凉，这种感情又该作何解释呢？

他却轻轻地笑了。

“别逃走啊。我不会伤害你的。”

“伤害我？我才不怕你呢，瑞特·巴特勒，这世上什么男人我都不怕！”她气得直嚷嚷，现在不但手在发抖，连声音都发抖了。

“你有这样的志气固然大可钦佩，可也别那样嚷嚷啊。你这不是要让韦尔克斯太太听见吗。请你不要激动嘛。”听他的口吻，好像见她这样慌张，觉得挺开心似的。

“斯佳丽，你是喜欢我的，是不是？”

这才像句话，比较合乎她的心意了。

“这个嘛，只好说有时候是这样，”她回答得很谨慎。“你不要流氓腔的时候是这样。”

他又笑了，一边拉起她的手来，让手心贴在他结实的面颊上。

“依我看，你之所以喜欢我，倒正是因为我是个流氓。你一向过的是不经风雨的生活，不大有机会见识十足地道的流氓，所以就觉得我有些与众不同之处，具有一种奇妙的魅力了。”

这话的味道又不合她的意了，她又使劲想把手挣脱了，却还是没有成功。

“你胡说！我喜欢有教养的男人——要能够让人家信得过，永远也不会把绅士风度给丢掉的人。”

“也就是能永远由着你欺侮的男人。那不过是下的定义不同罢了。

可这也没关系。”

他又亲了亲她的手心，她感到脖梗子上又是一阵肌肤起栗，一时心旌摇荡。

“可你是喜欢我的。你能不能爱我呢，斯佳丽？”

她心里得意扬扬地想：“啊，到底逃不出我的手掌心！”不过表面上还是故意装得很冷淡，答道：“根本不可能。除非——除非你把你这副没规矩的样子好好改一改。”

“可我倒也不想改。这么说你是不能爱我咯？我就但愿你如此。说实在的，我虽然非常喜欢你，却并不爱你，假如你的爱情两次都落得个一场空，那也未免太惨了，你说是不是呢，亲爱的？我可以叫你‘亲爱的’吗，汉密顿太太？可不管你喜欢不喜欢，我总还是要叫你‘亲爱的’，所以这也没什么，不过按照社交上的习惯，总得问你一声吧。”

“你真的不爱我？”

“真的不爱。你还以为我爱你？”

“你别这样狂妄！”

“你是有这个想头的！糟糕，叫你的想头落空了！按说我怎么可以不爱你呢，你是这样漂亮，没用的本事样样精。可惜漂漂亮亮、多才多艺，又都是像你一样百无一用的女士，这世上也实在多的是。对，我是不爱你。但是我又非常非常喜欢你——因为你的良心富于弹性，你自私而又不屑加以掩盖，你为人精明而又讲究实惠，我看这后一种性格恐怕是你们家那不算太远的爱尔兰土包子祖宗遗传给你的吧。”

土包子！好哇，他是在侮辱她！她气急败坏，说出话来都不知所云。

“请你让我说下去吧，”他掐了掐她的手，用请求的口气说。“我喜欢你，是因为你这些性格在我身上也有，这叫做相类必相好吧。我知道你至今还忘不了那位道貌岸然而实则是木头脑袋的韦尔克斯先生，尽管他恐怕死了都六个月了。可是我就不信你那心里会因此而就容不下我。斯佳丽呀，你不要再挣啦！我有正经话要跟你说。那天在十二棵橡树庄园的穿堂里，你把可怜的查理·汉密顿迷得神魂颠倒时，我是第一次看到你，可是就从那时候起，我心里便想上了你。我可以告诉你，我对哪一个女人都从来没有这样想过——我对哪一个女人都没有乖乖地等过这么久。”

听到这最后几句，斯佳丽吃惊得连气都不敢透了。他虽说老是侮辱她，敢情还真爱她呢，只是他脾气奇倔，怕会遭她讥笑，所以不肯透露真心，坦诚相告。好吧，她倒要给他点厉害看，说给就给！

“你是要我嫁给你？”

他把她的手一放，放声大笑，吓得她打了个闪缩，身子都贴在椅背上了。

“哪儿的话呢！我不是告诉过你吗？我这个人是决不娶老婆的。”

“那——那——你是什么——”

他站起身来，手按在心口，滑稽地向她鞠了一躬。

“亲爱的，”他不慌不忙地说，“我敬重你资质聪明，不敢斗胆先来勾引，只求你能赏光做我的相好。”

相好！

她在心里喊了起来：相好！这是对她莫大的侮辱！可是她刚才初听之下大吃一惊，那一瞬间她的反应却并不是觉得自己受了侮辱。那时她只觉得一阵怒火直冒：这家伙居然敢把她当成这样的大傻瓜！她以为他会求婚，可是他不，他居然向她提出了这样的要求，这不是当她傻瓜是什么！气愤，虚荣心的破灭，再加上失望，搅得她脑子里乱得像一锅粥，心里还没有来得及想到应该从道德的高度用大道理去谴责他，话就已经到了嘴边，冲口而出——

“相好！那我还能得到些什么呢，就替你养上一窝崽？”

话出了口她才意识到自己说了些啥，吓得半天也没合上嘴。瑞特笑得连气都喘不过来，两眼看稀罕似的尽瞅着黑影里的她，她呢，目瞪口呆坐在那里，拿手绢紧紧按在嘴上。

“我喜欢你就喜欢在这等地方！我平生见过的女人，唯有你心眼儿直，看事情讲实际，不会装腔作势，满嘴的罪恶啦、道德啦，把问题全搞混了。换了别的女人的话，准是一听先晕过去，回过神来就叫我滚蛋。”

斯佳丽跳了起来，臊得满面通红。自己怎么会说出这种话来！她有那样的母亲，受过那样的教养，怎么会坐在那里听他这样污言相加，还回了他这样没皮没脸的丑话？她当时实在应该大喊大叫。应该当场昏厥。应该一言不发，冷冰冰转身就走，昂然离开这个门廊。现在可是后悔也来不及了！

“我就叫你滚蛋！”她嚷开了，现在就是给玫兰妮听见，给住在一条街上的米德家听见，也顾不得许多了。“你给我滚出去！你好大的胆子，竟然对我说出这种话来！我可没对你干过什么没规没矩的事，你怎么就骨头轻得这样——居然把我当成……你给我滚出去，以后再也不要上这门口里来。我这一回可是当了真的。以后你再也不要针呀带呀的送这些屁也不值的玩意儿上门来，别以为那样我就可以宽恕你。我要——我要去告诉父亲，看他会不要了你的命！”

他捡起帽子，鞠了一躬，她借着灯光看见他小胡子底下露出了两排牙齿，还在笑呢。他根本不觉得羞耻，他觉得她这些话好笑，机灵的眼光正津津有味地瞧着她呢。

啐，这个人简直可恶！她就一转身，大步向屋里走去。她一把抓住门把，就想砰的一声使劲把门碰上，谁知钩着门的钩子紧得很，她怎么也拔不出来。折腾了半天，累得气喘吁吁。

“要不要我帮忙？”他倒来问了。

她觉得自己要是再不走的话，只怕连血管都要爆裂了，所以就气冲冲上楼而去。刚到楼上，就听见他客客气气的替她把门关上了。

第20章

正当溽暑难熬、炮火连天的八月份行将告终之际，轰击爆炸之声戛然而止。寂静降临到亚特兰大城，反倒叫人心惊肉跳。街坊邻居相遇于道，彼此面面相觑，个个提心吊胆、忐忑不安，无从逆料接着会发生什么事情。听了这么些日子炮弹的呼啸，如今突然静下来，人们紧张的神经非但得不到松弛，而且变本加厉绷得没法更紧了。谁也不知道北佬的炮队为什么保持沉默；南军这方面也没有消息，只是听说他们大批大批地撤出环城的堑壕，南下保卫铁路线去了。谁也不知道现在仗打到了什么地方，如果说仗还在打的话；谁也不知道战况究竟如何，如果战争还没有结束的话。

目下消息全凭口说言传。自从围城开始以来，由于纸张短缺、油墨短缺、人手短缺，各家报纸相继停刊，一些荒唐透顶的谣言天晓得从哪儿冒出来后，就会在全城传开。现在，被岑寂惹得越发心焦的人们，成群结队拥往胡德将军的司令部，要求发布战报，成群结队聚集在电报局和火车站周围，希冀得到消息，而且是好消息，因为每个人但愿谢尔曼的大炮沉默下来意味着：北军已全线溃退，邦联军正沿着大路把他们打回多尔顿去。然而没有消息。电报丝毫无动静，仅剩的一条通南边的铁路上也没有列车抵达，邮政则已中断。

尘土飞扬、闷得叫人喘不过气来的初秋正悄然潜入，往人们疲惫、焦灼的心上添加干燥、燠热的重压，存心想把这座蓦地里变得沉寂的城市活活憋死。斯佳丽盼着塔拉庄园方面的信息都快盼疯了，尽管表面上仍装出挺勇敢的样子。对她来说，自从围城开始以来，仿佛已经度过了不知几多岁月，仿佛她这辈子耳朵里一直带着轰隆隆的炮声，直至出现这一片预兆不祥的平静。其实，围城开始迄今只不过三十天。被困三十天！城市给红土散兵壕紧紧箍住；单调的大炮声一刻不停；街上，马拉的救护车乃至无篷的牛车络绎不绝，一路鲜血淋漓把伤员送往医院；疲劳过度的掩埋队把几乎还有余温的尸体一具具拖出来，像滚木头似的滚入无数排浅坑。总共才三十天！

即使打从北军自多尔顿南下算起，也只有四个月！才四个月！斯佳丽回首往事，那遥远的日子简直恍如隔世。哦，不！决不可能才四个月！肯定足足过了一辈子。

想想四个月以前吧！是啊，四个月以前，多尔顿、雷萨卡、肯纳索山对她说来还只是铁路沿线的几个地名而已。四个月中间，这些地方先后成了战场，自从约翰斯顿的部队退向亚特兰大以来，与之联系在一起的是无数次徒劳的浴血苦战。到如今，桃树溪、迪凯特、埃兹拉教堂和尤托伊溪再也不是风光旖旎的胜地美名。她无法在脑海中重现这些胜友如云的幽静村庄，这些苍翠欲滴的醉人去处，无法想象自己在那里流水潺湲、泥土松软的河畔、溪边曾和一些英俊的军官一起野餐。这些地名也都意味着一次次战斗，她坐过的如茵芳草已被沉重的炮车轮子所碾碎，被短兵相接的交战双方所踩烂，被死者咽气前痛得翻身打滚所压扁……。佐治亚的红土任何时候也不可能把那一条条缓缓流淌的溪水染得更红。据说，北军过后，桃树溪水成了一片猩红色。桃树溪、迪凯特、埃兹拉教堂、尤托伊溪不再是过去的地名，而是埋着朋友的一处处坟堆，也有未埋的尸体在那儿杂乱的灌木丛和茂密的树林里腐烂；这四处地名现在成了亚特兰大的四条边线，谢尔曼试图从这四边把他的军队强行开进城来，而胡德的部下则顽强地把他们打回去。

后来，终于有消息从南面传入这座神经紧张的城市，但这是惊心动魄的消息，对于斯佳丽尤其如此。谢尔曼将军企图从该城的第四边卷土重来，再次在琼斯博罗强攻铁路线。眼下北军大量集结在城市的这第四边，那可不是零敲碎打的小股兵力或骑兵分队，而是浩浩荡荡的北军人马。同时，成千上万的邦联军纷纷从紧靠城市的防线被抽去，准备迎头痛击敌人。这就是此地突然静下来的原因。

“为什么偏要攻打琼斯博罗？”斯佳丽忖道，一想到塔拉庄园离得那么近，她的心就直发颤。“为什么他们老是非打琼斯博罗不可？难道他们就不能找另一个地方切断铁路线？”

她没听到来自塔拉庄园的音信已有一星期了，而最近一次杰拉尔德寄来的短简更增添了她的恐惧。信上说，卡丽恩的情况又恶化了，她病得很重、很重。照现在的形势看来，邮路一天两天通不了，还不知要过多少日子她才能得悉卡丽恩是死是活。哦，要是围城一开始她便回家去，那就好了！管它什么玫兰妮不玫兰妮！

亚特兰大城内只知道琼斯博罗正在打仗，可是仗打得怎么样，谁也说不准，于是种种离奇怪诞的谣传把城里的人折腾得够呛。最后，一名信使从琼斯博罗带来令人宽心的消息，说北佬给打退了。但是他们一度曾突入琼斯博罗，烧毁了火车站，切断了电报线，破坏了三英里路轨，而后才退去。目前工程兵正在拼命抢修，但要花费相当时间，因为北佬把枕木都撬起来架作火堆，把扳下的路轨搁在火堆上烧红，然后盘绕在电线杆上，直至一根根电线杆看来像一个个其大无比的瓶塞起子。这些日子想重铺铁轨谈何容易，任何铁制的东西坏了都难以修复。

不，北军并没有打到塔拉庄园。就是那个给胡德将军送急件的信使，让斯佳丽相信了这一点。激战之后，正当他出发到亚特兰大来的时候，曾在琼斯博罗遇见杰拉尔德，杰拉尔德就请他带一封信给斯佳丽。

可是，爸到琼斯博罗去干吗？她问起此事，那名年轻的信使似乎面有难色。杰拉尔德在物色一位军医，准备带往塔拉庄园。

斯佳丽站在洒满阳光的前门廊，一边向那位年轻人道谢，一边却觉得自己的两膝发软。既然埃伦的医道已经治不了卡丽恩的病，以至于杰拉尔德要到琼斯博罗去找军医，可见卡丽恩必定危在旦夕！等信使在扬起的一团红色烟尘中策马离去，斯佳丽便用发抖的手拆开杰拉尔德的来信。南部邦联各州的纸张竟短缺到这种程度，杰拉尔德此信就写在上次斯佳丽给他的那封信的行间空隙中，读起来相当吃力。

> 亲爱的女儿，你母亲和你的两个妹妹都得了伤寒。她们病得很厉害，但我们必须抱有转好的希望。你母亲病倒时，要我写信叫你无论如何不能回家，以免你自己和韦德染上此病。她让我把她的爱捎给你，并要你为她祈祷。

“为她祈祷！”斯佳丽当即飞步上楼，跑进自己屋里去跪倒在床边祈祷，那份虔诚是她从来没有过的。这回念的不是正式的《玫瑰经》文，而是翻来覆去念这么几句：“圣母啊，别让她死！只要您不让她死，我一定做个大好人！请别让她死！”

接下来的一个星期，斯佳丽像热锅上的蚂蚁在房子里乱转等着消息，一听到马蹄声便会跳起来，夜里士兵敲门，她就从黑咕隆咚的楼梯上跑下去，然而塔拉庄园那边一直没有消息。现在她和自己的家相距何止二十五英里灰沙路，其间仿佛隔着整整一大洲。

邮政仍处于停顿状态，没有人知道邦联军现在哪里或北佬在干什么。只知道在亚特兰大和琼斯博罗之间的某个地方有成千上万士兵，一方穿灰色军装，一方穿蓝色军装；除此以外，谁也不了解任何情况。一个星期里边，塔拉方面音信全无。

在亚特兰大的医院里，斯佳丽见过许多伤寒患者，知道一个星期对于这种可怕的疾病可能意味着什么。埃伦一星期前即罹此症，也许已奄奄一息，而斯佳丽却身在亚特兰大，一筹莫展，还得照顾一位孕妇，与自己的家之间有两支军队阻隔。埃伦病倒了，也许即将咽气。但埃伦怎么会病倒呢！她从来不生病。这件事本身实在难以置信，它从根本上动摇了斯佳丽生活的稳定性。别的任何人都可能生病，唯独埃伦决不可能。埃伦总是照看别的病人，使他们恢复健康。埃伦自己断乎不会病倒。斯佳丽恨不得插翅飞回家去。她恨不得飞向塔拉庄园，就像一个给吓坏了的孩子急切地盼着见到他所知道的唯一避难所。

家！那座占地很广的白色宅院，白色的窗帘迎风飘拂，三叶草长得极盛的草坪上蜜蜂忙个不停，一个黑男孩在门前台阶上嘘赶鸭子和火鸡，不让它们靠近花圃，红土的田野安静宁谧，绵延数英里的棉花地在阳光下一片雪白！家！

围攻刚一开始，别人都纷纷离城逃难，那个时候她就该回家去！她可以把玫兰妮平平安安地带走，这样便能争取到好几个星期的时间。

“哦，这个要命的玫兰妮！”她有上千次作如是想。“她为什么不跟佩蒂姑妈到梅肯去？那边才是她该去的地方，有她的亲人，而不该和我在一起。我跟她没有血缘关系。为什么她死活拖住我不放？如果她去梅肯，我也就回家到了母亲身边。即便现在——对，即便现在，要不是为了她怀着的那个孩子，我照样可以冒险回家去，不管路上有没有北佬。胡德将军也许会派人护送我。胡德将军是个好人，我相信定能请他派人护送我，并给我一面白旗，让我通过战线。偏偏我得等那个孩子出生！……哦，妈妈！妈妈！你不能死！……那个孩子怎么还没生下？

我今天就去找米德大夫，问他有没有办法催孩子快点出生，这样我就可以回家了，只要我能找到护送的人。米德大夫说过，玫兰妮大概要难产。上帝啊！万一她真的死了呢！万一玫兰妮死了，那么阿希礼——不，我不应该想这件事，这太缺德了。可是阿希礼——不，我不应该想这件事，因为他反正十之八九已不在人间。但他曾要我保证照顾好玫兰妮。万一我没把她照顾好，结果她死了，而阿希礼却还活着——不，我不应该想这件事。这是罪过。而且我还向上帝许过愿，只要上帝不让母亲死去，我一定做个好人。哦，但愿那孩子快点降生吧！但愿我能离开此地，回家去，去哪儿都行，只要离开此地。”

斯佳丽现在痛恨亚特兰大危机四伏的平静景象，而当初她曾喜欢过这座城市。亚特兰大不再是她过去所爱的游乐胜地——一个可以纵情狂欢的去处。它成了疫城似的一片凶地，与攻城的炮声相形之下，显得那么沉寂，沉寂得可怕。原先炮击时的巨响和危险里边还包含着刺激。而随后出现的寂静之中却只有恐怖。城里仿佛有无数鬼怪作祟，这些鬼怪便是恐惧、焦虑和怀念。人们容颜憔悴，斯佳丽见到的少数几名士兵那副精疲力竭的样子，就像赛跑选手硬撑着在跑最后一圈，而这场比赛早已输定了。

八月的最后一天来临了，随之传来的风声凿凿有据地说，争夺亚特兰大之役打响以来最激烈的战斗正在进行。战场在南边某个地方。亚特兰大城里的人等着此战胜败的消息，甚至没有心思露个笑脸或开个玩笑。士兵们两星期前就明白的事情，现在人人都知道了：亚特兰大已濒于绝境，一旦通往梅肯的铁路失陷，亚特兰大也将落入敌手。

九月一日早晨，斯佳丽醒来时，只觉得一种令人窒息的恐怖感压着自己，昨晚她就是带着这份恐怖睡下的。她迷迷糊糊地想道：“昨晚我上床的时候惦念着什么事情？哦，对了，惦念着战局。昨天有什么地方在打大仗！哦，不知哪一方打胜了？”她匆忙坐起来，揉揉眼睛，于是，昨天的负担重又压到她那颗焦急的心上。

甚至在这清晨时分，空气便那么闷，那么热，到中午势必是耀眼的碧空中赤日炎炎，火伞高张。外面大路上一片阒寂。没有辎重车队吱吱嘎嘎经过。没有队伍的步伐扬起红色的尘土。邻居厨房里没有黑奴懒洋洋的话语，也没有做早餐时种种悦耳的声响，因为除米德太太和梅里韦瑟太太外，近邻都逃难去梅肯了。可是斯佳丽也听不到那两户人家有什么动静。沿街向前，平时热闹的地段如今冷冷清清，许多店铺和办事机构关门上锁，窗户用木板钉死，里边的人则手握步枪在郊外什么地方打仗。

如此奇怪的安静已经持续一星期之久，可是这天早晨迎接斯佳丽的那一片岑寂似乎分外险恶。照例，她起床之前总要留恋一会枕褥，伸上几个懒腰，今天却一骨碌爬了起来，走到窗前，希望能看见某一位街坊的脸，或者什么振奋人心的景象。然而路上空荡荡。她注意到树叶依旧郁郁葱葱，只是干燥失润，并且覆着厚厚一层红色的尘土，庭前的花卉由于乏人照料，显得委靡不振，怪可怜的。

她正站在那里望着窗外，这时远处有殷殷之声传到她的耳际，声音既弱且闷，犹如暴风雨来临前第一阵遥远的闷雷。

“要下雨了，”这是她的第一个念头。接着，她那在乡间形成的思想观念补充道：“地里确实需要雨水。”然而，她旋即明白：“下雨？不，不是雨！是炮声！”

她提着一颗怦怦乱跳的心探身窗外，竖起耳朵听远方的隆隆声响，试图辨明它从哪个方向传来。可是那隐隐约约的轰鸣实在离得太远，她一时说不准究竟在哪个方向。“主啊，就让那声音从玛丽埃塔来吧！”她向上帝祈祷。“或者是迪凯特、桃树溪。可不能从南面来！千万不能从南面来！”她更加使劲抓住窗台，屏息静听，那遥远的轰击声似乎响了一些。声音是从南面来的。

炮声在南面！而南面正是琼斯博罗和塔拉庄园——还有她母亲。

现在，此时此刻，北佬也许已经到了塔拉庄园！她又听了一会儿，可是血液在两侧太阳穴突突直跳，几乎淹没了远方的炮火声。不，他们还不会打到琼斯博罗。如果他们包抄到了那么远的地方，炮声应该更微弱、更模糊一些。不过，他们肯定是在包抄通琼斯博罗的铁路，至少已深入到离此有十英里的地方，大概在一个名叫马虎村的小乡镇附近，然而，由马虎村往南到琼斯博罗也不过十英里的距离了。

炮声在南面，亚特兰大陷落的丧钟恐怕已经敲响。但对于牵挂母亲是否平安而忧心如焚的斯佳丽来说，南面有炮火仅仅意味着仗已经打到塔拉庄园附近。她在楼板上走个不停，扭绞着双手，南军可能被打败——这个想法第一次把它的全部涵义展现在斯佳丽的脑海里。正是谢尔曼的千军万马如此逼近塔拉庄园一事，使她清楚地意识到那种可能的全部涵义，使她明白这场战争的全部可怕之处。而过去，尽管围攻城池的大炮声把玻璃窗纷纷震碎，尽管衣食匮乏，尽管墓地里骤增无数排死人，都没有产生这样直接的影响。谢尔曼的军队离塔拉庄园只有几英里之遥！即使北佬被打败，他们也可能沿着大路朝塔拉庄园的方向溃退。杰拉尔德带着三个害病的女眷难免遭败兵之灾。

哦，此刻要是她能和家人在一起该多好哇！哪怕北佬到了那边也不在乎。她光着脚在楼板上来回地走，身上的睡袍老是绊住她的腿；越走，不祥的预感就越强烈。她要回家。她要待在母亲身边。

她听到楼下厨房里有瓷器的响声，知道普莉西在准备早餐，可是没有米德太太家的佣人贝特西的声音。普莉西的尖嗓门拉起哀怨的调子唱着：

累人的重担，还得再熬几天……

斯佳丽听着这歌声觉得心烦，其中可悲的寓意更使她恐慌，于是，她匆匆披上一件晨衣，啪嗒啪嗒经过穿堂跑到后楼平台上，冲下面厨房里大喝一声：

"闭嘴，普莉西，别唱了！"

一声阴阳怪气的"是，小姐"飘上楼来，斯佳丽深深地吁了一口气，忽然为自己发这么大的火感到惭愧。

"贝特西在哪儿？"

"我不晓得。她没有来。"

斯佳丽走到玫兰妮的房门口，把门推开一道缝，朝洒满阳光的房内张望。玫兰妮身穿睡袍躺在床上，闭着的眼睛周围有黑色的晕圈，她那心形的脸庞有些浮肿，原先苗条的体态走了样，怪难看的。斯佳丽幸灾乐祸地希望最好让阿希礼这时候看到她。斯佳丽以前见过的任何一个孕妇都没有她这样难看。斯佳丽瞅着瞅着，玫兰妮的眼睛睁开了，脸上现出温柔的微笑。

“进来，”她邀请道，一边颇不灵巧地翻了个身。“天一亮我就醒了，然后一直在想；斯佳丽，我有件事要求你。”

斯佳丽走进屋去，在阳光灼人的床沿上坐下。

玫兰妮伸过手来，把斯佳丽的一只手握住，这轻轻的一握洋溢着充分的信任。

“亲爱的，”她说，“我听到了炮声，心里十分抱歉。炮声在琼斯博罗那个方向，是不是？”

斯佳丽“嗯”了一声，随着刚才的焦虑重新浮起，她的心又开始加速猛跳。

“我知道你是多么焦急。我知道，要不是为了我，上星期得悉你母亲有病的消息，你早就回家去了。难道不是吗？”

“是的，”斯佳丽不客气地回答。

“斯佳丽，我的心肝。你对我实在太好了。即使是同胞姐妹，也不可能比你更亲切、更勇敢。所以，我太爱你了。我拖累了你，实在对不起。”

斯佳丽凝视着她，心想：“她还爱我？这蠢货！”

“斯佳丽，刚才我躺在这里想来想去，我要求你帮我一个极大的忙。”她的手渐渐握紧。“要是我死了，你愿意收养我的孩子吗？”

玫兰妮的眼睛睁大，目光和蔼而恳切。

“你愿意吗？”

斯佳丽急忙把手抽回去，她这一惊真是非同小可。惊恐使她说话的声音也变粗了。

“哦，别说蠢话，玫荔。你不会死的。每一个女人生第一个孩子的时候，都以为自己要死了。我知道自己就这样想过。”

“不，你没有。你一向什么都不怕。你这样说只是想壮我的胆。我并不怕死，可是我非常害怕撇下这孩子，万一阿希礼……斯佳丽，答应我：要是我死了，你一定收养这个孩子。那样我就不怕了。佩蒂帕特姑妈年纪大了，带孩子已力不从心；霍妮和印第亚心地挺好，不过……我还是希望由你来抚养我的孩子。答应我，斯佳丽。如果是个男孩，请你教育他长大了学阿希礼的样；如果是个女孩，那么，亲爱的，我希望她能像你那样。”

“活见鬼！”斯佳丽从床沿上霍地跳起来嚷道。“难道你嫌事情不够糟糕，还要叨叨什么死不死的？”

“真对不起，亲爱的。不过你得答应我。我想这事不会出今天。我相信一定在今天。请你答应我。”

“哦，那好吧，我答应，”斯佳丽说，同时不知所措地俯视着她。

“玫兰妮难道那么蠢，果真不知道我钟情于阿希礼？或者她一切都了解，并认为，正因为这个缘故，我会悉心爱护阿希礼的孩子？”斯佳丽感到一阵强烈的冲动，想要把这些疑问大声提出来。但这时玫兰妮拿起她的手放在自己面颊上贴了一会儿，话到了斯佳丽舌尖上，却没有吐出来。她的目光又恢复了平和。

“为什么你认为一定会在今天，玫荔？”

“从黎明起我就感到腹痛，但并不太厉害。”

“真的吗？那你为什么不叫我？我叫普莉西去请米德大夫来。”

“不，别这样，斯佳丽。你知道他有多忙，他们那儿人人都忙得很。只要捎个信儿给他，说我们今天也许要他来一下。另外再派人去跟米德太太说一声，请她过来陪陪我。她知道什么时候确实该去请米德大夫。”

“哦，别那么处处为他人着想。你明明知道，你现在跟医院里的任何一名病人同样需要大夫。我马上派人去请他来。”

“哦，请不要这样。生孩子有时候整整一天也生不下来，我怎么能让大夫在这儿白白浪费几个钟点，现在医院里那些可怜的伤员都那么需要他。只要请米德太太过来就行了。她知道该怎么办的。”

“那好吧，”斯佳丽说。

第21章

斯佳丽让普莉西把玫兰妮的早餐送上楼以后，便打发她去叫米德太太，自己坐下来跟韦德一起吃早餐。可是这一回她却食欲全无。一方面，她想到玫兰妮临盆在即而惶惶不安；另一方面，她总是不由自主地留神听着炮声。处在这样的心境之中，哪里还吃得下东西？她的心脏十分奇怪：有几分钟跳得好好儿的，接着便迅猛异常地乱蹦乱撞，几乎把她折腾得想要呕吐。熬得挺稠的玉米粥像胶块堵在她的喉咙口，用焦玉米和红薯粉混合煮成的代咖啡从来没有像今天这样难以下咽。这玩意儿既不加糖，又没奶油，喝起来简直苦如胆汁，而用作“糖浆”的高粱对于改善它的味道作用甚微。斯佳丽才呷了一口，便把杯子推开。即使没有旁的理由，她也痛恨那些北佬，因为他们害得她连加糖和炼乳的真正咖啡也喝不上。

韦德倒是比平日安生，没有像每天早晨那样对他讨厌得要命的玉米粥撅嘴皱眉。斯佳丽一匙匙喂给他，他一声不吭地吃，还咕嘟咕嘟地喝水把黏糊糊的粥送下肚。他那双柔和的棕色眼睛又大又圆，像两个美元，注视着母亲的一举一动，流露出稚气的困惑，仿佛斯佳丽几乎不加掩饰的忧惧传给了他。吃完早餐，斯佳丽打发他到后院去玩儿，看他摇摇摆摆穿过乱蓬蓬的草地向游戏室走去，这才放心。

她站起来，走到楼梯脚下，却犹豫地站住了。她应当上楼去陪伴玫兰妮，帮她散散心，别去想这场正在迫近的磨难。但是斯佳丽实在没有这份心思。早不生，晚不生，玫兰妮偏偏挑这么个日子生孩子！还偏偏挑这么个日子说死道活！

斯佳丽在最低一磴梯阶上坐下，想让自己定下神来，可是思绪又回到老问题上：昨天的仗不知打得怎么样，今天的战局又不知进展如何？仅在数英里外，两军鏖战正杀得天昏地暗，可是这里竟一点消息也没有，岂不怪哉！眼下如此冷落的市梢头简直鸦雀无声，跟桃树溪之战那天比起来，对照又是多么奇特！佩蒂姑妈的家宅是亚特兰大最靠北的几所房子之一，战斗则在南边不知什么地方进行，这儿既没有增援部队急行军匆匆经过，也看不见救护车和一列列脚步踉跄的伤员回来。她估摸着这样的景象大概正在城南展现，于是为自己总算不在那边而感谢上帝。只可惜除了米德和梅里韦瑟两家，住在城北这一带的人都逃难去了。这使她感到十分孤寂冷清。她是多么希望彼得大叔当初能留在这里，那就可以派他到司令部去打听消息。要不是给玫兰妮拖住，她自己也会立刻走到市内去了解情况，但是，在米德太太过来以前，她不能离开。米德太太怎么还不来？普莉西又在哪儿？

她站起来，走到前门廊上不耐烦地眺望，可是米德家的房子在街道背荫处一个弯子后面，所以斯佳丽一个人也看不见。隔了好长一段时间，普莉西才出现，光只一人，慢慢腾腾地走着，好像闲得慌似的，把裙子扭来晃去，还频频回首看自己有多美。

“你走得比乌龟爬还慢，”等普莉西推门进来，斯佳丽劈头就给她一顿抢白。“米德太太怎么说？她什么时候能过来？”

“她不在家，”普莉西说。

“她到哪儿去了？几时能回来？”

“是这么回事，小姐，”普莉西津津有味地一个字一个字拖着长腔回答，借以衬托她带回来的消息意义重大。“她家的厨娘告诉我，今天一大早米德太太就得信，说菲尔少爷受伤了，米德太太赶紧坐上马车，还带了塔尔博特老头和贝特西一起去接他到家里来。厨娘说，菲尔少爷伤得很厉害，米德太太大概不会考虑上这儿来了。”

斯佳丽瞪着普莉西，恨不得抓住她使劲摇上一阵。黑人带来了坏消息，还总是那么洋洋得意。

“算了，别像个傻蛋似的站在这儿。你到梅里韦瑟太太那儿去，请她自己或差她家的黑妈妈来一趟。这就去，快走。”

“她也不在家，斯佳丽小姐。刚才我在回来的路上，顺便到那儿去跟她家的黑妈妈道声好。东家都出去了。正屋的门也上了锁。想必他们是到医院里去的。”

“怪不得你去了那么久！听着，不论什么时候我差你上哪儿，你就到我说的地方去，路上不许停下来再跟任何人‘道’什么‘好’。你去——”

斯佳丽不知该差她上哪儿去，只得顿住，满脑子苦苦搜索。留在城里的朋友中间还有谁能帮助她们呢？她想到了艾尔辛太太。不用说，这些日子以来艾尔辛太太并不喜欢斯佳丽，但对玫兰妮一向怀有好感。

“你去找艾尔辛太太，把所有的事情好好对她讲清楚，然后请她上这儿来。还有，普莉西，你仔细听着。玫荔小姐就要生孩子了，她随时可能用得着你。你马上走，快去快回。”

“是，小姐，”普莉西应道，然后扭转身躯，沿着庭前小径慢悠悠地往外走，步子比蜗牛快不了多少。

“赶紧，真是急惊风碰上慢郎中！”

“是，小姐。”

普莉西做出加快步伐的样子，其实跟原先相差微乎其微。斯佳丽回到屋里，在上楼见玫兰妮之前，她又举棋不定。她得向玫兰妮解释为什么米德太太不能来，而玫兰妮若是知道了菲尔·米德身负重伤，会心烦意乱的。算了，还是撒个谎把这事儿搪塞过去吧。

她走进玫兰妮的房间，发现托盘里的早餐原封未动。玫兰妮侧身躺着，面色煞白。

“米德太太到医院里去了，”斯佳丽说。“不过艾尔辛太太一会儿就来。你疼得厉害吗？”

“不算太厉害，”玫兰妮没说实话。“斯佳丽，你生韦德的时候费了多大工夫？”

“一点儿没费工夫，”斯佳丽兴致勃勃地回答，其实她心里实在高兴不起来。“当时我在外面院子里，几乎来不及跑回到屋里。妈妈说：这太不成体统了，简直跟一个女黑奴生孩子差不多。”

“我正巴不得也能像一个女黑奴那样，”玫兰妮勉强现出一丝笑容，可是一阵剧痛使她的五官都变了样，那笑颜顿时消失。

斯佳丽低头看了看玫兰妮狭窄的臀部，明知顺产的希望十分渺茫，但还是用宽心壮胆的口吻说："哦，这确实不是什么太可怕的事情。"

"我知道并不可怕。我想大概是我比较胆小的缘故。艾尔辛太太是不是马上就来？"

"是的，马上就来，"斯佳丽说。"我下去拿点儿凉水来，用海绵给你擦擦。今天热得厉害。"

她一边打水，一边尽可能拖延时间，每隔两分钟就要跑到前门口去瞧瞧普莉西是不是回来了。可是普莉西连个影子也没有，于是她只好回到楼上，用海绵给大汗淋漓的玫兰妮擦了擦身，再把她长长的乌发梳理一番。

足足过了一个钟头，她才听到街上有黑人拖着脚步的声音，朝窗外一看，只见普莉西在慢悠悠地回来，一路仍和先前一般身躯扭个不停，脑袋一仰一晃，那副拿腔作势的德行就像在一大批看得出神的观众面前表演。

"这小贱人，总有一天我要用鞭子抽她一顿，"斯佳丽恶狠狠地想着，急忙下楼迎上前去。

"艾尔辛太太在医院里。她家的厨娘说：早晨火车送来了大批伤兵。这会儿厨娘正在做汤，准备送到那儿去。她说——"

"别管她说些什么，"斯佳丽只觉得自己的心在往下沉，便打断了她的话头。"系上一条干净围裙，我要你到医院去走一趟。我马上写一张条子给你，你去交给米德大夫；要是他不在那儿，你就交给琼斯大夫或者其他随便哪一位大夫都行。要是这一回你再不赶紧回来，小心我活活扒掉你的皮。"

"是，小姐。"

"另外，你向随便哪位先生打听一下前线的消息。如果他们不知道，你就跑一趟火车站，问问运伤兵来的火车司机。问问仗是不是在琼斯博罗那一带打。"

"万能的上帝啊，斯佳丽小姐！"普莉西的黑脸上顿时惊恐万状。"莫非北佬已经打到塔拉庄园了，是不是？"

"我不知道。所以我叫你去打听消息。"

“万能的上帝啊，斯佳丽小姐！他们会把我妈怎么样呢？”

普莉西忽然开始放声号哭，斯佳丽本来就坐立不安，现在越发给闹得心烦意乱。

“别号！玫兰妮小姐会听见的。你这就去换一条围裙，快！”

在连声催促之下，普莉西急忙朝里屋走去，斯佳丽赶紧草草写了几句话在杰拉尔德最近一封来信的页边——整幢房子里只能找到这么一张纸。当她把便条折起来让页边处于醒目地位时，瞥见了杰拉尔德所写的只言片语：“你母亲——伤寒——无论如何——不能回家——”斯佳丽差点儿哭出声来。要不是为了玫兰妮，她一定立即回家去，哪怕全程都得步行也不在乎。

普莉西把信牢牢握在手中走了，这一回倒是小跑速度，于是斯佳丽回到楼上，正想编一番比较可信的谎话解释艾尔辛太太为何来不成。但是玫兰妮没有发问。她仰卧在床，神情安详，和颜悦色，看到她如此平静，斯佳丽倒也感到片刻的宽慰。

她坐下来，尝试着谈些无关紧要的事情，然而，对塔拉庄园的悬念以及北军也许会打赢这一前景，如利锥猛刺她的神经。她想象着埃伦生命垂危、行将咽气，想象着北军已攻入亚特兰大，见什么烧什么，碰上谁就杀谁。而伴随着这万千思绪的始终是远方沉闷的持续轰鸣，那声波滚滚涌入她的耳朵，在心中掀起阵阵恐惧的激浪。后来，她实在没有心思再闲扯下去，便把视而不见的目光转向窗外炎热而阒寂的街道以及蒙着尘土纹丝儿不动的树叶。玫兰妮也不吭声，只是她那安详的面容不时给阵痛扯得扭曲变形。

每次阵痛过后，她总是说：“这事儿确实没什么可怕，”而斯佳丽知道她在撒谎。瞧着她这副默默地强忍疼痛的样子，斯佳丽宁可叫她大声尖叫。斯佳丽明白自己应当怜惜玫兰妮，然而不知为什么竟无法牵动一星半点恻隐之心。她自己的忧虑已把她的心扯得支离破碎。有一次她朝玫兰妮痛得走了样的脸瞪了一眼，心想：“世上这么多人，为什么此时此刻偏偏得由我待在这儿陪玫兰妮？我跟她毫无共同之处，我恨她，甚至乐于看到她死。没准儿我这个愿望还真能实现，而且大概不消等到天黑。”想到这里，她不禁打了个寒颤，疑神疑鬼地害怕起来。希望某人死是不祥之兆，几乎跟诅咒某人同样不吉利。小时候常听黑妈妈说：咒骂像小鸟，打几个转转又还巢。于是，斯佳丽又急忙默祷玫兰妮不要死，口中热切地一迭连声说个不停，究竟说些什么，她自己也未必清楚。后来，玫兰妮伸出一只发烫的手按住她的腕子。

“你不必费神说话给我解闷，亲爱的。我知道你的心事有多重。我实在抱歉，给你添了这么多麻烦。”

斯佳丽又不则声了，但她没法安安稳稳坐着。万一大夫或普莉西都不能及时赶到，她该怎么办呢？她走到窗口朝下面街上瞧瞧，随后回来重新坐下。隔了一会，她又站起来从房间另一边的窗户往外瞧。

过了一个小时，又过了一个小时。及至正午时分，烈日高挂，暑气逼人，没有一丝儿风拂动蒙尘的树叶。玫兰妮的阵痛现已加剧。她长长的秀发浸透了汗水，睡袍贴着她的身体，只见一块块湿斑漫漶。斯佳丽用海绵给她擦脸，话虽不说，心里却怕得要命。上帝啊，倘若那孩子在大夫来到之前就要出生，叫她如何是好？对于接生助产，她可是一窍不通。这正是若干星期以来她一直担心会出现的急煞人的局面。她曾经指望，万一临时找不到大夫，普莉西也许能对付这样的局面。普莉西懂得如何接生。她自己说过不止一次。可是普莉西跑到哪儿去了？她怎么还不回来？为什么大夫还不来？斯佳丽又一次走到窗口往外瞧。她侧耳谛听，突然疑惑起来：远处的炮声似乎听不见了，这是真的还是她的错觉？如果炮声去远，那就意味着战斗离琼斯博罗更近了，那就是说——

最后，她总算看到普莉西三步并作两步急匆匆沿街跑来，便把身子探到窗外。普莉西抬头望见了斯佳丽，张嘴就要叫喊。她那小小的黑脸盘上现出极大的恐慌，斯佳丽一睹此状，生怕她喊出什么凶耗来会把玫兰妮吓着，连忙把一个指头按在嘴唇上，便离开窗口。

“我去拿点儿凉水，”她说着看了看玫兰妮眍进去的黑眼睛，竭力装出点儿笑容来。接着，她赶紧走出房间，并且小心翼翼地把房门关好。

普莉西坐在穿堂里扶梯的最低一磴台阶上大口大口喘气。

“仗打到琼斯博罗了，斯佳丽小姐！听说我们那些爷们吃了败仗。哦，天哪，斯佳丽小姐！不知我妈和波克会不会出事儿？哦，天哪，斯佳丽小姐！要是北佬打到这儿来，我们怎么办呢？哦，老天爷——”

斯佳丽急忙用手捂住普莉西肥厚的嘴唇。

“看在上帝分上，别响！”

是啊，要是北佬来了，那怎么办？塔拉庄园又会怎样呢？她把这个想法坚决推回到脑海中去，权且面对更紧迫的燃眉之急。如果她去想那些事情，就会像普莉西一样尖叫号哭起来。

“米德大夫在哪儿？他什么时候能来？”

“我压根儿没见到他，斯佳丽小姐。”

“什么？！”

“没见到，小姐，他不在医院里。梅里韦瑟太太和艾尔辛太太也不在那儿。一个男人告诉我，说大夫在车库里，刚从琼斯博罗送来的伤兵都在那儿。可是，斯佳丽小姐，我不敢到车库里去——那儿有好些人都只剩一口气了。我是怕死人的——”

“那么别的大夫呢？”

“斯佳丽小姐，老天可以作证，我实在没有办法，他们谁也不愿看你写的字条。他们在医院里忙得不得了，简直都像发了疯似的。一位大夫对我说：‘滚远点儿！别上这儿来添麻烦！这儿不知有多少人快咽气了，你还来扯什么生孩子的事。去找一个女人帮帮你，不就完了！’我只好东奔西走，照你的吩咐到处去打听消息，人家都说仗打到了琼斯博罗，所以我——”

“你说，米德大夫在火车站？”

“是的，小姐。他——”

“现在，你仔细听我说。我去找米德大夫。我要你去陪着玫兰妮小姐，她叫你干什么，你就干什么。要是你把仗打到什么地方的事向她露出半点儿口风，我就把你卖给南边的人贩子，我一定说到做到。你也不要告诉她：别的大夫都不肯来。听见没有？”

“听见了，小姐。”

“把眼泪抹干，打一桶凉水拿到楼上去。你用海绵给她擦擦。告诉她，我请米德大夫去了。”

“她要生了吗，斯佳丽小姐？”

“我不知道。恐怕是的，可我不懂。你比我更懂。上去吧。”

斯佳丽从壁台上拿起宽边草帽往头上一戴。她照了照镜子，无意识地掠一下散在帽外的几绺头发，但她并没有看见镜中的自己。从她胸窝里泛起的阵阵细微的寒栗，正往外辐射，一直凉到她摸着自己面颊的指尖，而她身体的其余部分却汗流如注。她快步出门，走到灼热的太阳下。日光火辣辣的，让人睁不开眼睛。就在她沿着桃树街急急而行的时候，暑气使她的血在两侧太阳穴里突突直跳。她听到街道远端人声喧嚷，忽高忽低。及至前面莱登宅院在望，她已开始气喘吁吁，因为她的紧身褡系得太紧，但她并没有放慢步子。越往前走，聒噪也就越响。

从莱登宅院到五角场那一段，街上万头攒动，活像一个蚂蚁窝刚被捣毁。黑人们满街乱跑，脸上无不惊慌失色；门廊上的白人小孩坐在那边大哭大叫，没人照料。辎重军车、满载伤员的救护车、各种行李家什堆得高高的马车充斥街道。老阿莫斯站在邦尼尔宅院大门前，按住一匹已套上车的马的辔头，他见了斯佳丽，两眼惊讶地睁得滚圆。

“你还没走，斯佳丽小姐？我们马上要走呢。我们家老小姐正在打点她的行李袋。”

“走？上哪儿？”

“只有上帝知道。小姐。反正得离开这儿。北佬就要来了！”

斯佳丽继续匆匆走去，连一声“再见”也没说。北佬就要来了！她在卫理会教堂前站住，以便缓一口气，等她那颗怦怦乱跳的心平静一下再走。如果她不让自己定一定神，那就非晕过去不可。就在她抓住一根路灯柱子以免摔倒的时候，看见一名军官骑马从五角场那边沿街疾驰而来。在一阵冲动之下，斯佳丽跑到街心向他挥手。

“喂，停下！请停下！”

那军官猛地一拉缰绳，竟把他的坐骑勒得前蹄腾空竖了起来。疲劳和紧张在军官脸上刻下不少粗硬的线条，但他旋即摘去灰色的破军帽摆了一下行个礼。

“太太有何贵干？”

“告诉我，这是不是真的？北佬真的就要来了？”

“恐怕是的。”

“你知道真是这样？”

“是的，太太。我知道。半小时以前司令部刚收到从琼斯博罗前线来的电报。”

“已经打到了琼斯博罗？你能肯定？”

“能肯定。用动听的诺言自欺欺人毫无意义，太太。电报是哈迪将军发来的，上面说：‘这一仗我打输了，现正全线后撤。’”

“哦，我的上帝啊！”

那军官疲惫、黝黑的脸毫无表情地俯视着斯佳丽。然后，他重新理好缰绳，戴上帽子。

“哦，先生，请再等一会儿。那我们该怎么办呢？”

“太太，这我就难说了。军队很快就要撤离亚特兰大。”

“把我们扔给北佬，一走了事？”

“恐怕是这样。”

马被靴刺一踢，四足像装上弹簧似的跑了，留下斯佳丽站在街心，脚脖子上覆着厚厚一层红色的尘土。

北佬就要来了。守军即将撤离。北佬就要来了。“我该怎么办？该往哪儿跑？不，我不能跑。不能把躺在床上快要临盆的玫兰妮撇下不管。哦，女人为什么要生孩子？要不是为了玫兰妮，我可以带着韦德和普莉西躲到树林里去，北佬永远别想找到我们。但我没法把玫兰妮带到树林里去。不，现在不行。真要命，玫兰妮干吗不早些把孩子生下来！即使昨天生下也好，那样的话，或许可以弄到一辆救护车把她带走，找个地方藏起来。可是现在，我必须找到米德大夫，请他跟我走，去看玫兰妮。也许他有办法催生。”

斯佳丽提起裙裾沿街跑去，她的脚步打出这样的节拍：“北佬就要来了！北佬就要来了！”到了五角场，只见摩肩接踵的人们睁着眼睛在瞎闯瞎挤，载着伤员的运货篷车、救护车、牛车乃至自备马车塞满了广场。这人群车马汇成的一片喧阗，犹如惊涛裂岸。

这时，与兵荒马乱的形势极不调和的一幅奇怪景象呈现在她的眼前。好几群妇女肩上扛着火腿从铁路那边走来。她们身旁紧紧跟着许多小孩，手提一桶桶滴滴答答的糖浆，走起路来晃晃摇摇。稍大的男孩拖着一袋袋玉米和土豆。有位老汉一个人用独轮车推着一小桶面粉。男女老少，黑人和白人，个个绷着脸，急急忙忙搬运成包成捆、成袋成箱的食物，斯佳丽整整一年里头也没见过这么多食物。突然，闪开的人群给一辆东歪西斜的马车让出一条路，通过这条窄路驾车驶来的是身材纤弱、一向风度优雅的艾尔辛太太，她一手拿着缰绳，一手执着鞭子，站着赶她的四轮敞篷车。此刻她头上没有帽子，脸色煞白，灰色的长发披散在背上，她用鞭子使劲狠抽拉车的马，简直像个复仇女神。她家的黑妈妈美立西坐在后座上，身子随着马车的颠簸不断跳动，一手抓住一块膘肥油足的咸肉，另一只手和两只脚则竭力不让堆在她周围的好多箱子和口袋掉落。一只袋子破了，袋里的干豌豆纷纷撒在街上。斯佳丽冲着她们喊叫，可是人群的喧嚷淹没了她的声音，马车发疯似的飞驰而过。

斯佳丽一时闹不清这一切究竟是怎么回事，后来想起一座座军需物资仓库就设在铁路旁，她才明白：是军队开了仓，让百姓在北佬进城之前尽量把物资拿走，以免落入敌手。

她敏捷地从人群中觅缝前进，穿过拥塞在五角场广场上那黑压压一大片惶惶不可终日的民众，然后以尽可能快的速度抄近路直奔火车站。透过滚滚烟尘从横七竖八的救护车堆里望过去，可以看到大夫们和抬担架的民夫们有的弯腰，有的抬人，忙个不停。谢天谢地，她马上就可以找到米德大夫了。及至她转过亚特兰大旅馆的拐角，看清楚前面的火车站和铁路轨道时，突然给视野所及的一切惊呆了。

数百名伤员躺在毒日头下，肩膀挨着肩膀，脑袋抵着脚板，把路轨两侧和站台的空间统统占满，一排排延伸到车库棚下，望不到尽头。有些人直僵僵地躺着一动不动，但多数在骄阳下辗转反侧，发出痛苦的呻吟。到处是成团的苍蝇在人们头上盘旋，在脸上爬行，嗡嗡之声不绝于耳。到处是污血、肮脏的绷带；每当抬担架的民夫搬动伤员的时候，呼痛声、尖厉的咒骂声随处可闻。汗臭、血腥、龌龊的身体以及便溺的气味搅成一股股浑浊的热浪升腾，直至触鼻的恶臭差点儿使她作呕。救护人员在横七竖八遍地皆是的人体之间来回奔忙，常常踩着伤兵，因为他们排得实在太密了。那些被踩着的似乎已经麻木不仁，只是往上翻两下眼珠，等待着什么时候轮到自己被抬走。

斯佳丽倒退几步，急忙捂住自己的嘴，因为她觉得恶心，想要呕吐。再往前简直已没法走。她看见过医院里的伤员，看见过桃树溪之战以后躺在佩蒂姑妈家草坪上的伤员，但从未见过这样的惨象，从未见过似这般发出恶臭、血流不止、在烈日下炙烤的人肉堆。这是一座十足的地狱——一座充满苦痛、腥臭和惨叫的地狱。快！快！快！北佬就要来了！北佬就要来了！

她挺起肩膀，还是从他们中间走过去，打足精神在站着的人中寻找米德大夫。但她旋即发现这样找人不行：如果不是步步留神地走，她一定会踩着哪个可怜的伤兵。于是，她提起裙裾，小心翼翼地在伤兵之间觅路，朝着正在指挥民夫抬担架的一小群人那边走去。

一路过来，不断有发烧的手揪住她的裙裾，不断有沙哑的声音向她哀求：

“小姐，水！请给点儿水吧，小姐！看在基督分上，水！”

她只得从那些抓得很紧的手中把裙裾拉出来，憋得她汗水顺着面庞直往下淌。万一她踩在其中某一个伤兵身上，恐怕非尖声大叫昏过去不可。斯佳丽从死人身旁跨过去，也从活人身旁跨过去，有的人躺在那里，目光迟钝，手按在肚子上，只见肚子上凝固的血已经把破军服和创面粘在一起，有的人胡子给干血浆得硬邦邦的，从他们破损的口腔中吐出含糊不清的声音，意思想必是：

“水！水！”

她必须马上找到米德大夫，否则肯定要歇斯底里地大叫起来。她朝着车库棚下那一小群人的方向望去，扯开嗓子尽可能高声喊道："米德大夫！米德大夫是不是在那儿？"

有一个人从那一小群中走出来，向斯佳丽这边看看。那正是米德大夫。他没有穿外套，袖子一直卷到肩膀上。他的衬衫和裤子都给染红了，简直跟屠夫的围裙一个样，甚至他那铁灰色的胡子尖上也因沾着血而失去了光泽。一看面容就可以知道他已极度疲劳，还窝着一肚子火，可是仍然满怀恻隐之心。那是一张给尘土染成灰色的脸，汗水在他的面颊上犁出许多长长的沟壑。但他招呼斯佳丽时的声音却是镇静和坚定的。

"你来得正好，谢天谢地。我正需要人手。"

斯佳丽直愣愣地对他注视良久，慌乱中松开了提着裙裾的手。不料裙裾落在一名伤员稀脏的脸上，他有气无力地挣扎着转动脑袋，以免裙子的褶裥把他憋死。大夫的话是什么意思？救护车扬起的尘土扑面而来，干燥的灰沙能把咽喉堵塞，腐烂的气味像一种腥臭的黏液直往她鼻子眼儿里灌。

"快来，孩子！到这儿来。"

斯佳丽提起裙裾，尽快跨过地上的一排排人体，朝他那边走过去。她把一只手放在大夫胳臂上时，感觉到那支胳臂因疲乏而有些哆嗦，然而大夫脸上的神情依旧十分坚定。

"哦，大夫！"她喊道。"你一定得去。玫兰妮要生孩子了。"

大夫望着她，似乎这话并没有进入他的意识。有一名伤兵用饭盒当枕头躺在斯佳丽脚边地上，听了她的话，仰面咧嘴现出善意的笑容。

"这档子事儿包在他们身上，"他风趣地说。

斯佳丽甚至没往脚下瞅一眼，只是摇着大夫的臂膀。

"我是说玫兰妮！她要生孩子了！大夫！你一定得去。她——"现在不是讲究什么知趣和得体的时候，然而，周围有好几百生人的耳朵都在听，这话她实在说不出口。

"她疼得越来越厉害了。我求你了，大夫！"

"生孩子？哎呀，该死的！"大夫大声诅咒道。恼恨和愤怒使他的脸顿时变了样，这火并非冲着斯佳丽或某一个人而发，他是冲着居然会有这等事情的整个世界发火。“难道你疯了不成？这儿有几百名伤员，他们都快死了。我不能为了一个可恼的小孩撇下他们不管。你去找个女人帮帮忙算了。可以叫我妻子去。”

斯佳丽正欲告诉他为什么米德太太去不了，但是话到口边戛然而止。米德大夫还不知道自己的儿子负了伤！斯佳丽心想：假如他知道了，是否还会待在此地？这时，有一个无言的声音在对她说：是的，即使菲尔只剩一口气了，米德大夫仍将坚守岗位，为许多人救死扶伤，而不是单单为一个人。

“不，你一定得去，大夫。要知道，你说过她会难产——”难道真是她——斯佳丽——站在这儿——这个到处是呻吟和热得像蒸笼的地狱里——用最高音说如此粗鄙、如此失礼的话？“你要是不去，她会死的！”

米德大夫粗暴地甩开斯佳丽抓住他胳臂的手，并且像是没有听清或不明白她的话似的，说：

“死？对，此地所有这些人——他们都会死的！没有绷带，没有药膏，没有奎宁，没有哥罗仿。哦，上帝啊，要是有些吗啡就好了！只要能有一丁点儿吗啡给伤势最重的人止痛也是好的！只要能有那么一丁点儿哥罗仿也是好的。那些天杀的北佬！那些天杀的北佬！”

“应该把他们打入地狱，大夫！”地上的那个人说，只见他的一口牙在胡子中间一闪。

斯佳丽开始全身发抖，眼睛里闪出惊恐的泪花。大夫不会跟她去了。玫兰妮会死的。“我不是曾经希望她会死吗！”大夫不去了。

“看在上帝分上，大夫！求你了！”

米德大夫咬一咬嘴唇，颧骨顿时隆起，于是他脸上的神色又恢复了原先的冷静。

“孩子，我争取去。我不能向你保证。但我会争取的。等我们给这些人作了必要的处理以后。北佬就要来了，部队要从城里撤走。我不知道他们会怎样安置伤员。火车根本不通。去梅肯的铁路线在北佬手中……。但我会争取的。你先回去吧。别在这儿妨碍我。给一个产妇接生没什么大不了。只要把婴儿的脐带结扎好……”

这时，一名卫生兵碰了一下他的臂膀，他立即扭过头去开始放连珠炮似的发布命令，同时忽而指着这个、忽而指着那个伤员。斯佳丽脚边的那个人用同情的目光朝她看看。斯佳丽只得转身走开，因为大夫已经把她给忘了。

她从伤兵堆里迅速退出来，开始返回桃树街。大夫不去了。她不得不硬着头皮挑起这副担子。感谢上帝，好在普莉西懂得有关接生的全部事项。斯佳丽一路给晒得头都疼了，她感觉到自己的紧身胸衣浸透了汗水牢牢地贴在皮肤上。她的脑瓜儿已经麻木，两条腿也发了麻，就像做恶梦时想要逃跑，可就是迈不开步子。她想，回去还得走那么长的路，真像是没有尽头似的。

接着，“北佬就要来了！”这句话，又在她头脑中打起熟悉的节拍。她的心开始加速搏动，四肢又有了新的活力。她匆匆进入五角场的人丛，现在那里越发拥挤不堪，狭窄的便道上寸步难行，她只得在马路上走。长长的士兵行列正经过那里，他们一身是土，由于疲惫劳顿而显得毫无表情。看来他们有好几千人，个个蓬头垢面、胡子拉碴，枪背在肩上，脚踏着行军的步伐走得很快。炮队过时，只见赶牲口的挥动生牛皮鞭子狠狠抽打那些拉炮的瘦骡子，简直要把它们包着骨头的一张皮也扒下来。张着破帆布篷的军需车队经过坑坑洼洼的路面时颠簸得厉害。骑兵的马蹄扬起呛人的烟尘，他们的队伍好像过不完似的。以前，斯佳丽从未见过这么多士兵在一起。撤退！撤退！军队正在弃城撤离。

匆匆离去的行列把她挤回到塞满了人的便道上，她闻到一股用玉米酿造的廉价威士忌臭味。靠近迪凯特街的人丛中有几个女人打扮得花里胡哨，看她们鲜艳的服饰和满脸的脂粉，像是在过什么节日，与周围的景象极不协调。她们大都带着醉意，而跟她们挎着胳臂的一些士兵醉得更厉害。倏忽之间，斯佳丽瞥见一头红色的鬈发，随之看到了那个活宝——贝尔·沃特林——靠在一名独臂士兵身上(那士兵自己走路也晃晃悠悠直打趔趄)，还听到了她醉醺醺的尖声浪笑。

斯佳丽连推带搡好不容易挤到五角场后一个街段的地方，那里人群的密度稍减，于是她提起裙裾，又开始奔跑。当她跑到卫理会教堂的时候，已经上气不接下气，头也晕了，甚至反胃想吐。她的紧身褡简直要把肋骨勒断。她在教堂前的台阶上坐下，垂首掩面，以便稍事喘息。她但求能深深地吸一口气到肚子里去。但求她的那颗心别乱晃乱捣、乱蹦乱跳。但求在这个疯狂的地方有那么一个人能向她伸出援助之手。

说实在的，她有生以来什么事情都不必自己操心。总有人为她干这干那，照看她，保护她，偏袒她，疼爱她。委实无法相信她会陷入如今这样的困境。没有一个朋友，没有一个邻居给她帮助。过去，她周围一向有的是朋友、邻居，有的是样样能干而又乐于效劳的奴仆。可眼前，在最最需要他们的时刻，却一个也没有。真叫人没法相信，她竟会落得如此孤单、如此恓惶，而且远离自己的家。

家！只要能在自己家里，管它北佬是不是打到塔拉庄园。哪怕埃伦在害伤寒，她也要回家。她渴望见到埃伦慈祥的面容，渴望让黑妈妈强壮的臂膀把她搂住。

斯佳丽勉强忍住头晕目眩站起来继续走。及至住处的房屋在望，她看见韦德攀住庭前的栅栏门在荡来荡去。韦德一见妈妈，马上皱眉嘟嘴，竖着一个擦破点儿皮的污黑手指，哭了起来。

“疼，”他抽抽搭搭地说。“疼！”

“嘘！不许哭！要不我揍你！到后面院子里去做泥饼玩儿，待在那儿别乱跑。”

“韦德饿了，”他抽噎着把疼痛的手指伸进嘴里去。

“我不管。到后院去……”

斯佳丽抬头望见普莉西从楼窗里探出身来，满脸都是惊恐和不安；然而，一见女主人回来，她立即如释重负，忧惧之状一扫而空。斯佳丽示意她下楼来，然后自己走进屋子。穿堂里多荫凉啊！她解带脱下帽子往桌上一扔，用前臂抹了一下额上的汗。她听见楼上的门开了，一声低沉而凄惨的呻吟从痛苦的深渊迸发出来，传到她耳朵里。普莉西一步跨三级梯磴走下楼来。

“大夫来不来？”

“不。他来不了。”

“天哪，斯佳丽小姐！玫荔小姐情况很不好！”

“大夫来不了。没有人能来。孩子得由你来接生，我做你的帮手。”

普莉西张大了嘴，舌头打着嘟噜，却说不出话来。她斜着眼看看斯佳丽，两只脚轮番摩擦地板，并且像绞麻花似的扭绞着瘦小的身躯。

“收起你那副白痴的模样！”斯佳丽喝道，她瞧着普莉西的丑态怒不可遏。“你怎么啦？”

普莉西一步一步慢慢地向楼上倒退。

“看在上帝分上，斯佳丽小姐——”普莉西那双骨溜溜转动的眼珠子表明，她既害怕又羞惭。

“怎么？”

“看在上帝分上，斯佳丽小姐！我们非得请一位大夫。我……我……斯佳丽小姐，接生的事情我一点儿都不懂。妈妈给人家接生的时候，从来不让我待在一旁。”

斯佳丽直吓得魂飞魄散，她先是从两叶肺里呼出一大口气，然后才感到怒不可遏。普莉西试图打她身旁一蹿而过，准备溜之大吉，但斯佳丽把她抓住了。

“你这吹牛的黑蹄子，你在说些什么？你明明说过，生孩子的事你全懂。你到底懂还是不懂？快说！”她抓住普莉西狠狠地抖，直至那颗长着鬈发的黑脑袋像喝醉了酒似的左右摇晃。

“我是撒谎来着，斯佳丽小姐！我自己也不知道怎么会撒这样的谎。我只偷看过一回别人生孩子，还结结实实地挨了妈妈的一顿鞭子。”

斯佳丽瞪着她，普莉西把身子缩做一团，想要挣脱。有一会儿工夫，斯佳丽的理智拒不接受对方吐露的真情，然而，当她终于认识到有关接生的知识普莉西并不比她懂得更多时，怒火烧穿了她的天灵盖。她这辈子从来没有打过一个黑奴，但这一回却抡起疲乏的胳臂，使出全力冲那黑腮帮子扇了一巴掌。普莉西尽着嗓门的最高音发出没命的尖叫，与其说是因为疼痛，不如说是由于害怕。接着，她开始像跳舞似的上下扭动身体，企图挣脱斯佳丽的掣肘。

就在普莉西尖叫的当儿，楼上的呻吟停止了，几秒钟之后，可以听到玫兰妮虚弱、发颤的声音在喊：“斯佳丽，是你吗？请你来一下！请快上来！”

斯佳丽放开普莉西的臂膀，于是那丫头废然倒在梯阶上呜咽抽泣。斯佳丽一动不动地站立片时，仰首听着重又传出的低沉呻吟。她站在那里的时候，好像有一副轭具沉甸甸地架到她脖子上，只要她一迈步，就能感觉到套住轭具要拉的荷载有多重。

她极力回忆自己生韦德时黑妈妈和埃伦为她做的每一件事，但是，当初多亏上帝保佑，分娩时的痛楚使她陷入了迷离恍惚的状态，只觉得几乎一切都模模糊糊如在雾中。不过有几件事她还记得起来，于是便用十足权威的语气很快地吩咐普莉西。

“把炉子生起来，火上放一壶水，让它烧滚。把你能找到的毛巾统统拿到楼上去，还有那一团绳子。再给我拿把剪子来。不要来对我说你找不到这些东西。一定得找到，而且要快。去，赶紧去找。”

斯佳丽揪住普莉西，把她从梯阶上提起来，再使劲往厨房那儿一推。然后，她自己打起精神举步上楼。她要办的第一件事就够困难的：去告诉玫兰妮，孩子将由她和普莉西来接生。

第22章

再也不会有哪一个下午比这天下午更长的了。也不会更热。也不会有那么多懒惰而又讨厌的苍蝇。虽然斯佳丽不停挥扇，苍蝇还是密集到玫兰妮身上来。斯佳丽摇着一柄大芭蕉扇，把两只手臂都累酸了。看来她的全部努力毫无效果：她把苍蝇从玫兰妮汗湿的脸上赶走，它们又爬到她黏糊糊的脚和腿上去，叮得她有气无力地跺脚蹬腿直叫：“请把它们赶走！在我脚上！”

房内半明不暗，因为斯佳丽放下了遮阳帘，阻挡暑气和强光。只有针也似的几道很细的光线透过遮阳帘的小孔和边缘射进来。即便如此，屋子里仍热得像只火炉，斯佳丽饱浸汗水的衣服始终未干，反而一小时比一小时湿得更透、粘得更牢。普莉西蜷缩在角落里，也是大汗淋漓，她身上那股汗臭味实在够呛，斯佳丽恨不得把她从屋里赶出去，只是怕那丫头一避开她的眼睛就会溜之大吉。玫兰妮躺在床上，她身上的被单已给汗渍得发黑，有的地方则是斯佳丽洒下的斑斑水迹。她不停地翻身，扭过来转过去，忽而往左，忽而往右，如此周而复始。

有几次她试着坐起来，但随即倒在枕头上，又开始辗转反侧。起先，她还竭力忍住不喊，把嘴唇咬得皮开肉绽，神经跟玫兰妮的嘴唇一样绽露的斯佳丽，实在看不下去了，便对她说：

“玫荔，看在上帝分上，别硬充好汉了。你想喊就喊吧。除了我们俩，谁也不会听见。”

随着下午的时间流逝，不管玫兰妮是否想充好汉，她已不能不哼出声来，有几次甚至大声尖叫。那时斯佳丽只得用双手掩面并捂住耳朵，不停地扭动身躯，但愿自己立刻死去。眼看别人如此痛苦而自己一点办法也没有，那简直比死还难受。这会儿没准北佬已经到了五角场，而她却给拴在此地等一个千呼万唤不出来的孩子降生，还有什么能比这更糟的？！

斯佳丽痛悔过去对于那些上了年纪的妇女窃窃私议生孩子时的交谈太不留意。为什么她不好好听呢！要是她对这类话题稍加注意的话，此刻就能知道玫兰妮分娩是否还要很长时间。她只依稀记得佩蒂姑妈讲过一个故事：她有个朋友临盆时整整折腾了两天，结果死了，而孩子始终没有生下来。倘若玫兰妮也像这样折腾上两天，那怎么办？要知道，玫兰妮的体质是那么柔弱，这样的苦头她是熬不了两天的。要是那孩子不赶快生下，玫兰妮马上就会死去。那么，她——斯佳丽——有何面目去见阿希礼——万一他还活着的话，——告诉他，玫兰妮已经死了？而她是答应过阿希礼要照看好玫兰妮的。

起初，玫兰妮痛得厉害时，就抓住斯佳丽的手，可是她抓得那么紧，简直要把那只手的骨头捏碎。如此过了一个钟点，斯佳丽的两只手都肿了，青一块紫一块的，几乎没法弯曲。斯佳丽拿两条长毛巾结在一起，缚在床脚上，把两头再打结放到玫兰妮手中。于是，玫兰妮把它当救生圈似的抓住那个结，时而拼命拉紧，时而放松，时而又想把它扯成碎片。整个下午，她的声音一直像落入陷阱、奄奄待毙的野兽。她间或松开所抓的毛巾，有气无力地搓搓手掌，用一双因痛苦而睁得老大的眼睛望着斯佳丽。

“跟我说说话吧。求求你，跟我说说话吧，”她的声音微弱如游丝，斯佳丽就得不住口地东拉西扯，直至玫兰妮重又抓住毛巾的结，重又开始扭过来转过去不停地翻身。

幽暗的房间里充斥着热浪、苦痛和嗡嗡叫的苍蝇，时间像拖着两条沉重的腿走得那么慢，斯佳丽几乎已记不清今天上午的事。她觉得自己在这个蒸笼一般又暗又热的地方似乎已经待了一辈子。每当玫兰妮喊出声来的时候，她也非常想直着嗓子尖叫，只是靠着狠狠地咬住嘴唇，让疼痛帮助自己保持清醒，总算没有失去理智，歇斯底里大发作起来。

有一次，韦德蹑手蹑足上楼来，站在门外哭鼻子。

“妈妈，韦德饿了！”

斯佳丽正欲向门外走去，可是玫兰妮低声说：

“不要离开我。求求你。你在这儿，我还能挺住。”

于是，斯佳丽叫普莉西下楼去把早餐剩下的玉米粥热一下给韦德吃。至于斯佳丽自己，她觉得今天下午这份罪够她消受的，此后永生永世不吃东西也不打紧。

壁炉台上的钟停了，她无从知道现在是什么时候，只能等屋里的热浪稍退，针尖似的光线变淡，才把遮阳帘拉开。她惊讶地看到时间已近黄昏，太阳低垂在天边。不知为什么，她原以为这烤人的大白天怕是永远捱不到头的了。

她火烧火燎似的想要知道目前市内的情况。队伍是不是都已撤出？北佬是不是已经进城？邦联军难道也不打一仗就这样开走？然而，一想起邦联军人数这样少而谢尔曼的部队却是那样兵强马壮，她便泄了气。谢尔曼！哪怕是撒旦的名字也不像这个名字那样使她害怕，连一半也不及。不过，现在没有时间想这些，因为玫兰妮不断要水，要冷毛巾敷在她头上，要给她打扇，要给她赶脸上的苍蝇。

黄昏来临，像黑色幽灵一般行踪飘忽的普莉西点起了一盏灯，这时，玫兰妮更加虚弱了。她开始呼唤阿希礼，一遍又一遍叫他的名字，似乎在说胡话，直至这可怕而单调的呼唤激起斯佳丽一个强烈的愿望：恨不得用枕头把她的声音压下去。也许，大夫最终还是会来的。但愿他快点儿来吧！由于希望重新抬头，她转过脸去吩咐普莉西赶快跑到米德家去瞧瞧，大夫或米德太太是否在那儿。

“要是大夫不在，你就问米德太太或厨娘，该怎么办。请她们不论哪个来一趟。”

普莉西在吧嗒吧嗒的脚步声中出房下楼，斯佳丽从窗内目送她沿着街道匆匆而去，这一回倒是走得快了些，斯佳丽做梦也想不到这个无用的丫头竟能走得那么快。但还是过了相当长一段时间，普莉西才回来，仍然只有一个人。

“大夫一整天没回过家。家里人说他一定跟士兵一起走了。斯佳丽小姐，菲尔少爷死了。”

“死了？”

“是的，小姐，”普莉西神气得话也多了，把话扯开说，“他们家的车夫塔尔博特告诉我的。菲尔少爷中了弹——”

“这不去管它。”

“我没见到米德太太。厨娘说，米德太太在擦洗拾掇他的尸体，趁北佬还没有来把他葬好。厨娘说，要是玫荔小姐疼得实在受不了，你就在她床下放一把刀子，这样，刀子能把疼痛切成两半。”

斯佳丽听了这番金玉良言，真想再扇她一个耳刮子，但这时玫兰妮睁开一双惊恐的大眼睛，低声问道：

“亲爱的，是不是北佬要来了？”

“不，”斯佳丽断然回答。“普莉西就爱撒谎。”

“是的，小姐，我就爱撒谎，”普莉西十分爽快地承认。

“他们要来了，”玫兰妮喃喃地表示不信，并把脸埋在枕头里。接下来她说的话声音是闷哑的。

“我可怜的孩子，我可怜的孩子。”隔了好长一会儿工夫，她又说：“哦，斯佳丽，你不该留在此地。你得走，把韦德也带走。”

玫兰妮所说的其实正是斯佳丽所想的，如此而已，但是听到这想法给说了出来，斯佳丽还是大为恼火，而且羞愧难当，仿佛她藏在心底的怯懦都清清楚楚写在自己脸上一般。

“别说蠢话。我可不怕。你知道我不会把你撇下。”

“其实你不用管我。我反正要死了。”说完，她又哼哼起来。

斯佳丽从黑灯瞎火的楼梯上下去，动作慢得像个老太太，扶住栏杆一路往下摸，生怕摔倒。她的两条腿跟灌了铅一般沉，由于疲乏、紧张而颤悠发软，汗水冷却后湿漉漉的贴身衣物粘得她直打寒噤。她勉强走到前门廊，在台阶顶上废然倒下。她背靠在门廊的一根柱子上，用发抖的手把紧身上衣的扣子解到半胸。夜浸润在热乎乎、软绵绵的黑暗中，她半卧半坐在那儿，像头牛那样呆呆地朝着黑夜凝望。

一切都结束了。玫兰妮并没有死，那个像只小猫似的直叫的男婴也由普莉西给他洗过了第一回澡。玫兰妮已经睡着。回想刚才如此痛苦的大喊大嚷，接生的又是成事不足、败事有余的外行，简直是恶梦一场，而她怎么还能入睡？她竟没有死！斯佳丽相信，若是她自己给摊上这样的高手，想必早就死了。可是，在这一切结束之后，玫兰妮甚至还轻轻说了声“谢谢你”，尽管声音十分微弱，因而斯佳丽不得不俯身凑到她面前才听得见。随后她就睡着了。她居然睡得着！斯佳丽忘了，韦德生下来以后，她也睡着了。她什么都忘了。她的脑海中空空如也；周围的世界也是一片空虚；在这无穷漫长的一天以前，根本就没有生活，此后也不会再有——有的只是这样一个热得要命的夜，只是她嘶哑疲乏地喘气的声音，只是从胳肢窝向腰间、从两股向膝部滴下去的汗珠，黏糊糊、滑腻腻、凉丝丝。

她感觉到自己的呼吸由平稳的大喘气变成了神经质的抽噎，但她的眼睛却是干的，而且发烫，仿佛从那里再也流不出一滴泪。她慢慢地、费力地挪动身子，把她厚实的裙裾撩到大腿上。她这会儿同时又热又冷又黏，夜晚的空气触及她的肢体感觉可真惬意。她呆呆地在想：要是佩蒂姑妈看到她摊手伸足躺在这儿前门廊上，撩起裙子，露出衬裤，会怎么说呢？但斯佳丽并不在乎。她什么都不在乎。时间静止不动了。现在也许刚过黄昏，也许已是午夜。她不知道，反正无所谓。

她听见有人上楼梯的脚步声，心想："这该死的普莉西，"接着便合上了眼睛，陷入一种似睡非睡的状态。在一阵迷迷糊糊、昏天黑地的间歇之后，她隐约意识到普莉西在她身旁叽叽喳喳说得正欢。

"我们干得可真棒，斯佳丽小姐。我看，就是我妈在这儿，也不会干得更棒。"

斯佳丽从阴暗处瞪了她一眼，因为太累了，实在提不起精神来训斥她、责骂她，也提不起精神来历数普莉西的不是——她大言不惭地吹嘘自己有经验，其实压根儿没接过生，临阵又惊慌失措、笨手笨脚、一点儿也不中用：一会儿剪子不知放哪儿去了，一会儿把盆里的水泼床上了，一会儿新生的婴孩又从她手中掉了下来。这会儿她竟然还有脸夸耀自己干得有多棒。

而北佬却要解放黑奴！当然喽，他们是欢迎北佬来的。

斯佳丽背靠柱子躺着不则声，普莉西觉察到她心境不好，便轻手轻脚消失在门廊的黑暗中。过了很长一段时间，斯佳丽的呼吸终于平静下来，思绪也恢复了常态，她听见大路上有隐隐约约的人声，还有好多好多人的脚步声从北边过来。兵！她慢慢地坐起来，把裙裾放下，尽管她知道黑暗中没人会看见她。等他们走到屋前，像数不清的憧憧幻影列队经过时，斯佳丽便向他们招呼：

"喂，请等一下！"

一个人影儿从人群中出来走到门口。

"你们要走了吗？你们就这样把我们撇下？"

那影儿似乎做了一个脱帽的动作，接着，从黑暗中响起一个斯文的声音：

"是的，太太。我们正在这样做。我们是最后一批离开工事的人，大概从此地以北一英里的地方撤下来。"

“这么说，你们——军队真的在撤退？”

“是的，太太。你也知道，北佬就要来了。”

北佬就要来了！她已经把这事儿给忘了。她的嗓子眼突然像给什么东西堵住了，再也说不出什么话来。那影儿走开去，跟其他许许多多影儿融为一体，只听得脚步声在黑暗中渐渐去远。“北佬——就要——来了！北佬——就要——来了！”这便是他们的步伐踩出的节拍，这也是她那颗骤然间怦怦直跳的心随着每一次搏动发出的呼号。北佬——就要——来了！

“北佬要来了！”普莉西哭叫着在她身旁缩成一团。“哦，斯佳丽小姐，他们会把我们统统杀掉的！他们会用刺刀捅穿我们的肚皮！他们会——”

“闭嘴！”这些事情光是想想就够吓人的了，现在又听到普莉西用发颤的声音说了出来，斯佳丽马上给一阵卷土重来的恐怖攫住。她能做些什么？她逃得出去吗？她还能去向谁求助？所有的朋友都抛弃了她。

忽然，她想起了瑞特·巴特勒，心头稍趋平静，恐惧也减了几分。今天上午她像一只给割掉了脑袋的鸡到处乱窜乱闯的时候，怎么没想起他来？她恨瑞特，但此人精明强悍，又不怕北佬。而且他还在城里。当然，斯佳丽对他十分恼火，上次他们见面的时候，瑞特·巴特勒说过一些可恶至极的话。不过，在目下这样的时刻，她不妨对这样的事情睁一只眼闭一只眼。何况，他还有一辆马车。哦，她以前怎么没想到这个人！瑞特·巴特勒能把她们全带走，离开这个倒霉的鬼地方，离开北佬，到别处去，去哪儿都行。

她转脸向着普莉西，用迫不及待的狂热口吻说：

“巴特勒船长住的地方——亚特兰大旅馆——你可认得？”

“认得，小姐，可是——”

“那你马上就到那儿去，你能跑多快就跑多快，告诉他说我有事找他。我要他快快来，把他的马车也赶来，或者来一辆救护车也行，只要他能弄到。你把这儿刚生了个孩子的事告诉他。对他说，我要他带我们离开此地。快去。赶紧！”

斯佳丽挺直上身坐起来，把普莉西一推，好让她加快脚步。

“万能的上帝啊，斯佳丽小姐！黑灯瞎火的，一个人在外面跑我害怕！要是让北佬给逮住了，那怎么办？”

“只要你跑得快，你就能赶上那些士兵，他们不会让北佬把你逮住的。快去！”

“我害怕！兴许巴特勒船长不在旅馆里？”

“那就打听他在哪儿。难道你连一点儿脑筋都不会动吗？万一他不在那家旅馆，你可以到迪凯特街的酒吧去问问。上贝尔·沃特林家去瞧瞧。一定得把他找到。你这个蠢货，要是你不赶紧去把他找来，我们准得落到北佬手里，一个也逃不了，难道你还不明白？”

“斯佳丽小姐，要是我踏进酒吧或者婊子窝，妈妈会用棉花秆子揍我的。”

斯佳丽硬撑着站起身来。

“听着，你要是再不走，我可要揍你了！你不用进去，可以站在街上叫他嘛，懂吗？或者问人家，他是不是在里边。去吧。”

普莉西还在磨磨蹭蹭，脚在地上拖着，嘴里嘟嘟囔囔，于是斯佳丽又推了她一下，险些把她从台阶上一个倒栽葱摔下去。

“你要是不去，我就把你卖给奴隶贩子。你再也见不到你的母亲，再也见不到任何一个你认识的人，我要把你卖掉，让你去种地。快走！”

“万能的上帝啊，斯佳丽小姐——”

在女主人的手坚决驱使下，普莉西只得从台阶上走下去。只听得前门发出咔嗒一声，斯佳丽在后面喊道：

“快跑哇，你这慢慢腾腾的笨蛋！”

她听见普莉西开始小跑时啪哒啪哒的脚步声，不一会儿，这声音便在柔软的泥地上去远、消失。

第23章

普莉西走后，斯佳丽疲惫地走到楼下穿堂里去点了盏灯。整幢房子热得像个蒸笼，仿佛把晌午的全部暑气都留在墙壁里边了。她的麻木状态此刻已有所消退，肚子正嚷着要吃东西。她想起自己从昨天晚上到现在还什么也没吃过，只喝了一汤匙玉米粥，于是便掌着灯走进厨房。灶下火已熄灭，可屋子里热得叫人喘不过气来。她发现长柄锅内有半块变硬的玉米饼，当即猴急地啃了起来，同时继续搜索，看有没有其他食物。罐子里还剩下一点玉米粥，她等不及把粥盛在盆子里，就用一柄烹调用的大勺子舀着吃。玉米粥淡得厉害，但她委实饿极了，也懒得再去找盐。吃了满满四大勺以后，她觉得这儿实在太热，便一手掌灯，一手拿着没吃完的玉米饼，出厨房走到穿堂里。

她情知应当上楼去陪伴玫兰妮。要是出了什么问题，玫兰妮是连叫唤的力气都没有的。然而，重又到她捱过了这么多恶梦般时光的那间屋子里去，只要一出现这个念头她就忍不住恶心。即便玫兰妮马上要死了，她也硬不起头皮回到楼上去。她但愿永远不再跨进那个房间。斯佳丽把灯放在窗旁的烛台上，仍然回到前门廊。这儿凉快多了，虽则夜沉浸在软绵绵、暖烘烘的空气之中。她在台阶上油灯投下的一圈微光之中坐下，继续啃那块玉米饼。

啃完以后，她觉得有点儿力气了，随着体力的恢复，恐惧又开始不断地螫她。街上远远传来模糊的声响，但她不知道这预示着什么事情。除了声音忽高忽低之外，她什么也分辨不出来。她探身凝神静听，可是很快就觉得肌肉因紧张而酸痛。此刻她最切望听到马蹄得得之声，看到瑞特无忧无虑、充满自信的眼神笑她给吓成这样。瑞特会把她们带走的，带到别的地方去。她不知道去哪儿。哪儿都行，她不在乎。

就在她侧耳谛听市内动静的时候，一片淡淡的红光出现在树梢头上。她愣住了，眼看那片红光愈来愈亮。黑暗的天空先是变成粉红色，继而转为深红，突然，只见树顶上方一条巨大的火舌高高腾向空中。斯佳丽霍地一跃而起，她的心又开始扑通通打起鼓来，简直有一种反胃的感觉。

北佬来了！她知道他们已经来了，此刻正在烧城。火光看来在市中心以东。火舌愈窜愈高，很快就在她慌了神的眼前扩展成红彤彤的一大片。看样子有整整一个街区在燃烧。刚刚起了一阵微弱的热风，所以还有冒烟的气味向她这边飘来。

斯佳丽飞步上楼到自己屋里，探身窗外以期看得更清楚些。天空是一片可怕的血红色，大团大团的涡状黑烟盘旋升起，形成汹涌的云涛在火焰上空翻滚。烟味儿现在更浓了。无数念头在她脑袋里左奔右突乱成一团：这火是不是很快就要蔓延到桃树街来把这幢房子烧毁？北佬是不是马上要冲进来收拾她？她该往哪儿逃？该怎么办？好像地狱里所有的魔鬼都在她耳际发出凄厉的尖叫，她感到天旋地转、心慌意乱，不得不扶住窗台，以免摔倒。

“我得想个办法，”她一遍又一遍对自己说。“我一定得想个办法。”

但是思想怎么也集中不起来，像一群受惊的蜂鸟四散乱窜，刚闯进脑海又飞了出去。就在她扶住窗台站着的当口儿，一声震耳欲聋的爆炸直冲她的鼓膜，这比她听到过的任何炮声都响。冲天的烈火撕破了夜空。接着又是一连串的爆炸。大地在摇动，她头顶上方的窗玻璃先是格啷啷一阵晃荡，随后乒乒乓乓碎落在她的周围。

震破耳膜的爆炸接连不断，世界变成了一个巨响充斥、凶焰肆虐、大地颤栗的炼狱。火星像洪水一般向空中喷射，然后懒洋洋地穿过血红色的大团烟云徐徐落下。她依稀听到从隔壁房间里传来一声微弱的呼唤，但是她并不在意。这会儿她无暇顾及玫兰妮。她什么都顾不上，只觉得恐惧像她看到的火焰一样迅速地在血管里乱窜。她此刻是个吓得魂飞魄散的孩子，只想把脑袋埋在母亲的两膝之间，不愿看见眼前的景象。她多么希望这时候能在自己家里！在家里，在母亲身边。

透过这片震颤神经的轰鸣，她又听到了另一个声音，那是为惊慌所驱、一步跨三磴上楼来的脚步声，还听到像一条失群的猎狗上气不接下气的喘声。普莉西闯进屋来，径直扑到斯佳丽跟前，死死抓住她的胳臂，仿佛要把上面的肉一片片掐下来似的。

“北佬——”斯佳丽惊呼。

“不，小姐，是我们自己的人！”普莉西边喘边嚷，同时她的指甲更深地掐入斯佳丽的胳臂。“他们在烧铸铁厂，烧军需仓库，烧货栈，哦，上帝啊，斯佳丽小姐，他们还把七十车皮的炮弹和火药统统炸飞，主耶稣啊，眼看我们全都要给烧死啦！”

她重新开始尖声哭叫，还使劲掐斯佳丽的胳臂，斯佳丽又痛又火，忍不住喊了起来，把她的手甩掉。

北佬还没有进城！要跑还来得及！于是斯佳丽把吓懵了的精力重新聚集拢来。

“如果我不定下神来，”她心想，“我会像一只给沸水烫着的猫那样没命地叫起来！”看到普莉西吓成这样一副可怜相，倒有助于斯佳丽恢复镇静。她揪住那黑丫头的双肩抖了几下。

“别再这样号丧，好好说话。北佬还没有来呢，你这蠢东西！你见到巴特勒船长没有？他怎么说？他来不来？”

普莉西算是停止了哭喊，但她的牙齿却在上下捉对儿磕碰。

“是的，小姐，我总算找到他了。在一间酒吧里找到的，正像你对我说的那样。他——”

“别管是在哪儿找到的。他来不来？你有没有叫他坐他的马车来？”

“天哪，斯佳丽小姐，他说我们的人把他的马车赶去拉伤兵了。”

“我的老天爷！”

“不过他要来——”

“他怎么说？”

普莉西缓过一口气来，稍稍定了定神，不过她的一对眼珠子仍睁大了骨溜溜转个不停。

“对，正像你对我说的那样，我在一间酒吧找到了他。我站在外边叫他，他走出来。他看见了我，我刚要跟他说话，这时我们的兵把迪凯特街的一个货栈给炸了，火一下子烧得满天通红，他说：‘快来！’并且一把抓住我就往五角场跑，到了那里，他才问：‘什么事？快说！’我把你的话对他说了，我说：‘巴特勒船长，你快点儿来，把你的马车也赶来。玫兰妮小姐生了个孩子，斯佳丽小姐急着要逃出城去。’他说：‘她打算去什么地方？’我说：‘我不知道，先生，不过你一定得来，因为北佬就要进城了，她要跟你一起走。’他笑了起来，说他的马车已经给带走了。”

斯佳丽听到她最后的一线希望落了空，心猛地往下一沉。她真够愚蠢的，竟然没有考虑到军队撤离时自然要把城里尚余的车辆和牲口统统带走。她一时气懵了，连普莉西在说些什么也顾不上听。但她旋即打起精神来听普莉西把经过情形说完。

“后来他又说：‘你去告诉斯佳丽小姐，叫她放心。我会给她从军队里偷一匹马出来，哪怕就剩这一匹了也要弄到手。’他还说：‘我偷马可不是个生手。你告诉她，即使我会给枪毙，也一定要为她弄到一匹马。’说到这儿，他又笑了，然后催我赶紧回家。我刚要撒腿，又是轰轰隆隆的爆炸声！我差点儿当场摔倒，他对我说：‘别害怕，那只不过是我们的人在把弹药炸掉，不让北佬得到——’”

“他要来？他要带一匹马来？”

“他是这么说的。”

斯佳丽宽慰地吁了一大口气。只要还有办法——不管什么法子——弄到马，瑞特·巴特勒一定会弄到一匹的。瑞特就有这等能耐。她什么都可以原谅瑞特，只要他能带他们从这个鬼地方逃出去。逃出去！有瑞特在，她就不怕了。瑞特会保护他们的。感谢上帝送来了瑞特！看到了脱险的前景，她转而着手作具体安排。

“把韦德叫醒，给他穿好衣服，再把我们各人的衣服拿几件出来。都装在小箱子里。别告诉玫兰妮小姐我们要走。先别说。你用两条厚毛巾把小宝宝裹起来，别忘了带他的小衣裳和尿布。”

普莉西仍牢牢抓住斯佳丽的裙子，两眼直翻眼白。斯佳丽猛推了一下才使她松手。

“快，”她喝道，于是普莉西像只野兔似的一溜烟跑了。

斯佳丽心里明白，她应当去安慰玫兰妮，那持续不断的巨响和火光烛天的夜空，想必已经把产妇吓得不省人事。这景象、这声音实在太像是世界末日已经来临。

然而，斯佳丽还是鼓不起勇气回到那间屋子里去。她跑到楼下去，打算把佩蒂帕特小姐去梅肯避难时留下的瓷器和小件银器收拾一下。可是，她到了餐厅里，两只手哆嗦得厉害，竟把三只盆子掉在地上打碎了。她跑到门廊上去听了一会儿，回到餐厅里，又把银器稀里哗啦掉在地板上。她的手一碰什么东西，什么东西就会掉下。匆忙中，她在破地毯上一滑，重重地摔了一跤。但很快就一骨碌爬了起来，甚至不觉得疼。她听见普莉西像匹野马在楼上东奔西跑，这声音简直要使她发疯，因为她自己也在楼下东奔西跑，不知忙些什么。

她大概是第十次跑到门廊上，不过这一回她没有回餐厅去干那毫无成效的事情，索性坐了下来。她什么也没能收拾好，什么也干不了，只能提着一颗七上八下的心坐等瑞特。好像已经好几个钟点过去了，可他还不来。最后，从大路上远远传来轮轴抗议不给上油的吱嘎声，还有缓慢而且带着几分犹豫的马蹄声。他为什么不赶紧点儿？为什么不让马儿跑快些？

声音渐渐趋近，斯佳丽霍地站起来叫瑞特的名字。接着，她隐隐约约看见瑞特从一辆载货小四轮车的座上爬下来，听到前门卡嗒一声，知道他向自己走来了。到了近处，灯光把他清楚地照亮。他的穿戴齐楚大方，像要去参加舞会似的：一身做工讲究的白色亚麻布西服，灰色波纹缎的绣花背心，衬衫前胸略微打了些褶子。他的宽边草帽挺帅地歪向一侧，腰带后面插着两把象牙柄的长筒决斗手枪。他的上衣口袋揣着子弹，沉甸甸地下垂。

他踏着富有弹性的阔步从院中的石径上过来，动作有点儿野人的味道，他那漂亮的脑袋架势则像来自什么酋长国的王公储君。这天夜晚的种种险象，把斯佳丽吓得魂不附体，可是对瑞特·巴特勒来说，却好比平添了几分酒兴。他黝黑的脸部细心敛藏着凶狠的气质，倘若斯佳丽能洞察这份残忍的话，准会吓一大跳。

瑞特·巴特勒的黑眼睛闪耀着顽皮的火花，似乎城里发生的一切在他看来相当可笑，似乎那地动山摇的轰响和凶险可怖的火光无非是吓唬小孩子的玩意儿。当瑞特走上台阶时，斯佳丽扭扭摆摆迎上前去，她的脸色苍白，一双碧眼异样明亮。

“晚上好，”瑞特用他带拖腔的语调说，同时脱帽潇洒地一摆行了个礼。“天气好极了。我听说你打算作一次旅行？”

“你要是挖苦嘲笑，我就永远不再跟你说话，”她说这话的声音稍稍有些发颤。

“你总不至于吓破了胆吧？”他装作大为吃惊的样子，并且微微一笑，斯佳丽看到这笑容，恨不得把他从很陡的台阶上倒推下去。

“不，我确实吓坏了！我吓得要死，只要你有上帝赐给山羊的那么一点儿头脑，你也会吓坏的。不过，这会儿没时间扯淡。我们必须离开此地。”

“愿意为你效劳，夫人，只是，你想去什么地方呢？我上这儿来是为好奇心所驱使，纯粹想知道你打算往哪儿走。你不能往北，不能往东，不能往南，也不能往西。周围都是北佬。目前只有一条出城的路北佬还没有占领，南军正从这条路撤退。而且这条路不久就要停止通行。史蒂夫·李将军的骑兵正在马虎村一带打一场后卫战，以保道路通畅到军队撤走为止。你要是跟在军队后面走去麦克多诺的那条道，他们会征用你的马，虽然一匹马值不了几个钱，可我是费了很大的劲才把它偷来的。那么，你到底想去哪儿呢？”

斯佳丽站着浑身直哆嗦，尽管在听瑞特说话，却跟没听差不了多少。不过，瑞特一问及此事，斯佳丽马上就知道自己要去哪儿，她心里很清楚，在这倒霉的一天里，她自始至终都知道要去哪儿。只想去那个地方。

“我想回家，”她说。

“家？你是指塔拉庄园？”

“是的，是的！去塔拉庄园！哦，瑞特，得赶快走！”

瑞特瞅着她，那眼神好像认为她昏了头。

“去塔拉？哦，天哪，斯佳丽！琼斯博罗一带整天都在打仗，难道你不了解？沿大路大约十英里的地段，从马虎村一直到琼斯博罗镇上，甚至那儿的大街小巷都有战斗，难道你不了解？这会儿塔拉庄园、整个县里也许到处都是北佬。谁也说不准他们已经打到什么地方，反正就在那儿附近。你不能回家！你不能愣往北佬的军队里闯过去！”

“我要回家！”她嚷道。“我要嘛！我要嘛！”

“你这个小傻瓜，”瑞特的语调干脆，口气粗暴。“那条路你不能走。即使你不闯到北佬手中，那儿的树林里也尽是掉队和开小差的士兵，南军和北军的都有。我们的军队还在大批大批地从琼斯博罗撤退。他们也罢，北佬也罢，见了你的马都不会客气。你唯一的办法就是跟在队伍后面走去麦克多诺的那条道，并且求上帝保佑在黑夜里不让他们看见。你不能去塔拉庄园。即使你到了那里，八成会发现它已被烧成一片废墟。我不让你回家去。你这是在发疯。”

“我要回家！”她嚷着，声音已失去控制，变成尖叫。“我要回家！你不能阻止我！我要回家！我要我的妈妈！你要是敢阻拦，我会杀了你！我要回家！”

长时期的神经紧张终于把她压垮，充满惊恐和歇斯底里的眼泪像决堤一般顺着她的面庞哗哗直淌。她两手握拳捶击瑞特的胸膛，并且一再狂叫：“我要嘛！我要嘛！哪怕得一路走回去我也要回家！”

忽然，她已在巴特勒的怀里，她泪湿的腮帮贴着瑞特衬衫前襟上浆的褶边，拳头也不再捶击，而是乖乖地放在瑞特胸前。巴特勒的手轻柔地、告慰地抚摩着斯佳丽蓬乱的头发，他的声音也变得温柔了。那么温和，那么柔婉，不带半点儿嘲弄，压根儿不像瑞特·巴特勒的声音，而是某一个不相识的精壮汉子的声音，此人身上散发出白兰地、烟草和马的气味，斯佳丽闻到这种气味心里很舒坦，因为这使她想起了父亲杰拉尔德。

“好啦，好啦，亲爱的，”瑞特柔声说。“别哭了。我让你回家就是了，我勇敢的小姑娘。一定让你回家。别哭了。”

斯佳丽觉得有什么东西触及她的头发，惶惑中模模糊糊地猜想这大概是他的嘴唇。他是那么温柔，令人感到无限的安慰，斯佳丽真想能永远偎在他怀里。有如此强壮的两条胳臂搂着她，什么也别想伤害她。

瑞特在他自己的口袋里摸索了一阵，掏出一方手帕来，替斯佳丽擦擦眼睛。

“听着，把你的鼻涕擤擤干净，得像个乖孩子的样儿，”他命令道，而眼睛里却闪烁着微笑，“然后告诉我该做什么。我们得抓紧时间。”

斯佳丽顺从地擤了擤鼻涕，但仍然颤栗不已，也想不出要他做什么。瑞特见斯佳丽的嘴唇在哆嗦，眼睛可怜巴巴地望着他，只得自行其是。

“韦尔克斯太太刚生下孩子，是不是？带她一起走恐怕太冒险——坐这样一辆颠簸晃荡的破车赶二十五英里地可不是闹着玩儿的。还是把她托付给米德太太为好。”

“米德夫妇都不在家。我不能把她撇下。”

“很好。那就让她上车。那个没头脑的小丫头在哪儿？”

“在楼上把行李装进箱子。”

“箱子？车上什么箱子也不能带。单是坐你们几个人还嫌太小呢，它的轮子保不定什么时候就会飞了出去。你叫她把屋里最小最小的一床羽绒被拿到车上去。”

斯佳丽还不能动弹。巴特勒牢牢地抓着她的臂膀，洋溢在瑞特身上的旺盛的生命力似乎多少正在注入她的躯体。她多么希望自己能像他那样镇定自若，那样满不在乎！瑞特把她往穿堂里推去，可斯佳丽依然站在那儿可怜巴巴地望着他。他带着讥诮的表情撇了撇嘴，说：

“难道这就是当初向我表示说她既不怕上帝、也不怕男人的那位大无畏小姐？”

瑞特突然纵声大笑，放开了她的臂膀。自尊心被刺痛的斯佳丽恶狠狠地瞪了他一眼。

“我就是不怕，”她说。

“不，你怕。再过一会儿你就会晕过去的，我身上可没带嗅盐。”

斯佳丽无可奈何地跺跺脚，因为她实在想不出旁的办法消气。然后，她一句话也不说，拿起油灯开始上楼。瑞特紧跟在她后面，斯佳丽听得见他在吃吃暗笑。这声音促使斯佳丽挺直腰板。她走进韦德的房间，见他衣服穿好一半，坐在普莉西怀里缩做一团，轻轻打着嗝儿。普莉西则在呜咽抽泣。韦德床上的羽绒褥垫倒是挺小的，斯佳丽便吩咐普莉西把它拿下楼去铺在车上。普莉西把孩子放下，遵命照办。韦德跟着她下楼去，由于眼前发生的事情吸引着这孩子的注意力，他也就不打嗝儿了。

“上这儿来，”斯佳丽说着折向玫兰妮的房门，瑞特把帽子拿在手里跟着她走。

玫兰妮静静地躺着，床单一直盖到下巴颏儿。她的脸呈死灰色，但是一双眍瞜的、围着黑圈的眼睛却安详而明净。看到瑞特 · 巴特勒出现在她的卧室里，她并不现出惊讶的神色，倒像觉得这是顺理成章的。她试图露出笑容，但这一丝微笑几乎还没有触及嘴角便消失了。

“我们回家去，去塔拉庄园，”斯佳丽用很快的语调向她解释。“北佬就要来了。瑞特带我们走。这是唯一的办法，玫荔。”

玫兰妮虚弱地点点头，朝新生的小孩那边做了个手势。斯佳丽把婴儿抱起来，赶紧用一条厚毛巾裹好。瑞特走到玫兰妮床前。

“我尽量不碰痛你，”他轻声说，并把床单在玫兰妮身下掖好。“试试看，你的胳臂能不能勾住我的脖梗儿。”

玫兰妮试了一下，可是胳膊软绵绵地掉了下来。瑞特俯下身去，把自己的一条胳臂插到她肩膀下面，另一条胳臂插到膝后，小心翼翼地把她托起来。玫兰妮没有叫喊，但是斯佳丽看到她咬住嘴唇，脸色比刚才更加惨白。斯佳丽掌灯给瑞特照路，正欲向门那边走去，这时玫兰妮朝墙上做了一个有气无力的手势。

“你要什么？”瑞特轻轻问她。

“请等等，”玫兰妮低声说，一边竭力想指给他看。“查尔斯。”

瑞特俯视着她，似乎以为她在说胡话，但斯佳丽明白这意思，心里非常恼火。她知道玫兰妮要查尔斯的相片，那相片挂在墙上他的军刀和手枪下边。

“请再等等，”玫兰妮又说，“还有刀。”

“哦，知道了，”斯佳丽应道。她拿着亮儿照瑞特步步留神地下楼以后，又回到屋里，从钩子上取下指挥刀和插着手枪的皮带。抱着婴儿掌着灯，还要拿这些东西，那副狼狈相也真够瞧的。这件事不折不扣是玫兰妮的本色：自己顶多只剩半条命了，北佬又马上就要进城，可她旁的不操心，单单惦着查尔斯的遗物。

斯佳丽取下相片时，对查尔斯的面部瞥了一眼。他的棕色大眼睛与她的目光相遇，于是斯佳丽稍停片刻，带着好奇的心情注视这张相片。这个人曾是她的丈夫，曾有几个夜晚与她共眠，她给这个人生了一个有着跟他同样温顺的棕色眼珠的孩子。可是她几乎已经想不起这个人来。

她抱着的婴儿摆动着小拳头，像小猫叫似的哭了起来。斯佳丽低下头去瞧瞧。她头一遭意识到这是阿希礼的孩子，忽然，她以身上剩下的全部激情希望这是她的孩子，她和阿希礼的。

普莉西连跑带跳上楼来，斯佳丽把婴孩交给她。她们匆匆下楼，灯光把晃动不定的影子投在墙上。在穿堂里，斯佳丽看见一顶女式软帽，便胡乱拿来戴在头上，把帽带系在颔下。这是玫兰妮的黑色居丧帽，跟斯佳丽的脑袋尺寸不合，但她记不起把自己的帽子搁哪儿了。

斯佳丽走出屋子，掌着灯下台阶，尽可能不让那柄军刀啪哒啪哒碰在她腿上。玫兰妮直挺挺地躺在车厢后部，她旁边是韦德和毛巾裹着的婴儿。普莉西爬进车厢，把婴儿抱在自己怀里。

车厢实在太小，车帮的木板又非常矮。轮子都向内侧倾斜，仿佛一转动起来就会飞出去似的。斯佳丽向那匹马一瞧，她的心就沉了下去。这畜生又瘦又小，它垂头丧气站在那儿，脑袋几乎夹在两条前腿之间。马背上皮开肉绽，尽是给挽具擦破的伤痕，而且它喘得那么厉害，任何一匹健康的马都不会这样。

“这畜生不太起眼，是不是？”瑞特咧嘴笑道。“看样子它会死在车杠里的。不过，我已经尽了最大的努力。将来有机会，我一定添油加醋告诉你，我是从什么地方、使什么招儿把它偷来的，以及我怎样险些挨了枪弹。这纯粹是出于我对你的一片赤忱，否则我绝不会在我一生的这个当口变成盗马贼——而且盗的又是这样一匹马。让我扶你上车。”

他接过斯佳丽手里的灯，把它放在地上。前座只不过是搁在车帮上的一块木板，窄得很。瑞特把斯佳丽整个儿抱起来一转，放到这块板上。斯佳丽一边把她宽阔的裙裾掖好，一边在想：做一个男人，而且有瑞特那么大的力气，该有多好哇！有瑞特在身边，她什么也不怕，无论这大火、这巨响还是北佬，她全不怕。

巴特勒爬上她旁边的座位，拿起缰绳。

“哦，等一下，”斯佳丽惊呼道。“我忘了把前门上锁。”

瑞特发出一阵狂笑，然后便用缰绳在马背上抽了一下。

“你笑什么？”

“笑你想把北佬锁在门外，”他说，这时马慢腾腾地、老大不乐意地勉强起步。放在便道上的灯还亮着，形成小小的一圈黄光。车渐渐去远，那一点光也变得越来越小，越来越小。

瑞特赶着那匹怎么也跑不快的马由桃树街往西拐弯，晃荡的车厢猛地一震，蹦入一条尽是坑坑洼洼的小巷，颠得玫兰妮想要忍住呻吟都来不及。黑魆魆的树木枝杈相接，在他们头顶上方形成拱弧；两侧依稀可见一座座房屋的轮廓，暗沉沉、静悄悄；栅栏的白色尖桩若隐若现，像是一排墓碑。这狭窄的巷子委实是一条昏暗的隧道，然而透过密叶的拱顶仍朦朦胧胧映出天上可怕的红光，憧憧黑影在什么也看不清楚的路上互相追逐，犹如许多疯狂的鬼魂。浓烟的气味越来越强烈，随着热烘烘的微风从市中心传来纷乱杂沓的喧嚣：有叫喊声，有辎重车辆沉闷的滚动声，有行军队伍咚咚着地的脚步声。当瑞特把缰绳一扯，马车折入另一条街时，又是一声惊天动地的爆炸把耳朵都快震聋了，只见西边空中倏地腾起一柱令人丧胆的烈火浓烟。

“想必是最后一车弹药给炸了，”瑞特镇定地说。“他们干吗上午不把车开走，这些笨蛋！时间充裕得很。这下苦的是我们。我原先考虑，只要绕过市中心，我们就可以避开火场和迪凯特街上那群醉鬼，太太平平从西南角出城。可是我们总得穿过玛丽埃塔街，而刚才这一声爆炸，要是我没猜错的话，不会离玛丽埃塔街太远。”

“非得——我们非得从火场那儿过吗？”斯佳丽发出的是颤音。

“不一定，只要我们抓紧时间，”瑞特说罢，从车上跳下去，随即消失在一个院子的黑暗中。他回来时手里拿着一根树枝，开始用它狠抽伤痕累累的马背。那畜生打着趔趄小跑起来，马鼻子喷出痛苦而费力的呼哧声，车厢给颠得向前倾斜，里边的人简直像在爆玉米花的罐子里那样翻过来倒过去。婴儿呱呱直哭，普莉西和韦德给车帮碰得生疼，都叫了起来。可是玫兰妮却一声不吭。

将近玛丽埃塔街时，树木比较稀疏，在建筑物上空咆哮的烛天火光，把街道和房屋照得比白昼更亮，并且投下触目惊心的阴影，这些影子狂扭乱舞，像一艘行将沉没的船上许多破帆在疾风中飘摇。

斯佳丽的牙齿在打架，但她吓懵了，甚至没有注意到这一点。她冷得浑身直哆嗦，尽管大火的强热已经烤得他们的脸上发烫。这是地狱，而她就在其中，倘若她能克服两腿的颤抖，一定会从车上跳下去，尖声狂叫着从他们来时走的那条黑咕隆咚的路往回跑，重新躲到佩蒂帕特姑妈的房子里去。斯佳丽向瑞特挨得更近些，用颤悠的手抓住他的胳臂，两眼望着他，等他说些定心宽慰的话。在那邪恶的血红色火光背景映衬下，他黝黑的侧影显得分外清晰，宛如铸在古钱币上的头像，英俊、冷酷、玩世不恭。当斯佳丽碰到他时，他转过脸来，眼睛射出的光芒跟火光一样吓人。在斯佳丽看来，他显得很兴奋，有一股蔑视一切的神气，似乎眼前这局面为他提供了强烈的刺激，似乎在他们一步步临近的炼狱里他将得其所哉。

“听着，”他说时准备把插在腰带后面的两支长筒手枪中的一支拔出来。“要是有人，不管是黑人还是白人，从你坐的那一边过来想要抢马，你先朝他开枪再说。不过，看在上帝分上，可别慌了神把这匹宝马给打死。”

“我——我有枪，”她悄悄地说，同时牢牢握着放在腿上裙幅里的手枪，其实她深信不疑：一旦死神真的逼到她面前，她肯定吓得三魂渺渺七魄悠悠，哪儿还顾得上扣扳机。

“你有枪？你是哪儿弄来的？”

“是查尔斯的。”

“查尔斯？”

“是的，查尔斯——我丈夫的。”

“难道你真的有过丈夫，亲爱的？”他低声说，还呵呵地笑了起来。

他怎么就不能正经点儿！怎么不加紧赶路！

“那你认为我的儿子是哪来的？”斯佳丽怒喝一声。

“哦，除了丈夫，还有别的办法——”

“请你闭嘴，快点儿赶路，好不好？”

但是，刚快到玛丽埃塔街，在一座尚未着火的堆栈墙外，巴特勒突然勒住缰绳。

“快！”斯佳丽头脑里只有这一个字。快！快！

“有兵！”瑞特说。

一支队伍，沿着玛丽埃塔街开来，以行军的步伐走在两排燃烧的建筑物之间，样子十分疲惫，扛枪的姿势七扭八歪的，他们搭拉着脑袋，没有力气加速通过火场，也顾不得烧着的木头从左右两旁哗喇喇塌下来，顾不得四周浓烟滚滚。他们个个衣衫褴褛，也分不出谁是官、谁是兵，只有个别人的破帽檐向上翻起，用一枚“C. S. A.”[1]的花环状帽徽扣住。好多人光着脚，有几个还用稀脏的绷带缠着脑袋或手臂。他们经过时既不向左边看，也不朝右边望，不声不响，要是没有那沉重的脚步声，他们完全可以被当作一群幽灵。

“仔细瞧瞧吧，”斯佳丽耳畔响起瑞特嘲讽的声音，“将来可以告诉你的孙儿、曾孙，说你当年看见过光荣的义师后卫如何撤退。”

骤然间，斯佳丽痛恨瑞特·巴特勒这个人，这种强烈的憎恨一时竟压倒了她的恐惧，使恐惧显得卑下渺小。她知道，她的安全以及车厢后部其他人的安全，都系于瑞特一人，尽管如此，她还是恨瑞特不该挖苦这些军容不整的队伍。她想到了已经阵亡的查尔斯和可能阵亡的阿希

---

①“南部邦联”的英文缩写。

礼，想到所有那些正在荒冢浅坟里化为朽骨的英武青年，然而她忘了自己有一回也曾在心中骂他们是脓包。她说不出话来，但她横眉逼视瑞特的那一双眼睛却射出仇恨和憎恶的凶光。

最后几名士兵也快走完了，一名殿后的小个儿让枪托在地上拖着，只见他身子一晃，停下来，望着别人的背影。大概实在太累了，他肮脏的脸上毫无表情，简直像个梦游者。他的个儿小得跟斯佳丽相仿，所以步枪差不多与他一般高，一张满是尘垢的脸还没有胡子。斯佳丽头脑里闪过一个不合时宜的想法：他顶多十六岁，大概是一名自卫队员，或者是从家里逃跑的中学生。

就在斯佳丽看着的当口，那少年的两条腿慢慢地弯下来，然后他倒在尘埃地。从前面队伍的末尾一排闪出两个人来，他们一声不吭地往回走到少年跟前。其中一个又高又瘦，长长的黑须一直垂到腰间，他默默地把自己的和少年的枪交给另一个人。然后，他俯下身去把少年举起来扛到自己肩上，其动作之轻松熟练简直像在变戏法。他不慌不忙地跟在撤退的行列后面走去，承受重量的肩背稍稍弓起，而那个虚弱的少年却像遭大人耍弄的小孩给激怒了，拼命叫喊："放我下来，你这该死的！放我下来！我能走！"

大胡子什么也没说，径自不紧不慢地走，不久便在马路拐弯处后面从视野里消失。

瑞特放松手里的缰绳，静坐不动，望着士兵们去远，他那黝黑的脸上有一种奇特的不悦之色。突然，近处响起木头塌落的折裂声，斯佳丽看见一条细长的火舌冒穿了堆栈的屋顶，而他们的马车就停在堆栈墙外的阴影中。紧接着，大大小小的火焰，在他们上空如旌旗招展欢庆胜利。浓烟直往她的鼻子眼儿里钻，韦德和普莉西给呛得咳起嗽来。那婴儿则轻轻打着喷嚏。

"哦，天哪！瑞特，你发什么呆呀？快走！快！"

瑞特并不答话，只用树枝在马背上狠狠抽了一下，抽得那畜生向前直蹦出去，竭尽全速拉着车连簸带晃地开始穿越玛丽埃塔街。在他们前面，通铁路线的狭窄短街两旁房屋都在燃烧，形成一条火的隧道。他们的车就向这隧道中间冲了进去。比十二个太阳更亮的强光使他们睁不开眼睛，灼热的高温几乎要把他们的皮肤烤焦，轰隆隆、哗喇喇的巨大声浪震得他们的耳朵生疼。他们在这火海中间忍受熬煎的一会儿工夫，好像长得永无终止似的，此后，他们一下子又进入一片幽暗。

当马车沿街狂奔并且剧烈颠晃着越过铁轨的时候，瑞特一直机械地挥舞着代替鞭子的树枝。他面部的表情呆滞，心不在焉，仿佛忘记了身在何处。他宽阔的肩膀向前倾斜，下巴颏儿往外突出，似乎他头脑里的思绪并不愉快。在大火的强热辐射下，汗水从他的脑门和两颊涔涔直淌，但他却不去擦。

马车走进一条小街，又折入另一条，就这样从一条狭街到另一条陋巷绕过来转过去，直至斯佳丽完全迷失了方向，而烈火的吼声也远远地消逝在他们后面。瑞特依旧不开口。他只是疾徐有节地抽打着马背。天上的红光这时正渐渐消退，道路却变得漆黑漆黑的，十分吓人，斯佳丽盼着能听到他说话，说什么都可以，哪怕是冷嘲热讽、尖酸刻薄的话也行。可他就是不开口。

他开口也罢，不开口也罢，斯佳丽反正得感谢上苍，因为跟他在一起终究是一大安慰。旁边有一个男子汉真好，可以紧靠在他身上，感觉到他臂上硬邦邦的肌肉，知道在自己与种种无以名之的恐怖之间隔着他这么个人，即便他光是坐在那里发愣，也是好的。

“哦，瑞特，”斯佳丽紧握他的胳臂，轻轻说道，“要是没有你，我们真不知道该怎么办！你没有入伍，我实在太高兴了！”

巴特勒扭过头来看了她一眼，这一看竟使斯佳丽放开他的胳臂，朝后一缩。这会儿他的眼神里并没有嘲意，而是赤裸裸的恼怒以及某种近乎茫然的表情。他把嘴一撇，又扭过头去。有很长一段时间，他们随着马车颠簸前进，一语不发，只有新生儿的嘤嘤哭泣和普莉西抽鼻子的唏嘘之声打破寂静。当斯佳丽再也耐不住这抽抽搭搭的声音时，便转过身去狠狠地拧她，把普莉西拧得没命地叫起来，接着便噤若寒蝉。

后来，瑞特终于赶着马向右拐弯，过了一会儿，他们的车上了一条比较宽阔，也比较平坦的路。房屋模糊的轮廓间距越来越大，道旁的树木连绵不断，隐约组成两堵林墙。

“现在我们已经出了城，”瑞特勒住缰绳简短地说，“这就是通往马虎村的大路。”

“快走！别停下！”

“该让牲口喘口气了。”然后，他转向斯佳丽，一字一顿慢慢地问：“斯佳丽，你是不是仍拿定主意要干这丧失理智的蠢事？”

“什么事？”

“你是不是仍旧想要闯回塔拉庄园去？这是自杀。在你和塔拉庄园之间隔着史蒂夫·李的骑兵和北佬的军队。”

哦，老天爷！她好不容易熬过如此可怕的一天，到了这个时候，难道瑞特准备拔短梯，不送她回家了？

“是的，当然想！当然想回家！求求你，瑞特，快走吧。我看这马还不算太累。”

“等一等。你不能由这条路前往琼斯博罗。不能沿着铁路线走。从马虎村向南，铁路线上整天都在交火。你知道有没有别的路能绕过马虎村或琼斯博罗？反正是车过得去的小路就行。”

“哦，有的，”斯佳丽欣慰地急忙应道。“只要能到马虎村附近，我知道有一条小路从通向琼斯博罗的大路上岔开，弯弯绕绕有好几英里。爸和我经常骑马走这条路。走到底便是麦金托什田庄，那儿离塔拉只有一英里。”

“那好吧。你也许能平安绕过马虎村。史蒂夫·李将军整个下午一直在那里掩护部队撤离。也许北佬还没有到那里。也许你能平安通过，只要史蒂夫·李的人不把你的马抢去。”

“你是说我——我能通过？”

“对，你。”他的语气相当生硬。

“可是，瑞特——你——你难道不送我们去了？”

“是的。我在这儿和你们分手。”

斯佳丽茫然四顾，看看后面青灰色的天空，看看两旁像牢墙一般把他们围在中间的阴森树木，看看车厢后部那几个惊魂未定的人影，最后又看看瑞特。莫非她神经错乱了？是不是她听错了？

现在瑞特咧嘴笑了。朦胧中，斯佳丽依稀看到他的一口白牙，他眼睛里又闪起惯有的嘲意。

“分手？你打算去哪儿？”

“亲爱的小姐，我打算跟部队一起走。”

斯佳丽吁了一口气，既感到宽慰，又有些着恼。为什么他偏偏挑这个时候打哈哈？瑞特去参军！他常说，那些傻瓜会给一阵鼓声和鼓动家的几句豪言壮语招去送命，好让聪明人发财。可现在，他自己要去入伍！

“哦，你可别这样吓我，小心我把你掐死！我们赶路吧！”

“我不是开玩笑，亲爱的。我感到很伤心，斯佳丽，你竟把我英勇的舍身精神当做一句戏言。你的爱国心哪里去了？你对我们光荣伟大的事业的热爱又到哪里去了？现在正是机会，你可以对我说：要么凯歌荣归，要么沙场玉碎。不过，你得赶快说，因为我需要时间发表一篇激昂慷慨的演说，然后出发去打仗。”

他那拖着长腔的声音在斯佳丽听来分明是放肆的讥笑。瑞特在嘲弄她，而且，不知什么缘故，斯佳丽觉得他也在嘲弄他自己。他这番话不可能是当真的。很难相信他会那么轻飘飘地声称准备在这黑咕隆咚的路上撇下她不管，连带着撇下一个也许会死的半道上的产妇、一个刚出生的婴儿、一个低能的黑丫头和一个吓呆了的孩子，让她——斯佳丽——带着他们穿过好几英里的战场，那里尽是掉队的士兵、北佬、战火，天知道还会遇上什么。

很久以前，那时候她才六岁，有一次从树上掉下来，趴在地上动不了。她至今仍能回忆起在一口气缓过来以前那片刻间要命的感受。此时，她望着瑞特，和当年的那种感觉如出一辙：气顺不过来，脑袋昏昏沉沉，而且恶心想吐。

“瑞特，你在开玩笑！”

斯佳丽抓住他的胳臂，只觉得惊恐的眼泪扑簌簌洒在自己的手腕子上。瑞特把斯佳丽的手举到嘴边轻轻吻了一下。

“你也太自私了点儿，亲爱的，难道不是吗？光考虑你自己的千金贵体，把邦联的壮烈伟业丢在脑后。你想想，要是我在千钧一发的危急关头出现在我们的军队里，这对他们将是多么大的鼓舞！”他的语调洋溢着一种不怀好意的柔情。

“哦，瑞特，”她哭了起来，“你怎么能这样对我？你为什么要离开我？”

“为什么？”他爽朗地笑道。“也许出于潜藏在所有我们南方人身上、可是总会露马脚的情感冲动。也许……也许因为我感到惭愧。谁也说不准。”

“惭愧？你应当羞死才对！把我们扔在这儿不管，无依无靠、走投无路……”

“亲爱的斯佳丽！你怎么会走投无路呢？任何一个像你这样自私而又果断的人绝不会走投无路的。要是你给北佬抓去，倒是他们要靠上帝保佑了。”

他突然从车上跳下去，斯佳丽目瞪口呆地看他绕到车的另一边——斯佳丽坐的一边。

“下来！”他命令道。

斯佳丽直愣愣地瞧着他。瑞特不客气地举起手臂往她腋下一夹，把她从车上抱下来，放到自己身旁的地上，然后一把抓住她拖着走到离车若干步的地方。斯佳丽感觉到便鞋内渗进了砂土和碎石扎着她的脚掌。寂静而闷热的黑夜像一个梦把她紧紧裹住。

“我不想请求你理解或原谅。你能否理解、能否原谅，我都看得一文不值，因为我永远不会理解、也不会原谅自己干的这档子蠢事。我恼恨自己身上居然还残留着这么多的堂吉诃德精神。但是，我们美丽的南方现在需要每一条汉子。我们那位勇敢的布朗州长不正是这样说的吗？这是题外话。我要打仗去了。”他忽然放声大笑，笑得那样响亮、那样肆无忌惮，在黑暗的树林里激荡起阵阵回响。

“‘若不是荣誉对我更可贵，亲爱的，我就不会这样爱你。’[1]这话

---

① 十七世纪英国诗人理查·拉夫雷斯(1618—1658)的诗句。

正用得上，可不是吗？比我自己此时此刻所能想到的任何话语更贴切。因为我爱你，斯佳丽，尽管上个月一天晚上我在门廊上说了那样的话。”

他的拖腔蕴含着爱抚，他的手顺着斯佳丽裸露的臂膀向上滑移，那是一双温暖而强壮的手。

“我爱你，斯佳丽，因为我们俩有那么多相似之处，你我都是叛徒，亲爱的，都是自私的坏蛋。无论是你还是我，只要自己日子过得太平、舒服，哪怕全世界给砸个稀巴烂，也毫不在乎。”

他的声音在黑暗中说着、说着，斯佳丽听见他的话，但没有把意思听进去。她的思想正在费劲地接受一个铁的事实：瑞特要在这里把她撇下，由她单枪匹马去对付北佬。斯佳丽头脑里反复盘旋着一句话：“他要撇下我走了。他要撇下我走了。”但是感情没有被搅动。

随后，瑞特的手臂搂住了她的腰和肩膀，斯佳丽感觉到瑞特两条大腿坚硬的肌肉抵着她的身体，瑞特上衣的扣子嵌入她的胸脯。一股情感的热浪从心底涌向全身，令她迷惘、惊慌，使她忘了这是什么时候、什么地方、形势怎样。她觉得自己软得像个布娃娃，通体温暖、四肢乏力、身不由己，让他的两条胳臂扶着那真叫舒服。

“关于上个月我说的那件事，你不想改变主意吗？没有什么比危险和死亡更能增添刺激的了。献出你的爱国热情吧，斯佳丽。好好想一想，你该怎样送一名战士带着甜蜜的记忆走向死亡。”

现在他吻着斯佳丽，他的小胡子刷得斯佳丽的嘴怪痒的，灼热的嘴唇从容不迫，仿佛他有整整一宿的时间可以享用。查尔斯可从没像这样吻过她。塔尔顿双胞胎和卡尔弗特兄弟的吻，也从未像这样使她又热又冷又哆嗦。瑞特让她的身体稍稍后仰，驱使嘴唇顺着她的脖子往下游动，游向一件浮雕玉饰扣住她紧身上衣领口的地方。

“宝贝儿，”他低声说。“宝贝儿。”

斯佳丽看见黑暗中马车模糊的轮廓，听到韦德尖细发颤的声音在叫：

“妈妈！韦德害怕！”

猛然间，冷静的理智回到了她迷离恍惚的意识中来，她记起了自己一时忘怀的事情，那就是：她也害怕，而瑞特要离开她，扔下她不管，这该死的无赖！最最可恶的是：他居然有这么一张无与伦比的厚脸皮，站在这儿大道上说下流话侮辱她。想到这里，不禁怒从心上起，恶向胆边生，她顿时挺直背脊，身子猛地一扭，从瑞特怀抱里挣脱出来。

“哦，你这个无赖！”她喊道，一边在记忆中拼命搜索，想用更加厉害的字眼骂他，她曾听到父亲杰拉尔德骂林肯先生，骂麦金托什一家，骂犟住不走的骡子，可那些话就是想不起来。“你这个下流东西、胆小鬼、又脏又臭的家伙！”由于她想不起任何具有足够杀伤力的名堂来，便抡起胳膊，把剩下的全部力气一齐使上，扇了他一个嘴巴子。瑞特倒退一步，把手举到脸上。

“啊，”他镇定地说，有一会儿工夫两人就这样面对面站在黑暗中。斯佳丽听得见瑞特粗重的呼吸，也听到她自己喘得上气不接下气的声音，好像刚跑了一段急路似的。

“难怪人们这么说！难怪人人都这么说！你不是一位君子！”

“我亲爱的小妞儿，”他说，“真不够味儿。”

斯佳丽明白瑞特在取笑她，这个想法在她的火上浇了油。

“滚！快滚！马上给我滚！我再也不愿见到你。但愿炮弹直接命中你，把你炸成一百万块碎片！但愿——”

“不必说下去了。你的基本意思我明白。等我为国捐躯以后，我希望你将多少受到一点儿良心的责备。”

斯佳丽听到他笑着转身向马车那边走回去。斯佳丽看见他站在车旁，听到他说话的口气已变得谦恭有礼，他一向就是这样跟玫兰妮说话的。

“韦尔克斯太太！”

车上应答的是普莉西惊慌的声音。

“上帝啊，巴特勒船长！玫荔小姐在里头晕过去了。”

“她没死吧？还有气儿没有？”

“是的，先生，她有气儿。”

“也许这样对她反倒好些。她要是神志清醒，我怀疑她是不是受得了这份痛苦。你好好照看她，普莉西。这点儿钱给你。你已经够傻的了，小心别干出更傻更蠢的事来。”

“是，先生。谢谢先生。”

“再见，斯佳丽。”

斯佳丽知道他已经转过身来，此刻正面朝着自己，但她没有则声。憎恨堵塞了所有的发音器官。路上的碎石给瑞特踩在脚底下嚓嚓作响，有一会儿工夫黑暗中现出他双肩宽阔的轮廓，后来就看不见了。斯佳丽还有若干时间可以听到他的脚步声，最后连脚步声也渐渐消失。斯佳丽慢慢地回到车前，两膝颤抖不已。

他为什么要走，走进这一片黑暗，走向战场，去打一场已经输掉的仗，进入一个疯狂的世界？喜欢醇酒妇人的瑞特，懂得如何享用精美的食物、柔软的床铺、讲究的衣料、上等的皮革，他明明讨厌南方，嘲笑为南方战斗的人都是傻瓜，现在他足登擦得锃亮的皮靴，自己踏上了苦难的征途，这条路上饥饿、创痛、疲劳、悲伤比比皆是，犹如狼群横行，嗥声不绝于耳。而这条道路的尽头则是死亡。他没有必要走。他既安全、又富有，满可以舒舒服服过日子。然而他走了，把她撂在这伸手不见五指的黑夜里，在她和她的家中间还隔着北佬的军队。

此刻，她想用来骂瑞特的那些恶毒的词语，一下子全记起来了，但为时已晚。她把头靠在弯下的马脖子上，哭了。

第24章

从头顶上枝叶间洒下的灿烂晨光照醒了斯佳丽。她睡着时姿势别扭，醒来后四肢发麻，一时想不起自己在什么地方。太阳射得她睁不开眼睛，身子底下车厢的木板硬邦邦地抵着背脊，腿上沉甸甸地压着不知什么东西。她试着撑起上身，发现重物原来是枕在她大腿上睡觉的韦德。玫兰妮的一双光脚几乎碰到她的面孔，普莉西像一只黑猫蜷缩在车座下面，把婴儿夹在她自己和韦德之间。

于是，斯佳丽记起了一切。她霍地坐起来，匆匆四顾张望。谢天谢地，周围看不见北佬！马车隐蔽的地方夜里没被发现。此刻，一切又在她头脑里重现。自从瑞特的脚步声去远以后，那段行程简直像一场恶梦：长夜漫漫，漆黑的路上布满辙槽和大石块，车身一路颠晃，还几次滑进两旁的深沟，她和普莉西两个人在恐惧的驱策下发疯似的拼命把轮子从沟里拉起来。有好几回，当她听到有士兵临近时，不知道是友是敌，总是急忙赶着那匹犟马把车拉到田地或树林里去暂避，还一直提心吊胆，生怕有谁咳一声嗽，打个喷嚏或者韦德打一个嗝儿，就可能暴露他们的踪迹，被行军的队伍发觉。现在回想起来，斯佳丽仍会不寒而栗。

哦，那条漆黑的路啊！路上走过的士兵都像鬼魂，谁也不说话，只有靴子踩在松软的泥土上沉闷的脚步声、马笼头轻微的咔嗒声以及皮带绷紧的吱嘎声。哦，那短短的一瞬间回想起来心中犹有余悸：马累坏了不肯再走，而骑兵和轻炮兵正在黑暗中陆续经过斯佳丽他们屏息停着的地方，相距仅在咫尺之间，近得她伸出手去几乎可以触及他们，近得她甚至能闻到士兵身上的汗臭！

当他们终于捱到马虎村附近时，只见前面零零落落点着几堆篝火，那是史蒂夫·李的末了一批断后部队在待命撤离。斯佳丽把车赶到犁过的地里，绕了大约一英里，直至后面火堆的亮光完全看不见为止。可这时她在黑暗中迷了路，怎么也找不到她原先十分熟悉的那条赶车小道，急得直哭。后来总算找到了，马又在挽绳中跪下去起不来了，甚至斯佳丽和普莉西使劲拽笼头，它也不肯站起来。

于是，斯佳丽只得给马解开挽绳，自己累得大汗淋漓，爬到车厢后部，把两条酸得要命的腿伸直。她模模糊糊记得，在睡魔把她的眼皮夹拢来之前，玫兰妮微弱的声音带着歉意，简直像在乞讨似的说：“斯佳丽，能不能请你给我一点水喝？”

当时斯佳丽说了一句：“没有水，”话未出口，人已经睡着了。

现在已是早晨，周围一片静穆，绿荫丛中筛下无数金色的光斑。目力所及之处都没有兵。斯佳丽又饿又渴，浑身酸痛，手足拘挛，心里直纳闷儿：她——斯佳丽·奥哈拉——向来非细洁的床单和最软的羽绒被褥不睡，竟然能在硬木板上像个种地的黑奴那样酣睡。

她在阳光下眨巴了一阵眼睛，视线落到玫兰妮身上，顿时吓得缓不过气来。玫兰妮躺着一动也不动，面色惨白，全无半点生气，斯佳丽想她准是死了。她看上去像个死去的老妇人，形容枯萎，蓬乱纠结的黑发披在脸上。后来斯佳丽见她胸口微微起伏作浅呼吸状，才知道这一夜玫兰妮算是熬过来了。

斯佳丽用手遮住阳光环顾一周。显然，他们是在某一户人家的前院树下过的夜，因为有一条铺着砂砾的车道伸展在她前面，夹在两行杉树中间蜿蜒远去。

“这不是马洛里庄上吗！”她忖道，想到这里有朋友会提供帮助，她的心立即欢欣雀跃。

然而，死一般的寂静笼罩着庄园。草坪上的花草灌木遭到马蹄、车轮、人足的来回反复践踏和碾压，给折腾得遍体鳞伤，直至泥土翻身。斯佳丽向房屋那边看去，她相当熟悉的一栋外围白色护墙板的老宅子已荡然无存，见到的只是长长一条熏黑的花岗石矩形地基，还有两支高烟囱把蒙满烟炱的砖块耸入枯焦、静止的树叶丛中。

她打着寒战倒抽了一口冷气。她会不会发现塔拉庄园也像这里一样被夷为平地，笼罩着死一般的寂静？

“现在我不应该这样想，”她急忙对自己说。“我必须制止自己这样想。要是我这样想，我又会吓破胆的。”但是，她的心还是不由自主地加速搏动，而且每跳一下都像打雷：“回家！赶快！回家！赶快！”

他们又得出发往家乡赶路。不过首先必须找些吃的和水，特别是水。她把普莉西推醒。普莉西滴溜溜转动两颗眼珠子向周围张望。

“上帝啊，斯佳丽小姐，我原以为醒过来的时候一定已经到了天国。”

“你离那儿还远着呢，”斯佳丽说时掠了一下自己乱蓬蓬的头发。她脸上、身上都已汗湿。她觉得自己脏得要命，乌糟糟、黏乎乎，甚至有些臭烘烘。和衣而睡的结果是衣服皱得不成样子，而且她有生以来从未感到如此疲乏、如此酸麻。由于昨夜用力过度，肌肉疼得厉害，她不知道身上还有这些肌肉；现在只要稍一动弹，便会带来一阵剧痛。

她俯身看看玫兰妮，见她的黑眼睛已经睁开。这是一双病人的眼睛，眶下垂着袋状的黑圈，异样明亮的目光说明她在发烧。她张开干裂的嘴唇，低声央求："水。"

"普莉西，起来，"斯佳丽吩咐说。"我们到井上去打点儿水来。"

"可是，斯佳丽小姐！那儿也许有鬼。没准儿有人死在那边。"

"你要是不下车去，我叫你先变成一个鬼，"斯佳丽说着，自己一瘸一拐地爬到地上。她根本没有心思跟普莉西辩论。

这时她才想起了马。我的上帝啊！兴许马已经在夜里死了！昨夜她给马解开挽绳的时候，它就像要死的样子。斯佳丽急忙绕过车厢，见马侧卧在地上。马若是死了，斯佳丽将诅咒上帝，而后甘愿自己也倒地死去。《圣经》上就有人干过这样的事：诅咒上帝，结果自己死了。斯佳丽可以理解那个人当时的心情。不过，马还活着——呼吸沉重费力，泪汪汪的眼睛半闭微开，但是活着。不要紧，让它喝点儿水就能走了。

普莉西连声哼哼，硬着头皮爬下车厢，胆怯地跟在斯佳丽后面沿杉树院径走去。废墟后面一排刷白的奴隶棚子阒然无声，在树荫下显得荒凉凄清。在棚子和烧黑的正屋石基之间，她们找到了水井，井上的顶架还在，水桶深深挂在井下。斯佳丽和普莉西合力转动辘轳把绳子绞上来，当一桶清凉晶莹的井水从黑洞洞的井底给吊起来的时候，斯佳丽立即把桶微微倾侧凑到唇边，咂咂有声地开怀痛饮，淋得一身都是水。

她咕嘟咕嘟地喝着，直至普莉西在一旁发急了："好啦，斯佳丽小姐，我也渴着呢，"这才使她想起还有别人需要水。

"解开桶上的绳结，把水拿到车上去，让他们也喝个够，剩下的就给马。你说说，玫兰妮小姐是不是该喂宝宝吃奶了？宝宝都快饿坏了。"

"天哪，斯佳丽小姐，玫兰妮小姐没有奶水，而且也不会有。"

"你怎么知道？"

"我见过很多像她这样的。"

"别在我面前充内行了。昨天接生的时候你一点也不在行。快走。

我去想办法弄点儿吃的。”

斯佳丽觅食的努力一无所获，后来在果园里找到几只苹果。在她之前已有兵到过那里，树上一个也没剩下。那几只还是她发现掉在地上的，多半已经腐烂。她挑比较好的拣了一裙兜，穿过软软的泥地往回走，路上有好些小石子钻进她的便鞋。昨晚她怎么没想到换一双结实点儿的鞋？她怎么没把遮阳帽带上？怎么连吃的也没带？她的举动实在蠢得可以。不过，她原以为反正一切瑞特都会替她们操心的。

瑞特！她往地上啐了一口唾沫，因为即使在想象中一提到这名字就觉得不是味儿。斯佳丽恨得他要死！这个人太可恨了！而她竟站在大路上让这个人吻了她——几乎还挺乐意。昨晚她简直像个疯子。这家伙真卑鄙!

她回到车旁，给每人分了几只苹果，剩下的都抖在车厢后部。马已经站了起来，但是水似乎没能使它恢复多少精力。在日光下，它的样子比昨晚更要怕人得多。它的髋骨像一头老母牛的那样突出，肋骨根根显露，跟搓衣板差不多，背上更无完肤。斯佳丽给它套挽具的时候，吓得简直碰也不敢碰。当她把嚼子放进马嘴时，发现它几几乎已经没有牙。真是不折不扣的老掉牙了！瑞特既然去偷马，干吗不偷一匹好点儿的呢?

她登上车把式的座位，用一根山核桃树枝抽在马背上。马打了一声响鼻，拉车起步，可是斯佳丽把它赶上车道后，那畜生走得奇慢无比，斯佳丽相信自己不用费什么劲也能比它走得快些。哦，要是没有玫兰妮，没有韦德，没有那婴儿，没有普莉西这些累赘就好了！她一定很快就能走到家里！是啊，她会飞也似的一路跑回家去，因为每一步都能使她越来越靠近塔拉庄园，越来越靠近妈妈。

这儿离家顶多十五英里，可是照这匹老马的速度走去，得花上整整一天，因为她不得不经常让马休息。整整一天！斯佳丽顺着耀眼的红土路朝前望去，大炮的轮子和救护车在上面留下许多很深的辙槽。还得过好几个钟点，她才能知道塔拉庄园是不是依然存在，母亲是不是还在那里。还得过好几个钟点，她才能结束在九月骄阳之下的跋涉之苦。

斯佳丽回头看了一下玫兰妮，见她躺在那里闭上恹恹的双目以避阳光，斯佳丽松开自己头上软帽的带子，摘下来扔给普莉西。

“把帽子遮在她脸上。太阳就不刺她的眼睛了。”可是这样一来，斯佳丽一无遮盖的头部便直接挨烤，于是她心想：“一天下来，我准会给晒出满脸雀斑，像个珍珠鸡蛋。”

她这辈子还从未有过不戴帽子或面纱在户外让太阳晒的事，也从未不戴手套握过缰绳赶车，因为需要保护她那双有许多小圆窝的纤纤玉手。可现在，她驾着一匹散架老马拉的一辆散架破车，曝晒在烈日下，蓬头垢面、浑身汗臭、又饿又累，除了像蜗牛似的在这片荒无人烟的土地上爬行以外完全无能为力。才短短的几个星期之前，她还过着无忧无虑的太平日子！仅仅在不多久之前，她还跟其余的人一样认为：亚特兰大绝不会陷落，佐治亚州绝不会遭到入侵。可是，四个月前出现在西北方的一小块乌云，竟酿成一场凶猛的急风骤雨，继而刮起一股狂啸怒吼的龙卷风，横扫属于她的那个世界，把她旋出安乐窝式的生活，抛到这死气沉沉、鬼比人多的悲凉绝境中来。

塔拉庄园依然无恙否？还是也被这场席卷佐治亚的风暴刮得无影无踪了呢？

斯佳丽在乏马背上抽了一鞭，想催它快跑，然而那两对晃晃悠悠的轮子却把车上的人颠过来簸过去，一个个都跟喝醉了差不多。

死神在空气中游荡。在偏西的阳光下，每一片熟悉的田野和树丛都是碧油油、静悄悄的，这种非尘世的沉寂不断把恐怖注入斯佳丽心中。这一天，他们每路过一栋给炮弹打得百孔千疮的空房子，每看到一支在焦土废墟中站岗的光杆烟囱，她的恐惧就增一分。从昨夜到现在，他们还没有见过一个活人，连活的牲口也没见过。横在路旁的尽是死人、死马、死骡，已经腐烂膨胀，身上沾满了苍蝇。周围全无生气：远处不闻哞哞的牛叫，枝头没有鸟儿歌唱，甚至没有一丝儿风拂动树叶。只有疲乏拖沓的马蹄声和玫兰妮的婴儿微弱的啼哭声划破这一片死寂。

乡间景色仿佛被某种可怕的魔法所震慑。或许比这更糟，它就像一位母亲的亲切、可爱的面容，经过了临终的痛苦挣扎，最后重现生前的美丽和平静——想到这里，斯佳丽禁不住打起寒战来。她觉得，过去她常来的这些树林里现在充满了鬼魂。在琼斯博罗附近的战斗中死去的人成千上万。他们就在这些阴气森森的树丛中，斜阳透过静止不动的树叶射来不祥的余辉，鬼魂们——包括朋友的和敌人的——正盯着赶这辆破车的她，鲜血和红土蒙住了他们的眼睛，目光呆滞，十分可怕。

“妈妈！妈妈！”她低声呼唤着。但愿能到达埃伦身边！但愿上帝能创造奇迹——塔拉庄园依然无恙，她可以驾车通过夹在两行树木中间的院径，走进家门，看到她母亲慈祥和蔼的面容，再次让那双温柔、灵巧、能驱散恐惧的手抚摩自己，再次拽住母亲的裙裾，把自己的脸埋在里边。母亲会有办法的。她不会让玫兰妮和她的小宝宝死去。她只要轻轻喝几声“嘀嘘”，鬼魂和恐惧便会逃之夭夭。可是母亲病倒了，或许已是奄奄一息。

斯佳丽一鞭抽在疲惫的马臀上。说什么也必须快些赶路！他们在这条没有尽头的路上已经爬行了漫长而炎热的一整天。天快黑了，他们又将孤零零地在这荒野里露宿，这就意味着死亡。她用起了泡的手把缰绳握得更紧，同时狠命抽打马背，而一挥鞭她的胳臂就热辣辣地酸痛难忍。

她唯求能投入塔拉和埃伦慈爱的怀抱，卸下她的累赘，她娇嫩的肩膀实在不胜负担——一个生命垂危的产妇、一个哭声越来越微弱的婴儿、一个饿得半死的小男孩（她自己的儿子）、一个吓破了胆的黑丫头，他们都指望从她身上得到鼓舞，得到保护，把她挺直的腰板视为勇气和精力的象征，其实勇气她根本没有，精力也早已耗竭。

筋疲力尽的马对鞭子和缰绳已无反应，只是勉强拖着四条腿蹒跚而行，不时给石头绊得跌跌撞撞、歪歪扭扭，眼看就要跪倒在地。不过，黄昏来临时，他们的长距离行程终于进入了最后阶段。马车从小道上拐一个弯，上了大路。离此一英里便是塔拉庄园了！

前面隐约可见黑森森一大片桑橙树篱，它标志着从那里开始乃是麦金托什的地界。过了一会儿，斯佳丽在橡树院径前勒马停车，这条院径从大路通到老安古斯·麦金托什的宅子门前。斯佳丽透过愈来愈浓的暮霭从两行古树中间望过去。到处都是暗沉沉的。无论是正屋还是棚子里，都看不到一点灯火。斯佳丽在黑暗中尽自己的目力搜索，终于又模模糊糊分辨出一幅这可怕的一天下来已变得十分熟悉的景象：两支高高的烟囱像巨大的墓碑矗立在被毁的二楼上空，没有灯光的空窗框在墙上留下黑黑的窟窿，像盲人呆滞不动的眼珠子。

“哈啰！”斯佳丽使出全部力气喊道。“哈啰！”

吓得魂灵出窍的普莉西急忙把她抓住，斯佳丽回头一看，见这丫头的两颗眼珠子直往上翻。

“别‘哈啰’，斯佳丽小姐！请别再‘哈啰’了！”她悄悄地说，声音在发抖。“天知道应声回答的会是什么！”

“我的上帝啊！”斯佳丽忖道，并且顿时周身长起了鸡皮疙瘩。“我的上帝啊！她说得对。什么都可能从那儿冒出来。”

斯佳丽把缰绳一抖，驱车向前。麦金托什宅院的景象把她心中保留的最后一点希望化成了泡影。跟她当天经过的所有庄园一样，这个庄子也遭了兵燹，人去楼空，剩下一堆废墟。塔拉庄园离此仅半英里，也在这条大路旁，是军队必经之地。塔拉庄园也已被夷为平地！她将看到的只是熏黑的断砖残瓦，星光照进没有屋顶的墙圈，埃伦和杰拉尔德不知去向，两个妹妹不知去向，黑妈妈不知去向，奴隶们不知去向，唯有与此同样可怕的死寂笼罩一切。

她为何要干这种违背常识的蠢事，拖着玫兰妮和她的婴儿一起逃难？与其顶着毒日头在颠簸的车上受这一整天的罪，临了去死在塔拉庄园无声无息的废墟之中，还不如死在亚特兰大省事。

然而，阿希礼把玫兰妮托付给了她。“好好照看她。”哦，那美丽而令人肠断的一天，阿希礼和她吻别以后，便一去不回！“你会好好照看她的，是不是？答应我！”于是她作出了承诺。她干吗要让这样一项承诺把自己捆住？阿希礼去世以后，这负担变得加倍沉重。她现在累得一切感觉都麻木了，可还是恨玫兰妮，恨那婴儿小猫叫一般尖细的声音——他的刺破岑寂的啼哭已愈来愈轻、愈来愈弱。但是，她作出了承诺，这娘儿俩的安危存亡现在就得由她负责，正如她要对韦德和普莉西负责一样，只要她一息尚存，就必须为他们拼命。她本可以把他们留在亚特兰大，把玫兰妮塞进医院，自己一走了之。然而，她若是这样做了，便无颜再见阿希礼——不论是在阳世还是阴间，——无颜告诉阿希礼：她把他的妻子和孩子撇下不管了，听任他们在陌生人中间死去。

哦，阿希礼！今晚斯佳丽带着他的妻子和孩子在这条魅影憧憧的路上爬行逃难，而他在哪里呢？他是不是还活着？是不是给关在罗克艾兰的监狱里思念斯佳丽？还是几个月前就已经死于天花，和另外数百名邦联军一起葬身沟壑？

斯佳丽的神经有如绷紧的弦，当附近矮树丛中突然发出响声的时候，那根弦险些断裂。普莉西尖声大叫，一下子趴倒在车厢底里，把婴儿压在自己下面。玫兰妮虚弱地牵动身子，伸手想找孩子；韦德则捂住眼睛一个劲儿哆嗦，吓得连喊也喊不出来。稍后，近旁的矮树在笨重的蹄子下折裂出声，并向两边分开，接着是一声低沉而凄凉的吼叫往他们耳朵里直冲。

“不过是条母牛罢了，”斯佳丽说，而她的嗓音已由于惊慌而变得沙哑。“别疯疯癫癫，普莉西。你把小宝宝给压扁了，还把玫荔小姐和韦德吓得半死。”

“那是鬼，”普莉西抽泣着，一边仍趴在车厢底板上神经质地扭动。

斯佳丽成竹在胸地转过头去，举起她用作鞭子的树枝抽在普莉西背上。她自己实在疲惫不堪，因恐惧而变得十分脆弱，以致不能容忍别人的脆弱表现。

“坐好，你这蠢东西，”她说，“免得我在你身上把鞭子折断。”

普莉西哭着抬起头来，从车帮上往外瞧，看见果真是条红白相间的花母牛站在那儿，一双惊恐的大眼睛怪可怜地望着他们。母牛张嘴又哞哞地叫起来，像是在喊疼。

“它是不是受伤了？这声音不像一般的牛叫。”

“我听起来好像它的奶胀得厉害，急着要人给它挤奶，”普莉西说，她多少恢复了一些自持力。“这大概是麦金托什先生的牛，他让下人把牛都赶到树林子里去了，所以没给北佬抢去。”

“我们把它带走，”斯佳丽迅即作出决定。“这样我们的小宝宝就有奶吃了。”

“我们怎么能把牛带走呢，斯佳丽小姐？我们不能把牛带走。好久没挤奶的牛一点用处也没有。它的奶子都快胀破了。所以它才叫个不停。”

“既然你这样在行，那就把你的衬裙脱下来撕成布条，把牛牵在车后面。”

“斯佳丽小姐，你知道我已经一个月没穿衬裙了，即使我有衬裙，我也绝不会白白给牛穿。我从来没跟牛打过交道。我见了牛害怕。”

斯佳丽放下缰绳，把自己的裙子撩起来。里面镶花边的衬裙是她所剩的最后一件漂亮衣裳，也是最后一件完好的衣裳。她解开背心的带子，褪下衬裙，把细软的麻纱褶子捋得咔嚓作声。这麻纱料子和花边是瑞特从拿骚给她带来的，那也是瑞特溜过封锁线的最后一船货物。斯佳丽花了一个星期才缝制成这条衬裙。现在斯佳丽毫不犹豫地抓住裙边就扯，还放在嘴里咬，直至料子裂开一道口子，给撕下长长的一条。她狠命地咬，使劲地扯，最后衬裙在她手中变成许多条带子。她把这些条子打结接长，尽管她的手酸麻发颤，泡磨破了在渗血。

“把这个套在牛角上，”她吩咐道。

可是普莉西畏缩不前。

“我见了牛心里就发毛，斯佳丽小姐。我跟牛从来没打过交道。我不是种地养牛的黑猡。我是当使唤丫头的黑猡。”

“你是个笨得要命的黑猡，我爸在运气最坏的一天干的一件倒霉事就是把你买下来，”斯佳丽慢慢地说着，她累得甚至没有力气发火。“等我又能抡起胳臂的时候，瞧我不结实地抽你。”

“嗬，我也跟着她说了‘黑猡’，”她心想，“要是让妈妈听到了，一定会很不高兴的。”

普莉西拼命转动眼珠子，先瞧瞧主人毫无表情的脸，再瞅一下哞哞哀叫的母牛。看起来两者之中斯佳丽包孕的危险较小，所以普莉西牢牢抓住车帮，在原处不动。

斯佳丽挪动僵直的身躯从车座上下来，每一个动作都会引起肌肉疼痛。见了牛“发毛”的不光是普莉西一个人，斯佳丽也是向来怕牛的，即便最温驯的母牛在她看来也好像心怀叵测，但现在不是向这类芝麻绿豆的恐惧心屈服的时候，因为真正巨大的恐怖如黑云压城厚厚地积聚在她的头顶上空。幸而这条母牛脾气挺温和。它因疼痛而向人寻求伴侣和帮助，所以当斯佳丽把衬裙撕成的布条绳子一端绕在牛角上的时候，它没有做什么威胁性的动作。斯佳丽把另一端缚在车后，尽她不听使唤的手指所能达到的限度竭力缚牢。然后，她准备回到前面的车把式座位上去，突然，一阵昏天黑地的晕眩向她袭来，旋得她左摇右晃。她赶紧抓住车帮，以免摔倒。

玫兰妮睁开眼睛，见斯佳丽站在她旁边，便低声问道：

“亲爱的，是不是我们到家了？”

家！听到这个字，斯佳丽禁不住热泪盈眶。家。玫兰妮哪里知道，家已经没有了，她们是在一个狂乱的世界里，置身于无人的荒野，举目无亲，孤立无援。

“还没有，”斯佳丽喉咙里给什么东西堵住了，只得尽可能温和地说，“不过快到了。我刚弄来一条母牛，一会儿就能给你和小宝宝喝牛奶。”

“可怜的小宝宝，”玫兰妮轻轻说了一句，一只手缓慢而又虚弱地伸向她的孩子，可是没够着。

重新爬上赶车的座位需要斯佳丽使出全身力气，但最后总算成功了，于是她拿起缰绳。那马垂头丧气地站着不动，拒绝起步。斯佳丽狠心地抽了一鞭。她希望上帝能宽恕她如此虐待一匹劳顿的牲口。万一上帝不肯宽恕，也只得抱歉了。说到底，前面就是塔拉庄园了，只要挨过底下这四分之一英里，马要在车杠里倒下就由它倒下吧。

马终于慢腾腾地起步动身，车厢吱吱嘎嘎地晃荡，那头牛几乎每走一步都要发出哞哞的悲鸣。牲畜痛苦的叫声刺激着斯佳丽的神经，直到她打算停车解开拴住母牛的绳子。倘若到了塔拉一个人也找不到，这牛对他们又有何用？她自己不会挤牛奶，即使会挤，那畜生一定不让谁碰它酸胀的乳房，八成还会踹她一蹄子。然而，既然她得到了这头牛，为什么就不能保住呢？除了这头牛，如今她在这个世界上简直一无所有。

当马车终于到达一道缓坡脚下时，斯佳丽的眼睛变得模糊了，因为过了这道坡便是塔拉！紧接着，她的心猛地一沉。这匹老朽的牲口决计上不了坡。往日斯佳丽骑着她的那匹快马疾驰过岗，一向觉得这岗子坡度很小，徐升缓降。她简直无法相信，这么些日子不见，这斜坡竟变得如此之陡。马拉着这么重的车，是无论如何上不去的。

斯佳丽强打精神下车去拉住马的笼头。

“下来，普莉西，”她下令道，“让韦德也下来。你抱着他，或者叫他自己走。把小宝宝放在玫兰妮小姐身边。”

韦德抽抽搭搭哭起鼻子来，斯佳丽从他的泣诉中只能分辨出只言片语：“黑——黑——韦德害怕！”

“斯佳丽小姐，我走不动。我的脚磨起了泡，鞋也破了，我跟韦德加在一起也没多少分量，就算了吧——”

“下来！要不我就把你拖下来！那时候可别怨我，我会把你撂下不管，让你一个人在这儿摸黑。快！”

普莉西瞅着道路两旁把他们围住的树木，忍不住呜咽啜泣，仿佛她一出车厢这个庇护所，这些黑魆魆的树就会伸出魔爪来把她攫走。但她还是把小宝宝放在玫兰妮近旁，自己爬到地上，再踮着脚把韦德抱下来。那小男孩紧缩在他的小保姆身边，还在哭鼻子。

“叫他住嘴。我受不了，”斯佳丽一边说，一边抓住笼头牵着马勉强起步。“韦德，拿出小小男子汉的样儿来，别哭了，要不，我就过来揍你。”

她的脚脖子在黑暗的路上扭得生疼，于是她咬牙切齿地想道：“上帝干吗要造出孩子来？这些讨厌的累赘只会哭，一点儿用处也没有，老是要别人操心，老是碍手碍脚。”此时，韦德拽住普莉西的手在她身旁小跑，不断抽噎；对于这个吓慌了的孩子，斯佳丽心中没有怜悯，只有厌烦——自己怎么会生下他来？连带着当然只有一种生了腻的困惑之感——自己怎么会嫁给查尔斯·汉密顿？

“斯佳丽小姐，”普莉西抓住主人的胳膊悄悄地说。“我们还是别去塔拉庄园吧。他们不会在那儿的。他们都走了。兴许已经死了——妈妈死了，别人也都死了。”

其实斯佳丽自己也在这样想，可是普莉西说出这番话，她听了却勃然大怒，把普莉西抓住她的手甩掉。

“那就让我来搀着韦德。你可以坐下来一直待在这儿。”

“不，小姐！不，小姐！”

“那你就给我闭嘴！”

马走得多慢哪！从它嘴里流出来的口水滴在斯佳丽的手上。她脑海中忽然闪起曾经跟瑞特一起唱的一首歌，只记得一句词儿，其余的想不起来了：

累人的重担还得再熬几天……

“还得再熬几步，”她头脑里一遍又一遍哼着，“累人的负担，还得再熬几步。”

他们总算登上了坡顶，前面塔拉庄园的橡树连成黑压压的一大片耸立在愈来愈暗的天幕前。斯佳丽急急乎极目遥望，看那儿有没有一星半点灯光从什么地方的树隙中漏过来。但是哪儿也没有灯光。

“那儿没有人！”她的心告诉她，顿时胸中像给压上了一块冰凉的铅。“不知哪儿去了！”

她把马头一转，折上宅前的车道，在他们头顶上方冠梢相接的两行杉树，把他们揽入夜半的漆黑中去。斯佳丽集中视力拼命从暗沉沉的长拱道里望过去，见前面——且慢，她真的见到了？还是她疲劳而眼岔了？——见前面模模糊糊现出塔拉的白色砖墙。家！家！亲爱的白砖墙，帘儿飘拂的窗户，宽敞的门廊——难道这一切都在她前面的幽冥中？还是于心不忍的夜幕掩藏着与麦金托什家同样骇人的惨象？

杉树车道简直像有好几英里长，不管斯佳丽如何使劲牵笼头，那马还是顽固地我行我素，越走越慢。斯佳丽的眼睛在黑暗中竭力搜索。屋顶看来完好无损。这可能吗？会有这等事吗？不，这不可能。战争对什么都不手软，对塔拉庄园也不会例外，即便这宅院造起来是准备屹立五百年的。战争不可能放过塔拉庄园。

渐渐地，朦朦胧胧的轮廓开始具形显状。斯佳丽牵着马加速向前。透过黑暗呈现在那里的果真是白色砖墙。而且没有被烟熏黑。塔拉庄园逃过了灾难！家！斯佳丽撂下马笼头，跑完最后的几步路，迫不及待地扑上前去，准备把墙搂在怀里。这时，她看见一个模糊的影子从漆黑的前门廊闪出来站在台阶顶上。塔拉并非一座空宅。家里有人！

一声欣喜的呼喊正欲从喉咙里冲出来，却在那儿卡住了。整幢房子没有一点光亮和声息，那个影子既不动弹，也不招呼她。总有点儿不对头。究竟是什么不对头呢？塔拉完好无损，然而跟遭难的整个地区一样笼罩在不祥的岑寂之中。这时，那个影子移动了，它僵硬而缓慢地从台阶上下来。

“爸？”斯佳丽沙哑的嗓音轻轻叫了一声，她几乎不敢相信自己的眼睛。“是我——凯蒂·斯佳丽。我回家了。”

杰拉尔德朝她这边移动，像个梦游者似的一声不吭，一条僵直的腿在地上拖着。他走到斯佳丽跟前，迷离恍惚地看着她，似乎相信自己是在梦中见到女儿。杰拉尔德伸出一只手搁在斯佳丽肩上。斯佳丽感到这只手在颤抖，仿佛他刚从恶梦中惊醒，还只有一半意识进入现实。

“女儿，”他费力地说。“女儿。”

说完，他便不做声了。

“天哪，他怎么老成这个样子！”斯佳丽忖道。

杰拉尔德的肩背伛偻了。他的脸斯佳丽看不太清楚，但杰拉尔德那种精神饱满、不知疲倦的活力已经不见，那双直勾勾注视着女儿面容的眼睛，几乎跟小韦德的眼睛同样现出给吓得晕头转向的神情。站在斯佳丽面前的只是一个弯腰弓背的矮老头儿，他彻底垮了。

于是，对好多事情一无所知的恐惧心，倏地从黑暗中跳出来把她逮住，她只能站在那里与父亲四目对视，想提的一连串问题涌到口边又给关在闸内。

车上又传来微弱的啼哭声，杰拉尔德似乎努力想使自己从半昏迷状态中醒过来。

“那是玫兰妮带着她的小宝宝，”斯佳丽轻轻地说得很快。“她身体很不好。我把她带回家来了。”

杰拉尔德放下搁在斯佳丽肩膀上的手，把自己的腰板挺一挺直。当他慢慢地向车厢那边走去时，昔日热情迎客的塔拉庄园主人被代之以一个幽灵般的空架子，他说的话也像是从淡忘了的记忆中挖掘出来的。

“玫兰妮我的侄女！”

玫兰妮的声音在应答，但语词含糊，听不清楚。

“玫兰妮我的侄女，这里就是你的家。十二棵橡树庄园给烧了。你得留在我们这里。”

想到玫兰妮这些日子连续吃了那么多的苦，斯佳丽只得行动起来。眼前的一桩桩事儿又要她来安排，必须把玫兰妮和她的小宝宝安置在一张柔软的床上，还有各种琐碎的事情，凡是能办到的都得为她去办。

“她不能走路。得有人抬。”

在一阵拖地的脚步声之后，一个黑人的身影从穿堂的门洞里出现。波克从台阶上跑下来。

“斯佳丽小姐！斯佳丽小姐！”他喊道。

斯佳丽紧紧握住他的双臂。波克，塔拉庄园不可分割的一部分，就像这砖墙和阴凉的走廊一样可爱可亲！波克动作不大自然地轻轻拍着斯佳丽，边哭边说：

“你回来真是太叫人高兴了！真是太——”

斯佳丽感觉到波克的眼泪扑簌簌地洒在她手上。

普莉西也放声大哭，一边口齿不清地叫着：“扑克！扑克，我的亲爹！”小韦德见大人们都哭得像泪人儿似的，胆儿也壮了些，开始抽抽搭搭地说：“韦德渴死了！”

斯佳丽让大家定下神来听她指挥。

“玫兰妮小姐还在车上，她的小宝宝也是。波克，你必须非常小心地把她抱上楼去安顿在后面客房里。普莉西，你抱着小宝宝带韦德进屋去，给韦德喝点儿水。波克，黑妈妈在家吗？告诉她，说我需要她。”

在斯佳丽权威的口气激励下，波克走到车厢旁边，在后板上摸索了一阵。当他半扶半拖地把玫兰妮从她躺了数十小时的羽绒褥垫上托起来的时候，只听得她哼哼了几声。波克有力的胳臂已经把她抱住，玫兰妮像个小孩把脑袋搭在他肩上。普莉西一手抱着小宝宝，一手拖着韦德，跟在他们后面登上宽阔的台阶，然后消失在漆黑的穿堂里。

斯佳丽那双磨破了皮，正在渗血的手急切地握住她父亲的手。

“她们都好了吗，爸？”

“你两个妹妹正在康复。”

接着是一片沉默。静默中，一个可怕得无法用言语表达的猜想在斯佳丽头脑中成形。她说不出口，无法迫使自己提这个问题。她咽下一口涎水，又咽下一口涎水，但是，她突然觉得口干舌燥，似乎咽喉各侧都粘在一起了。塔拉如此沉寂，这个令人胆寒的哑谜难道谜底就在于此？这时，杰拉尔德说话了，似乎在回答斯佳丽头脑中的疑问。

“你母亲——”他欲言又止。

“妈妈怎样了？”

“你母亲昨天死了。”

斯佳丽牢牢搀扶着父亲，摸索着走进宽敞的穿堂，这里尽管一片漆黑，可是斯佳丽对它仍了如指掌。好几把高背椅子、一个空的枪架、一张四足呈爪形外伸的旧餐具桌，她都一一绕过，什么也没有撞倒；她感到有一种本能的力量把自己引向宅子后部那间小小的账房，因为埃伦经常坐在那里管那些没完没了的账。斯佳丽相信，她走进那间屋子的时候，母亲一定又是坐在那里一张带文件柜的写字台旁，一定会抬起头来，握着鹅毛笔的手悬在那里，然后带着馥郁的芳香和裙箍的窸窣声站起来迎接她旅途劳顿的女儿。埃伦不可能死去，纵然爸这样说，纵然他像仅会一句话的鹦鹉那样反复叨叨：“她昨天死了——她昨天死

了——她昨天死了。”

说来也怪，她现在竟然毫无感觉，只觉得累，累得像有沉重的铁链拴住手脚，只觉得饿，饿得两膝发颤。她待会儿再想母亲。她必须把母亲暂时置于脑后，要不然，她会像杰拉尔德那样痴呆地一句话叨叨个没完，或者像韦德那样成天哭鼻子。

波克从宽阔的楼梯上摸黑走下来，像一只冻坏的动物趋向火光那样急急乎挨到斯佳丽身边。

“亮儿呢？”斯佳丽问道。“为什么屋里这么暗，波克？拿蜡烛来。”

“蜡烛全给他们拿走了，斯佳丽小姐，只剩一支我们夜里要找东西的时候才用，也快点完了。黑妈妈把布条捻成灯芯浸在一盆猪油里当灯点，用来服侍卡丽恩小姐和苏埃伦小姐。”

“把剩下的蜡烛头拿来，”她吩咐道。“拿到母亲的——拿到那间账房里去。”

波克吧嗒吧嗒走到餐室里去，斯佳丽搀扶着杰拉尔德摸进黑咕隆咚的斗室，在沙发上坐下。她父亲的胳膊仍挎在她臂弯里，自己无能为力，巴巴地指靠帮助，处处得信赖他人——只有天真稚子和衰朽老人的手才会是这样的。

“他老了，他太累了，”斯佳丽又一次这样想，同时影影绰绰地暗自纳闷：为什么她对此无动于中？

一点光亮晃晃悠悠移入斗室，波克高举着插在碟子里的半支蜡烛走进来。这个黑洞恢复了些许生气，斯佳丽和父亲所坐的塌了下去的旧沙发、顶端几乎高达天花板的写字台、台上分成好多小格的文件架、依然塞满那些格子的留有母亲娟秀字迹的文件、写字台旁母亲坐的那把苗条的雕花靠椅、磨乏的地毯——所有这一切依然如故，单单缺少埃伦，再也没有埃伦，再也闻不到美人樱香囊那股淡淡的清香，再也看不见她那双丹凤目中柔婉的眼神。斯佳丽觉得心中在隐隐作痛，仿佛由于创伤太深，一下子麻木了的神经又开始顽强地表现自己。现在她不能让麻木的创痛复苏；她这辈子来日方长，有的是抚创思痛的时间。但是现在不行！上帝啊，现在千万别让我痛！

斯佳丽瞧着杰拉尔德油灰色的面孔，竟然发现——这是斯佳丽生平头一遭发现——他没刮脸，他向来容光焕发的脸上现在满是斑白的胡子碴儿。波克把蜡烛放在烛台上，走到斯佳丽身旁。一种感觉在斯佳丽心中油然而生：倘若波克是一条狗，一定会把嘴鼻子搁在她腿上裙兜里，呜呜地叫着请求抚摩它的脑袋。

“波克，这儿还有多少黑人？”

“斯佳丽小姐，那些没良心的黑人都跑了，有几个还是跟北佬走的，也有的——”

“究竟还有多少？”

“有我，斯佳丽小姐，有黑妈妈。她整天服侍两位小姐。还有迪尔西，她正在楼上，夜里由她陪着两位小姐。就我们三个，斯佳丽小姐。”

原先一百名黑奴就剩下了“我们三个”。斯佳丽费力地扭动酸痛的脖颈抬起头来。她知道必须使自己的声音保持沉着镇定。令她惊讶的是，自己说出的话居然口气从容、语调自然，好像压根儿就没有打什么仗，只要她一招手，召集十来个家奴不在话下。

“波克，我饿极了。有什么吃的没有？”

“没有，小姐。全给他们拿走了。”

“那么菜园子呢？”

“他们把马放到菜园子里去了。”

“连山坡上种的红薯也没了？”

一丝满意的微笑掠过波克的厚嘴唇。

“斯佳丽小姐，我把红薯给忘了。我想一定还在那里。那些北佬从来不种红薯，他们以为那不过是一些草根，所以——”

“月亮快出来了，你去给我们刨一些来烤一下。有玉米面没有？有没有干豆？有没有鸡？”

“没有，小姐。没有，小姐。他们在这儿来不及吃掉的鸡，都系在马鞍子上带走了。”

他们——他们——他们——“他们”干的事究竟有完没完？他们烧，他们杀，难道还不够？还非要让妇女、儿童和可怜的黑人饿死在被他们劫掠一空的地方？

“斯佳丽小姐，我有一些苹果，黑妈妈拿去藏在地窖子里了。今天我们就是吃的苹果。”

“先把苹果拿来，然后你去刨红薯。对了，波克，我——我——头晕得厉害。酒窖里还有没有酒，哪怕黑莓酒也行？”

“哦，斯佳丽小姐，他们一到，最先去的地方就是酒窖。”

饥饿、睡眠不足、极度的疲劳和精神上受到的沉重打击，混合成一种眩晕恶心的感觉，突然向她袭来，她紧紧抓住雕成玫瑰花形状的沙发扶手。

“没有酒，”她木然说着，脑海中却浮现出酒窖里一排排数不清的瓶子。忽然，她的记忆被搅动了。

“波克，爸曾经把一只橡木桶埋在葡萄棚下面，那一桶玉米威士忌怎样了？”

又一丝微笑掠过波克的黑脸，这微笑洋溢着喜悦和钦佩。

“斯佳丽小姐，你真是个了不起的孩子！那桶酒我早已忘得一干二净了。不过，斯佳丽小姐，那种威士忌不好喝。它在地里藏了才一年光景，再说，小姐们喝威士忌怎么也要不得。”

黑人也实在太蠢了！除了别人对他们说过的话，他们从不用脑子想些别的。可是北佬却要解放他们。

“这会儿小姐正用得着它，爸也要。快去，波克，把那桶酒挖起来，再给我们拿两只杯子来，还要一些薄荷和糖，我来调朱蕾普①。”

波克脸上现出责备的表情。

“斯佳丽小姐，要知道，塔拉庄园断糖已经很久了。薄荷也都给他们的马吃得精光，杯子也全让他们打破了。”

如果他再说一声“他们”，斯佳丽就会大叫起来。“我受不了，”她

---

①朱蕾普，用白兰地或威士忌加水、糖、冰块和薄荷调制的饮料。

心想，接着出声说道："好吧，你赶紧去把威士忌拿来，快。我们就喝没糖的。"波克刚转过身去，她又说："等一下，波克。要做的事情太多了，我简直连个头绪都理不出来……。哦，对了。我带了一匹马和一条母牛回来，母牛好久没挤奶了，一定胀得厉害；马得给它松套、喂水。你去叫黑妈妈照看母牛。要她无论如何想办法把牛养起来。要是没有东西喂玫兰妮小姐的宝宝，他会死的……"

"玫荔小姐她——不能——？"波克知趣地没再往下说。

"玫兰妮小姐没有奶。"上帝啊，要是妈妈听到她说这样的话，一定会晕过去的！

"那么，斯佳丽小姐，我的迪尔西会给玫荔小姐的宝宝喂奶的。我的迪尔西新近又添了个小孩，她的奶够俩孩子吃的。"

"你们又添了个小孩，波克？"

小孩，小孩，小孩。上帝为什么要生那么多的小孩？不过，上帝并没有生下他们。是愚蠢的人把他们生下来的。

"是的，小姐，一个又大又肥的黑男孩。他——"

"去叫迪尔西别再待在我的两个妹妹那儿了。我会照料她们的。叫迪尔西去喂玫兰妮小姐的宝宝，还得好好侍候玫兰妮小姐。让黑妈妈去照看母牛，再把那匹可怜的马牵到马棚里去。"

"马棚没有了，斯佳丽小姐。他们把马棚拆下来当柴火烧了。"

"别再对我说'他们'干了什么。叫迪尔西去照料产妇和小孩。你，波克，就去把那桶威士忌起出来，再刨些红薯。"

"可是，斯佳丽小姐，我没灯亮怎么刨土？"

"你不会用一根木柴当火把吗？"

"哪儿还有木柴，全给他们——"

"你自己想办法……我管不着。我只要你把东西刨出来，而且要快。快去。"

听到斯佳丽的嗓门变粗，波克赶紧走出去，屋里只剩下杰拉尔德父女俩。斯佳丽轻轻拍着父亲的腿。她发现那两条原先鼓着硬邦邦的马鞍肌的大腿萎缩了许多。她必须设法把父亲从那种麻木状态中拖出来，但她没有勇气询问母亲的事。这事只能等到她作好精神准备以后再说。

“他们没把塔拉庄园烧掉是什么原因？”

杰拉尔德莫名其妙地对她凝视片刻，似乎没听见她的话，于是斯佳丽再问一遍。

“什么原因——”他嗫嚅了一阵，“这房子做了他们司令部。”

“北佬——在我们家？”

她顿时觉得自己心爱的墙壁给玷污了。这房子对她来说是神圣的，因为埃伦曾住在这里，而那帮人——那帮人——竟在这里设司令部。

“他们在这儿待过，我的女儿。我们先是看见隔河的十二棵橡树庄园那儿浓烟滚滚，随后他们来了。不过，霍妮小姐和印第亚小姐带了她们的一些黑奴已经逃到梅肯去了，所以我们并不为她们担忧。可是我们没能去梅肯。你的两个妹妹病得那么厉害……还有你母亲……我们不能走。我们的黑奴都不知跑到哪儿去了。他们偷走了大车和骡子。只剩下黑妈妈和迪尔西，还有波克——他们没跑。我们不能带着你的两个妹妹和你母亲去逃难。”

“是啊，是啊。”决不能让他提起母亲。旁的什么都可以谈。甚至可以谈谢尔曼将军本人曾经把这间屋子——母亲的账房——拿来做他的司令部。谈什么都行。

“当时北佬正向琼斯博罗推进，准备切断铁路线。他们从河边来到大路上，人数成千上万，大炮和马匹也有好几千。我走到前门廊去见他们。”

“哦，好样的小个儿杰拉尔德！”斯佳丽心中暗暗为父亲感到骄傲：杰拉尔德面对强敌站在塔拉的台阶上，好像有一支军队在他的背后摇旗呐喊，而不是在他的前边耀武扬威。

“他们叫我趁早离开，说他们要烧房子了。我说除非把我也一起烧了。我们不能走——两个女孩子有病，还有你母亲……”

“后来怎样？”他干吗老是把话头转到埃伦上来？

“我对他们说，这房子里有伤寒病人，移动病人等于送她们的命。他们要烧房子就得连我们一起烧掉。反正我决不离开……决不离开塔拉……”

他的话音渐渐归于沉寂，眼睛视而不见地环顾四壁。斯佳丽明白，杰拉尔德背后站着一大群爱尔兰祖先，他们都死在几亩薄田上，宁可战斗到最后一息也不愿离开自己的家园，因为他们曾在那里生活、耕作、恋爱、生儿育女。

“我说，他们要烧房子除非把三个垂死的女病人一起烧掉。但是要我们离开此地绝对办不到。那个年轻的军官——是位君子。”

“北佬会是君子？你怎么说的，爸！”

“是位君子。他骑马去了一会儿，就带一名上尉军医回来，那军医看了你的两个妹妹和你母亲的病情。”

“你让一个该死的北佬到她们房间里去？”

“他有鸦片。我们没有。他救了你的两个妹妹。当时苏埃伦血出得很凶。那位大夫心地极好。他向上司报告说这里有病人，所以他们没有烧房子。一个将军和他手下的一些人住了进来。他们占用了所有的房间，只除了病人的那一间。士兵们……”

他又顿了一下，似乎太累了，需要喘口气儿。他那胡子拉碴的下巴向胸前沉沉地挂下一道道宽松的肉裥。他好不容易才重又说起话来。

“士兵们在房屋周围扎营，棉花地、玉米地里到处都有营盘。牧草地都成了一片蓝色，尽是他们的人。那天夜里点起的营火有上千堆。他们拆下栅栏生火做饭，后来又拆干草棚、马棚和熏肉房。他们宰牛、杀猪、杀鸡，甚至宰了我的火鸡。”这么说，杰拉尔德珍爱的那些火鸡也完了。“他们什么都要，连画像也拿走了，还有好些家具、瓷器……”

“银餐具呢？”

“波克和黑妈妈把银餐具藏了起来，可是我记不起藏哪儿了，也许在井里，”杰拉尔德的语调变得烦躁不安。“北佬就从这儿——从塔拉——指挥打仗，整天尽是闹嚷嚷的人声、来来往往的马蹄声。后来大炮在琼斯博罗打响了——那声音就跟打雷一个样，连你两个病重的妹妹也能听见，她们翻来覆去说着：‘爸，你想想办法让这雷别打了。’”

“那么……妈妈呢？她知不知道北佬在我们家里。”

“她一直不省人事。”

“谢天谢地，”斯佳丽说。上帝总算没让她受这份罪。母亲始终不知道，始终没听到敌人就在楼下几间屋子里，始终没听到琼斯博罗的炮声，始终不知道她苦心经营的这片土地已经给北佬踩在脚下。

“我很少见到他们，因为我一直待在楼上你的两个妹妹和你母亲那儿。我见得次数最多的是那位年轻的军医。他人很好，非常善良，斯佳丽。他整天忙于治疗伤员，完了以后总要来看看我们的病人。他还留下一些药品。后来，他们的军队继续向前推进，临走时他对我说，你的两个妹妹会好起来的，可是你的母亲……他说，她身体过于虚弱，怕熬不过去。他说她已经把自己的精力淘空了……”

在接着出现的静默中，斯佳丽可以清楚地想象她母亲病倒前最后几天的模样，她虽瘦弱，却是塔拉庄园的精神堡垒，她废寝忘食地照料孩子、努力工作、忙这忙那，让别人吃饱睡好。

“后来他们就开拔了。后来他们就开拔了。”

杰拉尔德半晌没有则声，然后摸索着找女儿的手。

“你回家来我真高兴，”他只说了这么一句。

后门廊上传来摩擦的声响。可怜的波克四十年来已经训练有素——进屋前先把鞋底擦干净，——甚至在目前这样的光景也不忘规矩。他小心地抱着两个葫芦走进来，从葫芦上挂下来的几滴威士忌已先于他把浓烈的酒香送进室内。

“给我洒了不少，斯佳丽小姐。从桶孔把酒放出来往葫芦里灌可真不容易。”

“你干得很好，波克，谢谢你。”她从波克手中接过一个湿漉漉的长柄葫芦，很冲的酒味迫使她皱眉缩鼻。

“喝吧，爸，”她说着把那个奇形怪状的威士忌容器放到杰拉尔德手中，再从波克那里接过第二个葫芦——盛水的。杰拉尔德像个听话的孩子那样举起酒葫芦，发出很大的声音喝起来。斯佳丽把水葫芦递给他，可是他摇摇头。

斯佳丽从父亲手中取过威士忌放到自己口边，她看到父亲的一双眼睛在注视着她，目光中隐约透出一丝不以为然的表情。

“我知道，大家闺秀是不喝烈性酒的，”她直截了当地说。“但今天我不当大家闺秀，爸，而且今晚还有事情要做。”

她把酒葫芦倾斜过来，深深吸一口气，然后很快地喝下去。热乎乎的液体顺着她的喉咙一直烧到她的胃里，呛得她眼泪也流了出来。她又喝了一口，接着又把葫芦举到口边。

“凯蒂·斯佳丽，”杰拉尔德说道，这是斯佳丽回来后从父亲嘴里听到的第一句口气严厉的话，“够了。你不懂得酒性，这种酒会使你晕头转向的。”

“晕头转向？”她发出一阵颇有些失态的大笑。“晕头转向？我但愿能醉得人事不省。我巴不得来一个酩酊大醉，把这一切统统忘掉。”

她又喝了一口，一股热流在她的血管里缓慢地滚动，悄悄地流遍全身，直到她的指尖都觉得火辣辣的。这团可心宜人的火产生的感觉真是妙不可言。这火似乎连她那颗冰封的心也能渗透，精力重又回到她的体内。斯佳丽瞧着父亲脸上困惑而又痛苦的神情，再次拍拍他的膝盖，努力扮出一向能博得他欢心的那副涎皮赖脸相。

“这酒哪能使我晕头转向呢，爸？难道我不是你的女儿？你不是把克莱顿县最沉稳的头脑传给了我吗？”

杰拉尔德瞧着女儿疲惫的面容，几乎忍俊不禁。威士忌也在使他兴奋起来。斯佳丽把酒葫芦递给他。

“你再喝一点，然后我带你上楼去，让你睡觉。”

斯佳丽发觉自己走了嘴。哟，她这是对韦德说话的口吻，对父亲可不能用这样的腔调。这是目无尊长。然而杰拉尔德听了她的话倒是正中下怀。

“对，让你睡觉，”斯佳丽改用轻松的语气添上几句，“我再给你喝一口，没准儿把葫芦里的全给你，然后让你入睡。你需要睡觉，这儿有凯蒂·斯佳丽在，你什么也不用操心。喝吧。”

杰拉尔德很听话地又喝了一口，斯佳丽把自己的胳膊伸到他的腋下，扶他站起来。

“波克……”

波克一只手拿着葫芦，另一只手挎着杰拉尔德的胳膊。斯佳丽擎起烛光摇曳的蜡台，于是三个人慢慢地经过黑洞洞的穿堂，登上螺旋楼梯往杰拉尔德的房间走去。

苏埃伦和卡丽恩合睡一张床，两人在梦中不停地翻身，还嘟嘟哝哝不知说些什么，屋子里有股极难闻的气味，因为唯一的光亮来自捻成灯芯浸在一碟猪油里点着的破布条。所有的窗户都关着，病房的气息、药物的味儿、猪油的恶臭充斥室内，斯佳丽刚打开房门，这股浑浊的空气差点儿使她昏倒。也许医生会说，病人吹不得风，但她若要在这里待上一段时间的话，就必须换换空气，否则非闷死不可。于是她把三扇窗子统统打开，放进橡树叶和泥土的清香，然而种种令人作呕的臭味在这紧闭的室内已陈积了好几个星期，这点儿新鲜空气一时哪里就能够把它们驱散。

卡丽恩和苏埃伦两人躺在一张很高的四柱大床上，斯佳丽回想起美好的往日，她们常在这张床上一起说悄悄话，如今她俩形容憔悴，血色全无，睡眠断断续续，醒来就直愣愣睁大了眼睛说胡话。屋角空放着一张拿破仑时代款式的单人床，两端都有雕饰，那是埃伦从萨凡纳带回来的。埃伦病倒时就躺在这张小床上。

斯佳丽在大床旁边坐下，木然凝视着她的两个妹妹。威士忌注入饿了好久的空腹，对她闹起恶作剧来了。她时而觉得两个妹妹变得很小，和她隔得很远，她们的声音传到她耳朵里像是嗡嗡的虫鸣。时而她们又变成庞然大物，以闪电一般的速度向她扑过来。她太累了，累得无以复加。要是让她躺倒，她可以一连睡上好几天。

她真想倒头就睡，醒来时感觉到埃伦在轻轻摇动她的臂膀，并且说：“时候不早了，斯佳丽。你怎么能懒成这样！”然而，埃伦再也不能这样做了。要是埃伦活着该有多好！要是有一个年纪比她大、见识比她广而又不像她那样精疲力竭的人，她就可以去向之求助，可以偎着那人的膝盖，可以把沉重的负担卸到那人的肩上！

门悄没声儿地开了，迪尔西走进来，她怀里抱着玫兰妮的婴儿，手里拿着盛威士忌的葫芦。油灯隔着烟雾微光摇曳，迪尔西似乎比斯佳丽上次见到她时瘦了，印第安血统在她脸上也越发明显了。高耸的颧骨更加凸起，鹰钩鼻变得更尖，她的紫铜色皮肤比以前更有光泽。她那件褪了色的印花布连衣裙前襟一直敞到腰部，露出她赤褐色的巨大乳房。玫兰妮的婴儿紧紧贴着迪尔西，他那苍白的小嘴贪婪地吮着黑色的乳头，两个小拳头抵在软乎乎的胸脯上，就像一只小猫蜷缩在母腹温暖的毛皮中间。

斯佳丽晃晃悠悠地站起来，把一只手放到迪尔西胳臂上。

"你留下来真是太好了，迪尔西。"

"我怎么能跟那些没出息的黑人一起走呢，斯佳丽小姐？你爸行善把我和我的小普莉西买了下来，你妈心地又那么好。"

"坐下，迪尔西。这么说，小宝宝吃得下奶？玫兰妮小姐怎么样？"

"这宝宝没事儿，就是饿了，反正喂一个饿宝宝的奶我有的是。玫兰妮小姐也不要紧。她不会死的，斯佳丽小姐，你不用担心。像她那样的我见得多了，白人黑人都有。她太累了，心里太焦急，生怕这个宝宝有什么好歹。不过我让她定下神来，我把葫芦里剩下的酒给了她一点儿，这会儿她睡着了。"

敢情这玉米威士忌整个家族都受用了！斯佳丽甚至产生一个歇斯底里的想法：也许她该让小韦德喝一口，看看能不能止住他打嗝儿……。玫兰妮不会死了。等阿希礼回来——如果他能回来的话……。不，这事她也放到以后再想。有那么多的事要想！那么多的头绪要理，那么多的主意要定——统统放到以后再说。她但愿能无限期地推迟这个"以后"！突然，一阵吱吱嘎嘎以及扑通扑通有节奏的响声划破窗外的岑寂，使她猛吃一惊。

"那是黑妈妈在打水准备给两位姑娘擦身。她们经常洗澡，"迪尔西一边解释，一边把葫芦插在桌上一些药瓶和一只杯子中间。

斯佳丽蓦地笑出声来。与她最早的记忆紧密相连的井辘轳的响声居然会把她吓一大跳，可见她的神经已成了散股的烂纱。迪尔西一眼不眨地看着她笑，丝毫不动声色，脸上保持庄重的神态，但斯佳丽感觉到迪尔西心里全明白。斯佳丽重又在椅子里落座。她真想摆脱她的紧身褡、卡脖子的衣领以及仍然嵌满沙砾的鞋，她的脚都给磨得起泡了。

随着绳索的转动，井辘轳发出吱吱嘎嘎的声音，每一声吱嘎都把水桶吊高些，离井顶更近些。很快她就能见到黑妈妈了，那是她的黑妈妈，也是埃伦的黑妈妈。斯佳丽默默地坐着，对什么也不感兴趣，这时婴儿已经吃饱了奶，可是他发现那个可亲的乳头不见了，又呜呜地哭起来。迪尔西也不做声，仍把乳头送到婴儿的嘴边，抱着他轻轻摇晃，而斯佳丽则在谛听黑妈妈拖着鞋底慢慢穿过后院的脚步声。夜是那么宁静！即使极其轻微的一点声音在她听来都会如雷贯耳。

当黑妈妈肥胖的身躯向门口移近时，楼上的过道似乎一齐在摇动。接着，黑妈妈进屋了，两只沉重的木桶把她的肩膀拖得搭拉下来，她那慈祥的黑脸罩着一重困惑不解的哀愁，好像猴子莫明其妙时的表情。

一见到斯佳丽，她的眼睛刷地亮了，她放下水桶时露出一口发光的白牙。斯佳丽向她跑过去，把脑袋埋在她宽阔、松软的胸前，这胸脯曾抚慰过好多脑袋，包括黑的和白的。斯佳丽心想："总算还有这么点儿牢靠的东西在，还保留着生活的一点儿老样子。"然而，黑妈妈一开口，就把这种幻觉一扫而光。

"黑妈妈的孩子回家了！哦，斯佳丽小姐，如今埃伦小姐已经进了坟墓，叫我们怎么办呢？哦，斯佳丽小姐，我只想跟埃伦小姐一起死！离开了埃伦小姐，这日子叫我怎么过？如今除了苦难和倒霉，什么也没剩下。只有累人的重担，宝贝，只有累人的重担。"

斯佳丽把脑袋紧紧偎依在黑妈妈胸前时，引起她注意的就是这几个字："累人的重担"。整个下午，如此单调地在她头脑里敲个不停的不正是这几个字吗？敲得她直想呕吐。此刻，她怀着一颗沉下去的心把这首歌的其余一些词儿也记起来了：

累人的重担还得再熬几天！
哪怕担子重得要压弯肩！
熬到有朝一日趔趔趄趄回家转……

“哪怕担子重得要压弯肩，”这话的含义进入了她疲惫的头脑。难道她的担子绝不会减轻？她返回塔拉难道并不意味着苦难到了尽头，而只是意味着担子还要加重？她从黑妈妈怀里抽出自己的胳膊，举手轻轻拍了下那张皱巴巴的黑脸。

“宝贝，你的手怎么弄成这样？”黑妈妈抓住斯佳丽那双小手，瞧着上面起的泡和血块，在惊愕中包含着责备。“斯佳丽小姐，是不是大家闺秀，只要看她的手便知道——这话我不知对你说过多少回，难道不是吗？瞧，你的脸也晒黑了！”

可怜的黑妈妈，她仍不放过这些鸡毛蒜皮，尽管战争和死亡的风暴刚刚从她们头上刮过去！再过一会儿，她准会说，手上起泡、脸生雀斑的小姐十有八九找不到如意郎君；于是，斯佳丽抢先转换话题。

“黑妈妈，我要你把母亲的事情告诉我。我听爸讲她的事情实在受不了。”

黑妈妈俯身把水桶提起来时，眼泪夺眶而出。她默默地把水放到床前，然后掀开被单，开始把苏埃伦和卡丽恩的睡衣往上褪。斯佳丽借着暗淡闪烁的灯光向两个妹妹仔细看去，见卡丽恩身上的睡袍虽然干净，但已破烂不堪，苏埃伦则裹着一件宽松的旧晨衣，那是本色亚麻布的料子，镶有不少爱尔兰花边。黑妈妈无声地流着眼泪给两个姑娘擦洗瘦骨嶙峋的身子，用一条旧围裙的残片权充毛巾。

“斯佳丽小姐，这都怨斯莱特里一家，正是斯莱特里家那些可恶、混账、下流的白人穷光蛋害死了埃伦小姐。我不知叮嘱过她多少回：为那些混帐东西做事没个好，可埃伦小姐向来助人为乐，而且她的心肠又那么软，从不拒绝需要她帮助的任何人。”

“斯莱特里家？”斯佳丽问道，她感到莫名其妙。“这跟他们有什么相干？”

“她们害的就是那种该死的病，”黑妈妈一面说，一面拿着围裙的残片打手势，示意跟两个裸露的姑娘同病，而破布上滴下的水把她们的床单都淋湿了。“先是斯莱特里太太的女儿埃米病倒了，斯莱特里太太急急忙忙上这儿来找埃伦小姐，她一有什么麻烦总是这样。自己的女儿干吗不自己照料？埃伦小姐本来就已经忙不过来，可她还是到斯莱特里家去照料埃米。埃伦小姐自己的身体也够呛，斯佳丽小姐。你妈已经有好长时间身体不好。这儿又没有什么东西可吃，地里长出来的全给拿去充了军粮。埃伦小姐吃的比一只鸟多不了许多。我不知跟她说过多少回，叫她别理那些穷白佬，可她不听我的。得，就在埃米像是在好起来的当口儿，卡丽恩小姐病倒了，也是这劳什子。是啊，伤寒沿着大路飞过来，把卡丽恩小姐给逮住了，后来苏埃伦小姐跟着躺倒。那时埃伦小姐又得照料她们。

“大路上一直在打仗，北佬就在河对岸，我们不知道会有什么事情临到自己头上，种地的黑人每天夜里都有逃跑的，我简直要发疯了。可埃伦小姐仍旧跟没事儿一样。只是她极其担心两个姑娘的病，因为我们没法弄到药，什么也弄不到。一天晚上，在我们给两个姑娘擦了十来次身之后，她对我说：‘黑妈妈，如果灵魂能卖的话，我愿意把我的灵魂卖了换一块冰放在我的女儿头上。’

“她不让杰拉尔德先生到这儿来，也不让罗莎和蒂娜进来，只有我除外，因为我以前害过伤寒。后来，斯佳丽小姐，她也得了这种病，我立刻就看出这下没救了。”

黑妈妈直了直腰，撩起围裙来抹掉宛如泉涌的泪水。

“她的病很快就坏下去，斯佳丽小姐，连那位好心的北佬大夫也没法帮她的忙。她完全没有知觉。我叫她，跟她说话，可她连她的黑妈妈也认不得。”

“她有没有……提到过我？有没有叫过我？”

“没有，宝贝。她以为自己又回到了萨凡纳，又是当年的小姑娘。她没有叫过哪个人的名字。”

这时迪尔西挪动了一下身子，把入睡的婴儿放在大腿上。

“不，她叫过的，小姐。她叫过一个人的名字。”

“你给我闭嘴，你这个印第安黑娘们！”黑妈妈转过身去对迪尔西气势汹汹地说。

“别这样，黑妈妈！她叫谁，迪尔西？是不是叫我爸？”

“不，小姐。不是叫你爸。这是在烧棉花的那天夜里——”

“是不是棉花给烧掉了？快告诉我！”

“是的，小姐，给烧了。那些兵把大捆大捆的棉花从仓库里推出来滚到后院，高声叫喊：‘快来看佐治亚州最大的火堆！’然后把它们点着了。”

三年收获贮存的棉花——价值十五万美元——就这么付之一炬！

“烧棉花的火把周围照得跟白天一样，当时这间屋子里亮得能把一根针从地板上拣起来，我们吓得要命，怕房子也会烧着。火光映进窗户的时候，好像把埃伦小姐惊醒了，她在床上坐起来大声叫喊，叫了一声又叫第二声：‘菲利普！菲利普！’以前我从来没有听到过这个名字，可这确实是个名字，她在叫那个人。”

黑妈妈好像成了化石似的站在那里，向着迪尔西瞠目而视，但是斯佳丽把脸埋在自己手中。菲利普是谁？他是母亲的什么人，母亲临死竟然会叫他的名字？

从亚特兰大到塔拉庄园的漫长路程走完了，原想会把她引向埃伦怀抱的这条路，尽头竟是一堵没有门窗的墙。斯佳丽再也不能像个小孩那样在父亲的屋檐下安然入睡，让母亲的爱护像一床鸭绒被那样把她裹得又暖又软。如今没有安乐窝，没有她可以求助的避风港了。无论怎样左转右拐、扭来倒去，都无法回避她走进的这个死胡同。她无法把她的包袱卸到任何人肩上。她父亲老了，经过这样的打击已一蹶不振，她的两个妹妹都病着；玫兰妮虚弱不堪；孩子们怪可怜的；黑奴们用天真信赖的目光仰视着她，围着她转，认定埃伦的女儿会像埃伦一贯做的那样庇护他们。

窗外，借着冉冉升起的月亮的微光，可以看到伸展在她面前的塔拉庄园，黑奴们逃散了，田地荒芜了，仓房全毁了，塔拉像一个人的躯体在她眼皮底下流血，就像她自己的身体在慢慢地流血。这就是路的尽头，这里有颤颤巍巍的老人、病重如山的少女、嗷嗷待哺的幼儿、牢牢拽着她衣裾的求援之手。在这路的尽头，要什么没什么，而她，斯佳丽·奥哈拉·汉密顿，才十九岁，还带着一个小孩，孤儿寡母的，又能有多大作为?

面对这么个烂摊子，她该怎么办?佩蒂姑妈和伯尔家会让玫兰妮母子俩住到梅肯去的。如果卡丽恩和苏埃伦得以康复，埃伦娘家的人——不管他们愿意不愿意——必须接受她们。斯佳丽自己和杰拉尔德可以去投靠詹姆斯和安德鲁伯伯。

斯佳丽看着两个妹妹骨瘦如柴的身躯在她面前辗转反侧，她们周围给淋湿的床单上有一摊摊明显的水迹。她并不爱苏埃伦。现在她突然清楚地意识到这一点。她从来就不喜欢苏埃伦。她对卡丽恩也没有特别的好感——她没法爱任何一个弱者。但她们是她的骨肉同胞，是塔拉庄园的一部分。不，她不能坐视她们在姨妈家作为穷亲戚讨生活。奥哈拉家的成员去寄人篱下，靠嗟来之食和他人的容忍度日！哦，绝对不行!

难道就没有一点办法能逃出这个死胡同?她那疲乏的脑瓜子委实已经动不了。她好不容易举起两只手捧住脑袋，仿佛这空气是水，她的胳膊必须使劲克服它的阻力。斯佳丽拿起插在杯子和药瓶之间的葫芦往里边瞧了瞧。葫芦底部还剩有一些威士忌，有多少她可说不准，因为光线太差。说来也怪，那么冲的酒味现在她已不觉得刺鼻。她慢慢地喝着，这一回并不感到火烧火燎，只觉得热乎乎、懒洋洋。

她放下空葫芦，举目四顾。所有这一切——烟雾腾腾、半明不暗的房间，瘦得皮包骨的两个女孩子，黑妈妈在床边弓着腰的臃肿体态，铜像也似不语不动的迪尔西以及在她深褐色的胸前睡着的那一团嫩红色的小生命——全是一场梦，她会从这个梦中醒来的，那时她将闻到厨房里煎熏肉的香味，将听见黑人们的欢声笑语和大车吱吱嘎嘎前往田间的动静，而埃伦的手正在温柔而又坚定地推她，催她起床。

后来，斯佳丽却发现她已经到了自己房间里，在自己床上，淡淡的月光刺破黑暗，黑妈妈和迪尔西正在给她脱衣服。折磨人的紧身褡不再夹痛她的腰部，她可以不紧不慢地深呼吸，直达肺底和丹田。她感觉到自己的袜子被小心地脱掉，听见黑妈妈一边替她洗起泡的脚，一边喃喃说着些含糊不清的宽心话。水真凉快，像个小孩子似的躺在这柔软的床上真舒服。她舒了一口气，全身得到松弛。过了一段时间——可能是一年，也可能只是一秒钟，——此处只剩下她一个人，月光照进窗户洒在床上，屋里比先前亮了些。

她不知道自己醉了，醉于劳累和威士忌。她只知道脱离了疲乏的躯壳，在自己的皮囊上方悬空漂浮，那里没有痛苦，没有困顿，好多事物在她的大脑中以超自然的清晰度映现出来。

她好像换了一双眼睛看问题，因为在返回塔拉庄园的漫长路途中，她把自己的少女时代抛在后面了。她再也不是一团可塑的黏土，会印下每一种新的体验。黏土已经变硬，此过程就发生在这充满悬念、长如千年的一昼夜中某一时刻。今晚是她最后一次让人当孩子那样照料。现在她已经是个妇女，少不更事的时代结束了。

不，她不能也不会去投靠杰拉尔德或埃伦的亲族。奥哈拉家的人向来不接受施舍。奥哈拉家的人自己有事不求别人。她的负担是她自己的，既然如此，她就有能挑这副担子的肩膀。她从高处往下看，并不惊讶地认为自己的肩膀现在无论什么都能胜任，因为她所能遇到的最坏的情况也已经熬过来了。她不能放弃塔拉庄园；与其说这些红土的田地是属于她的，不如说她是属于这些土地的。她深深地扎根于这颜色如血的土壤，并且像棉花一样从中汲取养料。她要留在塔拉，想办法把庄园维持下去，养活她的父亲和妹妹，照顾玫兰妮和阿希礼的孩子，让那几个黑人也不致流离失所。明天——哦，明天！明天她将把这副牛轭套上自己的脖子。明天有那么多事情要干。到十二棵橡树庄园和麦金托什家的庄园去，看看那儿废弃的菜园子里有没有什么果蔬剩下；到河边的沼泽地去搜索一下，有没有迷路的猪和鸡；再带着埃伦的首饰上一趟琼斯博罗和洛夫乔伊——那儿总有个把人愿意拿吃的东西跟她交换。明天……明天……她的头脑像发条松弛的钟滴答滴答越走越慢，然而内省的透明度仍保持不变。

忽然间，他们家族的故事就像水晶球一般清晰地历历在目，这些故事她从娃娃时起不知听过多少遍，听得都有些腻了，颇不耐烦，却又似懂非懂。杰拉尔德白手起家创建了塔拉庄园；埃伦是克服了神秘的精神创痛才振作起来的；外公罗比亚尔于拿破仑帝位倾覆后幸存下来，在佐治亚的海边沃土上重振家业；外婆的父亲普柳多姆曾在海地的蔽日丛林中建立过一个袖珍王国，却把它丢了，后来又在萨凡纳赢得人们的尊敬。斯佳丽家族中有些人曾参加爱尔兰义勇军为自由爱尔兰而战，结果竟被绞死。奥哈拉家族中也有人为捍卫属于他们的权利而战斗，直到流尽最后一滴血，死在博恩河边。

这些人无不经历过如雷轰顶的不幸，却没有被轰倒。帝国的覆灭、造反的奴隶手中的大刀、战争、叛乱、放逐、抄家——都没有把他们压垮。厄运也许曾断其头，但从未夺其志。他们不哭鼻子，他们顽强奋斗。他们死的时候或精疲力竭，或弹尽粮绝，但决不屈服。所有那些祖先的幽灵似乎在月光如水的房间里悄然游荡，他们的血在斯佳丽血脉中流动。见到他们斯佳丽并不吃惊，这些血亲曾遭到命运最残酷的打击，却能牵住命运的牛鼻子。塔拉庄园是她的命运，她的战场就在这里，她必须战而胜之。

她迷迷糊糊翻过身去，一片缓缓移动的黑暗笼罩住她的意识。他们是否真的在那里悄悄地给她无言的鼓励？抑或这是她梦见的情景？

“你们在那里也罢，不在那里也罢，”她在睡乡的门槛上喃喃自语，“祝你们晚安，并且——谢谢你们。”

第25章

第二天早晨，由于头天步行和在车上颠簸了那么多的路，斯佳丽浑身僵直酸麻，稍一动弹便疼得要命。她的脸给晒成了深红色，起了好多泡的手掌跟针刺似的。舌头上覆着厚厚一层苔，喉咙里干得像是给火焰烤焦了，无论多少水也解不了她的渴。她的脑袋肿胀，甚至转动眼珠子都直皱眉头。跟怀孕初期十分相似的一种反胃的感觉，使她一看到早餐桌上热气腾腾的红薯就想吐，连它的气味也受不了。按说，杰拉尔德满可以告诉她，昨晚她第一次喝醉，所以现在这样难受，这是很自然的；但杰拉尔德什么也没有注意到。他坐在餐桌的首位，已是一个白发苍苍的老人，一双褪了色的眼睛视而不见地望着门口，脑袋略略倾斜，犹自在听埃伦衣裙的窸窣声，在闻美人樱的香囊。

斯佳丽坐下后，杰拉尔德喃喃地说：

“等一会奥哈拉太太吧。她有事耽搁了。”

斯佳丽怀疑自己的耳朵是不是也出了毛病，强忍头痛举首瞠目向父亲那边望去，却遇到了站在杰拉尔德椅子背后的黑妈妈央求的目光。斯佳丽晃晃悠悠地站起来，手按在自己脖子上，利用早晨的阳光仔细俯视她的父亲。杰拉尔德抬头毫无表情地瞅着女儿，斯佳丽见他双手发颤，脑袋也在微微抖晃。

在这会儿以前，斯佳丽还没有意识到自己实际上对杰拉尔德寄予厚望，她有赖于杰拉尔德来指挥压阵，有赖于父亲告诉她该做什么，可现在……。天哪，昨晚他看上去几乎还是好好儿的。他平时那种爱说大话和精力充沛的样子虽然看不见了，但他至少还作了一番相当连贯的叙述，可现在……现在他甚至忘了埃伦已经不在人世。北佬的到来和埃伦之死，这双重打击使他的神经出了毛病。斯佳丽正欲开口，但见黑妈妈使劲摇头并且撩起围裙来擦她通红的双眼。

“哦，难道爸神经错乱了？”斯佳丽心想。她的头本来就一阵阵抽痛，而这一新增的烦恼简直要把她的脑袋炸裂了。“不，不。他只是让这一切给震蒙了。他大概是身体不好。过些时候会恢复的。他必须恢复过来。倘若他恢复不了，叫我怎么办？……这事现在不去想它。现在我不愿想他或母亲的事，也不愿想那些可怕的事情中的任何一件。暂时我还受不了。有许许多多别的事情需要考虑，在这些事情上花些工夫也许还有点儿用，我又何必去想那些我已经无能为力的事情呢！”

她什么也没吃就离开了餐室，来到后门廊上，发现波克光着脚，身穿他最体面的号衣所剩的破烂，坐在台阶上剥花生果。斯佳丽脑袋里像有锤子在砸，炽烈的阳光直刺她的眼睛。单是保持身体不东歪西倒就得咬紧牙关，于是她把话说得尽可能简短，干脆撇开她母亲一贯教导她对黑人应当讲究的一般礼貌。

她开始粗声大气地提问，斩钉截铁地发号施令，波克莫名其妙地扬起两道眉毛。埃伦小姐跟任何人说话可从来都不用这样的口气，即便她当场逮住他们偷小鸡或西瓜的时候也不。斯佳丽又一次问了棉田、菜园、牲畜的状况，她的绿眼睛透出一种严峻的寒光，这是波克以前在她眼睛里从未看到过的。

“是的，小姐，那匹马死了，就躺在我把它拴住的地方，鼻子伸在给它打翻的水桶里。不，小姐，那条母牛没死。你不知道吗？昨夜它下了一头崽。怪不得它叫个不停。”

“你的普莉西将来定是一个呱呱叫的收生婆，”斯佳丽刻薄地指出。“她说那牛叫是因为它需要挤奶。”

“斯佳丽小姐，普莉西学的不是给牛接生，”波克颇有分寸地说。“反正上帝赐的我不挑，因为这崽子能长成一头好母牛，小姐们就会有好多黄油牛奶，据那位北佬大夫说，她们非常需要这些东西。”

“好了，接下去。还有牲畜留下不？”

“没有，小姐。只有一头老母猪和一窝小猪。北佬来的那天，我把它们赶到泥塘地里去了，现在天知道上哪儿找去。那头老母猪胆小得很。”

“我们还得把它们找回来。你和普莉西马上出发去找。”

波克又是吃惊，又是气愤。

“斯佳丽小姐，那是种地的黑人干的。我一向是干家里活的。”

从斯佳丽眼球后边有一个小小的魔鬼拿着一把烧红的钳子咄咄逼人地瞪着他。

“你们俩得去逮住那头母猪——要不然就从这儿滚出去，像那些种地的黑人一样。”

泪珠在受到伤害的波克眼眶里颤动。哦，要是埃伦小姐活着就好了！她待人体贴入微，懂得种地黑人与黑人听差的职责大不相同。

“滚，斯佳丽小姐？你叫我滚到哪儿去，斯佳丽小姐？”

“我不知道，我管不着。但是，谁要是不愿在塔拉庄园干活，可以去投奔北佬。这话你也可以告诉别的黑人。”

“是，小姐。”

“那么，波克，玉米和棉花呢？”

“玉米？天哪，斯佳丽小姐，他们在玉米地里放马，没有给马吃掉和踩坏的也让他们带走了。他们的大炮和车队从棉花地里通过，把棉花全压烂了，只有小河尽头的几亩没让他们发现。可是那儿的棉花不值得去花费工夫，因为那儿顶多只有三包花。”

三包。斯佳丽想到往常塔拉每年收获的棉花数量之多，她的头疼得更厉害了。三包，恐怕最没出息的斯莱特里一家也能收那么多。更糟的是还有完税的问题。邦联政府征税可以棉花作价，但三包棉花甚至不够完税。不过对于她或对于邦联来说这还不是最重要的，因为所有的种地黑奴都逃跑了，压根儿就没人摘棉花。

“这事我也不去想它，”斯佳丽在心中对自己说。“反正完税不关女人的事。这种事该由爸操心，可是爸——现在我不愿想爸的事。邦联要税除非西天出太阳。我们眼前需要的是能填饱肚子的东西。”

“波克，你们有谁去过十二棵橡树庄园或麦金托什庄园没有？那儿的菜园子里不知有没有什么剩下？”

“没有，小姐！我们没有离开过塔垃。北佬要把我们抓去的。”

“回头我打发迪尔西去麦金托什庄园瞧瞧。兴许她能在那儿找到些东西。我自己去十二棵橡树庄园。”

“跟谁一起去，孩子？”

“我一个人去。黑妈妈得待在两个姑娘身边，杰拉尔德先生又不能……”

波克急得叫了起来，十二棵橡树庄园那儿也许有北佬或不规矩的黑人，她一个人哪能去得？这可把斯佳丽惹恼了。

“别说了，波克。你叫迪尔西马上就去。你和普莉西去把老母猪和那一窝小猪赶回来，”她发出简短的命令后，扭头就走。

黑妈妈的遮阳旧软帽虽然已经褪色，倒是干净的，仍挂在后门廊的钩子上，斯佳丽拿来往自己头上一戴，恍如隔世一般记起瑞特曾给她从巴黎带来一顶插有绿色卷曲羽毛的帽子。她绰起一只用橡树皮编的大篮子，从后台阶上下去，每走一步，脑袋就受到一次震动，甚至她的脊梁骨仿佛要从颅顶裂开来似的。

通往河边的红土路在被毁的棉田中间给烤得火热滚烫。没有树木投下一点荫翳，阳光穿透黑妈妈的帽子射下来，好像它不是好几层印花布厚厚地绗就，而是用上浆的网眼轻纱做的。扬起的尘土直往鼻子眼和喉咙里钻，直至斯佳丽觉得自己若是说起话来口腔黏膜非干裂不可。马拖着重炮经过的路面刻下很深的辙痕，两侧的红土沟也给轮子碾出深深的裂口。棉株被砍倒的砍倒、践踏的践踏，因为狭窄的路得让炮队通过，骑兵和步兵只好在绿色的棉花丛中行进，把棉株踹进地里去了。路上和地里散落着扣环和挽具的碎皮条、被马蹄踩扁的水壶和弹药车的轮子、军服钮扣、蓝军帽、破袜子、血衣的残片——反正一支部队行军中丢下的乱七八糟的东西应有尽有。

斯佳丽经过一片不大的雪松林和围着她家茔地的矮砖墙，那里有三个小土堆葬着她三个小兄弟，但她竭力不去想它们旁边又添了一座新坟。哦，埃伦！斯佳丽拖着沉重的脚步下土岗，经过斯莱特里家房屋留下的一堆灰烬和一支短烟囱时，她产生一个无比强烈的愿望——但愿这一家子也统统化成了灰烬。要不是为了斯莱特里这一家，要不是为了那个不要脸的埃米(她竟和他们的管家生了个野种)，埃伦是不会死的。

一颗尖头石子戳破了她脚上的泡，疼得她直叫唤。她到这儿来做什么？她，斯佳丽·奥哈拉，县里拔尖的美人，塔拉庄园主的掌上明珠，差不多光着脚在这坎坷的路上跋涉做什么？她那双娇小的脚是为了跳舞而不是为了趔趄而生的，她那双轻巧的鞋应当从亮闪闪的绸裙子下面偶一探头，而不应当容纳尖石和尘土。她生来就是让人疼爱和伺候的，可现在，她衣衫褴褛、狼狈不堪，为饥饿所驱，竟落得上邻家菜园子去觅食。

在平缓的土岗脚下是河流，纵横纠结的树木把枝条垂向水面，这儿多么清凉、多么安静！她在低岸上坐下，脱去破鞋破袜，把一双灼热的脚泡在凉水里轻轻拍打。要是能整天坐在这里该有多好！远远地离开塔拉庄园里那一双双可怜巴巴的眼睛，只有树叶的沙沙声和潺湲的流水声打破此地的寂静。但她还是硬着头皮重新穿上鞋袜，在树荫下沿着青苔像海绵般松软的河岸走去。北佬把桥烧了，但她知道下游百来码处有几根木头横跨水流的一个蜂腰段。斯佳丽小心翼翼地过了河，还得在烈日下走半英里上坡路，才能到达十二棵橡树庄园。

那十二棵橡树从印第安人的时代就矗立在那里了，如今依然高耸入云，只是遭到这场兵燹之后已是叶枯枝焦。在它们围成的圆圈中间，约翰·韦尔克斯的这座堂皇的宅院当初曾以它白色的圆柱呈现一派庄重的气象，俨然是戴在小山之巅的一顶王冠，如今却成了一堆瓦砾焦土。原先是地窖的深坑、烧黑的粗石地基和两支大烟囱标着房屋坐落的位置。一根长长的圆柱半已熏黑，倒在草坪上，把茉莉花丛压得稀巴烂。

斯佳丽在圆柱上坐下，看到眼前的景象，她没有勇气再往前走。这劫后的荒凉令人怵目惊心的程度是她过去的所见所闻所不能比拟的。韦尔克斯家族的骄傲化作了她脚下的灰烬。这么一个温良谦恭之家竟遭到如此下场。这座房子过去一向对她竭诚欢迎，她也曾枉费心机梦想成为它的女主人。她曾来这里赴宴、跳舞、调情，她曾在这里怀着一颗受到伤害的心、强抑住一腔妒火眼看玫兰妮倩笑盈盈与阿希礼眉目传情。也是在这里凉爽的树荫下，当她向查尔斯·汉密顿表示愿意嫁给他时，查尔斯大喜过望，紧紧握住了她的手。

“哦，阿希礼，”她心想，“我希望你已经去世！我怎么也不忍心让你见到这幅惨象。”

阿希礼是在这里和他的新娘成亲的，但他的儿子、孙子永远不能带领新娘进入这座宅院了。她曾经十分喜爱这栋房子，渴望在此地主宰一切，谁知这里再也不会有男婚女嫁、婴儿诞生等喜事了。这宅院已经死去，对于斯佳丽来说，仿佛韦尔克斯家所有的人也都葬身于它的灰烬之中了。

“这事现在我不去想它。现在我受不了。我以后再想，”她出声地自言自语，同时把目光移开。

为了寻找菜园子，她步履艰难地环绕废墟兜了一圈，打韦尔克斯家的姑娘们精心莳弄、而今横遭践踏的玫瑰花坛旁边走过，再穿越后院，经过熏肉房、牲口棚和养鸡场的残迹。菜园子周围的木桩栅栏已被拆除，过去一畦畦整齐碧绿的蔬菜地遭到与塔拉的菜园子同样的命运。松软的泥土被马蹄印痕和重炮车辙纵横切割，蔬菜嵌入土中成了稀泥。她在这里一无所获。

斯佳丽穿越院子往回走，然后选择一条下坡小径通向一排阒然无声的粉白下房小屋，边走边叫："有人吗？"但是没有人应声。连狗叫也听不见。显而易见，韦尔克斯家的黑人都逃跑或跟北佬去了。她知道每一个黑奴都有自己的菜地，她到下房去就是指望那些小块菜地能够幸免于难。

她的搜索果然没有落空：那里的大头菜和卷心菜因为无人浇水而枯萎皱缩，却还活着；蔓生的腰果和蚕豆虽然枯黄，但可以吃。然而她实在太累了，看见这些蔬菜甚至连高兴一下的精神也提不起来。她干脆在菜畦里坐下来，用一双哆嗦的手抠到泥土中去把菜挖出来，慢慢地装满篮子。今晚塔拉庄园里可以美餐一顿了，尽管没有肋条肉放在蔬菜里一起煮汤。也许，迪尔西用来点灯的咸猪油可以拿来调味。她必须记住叫迪尔西用松树枝照明，把猪油省下来烧菜。

在紧靠一所小屋后台阶的菜地里，她发现了短短的一垄萝卜，顿时感觉到自己饿得慌。此刻她的饥肠求之不得的正是一个带辣味的萝卜。她几乎等不及把萝卜在自己裙子上擦去泥巴，一口就咬下半个，急匆匆吃了下去。这萝卜又老又硬，还特别辣，呛得她直冒眼泪。一团未经咀嚼的东西刚咽下去，她那空了许久、怒火中烧的胃立即倒翻过来。她只得在松软的泥地里趴下，有气无力地开始呕吐。

从小屋里隐隐约约透出一股黑人居处的气味，越发使她恶心难忍，她索性不去遏制这种感觉，继续翻肠倒肚地吐，只见小屋和树木在她周围飞快地旋转起来。

过了好长一段时间，她脸朝下四肢无力地趴在那里，泥土像羽绒枕头一样柔软舒适，她的大脑疲惫，思绪飘忽不定。她——斯佳丽·奥哈拉——趴在一所黑人小屋后面，身处一座被毁的庄园之中，她又是恶心，又是力乏，不能动弹，可是压根儿没有人知道，也没有人顾得上她。即使有人知道，也不干他们的事，因为每个人自己的麻烦已经够多的了，哪里还顾得上她。而这一切却发生在她——斯佳丽·奥哈拉——身上。过去她连丢在地板上的袜子也从未自己拣过，她的鞋带也向来是别人系的；只要有一点点头疼脑热，立即得到悉心照料；她发脾气使性子，别人总是姑息迁就，一辈子都是这样。

她趴在地上，无力击退回忆和愁绪纷至沓来的围攻，它们就像一群兀鹫在她头上盘旋，等着享受一具死尸。她再也没有力气说："母亲和爸的事，还有阿希礼以及这一大片烂摊子，统统放到以后考虑——等我受得了的时候再说。"现在她受不了，可是不管她愿意不愿意，她还是在想这些事。思绪不停地盘旋，在她头上做老鹰抓小鸡的游戏，觑空便向她俯冲，把利爪和尖喙扎入她的脑海。斯佳丽一动不动地趴着，不知经过了多长多长时间，脸埋在泥土中，背脊承受火辣辣的阳光灼烤，她回顾一些往事和已经不在世上的一些人，回顾一去不复返的那种生活，瞻望前途，一片黑暗，凶多吉少。

最后，当她站起来，重又看到十二棵橡树庄园的焦土瓦砾时，她的头高高地昂起，与青春、姿色和含蓄的柔情融为一体的某种气韵已从她脸上永远消失。过去的已经过去。死了的已经死了。昔日那种养尊处优的生活已经追不回来。就在斯佳丽把那种沉甸甸的篮子挎上胳膊的时候，她已拿定主意，勾好了自己的生活蓝图。

回头路是没有的，她只能往前走。

今后五十年内，整个南方会不断有女人眼睛里带着凄苦的表情回首前尘，缅怀消失的时代、死去的男人，从心底里唤醒那些徒增伤感的记忆，怀着痛苦的自豪感忍受贫困的煎熬，因为她们拥有这些记忆。然而，斯佳丽决不回首。

她凝视着烧黑的石基，十二棵橡树庄园最后一次以它昔日的丰姿浮现在她眼前，豪华而骄傲，象征着一个阶层和一种生活方式。然后，她沿着大路朝塔拉庄园走去，沉重的篮把简直要勒进她的肉里去。

饥饿又在啃她的空肚子，她大声说道：“上帝给我作证，上帝给我作证，北佬休想把我整垮。我要挺住，等熬过这一关，我决不再忍饥挨饿。也决不再让我的亲人挨饿。哪怕我得去偷，去杀人——请上帝给我作证，我无论如何不再忍饥挨饿了。”

随后的一些日子，塔拉庄园是那样安静，那样与世隔绝，就像《鲁滨孙漂流记》里的荒岛。外部世界离此仅数英里，然而好像有千万里惊涛骇浪把塔拉与琼斯博罗、费耶特维尔、洛夫乔伊隔开，甚至把塔拉与毗邻的庄园隔开。那匹老马死了，他们与外界之间唯一的交通也断了。要步行走上数英里累人的红土路，既没有时间，也没有精力。

在累断脊梁骨的日子里，为了获取食物拼死拼活地干，还得无休止地照顾三个年轻女子，有时候斯佳丽发现自己在侧耳细听熟悉的动静：下房里黑人小孩的尖笑声，大车从地里回家来的吱嘎声，杰拉尔德的坐骑穿越牧草地飞奔时的嘶鸣声，马车驶进庭院的辘辘声以及邻居来闲聊打发一个下午的谈笑声。但她什么也没听到。大路上静悄悄、空荡荡，没有红土扬起的烟尘通报宾客来临。在绵延起伏的绿色山丘和红土田野中间，塔拉不啻是汪洋大海里的一个孤岛。

别的地方有另一个世界，那里的人家在自己的房子里吃饭定心，睡觉安稳。别的地方姑娘们穿着三度翻新的衣裙快乐地与人调情，唱着《无情战争结束后》，才几个星期以前她也唱过这支歌。也有地方在打仗，大炮在轰鸣，城镇在燃烧，男人们躺在医院里令人作呕的恶臭中，伤口在腐烂。有的地方军队光着脚板、穿着脏兮兮的土布制服在行军，在战斗，在睡觉，饥饿和困乏交加，那是知道大势已去绝望之余的困乏。而有的地方，佐治亚的丘陵山冈只见清一色的蓝军服，那里已是兵强马壮的北佬的天下。

塔拉以外有战争，有另一个世界。但在庄园里，战争和另一个世界都不存在，除非在回忆中出现，当这些回忆乘疲惫之隙闯入脑际时，必须把它们赶走。全空和半空的肚子的需求已把外部世界挤到次要的位置，生活已归结为两个相互关联的概念：食物和怎么弄到食物。

食物！食物！为什么肚子的记性比脑子强？斯佳丽能抑制悲伤，却无法抑制饥饿。每天早晨她似醒非醒地躺着，在记忆把战争和饥饿带回到她脑子里之前，她懒洋洋地蜷缩在床上，期待着闻到煎熏肉和烤面包卷的浓香。每天早晨她都用鼻子使劲地嗅，想真的嗅到那些馋人的味儿，嗅着嗅着便醒过来了。

塔拉的餐桌上有苹果、红薯、花生和牛奶，但是就连这等寒酸的饮食也一直不够多。一天三次见到这些东西，她的记忆总要闪回到早先的日子、往昔的膳食、烛光明亮的餐桌和香味四溢的饭菜。

想当年他们对食物压根儿不当一回事，实在太浪费了！面包卷、软烤饼、玉米松饼、鸡蛋烙饼，每件都有大滴大滴的黄油掉下来——一次进餐全都摆上。餐桌的一端是火腿，另一端是炸鸡；炖白菜浮泛在虹彩绚烂的油汤里，蚕豆在花色鲜艳的瓷盆里堆成小山；还有炸笋瓜、焖秋葵、稠得可以切块的胡萝卜奶酪酱。甜点心有三种，每个人都可任意挑选：巧克力千层酥、香草杏仁果冻、掼奶油蛋糕。想起这些美味佳肴，她就禁不住泪如泉涌(死亡和战争却不曾使她掉过眼泪)，她那老是咕咕叫唤的空腹就会恶心难忍。过去黑妈妈一直为她胃口不佳而忧心忡忡，而今这个十九岁的女子食欲大振，加之以前她从未像这样劳累得喘不过气来，现在她能吃当初的四倍那么多。

在塔拉庄园，不光是她一个人的食量构成伤脑筋的问题。无论她朝哪边看，她的目光遇见的都是一张张饥饿的脸——黑的和白的。要不了多久，卡丽恩和苏埃伦将开始狼吞虎咽，伤寒病人在复原期大都如此。小韦德已经在拉长调子抱怨道：“韦德不喜欢吃红薯。韦德肚子饿。”

别人也啧有烦言：

“斯佳丽小姐，除非我能吃得饱一点儿，否则两个孩子我一个也喂不了。”

“斯佳丽小姐，要是我不能吃饱肚子，我没力气劈柴。”

“我的小羊羔，我都快饿扁了。”

“女儿，我们非得每餐都吃红薯吗？”

唯独玫兰妮不叫苦，尽管她的面孔越来越瘦削、越来越苍白，甚至睡梦中也会痛苦地抽搐。

“我不饿，斯佳丽。把我的一份牛奶给迪尔西吧。她要给两个孩子喂奶。病人是不知道饥饿的。”

玫兰妮这种默默无言的苦熬比别人嘟嘟囔囔的牢骚更叫斯佳丽恼火。斯佳丽可以用尖酸刻薄的讥刺使别人缄口，但对玫兰妮的无私表现她毫无办法，唯其毫无办法才憋气窝火。现在杰拉尔德、黑人们和韦德都爱接近玫兰妮，因为她身体虽然虚弱，心地却很善良，能体贴人，而斯佳丽在那些日子里二者都谈不上。

特别是韦德，他整天待在玫兰妮的屋子里。韦德这孩子近来总有点儿不大对头，但斯佳丽没工夫去弄清究竟。黑妈妈认为这孩子有蛔虫，斯佳丽接受了她的说法，便给他喝埃伦一向用来给黑人小孩治蛔虫的药草和树皮煎的汁。然而喝了这药韦德的脸更加没有血色了。这些日子斯佳丽思想上简直没把韦德当做一个人对待。有他无非是多一个累赘，多一张要吃饭的嘴。等过了眼前这段非常时期，她会跟儿子一起玩儿，给他讲故事，教他认字母，但目下她既没有时间，也没有心思。每当斯佳丽最疲劳、最心烦的时候，韦德好像老是在身边碍手碍脚，故而她跟儿子说话常常没好气。

她的厉声呵责把韦德直吓得眼睛瞪圆，斯佳丽一见这模样就有气，因为韦德受惊的时候会现出一副低能的傻相。斯佳丽没有意识到，这个小男孩接触到的惨象太可怖了，甚至大人也未必理解。恐惧占据了韦德的心房，震撼着他的灵魂，使他夜里常常尖声大叫惊醒过来。他听到任何出乎意料的响声或提高嗓门说的一句话都会发抖，因为在他的头脑里响声和口气生硬的话语是和北佬难解难分地纠结在一起的，他怕北佬甚于怕普莉西借以吓唬他的鬼怪。

在围攻亚特兰大的炮声打响之前，他一直过着快乐、安定、平静的生活。尽管斯佳丽并不太关心他，韦德仍然习惯于得到别人的疼爱，听到亲切的话语，直至那天夜晚他从蒙眬中给拖起来，随后只见火光烛天，爆炸声震耳欲聋。那天夜里以及接下来的一个白天，他第一次挨了他母亲的打，听到母亲冲他粗声叫骂。过去，除了在桃树街那栋舒适的砖房里的生活，他别无任何经历，而这种生活在那天夜里已化为乌有，他永远也找不回来了。在逃离亚特兰大的过程中，他只知道后面有北佬的追兵，直到现在他仍时刻担心北佬会抓住他，把他剁成肉酱。每当斯佳丽提高嗓门骂他时，他就心惊肉跳，他那模糊、幼稚的记忆会重现第一次挨母亲打骂时的恐怖景象。从此，母亲发怒的声音在他的头脑里和关于北佬的概念结下了不解之缘，所以他很怕他的母亲。

斯佳丽不可能毫不察觉韦德近来常常躲着她，在她整天忙不完的事务隙缝中偶尔想起这一点时，心里老大不是滋味。这甚至比韦德原先老是在她身边纠缠不休更糟，她的自尊心受到了伤害，因为韦德的避难所竟是玫兰妮的病榻，他在那儿做玫兰妮教他的游戏，听玫兰妮讲故事。韦德非常爱他的姑妈，她柔声和气，总是脸带微笑，从不说："别烦，韦德！你把我烦得头都疼了！"或者，"看在上帝分上，别在这儿碍事，韦德！"

斯佳丽没有时间、也没有强烈的愿望去疼他，但是看到玫兰妮这样做，她又产生了妒意。一天，斯佳丽发现韦德在玫兰妮床上竖蜻蜓，见他倒在玫兰妮身上，斯佳丽掴了他。

"你怎么能把姑妈当床垫子用，你不知道她身体不好？马上给我出去，到院子里去玩，以后再也不许上这儿来。"

可是玫兰妮伸出一只羸弱的手，把哭得伤心的韦德拉回到自己身边。

"别哭，韦德乖。你不是有意把我当床垫子用的，对吗？斯佳丽，他并不烦我。让他待在我这儿吧。我来照看他。这是我的身体好起来之前唯一能做的事，你即使不管他也已经忙不过来。"

"别说傻话，玫荔，"斯佳丽生硬地说。"你的身体恢复得也够慢的，让韦德摔倒在你肚子上对你更不会有好处。听着，韦德，要是再让我撞见你在姑妈床上，瞧我不收拾你！不许抽鼻子。你怎么老是抽鼻子？该学着点儿男子汉的样儿！"

韦德抽抽搭搭地逃下楼去。玫兰妮咬着嘴唇，泪水往眼眶里涌上来。站在过道里目睹这一幕的黑妈妈紧皱双眉，喟然长叹。但是，在那段日子里谁也不敢跟斯佳丽顶嘴。大家都怕她那张利嘴，大家都怕那个套着她的躯壳、但言行已经和过去判若两人的斯佳丽。

现在塔拉庄园的一切都是斯佳丽说了算；和其他一下子抓到大权的人一样，她天性中所有恃强凌弱的本能全都表现出来了。倒不是说她骨子里没有半点善良的本性。因为她已经给吓坏了，缺乏自信，才那么盛气凌人，其实是生怕别人摸清她难以胜任的底细进而不承认她的权威。再说，把别人呼来喝去，知道他们怕她——这里头也有某种乐趣。斯佳丽发现这能使她过于劳损的神经得到一些休息。她并非全然看不到自己的个性在起变化。有时候，她粗声大气地发号施令，会使波克撅出下嘴唇，使黑妈妈忍不住嘀咕起来："现如今有些人还真抖起来了！"——遇到这种情况，斯佳丽自己也纳闷：她受过良好教养的言谈举止都到哪里去了？埃伦努力使她养成的习惯——礼貌待人、温良谦恭——竟消失得这么快，犹如树叶经萧瑟秋风一吹便纷纷脱落飘逝。

埃伦不止一次地说过："对地位比你低的，尤其是黑人，态度既要坚定，又要和气。"然而，如果她和和气气，黑人们就会整天坐在厨房里，没完没了地谈过去的好日子，说那时候可不兴把干屋里活的黑人当干地里活的黑人使唤。

"要爱你的妹妹，好好照顾她们。对病人要慈悲为怀，"埃伦常说。"对于处在悲哀和患难中的人要体贴入微。"

现在她没法爱她的妹妹。她们纯粹是压在她肩上的累赘。至于照顾她们，难道她没给她们洗澡、梳头、喂饭，甚至不惜每天走上好几英里地去找些菜蔬？难道她没学着挤牛奶，尽管那头怪吓人的畜生冲她晃着两只角的时候，她的心都快从嗓子眼里跳出来了——难道不是这样？如果她对她们怜爱过了头，她们兴许会在床上赖得更久，而她需要她们尽快下地来，那就可以多两双手帮帮她。

她们康复得很慢，至今缠绵病榻，瘦弱不堪。在她们不省人事的那些日子里，世界已经变了样。北佬来过了，黑人们跑了，母亲也死了。这三件令人难以置信的事都不是她们的头脑接受得了的。有时候她们以为自己仍处于谵妄状态，这些事情根本没有发生。斯佳丽变成这样，这当然不可能是真的。有几回，斯佳丽倚在她们搁脚一端的床架子上谈自己设想她们康复以后能干些什么活，当时她们对她瞠目而视，简直把她看做一个妖怪。她们无法理解家里再也没有一百名奴隶干这些活。她们无法理解奥哈拉家的小姐需要从事体力劳动。

“可是，大姐，”卡丽恩说，她那稚气未脱的脸蛋儿竟吓成了死灰色。“我不能劈引火柴！这会把我的手弄坏的！”

“瞧我的手，”斯佳丽回答时露出一丝怪可怕的苦笑，并且把一双起泡、长茧的手掌摊到卡丽恩面前。

“我讨厌你这样跟卡丽恩和我说话！”苏埃伦叫了起来。“我看你是在撒谎，想吓唬我们。要是妈还在，她一定不许你这样跟我们说话！劈引火柴，亏你说得出口！”

苏埃伦不顾虚弱，向大姐瞪了憎恶的一眼，她确信斯佳丽说这些话是存心跟她们过不去。苏埃伦这场大病差点儿死去，她失去了母亲，她孤独，她害怕，她需要别人抚慰，需要别人疼爱。偏偏斯佳丽每天站在床的另一端看着她们，她那双斜视的绿眼睛射出一种可恶的异光，估量她们复原的程度，一边列举她们该做的事情：整理床铺、做饭、提水、劈引火柴等等。瞧她那德行，好像她说这些怪吓人的事情就为了找乐子。

斯佳丽确实乐意这样做。她对黑人采取高压手段，伤害两个妹妹的感情，不光是因为要她操心的事太多，紧张和劳累使她想不出别的做法，还因为这样她能往别人头上出一出自己的怨气：母亲对她讲过的生活道理统统不管用。

母亲对她的教诲如今绝对没有任何价值，斯佳丽伤心透了，并且陷入了迷惘。其实，埃伦不可能预见她养育几个女儿的那个环境、那种文明会崩溃、解体，不可能预料她苦心孤诣地培养女儿去占据的社会地位将不复存在——但斯佳丽不作如是想。斯佳丽也不谅解，当初埃伦教导她做人要婉顺、和蔼、高尚、善良、谦逊、诚实的时候，埃伦展望未来将是长长一串安谧的岁月，各方面都像她自己平平而过的一生。埃伦还常说，女人只要牢记这些教训，生活亏不了她们。

斯佳丽在绝望中想道："她给我的教导对我毫无帮助，一点用处也没有！善良现在能给我带来什么好处？婉顺又有什么价值？当初倒不如让我学会像黑人一样犁地或摘棉花。哦，母亲啊，你错了！"

她没有平心静气地想一想，埃伦那个按部就班、有条不紊的世界已经随风飘逝，取而代之的是一个残忍的世界，那里的是非标准、价值观念都已经变更。斯佳丽只看到，更确切地说是她自以为看到她母亲错了，于是她自己连忙改弦易辙，以适应那个与她所受的教养大相径庭的新世界。

只是她对塔拉庄园的感情未变。她每次拖着疲乏的身子从地里回家，看到这座横向布局散漫的白色房子，她的心总是洋溢着爱和社燕归巢的喜悦。每次推窗遥望葱绿的牧场、红土的田野和长得很高的沼地树丛，一种美的感受定会充塞她的胸臆。当其余的一切都在变的时候，斯佳丽身上唯一没有改变的便是她对故乡家园的爱，爱这里绵延起伏的丘陵，爱这里鲜红艳丽的土壤，它有血红、石榴红、砖红、朱砂红各种色彩，上面会神奇地长出碧油油的草丛，白色的茸毛如满天星斗洒落其间。世上任何别处都没有这样的土地。

当她眺望塔拉庄园的时候，她会在一定程度上懂得战争争的是什么。瑞特说人们打仗争的是钱，这话不对。不，他们争的是犁松隆起的土地，是刈得齐整、绿草如茵的牧场，是黄水潺湲的河流，是木兰丛中荫凉的白色房屋。只有这些才值得为之一战，只有红色的土地才值得为之一争，这是他们的土地，将来是他们的儿孙的，这红色的土地要为他们的儿孙以及儿孙的儿孙长出棉花来。

塔拉庄园遭到蹂躏的土地现在是她仅有的一切，而母亲和阿希礼已经去世，杰拉尔德经过这次劫难成了痴呆，金钱、黑奴、衣食不愁的牢固地位一夜之间统统化为乌有。斯佳丽恍同隔世一般回忆起跟她父亲关于土地的一次谈话。如今她感到惊讶的是当时自己怎么会这样幼稚、这样无知，竟不懂父亲的话是什么意思。杰拉尔德说，世上唯一值得为之战斗的是土地。

“因为它是世上唯一永久存在的东西……对于任何一个身上有一滴爱尔兰血液的人来说，他们居住其上、靠它生活的土地就像他们的母亲……。这是唯一值得为它辛苦、为它战斗、为它去死的东西。”

是的，塔拉庄园是值得为之战斗的，所以她二话不说便投入了战斗。任何人都休想从她手中夺走塔拉庄园。任何人都不能迫使她和她家里的人离乡背井去仰仗亲戚的布施。她要把塔拉庄园支撑下去，纵使她得把这里每一个人的脊梁都累断也在所不惜。

第26章

斯佳丽从亚特兰大逃回塔拉庄园以后两个星期，她脚上最大的一个泡开始溃烂，直肿得连鞋也穿不上，路也不能走，只能脚跟着地勉强拐几步。她瞧着脚趾上发炎的疮口心急如焚。万一它像那些伤兵的创口一样发生坏疽，附近又找不到一位医生，她会死吗？尽管目前的生活这样苦，她可绝对没有不愿活下去的想法。

她刚到家里的时候，曾指望杰拉尔德会重振雄风来当这个家，然而两星期来这个希望落了空。现在她明白，不管她喜欢不喜欢，庄园以及这里所有人的命运已交到了她缺乏经验的一双手中，因为杰拉尔德仍像睡着了似的整天不声不响，顺从安详，对塔拉庄园的事不闻不问。无论斯佳丽向他求教什么事情，他唯一的回答就是：“你认为怎么好就怎么办，女儿。”或者还有更糟的：“去跟你母亲商量吧，小姑娘。”

他永远不会有什么改变了，斯佳丽已经认识到真情，而且并不十分激动地接受了这一事实——杰拉尔德将始终等待着埃伦，谛听埃伦是不是在来，一直到他死去为止。他仿佛置身于一个半明不暗的阴阳界，那里的时间是静止的，而埃伦老是在隔壁房间里。埃伦一死，把杰拉尔德赖以生存的主要动力给带走了，于是他那种近乎狂妄的自信、莽撞和不知疲倦的劲头也随之消失。杰拉尔德·奥哈拉一生风风火火的连台好戏就是演给埃伦看的。如今幕已永远落下，灯光变得暗淡，观众突然没了，而这位茫然不知所措的老演员仍留在空荡荡的舞台上，等着别人提示。

那天上午家里静悄悄，因为除了斯佳丽、韦德和三个有病的年轻女子，所有的人都去沼泽地找那头老母猪了。甚至杰拉尔德精神也比平时好点儿，他一只手扶着波克的胳臂，另一只手挎着一圈绳，穿越犁过的地蹒跚走去。苏埃伦和卡丽恩哭过一阵之后睡着了，她们每天至少有两次要想起埃伦，想着想着，伤心和病弱的眼泪就会顺着她们深陷的腮帮淌下来。那天，玫兰妮还是第一回让人用枕头垫在背后扶起来，身上盖一条补过的床单，半坐半卧在两个婴儿中间，一手搂着长出亚麻色茸毛的一个脑袋，另一只手同样温柔地托着迪尔西的孩子长着鬈发的黑脑袋。韦德坐在床脚边听她讲一个童话。

对于斯佳丽来说，塔拉庄园的这种寂静实在难以忍受，因为这气氛太像她从亚特兰大回家途中那漫长的一天所经过的荒野废村中死一般的岑寂。那条母牛和它的小牛犊一连几个小时不叫一声。她的窗外没有鸟儿啁啾，甚至几代都在木兰树叶丛中营巢的模仿鸟那天也不唱歌，尽管这个家族平日叽叽喳喳最爱聒噪。斯佳丽把一张矮椅子搬到她卧室开着的窗前坐下，裙裾高高地撩过膝盖，两手托着下巴颏儿搁在窗台上，眼睛望着宅前的车道、草坪以及大路那一边绿色的牧场。一桶井水放在她旁边的地板上，她不时把肿胀发炎的脚浸入水桶，冰凉而又刺痛的感觉把她的脸扭曲成一副怪相。

她把下巴颏儿搁在手上坐着发愁。偏偏在她最需要力气的时候，这个脚趾溃烂了。那些个蠢东西永远逮不着老母猪。就是那些小猪他们也花了足足一个星期才一头一头抓回来，可是到现在两个星期过去了，老母猪依然逍遥自在。斯佳丽相信，若是她跟他们一起到沼泽地去，她只要把裙裾撩到腰间束好，拿起绳圈一扔，准保一眨眼的工夫就把老母猪套住。

可是，即使老母猪给逮住，以后又怎样呢？把老母猪和它的一窝小猪吃掉，以后怎么办？日子还得过下去，还得有东西填肚子。等到冬天来临，就没东西吃了，甚至从邻庄菜园子里弄来的一点残余菜蔬也将告罄。必须贮存干豌豆、高粱、面粉、大米……还有……还有好多好多东西。来年春播的玉米种子和棉籽还没有着落，衣服也需要添一些。所有这一切上哪儿弄去？叫她拿什么付账？

她曾在私下里搜遍杰拉尔德的口袋和银柜，找到的只是几沓邦联债券和三千元邦联钞票。她带着一丝苦笑心想，如今邦联货币几乎已经一文不值，这些钱充其量只够他们全家饱餐一顿。但是，即便她有钱并且能买到食物，她又怎样把食物拉回塔拉庄园呢？上帝为什么让那匹老马死去？倘若有瑞特偷来的那畜生，哪怕它老弱病残一应俱全，对他们来说境况也会大不相同的。哦，当初在路那边牧场上遛蹄的一些骡子毛色柔滑光亮，有多棒！那些拉载人车的马多漂亮！还有她骑的小牝马、卡丽恩和苏埃伦的小马驹！杰拉尔德的大雄马跑起来只见草皮从它蹄下飞溅……。哦，那么多骡马只要有其中一匹就好了，即便是那头脾气最犟的骡子也行！

不过没关系，等她的脚好了以后，她可以步行去琼斯博罗。这将是她有生以来步行最远的路程，但她会走去的。就算北佬把那个市镇全烧光了，她总能在附近找到个把人，人家会告诉她哪儿能弄到食物。这时，她眼前浮现出韦德那张饿瘦的脸。他老是说他不喜欢吃红薯，想要一只鸡腿和一盆浇上卤汁的米饭。

阳光灿烂的庭院骤然间仿佛云遮雾罩，树木隔着泪帘变模糊了。斯佳丽脑袋搭拉下来掉在胳膊上，她竭力不让自己哭。现在哭一点儿用处也没有。只有在旁边有你想要讨他喜欢的男人时，眼泪才管用。正当她伏在窗台上双目挤紧把眼泪压回去时，忽然给一阵马蹄声所惊动。但她并没有抬起头来。最近这两个星期她白天黑夜好像曾多次听到这声音，正如埃伦的衣裙窸窣之声不时萦绕在她耳际。和过去在这样的时刻相同，她的心突突地跳得厉害，然后她暗暗向自己叱喝："别痴心妄想！"

但是，马蹄声渐渐地慢下来，由跑步转为走步，那自然真切的程度委实令人吃惊；接着，细石院径上响起有节奏的嘚嘚声。有人骑一匹马来了——是塔尔顿家还是方丹家的？她迅速抬头一看，竟是一个北佬骑兵。

她本能地躲到窗帘后面，像着了魔似的隔帘偷看，吓得连大气也不敢喘。

来者无精打采地坐在马鞍上，那是一个长相粗鲁、身材矮壮的汉子，一部很不整洁的大黑胡子散乱在钮扣也没扣好的蓝军服上。眶距太近的一双小眼睛在强烈的日光下眯成两条线，他从容不迫地从绷紧的蓝军帽檐下察看着这座房子。在他慢慢地下了马，把缰绳扔过拴马桩的时候，斯佳丽屏住的一口气总算喘了过来，不过喘得十分突兀而又痛苦，像是兜胸挨了一击似的。一个北佬，一个臀部插着长筒手枪的北佬！而斯佳丽孤零零一个人在这座房子里，还带着三个有病的女子和两个婴儿！

那北佬慢悠悠地沿着院径走过来，一只手放在枪套上，两颗小眼珠子左右顾盼，这时斯佳丽想象中以飞旋的万花筒形式映出一幅幅杂乱的画面，那都是佩蒂帕特姑妈悄悄讲述的故事：女子在无人保护的情况下遭袭击；有人喉管给割破；房屋在垂死的妇女头上燃烧；孩子因为哭叫被挑在刺刀尖上——总之，与“北佬”二字联系在一起的种种非言语所能形容的恐怖一齐兜上心头。

斯佳丽惊骇之余的第一个冲动是想躲进贮藏室、钻到床底下，从后扶梯飞奔下楼，一路尖叫着往沼泽地那儿跑——反正只要从那人手中逃脱。接着，她听见那人蹑手蹑脚登上前院的台阶，随后又鬼鬼祟祟跨进穿堂，斯佳丽知道逃走的路已被切断。她吓得手脚冰凉，没法动弹，只听见那人在楼下从一间屋子踅入另一间屋子，发现一个人也没有，他的脚步声便越来越响、越来越大胆。此刻他在餐室里，再过一会儿就要走进厨房。

一想到厨房，斯佳丽顿时怒火中烧，仿佛她的心上给扎了一刀，在压倒一切的愤怒面前，恐惧退却了。厨房！那里的炉灶上有两只陶罐，一只在炖苹果，另一只在用好不容易从十二棵橡树庄园和麦金托什家菜园子里弄来的蔬菜炖什锦羹——九个人就指着这一餐充饥，而事实上两个人吃了也不算饱。斯佳丽已经有好几个钟头一直遏制着自己的食欲，等其余的人回来再吃，所以她想到那北佬要把他们可怜的饭食吃掉，禁不住气得浑身发抖。

这帮天杀的强盗！他们像蝗虫一般自天而降，把塔拉洗劫一空，让这里的人慢慢地饿死，现在又回来还要把这么点儿可怜的残余食物也偷走。斯佳丽空空如也的胃部起了一阵痉挛。

“我凭着上帝起誓，至少这个北佬再也偷不成人家的东西了！”

她脱去敝旧的一只鞋，光着脚吧嗒吧嗒敏捷地走到写字台前，甚至那个溃烂的脚趾也不觉得疼痛。她悄没声儿地拉开最上边的抽屉，抓起她从亚特兰大带回来的一支沉甸甸的手枪，查尔斯生前曾把这武器带在身上，却从来没有放过一枪。斯佳丽从挂在墙上他的军刀下面的皮弹夹内摸出一枚火帽，把它装进弹膛，手一点儿也不哆嗦。她迅速而又无声地跑到楼上过道里，然后一手扶住栏杆，另一只手藏在裙裥中握着手枪紧贴大腿，飞身下楼。

“谁在那儿？”一个从鼻腔里发出来的声音喝道。

斯佳丽在楼梯半道上站住，这时血在她太阳穴里跳得那么响，她几乎听不见那人的声音。

“别动，要不我开枪了！”那个声音在叫。

他半蹲半站在餐室门口，身体像拉紧的弓弦，一手持枪，一手拿着一只花梨木针线匣，里边有金顶针、金柄剪子、织补用的小小金顶刚玉橡实。斯佳丽的两条腿从脚底一直凉到膝盖，但是怒火把她的脸都快烤焦了。埃伦的针线匣在那个人的手里。她想要大声叫喊：“放下！把它放下，你这肮脏的……”可是喊不出来。她只能隔着栏杆向那人瞠目而视，眼看着他的面孔由凶狠、紧张换成一副半似冷笑、半似谄笑的嘴脸。

“敢情这房子里还有人，”他说着把枪插回到皮套里去，同时跨进穿堂，正好站在斯佳丽下面的楼梯脚边。“就你一个人吗，小妞儿？”

斯佳丽以闪电一般的动作把手枪举过栏杆瞄准那个大胡子惊恐万状的脸。他甚至来不及伸手去摸自己的枪，斯佳丽已经扣动扳机。手枪的反冲力使她的身子摇摇晃晃，一声巨响震聋了她的耳朵，一缕硝烟直冲她的鼻孔。那汉子扑通一声朝后倒在地上，半个身体跌入餐室，这股力量之猛把家具也震动了。针线匣从他手中掉落，里边的东西都撒在他周围的地板上。斯佳丽几乎无意识地奔下楼梯站在他旁边，俯视着那张脸的胡子以上部分变成了什么：原先是鼻子的地方现在是一个血肉模糊的凹坑，被火药烧焦的眼睛目光呆滞。就在她凝神细看的时候，两股鲜血——一股从他脸上，另一股从他脑后——顺着锃亮的地板缓缓流淌。

是的，他死了。这是毫无疑问的。她杀了一个人。

硝烟袅袅升向房顶，两股殷红的鲜血在她脚边扩展。她站在那里的一会儿工夫不知有几许长，在炎夏上午的寂静中，任何不相干的声音和气味，包括她的心急如鼓点的搏动、木兰叶丛轻微的沙沙声、远处一只沼地野禽的悲鸣以及窗外的花香，无不比通常增强好几倍。

过去，即使在狩猎时逢到需要结果动物的性命，她也总是竭力避开；她无法忍受猪在屠刀下的哀号或兔子陷入罗网的尖叫。可现在，她竟杀了一个人。"这是凶杀！"她迟钝地想道。"我干了一桩凶杀案。哦，我不可能遇上这等事！"这时，地板上指头粗短、寒毛毵毵的一只手映入她的眼帘，这只手离针线匣很近很近，倏忽间，她重又精神倍增，而且产生一种冷血、残忍的快感。她真想用脚跟在那家伙原先鼻子部位的伤口里碾它几下，让自己的光脚蘸到他热乎乎的血，从中获得解恨的快感。她这一枪为塔拉庄园报了仇，也为埃伦报了仇。

楼上过道里响起慌慌张张、跌跌撞撞的脚步声，稍停之后脚步声又起，这一回则是有气无力地曳地而行，中间夹着金属的碰击声。斯佳丽恢复了对时间和周围现实的感觉，她抬头一看，只见玫兰妮在扶梯顶上，只穿一件现在为她充当睡袍的破衬衣，一只无力的手握着查尔斯的军刀搭拉下来。玫兰妮一眼便把发生在楼下的一幕全看明白了：一具穿蓝色军服的尸体倒在血泊中，针线匣就在尸体旁边，斯佳丽光着脚，面如土色，紧握着长筒手枪。

她的目光与斯佳丽的目光在沉默中相遇。玫兰妮平素婉顺的脸上此刻呈现着一种反常的骄傲，她的笑容流露出赞赏和狂热的喜悦，这跟斯佳丽自己心中汹涌翻腾的感情倒是不谋而合。

“想不到……想不到她竟和我一样！她理解我的心情！”这念头在那漫长的一瞬间从斯佳丽头脑中闪过。“换了她，也会像我这样干的！”

斯佳丽激动地看着弱不禁风的玫兰妮，对于眼前这个站也站不稳的女子，斯佳丽从不怀有任何感情，只有厌恶和憎恨。可现在，一种欣赏和认同的感情油然而生，把对阿希礼妻子的敌意压了下去。在胸怀坦荡、绝无私心杂念的一刹那，她从玫兰妮温和的声音和柔顺的眼神背后看到了她不屈不挠的意志如锋利的钢刃寒光森森，还感觉到蕴藏在玫兰妮娴静的性格深处的勇气不下于一支旌旗招展、军号嘹亮的雄师。

“斯佳丽！斯佳丽！”苏埃伦和卡丽恩惊恐而虚弱的尖叫从她们关着的房门里边传来，韦德则在拼命呼喊：“姑妈！姑妈！”玫兰妮赶紧举起一个指头放到嘴边示意斯佳丽别作声，然后把军刀搁在扶梯顶上，挣扎着沿楼上的过道走到病室前把门推开。

“别害怕，胆小鬼！”只听得她用戏谑的口吻说道。“你们的大姐想擦掉查尔斯手枪上的铁锈，不料那玩意儿走了火，差点儿没把她吓死！”过了一会儿，又听得她在说：“韦德·汉普顿，妈妈刚才用你好爸爸的枪放了一枪！等你长大了，她也会让你放的。”

“好一个玫兰妮，撒起谎来多么镇静！”斯佳丽暗暗佩服。“我可不会那么快就想出搪塞的话来。不过，何必撒谎呢？他们应该知道这是我干的。”

她又看了一下地板上的尸体，现在，愤怒和恐惧渐渐消退以后，在她身上占上风的是极度的嫌恶，她的双膝在反作用下开始哆嗦。玫兰妮重又撑到楼梯顶上，并且扶住栏杆一步一步下楼来，牙齿咬住苍白的下唇。

“回到床上去，傻瓜，你这不是要自己的命吗？”斯佳丽想喝住她，但是衣不蔽体的玫兰妮已经撑到楼下穿堂里。

“斯佳丽，”她悄悄地说，“我们得把他从这儿弄出去埋掉。也许不光是他一个人，万一他们在这儿找到他……”她扶住斯佳丽的胳臂以免自己跌倒。

“他肯定只有一个人，”斯佳丽说。“我从楼上窗户里没看见其他任何人。他一定是开小差的。”

“就算他只有一个人，这件事也不能让任何人知道。黑人们嘴不严，北佬会来把你抓去的。斯佳丽，我们必须在家里人从沼泽地回来以前把他藏好。”

玫兰妮紧张急切的语气促使斯佳丽开动脑筋冥思苦想。

“我可以把他埋在花园角落里的凉棚底下——那儿前些日子波克把一桶威士忌掘出来的地方土还是松的。可是我怎么把他弄到那边去呢？”

“我们俩一人抓住一条腿把他拖去，”玫兰妮果断地说。

尽管不是太愿意，斯佳丽还是情不自禁地更进一步佩服玫兰妮的胆略。

“你连一只猫也拖不动。我来拖他，”斯佳丽生硬地说。“你回到床上去。小心送了你自己的命。不许你帮我，要不我就把你抱上楼去。”

玫兰妮纸一样白的脸上绽开甜蜜的笑容表示理解。“你太好了，斯佳丽，”说着，她用嘴唇在斯佳丽面颊上轻轻擦了一下。没等斯佳丽从惊讶中定下神来，玫兰妮又接着说：“你要是能把他拖出去，我就来洗刷这——这脏乱的一摊，赶在他们回家来以前拾掇好。哦，斯佳丽——”

“什么事？”

“要是搜一下他的背包，你认为这算不算不道德？也许他带着些吃的。”

“我认为不算，”斯佳丽答道，同时暗暗恼恨自己为什么没想到这一层。“你搜背包，我来搜他身上的口袋。”

她强忍嫌恶俯身解开死人上衣所有的钮扣，开始逐一搜索他的口袋。

“我的上帝啊！”她轻轻发出一声惊叹，一边掏出用破布裹着的一只鼓鼓囊囊的皮夹子。“玫兰妮……玫荔，这里边大概都是钱！”

玫兰妮什么也没说，只是猛然在地板上坐下，背靠到墙上。

“你看吧，”她说时声音发颤。“我觉得有点儿累了。”

斯佳丽扯去那块破布，手哆嗦着打开折拢的皮夹。

“瞧，玫荔，你瞧！”

玫兰妮抬头一看，她的眼睛都睁大了。皮夹里乱七八糟地塞着许许多多钞票，合众国的绿色美元中夹杂着邦联发行的纸币，在钞票中间闪闪发光的还有一枚十美元和两枚五美元的金币。

“这会儿别数钱，”玫兰妮见斯佳丽开始点钞票，便说。“我们没有时间……”

“你明白不，玫兰妮，有了这些钱我们就不用挨饿了。”

“我明白，明白，亲爱的。我知道，可是现在我们没有时间。你再看看他另外的口袋，我来对付背包。”

斯佳丽实在不愿意放下那皮夹。她眼前展现出十分光明的前景——真正的钱、那北佬的马、食物！上帝毕竟有灵，这一切都是他赐与的，尽管他采取的赐与方式非常特别。斯佳丽蹲下来，凝视着皮夹傻笑。食物！玫兰妮把皮夹从她手中夺了过去。

“快点儿看吧！”玫兰妮说。

裤袋里没别的，只有一个蜡烛头、一把大折刀、一块嚼烟和一根细绳。玫兰妮从背包里取出一小包咖啡，把它嗅之再三，好像这是最最沁人心脾的香水，还有一块压缩饼干，接着——她的脸色也变了——又取出嵌在珍珠金框里的一个小女孩的袖珍肖像、一枚石榴石胸针、两只极阔的金手镯（还垂着细细的金链子）、一个金顶针、一只孩子玩的小银杯、一把绣花用的金剪子、一枚独粒钻戒和一副带梨子形钻石坠子的耳环，即使她们并不内行的眼光也敢肯定这些钻石每颗都远远不止一克拉。

“他是个贼！”玫兰妮低声说，同时往后退缩，只想离尸体远点儿。“斯佳丽，这些全是他偷来的！”

“当然，”斯佳丽说。“他到这里来也是指望从这里再偷走点儿什么。”

“你杀了他我很高兴，”玫兰妮说这话的时候，她那双温顺的眼睛神情是严峻的。“现在得赶快，亲爱的，把他从这儿弄出去。”

斯佳丽弯腰抓住死人的靴子拉了一下。那死鬼重得要命，她突然觉得自己的力气太小了。要是她拖不动怎么办？她转过身去背对着尸体，两边胳肢窝里各夹住一只沉重的靴子，然后让自身的重量前倾。尸体给挪动了，于是她又扯了一下。刚才激奋中忘了疼痛的那只脚，现在像针刺一般折磨人，她只得咬咬牙把身体的重心移到足跟上。她使一把劲向前扯动一点儿，额上汗如雨下，如此把尸体从穿堂里往外拖，一路留下殷红的血迹。

“要是他洒得满院子都是血，我们就没法遮盖了，”她喘吁吁地说。“把你的衬衣给我，玫兰妮，我把他的脑袋包扎起来。”

玫兰妮纸一样白的脸变成了绯红色。

“别犯傻了，我不会看你的，”斯佳丽说。“要是我穿着衬裙或长裤，我会脱下来派这个用场。”

玫兰妮靠在墙边缩做一团，把那件亚麻布破衬衣从头上褪下，默默地扔给斯佳丽，可怜她只得用两只手竭力遮蔽自己的身子。

“感谢上帝，我的脸皮可不是那么薄的，”斯佳丽心想。在用那件破衬衣把死者血肉模糊的脸裹起来时，与其说她看到不如说感觉到玫兰妮那种痛苦的窘态。

斯佳丽一瘸一拐地连拉带扯，把尸体从穿堂里拖到门廊，然后停下来用手背擦擦额上的汗，回头看看靠墙坐在地上的玫兰妮曲起双膝遮掩裸露的乳房。斯佳丽有些恼火：玫兰妮也真够傻的，在这样的时候还怕难为情。这正是她循规蹈矩的举止的一种表现，斯佳丽向来为此而瞧不起她。想到这里，斯佳丽不禁问心有愧。不管怎么说……不管怎么说，玫兰妮毕竟在产后不久从床上挣扎起来，带着她举也举不动的兵器来援助她。这是需要勇气的，斯佳丽承认自己并不具备这种勇气，而在亚特兰大陷落的那个恐怖之夜逃回塔拉的跋涉途中，玫兰妮却表现了这样一种坚韧如钢、柔若绢丝的勇气。这也是韦尔克斯家族成员个个具备的那种不可捉摸、并不显眼的勇气，斯佳丽对这样的品质难以理解，但也不得不肃然起敬。

“回到床上去，”她侧着脸朝背后说。“否则你会送命的。等我把他埋了以后，再来收拾这脏乱的一摊。”

“我会用一块破地毯把它擦干净的，”玫兰妮低声说，一边瞅着地上那摊血，脸色十分难看。

“随你的便，你送了命我才不管呢！万一在我干完之前家里人有谁先回来的话，你想办法让他们待在房子里别出去，至于那匹马，你就说是不知从什么地方自己跑到这儿来的。”

玫兰妮坐在上午的阳光里发抖，当死尸的脑袋从台阶上一磴一磴被拖下去时，她捂住耳朵怕听那令人恶心的磕碰声。

谁也没有问马是哪儿来的。这一带前不久还是战场，显而易见那是一匹掉队迷路的马，反正大家都乐意有这么一头牲口。那北佬给埋在葡萄棚下斯佳丽挖的一个浅坑里。原先支撑粗藤茂叶的几根柱子已经腐烂，那天夜里斯佳丽便用切菜刀一阵乱砍，直至柱倒棚塌，让盘根错节的藤蔓覆盖墓穴。在整修家园的过程中，斯佳丽唯独不提重新立柱搭棚的事，即使黑人们猜到个中原委，他们也保持沉默。

在过于疲倦反而睡不着觉的漫漫长夜，始终没有鬼魂从那个很浅的墓穴里爬起来作祟缠她。她每次想到这件事，既不害怕，也不后悔。怎么会如此心安理得，她自己也纳闷儿，因为她知道仅仅在一个月以前自己是决计不会干出这事来的。好一位年轻妩媚的汉密顿太太，腮帮子酒涡迷人，耳坠儿玎珰作响，平日里简直没半点用处，居然会开枪把一个人的脸打得稀巴烂，然后将他埋入草草掘就的土坑了事！倘若给她的一些旧相识知道了，他们准会吓得瞠目结舌——想到这里，斯佳丽不禁露出略带几分狰狞的苦笑。

“我再也不想这件事了，”她暗自下定决心。“事情已经过去，到此为止，我要是不杀他，那我准是个白痴。不过……不过自从我回家以后，我恐怕是有点儿变了，否则我是不会干这事的。”

尽管她并非有意识地信奉如下一种观点，但是她不论什么时候碰到不愉快而又棘手的难题，潜伏在她内心深处的念头就会给她力量："我连人都杀过，还怕干不了这档子事？"

其实，在她身上发生的变化比她想象的更深刻。当她趴在十二棵橡树庄园的黑奴菜地里的时候，她的心上便开始形成一层硬壳，这层外壳渐渐地越结越厚，她的心也随之越变越硬。

如今有了一匹马，斯佳丽可以去弄弄清楚，他们的邻居究竟发生了什么事。自从她回家以后，她已有上千次苦苦思索不得其解："县里是不是只剩我们这几个人了？是不是别人都已经葬身火海？还是他们都逃到梅肯去了？"十二棵橡树庄园、麦金托什庄园和斯莱特里小屋只剩下断垣残壁的景象，在她头脑里记忆犹新，她几乎怕明白真实情况。然而，知道发生了最坏的事也强似一无所知。她决定骑马先去方丹家，并非因为他们是近邻，而是因为老方丹大夫可能在家。玫兰妮需要一位医生。她恢复得很不理想，她那苍白、虚弱的模样斯佳丽瞧着实在害怕。

所以，在斯佳丽的脚痊愈到能穿鞋的第一天，她便骑上那北佬的马。她一只脚伸进改短的马镫，另一条腿盘起来搁在前鞒上，这样跟坐在女式侧鞍上差不多，然后出发穿过田野往含羞草庄园方向而去，思想上准备好看到那里也已烧成一片焦土。

使她又惊又喜的是看到那栋黄粉墙已经褪色的房子还坐落在含羞草的树丛中，依旧是历来的老样子。当方丹家三个女人从屋里出来，又是亲吻、又是欢呼迎接斯佳丽的时候，一股幸福的暖流涌上她的心头，几乎使她热泪盈眶。

但等初次相见那阵兴高采烈的心情稍趋平静，大家鱼贯进入餐室坐了下来，斯佳丽感到一阵悲凉。北佬没有来到含羞草庄园是因为它远离大路，因此方丹家还有牲畜和粮食，但含羞草也和塔拉以及周围乡村一样笼罩着异样的岑寂。除了四名干家里活的女仆，所有的黑奴听说北佬逼近吓得都逃跑了。家里没有一个男丁，除非把萨丽的才离尿布的小儿子乔算作男人。偌大一栋房子里只有七十多岁的方丹老太太、她那已经年过半百还一直被称作"少奶奶"的儿媳以及才满二十的萨丽。她们离邻居都很远，而且没人保护，但如果说她们免不了有些提心吊胆，脸上也不动声色。斯佳丽心想，多半是因为萨丽和少奶奶太怕那位看上去跟瓷器一样脆弱、意志却百折不挠的老太太，所以即使有任何疑虑也不敢说出来。斯佳丽自己也怕那位老太太，因为她眼光尖利，词锋更尖利，这二者斯佳丽过去都有所领教。

虽则三代人并无血缘关系，而且年龄悬殊，然而精神和遭遇方面的相似之处把这三个女人连结在一起。她们三个都穿着自染的丧服，都显得憔悴而忧伤，尽管不作愁眉苦脸，亦不怨天尤人，可是从她们的笑容和好客的言语背后毕竟可以感觉到内心的痛苦。试想，她们的黑奴跑了，她们的钱不值钱了，萨丽的丈夫乔在葛底斯堡一役中阵亡，少奶奶也成了寡妇，因为小方丹大夫已在维克斯堡死于痢疾。另外两个小伙子亚力克和汤尼则在弗吉尼亚州什么地方，他们是死是活也无人知晓；老方丹大夫又随惠勒的骑兵部队开到别处去了。

“这个蠢老头都七十三岁了，还硬充好汉。他有风湿病，浑身上下酸痛的关节比猪身上的跳蚤还多，”老太太其实是在为她的丈夫感到骄傲，她那双神采飞扬的眼睛与她口中尖酸刻薄的言词显然对不上号。

“你们有没有听到亚特兰大方面的什么消息？”等大家坐好以后定了定神，斯佳丽问。“我们在塔拉简直跟埋在坟墓里一样。”

“哦，孩子，可不能这么说！”老太太照例掌握着谈话的主动权，“我们的情形也跟你们一样。只听说这个城市最后还是给谢尔曼拿下了，此外我们一点消息也得不到。”

“到底给他拿下了。眼下他在干什么？仗打到了什么地方？”

“我们三个单身女人待在这乡下地方，常常几个星期看不见一封信、一张报，怎么会知道打仗的事？”老太太酸溜溜地嘀咕开了。“我们有一个黑奴跟别人家的黑奴闲聊来着，别人家的黑奴见过另一个去过琼斯博罗的黑奴，除此以外我们什么也没听说。她们说北佬在亚特兰大赖着不走了，他们的人马都在休息，可这话是真是假，你我都没个准儿。要说休息么，他们还真需要，因为我们把他们打得够呛。”

“这些日子你一直在塔拉庄园，可我们一点儿也不知道，真是！”

少奶奶插进来说。“哦，都怪我没去看看你们！可是这儿有那么多事情要做，黑人又差不多全跑了，我实在抽不出身来。不过，我还是应该挤出时间去一趟。我也太不像邻里乡亲了！当然喽，我们以为北佬把塔拉庄园也像十二棵橡树庄园和麦金托什家那样给烧了，你们全家一定都去了梅肯。我们做梦也想不到你在家里，斯佳丽。”

“是啊，奥哈拉先生的黑奴们打这儿路过的时候，都吓得瞪出了眼珠子，他们说北佬要烧塔拉了，那我们还能不这样想吗？”老太太插了一句。

“我们总以为——”萨丽开言道。

“我正说着呢，请别打断我，”老太太立即截住她的话头。“他们说，北佬在整个塔拉庄园安了营，你们家的人正打算逃到梅肯去。后来，就在那天夜里，我们见塔拉那边的天上火光熊熊，一连烧了好几个钟点，把我们那些愚蠢的黑人吓得魂灵出窍，结果他们全逃跑了。究竟烧的是什么？”

“我们所有的棉花——价值十五万美元呢，”斯佳丽痛心地说。

“得感谢上帝没烧了你们的房子，”老太太用拐杖抵着下巴颏儿说。“棉花你们还会不断地种出来，房子可是种不出来的。我倒想问问，你们的棉花开摘了没有？”

“没有，”斯佳丽说，“再说，反正大部分都已经给毁了。剩下没毁的顶多只有三包棉花，那些地远得很，在河边低谷里，而且，收了又有什么用？我们干地里活的人手都跑了，没人摘。”

“我的天哪，你听听！‘我们干地里活的人手都跑了，没人摘！’”老太太故意拿着腔儿学对方的话，还向斯佳丽瞪了饱含挖苦意味的一眼。“小姐，你自己这双可爱的爪子难道折了不成？还有你两个妹妹的呢？”

“我？叫我去摘棉花？”斯佳丽叫了起来，她这一惊非同小可，仿佛老太太要她去干一件最见不得人的丑事。“像一个干地里活的黑奴？像一个穷白佬？像斯莱特里家的婆娘？”

“穷白佬，真是的！你听听，这一代姑娘真是娇气，到底是大户千金！我告诉你，小姐，我还是个姑娘的时候，父亲破了产，家里一个子儿也没有，我可不在乎凭自己的双手从事正当劳动，包括下地干活，直到爸有钱添几个黑人为止。我锄过地、摘过棉花，如果有必要，我还能再干。看来还真有必要。穷白佬，真是的！”

“哦，可是，妈妈，”她的儿媳急忙出来圆场，同时向两个年轻女子投以央求的目光，呼吁她们帮她让老太太消消气。“那是很久以前的事了，那是完全不同的时代，如今世道变了。”

“正当的劳动一天少不了，世道就一天不会变，”眼光尖利的老太太表示她拒绝别人的劝解。“斯佳丽，听你刚才的话，好像是正当的劳动使好人变成穷白佬的，我真为你的母亲感到羞愧。‘亚当刨地，夏娃纺纱……’①”

为了转换话题，斯佳丽忙问：

“塔尔顿家和卡尔弗特家怎么样了？他们的宅院是不是给烧了？他们有没有逃到梅肯去？”

“北佬从来没有到过塔尔顿的地界。他们家跟我们一样远离大路，可是北佬到了卡尔弗特家，把他们的牲畜和家禽连宰带拿搞得精光，还撺掇黑人也都跟他们跑了——”萨丽才开了个头。

老太太又把她的话头打断。

“嘀，他们向所有的黑人女仆许愿，要让她们穿绸衣裳，戴金耳坠——他们就是这样骗人的。据凯思琳·卡尔弗特说，有些北佬的骑兵离开的时候，他们背后马鞍上还驮着愚蠢的黑女人。瞧着吧，绸衣裳、金耳坠她们休想得到，只会添些个半黑不白的娃娃，而且我认为北佬的血对于改良这个种族不会有什么好处。”

“哦，妈妈！”

“别大惊小怪，简。我们都是结过婚了的，对不对？何况，上帝明鉴，在这以前我们也见过黑白混血儿小孩。”

---

①这是一首民歌的半句歌词，以饱食终日、无所事事者为讽刺对象。全句为“亚当刨地，夏娃纺纱，谁来做主人家？”

“他们为什么没烧卡尔弗特家的房子？”

“那栋房子没有遭殃是靠第二位卡尔弗特太太跟她那个北佬监工希尔顿两人南腔北调的口音，”老太太说。她总是称那位以前的家庭教师为“第二位卡尔弗特太太”，虽然第一位卡尔弗特太太去世已经二十年了。

“‘我们是坚决拥护联邦的，’”老太太从她细长的鼻子里发出声来模拟他们的腔调。“据凯思琳说，他们俩赌神罚咒声称整个卡尔弗特家族都是北佬。可怜卡尔弗特先生死在野兽出没的密林里！赖福又死在葛底斯堡，凯德还在弗吉尼亚打仗！凯思琳说宁愿让房子烧掉，她实在咽不下这口窝囊气。她说，凯德回来听到这样的丑事，肺都会气炸的。唉，娶北佬女人做老婆就是这德行——什么自尊心、体面统统可以不要，她们永远只关心自己……。斯佳丽，北佬怎么没把塔拉庄园烧掉？”

斯佳丽在回答之前略有些迟疑。她知道紧接着的问题是：“你们家里的人都好吗？你那亲爱的母亲怎么样了？”斯佳丽知道自己没有勇气告诉她们埃伦已经死了。她知道，只要她说出这句话，甚至只要让自己在这些富有同情心的妇女面前想到这一点，她就会哭得死去活来。她不能哭。她自从回到家里以后，还没有真正哭过，她明白这道闸门一开，她咬紧牙关挺住不哭的自持力就会决堤。但是瞧着周围这些友情洋溢的脸，她也明白，如果她隐瞒埃伦的死讯，方丹家三代人是绝不会原谅她的。尤其这位老太太是埃伦的知己好友，像埃伦那样能赢得老太太用她瘦骨嶙峋的手打榧子赞一句的人，在县里可谓绝无仅有。

“说出来嘛，”老太太用尖利的目光盯着她催促道。“你也不知道吗，小姐？”

“要知道，我在那一仗打完的第二天才回到家里，”斯佳丽急忙回答。“那时北佬都已经走了。爸……爸告诉我……他劝他们别烧房子，因为苏埃伦和卡丽恩害伤寒，病得很重，不能移动。”

“我这还是头一回听说北佬干一件有人味的事，”老太太说，她好像后悔听到有关那些入侵者的任何好话。“现在那两个姑娘怎样了？”

“哦，她们现在好些了，好多了，就是还十分虚弱，”斯佳丽答道。接着，她眼看自己最怕触及的问题已经到了老太太的口边，便赶紧抛出另一个话题。

“我……我不知道你们能不能借些吃的给我们？北佬像一群蝗虫把我们家吃得精光。不过，要是你们自己也紧巴巴的话，那就请对我实说，千万别——”

“你让波克赶一辆大车来，凡是我们有的，大米、面粉、火腿、鸡，都拿一半去，”老太太说时突然向斯佳丽扫了一眼，目光非常犀利。

“哦，那太多了！真的，我只是——”

“什么也别说！我不想听。谁让我们是邻居呢？”

“你心地太好了，我不知道该怎么——。不过现在我得走了。家里人会为我担心的。”

老太太蓦地站起来抓住斯佳丽的胳膊。

“你们俩待在这里，”她向儿媳和孙媳下命令，自己推着斯佳丽往后门廊那儿走。“我有句话儿要跟这孩子说。斯佳丽，你扶我从台阶上下去。”

少奶奶和萨丽跟斯佳丽道了再见，并答应不久将去看她。她们非常想了解老太太有什么话要对斯佳丽说，但是除非老人家自己愿意告诉她们，否则她俩绝对不会知道。“老太太们的脾气都不大好对付，”少奶奶悄悄对萨丽说，两人继续做她们的针线活。

斯佳丽牵住马笼头站在那儿，心头罩着愁云惨雾。

“现在你告诉我，”老太太注视着她的脸说，“塔拉出了什么事？你有什么事情瞒着我们？”

斯佳丽望着老人洞察幽微的眼睛，知道自己可以说出真情而不哭出来。任何人都不敢在老方丹太太面前哭泣，除非得到她毫不含糊的特许。

“母亲死了，”斯佳丽直截了当地说。

抓住她胳膊的那只手越握越紧，直至斯佳丽感到疼痛，直至老人皱巴巴的眼睑眨了一下，遮住黄浊的眼珠后旋又睁开。

“是北佬杀了她吗？”

“她是害伤寒死的。在我到家的前一天死的。”

“别再想这事，”老太太断然道，斯佳丽见她硬是把涌上来的恸哭吞了下去。“那么你爸呢？”

“爸现在……爸现在完全变了。”

“你指的是什么？说出来。他病了吗？”

“刺激太深……他现在非常奇怪……他完全——”

“究竟怎么个变法？你是不是说他神经错乱了？”

听到真情被不加掩饰地说出来反而如释重负。这位老太太真好，她没有使用表示同情的话语，否则斯佳丽定会失声痛哭。

“是的，”斯佳丽黯然说道，“他丢了魂儿，整天恍恍惚惚，有时候他好像记不起母亲已经死了。哦，老太太，我实在不忍看见他一连几个钟点坐着等母亲，而且极有耐性，可他的耐性一向比孩子还差。然而，当他记起母亲已经去世的时候，情况更糟。常常有这样的情形：他安静地坐着，竖起耳朵听母亲是不是在来，过了一会，他会霍地立起身来，跌跌撞撞走出家门往坟地里去。过后，他拖着两条腿回来，满脸都是泪水，反反复复地说：‘凯蒂·斯佳丽，奥哈拉太太死了。你母亲死了。’一遍又一遍，可我总像是头一回听到似的，简直想没命地叫起来。有时候，在很晚的夜间，我听见他在叫母亲的名字，我就从床上起来，走到他屋里去对他说，母亲在楼下下房里照看一个害病的黑人女仆。他听了就烦躁起来，因为母亲老是为了护理别人把自己累坏。让他重新睡下可费劲了。他像个小孩子。哦，要是方丹大夫在家就好了！我知道他一定会尽心尽力帮助我爸！而且玫兰妮也需要一位医生。她在产后恢复得很不利索——”

“玫荔有孩子了？她和你住在一起？”

“是的。”

“玫荔怎么会跟你在一起？她怎么不在梅肯跟她姑妈和她的亲属住？我一直以为你并不太喜欢她，小姐，尽管她是查尔斯的妹妹。那么，你把这件事都跟我说说。”

“说来话长，老太太。你要不要回到屋里去坐下来？”

“我可以站着听，”老太太说得很干脆。“如果你当着我的儿媳和孙媳的面讲你的故事，她们会一把眼泪、一把鼻涕，搞得你灰溜溜的没法儿不哭。就在这儿说吧。”

斯佳丽从亚特兰大遭到围困和玫兰妮即将临盆讲起，起初有些结结巴巴，然而随着她叙述的事件在老太太一眼不眨地盯着她的尖利目光下逐步展开，她已能找到有分量的言语来表达所经历的恐怖。一切又在她的脑海中重演：婴儿出生那天令人昏迷的闷热、心惊肉跳的紧张气氛、逃亡途中的险象以及瑞特撒手不管的经过。她讲到在那个伸手不见五指的夜里，远处闪烁的营火也不知是自己人还是敌人的，第二天晨光中她看到的是孤零零的烟囱，是沿路的死人和死马，是饥馑，是荒凉，她担心塔拉庄园也已经付之一炬。

“我以为只要能回家见到母亲，她会把每一件事情都安排好的，我就可以卸下这累人的负担。归途中我以为最坏的情况我都经历过了，可是当我得悉她已去世的时候，这才明白什么才是真正最坏的情况。”

她低首垂目，等老太太说话。静默持续了好长一阵子，她开始怀疑老太太是不是能体会她陷入了何等悲惨的绝境。后来，老太太终于开口了，她的语气是慈和的，斯佳丽从未听见她曾如此和善地对任何人说话。

“孩子，一个女人碰到最坏最坏的事情本身就非常糟糕，因为她碰到最坏的事情以后，任何事情再也不可能真正使她害怕了。而一个女人如果不为某件事情担惊受怕，那是非常糟糕的。你以为我不理解你告诉我的情况，不理解你是从什么样的患难中闯过来的？不，我理解得很清楚。我在你这样的年龄正赶上印第安人克里克部族暴动——那是米姆斯堡大屠杀之后紧接着发生的事。是啊，”从她的语调可以听出老太太已沉入遐想，“就跟你现在的年纪差不多，因为那是在五十多年以前。当时我钻进灌木丛躲了起来，我躺在那里，看见我家的房子起火，看见印第安人扒下我兄弟姐妹的头皮。我只能躺在那里求上帝保佑别让火光暴露我的藏身之处。他们把母亲拖出来杀死在离我二十英尺的地方。还扒了她的头皮。有一个印第安人曾一再走到她身旁，用短斧劈她的头颅。我是我母亲的宝贝疙瘩，而我躺在那儿把这一切全看在眼里。第二天一早，我出发前往最近的村落，那儿离我家有三十英里。我走了三天才到， 途中要经过沼泽地和印第安人的部落。后来人家都以为我疯了……。就在那个时候我遇见了方丹大夫。他对我悉心照料……。啊，我已经说过，那是五十年前的事，打那时起，我什么事也不怕，什么人也不怕了，因为最坏最坏的事情我都经历过了。这种不知什么叫害怕的性格给我招来了不知多少麻烦，也让我牺牲了不知多少欢乐。上帝的旨意是要我们做怕羞、胆怯的人，一个女人如果肆无忌惮，总不是那么顺乎自然……。斯佳丽，任何时候都应该有所忌惮，正像任何时候都应该心有所爱一样……”

老太太的声音低了下去，然后她默默地站着回顾半个世纪以前她还知道什么叫害怕的那一天。斯佳丽不耐烦地倒脚转换重心。她原以为老太太已开始理解，也许能给她指点一条摆脱困境的出路。然而像所有的老人一样，她竟大谈其发生在人家都还没有出生以前而且谁也不感兴趣的往事。斯佳丽后悔自己向她吐露了心曲。

“好了，回家去吧，孩子，要不他们会为你担心的，”老太太忽然说。“今天下午就派波克赶一辆大车来……。别想象什么时候你能卸下这重担。因为你没法卸掉。我知道。”

那年的小阳春一直延续到十一月份，那段暖和的日子对于塔拉庄园那些人来说已经算是柳暗花明、否极泰来。他们现在有了一匹马，可以骑行而不必长途跋涉。早餐有煎鸡蛋，晚餐有煎火腿点缀红薯、花生和苹果干的单调食谱，有一回过节他们甚至烤了一只鸡。老母猪最后总算逮住了，它和它的一窝小猪给关进了地窖，眼下就在圈内用鼻子拱拱地，呼噜噜玩得正欢。有时它们拉长调子发出很响的尖叫，房子里的人说话谁也听不见谁，但这是令人愉快的声音。这意味着，到天气转冷，宰猪时节来临，白人将有鲜肉可吃，黑人则有下水；这意味着大家都有食物过冬了。

斯佳丽去了一趟方丹家之后，精神为之一振，而且超过她自己意识到的程度。如今她知道还有邻居，一些世交之家幸存了下来，这就消除了她回到塔拉头几个星期内一直压得她喘不过气来的那种可怕的失落感和孤独感。方丹家和塔尔顿家的庄园都不在大军经过的路上，他们十分慷慨地把自己所剩不多的食物拿出来与斯佳丽家分享。邻里乡亲互相帮助，这是本地的传统，所以他们都不肯接受斯佳丽一分钱，说如果易地以处，她也会这样做的；等来年塔拉庄园又有了出产，她可以用实物还给他们。

现在斯佳丽有了供一家人吃的食物，她有了一匹马，还有从北佬逃兵身上搜出的钱和首饰，剩下最大的需要便是添置一些衣服。她知道，打发波克去南边买衣服有很大的风险，因为马有可能被北佬或邦联军抢走。但至少她有买衣服的钱，有此行所需的马和大车，何况波克也可能实现此行而又不给抓去。反正最坏的局面已经过去。

每天早晨从床上起来，斯佳丽为看到窗外淡蓝色的天空和温暖的阳光而感谢上帝，因为寒衣虽然是少不了的，但气候晴好的每一天都能推迟那个无法避免的时候的来临。而且，暖和的日子多一天，黑奴小屋里的棉花就会堆得更多一些，现在庄园里只剩那些空屋子可以权充仓房。地里的棉花超过了斯佳丽或波克原先估计的数量，恐怕有四包之多，那些小屋都快堆满了。

斯佳丽并不打算自己动手摘棉花，尽管她挨过方丹老太太一顿尖酸刻薄的抢白。她，奥哈拉家的大小姐，如今塔拉庄园的女主人，下地干活——这是不可思议的。这样她岂不成了蓬头垢面的斯莱特里太太和埃米的一路货？她曾打算让黑人去干地里的活，她和逐渐康复的姑娘们料理家务，没想到在这方面竟撞上比她自己更加根深蒂固的等级观念。波克、黑妈妈和普莉西一听说下地干活就大叫大嚷。他们再三重申他们是干屋里活的黑人，不是干地里活的。黑妈妈尤其愤激地声明她甚至从没干过院子里的活。她出生在罗比亚尔家的大宅院而不是黑奴的小屋里，而且是在老太太的卧室里长大的，一向睡在床脚边的草垫上。唯独迪尔西什么也没说，只是一眼不眨地瞅着普莉西，瞅得她扭过来转过去坐立不安。

斯佳丽对他们的抗议置若罔闻，径自驱车把他们统统送到棉花地里去。但是黑妈妈和波克干得太慢了，还哭哭啼啼唠叨个没完，斯佳丽只得让黑妈妈回厨房去做饭，打发波克带着罗网到树林里去诱捕野兔和负鼠，带着钓线去河边钓鱼。摘棉花有失波克的身份，可是捕猎和钓鱼无损于他的尊严。

斯佳丽接下来曾尝试让她的两个妹妹和玫兰妮下地，但效果同样不妙。玫兰妮心甘情愿地在很热的阳光下干了一个小时，摘得又快又干净，后来一声不吭地晕倒了，结果不得不卧床一个星期。苏埃伦老是哭丧着脸，眼泪汪汪，她假装也晕了过去，但是当斯佳丽把一葫芦凉水泼在她脸上时，她立即苏醒过来，像一只被激怒的猫呜噜呜噜狂叫。末了，她索性不干了。

“我可不愿像个黑奴似的下地去干活！你不能强迫我。要是我们的朋友中有谁听说这事，他们会怎么想？要是让肯尼迪先生知道了呢？哦，要是母亲知道这事——”

“你敢再提起母亲，苏埃伦·奥哈拉，我就扇你两个耳刮子，”斯佳丽吼道。“母亲在世时干得比这里的任何一名黑奴更辛苦，这一点你明明知道，娇贵的小姐！”

“她没干过！至少没下过地。你不能强迫我。我要去向爸告你，他绝不会强迫我干活！”

“不许拿你我的任何纠纷去烦扰爸！”斯佳丽叱喝道，对她妹妹的恼恨和对杰拉尔德的忧虑搅得她心乱如麻。

“我来帮你，大姐，”卡丽恩温顺地插进来说。“我可以干苏和我自己的活。她还没有好利索，在太阳底下晒着对她不好。”

斯佳丽满怀感激地说：“谢谢你，糖妞儿，”但她忧心忡忡地打量着她的小妹妹。过去，卡丽恩的脸蛋一向嫩红粉白煞是可爱，犹如在春风中飘落的樱花，现今嫩红已不复见，但在她沉思的表情中仍流露出樱花一般淡雅的韵致。她从一场大病的昏迷中醒来，发现埃伦已经去世，斯佳丽成了凶神恶煞，周围的一切全变了样，每天的常规就是干不完的活，——从此，她便沉默寡言，老是有点儿神不守舍。卡丽恩柔弱的天性不善于适应生活方式的改变。对于已经发生的事情她简直无法理解，整天像个梦游症患者在塔拉庄园走来走去，叫她干什么就干什么。她的样子和实质都很弱，但她勤谨、顺从、诚恳。如果她不在干斯佳丽安排的事情，手里定然握着一串念珠，嘴唇微微翕动，在为她母亲和布伦特·塔尔顿的亡灵祈祷。斯佳丽料想不到布伦特之死对卡丽恩的打击竟如此沉重，她的悲痛是无法愈合的。在斯佳丽心目中，卡丽恩依然是个“小不点儿”，远远谈不上真正的爱情。

斯佳丽站在阳光下的棉花行间，她的腰背因久弯而酸痛，一双手由于不断接触干燥的棉桃变粗糙了。她在想，要是有一个集苏埃伦的精力和卡丽恩的婉顺于一身的妹妹该有多好。因为卡丽恩摘棉花细心而又认真。然而，一个钟点劳动下来就看得很清楚，还没有恢复到能胜任这种工作的是她，而不是苏埃伦。于是斯佳丽只得把卡丽恩也打发回家。

现在只有迪尔西和普莉西和她一起留在一行行长长的棉花地里。普莉西摘棉花懒洋洋的，热一阵冷半天，还不时抱怨脚麻、腰酸、肚子疼、周身乏力，直至她母亲拔起一根棉花秆子抽得她没命地叫唤。在这以后她干得稍微好一些，留神与她母亲保持比较安全的距离。

迪尔西干活不知疲倦，不声不响，像一台机器，斯佳丽自己干得腰也直不起来，肩膀因为背着棉花袋给它的重量勒破了皮，她暗自忖道：迪尔西真顶用。

“迪尔西，”她说，“等到好日子又回来的时候，我不会忘记你的功劳。你真是好样的。”

别的黑人得到主人的称赞，会咧着嘴笑或不好意思地忸怩作态，而这个古铜色皮肤的大个儿女人却不是这样。她向斯佳丽转过石雕似的脸去，不卑不亢地说：“谢谢小姐。不过杰拉尔德先生和埃伦小姐待我很好。杰拉尔德先生为了免得我难过，把我的普莉西也买回来，这事我是不会忘记的。我是半个印第安人，而印第安人从不忘记对他们好的人。可惜我的普莉西太不懂事。她长得完完全全像一个黑人，跟她爸一样。她爸大大咧咧的，一点头脑也没有。”

尽管斯佳丽指望别人出力摘棉花遇到不少问题，尽管她自己干得疲劳不堪，但是随着棉花慢慢地从田间搬到小屋里，她的精神也渐渐振作起来。棉花具有某种令人放心的稳定因素。塔拉庄园是靠棉花发财的，甚至整个南方都如此，而斯佳丽身上的南方人气质足以使她相信：塔拉庄园乃至整个南方仍将从此地的红土田野里站起来重新振兴。

诚然，她收获的那点儿棉花为数不多，但也不无小补。卖了可以换些邦联钞票，这样她就能把北佬皮夹里的绿票子和金币节省下来，到非花不可的时候再花。来年春天她争取向邦联政府要回被征用的大个子山姆以及另外几个干地里活的黑奴。若是政府不肯放回他们，她就用北佬的钱去向邻居租用田间劳力。来年春天她要播种，播种……。她挺直疲乏的腰板，环顾入秋变成棕色的田野，仿佛看到了来年田野里的作物一亩连着一亩碧油油地茁壮挺拔，长势喜人。

来年春天！兴许到来年春天战争已经结束，好日子又将回来。不管邦联打赢还是打输，日子总能好过一些。无论如何总比老是提心吊胆怕遭两边的军队袭击安生。等战争结束以后，庄园的出产能让一家人不愁温饱。哦，但愿这仗快点儿打完吧！那时老百姓就可以播下种籽而不至于对收获毫无把握！

现在总算有了希望。战争不可能永远继续下去。她手头有了点儿棉花，贮存了一些食物，弄到了一匹马，积聚了数额不大但是弥足珍贵的一笔钱。是的，最困难的时期已经过去！

第27章

十一月中旬的一天中午，大家聚集在餐桌旁，黑妈妈用玉米面和越橘干加高粱糖浆做成的点心快吃完了。天气有点儿冷，这是今秋的第一阵寒意。波克站在斯佳丽坐的椅子背后，得意洋洋地搓着手问：“斯佳丽小姐，你看是不是到宰猪的时令了？”

“你是不是已经闻到猪下水的香味了？”斯佳丽粲然笑道。“是啊，我自己也想吃鲜猪肉，要是这样的天气再保持几天，那我们就……”

玫兰妮的匙勺还在嘴边，她忽然打断斯佳丽的话：

“听，亲爱的！有人来了！”

“有人在叫唤，”波克紧张地说。

从秋高气爽的户外清晰地传来像惊悸的心跳那样急促的马蹄声，还有一个女人很高的声音拼命喊着：“斯佳丽！斯佳丽！”

餐桌周围的人面面相觑，一会儿，椅子就纷纷被推开，所有的人都跳起身来。尽管叫喊者由于恐惧而声音尖锐，大家还是听出那是萨丽·方丹，一小时前她去琼斯博罗路过塔拉曾进来小坐片刻谈谈家常。现在，大家一哄而出拥到前门，只见萨丽骑着一匹汗沫淋漓的马像一阵狂风冲上庭前的车道，她的头发披散在肩后，帽子靠丝带挂住在背上晃荡。她并不勒住缰绳，只是一边朝着他们狂奔过来，一边挥臂往后指着她来的那个方向。

“北佬来了！我看见他们了！在大路上！北佬——”

就在马行将冲上前台阶的一刹那，她狠命把缰绳一勒，嚼子像一把锯子把马口剖开。那马来了个急转弯，纵身三次腾跃便过了道侧的草坪，接着，萨丽像在狩猎场上似的策马越过四英尺高的围栏。只听得沉重的马蹄声先是穿过后院，再从黑人小屋之间的狭巷那里传来，于是斯佳丽等人知道萨丽·方丹是要穿越田野直奔含羞草庄园。

一时间大家都站着目瞪口呆，随后苏埃伦与卡丽恩开始啜泣，互相抓住对方的手。小韦德吓得呆若木鸡，一个劲儿地哆嗦，连哭也哭不出来。自从逃离亚特兰大的那天夜里以来，他一直担心的事情发生了。北佬来抓他了。

“北佬？”杰拉尔德感到莫名其妙，兀自嘟哝道。“北佬不是已经来过了吗？”

“圣母马利亚！”斯佳丽失声惊呼，她的目光遇上了玫兰妮惊恐的目光。短短的一瞬间，亚特兰大陷落前最后一夜的恐怖景象、乡间一处处被毁的房舍废墟、所有那些关于奸淫烧杀的传闻故事重又在斯佳丽记忆中掠过。她眼前又出现手里拿着埃伦的针线匣站在穿堂里的那名北佬士兵。她心想："我要死了。我会立刻倒毙在这里。我原以为这一切我们都已经熬过来了。这回我非死不可。我再也受不了啦。"

这时，她的目光落到装好鞍座拴在桩边的马身上，波克本来准备骑马去塔尔顿庄园办件事。她的马！这是她仅有的一匹马！北佬会把它和母牛连同牛犊一起拉走的。还有老母猪和它的一窝崽……。哦，把老母猪和那些灵活敏捷的小猪捉回来不知花了多少力气和时间！北佬会把方丹家给她的一只公鸡、几只正在孵卵的母鸡和鸭子也拿走。还有贮藏室内的苹果和红薯。还有面粉、大米和干豌豆。还有那个北佬士兵皮夹里的钱。他们会把所有这一切席卷而去，让这里的人活活饿死。

"不能让他们抢去！"她出声喊道，大家都惊骇万状地转过脸来望着她，怕她听到这消息脑子出了毛病。"我不愿再挨饿！不能让他们抢去！"

"你怎么啦，斯佳丽？你怎么啦？"

"那匹马！那头牛！那些猪！不能让他们抢去！我决不让他们把这一切抢走！"

她突然转向挤在门口的四个黑人，他们一个个都面如土色。

"沼泽地，"她断然说了这么一句。

"什么沼泽地？"

"河边的沼泽地，你们这些蠢货！把猪全赶到沼泽地去。你们都去。快。波克，你和普莉西到地窖里去把猪赶出来。苏埃伦，你和卡丽恩把吃的东西装在篮子里，搬到树林子里去。只要拿得动，尽量装满些。黑妈妈，你把银器重新藏到井里去。还有，波克！听我说，波克，你别站在那儿发愣！你带着爸一起走。别问我带他去哪儿！哪儿都行！爸，你跟波克走吧。这才是好爸爸。"

即便在忙乱不堪的情况下她仍想到，如果杰拉尔德看见北佬的蓝色军服，这对他本来就不正常的头脑可能产生严重的后果。她沉吟片时，扭绞着双手，偏偏这时吓得要命的小韦德抓住玫兰妮的裙子呜呜咽咽哭了起来，简直要把心慌意乱的斯佳丽急疯了。

"我该做什么，斯佳丽？"在一片啼哭和匆促的脚步声中玫兰妮的语气显得异常镇定，虽则她的脸色像纸一样惨白，而且浑身发抖，然而她平静的声音却让斯佳丽定下神来，提醒她大家都在听候她的指挥和领导。

“母牛和小牛在老牧场，”斯佳丽说得很快。“你骑上马把牛赶到沼泽地里去，并且——”

她还没有说完，玫兰妮已经甩开韦德抓住她裙子的手，走下前台阶向马那儿奔跑，边跑边撩起她很宽的裙裾。斯佳丽只瞥见两条纤细的腿以及裙裾和衬衣倏地一闪，玫兰妮已经上了马鞍，她的脚远远够不着马镫而在那里晃荡。她拿起缰绳，脚跟在马腹上一夹，接着突然把马勒住，并且吓得脸都变了样。

“我的宝宝！”她喊道。“哦，我的宝宝！北佬会把他杀死的！把宝宝给我！”

她一只手抓住鞍桥，准备从马背上滑下来，但是斯佳丽喝住了她：

“快去！快去！把牛赶走！我会照看宝宝的！快去，听见没有？难道我会让他们碰一下阿希礼的孩子？快去！”

玫荔无可奈何地回头看了一眼，但还是使劲用脚跟在马腹上一夹，随着碎石路面上响起的一阵马蹄声，她已沿着车道向牧场疾驰而去。

斯佳丽忖道：“我怎么也没料到玫荔·汉密顿竟能像男人一样跨鞍骑马！”然后她跑进屋去。韦德紧紧跟在她后面，一边呜呜地哭，一边努力想抓住她飞快摆动的裙裾。她三磴一跨上了台阶，见苏埃伦和卡丽恩挎着用橡树皮编制的篮子往贮藏室跑，波克不太恭敬地拉着杰拉尔德的胳膊把他拖向后台阶。杰拉尔德嘟嘟囔囔地挣扎着不肯走，就像个小孩。

斯佳丽听到黑妈妈老鸦叫似的声音在后院里说：“喂，普莉西！你到地窖里去把那些小猪递给我！你明明知道我块头太大，爬不进去。迪尔西，你来叫这个没头脑的丫头——”

“我原以为把猪养在地窖里是个挺好的主意，这样没人能把它们偷走了，”斯佳丽跑进自己的房间时心想。“哦，我为什么不在沼泽地里给它们盖个圈呢？”

她拉开五斗柜最上边的抽屉，在衣物中一阵乱翻，找到了那个北佬的皮夹子。她又从自己的针线篮中取出藏在那儿的独粒宝石戒指和钻石耳坠，把它们也塞进皮夹。可是藏到什么地方去呢？床垫里？烟囱里？扔到井里？放在怀里？不，怀里万万放不得！皮夹子会从她的紧身胸衣里边露出轮廓，要是让北佬看见了，他们会扒光她的衣服搜身。

“他们若是这么干，那我必死无疑！”她绝望地想道。

楼下的脚步声、啜泣声乱作一团。在这乱哄哄的局面中，斯佳丽真希望玫兰妮在自己身边。说话镇定自若的玫荔，在斯佳丽枪杀北佬那天表现得如此勇敢的玫荔，一个能顶他们仨。玫荔——刚才玫荔说什么来着？哦，对了，宝宝！

斯佳丽把皮夹子紧紧贴在胸前，穿越过道跑到另一间屋子里，小宝宝正在矮矮的摇篮里睡觉。斯佳丽把他抱起来，孩子醒了，他摆动两个小拳头，睡眼惺忪地淌着口水。

斯佳丽听见苏埃伦在叫：“走吧，卡丽恩！走吧！已经拿得够多了。哦，我的小姑奶奶，快点儿！”

后院里传来小猪没命的尖叫和母猪愤怒的呜噜声。斯佳丽跑到窗前，只见黑妈妈两边胳肢窝里一边夹着一头挣扎的小猪，摇摆着肥胖的身躯匆匆穿过棉花地。在她后面，波克也夹着两头小猪推着杰拉尔德往前走。杰拉尔德则在跌跌撞撞地通过行间的犁沟，不时挥动他的手杖。

斯佳丽探身窗外高声喊叫：“迪尔西，把母猪弄走！你叫普莉西把它赶出来，你可以赶着它从地里走过去。”

迪尔西抬起头来，她那古铜色的脸部表情显得很为难。她的围裙里兜着一堆银餐具。她指指地窖。

“母猪咬了普莉西，把她堵在地窖里不让出来。”

“这母猪也真够可以的，”斯佳丽心想。她赶紧回到自己房间里，从藏处匆匆取出她在死去的北佬身上发现的镯子、胸针、袖珍肖像、银杯等物。可是这些东西往哪儿藏呢？一手抱着小宝宝，另一只手拿着皮夹子和这些玩意儿，实在不方便。她把孩子放到床上。

宝宝一离开斯佳丽的怀抱便哭起来，这倒触动了斯佳丽的灵机。藏这些东西还有什么地方比宝宝的尿布更好的？她迅即把孩子翻了个身，往上推起他的衣裳，把皮夹子插到尿布下面贴着他的屁股。这么一折腾，宝宝哭得更响了，斯佳丽急忙把这三角形的服饰在他乱蹬乱踢的腿上扎紧。

“好了，”她深深地吸一口气思忖着。“现在到沼泽地去！”

她一手抱着大哭大叫的宝宝，一手把那些贵重物品贴在自己胸前跑到楼上过道里。突然，她急速的脚步停了下来，恐惧使她两膝发软。这房子好静啊！多么可怕的岑寂！难道他们已走得一个不剩了？撇下她不管了？还有没有人留下来等她？她可没要他们把她一个人留在这里。这种兵荒马乱的日子，一个单身女人遇上眼看就要到的北佬，什么事情都能发生——

一点轻微的响动把她吓得直跳起来。她很快地扭头一看，见被她遗忘的儿子蜷缩在扶梯栏杆旁，充满惊恐的眼睛睁得老大老大。他想开口说话，可是喉咙里发不出声来。

“起来，韦德·汉普顿，”斯佳丽立即命令道。“起来跟我走。现在妈妈没法抱你。”

韦德像一只受惊的小动物跑到她跟前，抓住她宽大的裙裾把脸埋在里边。斯佳丽可以感觉到他的小手隔着裙裥想抱住她的腿。斯佳丽开始下楼梯，可是韦德的手在扯后腿，使她寸步难行，于是她声色俱厉地说：“松手，韦德！放开我，你自己走！”但是那孩子反而拽得更紧。

斯佳丽走到楼梯平台上，整个底层一齐迎着她跳了起来。每一件亲切而熟悉的家具陈设似乎都在悄悄道着，“再见！再见！”斯佳丽快要哭出来了。小账房的门开着，可以瞥见一张旧写字台的一角，多年来埃伦一直在那里辛勤工作。餐室里的椅子凌乱歪斜，盘子里还有没吃完的甜点心。地板上破旧的地毯是埃伦亲自染织的。外祖母罗比亚尔的画像胸脯半露，发型高耸，鼻孔周围的线条刻得那么深，使她的面部始终带有一丝傲视俗物的讥笑。曾是斯佳丽童年回忆组成部分的每一件东西，与她心灵最深处的根子息息相通的每一件物品，无不在向她耳语：“再见！再见，斯佳丽·奥哈拉！”

北佬会把这一切统统烧光，烧光！

这是她对故居所看的最后一眼，也许，她还将躲在树林或沼泽地里看到自己的家，但那时高高的烟囱已经被浓烟所裹，屋顶已在火海中倒塌。

“我不能撇下你，”想到这里，她吓得上牙和下牙竟打起架来。“我不能撇下你不管。爸也不会把你撇下。他曾对北佬说过，要烧房子除非把他一起烧掉。那么，现在他们要烧你，除非把我也一起烧掉，因为我同样不能把你撇下。现在我所有的一切就是你了。”

横下一条心以后，她的恐惧退去不少，胸中剩下的只是一种冰凉的感觉，仿佛所有的希望和恐惧都冻结在那里了。她这样站着，听见从林荫道上传来许多马蹄的嘚嘚声、军刀在鞘内振动和缰绳嚼子发出的哐啷声，有一个人用刺耳的声音在喊口令：“下马！”斯佳丽迅速俯身对腿边的儿子说，语气紧迫而又异常温柔：

“放开我，韦德，宝贝！你快下楼，从后院跑到沼泽地里去。妈妈会到那儿去的，还有玫荔姑妈。快跑，乖儿子，别害怕。”

那孩子发现母亲的语调起了变化，诧异地抬起头来，斯佳丽被他眼睛里的神情惊呆了：他活像一只落入罗网的幼兔。

“哦，圣母啊！”斯佳丽只得祝告上苍。“别让他抽起风来！千万不要在北佬面前犯病。决不能让他们知道我们害怕。”她感觉到韦德只是把她的裙子拽得更紧了，便索性清清楚楚地说：“拿出一个小小男子汉的样儿来，韦德。他们不过是一帮该死的北佬罢了！”

于是她下楼梯迎着他们走去。

谢尔曼的军队正从亚特兰大横穿佐治亚向海边进发。他们后面留下的是亚特兰大冒烟的焦土，因为蓝军离开那里时放了一把火。他们前面是三百英里实际上不设防的土地，因为州民团的少数残余以及由老头和毛孩子组成的自卫队根本算不上防御力量。

这里伸展着佐治亚州的沃野肥土，星罗棋布的庄园里还有不少老弱妇孺和黑人存身。北佬在一条宽八十英里的地带大肆烧掠。数以百计的宅院遭到焚毁，数以百计的人家响遍了他们的军靴橐橐声。但是，目睹蓝军拥入前穿堂的斯佳丽，并不认为这是波及全国的事情。她认为，这纯粹是个人恩怨，是存心跟她和她一家人过不去。

她站在楼梯脚下，怀里抱着宝宝，韦德紧挨着她，脑袋藏在她裙子里，而这时北佬已蜂拥而至，登堂入室，有的粗野无礼地打她身旁经过冲上楼去，有的把家具拖到前门廊，用刺刀和匕首划破面料，寻找有没有金银财宝藏在里边。上楼的则撕裂床垫和羽绒被子，直至穿堂里羽绒漫天飞舞，纷纷扬扬飘落到她头上。斯佳丽站在那里，眼睁睁看他们恣意劫掠、滥施破坏，无处发泄的愤怒挤走了她心中残余的恐惧。

为首的中士是个罗圈腿，灰头发的矮个儿，腮帮子里边正嚼着一大块烟叶。他抢在手下的人之前走到斯佳丽跟前，把唾沫往地板上和她的裙子上乱吐，开门见山地说：

"把你手里的东西给我，小姐。"

斯佳丽忘了自己手里还拿着她打算藏起来的那些值钱玩意儿，于是冷笑着把东西扔在地板上(她希望自己的神态无愧于外祖母罗比亚尔画像上的面部表情)，看到随之出现的士兵们贪婪地你抢我夺的丑态，她几乎产生一种快感。

"劳驾把这只戒指和这副耳坠也摘下来。"

斯佳丽把宝宝在腋下夹紧些，致使那婴孩头朝下倒悬着，涨红了脸拼命地哭。她先摘下杰拉尔德送给埃伦的结婚礼物石榴石耳环，再褪去镶着一颗大蓝宝石的戒指，这是查尔斯给她的订婚信物。

"别扔。交给我，"中士伸出双手说。"那些杂种已经捞得够多了。你还有别的东西吗？"他尖利的目光盯着斯佳丽的紧身上衣。

斯佳丽一时间只觉得天旋地转，她几乎已经感到那双无耻的手伸近她的胸脯，摸索着想解开她上衣的带结。

"全在这儿了，不过我想，谁落到你们手里就要给扒光衣服，这大概是你们的规矩吧。"

"哦，我可以相信你的话，"中士表现出相当好说话的样子，在转身走开的时候又吐了一口唾沫。斯佳丽把宝宝抱正了，努力哄他别哭，同时用手按在尿布里藏皮夹子的地方，并为玫兰妮有一个宝宝且宝宝裹着尿布而感谢上帝。

她听得见沉重的军靴踩在楼板上的咚咚声、家具被穷凶极恶地拖来拖去的吱嘎声、瓷器和镜子给砸碎的乒乓声、由于没找到什么贵重物品而发出的咒骂声。院子里有人在高声叫喊："把它们拦住！别让它们跑了！"同时传来鸡、鸭、鹅咯咯嘎嘎乱成一片的惊叫声。当她听到一阵没命的尖叫突然被一声枪响煞住时，只觉得痛彻心肺，她知道母猪已一命呜呼。该死的普莉西！她自己跑了，把母猪扔下不管。但愿那些小猪能够保全！但愿家里人能平安躲进沼泽地！可是又怎么能知道呢？

她默默地站在穿堂里，而那些士兵则在她周围狼奔豕突，一边吵吵嚷嚷，骂不绝口。韦德吓得痉挛的手指死死地拽住她的裙裾不放。斯佳丽感觉到韦德紧挨着她腿的身体在发抖，但她没法安慰自己的儿子。她对那些北佬也说不出一句话，无论是恳求他们还是表示抗议或愤慨。她只能感谢上帝，因为她的双膝还能支持她站稳，她的脖梗儿还硬得容许她把脑袋昂得高高的。但这时一群胡子拉碴的士兵带着准备抢走的各种东西扛的扛、拖的拖从扶梯上下来，斯佳丽见其中一人还拿着查尔斯的军刀，立即情不自禁地叫起来。

那柄军刀属韦德所有。他的父亲和祖父都曾用过这柄军刀，斯佳丽在韦德最近一次过生日时把它给了自己的儿子。那天还郑重其事地举行过一番仪式，当时玫兰妮哭了，掉下了自豪和悲悼的眼泪，并且吻了韦德，说他长大了应当成为一名像他父亲和祖父一样勇敢的军人。韦德十分引以为荣，常常爬到挂军刀的墙边那张桌子上去把它抚摩一番。看到可恨的敌军把她自己的财宝从家里拿走，斯佳丽还可以忍受，但是看到儿子的骄傲被夺走，她怎么也受不了。韦德听到叫声从母亲裙幅后面向外张望，随着一声突发的哭泣他有了勇气和说话的能力。他伸出一只手喊道：

"是我的！"

"这东西你不能拿走！"斯佳丽断然说，同时也伸出一只手。

"我不能？咳！"拿军刀的一名小个儿士兵厚颜无耻地冲她龇牙笑

道。“我就是能！这是叛军的刀！”

“这不是……不是的。这是墨西哥战争中留下的军刀。你不能拿走。这是我的小男孩的刀。还是他祖父传下来的！哦，上尉，”她转而向中士呼吁，“请叫他把刀还给我！”

听到自己的军衔一下子连升数级的中士十分得意，他向前跨出一步。

“把刀给我瞧瞧，鲍勃，”他说。

那小个儿骑兵老大不乐意地把军刀递给中士。“这刀柄是纯金的，”他说。

中士接过来转了几下，见刀柄上镌有文字，便拿到阳光下仔细观看。

“‘威廉·R·汉密顿上校惠存，’”中士读出辨认的结果。“‘参谋部全体幕僚恭赠以表对上校勇武精神之敬意。1847 年于布埃纳维斯塔[1]。’”

“嗬，小姐，”中士说。“我也参加过布埃纳维斯塔战役。”

“是吗？”斯佳丽冷冰冰地说。

“当然！我告诉你，那个仗打得才真叫过瘾。在眼下这场战争中我还没见到过像那样激烈的战斗。这么说，这军刀是这小孩爷爷的，是吗？”

“对。”

“那好吧，就由他留着，”中士说，他对于包在自己手帕里的那些珠宝首饰已感到满足。

“可这刀柄是纯金的，”那名小个儿骑兵仍不死心。

“我们把它留给这位小姐做个纪念，”中士笑道。

斯佳丽接过军刀，连一声“谢谢”也没有说。她何必感谢这帮强盗把她自己的财物还给她？她拿着军刀，把刀柄贴在自己胸前，其时那一

---

① 墨西哥萨尔提略城附近的一片战场。1847 年 2 月美墨两国军队在此激战，墨军战败。

名小个儿骑兵还在跟中士争吵不休。

最后，中士发火了，他叫那名骑兵滚到地狱里去见鬼，不准再顶嘴。于是那骑兵吼道："妈的，我非给这班叛乱分子留点儿什么做纪念不可！"

小个儿骑兵到房子后部扫荡去了，斯佳丽稍微松了口气。他们只字没提到烧房子。他们没有叫她离开，好让他们点火。也许——也许——。那些兵继续纷纷进入穿堂，有从楼上下来的，也有从门外进来的。

"找到什么没有？"中士问。

"一头猪和几只鸡鸭！"

"一些玉米，少量红薯和豆子。刚才我们看见的那只骑马的野猫准是来报信的，没错儿。"

"十足的保罗·里维尔①，呃？"

"这里差不多什么也没有，中士。你得到的只是几根骨头罢了。趁我们到来的消息还没有在这一带全面传开，还是赶快前进吧。"

"熏肉房下面挖掘了没有？他们往往把东西埋在那儿。"

"这里没有熏肉房。"

"黑人小屋里搜过没有？"

"小屋里除了棉花什么也没有。我们把棉花烧了。"

霎时间，斯佳丽回想起在棉花地里苦熬的那些炎热而又漫长的日子，重又感觉到可怕的腰酸背疼和两个肩膀皮破肉绽的痛楚。所有的苦头全白吃了。棉花又被付之一炬。

"你们这儿东西确实不多，你说是吗，小姐？"

"你们的军队以前已经来过这儿，"斯佳丽冷冷地说。

"这倒是事实。九月份我们到过这一带，"说这话的一名兵士手里正摆弄着一件东西。"现在我想起来了。"

---

①保罗·里维尔(1735—1818)，美国爱国志士，1775 年 4 月 18 日，英军入侵马萨诸塞乡间，他骑马四处奔走告警。

斯佳丽看到他手里摆弄的是埃伦的金顶针儿。过去母亲做针线活时，斯佳丽常见这个顶针儿闪闪发光。睹物思人，无数痛苦的回忆一齐兜上心头，她怎么也忘不了戴过这个顶针儿的那只十指尖尖的纤手。眼下它落到了这个外人长满趼子的脏手之中，不久将被带到北方，套上某个以佩戴赃物为荣的北佬女人的手指。可那是埃伦的顶针儿呀！

斯佳丽低下头去，不给敌人看到她在哭，让眼泪慢慢地滴落在婴儿的脸上。透过泪膜她看见大兵们纷纷向门外走去，听到那名中士在粗声大气地发号施令。他们即将离去，塔拉总算保住了，但是对埃伦的追忆之痛简直使她无心庆幸。她站在原处，一下子周身乏力，提不起一点儿精神来，尽管军刀的铿锵声和马蹄的嘚嘚声正沿着林荫道渐渐远去，他们每个人都带着掠夺来的衣服、毯子、图画、鸡鸭、母猪，可是这种不幸中之大幸几乎没有带来什么宽慰。

接着，她的鼻子闻到了焦烟味，于是扭过头去，但她绷紧的神经松弛下来以后实在太虚弱，哪还顾得上棉花。她通过餐室开着的窗户望去，只见烟从黑人小屋里缓缓飘出。棉花完了。完税的钱和一部分本该帮助他们度过严冬的钱都完了。除了眼睁睁看着它化为灰烬，她毫无办法。棉花起火的事以前她见过不止一次，知道扑灭有多么困难，即便靠一大群男人也无济于事。感谢上帝，下房离正屋有一大段距离！感谢上帝，今天没有风把火星刮到塔拉的屋顶上来！

突然，她旋转身躯，像一条猎狗一动不动地面朝该注意的方向，瞪出一双充满恐怖的眼睛，沿着穿堂，沿着廊子把目光投向厨房。有烟从厨房里冒出来！

慌忙间，她在穿堂与厨房之间某个地方把宝宝放下。她还在某个地方甩掉死死抓住自己的韦德，把他猛推到墙上，自己冲进浓烟弥漫的厨房，但旋即给呛得倒退出来，眼泪直淌。她撩起裙裾掩住鼻子再次冲了进去。

只有一扇小窗采光的厨房里本来就暗沉沉的，加以烟雾是那么浓，斯佳丽压根儿什么也看不见，但她能听到火焰在咝咝出声、劈啪作响。她用一只手扇开浓烟，眯着眼睛使劲向黑暗中张望，只见一道道细长的火焰正沿着厨房的地面向墙边爬去。有人把灶膛里烧着的木柴扒出来撒了一地，干燥的松木地板吮吸着明火，又像喷水一般吐出火舌。

斯佳丽赶紧回到餐室里，从地板上抓起一条破地毯，同时砰的拖翻两把椅子。

“这火我绝对扑灭不了——绝对不可能！哦，上帝啊，要是有人帮帮我就好了！塔拉庄园完了——完了！哦，上帝啊！刚才那个矮脚恶棍说要给我留下点儿什么做纪念，原来是这么回事！哦，我又何必不让他把军刀拿走呢！”

经过甬道时，她发现自己的儿子抱着那柄军刀躺在角落里。他眼睛闭着，脸上呈现出一种凝滞、异样的平静。

“我的天！他死了！他们把他给吓死了！”斯佳丽乱了方寸，脑子里掠过这样的念头，但她没有停下，而是打韦德身边跑过去，直奔总是放在廊子尽头厨房门旁的一桶饮用水。

她把地毯的一端浸入桶中，先深深地吸一口气，然后重又冲进浓烟滚滚的厨房，随手砰的一声把门关上。在一段仿佛无穷长的时间内，她呛个不停，身体左右摇晃，用湿地毯扑打一道道火焰。可是只要她转过身去，火焰便在她后面迅速复燃。有两次她的长裙给烧着了，她只得用手去拍。她的头发从发夹中散落下来披在肩上给烤焦了，她闻得到那股能令人作呕的焦味。火焰不断从她背后的地上窜起，像无数条火蛇蜿蜒腾跃，愈来愈逼近连接正屋的廊子的墙脚。趋于筋疲力尽的斯佳丽心里明白，这样扑打是没有希望的了。

正在这个当口儿，门开了，闯进来的气流把火势扇得更旺。门砰的一声又关上，几乎成了瞎子的斯佳丽在浓烟的旋涡中见玫兰妮在用脚踩灭火焰，还拿着一件黑糊糊、沉甸甸的不知什么东西四处扑打。斯佳丽看到她站也站不稳，听到她呛得厉害，在闪电般的一瞬间，还瞥见她苍白专注的面容和眯成两条缝抵御烟雾的眼睛，她上下挥舞手里拿着的东西(那也是一条地毯)，娇小的身躯随之前后扭曲。她俩并肩奋斗了又一段仿佛无穷长的时间，拼命挥着地毯，斯佳丽看得出地上的一条条火蛇正在缩短。这时，玫兰妮朝她这边转过身来，伴着一声喊叫使出所有的力气在她肩上猛抽一下。斯佳丽倒了下去，给卷入一股浓烟和黑暗的旋风。

她睁开眼睛的时候，已经躺在后门廊上，脑袋舒适地枕着玫兰妮的大腿，午后的阳光照着她的脸。她的双手、面孔和肩膀都烫伤了，剧痛难忍。下房那儿还在冒烟，黑人住的小屋给裹在滚滚浓烟之中，棉花燃烧的气味十分刺鼻。斯佳丽看见一缕缕烟雾从厨房里徐徐飘出，立刻发狂似的挣扎着想站起来。

但她给按住了，只听得玫兰妮安详的声音在说：

“躺着别动，亲爱的。火已经灭了。”

斯佳丽闭目静卧了一会儿，如释重负地吁几口气，听到身旁有宝宝汩汩的咂嘴声和韦德的打嗝声，更加放心了。这么说，他没有死，谢天谢地！她睁眼定神仰视玫兰妮。玫兰妮的鬈发烤焦了，脸熏黑了，但一双眼睛兴奋地闪闪发光，她在笑。

“你的模样像个黑人，”斯佳丽喃喃说着，虚弱地把脑袋在柔软的“枕头”里埋得更深些。

“你的模样像草台班里的排尾[①]，”玫兰妮平静地回敬道。

“刚才你干吗猛抽我一下？”

“亲爱的，因为你背上着了火。我做梦也想不到你竟会晕倒，虽然今儿个一天发生的事情够把你送上西天的，上帝知道得很清楚……。我把牲畜在树林里藏好以后，马上回来了。想到只有你一个人和宝宝留在家里，我都快急疯了。怎么样，那些北佬伤害你了吗？”

“如果你指的是强奸，那倒没有，”斯佳丽说着试图坐起来，同时发出痛苦的呻吟。尽管玫兰妮的大腿很软，然而躺在门廊上毕竟远远谈不上舒服。“可是他们把所有的东西都抢走了，所有的东西。我们现在什么也没有了……。我真不明白，有什么理由能让你显得这么高兴？”

“我们并没有失去一切，我们还在一起，我们的孩子也没事儿，我

① 十九世纪的美国有一些由白人扮成黑人表演黑人歌舞的流动戏班子。演出时站在一排末端的演员需有一张善于插科打诨的巧嘴。

们还有房子可住，”玫兰妮说这话的语调活泼轻快。“眼下任何人所能希望的都莫过于此……。天哪，宝宝尿湿了！大概北佬把他的换洗尿布也都拿走了。他——喂，斯佳丽，他的尿布里是什么东西？”

突然，她惊恐地把手伸到宝宝的屁股下面去取出那只皮夹。一时间她直愣愣地望着它，仿佛以前从未见过这东西，随后开始纵声大笑，那一阵又一阵笑声真是乐不可支，里边没有半点歇斯底里的成分。

“这样的歪点子除了你谁也想不出来，”玫兰妮嚷道，同时搂住斯佳丽的脖子连连亲吻。“你真是我的最最妙不可言的嫂子！”

斯佳丽听任她拥抱，因为自己实在太累了，没有力气挣扎，因为听着玫兰妮的赞辞如饮甘醇，还因为在黑烟弥漫的厨房里自己对这位小姑子产生了更深切的敬意和更亲密的友情。

“应当为她说句公道话，”斯佳丽心中不得不承认，“当你需要她的时候，她总会在你身旁出现。”

第28章

随着一阵严霜的出现，天气骤然变冷了。冰凉的风从门缝下钻进来，把松动的窗框摇得玻璃格啷啷直响。本来就近乎光秃秃的树上仅剩的几片叶子也纷纷脱落，唯有松树衣冠不卸，黑魆魆、寒森森地矗立在灰白的天幕前。坑坑洼洼的红土路冻得如燧石一般坚硬，饥馑乘风横扫整个佐治亚州。

斯佳丽回想起上次跟方丹老太太的谈话，感到十分后悔。在如今仿佛隔了好多年似的两个月前那天下午，她对老太太说自己可能碰上的最坏的事情都已经历过了，当时她这番话倒是由衷之言，现在玩味起来却像小学生夸大其词。在谢尔曼的部队第二次通过塔拉庄园以前，斯佳丽手头有一些食品和钱，有一些比她运气好些的邻居，有一些能帮她维持到来年春天的棉花。这下可好，棉花完了，食品完了，钱对她也没用了，因为没有食品可买，而邻居的境况反倒比她更糟了。她至少还有一头奶牛和一头牛犊、几只小猪和一匹马，可邻居除了来得及藏进树林和埋入地下的那么一点点儿以外，已一无所有。

费尔希尔，塔尔顿家的宅院被烧得精光，塔尔顿太太和四个女儿只得在监工家中存身。洛夫乔伊附近芒罗家的宅院也给夷为平地。含羞草庄园的木结构厢房焚毁了，正屋全仗墙面的灰泥厚实，加以方丹家几个女人和她们的黑奴用浸湿的毛毯、被子死命扑救，才保存下来。卡尔弗特家的房屋再次得以幸免，靠的是北佬总管希尔顿从中调停，不过庄园里连一头牲畜、一只家禽、一茎玉米也没剩下。

怎样搞到吃的是塔拉以及全县面临的一大难题。大多数人家除了所剩无几的一熟红薯、花生和林子里能猎获的野味以外，压根儿什么也没有了。每户人家都把自己所有的匀给比他们更不幸的朋友，正像他们在比较富裕的日子里一贯做的那样。然而，很快就到了没有什么可匀的地步。

在塔拉，如果波克运气好的话，大家就吃野兔、负鼠和鲇鱼。其他的日子便靠一点儿牛奶、几枚山核桃、烤橡实和烤红薯来打发。他们老是肚子饿。斯佳丽觉得，自己无论朝哪一边扭头拐弯，没法不碰到向她伸出的乞怜之手、向她投来的哀求目光。家里人的模样简直要使她发疯，因为她自己也和他们一样饿得慌。

她吩咐把小牛宰了，因为它要喝掉那么多宝贵的牛奶。那天晚上，全家吃了好多新鲜小牛肉，结果人人都闹病。斯佳丽知道应该宰一口小猪，可她总是一天又一天地拖延，希望能把小猪养大。它们还那么小。如果现在宰杀，才出那么点儿肉；要是能再养一段时间，可就大不一样了。有好几个夜晚，她都在跟玫兰妮商量：打发波克赶车外出，带些钞票去设法买点儿吃的回来是否明智。但是，由于担心波克在路上马和钱可能被抢走，她们一直下不了决心。谁也不知道北佬现在哪里。他们可能远在千里之外，也可能只有一江之隔。有一回，斯佳丽实在憋不住了，准备自己赶车外出觅食，但是，对北佬满怀恐惧的全家上下，竟一齐哭得死去活来，她只得打消这个念头。

为了搜索食物，波克往往走得很远，有几次整夜不回家，斯佳丽也不问他上哪儿去了。有时他带回来野味，有时则是几茎玉米、一袋干豆子。一次他把一只公鸡带回家来，说是在树林里发现的。家里人吃得津津有味，但也不无内疚的感觉，因为明知鸡是波克偷来的，同样，干豆子和玉米也是他偷来的。在这以后不久的一天夜里，大家早已睡着了，波克轻轻敲开斯佳丽的房门，怯生生地给她看自己的一条被铅砂打烂的腿。趁斯佳丽给他包扎的当儿，他怪不好意思地解释道：他在费耶特维尔企图溜进一座鸡棚时让人发觉了。斯佳丽没问那是谁家的鸡棚，只是亲切地拍了拍波克的肩膀，眼睛里噙着泪花。这些黑奴既蠢又懒，有时着实惹她生气，但他们的忠心却是金钱买不到的，只要他们觉得自己和白人主子是一家人，那么，为了使餐桌上有东西吃，即使要拿自己的生命去冒险，他们也在所不惜。

倘若在别的时候，主人对波克的小偷小摸行为绝不会等闲视之，很可能要请他吃一顿鞭子。倘若在别的时候，斯佳丽迫于家法至少得把他狠狠地训斥一通。“要永远记住，亲爱的，”埃伦说过，“既然上帝把黑人托付给你照管，你就必须对他们的健康负责，同样也要对他们的品行负责。你必须认识到，他们就像孩子，要像照管孩子一样照管他们，而且你必须随时为他们作出表率。”

然而现在，斯佳丽却把这番教诲置于脑后。她不再为自己在纵容盗窃而受到良心责备，哪怕被盗者的处境也许比她更加悲惨。这件事的道德内涵，在她心目中根本无足轻重。她没有处罚或斥责波克，只是为波克中了霰弹感到惋惜。

“以后你一定得多加小心，波克。我们可不愿意失去你。如果没有你，叫我们怎么办？你一直干得很好，忠心耿耿，等我们又有了钱，我要给你买一块大金表，并且要在上面刻一句《圣经》里的话，比方说：‘奖给鞠躬尽瘁的义仆’。”

听到这番夸奖，波克咧嘴笑了，并且小心翼翼地揉一下他那条缠上了绷带的腿。

“你这样说真是太好了，斯佳丽小姐。你看什么时候能有那笔钱？”

“我不知道，波克，但我总有一天能弄到钱，总有办法的。”斯佳丽注视着他，那视而不见的眼神流露出剧烈的痛楚，瞅得波克不自在地扭动身躯。“总有一天，等这场战争结束以后，我会有好多好多钱，到那时我再也不会挨饿受冻了。我们家谁也不会挨饿受冻了。我们人人穿好衣服，天天吃炸子鸡，还要——”

说到这里，她顿住了。她自己在塔拉庄园立下了一条最严厉的规矩，而且一直由她不折不扣地加以执行，那就是：任何人都不得谈论他们昔日吃过的美食，也不得谈论他们现在想吃些什么，如果他们有机会吃到的话。

波克从房间里溜了出去，而斯佳丽依然忧郁地凝视着无形的目标。在那已经永远消逝的往日里，生活丰富多彩，包含着许许多多纷繁而又复杂的问题。她得设法赢得阿希礼的爱情，同时还得设法使一打左右别的多情种子继续围着她转，饱尝可望而不可即的相思之苦。她得把自己举止行为上略有些越轨的细节瞒过长辈，对那些充满妒意的姑娘或加以嘲弄，或稍事抚慰；她得挑选用什么料子做什么款式的时装，尝试各种不同的发型，哦，还有好多好多事情得作出决定！可现在，生活简单到了令人吃惊的程度。现在生活的全部内容便是弄到能免于饿死的食物、能免于冻死的衣服以及使头上的屋顶不致漏得太厉害。

就在这些日子里，斯佳丽开始一而再、再而三地做起恶梦来，这种状态要一直折磨她好多年。她做的老是同样的梦，连细节也从不变换，然而恶梦的恐怖却一次比一次增强，后来她甚至醒着的时候也在为夜里又要受罪而心惊肉跳。她头一回做这梦之前那个白天所发生的事件，她全都记得一清二楚。

连日寒雨恼人，屋里阴冷潮湿，穿堂风出入无禁。壁炉内的木柴水分太多，光冒烟不发火。从早餐时起，家里除了牛奶什么吃的也没有，因为红薯已经告罄，波克的渔猎活动又一无所获。一只小猪不得不定于次日宰杀，除非他们可以不用任何东西去填肚子。全家人都注视着她，那一张张黑的和白的、紧张而又饥饿的面孔，无声地向她要吃的。看来她将不得不冒丢失马儿的风险，打发波克到别处去买东西。偏偏韦德又病了，他咽喉疼痛，还发高烧，此时此地既请不到医生，也搞不到药，正是雪上加霜。

斯佳丽本来就饿得慌，护理儿子又累得她够呛，她把韦德交给玫兰妮照看一会儿，然后到自己屋里小床去打个盹儿。她的一双脚冰凉冰凉，沉甸甸压在心上的忧惧和绝望使她辗转反侧，不能成眠。她翻来覆去冥思苦想："我该怎么办？向何处求告？这世上难道就没有任何人能帮助我？"当初安如磐石的一切都到哪儿去了？为什么就没有一个强壮、聪明的能人把这副重担从她肩上接过去？她生来不是挑这副担子的料。她可实在挑不动了。想着想着，她就迷迷糊糊进入了并不舒畅的瞌睡状态。

她来到一处荒僻的旷野异乡，缭绕的雾团浓得伸手不见五指。她脚下的地面晃动不已。这是一片鬼怪出没的凶土，死一般的寂静令人毛骨悚然，而她在那里像个夜间迷路的孩子，凄凄惶惶，胆战心惊。她又冷又饿，对于潜藏在她周围浓雾中的危险怕得要命，想要喊叫却喊不出来。不知什么东西纷纷从雾里伸出手来扯她的衣裙，打算把她拖到她所站的晃荡不稳的地面底下去，那是一只只无言、无情、非人的手。后来，她仿佛一下子明白了，在她周围浓得化不开的幽暗中某个地方有一处避难所，那里可以得到庇护，得到援助，得到温暖。可究竟在哪儿呢？会不会她还没有到达避难所，这些手已经把她抓住并且拖到流沙底下去了？

突然，她发现自己在奔跑，疯狂地破雾乱闯，边跑边哭边叫，还拼命挥臂想找个支柱，可抓到的只是空气和湿雾。哪儿是避难所？那地方一个劲儿地躲着她，但是避难所肯定存在，只是藏而不露。她但愿能到达那里。只要她能到达，她便得救了！可是，恐惧使她两腿发软，饥饿使她头昏眼花。她迸出一声绝望的哀叫，于是醒了过来，只见玫兰妮一脸焦急的神情俯视着自己，正使劲把自己推醒。

此后，不论什么时候，只要斯佳丽空着肚子睡下，这梦就再三再四来扰她。而空着肚子躺下的事儿可是够多的。斯佳丽吓得连觉也不敢睡了，虽然她一个劲儿地对自己说：这么个梦没什么可怕的。不就是梦见了雾吗，难道就吓成这样？什么事儿也没有！……然而，一想到睡着了又会掉进那个雾漫漫的鬼地方去，她就满心恐怖，于是便开始跟玫兰妮睡在一起，只要斯佳丽哼哼出声，身体抽动，这表明她又遭恶梦袭扰，玫兰妮就会把她弄醒。

处在这样的精神重压之下，她变得苍白、消瘦了。她的面容失去了可爱的圆润，颧骨高高耸起，使她一双丹凤眼的绿眼珠显得特别大，活像一只觅食的饿猫。

“白天本身就像恶梦，已经够我受的了，到夜里还得受这罪，”她怀着走投无路的心情开始每天从自己吃的东西中撙下一些来，留到临睡时吃。

圣诞前夕，弗兰克·肯尼迪带领一小支军需队来到塔拉庄园，徒然打算为南军搜集谷物和肉类。他们衣衫褴褛，简直像一群流浪汉，胯下都是些喘得厉害的跛马，显而易见是因为不能用作战马才调到后勤部门的。马上的人与他们的坐骑一样，也都是从前线部队中退下来的，除了弗兰克以外个个伤残，不是缺胳膊就是少眼睛，或者关节不能伸屈。他们大都穿着被俘北佬的蓝色外套，塔拉庄园的人一时惊恐万状，以为谢尔曼的部队又来了。

军需队在庄上过夜，就睡在客厅地板上。他们已经有好几个星期一直露宿野外，不是松针权充垫褥就是干脆睡硬地，这回能舒舒坦坦躺在丝绒地毯上简直是再奢侈不过的享受了。尽管他们胡子又脏又长，衣着破烂不堪，可仍然是些有教养的人，善于打趣恭维，谈笑令人愉快。他们有机会在一所大宅院里与一些漂亮的女士共度圣诞之夜，就像昔日他们习惯的那样，感到非常高兴。他们不愿讨论严肃的战争话题，而是信口胡诌些无稽之谈，逗得姑娘们哈哈大笑，给这栋被洗劫一空的宅院带来一点儿它久违了的轻松情绪和节日气氛。

“这光景就跟我们家从前的亲朋聚会差不多，你说是不是？”苏埃伦兴致勃勃地向斯佳丽说悄悄话。苏埃伦又能在家里接待她自己的男朋友，幸福得简直像在腾云驾雾，目光怎么也离不开弗兰克·肯尼迪。斯佳丽惊讶地发现苏埃伦的模样几乎称得上一个“俊”字，尽管自从她染病以来总是那么瘦得可怜。她的两颊通红，双目明亮，充满柔情。

“看来这丫头对他还真有那么点儿意思，”斯佳丽带着鄙夷的心情忖道。“我估计，要是她有个丈夫的话，她会有点儿人味的，哪怕由弗兰克这么个惯于斤斤计较细枝末节的人做她的丈夫也行。”

卡丽恩也比平日有了点儿精神，那天晚上她的眼睛里并没有梦游般的神情。她发现军需队中有一个人认识布伦特·塔尔顿，而且布伦特阵亡的头天他们还在一起，于是卡丽恩决定晚餐后跟他单独长谈。

晚餐时玫兰妮努力克服自己的羞怯心理，表现得可以说相当活跃，使大家都感到意外。她有说有笑，跟一名仅剩一只眼睛的士兵简直只差没有调情，那人也竭力以殷勤潇洒的风度相报。斯佳丽明白这一回玫兰妮在身心两方面都是作了极大努力的，因为有任何男性在场时她向来极怕难为情，简直如坐针毡。更何况她的健康还远远没有恢复。她愣说自己身强力壮，干的活甚至比迪尔西还多，但斯佳丽知道她身体不好。每当玫兰妮提重物时，她的脸色就发白，而且她使劲干了一阵力气活之后往往会突然坐下来，好像两条腿再也支持不住了。然而这天晚上，她和苏埃伦、卡丽恩一样竭尽全力让这些士兵欢度圣诞夜。唯独斯佳丽一人并不因为来了客人而高兴。

黑妈妈把干豆子、花生和炖苹果干组成的晚餐端出来招待客人，客人则添上他们的烤玉米和肋条肉，说这是他们几个月来吃到的最丰盛的一餐。斯佳丽看着他们吃，心里很不是滋味。她不仅吝惜他们吃的每一口食物，而且还坐立不安，生怕昨天波克宰了一口小猪的事让他们发觉。小猪此时挂在贮藏室内，斯佳丽已经告诫过全家人，这事谁要是向客人们露出半点儿口风，或者提起那口死猪还有兄弟姐妹安全转移到沼泽地棚内去了，她非把那人的眼珠子抠出来不可。这些饿汉一顿狼吞虎咽就能把整只小猪全部消灭，倘若让他们知道还有活猪的话，那他们还要为部队加以强征。此外，斯佳丽也为母牛和马忧心忡忡，她后悔没把它们藏到沼泽地去，而只是拴在放牧地的草坡下。万一军需队把她的牲畜带走了，塔拉无论如何熬不过冬天。这样的损失将是没法弥补的。至于部队吃什么，她可管不着。让部队自己养活部队，只要他们做得到。对她来说，养活自己的家口已经够艰难的了。

客人们从背包里取出一些“通条卷儿”给晚餐添加最后一道小吃，

斯佳丽这还是第一次亲眼看到邦联军的这种特色食品，尽管关于它的笑话跟关于虱子的几乎一样多。外形像是烧成了炭的木块，呈螺旋状。士兵们极力劝她尝尝，斯佳丽硬着头皮咬了一口，发现在墨一般黑的表层下面乃是无盐的玉米窝头。当兵的把他们的玉米面口粮用水和了，能弄到盐就加点儿盐，用推枪弹的通条滚上这种面团放在营火上烤。这玩意儿硬得像冰糖，又跟锯屑一样淡而无味，斯佳丽才咬了一口，便急忙把它还给人家，引起哄堂大笑。她与玫兰妮的目光相遇，两人的脸上都明明白白地反映出同一个想法……“他们仅靠这样的食粮怎么能继续打仗？”

晚餐的气氛还是相当愉快的，甚至木然坐在餐桌首席的杰拉尔德也居然从他模糊的意识深处重又拼凑起了一点儿待客之道，露出飘忽不定的笑容。男士们高谈阔论，女士们倩笑盈盈，极力奉承——但是，当斯佳丽突然向弗兰克·肯尼迪转过脸去准备向他打听佩蒂姑妈的消息时，不意从弗兰克脸上看到一种表情，竟使她忘了自己想要说些什么。

弗兰克的视线已不再盯着苏埃伦，而是在室内游荡，落到杰拉尔德像孩子一般瞪着发愣的眼睛上，落到不铺地毯的地板上，落到缺了各种小摆设的壁炉台上，落到弹簧塌陷的沙发上，落到给北佬用刺刀捅穿的垫子上，落到餐具柜上方的破镜子上，落到墙上一块块未褪色的方形痕迹上（在那帮强盗光顾之前那里挂着一幅幅画），落到少得可怜的餐具上，落到姑娘们细心补缀过、但毕竟相当旧的衣服上，落到用面粉袋改成给韦德穿的苏格兰短裙上。

弗兰克回忆起战前他所熟知的塔拉庄园，脸上现出一种痛苦的表情，一种疲惫和无处发泄愤怒的表情。他爱苏埃伦，喜欢她的姐妹，尊敬杰拉尔德，对这个庄园怀有真诚的好感。自从谢尔曼的部队横扫佐治亚以来，弗兰克在本州各处骑行千方百计搜集军粮时种种惨状见得多了，但是最使他痛心的莫过于眼前塔拉的这幅景象。他很想为奥哈拉家出点儿力，特别是为苏埃伦，可他却什么忙也帮不上。他不自觉地满怀怜悯之心摇晃蓄着小胡子的脑袋，还用舌头在牙床上弹出声来，正好在这个当口儿他与斯佳丽目光相遇。他见斯佳丽眼睛里燃起愤怒的火焰，显然她的自尊心受到了伤害，弗兰克迅即低首垂目望着自己的盘子，窘不堪言。

姑娘们急切地想听新闻。自从亚特兰大陷落以来，邮路不通已四月，目前北佬在什么地方，邦联军仗打得怎么样了，亚特兰大的命运如何，她们的老朋友们的遭遇又如何——这些情况她们全然不知。弗兰克因职务关系经常在这一地区四处奔走，他的消息灵通程度比起报纸来有过之而无不及，因为在梅肯以北直至亚特兰大这一带，几乎所有的人都跟他沾亲带故，至少他都知道，他能提供许多涉及个人的有趣谈助，而这些内容照例从不见诸报端。弗兰克的感触给斯佳丽看破后，为了掩饰窘态，他赶紧开始新闻报道。他告诉女士们，谢尔曼的部队离开亚特兰大之后，邦联军收复了该城，但是此举并无实际价值，因为谢尔曼已把它彻底焚毁。

"可我以为亚特兰大是在我逃出来的那天夜里起的火，"斯佳丽给弄糊涂了，她大声说。"我以为是我们的人放火把它烧了！"

"哦，不，斯佳丽小姐！"弗兰克一听这话大吃一惊，急忙嚷道。"我们从没烧过一座我们自己的城市，只要里边有我们的百姓！你看见起火的是军用物资仓库，我们不愿补给品给北佬缴获，还有就是铸铁厂和弹药库。只有这几处。谢尔曼进城时，民宅和店铺都完好无损。他就在那些房子里驻扎自己的部队。"

"可是老百姓怎样了呢？他有没有……杀人？"

"他杀了一些——但并不是用子弹杀的，"那个独眼士兵阴着脸说。"他开进亚特兰大之后不久，便对市长说，城里的百姓都必须离开，不得留下一人。可是那里有许多老人没法远行，有些病人是不该移动的，还有妇女——妇女也有不该移动的。可他在一场铺天盖地的狂风暴雨中竟逼着他们离家出城，把他们赶到马虎村附近的树林里去，并且派人给胡德将军捎话，叫他把他们领走。许多人害肺炎和受不了这般虐待而死了。"

"哦，可是他干吗要这样做呢？老百姓又不可能加害于他，"玫兰妮叫道。

“他说他要把全城腾出来，好让他的人马得到休整，”弗兰克说。“他让人马在那里休息到十一月中旬，然后开拔。离开亚特兰大的时候，他在全城放火，把什么都烧得精光。”

“哦，真的烧得精光了？不会吧！”姑娘们惊慌地失声叫道。

无法想象，她们熟悉的一座城市，那么热闹，有那么多百姓，那么多士兵，就这么完了。那些大树下浓荫中可爱的房屋、那些大商店、那些富丽堂皇的旅馆——难道真的全完了？玫兰妮好像马上就要泪如泉涌，因为她是在那儿出生的，她的家在那儿，而不是在旁的地方。斯佳丽的心也沉了下去，因为除塔拉以外，她最喜欢的地方就数亚特兰大了。

“呣，也差不多全烧光了，”弗兰克看到她们的脸色有点儿发憷，赶紧修正自己的说法，并极力装出挺高兴的样子，因为他最怕搅乱女士们的心情。心烦意乱的女士们总是把他也搅得心烦意乱，使他不知如何是好。他不忍心把最坏的消息告诉她们。让她们从别人那里获悉吧。

他不忍心告诉她们，邦联军重新开进亚特兰大时看到的是什么景象。绵延无数亩的瓦砾场上只见一支支黑烟囱从废墟中探出身子；大半烧毁的各种家什和断砖残瓦堆积如山，把街道堵塞；许多古树经过这场大火已奄奄一息，枯焦的树枝在寒风中纷纷跌落。弗兰克还记得当时所见曾使他恶心，还记得邦联军目睹此城残骸时无不切齿咒骂。他但愿女士们永远不要听到教堂公墓被劫掠一空的事，否则她们永远别想从这样的恐怖中恢复过来。查理·汉密顿和玫兰妮的父母均葬于此。那座公墓的惨象至今仍使弗兰克经常做恶梦。北军士兵为了猎取随葬的金银财宝，竟捣毁墓穴，掘开坟墓。他们大肆洗劫死人，撬下棺材上金质或银质的铭牌、银质的饰件和银质的把手。朽骨和尚未腐烂的死尸被胡乱扔在劈开的棺木之间，暴露在光天化日之下，令人不忍卒睹。

弗兰克也不忍心把城里那些猫狗的命运告诉女士们。女士们一向都把宠物看得很重。然而，这些小动物的主人被如此粗暴地赶出亚特兰大以后，有数以千计的饿狗饿猫无家可归，那种情景使弗兰克震惊的程度不下于教堂公墓，因为他十分喜爱猫和狗。它们饥寒交迫，饱受惊吓，变得野如林兽，恃强凌弱，弱者则等更弱者死去以便吃掉它们。而食尸的秃鹰则不断盘旋在这被毁的城市上空，它们矫捷的身影不祥地点缀着冬日的天幕。

弗兰克搜索枯肠，想报道些能让女士们稍觉宽慰的消息。

“有些房屋还在，”他说，“那主要是大块地皮上跟别的房子离得较远的，才没有着火。教堂和共济会堂也仍在。还有少数几家店铺。不过，商业区、铁路两旁和五角场那一带——唉，女士们，亚特兰大的那一部分已给夷为平地了。”

“这么说，”斯佳丽痛心地大声问，“查理遗留给我的那座靠近铁路的堆栈也完了？”

“要是靠近铁路的话，那就完了，不过——”他忽然现出笑容。对了，他怎么没早点儿想到？“报告你们一个好消息，女士们！你们的佩蒂姑妈的房子还在那儿。只是有点儿损坏，可房子还在。”

“哦，大火怎么没烧着它？”

“喁，那是栋砖房，屋顶盖的石板瓦，这在亚特兰大大概是独一无二的，所以即使有火星溅落也没着火，我估计是这个缘故。而且，它恐怕是北市梢最后一栋房子，那一带的火势不算太猛。当然，驻扎在那里的北佬把屋里破坏得不轻。他们甚至把踢脚板和楼梯的红木扶手拆下来当柴烧，可这些都不在话下！房子本身大体完好。上星期我在梅肯见到佩蒂小姐的时候——”

“你见到她了？她好吗？”

“挺好。挺好。我告诉她房子还在，她拿定主意立即回家去。不过……这要看那个老黑奴彼得是不是同意她回去。好多亚特兰大人已经回去了，因为他们待在梅肯不放心。谢尔曼虽没有攻占梅肯，但是大家都担心威尔逊的突击队不久要去袭击，他可比谢尔曼更可怕。”

“可是亚特兰大的房子也没有了，他们回去不是犯傻吗？他们回去住哪儿？”

“斯佳丽小姐，他们有的住在帐篷里，有的住棚子和小木屋，少数没烧掉的房子里，往往是六七户人家挤在一起。他们正在想办法重建家园。斯佳丽小姐，不要说他们这是犯傻。你对亚特兰大人的了解并不比我差。他们的心和那座城市，牢牢地拴在一起，正如查尔斯顿人念念不忘查尔斯顿一个样，北佬也罢，一场大火也罢，都休想把他们从那儿逼走。亚特兰大人——请原谅，玫荔小姐——在有关亚特兰大的问题上，那个死心眼儿简直和骡子一个样。我实在不明白是什么缘故，因为这座城市给我的印象一直是个非常不客气、不大顾颜面的地方。不过，我是个天生的乡下人，不喜欢任何城市。我可以告诉你们，最先回去的那些人其实是很精明的。最后回去的人会发现他们的房子连一根木头、一块石头或砖头都不剩下。因为人人都在满城捡取各种有用的材料重建自己的房屋。就在前天，我看见梅里韦瑟太太、梅贝尔小姐和她们家的黑老婆子在外面捡砖头往一辆手推车里扔。米德太太告诉我，她打算盖一所小木屋，就等丈夫回来帮她。她说她初到亚特兰大时——那会儿它还叫马萨斯维尔——就住在一所小木屋里，现今她一点儿不在乎再这么干。当然，她只是说说笑话，不过从中也可以了解他们目前的心情。”

“我认为他们很有勇气，”玫兰妮自豪地说。“你说呢，斯佳丽？”

斯佳丽点点头，心里充满一种反常的喜悦，她为自己的第二故乡感到骄傲。刚才弗兰克说，那是一个非常不客气、不大顾颜面的地方，而斯佳丽喜欢的恰恰是这一点。它不像资格比较老的城市那样墨守成规、死气沉沉，而是朝气蓬勃、无所顾忌，这正合她的口味。“我就像亚特兰大，”她心想。“北佬或一场大火休想把我压垮。”

“如果佩蒂姑妈要回亚特兰大，我们最好还是回去跟她待在一起，斯佳丽，”玫兰妮的话打断了她的思路。“她一个人在那边会吓死的。”

“可我怎么能撇下这儿不管呢，玫荔？”斯佳丽生硬地问。“如果你那么急着想去，你尽管去。我不留你。”

“哦，我没有那样想，亲爱的，”玫兰妮窘得满脸通红。“我真是太糊涂了！你自然不能离开塔拉，而且——而且我估计彼得大叔和厨娘会照料姑妈的。”

“我看没有什么拖你的后腿，”斯佳丽断然指出。

“你知道我是不会撇下你走的，”玫兰妮答道。“再说，离开了你，我——我会吓破胆的。”

“随你的便。反正我是决不回到亚特兰大去的了。等他们刚盖起几座房子，谢尔曼又要回去再把它们烧掉。”

“他不会再去了，”弗兰克说时脑袋还是搭拉了下来，尽管他力图保持常态。“他已经横穿整个佐治亚州到达海边。萨凡纳是本星期给拿下的，据说北佬正准备北上进入南卡罗来纳。”

“萨凡纳也给拿下了！”

“是的。唉，女士们，萨凡纳不可能不失守。那儿没有足够的兵力守城，尽管他们已经把弄得到的每一个男丁都用上了——只要能挪动两条腿走路就行。当北佬向米勒奇维尔挺进的时候，南方各军校的士官生连低年级的一起都给召到部队里去了，甚至开了州监狱的门从犯人中补充兵员，你们知道不？是啊，诸位，所有愿意上前线的犯人都放了出来，还答应赦免他们所犯的罪，如果他们能活到战争结束的话。一想到那些年幼的士官生跟盗贼和杀人犯排列在一起，我浑身都会起鸡皮疙瘩。”

“把犯人都放出来，让他们去害我们？”

“哟，斯佳丽小姐，你不必紧张。他们离此地远得很，而且他们正在变成好兵。我认为，做过小偷并不妨碍一个人当好一名士兵，难道不是吗？”

“我觉得这倒不错，”玫兰妮轻声说了一句。

“哦，我可不这么想，”斯佳丽毫不掩饰地说。“反正在这一带窜来窜去的盗贼已经够多的了，再加上北佬和——”她及时发现自己说溜了嘴，但客人们都笑了起来。

“再加上北佬和我们这支军需队，”他们替她把这句话续完，斯佳丽脸红了。

“可是胡德将军的部队在哪儿呢？”玫兰妮赶紧插进来解围。“他一定能够守住萨凡纳的。”

“哎，玫兰妮小姐，”弗兰克先是一愣，接着用责备的口吻说，

“胡德将军压根儿没在那一带。他在田纳西州作战，试图把北佬的兵力从佐治亚吸引过去。”

“可他的神机妙算结果怎样呢？”斯佳丽大声挖苦道。“他让天杀的北佬在我们的土地上畅行无阻，把保护我们的任务全交给一些学生、犯人和自卫队。”

“女儿啊，”杰拉尔德说着离座起身，“你怎么也说起粗话来了？你母亲知道了会伤心的。”

“那些北佬就是该遭天杀！”斯佳丽感情冲动地叫喊。“我决不想用别的话骂他们。”

一提起埃伦，大家都觉得挺不自在，谈话戛然而止。玫兰妮再次开腔打破冷场。

“你在梅肯的时候，有没有看到霍妮·韦尔克斯？他们有没有——他们有没有听到阿希礼的什么消息？”

“哦，玫荔小姐，你也知道，要是我得到有关阿希礼的消息，我会马上从梅肯赶奔到此地来告诉你的，”弗兰克很不以为然地说。“没有，他们没听到任何消息，不过，——唉，你也不必为阿希礼担心，玫荔小姐。我知道你已很久没得到他的消息了，可是你不能指望听到一个给关在俘虏营里的人的音信。你说是不是？而且，北佬俘虏营里的情况并不像他们给关在我们俘虏营里那么糟。不管怎么说，北佬有大量食物，有足够的药品和毯子。他们可不像我们这样——连自己也吃不饱，哪儿还顾得上俘虏。”

“哦，北佬什么都有的是，”玫兰妮激动地说，情绪之悲愤溢于言表。“可是东西再多他们也不给俘虏。你知道他们不会给的，肯尼迪先生。你那样说无非想让我好受些。你明知道我们的小伙子们在那里挨饿受冻，饿死冻死也瞧不到大夫、吃不上药，就因为北佬跟我们势不两立！哦，我真恨不得把所有的北佬从地面上统统消灭！哦，我知道阿希礼已——”

“别说这话！”斯佳丽大喝一声，她的心都跳到嗓子眼儿里来了。只要没人说阿希礼已死，斯佳丽心中仍存有他还活着的一线微弱的希望，但斯佳丽觉得，只要听谁说出这句话，阿希礼会立即在她心中死去。

“我说，韦尔克斯太太，你不必为你的丈夫犯愁，”那个独眼士兵劝慰道。“在第一次马纳萨斯战役之后，我当了俘虏，后来通过交换才回来。我在俘虏营里的时候，他们简直像填鸭子似的喂我，又是炸子鸡，又是热酥饼——”

“我看你是个吹牛大王，”玫兰妮带着一丝淡淡的笑意说，这是斯佳丽第一遭见到她跟一个男人打趣。“你看怎样？”

“我看也是，”独眼士兵承认，并且笑呵呵地拍了一下自己的大腿。

“诸位如果都到客厅里去，我来给你们唱几首圣诞颂歌，”玫兰妮说，心里很乐于换个题目。“钢琴是北佬唯一没法拿走的东西。苏埃伦，它是不是走音得厉害？”

“一塌糊涂，”苏埃伦一边回答，一边很高兴地含笑示意弗兰克跟她到客厅里去。

然而，当大家陆续离开餐厅时，弗兰克故意落在后面，他轻轻扯了一下斯佳丽的衣袖。

“我可以跟你单独谈几句吗？”

在怪吓人的一瞬间，斯佳丽生怕弗兰克要问起她的牲畜，便迅速准备好一套头头是道的谎话。

其余的人都已走出餐厅，只剩他俩站在壁炉前，刚才弗兰克在别人面前假装开心的脸色消失了，斯佳丽现在看到的简直是个上了年纪的人。他的面容枯槁，呈棕褐色，和塔拉草坪上给风吹来吹去的落叶相仿；他那姜黄色的两鬓又稀又乱，而且已经杂有几茎华发。他不自觉地挠挠鬓角，开腔之前先清清嗓子，对此斯佳丽颇有反感。

“我对于你母亲的去世深表哀悼，斯佳丽小姐。”

“请不要谈这件事。”

“而且你父亲——他变成现在这样是不是从——？”

“是的——他的确——有些失常，正像你看到的那样。”

“你母亲对他来说实在太重要了。”

“哦，肯尼迪先生，我们还是别谈——”

“对不起，斯佳丽小姐，”说时，他局促地不断在地上擦脚。“说实话，我本想跟你父亲商量一件事情，但现在我看大概不会有什么结果。”

“也许我能帮你的忙，肯尼迪先生。你瞧，如今我在当这个家。”

“呣，我——”弗兰克刚要开口，又局促地挠挠鬓角。“说实话——是这么回事，斯佳丽小姐，我本想为我跟苏埃伦小姐的事征求你父亲的意见。”

“你的意思是不是说，”斯佳丽既惊讶，又觉得好笑，“你还没有跟爸谈过你和苏埃伦的事。可你追求她已经有年月了！”

弗兰克涨红了脸，现出怪不好意思的笑容，到底还是像一个腼腆怕羞的少年。

“呣，我——我一直不知道她是不是要我。我年龄比她大得多，而且——过去有那么多漂亮的小伙子老是在塔拉转悠……”

“嗽！”斯佳丽心想，“他们是在围着我转，不是围着她！”

“我到现在还不知道她愿不愿意嫁给我。我从来没有问过她，但她肯定了解我的感情。我——我本想向奥哈拉先生求亲，把一切都向他说清楚。斯佳丽小姐，现在我是不名一文。说句不怕你见笑的话，过去我有好多钱，可是眼下我的全部财产只有我的马和我身上所穿的衣服。是这么回事：当我报名入伍的时候，我卖掉了我的大部分土地，把我所有的钱统统变成邦联债券，你也知道，这些债券现在值得多少。连印这些债券的纸张都值不了。反正债券我也没有了，因为北佬放火烧我妹妹家的时候，把债券一起烧光了。我知道，像我目前这样身无分文，谋求与苏埃伦小姐结亲也实在太不自量了，可是——反正就这么回事儿。我已经习惯于这样考虑：我们谁也不知道这仗会打出个什么名堂来。对我来说，这很像是世界末日。我们对任何事情都没有把握，所以我认为，如果我们订了婚，对我——或许对她也一样——将是极大的安慰。这样双方就都有了着落。斯佳丽小姐，在我有能力养活她以前，我不会要求跟她完婚，可我不知道这要等到什么时候。不过，倘若真正的爱情在你心目中多少有些价值的话，那么，苏埃伦小姐在这方面将是富有的，哪怕除此以外一无所有，这一点你可以放心。”

他说末了一句话的语调有些天真，却不失庄重，斯佳丽不禁为之动容，虽则暗暗觉得有趣。她无法理解有人会爱上苏埃伦。在她的眼里，她这个妹妹简直是个自私透顶的怪物，成天发牢骚，处处闹别扭，那种性格她只能称之为十足的顽固不化。

“言重了，肯尼迪先生，”她和蔼地说，“这不是挺好吗？我相信我可以代表我爸爸说话。他向来很器重你，而且他一直期望苏埃伦能和你结合。”

“他现在还是这样的想法？”弗兰克激动地问，同时已经喜形于色。

“毫无疑问，”斯佳丽答道，却不让对方看出自己在发笑，因为她想起杰拉尔德曾多次在晚餐时向餐桌另一端的苏埃伦毫不掩饰地大叫：“喂，小姐！你的那位狂热的崇拜者还没有提那档子事儿吗？要不要我去问问他有什么打算？”

“我今晚就跟她谈，”弗兰克说时嘴唇有些发颤，他抓住斯佳丽的手紧紧握了一下。“你真是太好了，斯佳丽小姐。”

“我去叫她来找你，”斯佳丽微微一笑，开始向客厅走去。

那里玫兰妮正开始弹琴。钢琴走音得可怕，不过有一些和弦还是悦耳动听的，玫兰妮在提高嗓门带领其余的人一起唱《听，报信的天使歌声多么嘹亮！》。

斯佳丽走了几步又站住。听到这首古老的圣诞颂歌心里甜丝丝的，几乎没法相信战争的旋风曾两度在他们头上排空扫过，没法相信他们身在满目疮痍的家乡，濒于饿死的绝境。她遽然向弗兰克转过身来。

“刚才你说你觉得这像是世界末日，这话是什么意思？”

“我可以坦诚相告，”弗兰克不紧不慢地说，“但我希望你不要把我的话告诉另外几位女士，引起她们的恐慌。这仗不会再打很长时间了。部队的兵员得不到任何补充，开小差的现象日益严重，比军方愿意承认的严重得多。不难理解，士兵们知道家里人都快饿死了，哪儿还能在远离家乡的地方打仗，所以他们纷纷逃回去，设法养家活口。我不能谴责他们，但是这种现象会削弱部队的战斗力。而且部队不能饿着肚子打仗，可粮食根本没有。这事儿我最清楚，因为我的任务就是搞粮食，这话不说你也明白。自从我们收复亚特兰大以后，我走遍了这一带所有的地方，搞到的粮食还不够喂一只樫鸟。由此往南三百英里直到萨凡纳，情况也差不多。人们在挨饿，铁路遭破坏，枪支破旧不堪，弹药即将用完，更没有皮革做鞋……。所以我认为末日差不多已经来临。"

但是，邦联军大势已去对斯佳丽的震动并不太大，倒是听弗兰克谈及粮食奇缺使她神经紧张。她正打算差遣波克用马套一辆大车，带上金币和联邦钞票到乡间各处去寻觅食物和衣料。可要是弗兰克所言属实——

然而梅肯尚未落入敌手。梅肯应该有吃的。但等军需队走远，她将甘冒宝马被军队拉去的风险，打发波克去梅肯。她不得不铤而走险。

"好吧，我们今晚就别谈不愉快的事了，肯尼迪先生，"她说。"你去坐在我母亲的小账房里，我叫苏埃伦来找你，好让你们——唔，让你们单独谈谈。"

弗兰克红着脸笑嘻嘻地溜出餐厅，斯佳丽目送他离去。

"可惜他不能马上把苏埃伦娶走，"她在想。"否则就可以少一张嘴吃饭了。"

第 29 章

次年四月，重又被任命指挥他的旧部所剩残兵败将的约翰斯顿将军，在北卡罗来纳州率部投降，至此战争遂告结束。但是这个消息过了两个星期方始传到塔拉庄园。在塔拉，每个人都有许许多多活儿要干，没工夫到外边去打听新闻，而邻居也和他们一样忙，彼此很少走动，故而消息传播很慢。

当时正值春耕大忙，波克从梅肯弄回来的棉花籽和瓜菜籽要种下去。此行归来以后，波克的尾巴简直翘到天上去了，因为他平安赶回来整整一车衣着、种籽、鸡鸭、火腿、肋肉和粗面粉。他一遍又一遍地讲述在返回塔拉途中他如何多次侥幸脱险，如何走羊肠小道、乡间狭路、久不通行或勉强挤得过马的荒蹊古径。他在路上走了五个星期，这五个星期里斯佳丽日坐愁城，寝食不安。但在波克到家后，斯佳丽并没有责怪他，因为此行非常成功，而且她交给波克的钱还剩了不少回来，斯佳丽简直喜出望外。她有一个八九不离十的猜想：波克之所以能剩下那么多的钱，大概那些鸡鸭或大部分食物并不是他买来的。如果路旁有鸡棚无人看管，或者熏肉房很容易溜进去，他再花掉斯佳丽给的钱，那就太对不起他自己了。

现在他们有了些吃的，塔拉庄园人人都忙活起来，力图使生活多少恢复点儿昔日常规的旧观。每一双手都有活干，活实在太多了，永远干不完。隔年棉花的枯秆必须拔除干净，腾出地来播下今年的种籽。那匹马并不惯于耕作，勉强在田里慢慢拉着犁。菜园子里要松土除草栽种，柴火要劈，还得重修猪圈牛棚以及给北佬无端烧毁的数英里长的栅栏。波克设下逮野兔的陷阱一天得去察看两回，放在河里的钓线也得换饵。此外，铺床、扫地、做饭、洗碗、喂猪、喂鸡、捡蛋无一可免。要给母牛挤奶，把它放到沼泽地附近去吃草，需要一个人整天看着它，因为北佬或弗兰克·肯尼迪手下的人随时可能回来把牛带走。甚至小韦德也有他的职责。每天早晨，他都一本正经地带着一只篮子出去捡细树枝和碎木片作引火柴。

县里最早解甲归来的是方丹兄弟，他们带来了南军投降的消息。亚力克居然还穿着靴子，所以步行回家；汤尼光着脚，却骑一头光背骡子。汤尼向来善于占便宜，家里人都让着他。四年来，这哥儿俩经烈日晒、暴雨淋，显得比过去更黝黑、更干瘦，而从战场上带回来的大黑胡子益发叫人认不出他们了。

他们回含羞草庄园途经塔拉，因为归心似箭，所以只在那里逗留一会儿，跟姑娘们见面吻了一下，把投降的消息告诉她们。这哥儿俩说，一切都过去了，什么都结束了，而且他们好像对此并不怎么在乎，也不想多谈。他们关心的只是含羞草庄园有没有被烧毁。在从亚特兰大南归的路上，他们经过好多家朋友的宅院，见到的只是孤零零的烟囱，因而已经不敢指望他们自己的家能够幸免。现在听说老家还在的好消息，这哥儿俩才大大松了口气。斯佳丽告诉他们，去年萨丽如何飞马赶来报信，又如何纵马一跃，干净利落地跳过塔拉的树篱，听得哥儿俩连连拍着大腿，笑个不停。

“这姑娘胆儿大，”汤尼说，“可惜命太苦，她的乔给打死了。你们这儿谁有嚼烟吗？”

“没有，只有兔儿烟[①]。爸把它装在玉米棒子里抽。”

“我还没落到这般田地，”汤尼说，“不过我早晚会到这一步的。”

“迪米蒂·芒罗好吗？”亚力克问，样子既急切，又有点儿难为情，斯佳丽这才隐约想起他对萨丽的妹妹有过好感。

“哦，挺好。目前她跟她的姑妈一起住在费耶特维尔。要知道，他们在洛夫乔伊的房子给烧了。她家其余的人都在梅肯。”

“他是问：迪米蒂有没有嫁给自卫队里哪一位英武的上校？”汤尼打趣说，亚力克狠狠地瞪了他一眼。

“她当然没有出嫁，”斯佳丽说，她觉得怪有趣的。

“也许她还是嫁了的好，”亚力克忧郁地说。“真他妈的该死——对不起，斯佳丽。你想想，堂堂一个男子汉，他所有的黑奴都解放了，牲口都抢走了，口袋里一分钱也没有，叫他怎么向一个姑娘求婚？”

“你知道迪米蒂并不计较这些，”斯佳丽说。她乐得为迪米蒂说几句好话，做个顺水人情，因为亚力克·方丹从来不在她自己的男朋友之列。

“天打雷劈的——哎呀，我再一次请你原谅。我得戒掉诅咒的习惯，要不老奶奶非用鞭子抽我不可。我决不请求任何一位姑娘嫁给一个穷光蛋。她可以不计较，可是我计较。”

趁斯佳丽跟方丹兄弟在前门廊交谈的当儿，玫兰妮、苏埃伦和卡丽

---

① 可能是其他植物叶子晒干而成的代用品。

恩一听到南军投降的消息，便悄悄地溜进屋去。等哥儿俩告辞穿过塔拉宅后的田野回家去了，斯佳丽走进屋里，听见姑娘们在埃伦小账房的沙发上哭作一团。什么都完了，那个辉煌绚丽的梦曾是她们的情之所钟、希望之所在，她们的朋友、爱人、丈夫为那项光荣的事业献出了生命，她们的家也为之破了产。她们原以为绝不会失败的千秋伟业却永远彻底垮了台。

但是，斯佳丽并不想哭。她听到这个消息后最初一刹那头脑里的反应是：感谢上帝！从此母牛不会给抢走了。马也可以保住了。从此我们可以把银餐具从井里取出来，人人都可以用刀叉了。从此我可以驾车到各处转悠寻找食物而不必提心吊胆了。

这下可以松口气了！她再也不必一听见马蹄声便心惊肉跳。她再也不会在黑夜中惊醒过来，屏息静听院子里嚼铁的叮当声、马蹄的嘚嘚声和北佬发布命令的吆喝声到底是梦还是真。而最最重要的是：塔拉保住了！从今往后，她最可怕的恶梦绝不会变成现实。从今往后，她绝不会站在草地上眼看心爱的家中腾起滚滚浓烟，听到烈焰咆哮、房顶倒塌。

是的，伟业失败了，但她一向觉得战争是荒唐的，还是和平好。看见邦联旗顺着旗杆往上升，她从不激动得两眼闪闪发光；听到《狄克西》的歌声响起来，也从不肃然起敬。她并不是靠狂热的信念支撑才熬过了种种困苦匮乏，熬过了令人作呕的看护工作、身处围城时的惶恐忧惧以及最近几个月的饥馑之灾，而别人正是凭着那种狂热的信念甘愿承受所有这些苦难，只要伟业昌盛就行。如今一切都过去了，永远结束了，她并不想为此哭泣。

一切都过去了！这场仿佛永无尽头的战争，这场不请自至、大可不必的战争把她的生活前后断成两截，而且裂口如此分明，简直很难追忆那段与忧患无缘的太平岁月。当年那个楚楚动人的斯佳丽，脚上一双摩洛哥羊皮绿舞鞋纤巧轻盈，裙衫的荷叶边衣香袭人，如今回首前尘她竟木然无动于中，甚至怀疑那个少女到底是不是她自己。全县小伙子都拜倒在她脚下的斯佳丽·奥哈拉，有一百名奴隶听她使唤，塔拉庄园的财富是她优裕生活的保障，爱之若掌上明珠的父母千方百计满足她的任何愿望。难道那个娇生惯养、无忧无虑、除了阿希礼这件事以外无不称心如意的斯佳丽就是她？

就在这四个年头里漫长曲折的道路上，那个身佩香囊，脚穿舞鞋的少女不知在哪儿一溜烟不见了，留下的却是个绿眼珠目光尖利的妇人，她花每一分钱都精打细算，好多本来是下人干的活她都得干，经历了这场浩劫之后，除了她脚下那片摧毁不了的红土外，这个妇人已一无所有。

当她站在穿堂里听姑娘们呜咽啜泣的时候，头脑里已在忙于规划庄园的经营策略。

“我们要多栽些棉花，比现在多得多。我明天就打发波克上梅肯去添购种籽。往后北佬不会烧棉花了，我们的军队也用不着棉花了。老天爷！到秋天棉花的价格总该大涨特涨了吧！”

她走进小账房，根本不去理睬在沙发上唏嘘作声的姑娘们，径自在写字桌旁坐下，拿起一支羽毛笔来，计算她还剩下多少现款，这笔钱能添购多少种籽。

“战争结束了，”她这样想着，突然觉得一阵狂喜涌上心头，羽毛笔竟从她手中跌落。战争结束了，阿希礼也——要是阿希礼还活着的话，他也要回来了！斯佳丽暗自思量：正在为南方的伟业垮台而痛哭流涕的玫兰妮不知有没有想到这一点。

“很快我们就会收到他的信——哦，不，不会是信。邮政还没有恢复。不过快了，哦，他一定会想办法让我们得知他的音讯！”

然而，几天过去了，几个星期过去了，阿希礼依然没有消息。南方的邮政仍处在很不稳定的状态，乡下则根本不通邮。偶尔有人从亚特兰大带来佩蒂姑妈的一封短简，她声泪俱下地恳求玫兰妮和斯佳丽回去。但是没有阿希礼的消息。

南军投降以后，斯佳丽和苏埃伦之间经常为用马发生摩擦而积怨。如今遭遇北佬的危险不存在了，苏埃伦想要去邻居家里走走。孤寂的苏埃伦十分怀念昔日快乐的社交往来，一心想外出访友，哪怕只是为了让自己确信：县里其他人家的境况也不比塔拉好。可是斯佳丽毫不通融。马有的是活干，它得把柴火从树林里拉回来，还得犁地，波克也得赶车出去搞吃的。星期日，那匹马享有在牧场上吃草休息的权利。如果苏埃伦想去访友，她可以步行前往。

直到去年以前，苏埃伦这辈子步行每次从未超过一百码，因而斯佳丽给她出的这个主意没有半点吸引力。于是她待在家里唠唠叨叨，又哭又闹，动不动就说："哦，要是妈妈活着就好了！"听到这话，斯佳丽就给她一个许下已久的耳光，出手之重竟掴得苏埃伦发出没命的尖叫倒在床上，闹得全家鸡犬不宁。此后苏埃伦的牢骚有所收敛，至少在斯佳丽面前是这样。

斯佳丽说她要让马儿得到休息的话倒是不假，但这仅仅算得实际情况的一半。而另外的一半是这样的：投降消息传来后的一个月内，她到县里各家旧交去作了一轮拜访，看到那些老朋友和老庄园的境况，她的勇气大大动摇了，尽管她嘴上不愿承认。

方丹家多亏萨丽驾车东奔西走，日子过得比谁家都好，但这仅仅是与其他邻居的悲惨遭遇比较下来的结果。方丹老太太在率领全家奋力救火保住宅院那天心脏病发作以后，始终没有完全复原。老方丹大夫被截去了一支胳膊，目前正在慢慢康复。亚力克和汤尼开始笨手笨脚地扶犁和锄地。斯佳丽前去拜访时，他们隔着栅栏探过身来跟斯佳丽握手，把她那辆东歪西倒的破车取笑了一通，然而他们的黑眼睛却透出些许凄凉，因为他们同时也在嘲笑他们自己。斯佳丽要买他们的玉米种籽，他们答应满足她的要求，接着便谈起农村家常来。方丹家有十二只鸡、两头母牛、五头猪以及哥儿俩在停战后带回来的一头骡子。有一头猪最近死了，他们担心另外几头也快保不住了。这两位昔日的公子哥儿从不认真考虑生活问题，再认真也超不过哪一款领带最为时髦之类，如今听他们这么正儿八经地谈猪，斯佳丽不禁呵呵地笑了起来，而这一回她的笑声同样蕴含着几分酸辛。

含羞草庄园全都欢迎斯佳丽来访，他们坚持把玉米种籽送给她而不是卖。当她把一张钞票放在桌上时，方丹家族的火爆性子突然发作了，他们断然拒绝收钱。斯佳丽收下了玉米，把一美元的钞票悄悄塞在萨丽手中。萨丽跟八个月前斯佳丽回到塔拉庄园以后不久所见到的那个姑娘简直判若两人。那时她虽然憔悴、忧伤，但身上有一股活力。如今这股活力消失了，仿佛南军的战败使她所有的希望都破灭了。

“斯佳丽，”她一边攥紧那张钞票，一边低声说，“那一切究竟有什么意义？我们到底为什么打仗？哦，我可怜的乔！哦，我那苦命的孩子！”

“我不知道我们为什么打仗，我也不想知道，”斯佳丽说。“我根本不感兴趣。我从来就不感兴趣。战争是男人的事，不关女人的事。现在我关心的只是棉花的好收成。你把这一块钱拿去给小乔买件衣服。他实在需要一件像样的衣服。虽然亚力克和汤尼那么客气，可我不想白白拿走你们的玉米。”

哥儿俩送她到大车旁，并且扶她上去，尽管衣衫褴褛，可照样风度翩翩，洋溢着那种豪放不羁的方丹式欢快热情，然而斯佳丽驾车离开含羞草庄园的时候，他们的贫困景象仍历历在目，使她不寒而栗。那种勒紧裤带的苦日子她已经过腻了。要是能看到人家生活富裕，无需为不知从哪儿张罗下一顿饭食而发愁，那该是多么愉快的事情啊！

凯德·卡尔弗特已回到松花庄园自己家里，斯佳丽在幸福的往日经常到这座古老的宅院来跳舞，现在她登上庭前的台阶，发现凯德的脸色显然已不久人世。他靠在一张安乐椅里晒太阳，腿上盖着一方大围巾，人瘦得可怕，还不停地咳嗽，不过他看见了斯佳丽，顿时笑逐颜开。他说只是有点儿小小的寒气盘踞在他胸腔内，说时还勉强欠身起来迎接客人。他说这都是睡觉时经常淋雨的缘故，但很快就会好的，到那时他就要干活了，家里也可以多一双手。

凯思琳·卡尔弗特闻声从屋里出来，隔着她兄弟的脑袋与斯佳丽目光交接，斯佳丽从她的眼睛里看到了揪心的绝望。凯德自己也许不知道，但是凯思琳心里明白。松花庄园看上去满目荒凉、杂草丛生，田间的松苗已开始发芽，宅院内一派废弛颓败、杂乱无章的景象。凯思琳也很瘦，一举一动就像绷紧的弦。

姐弟二人和他们的北佬继母以及四个异母小妹妹住在这座冷冷清清、回声异样的宅院里，此外还有北佬监工希尔顿。斯佳丽素来讨厌这个希尔顿，正如不喜欢自己家里的监工乔纳斯·威尔克森一样，现在见他慢悠悠走上前来以平等的身份招呼自己，益发讨厌此人。过去，希尔顿身上也有威尔克森那种糅合着谄媚和傲慢这两个方面的本性，而现在，卡尔弗特先生和赖福在战争中死了，凯德又病成这样，希尔顿便把谄媚的一面丢开。第二位卡尔弗特太太从来不懂得如何使黑奴尊敬她，所以更不必指望她能得到一个白人监工的尊敬。

“希尔顿先生真是位好人，他始终和我们一起度过这些艰难的年月，”卡尔弗特太太说时显得局促不安，还频频向她那个默不作声的继女瞟上一眼。“真是仁义心肠。你大概已经听说了，谢尔曼在这一带的时候，希尔顿先生前后两次保住了我们的房子。要是没有他，我真不知道我们该怎么办，既没有钱，凯德又……”

凯德苍白的脸涨得通红，凯思琳则用长长的睫毛盖住眼睛，嘴唇闭紧。斯佳丽明白，这姐弟俩不得不承受他们家北佬监工的恩惠，都窝着一肚子火。卡尔弗特太太眼看快哭出来了。她不知怎的又捅了娄子。反正她说话老是捅娄子。她实在摸不透南方人的脾气，尽管她在佐治亚已经生活了二十年。她永远不知道哪些话不能对她的继女继子说，不管她说什么或做什么，他们总是对她客客气气，敬而远之。她默默发誓要带着自己的孩子回北方老家去，永远离开这些不可捉摸、格格不入的强脖子南方人。

斯佳丽走访了这两家以后，已不想再到塔尔顿家去了。他们家四个儿子都死了，房子也给烧得精光，一家人在监工的小屋里栖身，斯佳丽实在不愿去走这一遭。但是苏埃伦和卡丽恩一再央求，玫兰妮也说，不去看看从战场上归来的塔尔顿先生对不起邻里乡亲，于是她们挑了一个星期日一同前往。

这次访问所见的确是最惨的了。

大车驶近宅院的废墟时，她们只见贝特丽丝·塔尔顿穿一身破骑装，腋下夹着一根马鞭子，坐在围场栅栏上，视而不见地望着前方发呆。她身旁坐着一个罗圈腿的小个子黑奴，往昔他专司训练塔尔顿家的马匹，此时他的神情似乎和女主人一样忧郁。想当年那个围场里满是欢蹦乱跳的健壮马驹、性情温和的良种母马，现在空荡荡的，只有一头骡子，那是塔尔顿先生在南军投降后骑回来的。

“天哪，如今我的那些宝贝都没了，我真的不知道该怎么过了，”塔尔顿太太说着从栅栏上爬下来。陌生人不知就里，也许以为她在说四个死去的儿子，但塔拉庄园的姑娘们都知道她指的是她的马。“我那些漂亮的马儿都死了。还有我那可怜的耐利！哪怕只给我留下耐利也好！可是除了一头该死的骡子，什么也没有。一头该死的骡子，”她反复说道，同时恶狠狠地瞪着那只瘦骨嶙峋的畜生。“在我那些纯种宝贝的围场里圈养一头骡子，这实在太对不起死去的马。骡子是胡乱配生的杂种，是违反自然的产物，法律应当禁止它们的繁殖。”

吉姆·塔尔顿给一部蓬蓬松松的胡子完全改变了模样，他从监工屋里出来迎接客人，和她们一一亲吻。他那四个红头发的女儿，穿着打补丁的衣服，也跟在父亲后面一拥而出，几乎给十来条黑狗和黄狗绊倒，这些猎狗听见生人的声音，纷纷跑到门口汪汪乱叫。这一家子故意让人看的欢乐气氛，却比含羞草庄园的哀伤或松花庄园的死亡征兆更令斯佳丽感到透骨的悲凉。

塔尔顿一家坚持留姑娘们吃饭，说这些日子他们几乎没有客人登门，很想听听各种新闻。斯佳丽不愿久留，因为这里的气氛使她感到压抑，但是玫兰妮和两个妹妹却想多待一会，结果她们四人留下来用餐，很有节制地吃了一点儿主人款待她们的肋肉和干豆子。

主人对于如此寒碜的伙食发出阵阵自嘲的笑声，塔尔顿家的姑娘们还格格地笑着介绍她们拼补改接旧衣服的种种高招，好像在讲极其逗人的笑话。玫兰妮也凑趣谈到如何在塔拉磨练藐视困难的本领，居然谈得有声有色，出乎斯佳丽意外。斯佳丽几乎一句话也说不出来。要是身材魁梧的塔尔顿四兄弟在，定然舒胳膊伸腿靠在椅子里，抽抽雪茄，逗逗趣儿，少了他们，屋子里显得空落落的。既然她都能感觉到这一片空白，那么，塔尔顿一家在邻居面前强颜欢笑的同时，内心又该是什么滋味呢？

吃饭时，卡丽恩很少说话，但饭后她走到塔尔顿太太那一边跟她悄悄说了些什么。塔尔顿太太脸色顿变，强装出来的笑容从她嘴角消失了，她用一只手搂住卡丽恩的纤腰。她俩离开了屋子，斯佳丽觉得在这地方再待一分钟也受不了，便跟在她们后面出去。她们沿着小径穿过菜园，斯佳丽见她们在向墓地走去。哟，现在她可不能回到屋里去。那样就显得太不礼貌了。可是，贝特丽丝·塔尔顿明明费了很大的劲才使自己显得坚强，卡丽恩还把她拉出来到她儿子的坟上去究竟想干什么？

在砖墙围起来的一块地上，几棵幽暗的雪松下新竖起两块大理石墓碑——新到甚至还没有让雨把红土溅上去。

"石碑我们上星期才弄到，"塔尔顿太太自豪地说。"是塔尔顿先生到梅肯去买了放在大车上拉回来的。"

两块大理石墓碑！得花多少钱哪！斯佳丽一下子觉得塔尔顿家并不像她先前感到的那么可怜。在食品如此昂贵而又难得的时候，肯花宝贵的钱买墓碑的人是不值得同情的。而且每一块碑上都刻了几行字。刻字越多，价格越高。这一家子想必都疯了！同样，把三个儿子的尸体运回来也得花钱。就是博伊德的尸体没找到，连一点踪迹也没有。

布伦特和斯图特两座坟之间的墓碑上镌有这样一句话："他们生前恺悌友爱，死后仍不分离。"

另一块碑上刻着博伊德和汤姆的名字，还有些拉丁文，开头是"Dulce et ——"①但是斯佳丽在费耶特维尔女校读书时每逢上拉丁文总是想方设法逃课，所以一窍不通。

把那么多钱都花在墓碑上！啃，他们可真够蠢的！她气愤至极，好像是她自己的钱给白花了。

卡丽恩的眼睛却闪耀着异样的光芒。

---

① 全句应为 Dulce et decorum est pro patria mori，意即为祖国而死是愉快而光荣的。

“我觉得这碑文真可爱，”她指着第一块墓碑低声说。

卡丽恩自然会觉得它可爱。只要是带点儿感伤情调的东西都能使她激动不已。

“是的，”塔尔顿太太说，她的声音充满慈爱，“我们觉得这句话非常恰当——他俩差不多是在同一时间死的，先是斯图特，然后布伦特接过从斯图特手中掉下的军旗。”

姐妹姑嫂四人返回塔拉庄园途中，斯佳丽有一阵子默默不语，心里在想走访各家所见到的情景，同时不由自主地回忆起县里昔日的繁盛，那时节大户人家高朋满座，钱财源源而来，下房内黑奴人丁兴旺，精耕细作的田野里棉花欣欣向荣。

“再过一年，这些地里到处都会长出松苗来，”她忖道，眼望着围在田野四周的树林，不禁打了个寒战。“没有黑奴，我们充其量只能勉强糊口。没有黑奴，谁也经营不了一个大庄园，大片大片的田地压根儿没有人耕种，树林将重新取代耕地。谁也不可能种许多棉花，那时我们该怎么办？务农为本的乡下人命运会怎样呢？城里人好歹能对付。他们总有办法的。我们乡下人就要倒退一百年，像当年的拓荒者那样住小屋，只种区区几英亩薄地，勉强维持一条命。

“不——”她横下一条心来，“塔拉绝不会那样。我宁可自己拉犁耕地。整个这一带地方，整个佐治亚州都可以倒退成树林，我管不着，但我决不让塔拉变荒。我不打算把钱乱花在墓碑上，或者把我的时间浪费在悲悼战败上。我们能熬过去。我知道，要不是男人们一个个死了的话，我们是能熬过去的。失去黑奴并不是事情最可怕的一个方面。最可怕的是丧失男子汉，丧失精壮汉子。”她又想到塔尔顿四兄弟，想到乔·方丹、赖福·卡尔弗特和芒罗兄弟，以及她从伤亡名单上看到姓名的那些来自费耶特维尔和琼斯博罗的小伙子。“要是有相当一部分汉子活下来，我们就能想办法对付，可现在——”

她忽然给另一个念头猛地刺了一下——若是她想改嫁又怎样呢？当然啰，她并不想改嫁。她的第一次婚姻已经绝对够了。何况，她唯一愿嫁的人是阿希礼，而他即使还活着，也是有妇之夫。不过，若是她果真想重新嫁人呢？有谁来娶她？想到这里，她像挨了当头一棒。

“玫荔，”她说，“南方的姑娘们怎么办？”

“你这话是什么意思？”

“就是我说的意思。她们会怎么样呢？她们没有人可嫁了。听我说，玫荔，小伙子们都已战死沙场，整个南方成千上万的姑娘到死也只能做老处女了。”

“而且永远不会有孩子，”玫兰妮添上一句，对她来说这是最重要的事情。

显然，这个想法对于坐在车厢后部的苏埃伦来说并不陌生，因为她一下子哭了起来。自从圣诞节以后，她就没有得到过弗兰克·肯尼迪的消息。她不知道这是邮政不通的缘故呢，还是心上人把她的感情作儿戏，然后把她忘了。也许他在停战前的最后几天里给打死了！这后一种命运比她被遗忘要好得多，因为毁于战火的爱情至少是悲壮感人的，像卡丽恩和印第亚·韦尔克斯头上就有这样的光轮，而一个遭遗弃的未婚妻便无此荣耀。

“哦，看在上帝分上，别哭了！”斯佳丽说。

“哦，你说得倒轻巧，”苏埃伦抽抽搭搭道，“因为你结过婚，有了一个孩子，人人都知道曾有人要你。可是我呢？你也真够卑鄙的，竟当着我的面说我是老处女，可这能怨我吗？我觉得你实在太可恨了！”

“闭嘴！你明知道我是多么讨厌整天哭哭啼啼的人。你也知道得很清楚，你那个姜黄色连鬓胡子的主儿并没有死，他会回来娶你的。因为他就是那么蠢。要是换了我，我宁可当一辈子老处女也不嫁给他。”

车厢后部有一会儿工夫鸦雀无声，卡丽恩心不在焉地轻轻拍着苏埃伦安慰她，而自己的思绪却远远地萦绕在三年前布伦特·塔尔顿陪她骑马所走的林间小道。她的眼睛射出兴奋的异彩。

“唉，”玫兰妮凄然道，“少了我们那些棒小伙子，南方不知会像个什么样儿？要是他们活着，南方又会是个什么样儿？他们的勇敢、他们的毅力和他们的智慧对我们还是有用的。斯佳丽，我们有男孩的都应当把儿子抚养长大，好让他们取代那些死去的男人，成为和他们一样勇敢的人。”

“再也不会有像他们那样的男人了，”卡丽恩轻声说。“没有人能取代他们。”

回家途中余下的路程她们谁也没再开口。

不久有一天，凯思琳·卡尔弗特在日落时分来到塔拉庄园。配着一副女式侧鞍的骡子一瘸一拐，两耳招风，斯佳丽从没见过如此可怜相的一只畜生，而凯思琳本人也跟她的坐骑差不多。她身穿褪了色的花格布连衣裙，这种式样从前只有女佣人才穿，遮阳软帽用一根细绳系在颌下。她一直骑到门廊前边，但并没从骡子上下来，正在欣赏落日的斯佳丽和玫兰妮迎着她走下台阶。凯思琳的脸色和斯佳丽去她家那天凯德的脸色一样苍白，不仅苍白，还显得紧张而又脆弱，仿佛她一开口这张脸就会裂成碎片似的。不过她的腰挺得很直，跟她们点头招呼时脑袋也昂得高高的。

斯佳丽突然想起，韦尔克斯家大宴宾客那天，她曾和凯思琳在一起悄悄议论瑞特·巴特勒。那天，凯思琳穿着青色蝉翼纱衣，腰带上插着芬芳的玫瑰，黑丝绒便鞋绕着她纤细的脚脖子系带。此刻直撅撅坐在骡子上的这个凯思琳·卡尔弗特，哪儿还保留着当年那个少女的半点影子?

“我不下来了，谢谢你们，”她说。“我只是来告诉你们一声，我要结婚了。”

“什么?”

“跟谁?”

“凯茜①，太棒了!”

“什么时候?”

“明天，”凯思琳说得很快，她的语调有些异常，使她们顿时敛起热情的笑容。“我明天就要嫁人，婚礼在琼斯博罗举行——我不邀请你

①凯茜是凯思琳的爱称。

们大家去参加了。”

她们默默把这个消息玩味了一下，抬头望着她，大惑不解。后来还是玫兰妮先开腔。

“亲爱的，那个人是不是我们认识的？”

“是的，”凯思琳的回答极其简短。“就是希尔顿先生。”

“希尔顿先生？”

“对，希尔顿先生，我家的监工。”

斯佳丽连一声“哦！”也说不出来，但是凯思琳突然俯视着玫兰妮，用低沉而粗野的声音说：“玫荔，你要是哭出来，我可受不了。我会死的！”

玫兰妮什么也不说，只是拍拍她踩在鞍镫上那只穿着难看的自制皮鞋的脚，低头看着地上。

“你别拍我！这我也受不了。”

玫兰妮垂下手来，但仍然不抬头。

“好吧，我得走了。我只是来告诉你们一声。”那张苍白、脆弱的面具又套上了，她提起缰绳。

“凯德怎么样？”斯佳丽问，她完全不知所措，只是随便找句话说，企图打破这难堪的沉默。

“他快要死了，”凯思琳说得直截了当。她的语气似乎毫无感情。“只要能做到，我一定让他安安静静地死去，不用担心他死后没有人照应我。情况是这样的：我的继母要带她的孩子搬到北方去住，明天动身。就这么回事，我得走了。”

玫兰妮这才抬起头来与凯思琳严峻的目光相遇。玫兰妮睫毛上颤动着晶莹的泪珠，眼睛里流露出理解的神情。在斯佳丽和玫兰妮面前，凯思琳扭曲嘴唇苦笑一下，就像一个咬紧牙关不哭以示勇敢的孩子。这一切把斯佳丽搅得糊里糊涂，她直到现在还无法理解凯思琳·卡尔弗特要嫁给一个监工是怎么回事。要知道，凯思琳是一位富有的庄园主千金小姐，县里的姑娘除斯佳丽外，数她拥有最多追求自己的人。

凯思琳弯下腰来，玫兰妮抬起脚跟。她们互相吻别。然后凯思琳把缰绳使劲一抖，那头衰老的骡子起步走了。

玫兰妮目送着她，眼泪顺着面颊潸潸直下。斯佳丽瞠目结舌，还在那里发愣。

“玫荔，她是不是疯了？你知道她不可能对那个人产生爱情。”

“产生爱情？哦，斯佳丽，这样可怕的事提也不要提！哦，可怜的凯思琳！可怜的凯德！”

“乱弹琴！”斯佳丽开始恼火了。玫兰妮好像总是比她更善于把握问题的实质，这真可气。凯思琳的亲事在斯佳丽心目中与其说是灾难，不如说是怪事。不言而喻，嫁一个北佬，一个白光腚，并不是什么太美妙的前景，但一个姑娘家总不能在一座庄园里只身单过；她得有个丈夫帮她经营田产。

“玫荔，前些日子我不是说过这样的话吗！姑娘们没有人可嫁，而她们总得嫁一个人。”

“哦，她们并不是非嫁人不可！终生不嫁压根儿不是什么丢人的事。佩蒂姑妈不就是这样吗！哦，我宁可让凯思琳死！我知道凯德看见她死还好受些。这是卡尔弗特一家的末日。试想，她的——不，他们的——孩子会是什么样儿？哦，斯佳丽，快叫波克备马，你骑马追上去，叫她来跟我们一块儿过！”

“老天啊！”斯佳丽失声惊呼，她看到玫兰妮自作主张当真准备让人家住到塔拉来，不禁为之愕然。斯佳丽当然无意额外多供一张嘴吃饭。她刚想把这层意思说出来，但是玫兰妮脸上万分懊丧的表情使她把话缩了回去。

“她不肯来的，玫荔，”斯佳丽改变策略。“你也知道她不肯来的。她的自尊心很强，她会把这看作施舍。”

“这话在理，这话在理！”玫兰妮说着眼看一小团红色的烟尘沿着大路远去，只觉得心烦意乱。

“你在我家已经住了好几个月，”斯佳丽瞧着她的小姑子，阴郁地心想，“你从来没有想到过你是在接受施舍。我估计大概永远不会这样想。有些人经过这场战争什么也没有改变，你就是其中之一，你的想法和做法仍一如既往，好像什么也没有发生过一样，好像我家仍然是财主家，吃喝不尽，东西多得不知怎么办才好，款待多少客人也不在话下。恐怕我这辈子得把你一直养下去了。但是我可不愿再养一个凯思琳。”

第30章

停战以后的那个炎夏季节，塔拉突然一下子不再像个孤岛了。接连好几个月，一批批胡子蓬松、衣衫褴褛、脚上又痛、肚子又饿的士兵，不断爬上红土岗来到塔拉庄园，在荫凉的前院台阶上歇息，向主人乞食，恳求借宿一夜。他们是回家去的邦联军士兵。铁路把约翰斯顿的残部从北卡罗来纳运到亚特兰大，像倾倒垃圾似的把他们卸在那里，余下的路程他们得靠两条腿走。约翰斯顿的人潮过后，弗吉尼亚军中疲惫的老兵又到，接着又是西线部队的士兵，他们一路南行，前往也许不复存在的老家，去会也许已经离散或死亡的亲人。他们大都步行，少数幸运儿骑着投降条款允许他们保留的羸马瘦骡，即使外行也看得出，这些可怜的畜生决计支撑不到遥远的佛罗里达或佐治亚南部。

回家！回家！这些士兵脑中只有这一个念头。有些人郁悒寡言，有些人则一团高兴，不把困难当回事儿，但支持着他们的却是同一种想法：仗总算打完了，现在他们要回家去。几乎没有人感到战败的悲苦。他们把悲苦留给家里的女眷和老人去咀嚼。他们拼死拼活地作战，给人家打败了，如今愿意在他们曾经反对过的那面旗帜下从事和平耕作。

回家！回家！他们无心谈论任何别的事情，无论是战役、负伤还是被俘或未来。将来他们会重温那些战役，会向第二代、第三代讲述自己参与的那些劫掠、突袭、骚扰、急行军，讲述挨饿、负伤的情形，但现在不讲。他们中有些人缺胳膊少腿，或只剩一只眼睛，许多人身上留有伤疤，如果他们活到七十岁的话，这些旧伤逢到阴雨天会隐隐作痛，但这些在他们看来目前都无关紧要。将来什么都会变样的。

不论年老的还是年轻的，不论健谈的还是话不多的，不论富有的庄园主还是面黄肌瘦的穷白人，有两件事情他们却是共同的：长虱子和拉肚子。南军士兵对于身上长虱子已经习以为常，不当它一回事儿，甚至有女士在场他们也会下意识地挠痒痒。至于拉肚子——女士们委婉地称之为“赤痢”——从小兵到将军看来无一幸免。四年半饥不饱的状态，四年极为粗劣的伙食——有时吃的东西几乎已经腐败或者还没有成熟——岂有到时不作怪的！每一个在塔拉庄园逗留的士兵，不是刚害过此病，便是处在给折腾得正凶的阶段。

“邦联军全军上下没有一个肚子、一副肠子不出毛病，”黑妈妈下了这么一句够惨的评语，她正在灶旁挥汗熬黑莓根的苦汁，那是过去埃伦治这类病的特效良药。“依我看，不是北佬打败了我们的爷们，是他们自己的肚子作怪。肚子里灌满了水，哪儿还能打仗！”

黑妈妈给他们每个人灌药，从来不先问他们肚子怎么样之类愚蠢的问题，而他们尽管把脸扭曲成一副怪相，却都乖乖地喝药，一边大概回忆起远在他方的另一些严厉的黑面孔和另一些拿着匙子坚定地喂药的黑手。

在实行隔离这一点上，黑妈妈同样铁面无私。任何一个长虱子的士兵都休想跨进塔拉。她把他们打发到一片茂密的灌木丛后面去，让他们脱去军服，给他们一大盆水、一块浓碱液熬的肥皂把自己洗刷干净，然后借床单和毯子给他们蔽体，她就趁此把他们的衣服放在一口清洗大锅里煮。姑娘们极力反对，说这样对待士兵是出他们的洋相，但毫无结果。黑妈妈回答说，一旦她们在自己身上发现了虱子，那就要出更大的洋相。

自从这儿几乎天天有士兵到来的时候起，黑妈妈就反对让他们进入卧室。她老是提心吊胆，生怕一只虱子闯过她的严密防卫。斯佳丽也不跟她争论，干脆把铺着厚厚的丝绒地毯的客厅充作集体寝室。黑妈妈以同样大的嗓门抗议说，让士兵睡在埃伦小姐的地毯上是亵渎，但斯佳丽态度也很坚决。士兵们总得有地方睡觉。于是，在停战几个月之后，地毯厚实、柔软的绒面开始变旧，后来，在那些大大咧咧的士兵鞋跟磨过、靴刺碾过的地方终于露出了织物的经纬。

斯佳丽和玫兰妮向每一个士兵急切地打听阿希礼的下落。苏埃伦则拿着架子老是询问肯尼迪先生的消息。但是士兵中谁也没有听说过这两个人，他们也不想谈失踪人员的事。反正他们自己还活着，这就够了，至于无名墓中千千万万永远回不了家的人，他们连想也不愿去想。

每次打听不得要领之后，全家人就竭力安慰玫兰妮，叫她别泄气。毫无疑问，阿希礼没有死在俘虏营里。倘若真的死了，北佬的牧师一定会写信通知有关方面的。想必他正在回家的路上，但他所在的俘虏营又那么远。天呀，你想想，这段路坐火车也要几天几夜呢，要是他也像这些人那样步行的话……。可他为什么不来信？这个嘛，亲爱的，眼下的邮政状况你是知道的，即使在邮路已经恢复的地方也够呛，全得碰运气。可是，他会不会——会不会死在回家的路上了？哦，玫兰妮，那一定会有哪个北佬女人写信把这事告诉我们！……北佬女人？哪有这样的好人！……玫荔，总会有一些北佬女人心地善良的。是的，总会有的！上帝不可能造出一个里边没有一些好心女人的国家！斯佳丽，你该记得，那一回我们在萨拉托加遇到过一个北佬女人，不是蛮好的吗？斯佳丽，你把这事给玫荔讲讲！

“好个屁！”斯佳丽答道。“她问我，我们养多少条警犬对付我们的黑奴！我同意玫荔的看法。我从来没有见过一个北佬好人，男的女的都没有。不过你别哭，玫荔！阿希礼会回来的。路上得走很多日子，也许——也许他一双靴子也没有。”

想象着阿希礼光脚的狼狈相，斯佳丽差点儿哭出来。别的士兵可以一身破烂、用麻袋或地毯的碎片裹脚、一瘸一拐地行路，唯独阿希礼不能落到这一步。他应当骑着高头大马，身穿整齐的军装、足登锃亮的皮靴、帽子上插着一根羽毛回家来。对于斯佳丽来说，想象阿希礼可能落到跟这些士兵一般田地，已经到了无法忍受的程度。

六月份的一天午后，塔拉庄园的人全部聚集在后门廊上，正急猴猴地看着波克切开这一茬中第一只勉强成熟的西瓜，忽然听见前院车道的石子路面上响起马蹄声。普莉西懒洋洋地朝前门走去，其余的人则展开了热烈的争论：如果来的是一个士兵，这西瓜要不要藏起来，还是晚餐时端出去款待客人？

玫荔和卡丽恩低声主张应当给士兵来客一份，而斯佳丽却在苏埃伦和黑妈妈的支持下示意波克赶快把西瓜藏起来。

“别犯傻了，姑娘们！我们自己还不够吃呢，可要是外面一下子来了两三个饿得要命的士兵，我们会连一口也尝不到的，”斯佳丽说。

波克站在那里，紧紧抱着那只小西瓜，正在无所适从之际，只听得普莉西在大声呼唤。

“万能的上帝啊！斯佳丽小姐！玫荔小姐！快来！”

“谁来了？”斯佳丽大声问，同时从台阶上跳起来通过穿堂往外直奔。玫荔紧随其后，其余的人也都跟着跑到前门。

阿希礼！斯佳丽脑际立刻闪出这个念头。哦，也许——

“彼得大叔来了！是佩蒂帕特小姐家的彼得大叔！”

大伙一齐拥到前门廊，只见佩蒂姑妈家那位高个儿、花白头发的老霸王正从一匹长着耗子尾巴、盖一条破被子权充鞍座的驽马背上爬下来。他那宽阔的黑脸上的表情照例正经八百，唯恐由于见到了老朋友们而喜形于色有失庄重，结果是：他的眉额皱紧，但他无牙的嘴却咧开了，活像一条高兴的老猎狗。

所有的人都跑下台阶来欢迎他，黑人白人一一跟他握手，问长问短，但玫荔的声音最为分明。

“姑妈好吗，她没病吧？”

“没有，小姐。她身体还可以，感谢上帝，”彼得回答时先是冲玫荔、接着冲斯佳丽严厉地瞪上一眼，她们立即感觉到自己有了过失，但是想不出错在哪里。“她身体倒还可以，可就是大大地生你们两位小姐的气，要是实话实说，那么，我也一样！”

“怎么啦，彼得大叔？究竟怎么——”

“你们用不着找理由原谅自己。难道佩蒂小姐没有一封又一封写信叫你们去吗？难道我没看到她写信？可是你们回信总是说这个老农场里要干的事情太多，不能回去，可怜她每次收到这样的信都哭，难道我没看在眼里？”

“可是，彼得大叔——”

“你们怎么能这样让佩蒂小姐孤零零一个人待着，她一向胆儿小得厉害。你们跟我一样知道得很清楚，佩蒂小姐从来没有独自一个人住过，自从她打梅肯回来以后，白天黑夜老是怕得发抖。她要我对你们把话挑明：她实在弄不懂，你们怎么能在她有困难的时候撇下她不管。”

“够了，别叨叨啦！”黑妈妈不客气地说，因为她听到塔拉被称做“老农场”心里有气。一个在城里长大、屁也不懂的黑人，哪儿能区别什么是农场，什么是庄园。“难道我们就没有困难？难道我们这儿就不需要斯佳丽小姐和玫荔小姐？也许比你们更需要呢！既然佩蒂小姐有困难，干吗不叫她的兄弟来帮帮她？”

彼得大叔恶狠狠地冲她瞪了一眼。

“我们跟亨利先生好多年一直不相往来，我们都已经老了，不能再重新开始。”他转过脸来仍朝着斯佳丽和玫兰妮，她俩都觉得可笑，但极力忍住不笑出来。“你们两位小姐扔下佩蒂小姐一个人不管，应该觉得难为情，可怜她的朋友一半已经死了，一半又在梅肯，而亚特兰大到处都是北佬的兵，还有那些给放出来的臭黑奴。”

斯佳丽和玫兰妮特意尽量板着脸恭听这番训斥，但是想到佩蒂姑妈竟打发彼得来克她们并要把她们带回亚特兰大去，她们实在忍不住了，终于笑了出来，笑得前仰后合，两人互相靠在肩膀上才不致摔倒。波克、迪尔西和黑妈妈看到，贬低他们心爱的塔拉的那个家伙压根儿没给当做一回事儿，他们自然乐不可支，狂笑不已。苏埃伦和卡丽恩在吃吃地笑，甚至杰拉尔德脸上也泛起一丝淡淡的笑意。所有的人都在笑，只有彼得除外，他的一双八字大脚把身体的重心左挪右移，火气愈来愈大。

“那你怎么啦，黑鬼？”黑妈妈撇着嘴问道。“你是不是太老了，没本事保护你的女主人了？”

彼得发作了。

“太老？我太老了？才不呢！我能和往常一样保护佩蒂小姐。我们逃难的时候，难道不是我保护她去梅肯的吗？北佬到了梅肯，她吓得动不动就晕过去，难道不是我一直在保护她吗？难道不是我弄到了这匹马把她送回亚特兰大，一路上保护了她和她爸传下来的银器？”彼得一边为自己辩护，一边把他高大的身躯挺得笔直。“可我不是说能不能保护的事儿。我说的是会怎么看。”

“看什么？谁看？”

“我是说这事儿别人会怎么看。人家见佩蒂小姐一个人住着，会说闲话的。没出嫁的小姐独自一个人过日子总会招来许多闲言碎语，”彼得继续说，听他发议论的人完全明白，在他心目中佩蒂帕特至今仍是个胖鼓鼓招人喜欢的十六岁大姑娘，必须卫护她的名声以防流言中伤。“我不想让人家对她说三道四。不，才不呢……。我也不想让她单单为了要人做伴去招房客来住。我就是这样对她说的。我说：‘只要有你的亲人在，我怎么也不答应。’可现在她的亲人偏偏不管她。佩蒂小姐完全是个小孩子……”

听到这儿，斯佳丽和玫荔更乐了，一片呵呵哈哈之声比刚才更响，她俩不得不在台阶上坐下。最后，玫荔抹去笑出来的眼泪。

“可怜的彼得大叔！刚才我笑了，我很抱歉。这是真心话。好啦！原谅我吧。斯佳丽小姐和我眼下实在不能回去。到九月份，等摘了棉花，我也许会去。姑妈打发你这么大老远赶来，难道要我们就骑着这皮包骨的畜生回去？”

经她这一问，彼得的下颌顿时搭拉了下来，他那皱纹累累的黑脸上现出负疚和惊恐的神情。刚才还噘出的下嘴唇立即复位，就像乌龟把脑袋缩到甲壳下去一般神速。

“玫荔小姐，看来我确实老糊涂了，因为我一时间把她打发我来的事儿竟给忘得一干二净，而且是件要紧的事儿。我这儿有你的一封信。佩蒂小姐不放心邮寄，也信不过别人就特地差我送来……”

“一封信？给我的？谁写来的？”

“小姐，是这么回事儿，佩蒂小姐嘱咐过我：‘彼得，你要好生对玫荔小姐说，让她慢慢儿明白，’我这就说——”

玫荔从台阶上站起来，手按在心口上。

“阿希礼！阿希礼！他死了！”

“不，小姐！不，小姐！”彼得急了，他的声音越来越响，成了尖声大叫，同时他伸手到破外套胸前的口袋里摸索。“他活着！这儿有他的来信。他要回来啦。他——哦，上帝啊！快扶住她，黑妈妈！让我——”

“你别碰她，蠢老头！”黑妈妈喝道，一边拼命扶住玫兰妮软瘫的身体不让她倒在地上。“你这假惺惺的黑猴子！还‘好生说’呢！波克，你抬她的脚。卡丽恩小姐，托住她的脑袋。我们让她躺到客厅沙发上去。”

除斯佳丽外，大伙都挤在晕过去的玫兰妮周围，大叫大嚷，纷纷跑进屋里去，取水的取水，拿枕头的拿枕头，一时人声喧哗，乱作一团，只剩下斯佳丽和彼得大叔站在庭前小径上。斯佳丽像在地上生了根，怎么也无法改变她听了彼得的话蹦起来以后所保持的那种姿势，只是直愣愣地看老头儿站在那儿有气无力地挥着一封信。他的老黑脸显得怪可怜的，就像一个挨母亲责骂的孩子，他的尊严全垮了。

有一会儿工夫斯佳丽说不出话，也动弹不得，虽然她头脑里有一个声音在高呼：“他没有死！他要回家啦！”但这个消息带来的既不是欢欣，也不是激动，只是一种震惊之余的麻木。彼得大叔的声音仿佛从很远以外传来，如哀诉，又如抚慰。

“梅肯的威利·伯尔先生是我们的亲戚，他把这信带给了佩蒂小姐。威利先生跟阿希礼先生关在同一座俘虏营里。威利先生弄到了一匹马，不久就回来了。可阿希礼先生是步行的，他——”

斯佳丽从他手中抢过那封信。那是佩蒂姑妈的笔迹，信封上写着玫荔收，但这并没有在斯佳丽心中产生一刹那的犹豫。她撕开信封，佩蒂姑妈附在里边的字条落在地上。信封内有一张折起来的纸，由于放在不干净的口袋里而弄得脏兮兮、皱巴巴的，纸边已经破损。上面由阿希礼亲手写着："佐治亚州亚特兰大或琼斯博罗十二棵橡树庄园乔治·阿希礼·韦尔克斯太太收（烦莎拉·琪恩·汉密顿小姐转）。"

斯佳丽用哆嗦的手把纸展开，开始读信：

"我爱，我就要回到你的身边——"

眼泪顺着她的面颊涔涔直下，使她没法看清信上的字，她的心在不断膨胀，直至她觉得自己承受不了充盈其中的喜悦。她把信紧紧贴在胸前，跑上前门廊的台阶，在穿堂里打客厅门前经过，见塔拉的全体居民正七手八脚在那里忙于对付失去知觉的玫兰妮，斯佳丽径自走进埃伦的账房。她把门关好锁上，倒在弹簧松弛的旧沙发上，又是哭，又是笑，并且连连吻着那封信。

"我爱，"她喃喃念着，"我就要回到你的身边。"

常识告诉他们，除非阿希礼长出翅膀，否则他得花好几个星期，甚至几个月才能从伊利诺伊州走到佐治亚州，然而每当一名士兵拐进塔拉的林荫道时，大伙的心还是怦怦直跳。他们觉得每一个胡子拉碴、衣衫褴褛的过客都有可能是阿希礼。即使那不是阿希礼，兴许他会带来阿希礼的消息，或者佩蒂姑妈托他捎来有关阿希礼的信。每次听到脚步声，塔拉的黑人和白人便纷纷奔到前门廊去。只要瞥见一个穿军服的，他们就会从柴堆旁、牧场上或棉花地里飞也似的跑来。彼得大叔送信来以后的一个月内，庄园的活儿乎处于停顿状态。谁也不愿自己不在家的时候错过阿希礼来到的感人场面，最不愿意的要数斯佳丽。既然她自己无心干活，那么她也就不能定要别人照常从事各自的工作。

但是，几个星期过去了，阿希礼没有来，也没有他的任何消息，塔拉又渐渐回到它常规的生活中去。殷殷思念的心灵只能承受这么多了，望穿秋水也有个限度。一种隐忧悄悄进入斯佳丽的意识：他路上会不会出了什么事？罗克艾兰是那么远，他身上没有钱，正在跋涉穿越的又是一片把邦联视为仇敌的地域。若是知道他在什么地方，斯佳丽会给他寄钱去，把她所有的钱分文不留地寄去，哪怕让全家挨饿也在所不惜，好让他坐火车速速回家。

“我爱，我就要回到你的身边。”

当她读到这句话产生第一阵狂喜的时候，这句话仅仅意味着阿希礼就要回到她的身边了。嗣后，比较清醒的理智告诉她，阿希礼是要回到玫兰妮的身边，回到这些日子老是喜气洋洋地唱着歌，满屋子跑的那个玫兰妮身边。有时候斯佳丽苦苦地在纳这个闷儿：玫兰妮在亚特兰大分娩时怎么会没有死呢？她一死事情便十全十美了。只要隔上体面所要求的一段时间，斯佳丽就可以嫁给阿希礼，同时成为小宝宝的好继母。当这样的想法在头脑里出现的时候，她并不急急乎祈求上帝宽恕，说她没有这个意思。她再也不怕上帝了。

来到塔拉的士兵有时一个人，有时两人，也有十来个一起的，他们照例都饿得要命。斯佳丽绝望地默默咕哝：就是飞来一群蝗虫也没这样可怕。她再次诅咒曲意好客的老传统，按照这种盛行于物阜民丰的时代的风俗，对任何过客不论贵贱都必须留宿一夜，请他本人吃饭，给他的马喂料，竭尽地主之谊，否则是不让他继续赶路的。斯佳丽心里明白，那个时代已经一去不返，但家里其余的人却不明白，士兵也不明白，所以每一个士兵都被当做盼望已久的客人热诚接待。

人流络绎不绝地经过此地，她的心肠则越变越硬。那些人吃掉塔拉几个月的口粮，吃掉她在长长的菜畦间累得腰酸背痛种出来的果蔬，吃掉她赶车跑了无数里地买回家的食物。这些食物是费了九牛二虎之力才弄到的，而那个北佬皮夹里的钱也不是用之不尽的。现在只剩几张联邦钞票和两枚金币了。凭什么她得让这帮饿汉吃饱？战争已经结束了。他们再也不是保护她身家性命的中流砥柱。于是，她命令波克，家里如来了士兵，应当减少摆上餐桌的饭菜。这道命令一直生效到她发现玫兰妮作出特殊反应为止：自从生了宝宝，玫兰妮的身体一直很虚弱，可是现在她竟变着法儿让波克在她的盘子里只放几乎看不见的一丁点儿食物，把她的一份匀出来给士兵。

“你得停止这样做，玫兰妮，”斯佳丽责怪她。“你自己都快倒下来了，要是你不多吃点儿，你会病倒的，我们还得服侍你。让那些人饿着点儿不打紧。他们挺得住。他们四年都挺过来了，再熬上一阵子也没什么大不了。”

玫兰妮转过脸来望着她，斯佳丽从她那双安详明净的眼睛里看到如此毫不掩饰的强烈反应，这还是头一回。

“哦，斯佳丽，别责怪我！让我这样做吧。你不知道这样我倒好受得多。每当我把自己的一份给一个可怜的人时，我总觉得，也许在北边路上的什么地方，有个女人正在把她的一份饭食给我的阿希礼，这样他就会有力气走路，好回到我的身边！”

我的阿希礼！

我爱，我就要回到你的身边了。

斯佳丽无话可说，转身走开。此后，玫兰妮注意到，有客人一起吃饭时，餐桌上的食物多了一些，尽管斯佳丽对他们吃掉的每一口东西想必仍然觉得心疼。

如果士兵的身体坏得无法继续赶路(这样的人还相当多)，斯佳丽只得硬着头皮安置他们躺下。收留一个病人就意味着多一张要吃饭的嘴。需要一个人服侍他，这又意味着少一个人修栅栏、锄地、除草和扶犁。有一次，一个骑马前往费耶特维尔的士兵发现一个嘴上刚开始长出金色绒毛的少年倒在路旁不省人事，便把他横驮在马鞍上带到离那儿最近的塔拉庄园，放在前门廊。当谢尔曼兵临米勒奇维尔时，一批士官生娃娃从军校里应召入伍，塔拉庄园的姑娘们估计这少年大概就是其中之一，但她们始终不知道他究竟是谁，因为他没有恢复知觉便死了，搜他身上的口袋也没发现任何线索。

一个相貌不俗的少年，显然是上等人家的子弟，而在南边的某个地方，某个女人正时时刻刻向大路上眺望，不知他现在何处，何时可以到家，斯佳丽和玫兰妮也是这样，心里怀着近乎疯狂的希望，注视着走上宅前林荫道的每一个大胡子的身影。她们把士官生埋在家坟地里，挨着奥哈拉家的三个男孩，当波克往穴中填土时，玫兰妮嚎啕大哭，不知他乡有没有人会本着同样的古道热肠对待阿希礼高大的躯体。

另一个士兵威尔·本蒂恩和那个无名少年一样，也是失去了知觉由伙伴把他横在鞍韂上带来的。威尔害的是肺炎，病重如山，姑娘们把他安置在床上时，担心他很快就会步坟茔地里那个少年的后尘。

他面有疟疾患者那种灰黄色，佐治亚南部的穷苦白人往往如此，头发呈淡红色，一双像是褪了色的蓝眼睛即使在神志昏迷的时候也是那么温驯、柔顺。他的一条腿膝盖以下已被截去，残肢上装了一条草草削就的木腿。他显然是个穷人，正如才短短一会儿以前被埋葬的那个少年一眼就看得出是庄园主的儿子一样。至于姑娘们根据什么作出这样的判断，她们可说不清楚。威尔并不比来到塔拉的好多上等人更脏，须发更长，身上的虱子更多。他在昏迷中说的胡话也不比塔尔顿家的孪生兄弟更不合语法。可是姑娘们本能地断定他不属于她们那个阶级，恰似她们一眼就能区分纯种马和杂种马一样。然而，这并不影响她们尽力挽救他的生命。

在北佬的俘虏营里关了一年本来就憔悴不堪，更加拄着这只胡乱装上的木腿饱受长途跋涉之苦，消耗实在太大，他已经没有力气跟肺炎搏斗，接连数日躺在床上痛苦地呻吟，时而挣扎着想起来，其实是在一遍又一遍重演所经历的战斗。他一次也没有叫过母亲、妻子、姐妹或心上人，这种现象引起了卡丽恩的不安。

“一个人总该有自己的亲人，”她说。“而他在这个世界上好像一个亲人也没有。”

尽管他那么精瘦细长，筋骨却很坚韧，在姑娘们的悉心护理下，他居然挺过来了。终于到了那一天，他的浅蓝色眼睛完全看清楚周围的事物，视线落到坐在他床边的卡丽恩身上，那姑娘正数着念珠默诵《玫瑰经》文，早晨的阳光把她金色的头发照得熠熠生辉。

“我不是在梦里见到你吧？”他说，声调平直，没有抑扬顿挫。“但愿我没有给你添太多的麻烦，小姐。”

他的康复过程拖得很长，他一直安静地躺着，看看窗外的木兰花，绝少麻烦任何人。卡丽恩因为他不声不响又不令人感到局促所以喜欢他。炎夏长日，这姑娘常常整个下午坐在他床边给他打扇，一句话也不说。

这些天卡丽恩也实在不想说话，她那娇弱的身躯像个幽灵在屋内游荡，做一些力所能及的事情。她经常祈祷，每当斯佳丽没有敲门走进她的房间时，照例发现她跪在自己床边。看到这情景，斯佳丽总是挺恼火，因为她觉得做祷告的时代已经过去了。既然上帝忍心如此惩罚她们，这表明上帝压根儿不要听她们的祷告。宗教与斯佳丽的关系向来具有一种交易的色彩。她向上帝保证举止行为中规中矩，为的是换取眷顾。她认为上帝一再违反他们之间的协定，所以现在她什么也不欠上帝的。在卡丽恩应当午睡片刻或干些缝补活的时候，如果斯佳丽发现她跪着做祷告，总认为卡丽恩是在逃避她应尽的一份责任。

一天午后，威尔·本蒂恩已经能坐在椅子里了，斯佳丽把自己的看法说给他听。威尔却用他那种平直的语调说道："随她的便吧，斯佳丽小姐。她这样做可以得到安慰。"

斯佳丽颇觉意外。

"她可以得到安慰？"

"她是在为你们的妈妈和他祈祷。"

"'他'是谁？"

威尔的一双褪色蓝眼睛从黄中带点儿红的睫毛下并不惊异地望着她。看来什么也不能使他惊讶或激动。也许他见到的意想不到的事情太多了，再也不会大吃一惊。斯佳丽不知道她妹妹心里在想些什么，这一点似乎他并不觉得奇怪。他认为这很自然，同样，卡丽恩反倒乐于跟他这样一个陌生人谈谈，他认为这也很自然。

"她的男朋友，那个叫布伦特什么的，就是在葛底斯堡一仗中给打死的小伙子。"

"她的男朋友？"斯佳丽没好气地问。"怎么会是她的男朋友？扯淡！他和他的哥哥过去是我的男朋友。"

“是的，她对我说过。好像县里大部分小伙子都是你的男朋友。可是，尽管如此，在你拒绝了布伦特以后，布伦特成了她的男朋友，因为他上次回来休假时他俩订了婚。卡丽恩说，布伦特是她唯一爱过的小伙子，所以她觉得为布伦特祈祷可以得到一点儿安慰。”

“乱弹琴！”斯佳丽说时感觉到有一支很小很小的妒忌之箭在往她的胸膛里钻。

斯佳丽好奇地打量这个身材细长的人，瞅着他瘦骨嶙峋的拱肩膀、微呈红色的头发和一双安详凝视的眼睛。她家的一些事情她自己懒得去探究，而这个人却知道。怪不得卡丽恩老是祈祷，整天像在梦游似的。没关系，她会渐渐淡忘的。多少女子死了心上人，还有死了丈夫的，不也都渐渐淡忘了吗。斯佳丽自己无疑已把查尔斯忘了。据她所知，亚特兰大有个女子在这场战争中曾先后三次成为寡妇，可仍然对男人感兴趣。斯佳丽把这番话对威尔说了，威尔听了却摇头。

“卡丽恩小姐可不是这样的人。”

跟威尔谈心是件愉快事儿，因为他自己绝少开口，然而很能理解对方的话。斯佳丽把管理庄园的各种打算告诉他，如除草、锄地、播种、喂猪、养牛，威尔总能帮她出些主意，因为他在佐治亚南部自己有一个小农场和两名黑奴。他知道他的奴隶已被解放，农场荒芜，成了杂草和松树苗的世界。他的亲属唯有一个妹妹，几年前已随丈夫迁往得克萨斯州，如今他是孑然一身。不过，所有这些事情对他来说似乎都无所谓，最使他难受的莫过于在弗吉尼亚失去的一条腿。

是的，斯佳丽好不容易把一天对付过去之后跟威尔聊聊也算是一种安慰，因为她听到的尽是黑人的嘀咕、苏埃伦的牢骚怪话以及杰拉尔德没完没了的询问——埃伦哪儿去了？她跟威尔无话不谈，甚至把杀死那个北佬的事也告诉了他，在威尔仅用一句话：“干得漂亮！”对此作出评论时，斯佳丽脸上神采飞扬，十分得意。

渐渐地，家里所有的人有不顺心的事儿都到威尔的房间里来一吐为快，最后连黑妈妈也来了，她起初一直跟威尔保持距离，认为他的身份不怎么样，只有两名奴隶。

等到威尔能拄着假腿在屋里走动的时候，他便动手用劈成条的橡树皮编篮子，修理给北佬砸坏的家具。他还擅长刻削木块，韦德经常待在他身边，因为威尔能削木块给他刻制玩具，这小男孩还不曾有过别的玩具。有威尔在家，大伙出去干活就放心把韦德和两个婴儿留在屋里，因为他能像黑妈妈一样熟练地照看他们，只有玫荔在哄大哭大叫的一黑一白两个婴儿这方面比他高明。

"你们待我太好了，斯佳丽小姐，"他说，"我不过是个外乡人，跟你们非亲非故。我给你们添了一大堆麻烦，还让你们为我担忧，要是你们不嫌弃的话，我想在此地再待些日子帮你们干点儿杂活，让我多少报答一下你们的恩情。我知道完全还清是永远做不到的，因为一个人受了救命之恩，无论什么代价都偿还不了。"

于是他就留下了，不知不觉地，塔拉的一大部分担子逐步从斯佳丽肩上移到威尔·本蒂恩瘦骨嶙峋的肩上。

九月，正是摘棉花的时节。在早秋宜人的阳光下，威尔·本蒂恩坐在前院台阶上斯佳丽的脚边，他那平直的声音慢腾腾地说着费耶特维尔附近一台新的轧棉机代轧棉花漫天要价的事。不过，他今天在费耶特维尔打听到，如果把马和大车借给轧棉机主人两个星期，费用可减去四分之一。在跟斯佳丽商量之前，他没敢敲定这笔交易。

斯佳丽瞅着这个靠在门廊柱子上嚼一根麦秆的细长汉子。正像黑妈妈多次宣布的那样，威尔无疑是上帝派来的，斯佳丽常常在想，要是没有威尔，最近这几个月塔拉的日子真不知怎么过呢。他从不多说话，从不浪费精力，从不对周围的事情表现出过分的好奇心，但他对塔拉每一个人的每一件事都有所了解。而且他从不闲着。他干得不声不响，很耐心，也很在行。尽管他只有一条腿，干活却比波克还快。他还善于发挥波克的作用，这在斯佳丽看来简直神了。有一回母牛腹痛如绞，马又害了一种怪病躺倒，大有永远离开他们之势，威尔一连几宿没睡守护着它们，终于把它们救活了。斯佳丽对他在买卖上的精明劲儿十分佩服，他能在早上赶车拉一到两个蒲式耳的苹果、红薯等瓜果蔬菜出去，带回来种籽、衣料、面粉和其他必需品，这么多东西斯佳丽知道她是绝对换不到的，虽然她也懂得不少生意经。

威尔在不知不觉中取得了家庭中一员的资格，睡在杰拉尔德隔壁小更衣室里的一张帆布床上。他不提何时离开塔拉，斯佳丽也避而不问，生怕他会离开此地。有时候斯佳丽心想，如果他有点儿志气，想图个出人头地的话，总是要回自己家乡去的，尽管他的家已不复存在。但即使斯佳丽明白这个道理，她仍然热切地祈望他能无限期留下来。家里有个男人毕竟方便多了。

她还认为，卡丽恩只要有不少于一只耗子的头脑，就该看出威尔对她有意。如果威尔向斯佳丽提出想娶卡丽恩的话，斯佳丽会对他感激不尽的。诚然，倘若在战前，威尔无疑不是合适的人选。他根本不属于庄园主阶级，尽管也不算白人贫民。他只是个普通的南方小农户，没受过多少教育，文理亦欠通，不懂得被奥哈拉家视为上等人必不可少的那一套潇洒风度。其实，斯佳丽曾不止一次地问自己：他能不能称作上等人？结论是不能。玫兰妮热烈地为他辩护，说任何人如果像威尔那样心地善良，处处为他人着想，必定是上等人家出身。斯佳丽明白，埃伦只要想象一下她的一个女儿若是嫁给这样一个人，她非昏倒不可。但是现在斯佳丽却不会为此而感到不安，因为她为情势所迫，不得不背离埃伦的教诲已经走得太远了。如今男丁奇缺，女孩子总得嫁人，而塔拉又需要一个男人。可是卡丽恩愈来愈深地沉浸在她的祈祷书中，与现实世界的距离一天比一天远，她对威尔很体贴，有如对待一位兄长，把他看作跟波克一样的熟人，如此而已。

“如果卡丽恩对我为她所做的一切有一点儿感激之心，她就该嫁给威尔，不让他离开此地，”斯佳丽这样想着，颇有些忿忿然。“可事实偏偏不是这样，看来她将老是这样失魂落魄地怀念一个八成从未认真想过她的愣小子。”

就这样，威尔还留在塔拉庄园，斯佳丽不知道他为何不走，反正他那种踏踏实实、诚诚恳恳的态度对斯佳丽说来既很愉快又有帮助。对待神思恍惚的杰拉尔德，威尔总是必恭必敬；但在他心目中真正的一家之主则是斯佳丽。

斯佳丽同意他把马租出去的计划，尽管这意味着一家人在一段时间内没有任何交通工具。苏埃伦对此定会特别不高兴。她最开心的事情便是趁威尔赶车外出办事的机会跟他一起去琼斯博罗或费耶特维尔。她用家里所剩最好的服饰打扮起来去走访老朋友，听听县里的小道新闻，觉得自己又是塔拉庄园的奥哈拉小姐。苏埃伦从不放过机会溜出庄园到不知道她在菜园子里除草整地的人们中间去摆摆小姐架子。

“这位架子十足的小姐有两个星期不能外出闲逛，”斯佳丽忖道，“我们只得忍受她的牢骚和哭闹。”

玫兰妮见他们在门廊上，也抱着宝宝走过来，把一条旧毯子铺在地上，放小宝宝在上面爬。自从阿希礼来信以后，玫兰妮不是喜气洋洋地唱歌，便是焦灼不安地盼望。但是高兴也罢，忧伤也罢，她的消瘦和苍白委实令人吃惊。她毫无怨言地干她的活，但身体一直不好。老方丹大夫给她下的诊断是妇女病，并且赞同米德大夫关于她当初根本不应该怀宝宝的说法。老方丹大夫说得非常直率：倘若再次生育，她非送命不可。

“今儿我在费耶特维尔发现一件挺有意思的东西，”威尔说，“我寻思你们女士会感兴趣的，所以把它带了回来。”他伸手到后裤兜里去掏出一只钱包，那是卡丽恩用布糊在树皮上给他做的。威尔从钱包里取出一张邦联钞票。

“威尔，如果你觉得邦联的钱有意思，我可一点儿也不这么想，”斯佳丽生硬地说，因为她一瞧见邦联钞票就火冒三丈。“这会儿爸的箱子里就有三千块这种劳什子，黑妈妈老盯着我，要求让她用这些钞票糊顶楼墙上的缝，免得冷风吹得她头疼。我打算让她这么干。至少也算派上了用场。”

“‘天威赫赫的恺撒，死后化作泥土[1]，’”玫兰妮带着一丝忧郁的微笑说。“别这么干，斯佳丽。留着给韦德吧。有朝一日他会引为骄傲的。”

“关于天威赫赫的恺撒我是一窍不通的，”威尔不紧不慢地说，“不过，玫荔小姐，我要给你们看的正好跟你刚才所说留给韦德的话意思相同。这张钞票的背面贴着一首诗。我知道斯佳丽小姐不太喜欢诗，不过我想这一首也许会使她感兴趣。”

他把钞票翻过来。背面贴着一条粗糙的棕色包装纸片，所写字迹用的是颜色很淡的自制墨水。威尔清一下嗓子，读得很慢，也很费力。

“题目叫做《邦联纸币背面的诗》，”他说。

它的价值已一无所剩，
不论在哪儿都等于零，
留着让后人看看，亲爱的朋友，
它是一个逝去的国家的象征。

这张纸的故事可传之儿孙，
值得为他们好好保存，
它标志着爱国者梦寐以求的自由，
也记载了一个多难之邦覆亡的命运。

“哦，太美了！真动人！”玫兰妮赞叹道。“斯佳丽，你千万别把钱给黑妈妈糊顶楼。这不光是纸，正像这首诗中所说的，是‘一个逝去的国家的象征！’”

“哦，玫荔，你也太容易动感情了！纸就是纸，我们现在缺纸用，再说，黑妈妈老是抱怨顶楼上裂缝很多，我都听腻了。我希望

① 见莎士比亚悲剧《哈姆雷特》第五幕第一场。

到韦德长大时，我有好多正宗的联邦绿票子给他，而不是邦联的废纸。”

在她们俩争论之际，威尔用那张纸币引逗宝宝从毯子上爬过来，这时，他抬起头，把手遮在眼睛上方，向门前车道上遥望。

“有人来了，”他说时眯着眼挡住阳光。“又是个士兵。”

斯佳丽顺着他的视线望去，看到了一幅已经习以为常的景象：一个胡子很长的汉子沿着雪松林荫道慢慢地走来，身上穿的是灰蓝两种制服胡乱拼凑的破衣裳，脑袋疲惫地下垂，两只脚曳地而行。

“我还以为我们接待士兵的事儿已经完了呢，”斯佳丽说。“但愿这一位不至于饿得厉害。”

“他大概饿得厉害，”威尔只说这么一句。

玫兰妮站起身来。

“我还是去叫迪尔西多准备一份餐具，”她说，“还得让黑妈妈在给这可怜的人脱衣服时手下留情，并且——”

她突然不说下去了，斯佳丽转过脸去瞧着她。玫兰妮的一只骨瘦如柴的手按在脖子上，使劲抓住不放，仿佛剧痛难忍的样子，斯佳丽看得见青筋在她的白皮肤下加速搏动。玫兰妮的面色变得更加惨白，一双棕色的眼睛拼命睁大。

“她马上要晕过去了，”斯佳丽心想，同时急忙跳起来抓住玫兰妮的胳臂。

但是，玫兰妮甩开她的手，才一眨眼的工夫就下了台阶。只见她伸出双臂沿着石径飞奔，像鸟儿一般轻捷，几乎脚不沾地，褪色的裙裾在她背后飘扬。斯佳丽这才恍然大悟，顿时像挨了当头一棒。她向后靠在一根廊柱上，这时那汉子仰起覆盖着肮脏的金色胡须的脸来，望着眼前的宅院，站住不走，仿佛累得一步也迈不动了。斯佳丽的心猛跳过后突然停止，及至玫兰妮不知喊着什么投入那肮脏士兵的怀抱，他低下头来偎着玫兰妮的脸，斯佳丽的心又开始怦怦乱跳。在狂喜的冲动下，斯佳丽飞快地向前跑了两步，但是威尔一把拉住她的裙裾制止了她。

“别杀风景，”威尔轻声说。

“放开我，你这个傻瓜！放开我！那是阿希礼！”

威尔没有松手。

“他到底是她的丈夫，难道不是吗？”威尔平静地问。

斯佳丽高兴得忘其所以，同时又窝着一肚子火，她便怀着这样矛盾的心情俯视拉住她裙子的威尔，从他那双安详的眼睛深处看到了理解和怜悯。